Claudia Rath

Die Schattengeherin

Roman

REIHE LESBENLITERATUR

Milena
VERLAG

Für meine Freundinnen und Gefährtinnen,
für meine Geliebte
und
in Erinnerung an und Hoffnung auf
das Licht
irgendwo hinter den Sternen …

Die Deutsche Bibliothek – CIP-Einheitsaufnahme

Rath, Claudia:
Die Schattengeherin : Roman / Claudia Rath. – Wien :
Milena Verl., 2000
(Reihe Lesbenliteratur)
ISBN 3-85286-081-4

Covergestaltung: Birgitta Heiskel
Lektorat: Karin Ballauff
Layout und Satz: MWD, A-2111 Harmannsdorf
Druck und Bindung: Rema Print, Wien

ISBN 3-85286-081-4

Es wirken mit:

Die Widersacherinnen:

Ibak von Smagninborg	äußerst vielseitig begabte Schmiedin und Kämpferin aus Flaffl
Stu von Stelen	Minenbeauftragte auf der Insel Fäärwll
Janjat von Smagninborg	Ibaks jüngere Kusine
Börgerby, Fina und Sina von Stelen	Schwestern der Minenbeauftragten Stu von Stelen
Edita Fallvaress	Repräsentantin der Satschistei am Tisch der Ahrgte, Heilerin und Geheimnisträgerin
Aviva von Smagninborg	Gold- und Silberschmiedin, Editas Halbschwester aus Flaffl
Beringör von Stelen	Repräsentantin Flaffls am Tisch der Ahrgte
Mehetma	Verwalterin der inneren Burgangelegenheiten auf der Feste Kareb Solto
Lanice Lofort	Erste Vorsitzende am Tisch der Ahrgte, auch »Frau der tausend Ämter« genannt
Herrat Herratsn	erst noch Treutrau der Stadt Kareb Solto, später *irgend etwas* anderes
Tika	Ibaks enge Gefährtin
Raktscha	äußerst mutige Stadtschreiberin
Eleva	Ibaks geheimnisvolle Tante

In weiteren Rollen auf der Insel Fäärwll:

Digrin Semper	unglücklich beförderte Nebenprovinz-Vorsitzende

Ulana und Leremi	die beiden Geliebten der Herrat Herratsn
Sententia	eine der Hauptverantwortlichen des Widerstandes
Vega	mutiges Mädchen
Agnes und Bredelgund Honiglieb	zwei ziemlich naschhafte Zyklopinnen

In weiteren Rollen auf dem Festland:

Smagninborg von Smagninborg	Ibaks Ziehmutter
Niemit	Ibaks Tochter
Meisterin May	Heilerin
Sebl Sebelsn	Kapitänin zur Midlandsee
Swampa	Schenkenwirtin aus Leidenschaft
Sekja	alte Fischerin aus Fellöw
Owina	Archivarin auf der Feste Kareb Solto
Oleira	verhinderte Fiugeweihte
Hulda Klödenich	Gewährsfrau Nordwestmidlands
Sybiella	verarmte Prinzessin
Eustachine	Huldas Hauswahrerin

In den kleinen Nebenrollen:

Mira	eine Säugtochter, die wirklich ungemein geduldig ist
Jördis	Janjats Hündin samt ihrer sprunghaften, blutgierigen Bewohnerinnen

eine ferne Angebetete namens Andronja

UND

in einer ganz und gar nicht kleinen Rolle:

Die Schattengeherin

Der Geschichte erster Teil

Der Geschichte zweiter Teil

Der Geschichte erster Teil
NERGORIT

Kapitel 1

Als sie erkennt, daß es zwei Schatten sind, die sie begleiten, steht die Tarbas tief am Himmel, und ihre späte Glut färbt die Gipfel der Berge. Einer der Schatten erhebt sich im Feuer aus dem Tanz der Flammen.
»Ich bin es«, spricht der Schatten. »Deine Angst. Fürchte dich vor mir, daß ich satt davon werde und Macht über dich gewinne!«
Und sie schließt die Augen und fürchtet sich, fürchtet sich selbst und jeden kleinsten Teil der Welt, bis der Schatten der Furcht trunken ist von all dieser Angst.
Ein anderer Schatten erhebt sich in ihr, ganz sacht, nah bei ihrem Herzen, doch fern von ihrem Sein.
»Ich bin es«, spricht der Schatten. »Erinnerst du dich? Ich habe dich nicht vergessen. Komm und liebe mich. Ich will bei dir sein. Besieg deine Angst! Sie hat keine Macht über dich!«
Und als im Westen die Sterne noch über der Welt funkeln, während im Osten schon der Morgen grüßt, erwacht sie endlich neben der Asche des Feuers, und der frühe Tau des Traumes macht ihre Lider schwer.
Ich muß es ihr sagen, nein, ich will es ihr schreiben, denkt sie, ja, ich werde ihr schreiben. Aber sie weiß nicht wie. Sie will sich nicht entblößen.
Der Schatten der Furcht lacht, bevor er schließlich fröstelnd vor dem jungen Tag davonkriecht.

Aber nein, es war keine helle Nacht! Obwohl doch die Fiu am Himmel ihre Bahn zog! Es war nur eine jener Nächte, in denen ihr bleicher, milchiger Glanz durch ein vorherrschendes und hartnäckig anhaltendes Schlechtwettergebiet über Nordwestmidland gar nicht erst in Erscheinung trat.

Heftiger Wind zerrte an den Schlagläden des Wachhauses. Es lag neben dem Tor, im ersten Innenhof der Feste Kareb Solto, die sich wie aus dem Stein des Ahrgtefelsens herausgemeißelt mit ihren spitzen, schlanken Türmen gegen den Himmel reckte.

Dicke Regentropfen prasselten geräuschvoll auf die Schindeln des kleinen Gebäudes.

Im Inneren der Wachstube ließen mehrere auf dem Fußboden verteilte Eimer den Schluß zu, daß das Dach dringend einer Reparatur bedurfte.

Unbeeindruckt vom Tröpfeln des Regenwassers und eher

beiläufig die Füllhöhe der Eimer kontrollierend, stellte eine der beiden Wachfrauen die Teekanne auf den kleinen, gußeisernen Ofen.

»Was meinst du?« fragte sie. »Wird es je aufhören zu regnen?«

Ihre Gefährtin zuckte die Achseln.

»Wenn die Erhabene doch endlich das Dach richten lassen würde!«

»Warum sollte sie? Schließlich muß *sie* nicht hier sitzen.«

»Du hast recht! Die erhabene Lanice Lofort ruht gemütlich in ihren weichen Kissen, wenn sie nicht gerade in ihrem Badezuber hockt und darüber nachdenkt, wie sie die Wegezölle erhöhen kann.«

»Du wirst sehen, sie bekommt die Rechnung spätestens nächstes Jahr präsentiert, wenn die Wahlen stattfinden! – Au, verflucht!«

Es war ärgerlich! Nicht nur hinsichtlich der Teekanne, die durch eine äußerst ungeschickte Bewegung nun zu Boden gefallen war, oder wegen des verbrannten Fußes einer der Wachfrauen.

Es war überdies ärgerlich, daß Lanice Lofort, die auch die Erhabene genannt wurde, noch für mindestens ein Jahr in ihrem Amt bleiben würde. Sie war die Vorsitzende am Tische der Ahrgte, der nach der legendären Himmelsdrachin benannt war. Außer Frau Lofort durften an der Tafel noch weitere elf Frauen als gewählte Vertreterinnen der verschiedenen Länder des gesamten Kontinentes Platz nehmen.

Frau Lofort bekleidete außer dem Amt der Vorsitzenden am Beratungstisch auch das der ersten Ratsfrau Nordwestmidlands und der Garnlandebene, zudem war sie Ratsfrau der großen Stadt Kareb Solto, die am Fuße des Ahrgtefelsens in der Garnlandebene lag.

Lanice Lofort war eine Frau mit Einfluß.

Vor allem aber war sie reich. Auf unerklärliche Weise hatte sie es im Laufe der letzten Jahre immer wieder bewerkstelligt, in

Ämter gewählt zu werden. Es wurde schließlich gemunkelt, daß die Erhabene mit den Machenschaften eines geheimen Bundes in Verbindung stünde, dessen Anhängerinnen unterstellt wurde, durch den Einsatz von böser Magie alles zu vollbringen.

Aber es gab auch andere Stimmen. Sie vermuteten hinter Lanice Loforts Erfolgsrezept nichts weiter als eine einzige Zutat, die jedoch offensichtlich in ausreichender Menge vorhanden war: Sie bestand aus Edelmetall und trug den Namen *Soltodukat.*

Und in der Tat, diese Vernünftigen schienen sich durchaus im Recht zu befinden. Lanice Lofort hatte die Jahre ihres Erfolges nicht ungenutzt ins Land ziehen lassen. Mit der Zeit hatten sich die geschickten Eigenentnahmen aus verschiedenen Goldschatullen bezahlt gemacht. Heller hatte sich an Heller geschmiegt, dies schien ein natürliches Gesetz zu sein, und Frau Lofort hielt sehr viel von der Natur, besonders von der Natur des Goldes.

Nun, während im Laufe der Jahre immer weniger Mittel zur Instandhaltung der Feste und für das Allgemeinwohl der Bürgerinnen Kareb Soltos zur Verfügung standen, wurde Lanice nicht nur immer erhabener, sondern auch wohlhabender; sie erfreute sich zwar keiner besonders großen Beliebtheit, war jedoch zu einer festen Institution geworden, einer unumstößlichen Tatsache, sie wirkte fast wie eine Alleinherrscherin, und es schien, als sei vergessen worden, daß sie einfach abgewählt werden konnte. Und dies, so meinte die Mehrheit der Bevölkerung, dies hatte nun wirklich etwas, das Magie wenigstens gleichkam. Aber vielleicht geschah es auch einfach nur aus Langmut und Bequemlichkeit. Gleichviel.

An diesem Abend befand sich Lanice Lofort nicht auf der Feste. Sie weilte bereits seit vier Wochen außerhalb der Hauptstadt.

Es war verwunderlich, daß mitten in der Nacht – es mochte bereits um die zweite Stunde sein – ein Pferdekarren auf dem Hof der Feste vorfuhr.

Die eine der beiden Wachfrauen stand staunend am Fenster, während sich die andere fluchend wieder den löchrigen Stiefel über den schmerzenden Fuß zog.

»Wer kann das sein, mitten in der Nacht?« fragte ihre Gefährtin.

Ein niederfahrender Blitz erleuchtete die Gestalt, die, in einen dunklen Umhang gehüllt und das Gesicht unter einer Kapuze verborgen, mit einer geschmeidigen Bewegung vom Bock sprang.

»Wir werden es gleich erfahren!« Die Wachfrau unterdrückte ein Stöhnen und humpelte zur Tür, um zu öffnen.

Doch selbst das Licht der Öllampen in der Stube reichte nicht aus, um die Gesichtszüge der durchnäßten Gestalt auf der Schwelle zu erkennen. Die Kapuze warf einen langen Schatten, und so schien es, als kämen die Worte der Unbekannten aus dem Nichts, als sie eine Schriftrolle aus ihrem Umhang zog und mit leiser Stimme eindringlich flüsterte:

»Laßt mich passieren! Ich komme in allerhöchstem Auftrag!«

Skeptisch nahm die ältere der beiden Wachfrauen das Schriftstück in Empfang und entrollte es.

»Eine Auftragsbestätigung, gesiegelt und unterzeichnet von Lanice Lofort persönlich.«

»So ist es! Laßt mich also passieren.«

»Einen Augenblick! Nicht so eilig!«

Die andere der beiden Wachfrauen hatte Mitleid mit der durchnäßten Gestalt.

»Willst du einen Moment zu uns hereintreten? Du wirst verstehen, daß wir gehalten sind, deinen Auftrag zu überprüfen. Aber wir wollen auch nicht, daß du dich hier erkältest.«

Die Gefährtin warf ihr einen ungehaltenen Blick zu. Sie hielt nichts von durchnäßten Besucherinnen in ihrer Wachstube.

Doch die Unbekannte schüttelte ohnehin den Kopf.

»Ich habe nicht die ganze Nacht Zeit. Auch Lanice Lofort

wird es bedauerlich finden, wenn sie erfährt, daß ich in der Ausübung meines Auftrages behindert worden bin.«

»Du willst also Lanice Loforts Badezuber abholen, um Reparaturarbeiten an ihm durchzuführen.«

»Es steht alles in der Schriftrolle, die du gerade gelesen hast. Sicher wird es dir nicht entgangen sein, daß die Erhabene persönlich unterzeichnet hat.« Die Stimme der nächtlichen Besucherin nahm einen schneidenden Unterton an.

»Wie ist dein Name?« forschte die Wachfrau unnachgiebig.

»Ich glaube beinahe, du bist des Lesens unkundig, da auch mein Name in dem Schriftstück erwähnt ist.«

»Warum kommst du nicht bei Tage? Warum erscheinst du hier zu dieser unpassenden Stunde?«

»Ich habe einen langen Weg hinter mir, und wenn nicht eines der Räder des Karrens am Fuße des Drachensteiges gebrochen wäre, dann wäre ich gewiß erheblich eher hier oben eingetroffen. Willst du mich jetzt endlich passieren lassen?«

Der Drachensteig war der ewig lange, gewundene Pfad, der zur Feste hinaufführte.

Mißtrauisch sah die Wachfrau zu dem Karren hinaus. Der Wind fuhr unter die Plane und bauschte sie auf.

Die Besucherin tappte mit dem durchnäßten Schuhwerk unwillig auf und ab.

»Geh ruhig hinaus und sieh dir die frisch reparierte Stelle an! Ich werde Lanice Lofort berichten, daß es schwieriger ist, ihren Badezuber abzuholen, als einen Tunnel durch den Ahrgtefelsen zu graben.«

Die Wachfrau, abgeschreckt durch die nächste heftige Regenböe, betrachtete die gesichtslose Gestalt auf der Schwelle, dann wieder die Schriftrolle, und schließlich wandte sie sich etwas hilflos an ihre jüngere Gefährtin, die nur die Schultern hob und meinte:

»Warum läßt du sie nicht durch?«

»Ich weiß nicht! Irgend etwas … stimmt hier nicht!«

»Du wirst Schuld haben, wenn meine Arbeit nicht pünktlich ausgeführt sein wird«, erklärte eine Stimme ungerührt aus dem Nachtdunkel ihrer Kapuze.

Die Wachfrau biß sich auf die Lippen.

»Dein Name ist mir unbekannt. Du stammst nicht aus Kareb Solto.«

»Vollkommen richtig. Ich komme extra für diesen Auftrag von weit her. Und jetzt hör mir gut zu: Im Morgengrauen läuft mein Schiff aus. Ich muß mit der Fracht pünktlich im Hafen sein. Wenn mir das nicht gelingt, kenne ich eine hochgestellte Persönlichkeit in Nordwestmidland, die sehr, sehr zornig werden wird. Und sie wird irgendeine zur Verantwortung ziehen wollen.«

»Ich weiß nicht.« Die Wachfrau rieb sich das Kinn.

»Geh und sprich meinetwegen mit der Verwalterin der inneren Burgangelegenheiten. Sie wird sich freuen, wenn du sie wegen dieser Lappalie aus dem Schlaf scheuchst.«

Die jüngere der beiden Wachhabenden zog ihre Gefährtin nun ein Stück zum Ofen und flüsterte:

»Was hast du nur? Warum bist du so mißtrauisch? Stell dir vor, die Erhabene kommt von ihrer Reise zurück und erfährt, daß der Zuber noch nicht repariert ist. Er ist ihr Augapfel, das weißt du doch. Vor ein paar Monaten erst hat sie ihn vergolden lassen.«

»Was muß an dem Ding eigentlich gerichtet werden?« erkundigte sich nun die ältere Torfrau.

»Die Fassungen einiger Juwelen am Rand müssen erneuert werden. Außerdem hat eure Goldschmiedin aus Kareb Solto noch in vielerlei anderer Hinsicht schlampige Arbeit geleistet. Aber dir das jetzt zu erklären, führt zu weit.«

Die Unbekannte betrachtete ihre feuchten Fingerspitzen.

»Na, bitte, du hörst es selbst«, flüsterte die Jüngere weiter auf ihre Gefährtin ein. »Es geht gewiß alles mit rechten Dingen zu. Laß sie passieren. Wir werden schrecklichen Ärger bekommen, wenn Lanice auf die Feste zurückkehrt und ihr Zuber noch nicht wieder hier ist.«

Frau Lofort war nicht nur leidenschaftliche Genießerin heißer Bäder, sondern hatte es sich wohl obendrein zur Aufgabe gemacht, den schönsten und prachtvollsten Zuber ganz Nordwestmidlands zu entwerfen. Nach ihren Anweisungen und Ideen war er schließlich gebaut worden. Frau Lofort liebte ihren Zuber. Es hieß, sie poliere ihn an jedem Tag, den die Tarbas werden ließ, höchst eigenhändig mit einem bestickten Lappen, der seiner Besitzerin an Eleganz in nichts nachstand. Ob dieses Gerede wirklich stimmte, wußte keine. Tatsache war jedoch, daß Lanice streng darüber wachte, daß niemals eine Person ohne ihr Beisein Zugang zum Baderaum hatte. Es gab keine Frau auf der Feste, die sich nicht an diese Anweisung hielt, denn es hieß, der Zuber sei mit einem Fluch behaftet.

War nicht die geschickteste Kunsthandwerkerin Kareb Soltos, nachdem sie den Zuber im Keller der Feste unter strengem Ausschluß der Öffentlichkeit fertiggestellt hatte, eines rätselhaften Todes gestorben?

Die ältere Wachfrau zögerte noch einen kurzen Moment. Doch dann gab sie sich selbst einen Ruck und der Unbekannten die Schlüssel.

»Na schön, du darfst passieren. Aber von uns beiden wird dir keine helfen, das verfluchte Ding auf den Karren zu laden. Du hast sicher gehört, was deiner Vorgängerin geschehen ist, nachdem sie ein letztes Mal Hand an den Zuber gelegt hat.«

Doch ohne darauf eine Antwort zu geben, hastete die Goldschmiedin zurück zum Karren. Unter der Plane sprangen auf ihr Zeichen hin sechs kräftige Gestalten vom Wagen.

»Die Badestube ist da …!« rief die jüngere der beiden Wachhabenden hilfreich.

Aber die Unbekannte führte das Gespann bereits zielstrebig zum nächsten Innenhof, während ihre sechs Begleiterinnen begannen, eine Art Gestell zusammenzusetzen.

Die ältere Wachfrau schloß die Tür zur Stube und humpelte zum Ofen.

»Ich könnte meine Stiefel verwetten. Da ist was faul!«

»Deine Stiefel will keine, glaub mir!« lachte ihre Gefährtin und holte den Würfelbecher aus einer wurmstichigen Kommode.

Einige Zeit später, um die dritte Stunde, hörten sie einen Karren am Wachhäuschen vorbeirumpeln.

Etwas wie ein dumpfes, beunruhigendes Gefühl blieb bei den Torfrauen zurück, das sie durch ein Spiel mit hohem Einsatz zu verdrängen suchten.

Oh, Fäärwll, du grüne Insel! / Du Insel der Hügel und Felder! / Du Perle inmitten des Midlandmeeres! / Wie lieben wir dich, / wie bist du so schön / und so reich!

Digrin Semper las nur flüchtig die Zeilen des Liedtextes, der ihr vom Festland hinübergesandt worden war. Dann fiel ihr Blick wieder durch das Fenster in den Hof hinaus, auf dem in lehmigen Pfützen das Regenwasser knöchelhoch stand.

Ein Ruf ertönte, woraufhin sich draußen der klapprige Karren, vor den ein knochiger Esel gespannt war, in Bewegung setzte und dafür sorgte, daß eine Schar schmutziger und schon zu Lebzeiten gerupft aussehender Hühner gackernd auseinanderstob. Einige retteten sich auf den unordentlichen Misthaufen, der jetzt, nach diesem kühlen Sommerregen, dampfte. Andere flohen auf die niedrige Steinumfriedung des Anwesens, die an manchen Stellen brüchig und ruinös wirkte. Schmutziges, nasses Stroh verteilte sich auf dem gesamten Hof. Die Ausdünstungen des Mistes schwebten über allem, sowohl über dem Schweinepferch als auch über dem Kuhstall und dem Haupthaus.

Ein paar zerlumpte Mädchen mit großen Augen und hohlen Wangen stritten sich um eine Handvoll Beeren. Schließlich trieb eine hagere alte Frau die Kinder auseinander und scheuchte sie vom Hof.

Digrin sah seufzend wieder auf den Text.

Oh, Fäärwll, du grüne Insel! / Du Insel der Hügel und Felder! / Du Perle inmitten des Midlandmeeres! / Wie lieben wir dich, / wie bist du so schön / und so reich!

Mit Wehmut gedachte Frau Semper vergangener Zeiten.

Früher – und es schien ihr, als liege dieses »Früher« viel weiter zurück, als es tatsächlich der Fall war – ja, früher einmal war sie die erste Ratsfrau einer kleinen Ansiedlung namens Gundlberg in Nordwestmidland gewesen. Doch dann hatte sie die Bekanntschaft Lanice Loforts gemacht, und Frau Lofort hatte Digrin Semper versprochen, reich zu werden. Reich und wichtig.

Digrin lächelte traurig.

Da Frau Semper schon lange unzufrieden in Gundlberg ausgeharrt hatte – sie war sich stets sicher gewesen, sie habe etwas Besseres verdient, als Dorfvorsteherin eines verschlafenen, kleinen Nestes zu sein –, hatte sie dankbar den Worten der Erhabenen gelauscht, die ihr versicherte, in der Hauptstadt Kareb Solto könne eine Person wie Frau Semper ihr Glück machen. Also kehrte Digrin Gundlberg den Rücken zu und folgte Lanice in die große Stadt in der Garnlandebene.

Sie trat Lanice, der sie rückhaltlos vertraute, die Rechte an ihrer Markttinge ab. Frau Lofort hatte daraufhin nichts Eiligeres zu tun, als durch die tätige Mithilfe ihrer gut bezahlten Freundinnen im Rat Nordwestmidlands die Handelsstraße zum »Zollweg ersten Ranges« erklären zu lassen und von ihr selbst bezahlte Gewerbetreibende in der Tinge einzusetzen. Frau Semper, deren wichtige Position, die ihr versprochen worden war, in Kareb Solto darin bestand, vom frühen Morgen bis zum späten Abend Siegelwachs zu schmelzen, es auf unwichtige Dokumente zu bringen und ihre schwungvolle Unterschrift darunter zu setzen, begann, in Ungnade zu fallen, als sie zaghafte Versuche unternahm, sich zu beschweren.

Schließlich wurde Digrin zu unbequem, und Lanice beförderte sie in eine gehobene Position.

Und da saß sie nun.

Sie hatte es weit gebracht!

Frau Digrin Semper war Nebenprovinzvorsitzende der Insel Fäärwll geworden.

Oh, Fäärwll, du grüne Insel! / Du Insel der Hügel und Felder! / Du Perle inmitten des Midlandmeeres! / Wie lieben wir dich, / wie bist du so schön / und so reich!

Vor einigen Jahren waren im Hügelland Fäärwlls Nergorite gefunden worden, seltene, klare Steine, die in geschliffenem Zustand glänzten wie Sterne. Viele Frauen waren vom Festland aufgebrochen, um Minen in den Hügeln anzulegen und Nergorite zu finden, denen eine magische Kraft nachgesagt wurde. Ganze Dorfverbände hatten ihr Hab und Gut auf dem Festland verkauft und waren nach Fäärwll gezogen, um in den Bergen der Inseln nach Nergoriten zu suchen. Doch die Ausbeute war lange nicht so groß wie erwartet, und der erhoffte Reichtum blieb aus. Die midländische Landbevölkerung besaß keine ausreichenden Kenntnisse über den Bergbau. Viele kehrten auf das Festland zurück, aber die meisten hatten kein Zuhause mehr, wohin sie sich hätten flüchten können. Manche blieben auch in trotziger Hoffnung und lebten ein ärmliches, kärgliches Leben.

Schon hieß es, das Eiland sei mit einem Fluch behaftet, und genau zu diesem Zeitpunkt griff Lanice Lofort ein.

Sie witterte Erträge und zögerte nicht, sondern bot allen restlichen Bewohnerinnen Fäärwlls ihre Hilfe an, wenn sie nur auf der Insel bleiben und für sie arbeiten würden. Für einen kleinen Betrag, der weit unter dem lag, was die Nergoritsuchenden einst an Schürfgenehmigung und Registrierungsgebühren hatten bezahlen müssen, kaufte sie im Namen Nordwestmidlands den Unglücklichen das angeblich wertlose Land ab. Zunächst hieß es, es solle dort ein wenig Kohle gewonnen werden. Lanice versprach, daß es den Frauen auf der Insel an nichts mangeln würde, sie versprach ein kleines, aber geregeltes Einkommen sowie die Versorgung der Ansiedlungen mit allem, was notwendig war, um dort ein bescheidenes, jedoch behagliches Leben zu führen.

Die Bewohnerinnen Fäärwlls priesen die Güte der Erhabenen, und Lanice sorgte mit einem unschönen Vertrag und blumigen Reden dafür, daß sich jedefrau für lange Zeit an dieses Versprechen erinnern würde. Der Pakt war geschlossen. Alsdann sandte Lanice Lofort Bergbaukundige aus Flaffl, dem Nordteil des Kontinentes, nach Fäärwll. Und siehe da: sie wurden fündig! Die Berge enthielten soviel Nergorite, daß Frau Lanice Lofort ihren Badezuber mehrmals täglich mit immer neuen Steinen hätte füllen lassen können. Weniger Grund zur Freude darüber hatten allerdings die Bewohnerinnen Fäärwlls, die unter fachkundiger Anleitung und mit ihrer eigenen Hände Arbeit große Mengen wertvoller Steine aus dem Hügelland förderten, das sie Lanice Lofort praktisch geschenkt hatten. Die Bergfrauen wurden in dem Glauben gelassen, die Erträge seien nur gering, ihre Arbeitsleistungen nicht ausreichend und obendrein befänden sich unter ihnen Diebinnen. Auf diese Weise ersann Lanice Lofort immer wieder neue Gründe, die in einer Art Abhängigkeit Stehenden am knappen Zügel zu halten. Sie belog und betrog den Rat Nordwestmidlands, der ihren Machenschaften keinesfalls zugestimmt hätte, bis auf solche Frauen, die Lanice gegenüber eine außerordentlich ertragreiche Freundschaft pflegten. Ja, Frau Lofort legte gefälschte Unterlagen vor, vermengte auf treffliche Weise private und nichtprivate Obliegenheiten in der Angelegenheit Fäärwll und übertraf sich selbst darin, für die Frauen Fäärwlls interessante Rechenexempel aufzustellen, wonach die auf der Insel Beschäftigten in Lohnkosten und Verpflegung mehr beanspruchten, als durch den Abbau der Steine eingenommen wurde. Demnach standen sogar die Frauen Fäärwlls in ihrer oder vielmehr in Nordwestmidlands Schuld.

Die Nahrungsmittel, die Lanice nach Fäärwll verschiffen ließ, waren oft nur unzureichend, was sowohl die Menge als auch die Qualität betraf.

Frau Lofort beobachtete daheim aufmerksam ihre Umgebung. Im Rat Nordwestmidlands schwiegen sich die Frauen aus, die einen, weil sie nicht nachrechneten, die anderen, weil sie gut bezahlt wurden. Noch schien sich keine andere Frau um das Treiben auf Fäärwll zu scheren. Lanice war stets bemüht, wenn nicht den Mantel des Schweigens, so doch den Umhang der spärlichen Rede über ihre Unternehmungen zu breiten. Die Vorkommnisse auf Fäärwll wurden von ihr beinahe wie eine kostbare Privatangelegenheit behandelt.

Das Leben auf Fäärwll aber war arm, ein Kreislauf, aus dem es kaum ein Entrinnen gab.

Zu Zeiten des ersten großen Nergoritfiebers war vor vielen Jahren am Fuße der Berge eine Siedlung entstanden, in der einst buntes Leben und Treiben geherrscht hatte, doch jetzt wirkte sie einfach nur noch verlassen, verkommen und schmutzig. Ihr Name war Rosof Fäärwll. Am Rande Rosof Fäärwlls saß also Digrin Semper – umgeben von Schweine- und Hühnerdreck – in einem baufälligen und wenig standesgemäßen Haus.

Und sie war sehr unglücklich.

Der Text des Liedes, den Digrin so voller Sehnsucht und Kummer schon mehrmals gelesen hatte, war ein Geschenk der erhabenen Lanice Lofort, die ihn in Kareb Solto hatte dichten lassen.

Die Bewohnerinnen Fäärwlls hätten weiß Fiu mehr um ein paar Säcke Mehl und Kartoffeln gegeben. Lanice freilich wäre dies als grobe Undankbarkeit erschienen.

Digrin seufzte einmal mehr und dachte an daheim, das so weit fort lag.

Ihre Gedanken wurden abrupt unterbrochen, als die Tür aufgerissen wurde.

»Ehre sei deiner Göttin!« stieß eine barsche Stimme hervor.

Sie gehörte einer Frau, die sich weit mehr als Nebenprovinzvorsitzende fühlte, als es Digrin jemals möglich gewesen wäre.

Stu von Stelen hatte zu ihrem Leidwesen jedoch lediglich das Amt der Minenbeauftragten inne. Sie besaß all das notwendige Wissen über den Bergbau, das so dringend erforderlich war, sie sorgte dafür, daß die Frauen hart arbeiteten und nicht auf den Gedanken kamen, die Insel verlassen zu wollen, kurz und schlecht: sie gehörte zu jenen Persönlichkeiten, die viel Spielraum besaßen, wenig anziehende Charaktereigenschaften in ihrem Dasein auszuleben.

Frau von Stelen war eine derjenigen, die bereits seit Jahren für Lanice Lofort ihr Wissen über den Bergbau zur Verfügung stellte. Seit einem Jahr war sie mit dieser Aufgabe allein auf der Insel und pendelte regelmäßig zwischen der Küstenansiedlung Rosof Fäärwll und zwei kleineren Ansiedlungen, die in unmittelbarer Nähe der Hauptminen im Inland lagen.

Stu von Stelen war eine Flafflfrau. Die Stelentöchtir kamen aus Sweerkööp, einer Felsenstadt im Jaltofjödirgebirge. Sie waren nicht sehr erfreut gewesen, als sie davon erfuhren, daß Stu beschlossen hatte, einer Beschäftigung im Dienste der Lanice Lofort nachzugehen. Doch die ohnehin unbeliebte Anverwandte hatte nichts auf die Meinung der Sippe gegeben und sich im Laufe der Zeit ihre Position als Minenbeauftragte mit den Eigenschaften, die ihr immer schon zu eigen gewesen waren, erarbeitet: Durchhaltevermögen und Rücksichtslosigkeit. Sie hielt nicht viel von Frau Semper, die ihr schwach und weichlich erschien. Digrin hatte in den letzten Monaten bereits dreimal eine starke Erkältung bekommen und wirkte teilweise sogar – Stu runzelte jedesmal die Stirn, wenn sie daran dachte – ja, sie wirkte teilweise wirklich … mitfühlend, was die Bewohnerinnen Fäärwlls betraf.

»Ehre sei deiner Göttin!« erwiderte Digrin müde.

Frau von Stelen griff nach der Flasche mit Soltofeuer, die auf Digrins Schreibtisch stand.

»Ich bringe schlechte Neuigkeiten!« begann sie verdrießlich und schenkte sich ein.

Frau Semper seufzte.

»Schon wieder? Wann bist du je aus den Abbaugebieten zurückgekehrt und hast gute Neuigkeiten gebracht?«

Stu von Stelen überlegte einen Moment.

»Es war, als wir diesen großen Klumpen gefunden haben. Bei Fiu, ein Nergorit, so groß wie eine Faust, versteckte sich im Stein. Es ist gerade acht Wochen her.«

»Ja, aber du vergißt, daß zugleich an jenem Tag ein Stück des Stollens eingestürzt ist und zwei Frauen unter den Trümmern begraben und schwer verletzt wurden.«

»Sie haben überlebt.« Stu zuckte die Achseln und nahm einen weiteren Schluck. »Es war also ein guter Tag.«

»Was bringst du mir heute für Neuigkeiten?«

»Es sind schon wieder Frauen aus den Dörfern verschwunden. Und selbstverständlich fehlen auch Nergorite. Wenn es so weitergeht, müssen wir beide bald selbst in die Minen, um die Verluste auszugleichen.«

»Bei der Güte der Tarbas!« hauchte Digrin leise.

So ging es nun schon seit Wochen. Immer wieder verschwanden Bewohnerinnen aus den Dörfern Fäärwlls spurlos, und auch kostbare Nergorite kamen abhanden. Keine wußte, wo die Frauen blieben, ob sie die Insel verlassen hatten oder sich irgendwo versteckt hielten. Berichte über diese Vorfälle mußten geschrieben und nach Kareb Solto verschifft werden. Das Postschiff kam nur alle zwei Wochen. Digrin hatte bereits einen kleinen Stapel Briefe an Lanice Lofort vor sich liegen. In den letzten vierzehn Tagen waren ungefähr fünfzig Frauen und auch eine beträchtliche Anzahl von Nergoriten verschwunden.

Stu von Stelen trat ungeduldig auf der Stelle. Sie war groß, stark, trug ihr Haar kurz geschoren und war, ohne daß dies nötig gewesen wäre, bewaffnet.

»Hast du die Namen der Vermißten?« erkundigte sich Digrin.

»Selbstverständlich! Sie befinden sich hier, auf dieser Liste.« Stu reichte Digrin einen schmutzigen Papierfetzen.

Die Nebenprovinzvorsitzende nahm ihn kommentarlos in Empfang und legte ihn in ein Weidenkörbchen, an dem noch ein paar Federn klebten. Ein Huhn hatte über Nacht darin ein Ei gelegt.

Frau von Stelen räusperte sich. »Ich glaube nicht, daß die Frauen die Insel verlassen haben. Wie sollten sie, ohne Schiff und ohne Helferinnen vom Festland? Vielleicht verbergen sie sich in dem Wald M'alennian! Wir sollten ein paar Frauen von der Stadtwache Kareb Soltos anfordern, damit wir sie endlich aufspüren können, diese Diebinnen«, schlug sie vor. Aber eigentlich klang es eher wie ein Befehl.

Digrin winkte ab.

»Warten wir noch. Vielleicht kommen sie von allein wieder zurück. Vielleicht finden sich auch die Steine wieder.«

Stu schwieg. Doch nach einer kleinen Pause meinte sie: »Manchmal wartet eine zu lange. Ich denke mir, daß die Erhabene es zu schätzen wüßte, wenn sie sicher sein könnte, daß ihre Belange hier gut vertreten werden.«

Nun war es an Digrin zu schweigen, bevor sie aufstand und sagte: »Gehen wir.«

Flaffl. Das Nordland. Vom Süden des Landes erstreckte sich das Jaltofjödirgebirge, das Gebirge zwischen Nordwestmidland und Flaffl, bis hoch an die Eisgrenze. Hinter dem Gebirgszug des Jaltofjödir lagen die weiten Ebenen dieser großen, kontinentalen Landspitze. Dort versank Tarbas im Sommer nie, doch die Winter schliefen in ewiger Nacht über dem Land. In den grenzenlosen Weiten der nördlichen Tundra lebten die Frauen in lockeren Verbänden, als Halbnomadinnen oder Nomadinnen.

Flaffl. Ein Land voller Geheimnisse und Magie. Den Göttinnen nah, mit den Sagen und Mythen verbunden, Flaffl, ein Land, wo das Leben hart war wie Fels, zugleich weich wie der Geruch der Fjödirbeeren nach einem warmen Sommerregen.

In Flaffl wurden außer den magischen Waffen des Jaltozirkels auch von der Allgemeinheit zu benutzende Gebrauchsgegenstände hergestellt, Dolche, Schmuckschilde, Messer, die niemals rosteten, deren Stahl von so hoher Qualität war, daß die Schmiedinnen sich bei ihrer Herstellung buchstäblich ins eigene Fleisch schnitten. Die Waren Flaffls waren wie dafür geschaffen, über viele Generationen hinweg ihre Haltbarkeit zu beweisen.

Die Frauen Flaffls versorgten sich seit jeher mit allem, was sie brauchen, selbst, obwohl sie auch über weitreichende Handelsbeziehungen mit vielen Ländern des Kontinentes verfügten. Am Fuße des Jaltofjödir lag genügend fruchtbares Land, das in bescheidenem Maße Ackerbau ermöglichte. Die Chalakzucht hatte in den Ebenen eine lange Tradition, und überhaupt zeichneten sich die Flaffln durch Ausdauer und Genügsamkeit aus. In der Ausbildung der Töchter wurde vor allem viel Wert darauf gelegt, daß diese neben den üblichen Fertigkeiten und Kenntnissen auch die Kampfeskünste und das magische Schmiedehandwerk erlernten, denn viele hundert Jahre hindurch war besonders Flaffl durch grausame Ungeheuer bedroht worden, die an den Küsten landeten und das menschliche Leben zu vernichten suchten. Die Überfälle waren mittlerweile traurige Geschichte, aber die Schulausbildung wurde beibehalten.*

Im südlichen Gebiet, im Grenzland zwischen Flaffl und Nordwestmidland, lagen drei Städte, steinernen Felsennestern gleich, an den baumlosen Hängen der Gebirgskette: Fjödirtaag, Sweerkööp und Jaltoferwöng.

In Fjödirtaag senkte sich Tarbas nun den Berggipfeln entgegen. Sattes, warmes Abendlicht überflutete die Giebel der Häuser, die in den verwinkelten, steilen Gassen so dicht beieinander lagen, daß sie oft mit einer Brücke im oberen Stock verbunden waren. Noch drangen aus den Schmieden und Werkstätten vereinzelt die Geräusche von Werkzeugen. Aus der

---

* Mehr zur Vorgeschichte kann in dem Roman »Die Midlandprophezeiung« gelesen werden.

Schenke an der Kehre drang johlendes Gelächter, junge Frauen brachten Brotteige in die Backstuben und schwatzten miteinander. Neben einem schmalen Stallgebäude stritten sich zwei kleine Mädchen, was die Gruppe von hochbetagten Greisinnen auf der Bank gegenüber mit Belustigung zur Kenntnis nahm. Zwei Schmiedinnen streckten die Köpfe aus den halbhohen Türen ihrer Handwerksstätten, grüßten einander und banden ihre Lederschürzen ab. Ein Feinfaß wurde mühsam eine Straße hochgerollt.

Auf einem der offenen Balkone saß eine junge Frau, sie mochte die fünfunddreißig Jahre erreicht haben. Ihr Haar trug sie nach Flafflart geschoren. Mit klaren, dunklen und aufmerksamen Augen blickte sie auf das lebhafte Treiben in der Gasse unter sich. Sie war nach traditioneller Sitte gekleidet. Über einem dünnen Hemd trug sie ein Lederwams und darauf den Wurfdolchgurt. Doch hatte sie Schwert und Dolche abgelegt. Beides befand sich im Zeugraum. Ein breiter Armreif, auf dem die Zeichen der Sippe eingraviert waren, umspannte den linken Oberarm. Die Beinkleider bestanden aus weichem Chalakleder. Einen Fuß hatte die junge Frau auf der steinernen Umrandung des Balkons abgestützt. In der linken Hand hielt sie einen Stock, in der rechten einen Becher Fein.

»Ibak!« rief eine schrille Kinderstimme aus dem Inneren des Hauses.

Die Angesprochene drehte sich um.

»Was ist denn, Niemit?«

Niemit tastete sich geschickt bis zu Ibak vor. Das Mädchen war blind, doch obwohl sie erst seit einigen Wochen in Ibaks Sippe lebte, fand sie sich gut zurecht.

»Großmutter Smagninborg sagt, wir bekommen Besuch!«

»Nun, wer ist es?«

»Ich kenne sie nicht. Aber du kennst sie. Es ist deine Kusine.«

»Ich habe viele Kusinen. Wie ist ihr Name? Was hat Smagninborg gesagt?«

Niemit wand sich verlegen.

»Ich habe den Namen, glaube ich, vergessen.«

Da trat Ibaks Ziehmutter Smagninborg ebenfalls auf den Erker hinaus. Ihr Gesicht war noch gerötet und verschwitzt von der Arbeit an der Esse. Auf dem Arm trug sie ein erst wenige Monate altes Mädchen, das sie auf dem Boden absetzte. Sie strich Niemit über das Haar.

»Willst du nicht hinunter in die Stube gehen?« erkundigte sie sich mit gutmütiger Verdrossenheit. »Du könntest dich nützlich machen. Schnitz Pfeile mit Großmutter, oder kümmere dich mit ihr gemeinsam um das Abendessen. Den ganzen Tag faulenzt du nun schon hier herum.«

Niemit murrte und setzte sich lieber auf die Steinfliesen.

Smagninborg, eine drahtige Frau um die sechzig, versetzte Ibak einen kräftigen Schlag auf die Schulter und lächelte.

»Janjat wird uns besuchen. Deine Zeugmutter hat es mir erzählt. Sie war unten im Tal. Dort ist Janjat gestern morgen eingetroffen. In drei Wochen kommt sie zu uns herauf und wird den Rest des Sommers bleiben. Ist das nicht großartig, Tochter? Sie wird mir in der Schmiede helfen können.«

Ibak sah überrascht auf.

»Weiß Fiu, ich habe sie schon viele Jahre nicht mehr gesehen. Wo hat sie gesteckt?«

Smagninborg breitete die Arme aus.

»Sie ist mit der Herde der Großtante gezogen. Sie ist mit den Chalaks und dem Wind auf den Ebenen um die Wette gelaufen.«

Dies war eine Flafflredensart. Sie bedeutete, daß eine Frau viele Jahre mit den Nomadinnen und dem Wild auf Jahreszeitenreise verbracht hatte.

Ibak bückte sich, um die Säugtochter auf den Schoß zu nehmen.

»Sie wird uns viel zu berichten haben.«

»Habt ihr es schon gehört?« brüllte mit durchdringender Stimme Smagninborgs jüngere Schwester Eleva jetzt von der Gasse aus zu ihnen hinauf. »Janjat kommt nach Fjödirtaag!«

»Ja, wir wissen es!« rief Ibak und schaukelte die kleine Mira so heftig, daß deren Gesicht sich wütend verzog.

»Sie kann deiner Mutter in der Schmiede helfen! Du ziehst es ja offensichtlich vor, auf diesem Balkon Wurzeln zu schlagen!«

»Ich bin krank! Ich kann mich nicht bewegen«, gab Ibak unwillig zurück.

»Ah bah!« meinte Eleva nur grinsend.

Sie verschwand im *Hammer und Amboß*, einer Schenke an der Steilkehre. Aus den geöffneten Fenstern drang außer den üblichen Geräuschen der Klang einer Flöte.

Ibak sah ihrer Tante mit gerunzelter Stirn nach. Sie stützte sich auf den Stock und erhob sich, ihre Tochter auf einem Arm haltend.

»Wo ist Tika?« erkundigte sie sich nach ihrer Gefährtin.

»Sie wartet bereits im *Hammer und Amboß*, um Fein mit Eleva auszuwählen, weil doch bald Janjat kommt.« Smagninborg hängte ihre Lederschürze an einen Haken.

»Mhmm«, brummte Ibak. »Sie ist für meinen Geschmack in letzter Zeit etwas zu häufig in der Schenke.«

»Sie langweilt sich. Sie kann sich doch nicht die ganze Zeit über nur mit Mira beschäftigen!« Smagninborg griff mit ihren schwieligen Händen nach denen der Säugtochter.

Ibak indes sah finster zur Schenke hinunter.

»Soll sie in die Berge gehen und Beeren suchen oder sich anderweitig nützlich machen!«

Smagninborg beugte sich entschlossen zu Niemit hinunter.

»Du wirst jetzt bitte gehen, Tochtertochter. Hast du verstanden?«

Niemit war zwar noch nicht allzu lange in Flaffl, aber diesen Tonfall ihrer Großmutter kannte sie bereits. Sie nickte und trat den Rückzug an.

»Setz dich! Ich habe mit dir zu reden!« Smagninborg drückte ihre Tochter wieder auf den Stuhl.

»Ich weiß nicht, wie du dir diese Verletzung zugezogen

hast, was du getrieben hast, da unten in Midland. Du redest schließlich nicht davon. Auch Tika spricht nicht mit mir darüber. Als du zu mir kamst, vor vier Wochen, habe ich euch alle mit offenen Armen im Haus der Sippe empfangen. Und ich kann mich noch gut daran erinnern, was du sagtest, als ihr hier angekommen seid. Du sagtest, daß du neue Kraft sammeln wolltest. Ich weiß, du hast eine lange Zeit in Kareb Solto verbracht, im Haus der Heilung. Aber du bist dort nicht umsonst entlassen worden. Du bist gesund. Und ich kann nicht feststellen, daß du Kraft sammelst. Du sitzt seit vier Wochen jeden Tag auf diesem Balkon und starrst auf die Straße. Das tut selbst Großmutter nicht, und sie ist fünfundneunzig. Kein einziges Mal bist du bei deiner Zeugmutter gewesen, die dir gewiß recht gerne behilflich sein würde, wieder zu Kräften zu kommen. Du kümmerst dich nur wenig um die Töchter, die du mit hierhergebracht hast. Niemit, ein Mädchen, das du an Tochterstatt angenommen hast: du beschäftigst dich kaum mit ihr. Mira scheint dich ebenfalls nicht zu interessieren. Mit deiner Gefährtin wechselst du nur die nötigsten Worte. Du bist barsch und grob zu ihr. Und du besitzt obendrein die Frechheit, sie vor meinen Augen und Ohren zur Arbeit anzutreiben. Aber darf ich dich daran erinnern, daß in diesem Hause ich das Sagen habe? Wer was tut, das bestimme ich. Später, wenn du die Schmiede übernehmen willst und die Sippe einverstanden ist, dann magst du meine Position einnehmen und herumbefehlen, wie es dir gefällt. Aber eines laß dir gesagt sein: wundere dich dann nicht, wenn du eines schönen Tages ganz alleine in diesem Hause sitzt, denn keine wird es mit dir zusammen aushalten können. So, und jetzt steh auf und iß etwas, und morgen geh zu deiner Zeugmutter. Sie wird dir helfen, wieder anständig laufen zu lernen. Ich bin fertig.« Smagninborg sah einen Moment lang auf ihre schweigende Tochter herab, dann jedoch nahm sie die Säugtochter auf den Arm, machte auf dem Absatz kehrt und ging hinunter. Mehr gab es in diesem Moment nicht zu sagen.

Ibak hatte die ganze Zeit über beständig vor sich hingestarrt. Ihr Ausdruck war hart und unnachgiebig. Doch als die Schritte ihrer Mutter auf der Stiege verklungen waren, stützte sie den Kopf in die Hände und nur an einem beständigen Rucken ihres Oberkörpers war zu erkennen, daß es ein trockenes Weinen war, das sie ergriffen hatte.

Kapitel 2

Brief der Ibak von Smagninborg an Andronja, Apothekerin zu Gundlberg:
»Ehre sei deiner Göttin, Andronja und Ehre sei deinem Namen!
Ich sende Dir einen Gruß – und selbstverständlich auch Deiner Gefährtin, wie allen Frauen Gundlbergs. Es ist viel Zeit vergangen, seit wir uns das letzte Mal sahen, ich nahm an, die Bilder würden verblassen. Doch dies ist nicht geschehen. Ich befinde mich im Haus meiner Sippe. Es geht mir gut. Ich beginne, wieder zu laufen …«

Drei Wochen waren seither vergangen.

Für Digrin Semper krochen sie in Rosof Fäärwll bedrückend dahin, Ibak von Smagninborg verbrachte sie hauptsächlich finster vom Balkon starrend. Nur für zwei Frauen, jene nämlich, die das Tor auf der Feste Kareb Solto bewachten, verflogen diese Wochen, denn es näherte sich der Tag, an dem die erhabene Lanice wieder eintreffen sollte.

Jedoch war in der Zwischenzeit keine Goldschmiedin erschienen, um einen reparierten Badezuber abzuliefern. Die beiden Torfrauen hatten nicht gewagt, Mehetma, der Verwalterin der inneren Burgangelegenheiten, etwas von dem Besuch der Unbekannten zu erzählen, die vor einigen Wochen spät in der Nacht den Badezuber der Frau Lofort abgeholt hatte.

Je mehr Tage nach dem Vorfall ins Land gezogen waren, desto unwohler fühlten sich die beiden und irgendwie waren sie stillschweigend zu der Übereinkunft geraten, besser kein Wort über diesen Vorfall zu verlieren. Besonders nicht, nachdem die ältere der beiden Wachfrauen festgestellt hatte, daß im Auftragsbuch der Feste, welches sie nach einigen Tagen einsah, nicht das geringste über eine notwendige Reparatur vermerkt stand. Welche Frau auch immer sie fragte, den Namen dieser angeblich so berühmten Goldschmiedin hatte noch keine gehört.

Kurzum, es mehrten sich die Hinweise darauf, daß sie einem Betrug aufgesessen waren, und daß der vergoldete Zuber mittels eines dreisten Raubzuges gestohlen worden war. Also mehrte sich auch der Schweiß auf den Innenseiten ihrer Hände, als eines schönen Spätsommermorgens – Tarbas lachte am Himmel –

vom höchsten Turm der Feste herab das Signal der Ankunft von Lanice Lofort erklang. Das Instrument schien etwas verstimmt. Es war schon lange nicht mehr benutzt worden und tönte folglich etwas verhalten und quäkig, aber für die beiden unglückseligen Wachfrauen erscholl es, als habe eine schaurige Rachegöttin die Kreaturen der Zwischenwelten zum Kampf antreten lassen.

Ein hoher, schmaler, kastenförmiger Wagen rappelte kurze Zeit später durch das geöffnete Tor der Feste. Die beiden Wachfrauen verfolgten aus der sicheren Distanz ihres Quartiers, wie er schließlich im Innenhof zum Stehen kam, Mehetma und ein paar andere Frauen zur offiziellen Begrüßung vortraten und Lanice Lofort sich aus dem Wagen quälte. Noch war alles ganz friedlich. Die Frauen vom Geleit brachten die Pferde in die Stallungen. Lanice wirkte fröhlich und aufgeräumt. Sie fuchtelte wenig erhaben mit den Armen, bevor sie schließlich ihr langes, wallendes Gewand zusammenraffte, um mit Mehetma und einigen anderen in das Gebäude zu treten, in dem sich ihre Räumlichkeiten befanden.

»Sie wird als erstes ein Bad nehmen wollen! Mach das Fenster auf, damit ich sie kreischen hören kann!« sagte die eine der beiden Wachfrauen. Ein angespannter Ausdruck lag auf ihrem Gesicht.

Die Gefährtin öffnete das Fenster. Dann setzte sie sich neben ihre Zimmergenossin auf die schmale Pritsche, und nahm zaghaft deren Hand. Sie warteten.

Es dauerte noch eine ganze Weile, doch dann kam er, der Schrei der Lanice Lofort, der so laut war, daß er in die Geschichte Nordwestmidlands einging.

»Komm!« sagte die eine der beiden Wachfrauen nun zu ihrer Gefährtin. »Du kannst dir jetzt die Stiefel anziehen. Gleich ist es soweit!«

Tika, Ibaks Gefährtin, stand an der Wegkehre der Gasse. Von dort aus konnte sie Smagninborgs Haus sehen und ihre Gefährtin beobachten, die stumm und verdrossen vor sich hinstarrte und vergeblich auf etwas zu warten schien, seit Monaten nun schon.

Ibaks Verletzung* war so schlimm gewesen, daß in Kareb Solto keine – nicht einmal die Meisterin May – damit gerechnet hatte, daß Ibak je wieder laufen könnte. Ibak sprach mit keiner Frau über die Umstände, wie es zu dieser schrecklichen Wunde gekommen war. Nur Tika wußte es, aber auch sie behielt es für sich.

Ibak hatte lange und bange Wochen im Haus der Heilung in der Hauptstadt verbringen müssen, bevor sicher war, daß sie ihr Bein nicht verlieren würde. Nach diesem ersten Heilerfolg jedoch hatten sämtliche Kräfte sie verlassen. May hatte den Kopf geschüttelt, sie immer wieder stirnrunzelnd angesehen und gefragt, warum sie nicht versuchen wollte zu laufen und kräftig zu werden. Aber Ibak, die sich nach den Monaten der Bewegungslosigkeit schwach fühlte, hatte nicht reagiert, sondern nur an die Decke gestarrt. Tika, die mit Ibak gemeinsam nach Kareb Solto gereist war, konnte ihre Gefährtin nicht mehr aufmuntern, zudem hatte sie gerade die kleine Mira zur Welt gebracht. Tika fühlte sich allein und von der Gefährtin, die nicht viel Interesse an der Tochter zeigte, im Stich gelassen. Ibak legte nur noch kleine Wege zurück, benutzte nach wie vor den Stock, von der Übung am Körper ganz zu schweigen. Keine kannte diese Ibak mehr, die sich aufgab, die – so schien es – nichts mehr wollte, nichts mehr erreichte. Nur in einem Punkt hatte sie sich während ihres Aufenthaltes im Haus der Heilung klar geäußert und gehandelt. Sie hatte Niemits Mutter zu sich bitten lassen und lange, lange mit ihr gesprochen. Sie hatte das Kind und seine Mutter vor einigen Jahren kennengelernt und wußte um die schwierige Lage, in der sich das Mädchen befand. Schließlich war Niemits Mutter nicht nur einverstanden gewe-

* Die Umstände, wie es zu Ibaks Verletzung kam, werden in dem Buch »Die Midlandprophezeiung« geschildert.

sen, sondern sogar erleichtert, als Ibak ihr anbot, das Kind für sie aufzuziehen. Doch danach hatte Ibak ihrer Gefährtin das Mädchen an die Hand gegeben und sich selbst wieder an einen der kleinen Teiche im Garten der Erholung unter eine Weide gelegt.

Und Tika sah sich plötzlich mit einem zehnjährigen Mädchen und einer Säugtochter allein in Kareb Solto stehen, fern von ihren Gefährtinnen und Freundinnen, weit fort von Gundlberg und daheim.

Schließlich hatte sie Ibak den Vorschlag unterbreitet, gemeinsam nach Flaffl zu reisen, zu Ibaks Sippe. Zunächst lehnte Ibak diesen Vorschlag ab, aber nach einer langen Nacht besann sie sich anders und war einverstanden. So also waren sie vor mittlerweile sieben Wochen im Hause von Ibaks Ziehmutter Smagninborg eingetroffen. Tika, die zuerst die Hoffnung hegte, mit Ibak ginge es in Fjödirtaag bergauf, mußte schließlich enttäuscht einsehen, daß dies wohl doch nicht der Fall war. Ibak verhielt sich nicht anders als in Kareb Solto. Sie wurde nach anfänglicher Besserung nun wieder von Tag zu Tag mürrischer, und Tika war es, als stehe sie tagtäglich vor einem neuen Abgrund, wenn sie matt in Ibaks dunkle, unergründlich tiefe Augen sah. Doch sie bereute nicht, diese Reise angetreten zu haben, denn Smagninborg und auch die anderen Frauen der Sippe nahmen sie und die Kinder mit offenen Armen und Herzen auf. Sie versuchten zwar niemals, in sie zu dringen – worüber Tika nicht traurig war –, aber auf ihre gerade und ehrliche Art waren sie der beste Trost, den sich Tika überhaupt vorstellen konnte. Besonders bemühte sich Ibaks Tante um die unglückliche Tika, während Ibaks Großmutter und Smagninborg sich um die Kinder kümmerten. Der Verlust einer Sinnes- oder Körperfunktion bedeutete nach dem Verständnis der Frauen die Herausbildung einer anderen Fertigkeit in allerhöchster Vollendung. Daher wurde um Niemits Blindheit nicht viel Aufhebens gemacht, außer daß die Frauen der Sippe sich geduldig zeigten, und dies brachte bei dem Mädchen bald den gewünschten Erfolg. Es wurde zusehend selbstsicherer, freundete sich rasch mit den Töchtern der Nachbarinnen an, zeigte große Geschicklichkeit beim Schnitzen und in manch anderen Handfertigkeiten.

Ibak bekundete an all dem nicht viel Interesse, sondern saß auf dem Aussichtsbalkon über dem Erker und starrte in die Ferne, in eine Ferne, in die ihr keine zu folgen vermochte. Mit den Wochen ließen die Frauen sie einfach gewähren.

»Schickt sie doch zu ihrer Großtante in die Ebenen; soll sie ein paar Monate auf Chalakhaut kauen, dann geht es schon wieder«, meinte Ibaks Großmutter, die, so schien es, mit ihren fünfundneunzig Jahren noch keinen einzigen Tag der Schwermut zugelassen hatte. Aber ihre Anregung wurde nicht aufgegriffen, da Smagninborg der Meinung war, diese radikale Behandlung sei unbrauchbar und könne eher schaden als nützen.

Selbst Niemit gab es auf, die neue Mutter aufmuntern zu wollen. Sie suchte nach einer Weile nicht mehr so häufig ihre Nähe, sie kletterte kaum noch auf den Balkon hinauf, um sich vor sie zu stellen und ihre Körperwärme zu spüren. Und Ibak, die früher anläßlich dieser Besuche düster in die Augen des Mädchens geschaut hatte, die auf seltsame Art an ihr vorbeisahen und doch viel mehr von ihr wahrnahmen als die Blicke aller anderen, begann, Niemit zu vermissen. Zumindest sagte sie dies einmal zu Tika, an einem jener seltenen Tage, da sie vernünftig miteinander hatten reden können.

Tika verstand Ibak nicht mehr. Es war, als sei ihre vertraute Seele fortgegangen und habe in ihrem Körper etwas zurückgelassen, das immer undurchschaubarer wurde.

Jetzt, da sie nun schon eine geraume Weile in Gedanken versunken traurig zum Erker emporsah, beschloß sie zu winken. Doch Ibak schien sie gar nicht zu erkennen, schien durch sie hindurchzustarren, und Tika senkte verlegen den Kopf. Sie befürchtete, daß Ibak all ihre Gedankengänge mitangehört hatte und sie dafür verachtete.

Gerade in diesem Augenblick – es war Mittagszeit – trat

Eleva aus dem *Hammer und Amboß*. Eleva, fünfundfünfzig Jahre alt, eine eher rauh wirkende, schlanke Person mit stoppelkurzem, grauen Haar, war eine durchaus anziehende Frau. Wie ihre Schwester Smagninborg war auch Eleva Schmiedin. Sie besaß eine eigene Werkstatt in Fjödirtaag, von der behauptet wurde, dort könne mit einfachsten Mitteln alles repariert werden, was aus Metall bestand. Eleva wußte immer Rat, verfügte über Improvisationstalent und Einfallsreichtum, hatte eine etwas eigenwillige Auffassung bezüglich ihrer Arbeitszeit und galt vielen Bewohnerinnen Fjödirtaags als umgängliche und fröhliche Freundin. Ihre Schwester Smagninborg und die restlichen Sippenangehörigen kannten jedoch auch eine andere Eleva, eine, die regelmäßig für mehrere Monate die Stadt verließ, und wenn sie anschließend zurückkam, nie darüber sprach, wo sie gewesen war oder was sie getan hatte.

Nun jedoch war Eleva gerade sehr guter Dinge. In ihrer Wamstasche steckte der Auftrag einer Kauffrau aus Kareb Solto. Ein Vertrag war just unterzeichnet worden, und Eleva klopfte zufrieden auf die Ausbuchtung in ihrer Kleidung.

Da erblickte sie Tika, die bedrückt an der Hausecke lehnte, trat auf sie zu und legte fest einen Arm um ihre Schultern.

Ibak, die von ihrem Aussichtspunkt aus diese tröstliche Geste verfolgt hatte, kniff die Augen zusammen.

Eleva sagte Tika leise etwas ins Ohr, und Tika lachte, warf den Kopf in den Nacken und schlug Eleva scherzhaft auf den Bauch.

In Ibaks Magen krampfte sich etwas zusammen. Es war keine Eifersucht, die sie in diesem Moment empfand, vielmehr eine Sehnsucht nach Zuwendung und Liebe, nach einer Liebe, vor der sie selbst die Türen ihrer Seele verschlossen hielt.

Sie wurde abgelenkt, als Huftritte die Gasse hinaufklapperten und Eleva begeistert die Arme in die Höhe warf.

»Janjat!« brüllte Eleva.

»Eleva!« brüllte Janjat begeistert zurück und sprang vom Pferd.

Ibak richtete ihr Augenmerk auf die Kusine, die in Elevas Armen lag. Aus den Schmieden, Häusern und Ställen der Gassen traten die Frauen hervor, um zu sehen, wer dort ankam.

Ibak erkannte Janjat kaum wieder. Als sie ihre Kusine zuletzt gesehen hatte, war sie ein mageres, hochaufgeschossenes Mädchen mit Storchenbeinen gewesen. Ibak, die rund sieben Jahre älter war als Janjat, hatte die Jüngere jahrelang mit den dünnen Armen aufgezogen, die ihr so ungelenk von den Schultern baumelten. Doch was sie jetzt sah, ließ Ibak erstaunt aus ihrer Lethargie erwachen. Janjat war größer als Ibak und erwachsen geworden. Sie trug kein Schwert, nur einen bemerkenswert gearbeiteten Langdolch und den Dolchgurt über dem Wams, die Beine steckten in ausgebeulten Lederhosen und staubigen Stiefeln. Eine Hündin sprang aufgeregt bellend und schwanzwedelnd um sie herum.

Unterhalb des Erkers hörte Ibak nun die Tür der Schmiede ihrer Mutter knarren, und Smagninborg trat in die Gasse hinaus. Sie ging Janjat ein Stück entgegen und legte zum zeremoniellen Gruß die rechte Hand zur Brust.

»Willkommen in meinem Haus und in meiner Sippe, Janjat, Tochter meiner Schwester, Ehre sei deiner Göttin und Ehre sei deinem Namen.«

Janjat befreite sich aus Elevas kräftigem Griff und rannte auf Smagninborg zu, um sie stürmisch zu umarmen, doch Smagninborg hob ihr die Linke entgegen, und hielt sie auf.

»Zeige mir, Janjat, daß du bei der Großtante gelernt hast, dich wie eine Frau Flaffls zu benehmen!«

Janjat hielt inne, legte ebenfalls die rechte Hand zur Brust, beugte leicht den Kopf und sagte in bemüht ernstem Tonfall: »Ich grüße dich, Smagninborg, Schwester meiner Mutter und Sippenoberhaupt der Smagninborgtöchtir. Ehre sei deinem Namen und Ehre sei deiner Göttin. Ich überbringe dir die Grüße der Großtante und deiner Schwester und die Nachricht, daß in den Weidegründen alles zum besten steht. Mit Dank erfüllt mich die Einladung in dein Haus, und ich schwöre, daß ich den Frieden der Sippe wahren werde, so wahr ich Janjat bin.«

Smagninborg nickte zufrieden, und Janjat lief lachend in ihre Arme.

»Oh, Tante Smagninborg, ich freue mich so sehr, wieder in Fjödirtaag zu sein. Mein letzter Besuch liegt so viele Jahre zurück! Ich will jetzt eine Weile im Sippenhaus bleiben.«

Eleva verschränkte zufrieden die Arme vor der Brust. »Die Jahre haben dir gutgetan, weiß Fiu!«

»Großmutter!« Janjat lief zu der alten Frau hinüber, die aus dem Haus trat. »Muß ich vor dir auch den albernen, formellen Gruß ablegen?«

Doch diese winkte nur ab und begutachtete die Enkelin von oben bis unten. Dann nickte sie etwas zittrig und stellte leise und mit einem bitteren Zug um die Mundwinkel fest: »Ibak sollte auch ein paar Jahre in die Ebenen gehen. Dort hätte sie keine Zeit für diesen Unfug. Ja. Unfug!«

»Wo ist Ibak?« fragte Janjat um sich blickend.

Smagninborg wies wortlos zum Erker hinauf.

»Ibak!« rief Janjat und winkte fröhlich.

Etwas wie ein Lächeln stahl sich in Ibaks Mundwinkel. Verhalten winkte sie zurück.

»Was hat sie?« fragte Janjat. »Ist sie krank?«

»Ja!« erwiderte Smagninborg.

»Eine Verletzung?«

»Ja!«

»Tika, ich möchte dir Janjat vorstellen!« erklärte Eleva und schob Ibaks Gefährtin in den Kreis jener, die Janjat umringten.

»Du bist also die Gefährtin meiner Kusine. Ehre sei deiner Göttin. Ich hoffe, du bist wohlauf. Ich freue mich darauf, auch meine zwei neuen Nichten kennenzulernen.« Janjat legte erneut die Rechte zur Brust.

»Ehre sei auch deiner Göttin. Ich freue mich, dich kennenzulernen.«

»Ich mich auch!« erklärte Janjat ungezwungen. »Wir müssen gute Freundinnen werden!«

»Unbedingt!« Tika lächelte.

»Nur nicht zu gute!« murmelte Ibaks Großmutter so leise, daß es keine andere hörte.

»Ach, wie freue ich mich, wieder hier zu sein!« rief Janjat ausgelassen und zog einen ihrer Wurfdolche. »Seht her, wie gut ich gelernt habe, damit umzugehen!«

Das Messer blieb in der Tür zur Schankstube stecken, genau zwischen den beiden Chalakhörnern, die dort befestigt waren.

»Ausgezeichnet!« lobte Swalfa, Ibaks Zeugmutter, die nun auch hinzugetreten war. »Es wird höchste Zeit, daß du deine Ausbildung bei mir fortführst!«

Smagninborg legte ihren Arm um Janjats Schultern.

»Nun laßt uns hineingehen und alles vorbereiten. Wir werden deine Ankunft feiern, es soll ein großes Fest werden. Tika hat bereits ein gutes Faß Fein ausgewählt. Die frischen Beeren stehen bereit, Brot ist gebacken, und wir haben dir zu Ehren ein Chalakkalb geschlachtet. Daß ihr mir alle kommt. Keine darf fehlen!« verkündete Smagninborg in die Runde.

Ibaks Großmutter kehrte als erste ins Haus zurück. »Ibak!« rief sie nach oben. »Du nichtsnutzige Tochtertochter! Deine Kusine ist hier! Du solltest sie sehen! Wenn es noch nach mir ginge, würde ich dich für einige Jahre ebenfalls hinausschicken in die Ebenen! Du bringst mich um meinen Frieden! Nur wegen dir bereue ich es jetzt, daß ich mich allzu vorzeitig zur Ruhe gesetzt habe!«

Stu von Stelen, Minenbeauftragte im Namen der Lanice Lofort, stand breitbeinig an der Hafenmole von Rosof Fäärwll – wenn das brüchige, verkommene Bauwerk einen solchen Namen überhaupt verdiente.

Das Postschiff war eingelaufen, ein miserabel gepflegter

Kahn, unzureichend kalfatert, das Segel- und Tauwerk in geradezu mitleiderweckendem Zustand. Stu von Stelen hätte sich selbst nach ihrem Ableben nicht an Deck begeben mögen und erst recht nicht in die Hände und damit die Obhut jener Frau, die auf diesem Schiff das Sagen hatte.

Sebl Sebelsn, Kapitänin zur Midlandsee, stakte steif über die Planke an Land. In der Hand hielt sie einen durchweichten Postsack.

»Wie ich sehe, hast du eine neue Besatzung angeheuert!« stellte Frau von Stelen fest, der es für einen flüchtigen Moment so schien, als habe sie an Bord ein bekanntes Gesicht erspäht.

»Ich muß die nehmen, die ich kriegen kann!« erklärte Sebl. »Hier habt ihr eure Post!« Sie ließ den Sack vor Stu von Stelens Füßen fallen. »Irgendwas, was ich mit aufs Festland nehmen soll?«

Kapitänin Sebelsn war eine eher unerfreuliche Zeitgenossin, mit den Jahren dem Soltofeuer immer mehr verfallen und ohne rechten Halt in ihrem Leben. Wenn es überhaupt eine gab, die ihr leid tat, dann war diese Person sie selbst. Nachdem ihr eigenes Schiff vor drei Jahren gesunken war, hatte Lanice Lofort ihr diese Stellung und den Kahn besorgt, um eine ständige und vor allem preiswerte Post- und Frachtverbindung nach Fäärwll betreiben zu können.

Sebls Schiff trug den klangvollen Namen *Eleganz*, ein Name, der wohl aus den besseren Zeiten des kleinen Seglers stammte.

Stu überreichte Sebl einen Lederbeutel mit Briefen.

»Dies hier ist für Lanice Lofort bestimmt.«

Nachlässig schwang Sebl den Beutel über die Schultern und zeigte auf den nassen Postsack.

»Willst du ihn nicht öffnen?«

»Was? Sonst hast du nichts für uns? Nur die Post?« fragte Stu ärgerlich.

Sanft dümpelte die *Eleganz* an der Hafenmauer. Ein fauliger Geruch entstieg den Bilgen.

»Was soll ich sonst für euch haben?« brummte Sebl murrig.

»Nun, zum Beispiel erwarten wir eine Lieferung Mehl, Brennholz, Stützbalken, Fein, Getreide, fünf Ballen Tuch für den Winter und noch einiges mehr!«

»Weiß ich nichts von!« Sebl spuckte aus.

Stu von Stelen nahm den durchweichten Postsack, öffnete ihn und zog, ohne Sebl dabei aus den Augen zu lassen, ein paar Dokumente heraus. Sie waren absolut unleserlich. Die Nässe hatte die Tinte fortgewaschen.

»Was ist das?« knurrte Frau von Stelen.

»Na, die Post! Was soll die Frage?« Kapitänin Sebelsn schob sich ungerührt einen Streifen Priem in den Mund.

»Keine Frau kann sie noch lesen!«

»Schätze, weil sie naß geworden ist.«

Jetzt reichte es Stu, und sie packte Sebl am Kragen ihrer Wachsjacke.

»Ich warne dich!« murmelte Frau von Stelen schneidend leise aus nächster Nähe in Sebels Gesicht. »Ich rate dir, das nächste Mal die Post in trockenem Zustand abzuliefern. Wenn du Wert darauf legst, noch lange Zeit deinen jämmerlichen Aufgaben hier nachzugehen, solltest du dich zusammennehmen.«

Stu ließ Sebl los. Der Wachshut saß nun etwas schief auf dem Haupt der Kapitänin, aber das schien ihr nicht das geringste auszumachen. Sie zuckte nur die Achseln.

Ärgerlich trat Frau von Stelen den Sack ins Wasser.

Sebl stakte über die Planke zurück an Bord der *Eleganz*.

»Was grinst du so unverschämt?« rief Stu.

Frau Sebelsn beugte sich über die Reling.

»Schönen Tag noch!« Dann gab sie Befehl zum Leinenlösen, und bald war die *Eleganz* nicht mehr als ein kleiner schmutzigweißer Punkt in weiter Ferne auf der dunklen See.

Auf leisen Sohlen näherte sich Mehetma, die Verwalterin der inneren Burgangelegenheiten, den Gemächern der erhabenen

Lanice. Vor der Tür traf sie auf eine der beiden Torfrauen, die mit zerknirschtem Gesicht auf ihre Gefährtin wartete.

Mehetma schüttelte fassungslos den Kopf.

»Wie konntet ihr nur, ohne mich davon in Kenntnis zu setzen, eine Unbekannte – welche Siegel auch immer sich auf ihrem Schreiben befanden – ohne Aufsicht in Lanice Loforts Gemächer eindringen lassen?« Doch dann fuhr sie mit Mitleid in der Stimme fort: »Du weißt, daß dieser Vorfall eure Entlassung aus dem Dienst bedeutet?«

»Wir dachten, wir könnten vielleicht bei der Stadtwache ...!«

»Ich glaube nicht. Noch nie habe ich die Erhabene derart aufgelöst gesehen.«

»Was ist an einem Badezuber schon so besonders? Ich meine, gut, er war vergoldet, aber es war gewiß nur eine dünne Schicht, die aufgetragen worden ist.« Die Torfrau weinte jetzt fast vor Verzweiflung.

Mehetma tätschelte ihren Arm.

»Lanice hat ihn selbst entworfen. Er ist gewiß recht wertvoll.«

Die Tür öffnete sich langsam, und die andere der beiden Wachfrauen trat in den Gang hinaus.

»War es schlimm?« erkundigte sich Mehetma.

Doch die Frau senkte nur den Kopf und meinte:

»Sie bittet dich, zu ihr zu kommen.«

»Ja!« seufzte Mehetma und griff in die weite Tasche ihres Gewandes, aus der sie einen kleinen Beutel hervorholte.

»Hier! Geht vernünftig damit um. Es ist aus der Kasse für in Not geratene Wachfrauen!«

»Danke!«

»Alles Gute! Die Göttinnen mögen euch schützen!« sagte Mehetma, dann schlüpfte sie in das Schlafgemach der Frau Lofort, die ausgestreckt auf ihrem Bett lag.

»Komm nur!« flüsterte die Erhabene mit ersterbender Stimme.

Vorsichtig näherte sich Mehetma dem Lager. Die schweren

Vorhänge waren zugezogen. Dämmrige Trauer umgab die Bestohlene.

»Was soll ich jetzt tun? Rate mir doch!« forderte Lanice zittrig.

»Nun, ich … denke … die Stadtwache ist bereits verständigt. In die Provinzstädte werden Brieftauben geschickt. Was können wir noch tun? Wir wissen nicht, wer hinter diesem Diebstahl steckt. Es gibt nicht die geringsten Anhaltspunkte. Drei Wochen sind seither vergangen. Ich fürchte, du wirst deinen Zuber nie wiedersehen.«

Da fuhr Lanice mit überraschender Spannkraft senkrecht aus dem Bett, fegte die Wasserkaraffe von der Kommode und begab sich zum Fenster, wo sie die Vorhänge mit einem heftigen Ruck aufriß und die Hände hinter dem Rücken verschränkte. Der Ton rutschte in eine andere Stimmlage.

»Was habe ich gesagt? Du sollst mir Ratschläge geben, aber mich doch nicht in tiefste Verzweiflung stürzen!«

»Aber …«

»Ich lasse kein *Aber* gelten! Dieses Wort existiert für mich nicht.«

Mehetma schwieg.

»Ich weiß schon, wer dahintersteckt!« knurrte Lanice leise und gefährlich. »Aber jetzt sollen sie mich kennenlernen!«

»Wer?« fragte die Verwalterin der inneren Burgangelegenheiten.

»Die Vertragsbrüchigen, die Abtrünnigen von Fäärwll.«

»Aber Lanice, was sollten die Frauen von Fäärwll mit dem Diebstahl zu schaffen haben?«

»Dumme Trine! Ich würde sie nicht in Verdacht haben, wenn ich nicht wüßte, was von ihnen zu halten ist«, fuhr Lanice die oberste Verwalterin der inneren Burgangelegenheiten an.

Mehetma, eine Frau von herausragender Intelligenz, großem Einfühlungsvermögen und tausenderlei anderen guten Eigenschaften, die sie weit über Lanice Lofort erhoben, zuckte zurück. Für diese Beleidigung würde Frau Lofort am Tische der Ahrgte ein Verweis erteilt werden müssen. Mehetma wurde frostig, aber Lanice schien das nicht zu bemerken, als sie fortfuhr:

»Diese undankbaren Verräterinnen! Ich habe so gut für sie gesorgt, als wären sie meine eigenen Töchter. Wo wären sie jetzt ohne mich? Ich kaufte ihnen ihr wertloses Land ab …«

»Nordwestmidland!« unterbrach Mehetma eisig. »Nordwestmidland kaufte ihnen das Land ab.«

»*Ich* bin Nordwestmidland!« schnaubte Lanice. »Also kaufte *ich* ihnen ihr Land ab und gab ihnen Arbeit und Brot. Lies den Brief, der dort auf der Truhe liegt!«

Mehetma nahm das Dokument auf und las:

An Lanice Lofort, die Ausbeuterin und Schinderin Nordwestmidlands:

Bald schon wird der Tisch der Ahrgte von deinen Schandtaten erfahren. Hüte dich! Du bist die längste Zeit die Hälterin eines der Sitze am Beratungstisch gewesen. Bereite dich auf dein Ende vor. Du wirst es in Armut verbringen müssen. Das wird dir eine schlimmere Strafe sein als der vorzeitige Tod.

Freie Frauen Rosof Fäärwlls. FFRF

»Was hat das zu bedeuten?« fragte Mehetma verwirrt.

»Nun«, Lanice drehte sich um und sank wieder auf ihr Bett. »Dieser Brief kam vor rund neun Wochen mit dem Postschiff aus Fäärwll. Ich habe erfahren, daß in letzter Zeit einige Frauen Fäärwlls der Meinung sind, daß ich sie für ihr Nichtstun bezahle. Sie drücken sich vor der Arbeit in den Minen, ziehen sich aus den Dörfern zurück, leben in den Hügeln und Wäldern, was weiß ich, wo sie hausen. Sie meutern, sie rebellieren. Sie weigern sich, Nergorit abzubauen. Und das, obwohl ich soviel für sie tue. Mit Sicherheit stammt dieser Brief von ihnen, aber ich habe bereits Vorsorge getroffen. Ein Einsatz von Frauen der Stadtwache ist auf Fäärwll geplant. Sie befinden sich in diesem Moment auf See und werden morgen schon dort eintreffen. Wo auch immer sie sich verstecken, diese Verräterinnen, wir werden sie aufspüren, und dann …«

»Was«, erkundigte sich Mehetma mißtrauisch, »meinen die Verfasserinnen dieser Botschaft mit dem Wort *Schandtaten*?«

Lanice schüttelte eines ihrer Kissen auf.

»Üble Verleumdungen gegen mich, ihre Wohltäterin. Aber das wird ihnen noch leid tun.«

»Was hast du vor, Lanice? Warum schickst du die Stadtwache nach Fäärwll? Die Frauen sind schließlich keine Verbrecherinnen. Sie sind frei, zu tun und zu lassen, was immer sie wollen.«

Lanice schien sich in der strengen Konzentration kurz vor Ausbruch eines Tobsuchtsanfalles zu befinden, als sie gepreßt antwortete:

»Selbstverständlich sind sie frei. Aber sie sind dennoch an ihre Verträge gebunden. Soll das letzte bißchen Ertrag durch den Abbau der Nergorite verlorengehen, weil sich die Frauen weigern, diese Verträge einzuhalten? Die Unkosten, die durch das Unternehmen Fäärwll entstehen, sind höher als der Lohn, den ich zahlen kann. Die Frauen von Fäärwll haben Schulden.«

»Ich begreife nicht, warum der Rat Nordwestmidlands diese Unwirtschaftlichkeit unterstützt. Gib das Schürfen nach Nergoriten doch endlich auf«, schlug Mehetma vor, die nicht wußte, wie hoch die Erträge in Wirklichkeit waren. Mit dieser Unkenntnis befand sie sich in guter Gesellschaft. Lanice friemelte an einem Zipfel ihres seidenen Bettlakens.

»Ich werde den Nergoritabbau nicht aufgeben. Vielleicht bin ich zu langmütig. Ich meine es schließlich nur gut mit den Frauen Fäärwlls.«

»Aber wie sollen sie ihre Schulden je an Nordwestmidland zurückzahlen, wenn sie nur einen geringen Lohn und das Nötigste bekommen, das sie zum Leben brauchen? Ich verstehe wirklich nicht, wie der Rat Nordwestmidlands dem zustimmen kann.«

Lanice freilich verstand es, doch sie legte keinen Wert darauf, es näher zu erklären. Stattdessen meinte sie:

»Die Bewohnerinnen Fäärwlls müssen eben ein wenig sparsamer sein. Sie führen ein geradezu verschwenderisches Leben. Und ich habe ihnen noch ein Lied geschenkt!« Empörung schwang in ihrer Stimme mit.

»Ich hingegen«, entgegnete Mehetma mit aufkeimendem Argwohn, »hörte, daß sie sich von den paar Hellern, die sie erhalten, Lebensmittel vom Festland mitbringen lassen.«

»Da siehst du es. Sie frönen der Völlerei. Mit vollem Bauch läßt es sich schlecht arbeiten.«

»Mit leerem Bauch aber auch!« gab Mehetma leise zurück.

»Willst du damit andeuten, ich würde sie hungern lassen?«

»Es gibt Stimmen, Lanice, die beginnen, Fragen zu stellen.«

»Was für Fragen? Welche Stimmen?«

»Fragen, die Fäärwll betreffen, das Verbot beispielsweise, dort an Land zu gehen.«

»Die Gefahr, daß die paar Steine gestohlen werden, ist zu groß. Wir haben zu wenige Frauen dort, die für die Sicherheit der Abbaugebiete und der Nergorite garantieren können, wenn einfach jedefrau dort an Land spazieren kann. Die Insel mag zu Nordwestmidland gehören, aber die Minen und Erträge verwalte für unser Land in letzter und höchster Instanz *ich! Ich* ganz allein. Und Nordwestmidland kann sich glücklich schätzen, daß ich es tue.«

»Aber die Insel Fäärwll gehört dir nicht, Lanice!«

»Bislang hat sich noch keine bei mir beschwert. Fäärwll ist nicht gerade ein beliebtes Reiseziel.«

»Was hast du mit der Stadtwache vor? Sie werden doch nicht etwa Gewalt anwenden, um die Frauen zu zwingen, wieder in die Minen zu gehen?«

»Sie werden sie nur an ihre Verträge erinnern. Nun, und auch …«, Lanice zögerte kurz, bevor sie weitersprach, »Nergorite sind gestohlen worden. Sie werden danach fahnden. Das ist alles. Und sie werden meinen Badezuber suchen.«

»Unter wessen Befehl findet der Einsatz auf der Insel statt?« wollte Mehetma wissen.

Lanice lehnte sich entspannt zurück.

»Ich habe die Treufrau Herrat Herratsn ersucht, für mich tätig zu werden.«

Mehetma wich erschrocken zurück.

»Die Treufrau?«

»Ja! Ich kann mich ganz und gar auf sie verlassen!«

»Der Rat Nordwestmidlands hat diesem Vorhaben zugestimmt?«

Lanice lächelte selbstgefällig.

»Gewiß!«

»Warum erfahre ich erst jetzt von diesem Einsatz?« erkundigte sich Mehetma kühl.

»Ich verwalte Nordwestmidland, du verwaltest die Feste. Ist es nicht so?«

»Wenn die Treufrau sich bereits auf See befindet, weiß sie nichts von dem gestohlenen Zuber.«

»Sie wird davon erfahren. Ich unterhalte eine ausgezeichnete Brieftaubenstation.«

»Was geschieht, wenn dein Zuber nicht gefunden wird?«

Lanice stöhnte laut auf.

»Ich will davon nichts hören. Ich will ihn wiederhaben, genau *diesen* Zuber, keinen anderen. Ich muß ihn zurückhaben. Verstehst du?«

Mehetma schüttelte den Kopf.

»Warum ist er nur so wichtig für dich?«

»Ich will nicht länger darüber diskutieren. Ich will meinen Zuber zurück! Und du belästigst mich nun schon die ganze Zeit mit diesen unnützen Fragen. Warum machst du mir keine vernünftigen Vorschläge? Warum machst du mir, bei Fiu, keinen … Mut?«

»Tut mir leid Lanice! Du verwaltest das Land. Ich verwalte die Feste. Du hast es selbst vorhin gesagt. Noch etwas. Ich werde Beschwerde gegen dich wegen unziemlichen Verhaltens einlegen. Keine Frau hat es je gewagt und wird es je wagen, mich ungestraft zu beleidigen. Auch du nicht!«

Mit diesen Worten war Mehetma zur Tür gegangen. Sie

zog sie leise hinter sich zu, aber für Lanice klang es, als habe sie sich mit lautem Knall geschlossen.

Sehr spät am Abend – nach dem schönen Fest, das sie zur Ankunft von Janjat in Fjödirtaag gefeiert hatten – saß Ibak in fortwährender Einsamkeit auf dem Balkon des Erkers und sah in das Klar der Sterne hinauf. Im Haus und in den Gassen war es still und friedlich. Beinahe hätte sie die leichten Schritte der Kusine nicht gehört.

»Ibak«, sagte Janjat leise. »Darf ich zu dir hinauskommen?«

»Gewiß! Tritt nur näher! Was haben sie dir über mich erzählt? Hat Tika sich an deiner Schulter ausgeweint? Oder kommst du in Großmutters Namen, um zu versuchen, mich endlich zur Vernunft zu bringen?«

»Nein«, sagte Janjat leise. »Nichts dergleichen.«

»So, so.«

»Ich habe dich nirgends gesehen.«

»Ich war hier, hier oben.«

»Du wolltest an der Feier nicht teilnehmen?«

»Es ist schön, daß du nach so vielen Jahren wohlbehalten in das Haus der Sippe zurückkehrst, aber meine Anwesenheit bei dem Fest wäre nur eine Qual gewesen. Ich habe sie allen anderen und nicht zuletzt mir selbst ersparen wollen.«

Janjat vergrub ihre Hand im dichten Pelz der Hündin, die ihr gefolgt war.

»Smagninborg darf nicht wissen, daß ich sie mit ins Haus genommen habe. Sie sagt, das Tier sei voller Flöhe. Aber das stimmt nicht. Sag, was hältst du von ihr?«

Ibak betrachtete die Hündin ernsthaft.

»Ja, sie ist schön, vor allem aber kräftig. Im Winter wird sie dir gute Dienste leisten. Wie ist ihr Name?«

»Jördis.«

Jördis wedelte mit dem Schwanz.

Ibak klopfte ihren Rücken und fuhr mit der Betrachtung der Sterne fort.

»Du hast einen Brief geschrieben?« erkundigte sich Janjat angesichts von Feder, Tinte und einem beschriebenen Blatt, das am Boden lag.

»Nein, denn im Grunde gibt es nichts zu sagen. Ich finde nicht die rechten Worte, und … ich schätze es nicht, mich der Lächerlichkeit preiszugeben.«

Ibak bückte sich und riß das Papier in winzigkleine Fetzen, die sie über die steinerne Mauer warf. Sie schwebten wie welke Blütenblätter auf das Pflaster der Gasse hinab.

Janjat schwieg eine Weile, bevor sie das Gespräch wieder aufnahm.

»Was ist nur mit dir geschehen? Was betrübt dich so sehr?«

Ohne den Blick vom Himmel zu wenden, deutete Ibak auf ein Kissen, welches auf der Brüstung lag.

Janjat setzte sich ihr gegenüber, und Ibak wies in die Nacht hinauf.

»*Sie* hat mich mit dem Licht ihres Atems gestreift. Die Göttin, die im verborgenen bleibt, sie, die alles auf ein neues werden läßt, sie, die die Wandlung Fius in Händen hält, sie, die uns die Tarbas gab und den Funken des Lebens. Nun kann ich nicht mehr hier sein, nicht in dieser Welt und nicht in der anderen. Ich sehne mich immerzu nach ihrem Licht, aber ich kann es nicht erreichen. Ich werde es niemals erreichen können, erst wenn ich in die Wandlung gegangen bin.«

Janjat erschrak.

»Oh Ibak!«

»Hab keine Angst«, sagte Ibak. »Du mußt es nicht verstehen. Ich begreife es selbst kaum.«

»Die verborgene Göttin.«

»Ja, sie ist es, die ich meine.«

»Nun sehnst du dich und kannst doch nicht zu ihr gelangen!«

»Ich sehe, du hast mehr gelernt als nur den Umgang mit Waffen und dem Vieh!«

»In den Lagern der Ebenen, hoch oben im Norden, sahen wir manchmal in den kalten Winternächten das Licht ihres Atems am Himmel stehen. Es war schön und schrecklich zugleich! Einige von uns verfielen in diesen langen, dunklen Wintern der Sehnsucht, und weißt du, es heißt, daß die, die es spüren, von den Göttinnen geliebt werden.«

»Wie können sie mich dann so leiden lassen? Wie können sie zulassen, daß ich eine andere werde, daß ich vergehe von diesem Sehnen?«

»Sie wollen gewiß nicht, daß du vergehst. Es heißt, wenn die Göttinnen lieben, dann heben sich die Grenzen zwischen ihnen und uns auf, so daß wir sie sehen, sie wahrhaftig sehen, einen kurzen Moment, doch wir können nicht festhalten, was wir erblicken, können nicht ergreifen, was wir spüren.«

»Ich will nicht länger hier sein. Es gibt hier nichts mehr, das zu erwünschen ich in der Lage wäre.«

»Du irrst, Ibak. Weißt du denn nicht, was die alten Nomadinnen an den Feuern sagen? Sie denken, daß unser ganzes Leben, alles, was geschieht, in der Vergangenheit, der Gegenwart und der Zukunft, eine Geschichte ist, die die Göttinnen einander erzählen. Und du bist ein Teil davon, ob du es willst oder nicht. Keine Göttin, welche auch immer, will, daß die Geschichte, die sie erzählt, unvollständig bleibt. Und auch die Göttinnen selbst leben in einer Geschichte, einer anderen Geschichte, die wieder an einem anderen Ort erzählt wird. So geht es immer weiter, bis der Kreis sich an der Stelle schließt, an der eine ewige Geschichte gewoben wird, aber ich glaube, das kann keine von uns je vollends erfassen.«

Ibak legte eine Hand auf Janjats Bein und wandte ihr Gesicht nun der Kusine zu. »Vielleicht hast du recht, vielleicht auch nicht«, gab sie langsam zurück. »Ich wünschte, es gäbe einen Ort, an dem ich ihr begegnen könnte.«

»Du wirst ihn finden. In dir lebt sie, und du wiederum bist ein Teil ihrer Geschichte. Es sollte dich mit Freude erfüllen, daß sie dich so sehr liebt, daß du sie in dir erkennen konntest.«

»Freude?« fragte Ibak mit einem erneuten Blick in den Nachthimmel.

»Sie will, daß du lebst. Du bist ein Teil ihrer Geschichte.« Janjat erhob sich und ging, von Jördis begleitet, zum Treppenabgang. »Gute Nacht, Ibak.«

»Gute Nacht, Kusine.«

Eine ganze Weile noch sah Ibak in die Sterne hinauf. Schließlich wurde aus Trauer Müdigkeit, und sie legte sich, da sie nicht hineingehen wollte, unter das Dach des Himmels, wo sie über die Liebe der Göttinnen nachdachte, das Licht ihres Atems und die ewige Geschichte, die irgendwo da draußen gewoben werden mochte, ob Ibak es nun wollte oder nicht.

Kapitel 3

Brief der Ibak von Smagninborg an Andronja, Apothekerin zu Gundlberg:
»Liebe Dron,
ja, Du wunderst Dich, daß ich Dir schreibe, doch ich will Dir nur sagen, wie glücklich ich hier bin, im Haus der Sippe, es ist ganz wunderbar … Du bist gewiß ebenso glücklich, ich …«

Auf der Insel Fäärwll begann der neue Morgen mit einer Überraschung. Die bleigrauen Wolken, die über dem Eiland stets so heimisch waren, verzogen sich, und Tarbas schien auf die verlassene Ansiedlung.

Eilig hastete Stu von Stelen über die lehmigen Wege, gelangte schließlich an die steinerne Umfriedung des Haupthauses, sprang geschickt über die Mauer und trieb ein Grüppchen Hühner auseinander, ehe sie mit langen Schritten die Tür erreichte. Sie hielt kurz inne, atmete tief durch, verlieh ihrem Gesicht den Ausdruck von Härte und Unnachgiebigkeit, was ihr nicht weiter schwerfiel, polterte durch den Eingang und brüllte: »Digrin!«

Erschrocken zuckte Frau Semper zusammen.

Sie ordnete rasch die Papiere auf dem Tisch. Es waren keine offiziellen Unterlagen. Die Provinzvorsitzende von Fäärwll hatte begonnen, ein Tagebuch zu führen, traurige Notizen, für die eine Stu von Stelen gewiß nichts als Spott empfinden würde. Frau Semper setzte sich in Positur, als die Minenbeauftragte eintrat. Schweiß glänzte auf ihrer Stirn.

»Ja?« fragte Digrin vorsichtig.

»Wir sind schon wieder bestohlen worden!«

Frau Semper ließ die Feder aus der Hand fallen.

»Was sagst du da?«

»Die Steine hätten heute mittag hier eintreffen sollen, wie du weißt. Wir brauchen nicht mehr darauf zu warten. Die Botin aus Draích'laír brachte gerade die Nachricht.«

Draích'laír war der Name einer der beiden Ansiedlungen im Inland der Insel.

»Oh, nein!« stieß Frau Semper hervor.

»Oh doch!« konstatierte Stu grimmig.

Digrin stand auf und hielt sich unsicher an der Tischkante fest. Ein Brief mußte nun verfaßt werden, ein Brief an Frau Lofort. Das reichte aus, um bei Frau Semper ein stärkeres Schwindelgefühl zu verursachen.

»Ich … ich muß es Lanice berichten«, zögerte Frau Semper.

»Ja, in der Tat, das mußt du wohl, und wärst du vor einigen Wochen auf meinen Vorschlag eingegangen, Frauen von der Stadtwache anzufordern, dann hätten wir diesen Diebstahl beizeiten verhindern können. Nun, nicht ich muß mich für diese Fehler verantworten. Der Fiu sei Dank!« Bei diesen Worten zog Stu eines ihrer Wurfmesser hervor und rammte es vor Digrins Nase in die Tischplatte.

Langsam ging Digrin zu einer Truhe und holte eine Flasche Soltofeuer hervor. Mit zittrigen Händen füllte sie ein kleines Glas und reichte auch Stu von Stelen die Flasche.

»Es wird schwer werden, Lanice dies alles zu erklären«, flüsterte sie zwischen zwei Schlucken. Stu, die einen langen Zug aus der Flasche genommen hatte, wischte sich mit dem Ärmel ihres Hemdes den Mund ab.

Dann kniff sie die Augen zusammen und legte eine Hand auf Digrins Unterarm.

»Hör zu, Digrin! Ich will aufrichtig zu dir sein. Wir beide«, sie nahm abermals einen Schluck und stellte die Flasche auf den Tisch, »wir beide stecken im Grunde doch in derselben Klemme. Du bist unglücklich, weil du dich nach dem Festland sehnst. Ich bin unglücklich, weil ich deinen Posten will. Nach Flaffl kann ich nicht mehr gehen. Meine Sippe will, wie du weißt, nichts mehr mit mir zu schaffen haben, nachdem ich meine Dienste und mein Wissen an Lanice Lofort verkauft habe. Sollen sie an ihrem Stolz ersticken! Du bist hier einsam, ich bin hier einsam. In Rosof Fäärwll selbst lebt noch eine Handvoll Frauen, und sie mögen dich nicht. Die anderen sitzen einen Tagesritt oder noch weiter entfernt in den Dörfern am Fuße der Minen. Jeden Abend hocken wir beide hier gemeinsam in dieser von der Göttin und den Frauen verlassenen Stadt und gehen uns gegenseitig auf die Nerven.«

Digrin nickte und schüttete sich ein weiteres Glas ein, das sie in einem Zug herunterkippte.

Vorsichtig zog Stu nun das Wurfmesser aus der Tischplatte und strich liebevoll über die Klinge.

»Seien wir ehrlich zueinander, Digrin, du bist für dieses Amt, welches du hier innehast, nicht geeignet. Und du ... du willst es auch gar nicht. Habe ich recht?«

Betreten sah Digrin zu Boden. Dies war eine demütigende Situation. Aber Stu sagte die Wahrheit. Frau von Stelen nahm nun neben Digrin auf der Truhe Platz, legte einen Arm um ihre Schulter und zog sie näher zu sich heran.

»Du bist einsam Digrin, nicht wahr? Mit wem willst du dich hier unterhalten? Du hast ja eigentlich nur mich. Und du ... fürchtest dich ein wenig vor mir.«

Stu von Stelen prüfte mit einem scharfen Blick die Wirkung ihrer Worte.

Dann wies sie, während ein Arm Digrin fest umschlungen hielt, aus dem Fenster hinaus.

»Wie würde es dir gefallen, Digrin, wenn Rosof Fäärwll wieder zu alter Blüte zurückfinden würde, wenn viele Frauen diese Stadt bevölkern würden und du wieder nichts weiter sein könntest als eine Dorfvorsteherin? Eine gute, einfache Dorfvorsteherin? Ohne die Last dieses Amtes, die du nun zu tragen hast.«

Digrin sah sehnsüchtig aus dem Fenster.

Dies war der Moment für Stu, um nachzufassen, sanft, einschmeichelnd und leise, als sie fortfuhr: »Wie damals Digrin, ... in ... Gundlberg, Gundlberg.«

Stu reichte ihr die Flasche, und Digrin trank. Gundlberg, ja, wie groß war ihre Sehnsucht nach diesem freundlichen Dorf. Stu verzog zufrieden die Mundwinkel. Sie konnte jetzt weiterreden.

»Laß uns doch Freundinnen sein, Digrin. Ich meine es wirklich nur gut mit dir.«

Frau Semper, die bisher nicht viel davon mitbekommen hatte, daß Stu von Stelen so etwas wie eine freundschaftliche Beziehung zu ihr aufbauen wollte, nahm einen weiteren Schluck und schwieg. Dies waren schöne Worte, sie verbreiteten eine Ruhe in ihr, die sie so lange schon umsonst in Rosof Fäärwll gesucht hatte.

»Du wirst dann deinen Frieden haben, Digrin, so wie damals in Gundlberg. Du brauchst dich nicht mehr um die Minen zu kümmern, nicht mehr um die Kontrolle der Nergoritlieferungen, nicht um den Ärger mit den Frauen hier, du wirst über den Marktplatz schlendern, du wirst eine geachtete Frau sein, dir wieder eine Werkstatt einrichten, ein Schulhaus planen, vielleicht eine Krankenstation, und nichts weiter zu tun haben, als … ein wenig kurzsichtig zu sein.«

Digrin blinzelte matt. Kurzsichtig?

Stu von Stelen war an einem kritischen Punkt angelangt.

»Du weißt, daß du nicht einfach dein Amt hier niederlegen kannst. Du kannst nicht so mir nichts, dir nichts auf das Festland zurückkehren. Was solltest du dort tun? Lanice wird dir kaum helfen. Wohin willst du gehen? Nach Gundlberg, wo du, wie du mir einmal berichtet hast, nicht mehr allzugern gesehen wirst und wo eine andere dein früheres Amt innehat? Willst du also dorthin zurückschleichen, wie ein geprügelter Hund?«

Stu beantwortete diese Frage selbst, indem sie den Kopf schüttelte und sanft über Digrins Schultern strich. »Nein, Digrin, nein! Dorthin wirst du nicht mehr gehen können. Das ist vorbei! Und bedenke, wovon willst du leben? Du bist keine Bäuerin! Willst du dich für einen Hungerlohn auf fremden Feldern verdingen? Willst du Brot hinter einer Ladentheke verkaufen oder nachts in einer Hafenschenke Soltofeuer? Willst du noch einmal ganz von vorne beginnen? Nein Digrin, nein! Aber ich bin deine Freundin. Du hast keine andere mehr, und ich weiß, wie wir beide uns hier ein schönes Leben machen können.

Wie wir beide zufrieden sein können, wenn du so klug bist – und du bist klug –, auf mich zu hören. Rosof Fäärwll wird blühen wie einst, und du wirst reich sein, Digrin, reich und zufrieden.«

»Was … was hast du vor?« erkundigte sich Frau Semper müde.

»Vorerst … möchte ich einfach nur, daß du … dich ein wenig ausruhst, dir … keine Gedanken machst. Vertrau mir! Ich wünschte so sehr, daß du mir vertrauen würdest.« Stu blickte freundlich in Digrins Augen.

»Was soll ich tun?«

»Entspann dich! Schreib deinen Bericht an die Erhabene und entspann dich! Übergib mir die Last deiner Verantwortung!«

»Aber ich …!« versuchte Digrin anzumerken.

Stu von Stelen legte wiederum ihren Finger an Digrins Mund.

»Vertrau mir, Digrin …« Frau von Stelens Augen nahmen einen anderen Glanz an, einen, der Digrin unangenehm bekannt vorkam.

»Vertrau mir«, wiederholte Stu. »Oder …hast du eine andere Wahl?«

Digrin sah aus dem Fenster in den unordentlichen, schmutzigen Hof hinaus.

Eine verlassene, trostlose Ansiedlung mit keiner anderen Gesellschaft als einer Person, die spöttisch auf sie herabsah, deren Anwesenheit so unangenehm sein konnte, als säße eine Frau im Winter mit dem Rücken an einen Eisberg gelehnt, der sie jeden Moment zu erdrücken drohte.

Oder ein Schulhaus, ein Marktplatz, Blumen und eine hübsche Amtsstube. Und wohlgesonnene Nachbarinnen …

»Tu … was du für … richtig hältst«, murmelte Digrin leise stockend.

»Eine gute Wahl!« erklärte Stu von Stelen, erhob sich und ging zur Tür. Dort drehte sie sich noch einmal kurz um.

»Wir erwarten Besuch! Die Treufrau Nordwestmidlands wird noch heute mit einigen ihrer Frauen eintreffen. Ich habe mir vor ein paar Wochen erlaubt, gewissermaßen im Vorgriff auf unser heutiges Gespräch, Lanice Lofort meine Meinung zu den Zuständen auf Fäärwll mitzuteilen. Ich riet ihr zu entschiedenem Eingreifen. Ich glaube, sie ist mir sehr dankbar. Und auch du kannst es sein, denn so wird die Mitteilung, die du an die Erhabene wegen des letzten Diebstahles zu verfassen hast, bei weitem nicht so bitter werden wie angenommen. Habe ich recht?«

»Du hast, ohne mich in Kenntnis zu setzen, die Stadtwache herbeordert?« erkundigte sich Digrin bestürzt.

»Aber nein. Nicht *ich* habe sie herbeordert. Lanice Lofort tat es. Ich habe nur meine Ansichten dargelegt und Vorschläge unterbreitet«, erklärte Stu kühl. »Was ist los mit dir, Digrin? Ich helfe dir, wo ich kann, ich führe ein wirklich gutes Gespräch mit dir, ich biete dir meine Freundschaft und Unterstützung an, ich werde dafür sorgen, daß du, ohne in Schande zu fallen, dein Amt als Nebenprovinzvorsitzende niederlegen kannst, ja, ich will, daß du zufrieden bist, und was tust du? Du beginnst wieder diesen ewigen, kleinlichen Streit mit mir.« Stu nahm die Stimmlage eines berstenden Eiszapfens an. »Willst du wirklich streiten?«

»Nein, nein!« hauchte Digrin in eine der schmutzigen Stubenecken. »Nein, geh nur! Was du getan hast, wird das beste sein!«

»Ganz genau!« nickte Stu von Stelen. »Und darüber hinaus kannst du dich heute abend auf angenehme Gesellschaft freuen.«

Sie verließ den Raum.

Digrin blickte aus dem Fenster hinaus. Stu ging durch den Hof, fand offensichtlich in einer der Mauerritzen ein Ei, das sie aufschlug und verspeiste, bevor sie zufrieden lächelnd über die Umfriedung sprang und zur Mole hinunter verschwand.

Als Ibak auf dem harten Steinboden des Balkons erwachte, stand Tarbas schon erstaunlich hoch. Sie rieb sich den Nacken.

Ihr ganzer Körper schmerzte von dieser Nacht im Freien. Keine aus der Sippe hatte sie geweckt oder ihr Tee gebracht. Mühsam richtete sie sich auf. In den Schmieden der Gasse wurde gearbeitet. Plötzlich fühlte Ibak eine Art Abscheu. Sie wollte nun endlich etwas anderes sehen als dieses immer gleiche Bild. Das Bild dieses Lebens, das nicht mehr in ihr zu sein schien, sondern an ihr vorüberschlich. Die Gasse widerte sie an, ihr Aussichtsplatz, die Eintönigkeit dieser von ihr selbst gewählten und doch zugleich verhaßten Lebenssituation.

Nutzlose Wut verspürend, versuchte sie, sich aufzurichten.

»Tika!« brüllte sie, sich auf den Stock stützend. Ihre Beine zitterten. Irgendeine sollte ihr helfen, die Stiege herunterzukommen. Doch keine im Haus reagierte.

»Großmutter!« rief Ibak.

»Was ist?« kam es von unten. »Ich bin fünfundneunzig! Erwartest du, daß ich dich die Stiege hinuntertrage wie eine Säugtochter?«

»Verflucht!« Ibak schlug mit dem Stock gegen die Brüstung und brachte sich damit fast aus dem Gleichgewicht.

»Ist denn sonst, verflucht, keine hier, die mir helfen kann?« schimpfte Ibak und ließ sich an der Brüstung langsam wieder zu Boden gleiten.

»Nein. Hier ist keine, die dir helfen kann«, erklang nun Tikas klare, ruhige Stimme vom Treppenaufgang her.

»Na endlich! Los, ich will die Stiege hinunter!« brummte Ibak und streckte ihr die Hand entgegen.

Doch Tika blieb am Treppenaufgang stehen und betrachtete die Gefährtin ernst.

»Ich habe dir gerade gesagt, daß hier keine ist, die dir helfen kann.«

»Was soll das heißen?« stöhnte Ibak voll unterdrückter Wut. »Du bist doch da. Also gib mir deine Hand! Vorwärts!«

Tika schwieg und rührte sich nicht.

»Na schön.« Ibaks Augen zogen sich in die Tiefe zurück. »Was willst du von mir? Willst du dich einmal mehr über mein

Verhalten beschweren? Reicht es dir nicht schon, daß meine ganze Sippe hinter dir steht und dich bedauert? Oder willst du dich wieder mit mir über Mira unterhalten? Und über die mangelnde Mutterliebe, die ich für sie empfinde? Es war ganz allein deine Entscheidung, dieses Kind zu bekommen, wenn ich dich daran erinnern darf.«

Jetzt wurde Tika wütend.

»Daran mußt du mich nicht erst erinnern. Das stellst du jeden Tag unter Beweis.«

»Was willst du dann von mir?«

Ein Schweigen entstand. Es war dunkler als eine Nacht ohne Sterne und von innerer Leere begleitet.

»Nichts«, flüsterte Tika, »gar nichts mehr.«

Ibak verspürte etwas wie Erleichterung und verachtete sich dafür.

»Also dann! Was stehst du da herum? Setz dich in Bewegung und hilf mir!«

Tika atmete tief durch.

»Du machst es mir sehr einfach, dir zu sagen, was ich dir zu sagen habe.«

»Es ist mir egal, was du zu sagen hast. Es wird nicht so wichtig sein. Ich habe Durst. Ich habe Hunger.« Ungeduldig bemühte sich Ibak aufzustehen. Doch das verletzte Bein wurde von Tag zu Tag kraftloser. Erneut schlug sie mit dem Stock gegen die Mauer. »Komm endlich her! Du siehst doch, daß ich deine Hilfe brauche.«

Tikas Stimme wurde lauter. »Du brauchst weder meine Hilfe, noch brauchst du meine Anwesenheit. Aber ich brauche etwas. Ich brauche Erholung. Und zwar von dir!«

»Was ist das nun wieder für ein Unfug? Jammere von mir aus bei meiner Mutter oder bei Eleva! Aber verschone mich mit diesem weinerlichen Gerede!« Endlich war es Ibak aus eigener Anstrengung gelungen aufzustehen. Zittrig stützte sie sich auf den Stock. Düster blickte sie auf Tika. »Willst du mir jetzt endlich hinunterhelfen, oder macht es dir Freude, mich zu quälen?«

»Ach Ibak! Du quälst dich nur selbst, und als wenn das nicht schrecklich genug wäre: du quälst mich. Von Tag zu Tag wird dein Verhalten rücksichtsloser. Ich werde mich nicht länger von dir demütigen lassen.«

Ibak schnaubte verächtlich.

»Bist du endlich fertig?«

»Ja, Ibak! Ich bin fertig. Mit dir!«

Mit diesen Worten drehte Tika sich um und schritt die Stiege hinunter.

Fassungslos sah Ibak ihr nach, doch dann stieg ohnmächtige Wut in ihr auf, und sie zerbrach den Stock auf der Brüstung.

»Tika!« brüllte sie. »Komm her! Komm sofort hierher!«

Unten, am Fuße der Treppe, nahm Eleva die weinende Tika in Empfang.

Smagninborg reichte ihr ein Taschentuch.

»Es ist richtig, was du tust. Glaub mir.«

»Sind die Pferde bereit?« fragte Ibaks Großmutter und reichte Eleva die Säugtochter, während Ibak oben auf dem Balkon tobte, als wollte sie den gesamten Erker abreißen.

Smagninborg küßte Tika auf die Stirn. »Ja, sie stehen hinten im Hof. Leb wohl, Tika! Leb wohl, Eleva! In einigen Wochen sehen wir uns wieder, und gebe Fiu, daß sie bis dahin wieder zur Vernunft gekommen ist. Wenn nicht, dann muß ich sie fortschicken, aber so weit ist es noch nicht. Finde zur Ruhe – und laß dir von Eleva die Schönheiten Flaffls zeigen.« Sie drückte Miras kleine Hände und winkte noch einmal, bevor sie zum Balkon hinaufstieg.

Mit festen Schritten, entschlossenem Gesichtsausdruck und einem Stapel Unterlagen durchschritt Frau Lanice Lofort den Gang, der geradewegs zur Halle der Ahrgte führte, zu einem großen Raum, der nach der legendären Himmelsdrachin benannt war. In des Saales Mitte bot der runde Beratungstisch Platz für die dreizehn Botschafterinnen, auch genannt Repräsentantinnen der insgesamt dreizehn Länder. Einzig der Platz des Landes Idl war seit sechshundert Jahren verwaist, doch dies ist eine andere Geschichte.

Am Tisch der Ahrgte wurden besonders Angelegenheiten von regional übergreifendem Interesse verhandelt, er diente aber auch dem besseren Austausch zwischen den einzelnen Ländern. Hier wurde beispielsweise über die Einrichtung neuer Handelswege beraten, über Zollangelegenheiten oder die gemeinsame Erforschung neuer Schiffsrouten und ähnliches mehr.

Lanice Lofort, die Frau der tausend Ämter, wie sie auch genannt wurde, sah den Treffen am Tisch der Ahrgte stets mit ein wenig Beunruhigung entgegen. Dies war nicht der Rat Nordwestmidlands, wo es sich bequem im Kreise gefälliger, gieriger oder unaufmerksamer Frauen schalten und walten ließ. Am Tisch der Ahrgte wurden bisweilen unliebsame Fragen aufgeworfen. Das mochte Lanice nicht.

Bevor sie in den Saal hinunterging, hatte die Vorsitzende am Tische der Ahrgte vom Fenster ihrer Räumlichkeiten aus beobachtet, daß zum Treffen der Repräsentantinnen diesmal auch Beringör von Stelen aus Flaffl anwesend sein würde. Frau von Stelen war die Mutter der Stu von Stelen, obwohl sie umsonst viel Zeit darauf verwandte, diesen Umstand lieber vergessen zu wollen. Auch hielt sie nicht sonderlich viel von den Treffen am Tisch der Ahrgte. Bei sich zu Hause war sie Vorsitzende des Chalakzüchterinnenverbandes, eine Position, die ihr weit wichtiger erschien als jede andere Aufgabe. Lanice wiederum hielt nicht viel von Beringör, einer Frau, die keinerlei Aufhebens um ihr Amt machte.

Frau Lofort war an der zweiflügeligen großen Tür angekommen. Sie sorgte immer dafür, daß sie etwas später als die anderen eintraf. So hatte ihr Auftritt eine größere Wirkung, wenn sie den Saal betrat.

Nur Beringör von Stelen, deren kurzgeschorenes graues Haar mit Staub bedeckt war und die gerade etwas Lehm aus dem verschnörkelten Heft ihres Schwertes puhlte, schien sie nicht recht wahrzunehmen, wie Lanice verärgert bemerkte, bevor sie sich nach einem kurzen Gruß setzte. Frau von Stelen wirkte, als habe sie gerade erst eine Herde Chalaks in die Garnlandebene getrieben. Vor ihr auf dem Tisch lag ein zerknittertes Dokument mit dem Wappen des Viehzüchterinnenverbandes.

Auch heute waren wieder nicht alle Frauen vollzählig erschienen.

Lanice räusperte sich und erklärte die Versammlung für eröffnet.

Links von Beringör stand der verwaiste Stuhl des Landes Idl. Frau von Stelen stützte ein Bein auf seine Lehne und begann, sich die Fingernägel zu säubern.

»Es fehlen«, diktierte Lanice der Schreiberin mit unbarmherziger Stimme, »die Vertreterin Nasetschtehns, die Vertreterin Ostmidlands, die Vertreterin des Königinnenreiches Nordhubholm …«

»Die Vertreterin des Königinnenreiches Nordhubholm läßt ihre Abwesenheit entschuldigen!« warf die Schreiberin ein. »Ihre Tochter hat die Muspeln.«

»So!« meinte Lanice. »Nun, also ferner fehlen die Vertreterinnen für die Länder Perm und Schwerm und die Vereinigten Königinnenreiche von Südschmolske.«

»Die Vertreterin des Vereinigten Königinnenreiches von Südschmolske hat sich ebenfalls entschuldigen lassen«, bemerkte die Schreiberin. »Sie nimmt zur Zeit Unterricht in der Nutzung von Klangstäben.«

»Und dafür läßt sie eine Sitzung am Tische der Ahrgte ausfallen. Ich muß mich doch sehr wundern!« tadelte Frau Lofort mit strenger Stimme.

Ein lauter Knall ertönte. Lanice und die anderen fuhren zusammen. Triumphierend hob Beringör von Stelen ein großes, schwarzes Insekt in die Höhe. Angewidert ging Lanice wieder zur Tagesordnung über.

»Ich stelle also fest. Wir sind zu sechst. Notiere das! Anwesend sind durch die Teilnahme ihrer Repräsentantinnen die Länder: Flaffl, die Satschistei, Wunnewohl, Zunda, Vereinigtes Tantan und selbstverständlich Nordwestmidland mit Garnland. Hast du das?«

»Ja, Erhabene!«

»Nun, zuallererst möchte ich die Punkte der Tagesordnung verlesen, hierzu können noch weitere Anregungen unter ,Verschiedenes' eingebracht werden.«

Beringör gähnte.

»Tagesordnungspunkt eins«, akzentuierte Frau Lofort hart, »Fortsetzung der Handelsstraße Nordwestmidland-Flaffl und Festsetzung neuer Wegezölle für die Waren aus Flaffl, die über die Nordwestmidland-Handelsstraße transportiert werden.«

Frau von Stelen blieb das Gähnen im Halse stecken. »Was soll das heißen?« rief sie vom anderen Ende des Tisches aus Lanice zu.

Lanice hob die Hände. »Bitte alles der Reihe nach! Erst verlese ich die Tagesordnung, dann werden wir beraten!«

»Was gibt es da zu beraten? Du hast soeben von einer neuen *Festsetzung* der Wegezölle gesprochen, nicht von einer *geplanten* Festsetzung. Will Nordwestmidland Flaffl etwa aushungern?« Beringör schlug mit der Faust auf den Tisch.

»Tagesordnungspunkt zwei«, verlas Lanice ungerührt. »Antrag auf eine Zuschußspende des Landes Perm für den Bau einer neuen Handelsstraße, die von Perm über Schwerm bis nach Tantan reichen soll. Wie wir jedoch gesehen haben, scheint das Interesse an der Zuschußspende nicht besonders groß zu sein, denn die Vertreterin des Landes Perm ist hier und heute nicht erschienen.«

Beringör kochte am anderen Ende des Tisches auf kleiner Flamme, bis Lanice mit der Verlesung der Tagesordnung fertig war.

»Möchte noch eine etwas unter Tagesordnungspunkt zehn – *Verschiedenes* – verhandeln?« erkundigte sich Lanice schließlich und ordnete ein paar Schriftrollen.

»Ja, ich«, sagte die Vertreterin der Satschistei, eine Frau namens Edita Fallvaress.

»Bitte!«

»Nun, ich würde gerne von der Vertreterin Nordwestmidlands wissen, wie die Zustände auf Fäärwll sich darstellen. Wir haben schon lange nichts mehr von dir darüber gehört.«

Lanice schluckte und machte der Schreiberin ein Zeichen.

»Notiere das! Obwohl es nicht viel dazu zu sagen gibt!«

Beringör rückte ihre knittrigen Papiere zurecht und bereitete sich nun endlich auf den ersten Tagesordnungspunkt vor. Doch da meldete sich die Vertreterin des Vereinigten Tantan zu Wort.

»Ja bitte?«

»Ich möchte beantragen, den vierten Punkt der Tagesordnung vorzuziehen. Ich muß gleich schon wieder in die Stadt hinunter. Die Tochter meiner Gefährtin … »

»Ja, ich weiß schon«, winkte Lanice ab. »Sie hat gewiß die Muspeln, wie?«

»Sie ist ganz allein und sie kann …«

Lanice schnitt der Vertreterin Tantans das Wort ab.

»Sind die hier Anwesenden damit einverstanden, zuerst den Tagesordnungspunkt vier zu besprechen?«

Es gab keine Gegenstimmen, und so geduldete sich Beringör. Frau Lofort würde ihr schon nicht davonlaufen. Sie schob das zerknitterte Dokument des Viehzüchterinnenverbandes beiseite und war ausnahmsweise froh, den langen Weg nach Kareb Solto angetreten zu haben.

Ibaks Mutter Smagninborg hatte die Tochter vor die Wahl gestellt: sich entweder umgehend zu beruhigen oder das Haus zu verlassen und vor Ablauf eines halben Jahres nicht mehr zurückzukehren.

Ibak war daraufhin wieder in sich zusammengesunken, und Smagninborg hatte ihr einen Krug Chalakmilch hinaufgebracht.

»Wenn du mit mir sprechen möchtest«, hatte sie erklärt, »dann findest du mich in der Schmiede.«

»Wie soll ich hier alleine runterkommen? Ihr müßt mir helfen!«

Smagninborg hatte daraufhin jedoch nur den Kopf geschüttelt und war gegangen.

Ibak, bei der sich langsam ein dringendes Bedürfnis einstellte, kroch irgendwann zur Stiege und rutschte auf allen vieren die Stufen hinunter. Der Empfang in der Sippenstube war alles andere als herzlich. Ihre Großmutter sah sie böse an und meinte: »Deine Mutter ist zu weichherzig! Aber so war sie immer schon. Sie hat dir viel zuviele Freiheiten gelassen.«

»Schweig!« sagte Ibak nur sehr leise. Aber die alte Frau hatte es trotzdem gehört.

»Du willst mich schweigen heißen? Deine Großmutter, die Älteste der Smagninborgtöchtir? Ich will es deiner Umnachtung zugute halten. Ich will glauben, daß du nicht weißt, was du sagst, aber ich erwarte von dir eine formelle Entschuldigung! Heute abend noch! Sonst bist du die längste Zeit meine Tochtertochter gewesen.«

In Ibak, die krampfhaft versuchte, etwas Stockähnliches in der Stube aufzutreiben, damit sie nicht mehr länger auf dem Boden kriechen mußte, loderte ungeahnter Zorn ob dieser demütigenden Situation auf.

Ihre Großmutter spürte das und sagte: »Deinen Stolz trägst du zu Unrecht im Herzen, denn du bist weicher als die Ohren eines Chalakkalbes. – Was ist das? Ein Fetzen Papier?«

»Gib ihn mir!« stöhnte Ibak vor Wut, doch die alte Frau war schneller und las, was Ibak geschrieben hatte, kurz bevor sie in die Stube hinuntergekommen war.

»Wer ist diese Frau ...« wollte Ibaks Großmutter mit eisiger Verachtung wissen, während sie den begonnenen Brief langsam sinken ließ, » ...daß du ihr solche Lügen berichtest? Daß du ihr von einem Glück erzählst, daß du nicht in dir trägst und auch nicht verdienst?«

Ibak antwortete nicht, fand schließlich einen Speer und zog sich daran hoch. Langsam humpelte sie zum Eingang der Schmiede.

»Smagninborg?« rief sie leise in die Werkstatt.

Ihre Mutter legte das Werkzeug beiseite.

»Ja?«

»Wird Tika zurückkommen?«

»Vielleicht!«

»Hilf mir, Smagninborg!«

Und nun begann Ibak, wirklich zu weinen.

Smagninborg rollte ein ausgedientes Faß heran und sagte: »Was sollte ich für dich tun, das du nicht selbst viel besser könntest?«

»Sag mir, was ich tun soll!«

»Ach Ibak!«

In diesem Moment gab es in der Gasse draußen ein großes Geschrei.

»Das ist Janjats Stimme!« entfuhr es Ibak. Beunruhigt sah sie mit an, wie ihre Mutter sich unverzüglich auf die Straße begab.

Sie selbst zog sich am Speer hoch und beeilte sich, vorwärts zu kommen, als sie Niemit laut aufschreien hörte. Keuchend erreichte Ibak das Tor und blickte auf die Gasse hinaus.

Dort am Ende kurz vor der Wegkehre stand Janjat – umgeben von einigen Reisenden, die Ibak in keine ihr bekannte Sippe einordnen konnte.

Aufgeregt schrien sie Janjat und Smagninborg an. Ibak humpelte vorwärts und stolperte, sich zittrig an dem Speer Halt verschaffend, auf die kleine Gruppe zu. Die Nachbarinnen kamen aus ihren Häusern. Da sah Ibak, wie eine der Unbekannten Janjat am Kragen packte und zu Boden schlug.

»Was soll das?« rief Ibak, und die Frauen drehten sich um. Als sie jedoch Ibak erblickten, die sich kaum auf den Beinen halten konnte, begannen sie, laut zu lachen.

Eine von ihnen ergriff die schreiende Niemit an der Hand.

»He, Smagninborg! Das ist also deine Sippe, die Sippe der berühmten Smagninborgtöchtir. Die da unten jedenfalls ist nichts weiter als eine dreiste Diebin. Sie trägt den Dolch meiner Schwester in aller Öffentlichkeit mit sich herum.«

Smagninborg befreite Niemit sofort aus dem Griff der Unruhestifterin. »Dieses Mädchen ist blind.«

»Das wußte sie nicht«, sagte die Begleiterin der Unbekannten. Die Gemaßregelte sah etwas betreten zu Boden.

»Hat deine Mutter dir keine Manieren beigebracht?« wollte Smagninborg wissen.

Ibak war angekommen. Sie ergriff Niemit, schob sie in die Arme einer Nachbarin und drehte sich um.

»Rührst du meine Tochter noch einmal an, wirst du es dein ganzes Leben lang bereuen!« sagte sie mit eisiger Wut. Sie lehnte sich an die Hauswand, um besseren Stand zu finden. »Außerdem will ich wissen, wer es wagt, meine Kusine Janjat von Smagninborg eine Diebin zu nennen!«

»Meinen Namen sollst du kennenlernen, Ibak, denn du bist doch Ibak, oder?«

Herausfordernd sah sie Ibak an.

Die junge Frau war in Janjats Alter, jedoch zarter und schmaler gebaut.

»Mein Name ist Börgerby von Stelen, dies sind meine Schwestern Fina und Sina. Und wir kommen, um deine feine Kusine für den Diebstahl und Verrat an unserer Schwester zur Verantwortung zu ziehen.«

»Ich habe weder gestohlen noch eine eurer Sippe verraten!« Janjat spuckte etwas Blut aus und fühlte nach ihrem Zahn. Er war zwar locker, steckte aber durchaus noch am dafür vorgesehenen Ort.

»Wie heißt die Schwester, und wo steckt sie, daß sie sich nicht selbst zu ihrem vermeintlichen Recht verhelfen kann?« wollte Ibak wissen.

»Stu von Stelen! Sie ist die Minenbeauftragte auf Fäärwll.«

Ibak fühlte sich schwächer werden, es war anstrengend, so lange zu stehen, aber sie bemühte sich sehr, dies keine merken zu lassen.

»Ah! Stu von Stelen. Ich habe von ihr gehört. Sie hat sich selbst und ihr Wissen um die Gewinnung von Edelsteinen an Nordwestmidland verkauft!«

»Lüge!« schrie Börgerby und nahm eine bedrohliche Haltung ein. »Nicht alle der Stelentöchtir denken so darüber wie unsere Mutter.«

»Aber noch hat wohl Beringör bei euch das Sagen, oder?« schaltete sich nun Smagninborg wieder ein, bei der sich langsam der Verdacht aufdrängte, daß es sich hier um mehr als um eine Kinderei handelte.

Dies war eine unbequeme Frage für Börgerby. Fina und Sina machten den Eindruck, als habe der Spaß für sie nun ein Ende.

»Ihr habt hier schwerwiegende Anschuldigungen vorgebracht!« sagte Smagninborg ernst. »Ich will wissen, ob ihr dies im Auftrag eurer Sippe tut oder nicht!«

»Wir stehen für uns allein!«

»Für uns ganz allein – und für unsere Schwester!« echoten Fina und Sina im Chor.

»Nun gut! Wir werden die Angelegenheit heute abend in Ruhe besprechen. Vor den Toren der Stadt. Ihr werdet Fjödirtaag umgehend verlassen. Hier findet ihr keine, die euch in ihr Haus treten läßt, nach dem, was ihr euch jetzt herausgenommen habt.«

»Na gut!« stieß Börgerby hervor. »Dann eben bis heute abend.«

»Ja«, sagte Smagninborg und musterte die Schwestern von Stelen eindringlich von Kopf bis Fuß. »Bis heute abend.«

Als die *Meilenflink* endlich in dem kleinen Hafen von Rosof Fäärwll anlegte, war Raktscha, ihres Zeichens Stadtschreiberin, eher tot als lebendig. Sie hätte etwas darum gegeben, wenn sie nicht mehr bei Bewußtsein gewesen wäre, aber der unaufhörliche Brechreiz hatte die schonende Entfernung von der Wirklichkeit leider nicht eintreten lassen. Eine der Mitreisenden hob Raktscha auf und trug sie an Land, wo sie sie behutsam an eine kleine Mauer lehnte.

Die Schreiberin blinzelte zu ihrer Vorgesetzten Herrat Herratsn hinüber, die ebenfalls an Bord der *Meilenflink* gewesen war. Sie stand neben einer großen, kräftigen, nach Flafflart gekleideten Frau. Offenbar kannten sich die beiden recht gut. Sie schlugen einander auf die Schultern und lachten. Herrat packte ein kleines Geschenk aus. Es war wohl eine Phiole, doch was sie beinhaltete, das wußte Raktscha nicht. Sie hatte auch keine Möglichkeit, den Wortwechsel der beiden zu verfolgen, als Herrat die Minenbeauftragte ein Stück beiseite führte.

»Was ist das?« erkundigte sich Stu neugierig und leise.

»Waffengift!« Frau Herratsn grinste breit. »Das Wertvollste, was zur Zeit zu bekommen ist!«

Stu sah die Treufrau fragend an.

»Was soll ich damit anfangen?«

»Hebe es dir gut auf! Wer weiß, wozu es einmal gut ist.«

Die Minenbeauftragte von Fäärwll steckte den kleinen Glasbehälter ohne ein weiteres Wort in die Tasche ihres Umhanges und ging zu der wachsbleichen Schreiberin hinüber, der gerade etwas Wasser eingeflößt wurde.

»Was ist mit ihr? Ist sie krank?« fragte sie.

Die Frau neben ihr erhob sich.

»Ay! Sie ist seekrank!«

»Das ist keine Krankheit. Das ist ein Zustand, in den einige meinen, sich hineinsteigern zu müssen«, klärte Frau von Stelen auf.

»Ay!« murmelte die Hilfsbereite und beugte sich erneut zu der würgenden Raktscha hinunter.

Herrat beobachtete zufrieden das Anlegemanöver der anderen beiden Schiffe, von denen nach einer Weile zwei weitere

Frauen an Land kamen. Ulana und Leremi waren Frau von Stelen aus ihrer Zeit in Kareb Solto noch wohlbekannt. Auch sie versahen ihren Dienst in der Stadtwache. Herrat verstand es, ihre Freundinnen in zweckmäßige Positionen zu rücken.

Sie neigten leicht den Kopf vor Stu.

»Ich wußte«, sagte die eine der beiden dann, »daß du deine alten Gefährtinnen aus Kareb Solto nicht vergessen würdest.«

Herrat legte ihren Arm um Stus Schultern und antwortete für diese, indem sie schmunzelte und sagte: »Wie könnte sie? Gibt es nicht zu viel, was uns miteinander verbindet? Bei alledem wäre es unklug, uns für so lange Zeit aus den Augen zu verlieren, nicht wahr?«

»Ich will mit den alten Geschichten nichts mehr zu schaffen haben!« Stu entfernte entschlossen Herrats Hand.

»Was für eine Begrüßung! Du hast uns eingeladen, erinnerst du dich nicht mehr?«

»Dies ist *mein* Plan, Herrat. Und er hat mit unserer Vergangenheit nichts zu tun! Wir reden später noch darüber.« Mit diesen Worten wandte sich Stu ab, um Platz für die drei aufgeregten Stuten zu schaffen, die an Land gebracht wurden.

Herrat versank in sich selbst. Etwas wie ein böser Schleier legte sich über ihren Ausdruck, als sie vor sich hinmurmelte: »Du kannst *SIE* niemals verleugnen, Stu. Du ganz allein hast *SIE* gerufen.«

Raktscha, die nur die letzten Worte des Gespräches mitangehört hatte, bemühte sich, auf die Beine zu kommen. Während sie noch darüber nachdachte, was Stu von Stelen wohl mit Herrat Herratsn oder den anderen beiden verbinden mochte, wurden die Frauen bereits auf die leerstehenden Häuser in Rosof Fäärwll verteilt.

Schon im Fortgehen begriffen, drehte sich die Schreiberin noch einmal um. Ein dünner, langer Schatten wanderte schnell von Bord des größten Schiffes auf das Festland und erreichte die Treufrau. Herrat zuckte kaum merklich zusammen, lachte unangenehm laut und bestieg ihr Pferd.

»Sie hat irgend etwas mitgebracht«, dachte Raktscha, und ihr wurde unheimlich.

Nachdem die Versammlung im Saal der Ahrgte überstanden war, trafen sich Beringör von Stelen und Edita Fallvaress, die Repräsentantin der Satschistei, auf dem Wehrgang der Feste. Frau Fallvaress' langes, weites Gewand wehte im Abendwind. Ein hoher Hut, der nach traditioneller Sitte der Satschistei mit bunten Perlen und Bändern geschmückt war, zierte ihr Haupt. Edita mochte rund zehn Jahre jünger sein als Beringör. Die beiden Frauen hätten äußerlich nicht unterschiedlicher sein können. Edita, deren feine Gesichtszüge und hohe, schlanke Erscheinung durch den Kopfschmuck zusätzlich betont wurde, stand vor Beringör, die stämmig, in staubigem Leder und nur mit den Waffen Flaffls geschmückt an den Zinnen lehnte. Sie beide waren aus verschiedenen Gründen unzufrieden mit der heutigen Zusammenkunft.

Beringör sah über die Garnlandebene und das Delta der Ines hinweg. Ihr Gesichtsausdruck war grimmig und wütend.

»Weißt du, Edita, nicht nur, daß ich daheim nichts als Ärger mit meinen Töchtern habe; zudem bedeutet die Erhöhung der Zölle für Flaffl eine unzumutbare Härte. Ich verstehe nicht, wie Lanice den Rat Nordwestmidlands dazu gebracht hat, dieser Erhöhung zuzustimmen. Was will sie mit diesen zusätzlichen Einnahmen in der Kasse Nordwestmidlands? Warum bekommt sie niemals genug? Nordwestmidland ist ohnehin schon reich, ein von der Göttin gesegnetes Land! Ich bin geneigt anzunehmen, daß Lanice die Zölle selbst einstreichen will.«

Edita nickte.

»Und mit den Einnahmen durch den Nergoritabbau macht Nordwestmidland möglicherweise doch noch ein zusätzliches Geschäft.«

»Meinst du? Es heißt doch, daß die Ausbeute eher gering

sei. Nun ja, Flaffl jedenfalls ist aufgrund seiner ungünstigen Lage darauf angewiesen, die Handelswege durch Nordwestmidland zu benutzen. Nordwestmidland will uns also zwingen, die Zölle zu akzeptieren, wenn wir weiter Handel treiben wollen. Und das wollen wir. Flaffl lebt vom Austausch und Handel. Und Flaffl«, knurrte Beringör, »läßt sich nicht zwingen.«

»Was willst du unternehmen?« fragte Edita besorgt.

»Wir werden zunächst ein Sippentreffen abhalten und darüber beraten, wie wir am besten vorgehen. Soll Lanice doch versuchen, den Frauen Flaffls das Gold aus den Adern zu pressen! Sie wird schon sehen, daß das nicht ohne weiteres möglich ist!« Beringör schlug die flache Hand auf eine der Zinnen und erhob die Stimme. »Aus Flaffl lassen sich keine Abgaben pressen, die Flaffl selbst nicht akzeptiert, egal, was geschieht! Wir werden sehen, wie es Lanice gefällt, wenn in Nordwestmidland keine Waren aus Flaffl mehr angeboten werden. Und bei Nephtars dunklen Abgründen, warum unterstützen die anderen Länder uns nicht in unserem Widerstand? Was sagt beispielsweise die Satschistei zu dieser räuberischen Erpressung, die Nordwestmidland an Flaffl begehen will?«

Edita sah in die Ferne.

»Ich habe bereits eine Taube geschickt. Auch die anderen, die zu Tische saßen, haben es getan, aber du weißt: Wir, die Repräsentantinnen der Länder, vertreten nur das Wort, das wir bei uns zu Hause vernommen haben und am Tisch der Ahrgte im Munde führen dürfen.«

»Nun gut! Das war die Meinung der Vertreterin der Satschistei, aber was sagt Edita Fallvaress zu alledem?«

»Gib mir zuerst den Eid Flaffls, daß du niemals einer anderen zuträgst, was ich dir auf diese Frage antworten will.«

Beringör legte die rechte Hand zur Brust.

»Ich schwöre den Eid Flaffls, daß dein Wort hierzu für ewig in meinem Herzen verschlossen bleiben wird.«

»Ich glaube, daß Lanice Lofort uns allen etwas verbirgt. Hast du bemerkt, wie schnell sie über die Frage nach dem Zustand Fäärwlls hinweggegangen ist? Sie hat überhaupt keine klare Antwort gegeben, sooft ich auch nachgefragt habe.«

»Nun, ich muß gestehen …« wand Beringör sich, »daß ich zu diesem Zeitpunkt des Gespräches in Gedanken immer noch bei der Zollangelegenheit war.«

»Ich würde nur zu gerne wissen«, sinnierte Edita laut weiter, »wie es auf Fäärwll zugeht, ob Lanice wirklich so gut für die Bewohnerinnen sorgt, wie sie uns immer glauben machen will. Stimmen die Angaben, die sie über den Nergoritabbau macht? Bislang stellt sie es so dar, daß durch den Verkauf der Steine kaum die Kosten gedeckt werden, die Nordwestmidland durch die Aufrechterhaltung dieser Unternehmung erwachsen. Solch ein Vorgehen, das ihr also ein großes Maß an Organisation abverlangt, aber Nordwestmidland nur geringen Gewinn bringt, ist eigentlich nichts, das für gewöhnlich Lanice Lofort lange Zeit zu fesseln vermag. Mit ihren Geschichten über die Insel mag sie den Rat Nordwestmidlands belügen. Ich aber glaube ihr kein Wort.«

»Mhmm.«

»Und«, fügte Edita hinzu, »ist je eine der Frauen Fäärwlls am Tisch der Ahrgte erschienen, um selbst zu berichten, so wie einige von uns es gewünscht und vorgeschlagen haben? Nein!«

»Mhmm.« brummte Beringör auf ein neues.

Fäärwll war ein unliebsames Thema. Es erinnerte sie an ihre Tochter, und Beringör wollte nicht an ihre Tochter erinnert werden. Der in der Sippe verbliebene Nachwuchs vergällte ihr bereits zur Genüge das Leben.

»Wäre es nicht möglich, daß Lanice Lofort uns und auch ganz Nordwestmidland etwas vormacht?« fuhr Edita Fallvaress fort. »Möglicherweise setzt sie auf der Insel in den wichtigen Stellungen Frauen ein, mit denen sie unter einer Decke steckt, Frauen, die mit ihr zusammenarbeiten. Vielleicht sorgt Lanice gar nicht so gut für die in den Minen Beschäftigten, wie sie vorgibt.«

»Mhmm.«

»Ich wäre schon selbst hinübergefahren, aber es ist nicht

ohne weiteres möglich, auf die Insel zu kommen. Ein besonderer Passierschein wird benötigt. Und rate mal, wer ihn ausstellt! Ausschließlich Lanice Lofort …«

Beringör fuhr sich durch ihr kurzes Haar.

Edita Fallvaress tippte mit dem Finger auf das Lederwams der Botschafterin.

»Es heißt, deine Tochter sei auf der Insel. Stimmt das?«

»Das ist Sippenangelegenheit«, erklärte Beringör knapp.

»Beringör! Laß uns Kundschafterinnen nach Fäärwll schicken! Vielleicht finden sie etwas, das uns am Tisch der Ahrgte die Augen öffnet. Es wäre für uns alle von Vorteil – für Flaffl, für Nordwestmidland, für uns alle eben –, wenn sich herausstellt, daß Lanice Lofort eine Betrügerin ist.«

»Mhmm.«

»Beringör!« Edita legte ihren Hand auf Frau von Stelens Unterarm. »Es wäre doch möglich, daß Lanice die Frauen auf der Insel ausbeutet und unterdrückt. Wir müssen ihr etwas entgegensetzen. Und wenn sie den ganzen Rat Nordwestmidlands belogen oder bestochen hat, dann müssen eben wir, die Frauen am Tisch der Ahrgte, tätig werden, so lange bis wir Beweise gegen Lanice in der Hand halten.«

Frau von Stelen zupfte unentschlossen an ihrem Gürtel.

»Beringör!« drang Edita weiter in sie. »Wenn Lanice grobes Fehlverhalten und Mißbrauch ihres Amtes vorzuwerfen ist, wenn wir das belegen können, werden alle Länder, werden wir alle gemeinsam dafür sorgen, daß sie umgehend samt ihrem Badezubehör in den Nebelwelten unehrenhafter Entlassung verschwindet. Und mit ihr wird sich zugleich auch die Erhöhung der Zölle für Flaffl in Wohlgefallen auflösen. Was hältst du also von meinem Vorschlag?«

»Nichts«, konstatierte Frau von Stelen. »Wo willst du Kundschafterinnen hernehmen? Aus der Stadtwache? Nein. Wem willst du dein Vertrauen in so einer wichtigen Angelegenheit schenken? Nenn mir zehn Frauen meiner Sippe, auf die ich mich in einer solch vertraulichen Angelegenheit verlassen kann, und ich akzeptiere deinen Vorschlag. Aber ich habe nun einmal keine zehn Frauen. Ich habe nicht mal mehr eine Brieftaube. Und ich wüßte in Nordwestmidland keine, der ich, ohne sie zu kennen, diesen Auftrag erteilen würde.«

»Nun gut.« Edita zog sich ein wenig zurück. »Dann … dann … werden wir beide eben allein nach Fäärwll reisen.«

Beringörs Augen weiteten sich belustigt.

»Du? Edita Fallvaress? Vor einem Jahr hast du mir erzählt, daß du nicht einmal reiten kannst! Wenn du mit deinen Vermutungen Recht behältst, wäre es möglich, daß wir eine äußerst gefährliche Reise antreten. Kannst du mit einem Schwert umgehen, mit Pfeil und Bogen oder einem Dolch?«

Edita zögerte. »Ich bin Heilerin, wie du weißt. Ich halte nichts von Waffen. Nur von Worten.«

»Nun, Edita«, schmunzelte Beringör, »es gibt Situationen, in denen Worte leider nicht die gleiche Kraft entfalten wie Waffen. Wir könnten in Gefahr geraten, bedroht werden. Was, wenn du dich nicht verteidigen kannst? Ich könnte nicht die Verantwortung für dich übernehmen während einer solch gefährlichen Mission.«

»Was bildest du dir eigentlich ein, Beringör von Stelen? Ich bin eine erwachsene Frau, die genau weiß, worauf sie sich einläßt.«

»Du hast recht. Verzeih meine Worte! Ich bitte in aller Form um Entschuldigung!« Frau von Stelen legte die Hand auf das Heft ihres Schwertes und beugte das Haupt.

»Dann ist es also abgemacht!«

Ohne ihre Haltung zu verändern, sagte Beringör: »Ich bitte dich zuerst, die rituelle Verzeihung auszusprechen. Es ist in Flaffl so Sitte.«

»Ich entschuldige dein Verhalten.«

»Gut!« Beringör hob den Kopf wieder und sah sie scharf an. »Vielleicht ist es eine Dummheit, die wir hier begehen, aber die Sache reizt mich, ich gebe es unumwunden zu. Also … einverstanden. Reich mir die Hand!«

Nachdem Edita eingeschlagen hatte, runzelte Beringör wieder die Stirn.

»Bleibt nun noch die Frage, wie wir nach Fäärwll hinüberkommen können.«

»Laß das nur meine Sorge sein!« lächelte Edita, bevor sie sich rasch über den Wehrgang entfernte.

Beringör stutzte und sah ihr verblüfft nach. Hatte Edita nicht gerade noch behauptet, es sei sehr schwierig, auf die Insel überzusetzen? Sie schüttelte den Kopf und fuhr fort, an die verzwickte Position Flaffls zu denken.

Oben, am Fenster der Badestube, zog sich Lanice eilig vom Fenster zurück.

Sie hatte zwar nicht gehört, was die beiden da unten miteinander zu reden gehabt hatten, aber aus irgendeinem Grunde fühlte sie sich beunruhigt. Was hatten Beringör und Edita vor? Was immer es auch sein mochte! Sie würde ein scharfes Auge auf sie haben und nicht dulden, daß ihr weitere Steine in den Weg gelegt würden.

Draußen, vor den Toren Fjödirtaags, lag der Ringplatz. Ein rundes, aus dem Fels geschlagenes, ebenes Plateau, auf dem seit jeher Beratungen abgehalten wurden, Rechtssprechungen oder andere Ereignisse stattfanden, die für die Allgemeinheit von Interesse waren. Die Tarbas war schon längst hinter den Berggipfeln versunken, als die Smagninborgtöchtir auf dem Ringplatz erschienen. Viele Bewohnerinnen Fjödirtaags waren schon anwesend. Etwas abseits saßen Börgerby, Fina und Sina von Stelen und wirkten bedrückt. Ohne sie eines Blickes zu würdigen, nahmen die Smagninborgtöchtir Platz. Auch Ibak hatte den Weg zum Versammlungsort mit zusammengebissenen Zähnen überstanden.

Da die Stelentöchtir ihre Anklage gegen Janjat nicht im Namen der Sippenoberen Beringör von Stelen vorgebracht hatten, brauchte Smagninborg keine Vertreterin, sondern konnte für sich selbst und ihre Sippe das Wort ergreifen. Sie stand auf und trat in die Mitte.

»Erhebt euch Stelentöchtir! Bestimmt unter euch eine, die sprechen soll, und tragt hier auf dem Ringplatz vor, was ihr den Smagninborgtöchtir zu sagen habt!«

Börgerby und ihre Schwestern kamen dazu. Börgerby sprach.

»Wir werfen Janjat von Smagninborg vor, den Dolch meiner Schwester Stu von Stelen gestohlen zu haben und vor unserer Mutter Beringör von Stelen ihren Namen verunglimpft und mit Schande bedeckt zu haben. Dies alles geschah vor zwei Jahren. Aufgrund der üblen Verleumdungen Janjats wurde unsere Schwester Stu von Stelen aus ihrer Sippe verstoßen und aus Flaffl verbannt.«

Janjats Gesicht wurde rot vor Zorn. Ibak konnte gut beobachten, wie sehr sie sich zusammennehmen mußte, um nicht aufzuspringen.

»Warum kommt ihr erst jetzt, um Anklage gegen Janjat zu erheben, und warum geschieht dies nicht im Namen der Sippenoberen Beringör von Stelen?« wollte Smagninborg wissen.

»Wir haben so spät von den Taten Janjats erfahren, weil wir vor einigen Monaten erst aus den Ebenen zurückgekehrt sind, wo wir vordem Jahr um Jahr mit den Chalaks und dem Wind zogen. Unsere Mutter jedoch ist seit langem den üblen Einflüsterungen der Janjat von Smagninborg erlegen. Sie fühlt keine Gerechtigkeit mehr gegen unsere Schwester Stu von Stelen in ihrem Herzen. So mußten wir allein aufbrechen.«

»Wie habt ihr von den angeblichen Taten Janjats erfahren?«

»Unsere Schwester ließ uns einen Brief zustellen, in dem sie alles erklärte.«

»Wollt ihr diesen Brief hier verlesen?«

»Ja, das wollen wir.«

»Nur zu.«

Börgerby zog das Schreiben aus der Tasche, entfaltete es

und begann, mit lauter, deutlicher Stimme seinen Inhalt zu verlesen:

»Geliebte Schwestern, wie freute ich mich, Euren Brief zu erhalten. Es erfüllt mich mit Stolz, daß es doch unter den von Stelen noch aufrichtige Frauen gibt. Ja, auch ich vermisse Euch schmerzlich. Ihr fragt Euch, wie es geschehen konnte, daß ich aus der Sippe verstoßen wurde, und in der Tat, Ihr fragt zu Recht, doch nicht unsere Mutter und die anderen Frauen der Sippe tragen an all dem Schrecklichen die Schuld. Nur eine Frau ist für dieses grausame Unrecht zur Verantwortung zu ziehen, das mir widerfahren ist und mich nun so weit fort von Euch und von daheim in der Ferne darben läßt.

Kurz nachdem ich die ehrenvolle Aufgabe angenommen hatte, die mir die erhabene Lanice zu übertragen gewillt war, also vor zwei Jahren, besuchte ich ein letztes Mal die Sippe. Auf dem Weg durch das Jaltofjödirgebirge traf ich eine junge Frau. Ihr Name war Janjat von Smagninborg. In meiner großen Güte half ich ihr, ein paar Chalaks nach Sweerkööp hinaufzutreiben. Ich faßte, da ich doch voller Gutgläubigkeit gegenüber allen Unbekannten war – ein großer Fehler, wie ich heute weiß –, sehr schnell Vertrauen zu Janjat, und da mein Herz mir damals auf der Zunge lag, erzählte ich ihr von meiner Arbeit als Minenbeauftragte, die ich angenommen hatte. Erst, als wir an den Toren Sweerkööps ankamen, stellte sich heraus, daß die Chalaks für unsere Sippe bestimmt waren. So lud ich Janjat in das Haus der Sippe ein, und ich muß sagen, daß mein Herz für sie entbrannte. Doch an diesem Abend – ich ging früh und allein zu Bett, was Janjat wohl übel aufgenommen hat – muß sie unsere Mutter beiseite genommen haben, um mit ihr über meine Tätigkeit als Minenbeauftragte zu reden, und sie muß das Herz Beringörs dabei so sehr mit bösen Worten vergiftet haben, daß Beringör die Sippe zusammenrief und ich einige Tage später verstoßen wurde, als ich mich weigerte, mein Wissen über die Nergoritgewinnung Nordwestmidland und Lanice vorzuenthalten. Was Janjat im einzelnen gesagt hat, was sie mir Übles nachgeredet hat, mit welchen Behauptungen sie mich vor Beringör verleumdete, das weiß ich bis zum heutigen Tage nicht, aber noch sehe ich ihr Gesicht, wie sie mir ein schändliches Lächeln nachsandte, als ich gebeugten Hauptes die Stadt verließ. Erst am Tor stellte ich fest, daß sie meinen Dolch, ein äußerst wert-

volles Stück, gestohlen hatte. Doch ich konnte und wollte nicht zurück. Ihr, meine geliebten Schwestern, weiltet zu dieser Zeit in den Ebenen. Was immer sie Euch daheim berichtet haben, glaubt kein Wort davon. Eure Schwester, Stu von Stelen, die Euch sehr liebt, wird Euch, wenn Ihr den Wunsch hegen solltet, immer mit offenen Armen auf Fäärwll empfangen.

Stu von Stelen.«

Herausfordernd sah sich Börgerby auf dem Ringplatz um, faltete das Papier wieder zusammen und steckte es in eine der Seitentaschen ihres Waffenrockes.

»Mehr gibt es dazu wohl nicht zu sagen.« verkündete sie.

»Von deiner Seite aus gewiß nicht. Nun wollen wir hören, was Janjat vorzubringen hat.«

Janjat erhob sich. Sie war offensichtlich sehr aufgeregt und um Fassung bemüht, als sie vortrat. Börgerby funkelte sie böse an. Das war im Licht der Fackeln gut zu erkennen, die nun an den Außenseiten des Ringplatzes entzündet wurden. Da Janjats Lippe noch stark geschwollen war und sie Angst hatte, sie könne jederzeit wieder aufplatzen, klang es etwas leise und undeutlich, als sie begann zu sprechen.

»Ich kenne Stu von Stelen, ja! Und tatsächlich begegnete ich ihr, als ich den Auftrag hatte, ein paar Chalaks nach Sweerkööp zu bringen. Stu, die mir den Namen ihrer Sippe nicht genannt hatte, bot ihre Hilfe an, doch durch ihre Ungeschicklichkeit stürzte eines der Tiere in eine Schlucht. Als Ausgleich bot mir Stu einen Langdolch an, einen selbstverständlich nicht magisch belegten, aber kunstvoll gearbeiteten Langdolch. Mir erschien dies angemessen, da sein Wert den Verlust des Tieres ausglich. Ich hatte vor, ihn derjenigen zu geben, die die Chalaks kaufen wollte. Also nahm ich den Dolch an. Auf dem Weg nach Sweerkööp hinauf fragte Stu mich, ob ich nicht das Lager mit ihr teilen wollte. Ich wollte, und am nächsten Tag erreichten wir die Stadt. Am Tor erkundigte ich mich bei Stu, wo die Häuser, Werkstätten und Schmieden der Stelentöchtir liegen würden. Da erst verriet sie mir den Namen ihrer Sippe und lud mich ein, ein paar Tage als Gast im Hause ihrer Mutter Beringör zu bleiben. Ich willigte ein und wurde herzlich von Beringör empfangen, ganz im Gegensatz zu Stu. Am gleichen Abend noch, ich lag schon in der Gastkammer, hörte ich, wie die Sippe heftig mit Stu stritt. Warum, weiß – oder vielmehr wußte – ich nicht. Stu hat mir nie erzählt, daß sie Minenbeauftragte auf Fäärwll ist. Nun, sehr viel später kam Stu in meine Kammer. Wiederum fragte sie mich, ob ich willens sei, mit ihr das Lager zu teilen, aber ich war müde und lehnte ab. Wie dem auch sei, am nächsten Morgen war sie fort. Als ich Beringör fragte, wo sie geblieben sei, wurde sie traurig und bat mich, das Thema zu wechseln. Daran hielt ich mich. Denn diese Dinge gehen nur die Sippe etwas an. Ich reichte ihr den Dolch, den Stu mir gegeben hatte. Aber sie wollte, daß ich ihn behielt. Am nächsten Tag verließ ich Sweerkööp, um zu meiner Großtante in die Ebenen zurückzukehren. Ich hörte bis zum heutigen Tage nie mehr etwas von Stu von Stelen. Die Worte, die ich hierzu gesprochen habe, sind wahr, bei meinem Namen und dem der Smagninborgtöchtir, darauf schwöre ich den Eid Flaffls.«

Janjat trat aus der Mitte und begab sich wieder an ihren Platz.

Ibak tätschelte ihr Bein. »Du hast gut gesprochen, Janjat.«

»Habt ihr mit eurer Mutter Beringör über den Brief gesprochen, den Stu euch geschickt hat?« wollte Smagninborg nun von den Schwestern wissen.

»Ja. Sie sagte, es sei kein Wort davon wahr. Aber das glauben wir nicht.«

»Warum schenkt ihr den Worten eurer Mutter keinen Glauben?«

Unbehagliches Schweigen war die einzige Antwort.

Smagninborg wanderte im Rund des Kreises umher.

»Nun, dies sind alles andere als Leichtfertigkeiten. Ihr habt vor den Augen Fjödirtaags den Namen der Smagninborgtöchtir beschmutzt, eure eigene Sippe wird dies, da sie nicht hinter euren Anschuldigungen steht, kaum dulden. Janjat hat den Eid Flaffls auf ihre Aussage geschworen. Kann Stu von Stelen dies auch?«

»Unsere Schwester ist keine Lügnerin!« funkelte Börgerby.

»Nun gut, dann soll sie herkommen, hierher nach Fjödirtaag, und auf dem Ringplatz sprechen.«

»Sie ist aber auf Fäärwll.«

»Es ist mir einerlei, wo sie sich befindet. Und wenn Nephtar sie inzwischen an den Tischen der Freude speist. Sie soll hier erscheinen, damit wir diese Angelegenheit klären können. Dies sage ich, Smagninborg, aus der Sippe der Smagninborgtöchtir.«

»Wie sollen wir sie denn hierherbringen?« erkundigte sich Börgerby, nun etwas unsicher geworden.

»Ihr werdet nach Fäärwll reisen, du Börgerby, Fina, Sina und auch Janjat, damit sie – als die Beschuldigte – Stu formell die Forderung überbringt, hier zu erscheinen.«

Janjat sank stöhnend in sich zusammen. Sie hatte zu allem Lust, nur nicht, mit diesen drei Schwestern eine gemeinsame Reise anzutreten.

»Soll deine Großmutter etwa für dich diese Aufgabe erledigen, Janjat?« fragte Smagninborg scharf, der die Reaktion ihrer Nichte nicht entgangen war. »Ich weiß, es ist unangenehm, aber keine andere aus der Sippe kann für dich im Moment diesen Gang auf sich nehmen.«

»Ja, Tante.«

Börgerby lächelte gehässig.

»Vielleicht hast du ja zuviel Angst vor uns!«

»Schluß jetzt!« forderte Smagninborg. »Benehmt euch wie vernünftige Frauen! Morgen werdet ihr abreisen!«

»Und was, wenn wir uns weigern?«

»Dann werdet ihr euch für eine üble Verleumdung ohne den geringsten Beweis vor meiner und eurer Sippe auf dem Ringplatz in Sweerkööp verantworten müssen. Ich höchstpersönlich werde dann eurer Mutter Beringör diese Angelegenheit vortragen.«

Börgerby schaute böse vor sich hin.

Wenig später leerte sich der Ringplatz, und bald saßen nur

noch die Schwestern von Stelen dort, etwas zerzaust und mitgenommen. Irgendwie hatten sie sich diesen Tag doch ganz anders vorgestellt.

Eine große Wegstrecke hatten Tika und Eleva heute zwar nicht zurückgelegt, dafür aber einen schönen Platz bei einer heißen Quelle für ihr Nachtlager gefunden. Mira schlief schon satt und zufrieden auf den Fellen und Decken, die Eleva auf dem Boden ausgebreitet hatte.

Im hellen Licht der Fiu betrachtete Eleva, die auf einem Fels saß, nachdenklich die badende Tika, ihre vollen Brüste und die weichen Rundungen ihres Bauches, auf denen das bleiche Nachtlicht schimmerte, die Dämpfe der Quelle, die aus dem Wasser und von ihrem Körper aus aufstiegen. Schließlich holte sie eine kleine Flöte aus der Tasche ihres Waffenrockes und begann, leise zu spielen.

»Ich danke dir, Eleva. Ich danke dir für diesen Tag und für diesen Platz und überhaupt für alles, was du tust«, sagte Tika und schöpfte etwas warmes Wasser mit den hohlen Händen.

Kurz nur setzte Eleva die Flöte ab, als wenn sie nach Worten suchen würde, dann jedoch spielte sie weiter.

»Warum kommst du nicht auch hinein? Es ist ein so wunderbares Gefühl.«

Eleva unterbrach ihr Spiel.

»Nein, Tika.«

»Nun komm schon!« lächelte Tika und bespritzte Eleva mit Wasser.

»Es geht nicht, Tika.«

Eleva verstaute die Flöte wieder und erhob sich.

»Du brauchst nicht nach Mira zu sehen! Sie schläft süß – und vor allem satt!«

Eleva machte wieder kehrt.

Tika tauchte tiefer in das warme Wasser.

»Was hast du, Eleva? Bist du traurig? Möchtest du wieder nach Fjödirtaag? Vielleicht war es doch kein so guter Gedanke, mit mir durch Flaffl zu reisen. Wenn es dir zuviel ist, auch wegen des Kindes, du … du kannst es mir ruhig sagen.«

»Wie schön du bist, Tika!« murmelte Eleva und sah zu Boden.

»Ach, Eleva«, lächelte Tika glücklich. »Es ist lieb von dir, daß du das sagst. Ich habe es schon lange nicht mehr gehört.«

Eleva schluckte und sah sie an. Tikas Haut versprach, weicher zu sein als Samt.

»Möchtest du nicht hinauskommen und dich abtrocknen?«

»Aber nein. Ich glaube, ich könnte die ganze Nacht hier verbringen. Wenn ich aus dem Wasser steige, werde ich gewiß frieren.«

Sie schwiegen, und nichts war zu hören außer dem leisen Plätschern des Wassers und dem Herzschlag, der in Elevas Ohren brauste.

»Du hast mir noch nicht auf meine Frage geantwortet, Eleva«, begann Tika. »Ich möchte dir wirklich nicht zur Last fallen.«

»Bei Fiu«, flüsterte Eleva, »du fällst mir nicht zur Last.«

Kapitel 4

Brief der Ibak von Smagninborg an Andronja, Apothekerin zu Gundlberg: »Ehre sei Deiner Göttin, Andronja, erinnerst du dich an unsere gemeinsame Reise? Jetzt bin ich erneut unterwegs, auf dem Weg zu einer kleinen Insel. Du warst mir immer eine gute Freundin. Bisweilen frage ich mich …«

Die Flafflfrauen waren schon seit vielen Stunden unterwegs. Ibak hatte darauf bestanden, Janjat und die Geschwister von Stelen zu begleiten. Smagninborg hielt dies für einen guten Gedanken ihrer Tochter. Janjat befürchtete zwar anfangs, der Ritt würde die Kusine zu sehr strapazieren, doch Ibak war bei ihrer Entscheidung geblieben und hatte sich selbst dann nicht beklagt, als Janjat ihr auf das Pferd helfen mußte und sie dabei fast heruntergefallen wäre.

Börgerby war nicht gerade in Freude verfallen, als sie im Morgengrauen Ibak, düster und stumm vor sich hinblickend, auf dem Pferd neben Janjat erblickt hatte. Jede Rastpause, die unterwegs eingelegt wurde, verlief schweigsam, im Frost gegenseitiger Abneigung. Sie befanden sich jetzt bereits am Fuße des Jaltofjödir, und dort, das Gebirge hinter sich zurücklassend, galoppierten fünf Reiterinnen über einen der Hügelkämme in westliche Richtung. Ibak war froh um den Gurt, mit dem sie sich zusätzlichen Halt im Sattel verschaffte. An der Spitze ritt Janjat, ihr folgten Börgerby, Fina, Sina und schließlich Ibak selbst.

Die Pferde flogen über die grünen Felder dahin einer kleinen Grenzansiedlung namens Fellöw entgegen, die an der Südküste Flaffls lag. Die Bezeichnung *Stadt* verdiente sie wahrlich nicht. Im Grunde waren die Flaffln keine wirklichen Seefahrerinnen, doch eine rege Küstenschiffahrt hatte sich entwickelt. Etliche der kleinen, vorgelagerten Inseln waren besiedelt worden. In ertragreichen Gründen wurde köstlicher Fisch gefangen, der zum Teil getrocknet und von Fellöw aus nach Midland verkauft oder in die Städte des Jaltofjödirgebirges gebracht wurde.

Ibak mochte Fellöw nicht besonders. Sie war als Kind zuletzt dort gewesen, und ihre Erinnerungen, die mit viel Wasser und Booten zu tun hatten, ließen keine angenehme Vorstellung aufsteigen, denn sie konnte nicht schwimmen, mochte keine Schiffe – und die Schiffe der Flaffln im besonderen nicht. Diese Schiffe wurden auf traditionelle Art und Weise hergestellt und benutzt, auf eine Art, die trotz aller Magie, die ihnen innewohnte, etwas mit kleiner Segelfläche und großer Muskelkraft zu tun hatte, wenn das Ziel erreicht werden sollte.

Im Moment waren der Gedanke an eine bevorstehende Seepartie und die damit verbundenen Widrigkeiten für Ibak jedoch eher nebensächlich. In ihren inneren Bildern verweilte sie bei Tika, Mira, Niemit und der Sippe. Ein festes Band aus Schmerz legte sich um ihre Seele, wenn sie an den gestrigen Tag dachte, an den Streit mit der Gefährtin und deren Fortgehen, das sie einen Moment lang mit Genugtuung erfüllt hatte.

Ibak kam sich schmutzig vor, verbogen in eine Richtung, die ihr selbst unbekannt war. Sie hatte etwas zerstört, gründlich zerstört, da war sie sich sicher. Sie wußte, daß sie Tika nicht mehr liebte. Und doch hatte sie die Gefährtin zwingen wollen zu bleiben, hätte sich ihr in den Weg gestellt, wenn es möglich gewesen wäre, doch es war nicht möglich gewesen. Sie schämte sich dafür, daß sie Tika nicht mehr liebte.

Doch hatte sie nicht letztlich nur mit Gewalt zerstört, was ohnehin keine Kraft, kein Licht mehr gegeben hatte? Aber jetzt war alles noch schlimmer als zuvor. Sie war allein. Dem Ausbruch war die Ernüchterung gefolgt. Alle aus der Sippe betrachteten sie aus einer verhältnismäßigen Distanz; Ibak spürte ihre Unsicherheit. Sie wußten nichts mehr mit ihr anzufangen. Ibak indes erging es genauso. Ihr Leben war leer. Auch mit Tika war es in den letzten Monaten leer gewesen, und trotzdem hatte die Gefährtinnenschaft einen letzten Ankerpunkt bedeutet.

Alle hatten gehofft, Ibak würde wieder zur Vernunft und zu innerem Frieden kommen, nicht zuletzt sie selbst. Doch stattdessen hatte Ibak gewaltsam etwas aus sich herausgerissen.

War es nicht, als ob sie lange, lange in einem engen Raum gelebt hätte, dessen Einzelheiten sie allzugut kannte, jeden Gegenstand, bis hin zu seinen Unebenheiten und Mängeln, war es nicht, als ob sie diesen Raum verlassen hätte und auf einen dunklen Gang getreten wäre, von dem aus unbekannte Türen in neue, fremde Räume führten? Doch wie lichtlos war der Weg, wie mühsam war es, sich vorwärts zu tasten, erfüllt von einem Gefühl, das Ibak bis dahin in all seiner Konsequenz nie zugelassen hatte, voller Angst, nur in der Hoffnung, daß ihr Leben mehr sein möge als dieser eine alte Raum, dessen Wohlbekanntheit bis in das kleinste Detail ihr das Gefühl überdrüssiger Ödnis, ja, auch Übelkeit und Abscheu bereitete. Wohin führte dieser neue Weg? Welche Tür würde sie einmal öffnen, und was läge dahinter? Von welchem Licht träumte Ibak in den Nächten?

Als Janjat ihr Pferd zum Stehen brachte und auf die Niederungen wies, die vor ihnen lagen, konnten die Frauen in der Ferne das Meer erkennen – und davor einen kleinen Punkt.

Es war Fellöw.

Die Schenke *Traurige Seemaid** in Kareb Solto war ein mehr als zweifelhaftes Etablissement mit einem etwas zwielichtigen Ruf. Sie war die Stammschenke der Kapitänin zur Midlandsee Sebl Sebelsn und das erste natürliche Heim aller in Kareb Solto weilenden Ganovinnen.

Die *Traurige Seemaid* hatte zu jeder Tages- und Nachtzeit geöffnet. Dies geschah erstens auf Wunsch der Stammgästin-

---

* Seemaiden bevölkern in großer Zahl die Gewässer der Midlandsee und sind für ihre horrenden Preise bekannt, die sie in Not geratenen Seefrauen für dringend benötigte Auskünfte, aber auch Kompanden, Astrolabien u.ä. abverlangen. Diese Gegenstände, so behaupten die Seemaiden stets, seien meist nachts von Handelsschiffen gefallen. Wohl kaum eine würde sich mit ihnen diesbezüglich auf ein Streitgespräch einlassen wollen.

nen, bei denen es oft schien, als hätten sie kein Zuhause mehr, und zweitens aus finanziellen Gründen.

Als Edita Fallvaress, die Repräsentantin der Satschistei am Tische der Ahrgte, an diesem Vormittag das Haupt beugte, um mit ihrem hohen Hut durch die niedrige Türöffnung den Schankraum der *Traurigen Seemaid* zu betreten, erntete sie mehr als verwunderte Blicke. Zumindest von denen, die noch in der Lage waren, solche Feinheiten zu erfassen.

In Frau Fallvaress' Gefolge befanden sich zwei Frauen der Stadtwache, bei deren Anblick einige Köpfe umgehend wieder auf die Tische sanken.

Edita Fallvaress blickte sich neugierig in der Schenke um. Hinter der Theke spitzte die Wirtin, eine spindeldürre Frau namens Swampa, die Lippen. Wenn eine offensichtlich so bedeutende Persönlichkeit mit zwei Frauen von der Wache erschien, hatte dies nicht unbedingt etwas Gutes zu bedeuten. Sie verschränkte die Arme vor der Brust und lehnte sich zurück, als Edita auch schon auf den Tresen zusteuerte.

»Was darf's sein?« erkundigte sich Swampa, ohne wirklich die Hoffnung zu hegen, daß sich dieser Besuch mit ein, zwei Gläschen Soltofeuer erledigt haben würde.

Die Frauen der Wache blieben an der Tür stehen und verbreiteten besorgtes Unbehagen bei einigen der anwesenden Besucherinnen.

»Ehre sei deiner Göttin, die Tarbas bescheine dich mit ewigem Licht und schenke deinem Leben Freude!« erklärte Frau Fallvaress munter.

»Was zu trinken?« lautete Swampas Erwiderung.

»Nun, wenn du ein Glas Milch für mich hättest?«

»Milch?«

»Ja, gewiß, Milch!«

»Hier gibt es keine Milch«, sagte Swampa. Es erweckte beinahe den Anschein, als wollte sie sich übergeben.

»Nun, dann vielleicht ein Glas Wasser.«

Swampa schob den Vorhang hinter dem Tresen beiseite.

»He, hol einen Krug Wasser vom Brunnen.«

»Oh, bitte, wenn es Umstände macht …« meinte Edita.

»Schon gut.« Swampa bezog wieder ihre alte Position. »Sonst noch was?«

Edita sah sich im Raum um. Ein großer künstlicher Fisch, der in einem Netz unter der Decke etwas deplaziert wirkte, starrte die Gäste ausdruckslos an. Bei dem Schmutz, der hier verbreitet war, fragte Edita sich, wie es die Besucherinnen der *Traurigen Seemaid* wohl fertigbrachten, nicht einer schrecklichen Krankheit zum Opfer zu fallen. Ein ausgestopftes Krokodil mit weit aufgerissenem Maul in einer lieblos gestalteten Ecke der Schankstube hatte es bereits lange aufgegeben, die Zechenden erschrecken zu wollen und wirkte ausgesprochen bedürfnislos.

»Nun«, sagte Edita. »Vielleicht könntest du mir helfen.«

Genau diesen Satz hatte Swampa erwartet. Zunächst hieß es immer, ob sie nicht helfen könnte, dann jedoch, wenn sie ihre Hilfe verweigerte, gab es Schwierigkeiten, weil die Fragenden ihre Weigerung nicht ohne weiteres akzeptieren wollten.

»Womit helfen?« ließ sie sich also seufzend auf den nun folgenden, unvermeidlichen Dialog ein.

»Ich suche eine Frau …«

Natürlich, dachte Swampa, wenn eine Frau wie diese in Begleitung der Stadtwache die Schenke betrat, ging es immer darum, daß irgendeine gesucht wurde.

»… namens Sebelsn.«

»Ich habe Jette Sebelsn schon seit Monaten nicht mehr gesehen!« leierte Swampa den zur Gewohnheit gewordenen Satz herunter. Jette Sebelsn, die Schwester der Postschifferin Sebl Sebelsn, war Piratin. Und jetzt gerade übrigens, in diesem Moment, saß sie oben in Swampas Kammer und zählte Dukaten.

»Nein«, erläuterte Edita mit einem netten Lächeln. »Ich suche nicht Jette Sebelsn, ich suche Sebl, ihre Schwester.«

Ein überraschter Zug stahl sich aus Swampas Mundwinkeln. Damit hatte sie nicht gerechnet. »Sebl?« Kurz überlegte Swampa, ob die Kapitänin sich in letzter Zeit wohl etwas hatte zuschulden kommen lassen, kam jedoch zu keinem Ergebnis. Sebl trank zuviel, als daß sie Zeit finden würde, etwas Verbotenes anzustellen.

»Sebl? Die sitzt da vorne!« sagte sie also und tat dann, als habe sie zu arbeiten.

Edita sah sich um.

Eine Gestalt lag über einem der Tische. In beiden Händen hielt sie noch ein Glas, das fast leer war.

Edita atmete tief durch und begab sich an den Tisch der Frau Sebelsn. Sie rüttelte sie sanft an der Schulter.

Sebl hob nicht den Kopf, aber klopfte mit dem Glas sacht auf den Tisch und murmelte etwas Unverständliches.

»Ehre sei deiner Göttin!« sagte Frau Fallvaress sehr dicht an Sebls Ohr. »Gefällt dir deine Tätigkeit?«

Sebels Kopf fuhr in die Höhe.

»Wassachsu?«

Edita schenkte Sebl ein freundliches Nicken.

»Werbissu?« erkundigte sich Frau Sebelsn.

»Mein Name ist Edita Fallvaress, und ich bin die Hälterin einer der Sitze am Tische der Ahrgte zu Kareb Solto.«

Sebl verzog den Mund zu einem Grinsen.

»Wasmachi Hällerinde Ahggte aneimOrt wiedism?«

Edita winkte Swampa mit dem Wasser heran.

»Wärst du so freundlich, mir einen starken Effak zu bringen?« Effak war ein sehr belebendes Getränk aus Effaknüssen.

Swampa nickte lustlos und verschwand.

»Sebl«, sagte Edita ernsthaft, »ich komme, weil ich hörte, daß du die einzige bist, in deren Begleitung eine unerfahrene Frau sich auf das Midlandmeer hinauswagen kann.«

In Sebl arbeitete es angestrengt. Sie verstand trotzdem nicht, was diese Person von ihr wollte. Sie entschied sich, für Klarheit zu sorgen und fragte daher: »Wasss?«

Swampa brachte den Effak und verschwand wieder, nicht ohne einen verächtlichen Blick über die Schulter zu werfen.

»Nun, Sebl, im Hafenbecken von Kareb Solto liegt ein

Schiff vor Anker, eine vor wenigen Wochen fertiggestellte Pentake. Bei Fiu, sie trägt ihren Namen zu Recht.«

Sebl nippte am dampfenden Effak. Neue Schiffe übten eine starke Anziehungskraft auf die Kapitänin aus.

»Wieheissie dnn … nn?«

»Ihr Name lautet *Perle der Satschistei.* Oh Sebl, wie das polierte Holz ihres Steuerrades im Licht der Tarbas glänzt, wie weiß und makellos die Segel sind, das Deck, du solltest es sehen, es ist aus kostbarsten Materialien angefertigt worden. Weißt du, die *Perle der Satschistei* … gehört mir.«

Edita machte eine kleine Pause.

Sebl, die nicht ganz zu Unrecht gelernt hatte, daß im Hafenviertel von Kareb Solto ein gesundes Mißtrauen den Frauen gegenüber dienlich war, stellte die heiße Schale auf den Tisch und beugte sich fahrig zu Edita hinüber.

»Wassollass gansse jess? Wssswillssu vonmih?«

Ein warmes, etwas saures Aufstoßen streifte Frau Fallvaress' Wangen, doch sie ließ sich nicht beirren.

»Nun, die *Perle der Satschistei* ist ein Geschenk an mich gewesen, doch bis heute hatte ich noch nicht das Vergnügen, nur eine einzige Seemeile damit zurückzulegen.«

Sebl griff erneut nach der Schale.

»Wass fürn Unnglck.«

»Das ist wahr.« sagte Edita bekümmert.

»Unweiteh?«

»Ich bin des Segelns nicht mächtig und komme, um dich zu bitten, mit mir und meiner Freundin ein wenig vor der Küste zu kreuzen.«

»Warumich?«

Weil du die Postschifferin der Lanice Lofort bist, weil die Hafenmeisterin dir blind vertraut, weil dich nichts interessiert, was dich nicht interessieren soll, weil die Piratin deine Schwester ist und dich ungehindert passieren läßt, kurzum, weil du die Richtige bist für meinen Plan, dachte Edita. Sie *dachte* es – und sagte:

»Wie bereits erwähnt. Ich hörte nur das Beste von dir!«

In Sebl stieg ein Bild auf. Sie am Ruder einer eleganten Pentake, sie auf Deck eines neuen Schiffes, sie fühlte das makellose Tauwerk durch ihre Hände gleiten, hörte das Rumpeln und Knarrschen des Rumpfes, sah das Spritzwasser beim Durchpflügen der Wellen. Selbst der Wind, der ihr ins Gesicht schlug, wäre reiner, vollkommener als der, der sie an Bord der *Eleganz* streifen würde …

»Wievll Fuß hatse denn?« fragte Sebl in die Effakschale.

Edita lächelte zufrieden.

»Wunderbar, Sebl. Ich wußte, wir würden uns einig werden. Deine Mühen sollen nicht umsonst sein.«

Frau Fallvaress warf einen Blick auf die Wachfrauen, aber die waren immer noch vollauf damit beschäftigt, durch ihre bloße Anwesenheit für Unbehagen zu sorgen.

Die salzige Luft tat gut. Fäärwll schien einen eigenen Duft zu besitzen, und dieser bewirkte, daß Stu von Stelens Kopfschmerz gelindert wurde. Was für ein ausgelassenes Gelage war doch am Abend zuvor gefeiert worden. Die Spielfrauen hatten musiziert, Herrat war außer Rand und Band geraten, nur Digrin schien es nicht so recht gefallen zu haben.

Stu saß an der Mole und schaute auf das Meer. Sie dachte über ihre Pläne für Fäärwll nach und darüber, wie bedrückend gestern noch die Anwesenheit Herrats auf sie gewirkt hatte. Nach ihrer kleinen Feier und jetzt, im Tarbaslicht des jungen Tages, schien diese Furcht vor der Vergangenheit unbegründet. Wenig später bemerkte sie, daß sie nicht allein bleiben würde. Die Treufrau näherte sich.

Herrat kam aus Srief, einem Küstengebiet Nordwestmidlands, war rund fünf Jahre älter als Stu und hatte vor kurzem ihren einundvierzigsten Geburtstag gefeiert. Sie trug einen schmalen, langen und sehr blonden Zopf, der von ihres Hauptes Mitte bis auf den Rücken herabreichte. Links und rechts war das Kopfhaar rasiert. Ihre Augen waren von eisigem Grau, die Kleidung bestand aus der Tracht der Stadtwache Kareb Soltos. Ein schmales Schwert baumelte an der Seite. Das Wams war aus Leder. Darüber trug sie einen ärmellosen Überwurf aus Leinen, den eine geflügelte Drachin schmückte, das Stadtwappen Kareb Soltos. Über der Hüfte hielt ein Gürtel das Obergewand zusammen.

Herrat war nicht die Befehlshaberin der Stadtwache, aber sie war Treufrau. Das bedeutete, daß sie nicht mehr lange warten mußte, um Gewährsfrau Kareb Soltos zu werden. Frau Herratsn hatte vor etlichen Jahren damit begonnen, Erfolge zu sammeln. Insbesondere war ihr dies im Kampf gegen die Piratinnen gelungen, die die Meere Midlands und Möllms unsicher machten. Einige Zeit vorher hatte es noch so ausgesehen, als ob der Handel auf dem Seeweg zum Erliegen käme, da sich keine Kauffahrerin mehr hinauswagte. Doch wenige Monate später hatte Herrat den Spieß bereits umgedreht. Nur noch wenige Piratinnen trauten sich nun auf das Meer hinaus, und die, die es taten, riskierten es nur unter vorheriger Absprache mit Frau Herratsn, die auf diese Art einen einträglichen Nebenerwerb ihr eigen nannte. Aber dies ging nur die Piratinnen und sie selbst etwas an.

Nicht überall war die Treufrau beliebt. Es wurde ihr nachgesagt, in engem Kontakt mit einer Art Geheimbund zu stehen, böse magische Kräfte wurden ihr unterstellt, ein Hang zur Grausamkeit, den keine ihr bislang wirklich hatte nachweisen können. Sie galt bei vielen ihrer Frauen als streng, ja, bisweilen machthungrig und rücksichtslos, doch in den Reihen derer, die wichtig für ihr Vorwärtskommen waren, hatte sie es verstanden, sich keine Feindinnen zu machen. Nach einer Weile schien es, daß auch keine Frau Wert darauf legte, Herrat ihre Feindin zu nennen. Auch wenn keine es aussprach: alle wußten, es wäre ihnen nicht gut bekommen.

Was Frau Herratsn sich vornahm, gelang. Sie war es so gewohnt und legte keinen Wert darauf, mit alten Regeln zu brechen.

Und nun hatte Stu von Stelen, Herrats Weggefährtin aus

vergangenen Tagen, einen guten Einfall gehabt, was diese verlassene Insel anging. Ein Einfall, vor dem die Treufrau voller Anerkennung das Haupt gebeugt hatte. Und da sie ohnehin der Meinung war, etwas Luftveränderung könnte ihr nur guttun, hatte sie sich bereit erklärt, diesen Einfall nach Kräften zu unterstützen. Es würde sie ablenken von dem, was sie in Kareb Solto nun manchmal bedrückte. Bisweilen schien es nämlich, als würde sie die Kontrolle über die Dinge verlieren, als würde sie ihr entzogen. Solche Gefühle schätzte Frau Herratsn nicht. Sie hatte es weit gebracht, schwindelerregend weit, große Teile ihres Selbst waren dabei hinter ihr zurückgeblieben. Daran wollte sie nicht erinnert werden. Es war ohnehin zu spät, an den Ereignissen noch etwas zu ändern.

SIE war immer bei ihr. Es gab kein Entkommen. Einst war ein Handel eingegangen worden, ein unheimlicher Handel, dessen Vertragsbedingungen Herrat nicht verdrängen konnte.

Nun aber war die Treufrau hier! Auf Fäärwll. Und jetzt nahm sie neben Stu von Stelen Platz.

»Ein schönes Fest«, begann Herrat selbstzufrieden.

Stu lachte leise.

»Ich fürchte, wir haben Digrin etwas … verschreckt.«

Die Treufrau machte eine wegwerfende Handbewegung. »Bald kann sie sich erholen. Sie wird nicht mehr viel zu tun haben. Wenn die Angelegenheiten auf Fäärwll so geregelt sind, daß wir zufrieden sein können.«

»Ja, sie wird zur Ruhe kommen, wenn ich ihr Amt innehabe! Darüber wird sie froh sein«, lächelte Stu.

»Du hast also mit Digrin bereits gesprochen. Ich rate ihr, uns keine Schwierigkeiten zu bereiten.«

»Keine Sorge, Herrat. Davon ist nicht auszugehen. Weißt du, sie tut mir beinahe … ein wenig leid.«

Sie schwiegen, und nach einer Weile begann Herrat, kleine Steine ins Meer zu werfen.

»Was ist mit Lanice? Sie ahnt doch nichts?« erkundigte sich Stu.

Herrat lachte abfällig. »Lanice? Die *Erhabene* hat mit den Zähnen geklappert, als sie den Drohbrief erhielt. Noch vor ihrer Abreise in die Provinz saß ich in ihren Gemächern, und sie schüttete mir ihr Herz aus. Das war ein guter Einfall von dir. Es hat mein Eintreffen auf der Insel beschleunigt.«

»Sie hegt keinen Verdacht gegen uns?«

»Oh nein, wie sollte sie? Sie fürchtet um ihr Amt, wozu sie allen Grund hätte, wenn bekannt würde, daß sie große Mengen an Nergoriten unterschlägt. Sie käme niemals auf den Gedanken, daß wir uns nun an ihr bereichern wollen.«

Stu neigte schmunzelnd den Kopf.

»Noch dazu auf solch unterhaltsame Art. Eine einfache Erpressung, das ist dagegen doch etwas Plumpes, etwas sehr Grobes.«

Herrat, die der Meinung war, sie müsse sich rechtfertigen, setzte eine mißfällige Miene auf. »Du bist zu feinsinnig, Stu. Viel zu empfindlich. Oft erreichst du dein Ziel nur auf direktem Wege.« Frau Herratsns eisgraue Augen richteten den Blick in weite Ferne. Die Treufrau geriet ins Schwärmen. »Ich liebe es, wenn die Angst im Ausdruck derer erscheint, die plötzlich wissen, daß es zu spät ist. Wie faszinierend ist es doch, diesen inneren Widerstreit zu beobachten, der da vor sich geht. Die Augen werden groß vor Fassungslosigkeit. Die Schultern lassen sie hängen, sie sinken in sich zusammen. Sie können nicht vor und nicht zurück. Die Verzweiflung ergreift sie. Und sie kommen nicht fort. In diesem Augenblick hocken sie nackt und bloß vor uns, gefangen in einer Falle, deren Gitterstäbe aus Angst geschmiedet wurden. Welch berauschende Momente!«

Frau von Stelen verzog keine Miene. »Ich habe schon seit jeher den Mut bewundert, mit dem du zu deinem etwas eigenwilligen Geschmack stehst.«

Herrat lächelte ein schmales Lächeln, und Stu wechselte das Thema.

»Kannst du dich auf deine Frauen verlassen? Ich hoffe nur, du hast die richtigen für unsere Mission ausgewählt.«

»Sie sind mir alle treu ergeben. Sie verehren mich.«

Stu verzog das Gesicht. »Sie … verehren dich? Wie hast du das angestellt?«

Mit einem gespielten Anflug von Empörung fuhr Herrat zurück. »Nun, du weißt wohl nicht, daß ich Treufrau Nordwestmidlands geworden bin. Wohl kaum umsonst. Nicht nur Lanice, der gesamte Rat Nordwestmidlands, selbst einige am Tisch der Ahrgte, alles liegt mir zu Füßen. Mein Name wird mit Ehrenbezeugungen im Munde geführt. Ich genieße den besten Ruf, den du dir nur wünschen kannst.«

»Hoffen wir also, daß alles zu unser beider Zufriedenheit geregelt wird.«

Herrat brachte die Sprache auf die zwei weiteren Gefährtinnen, die ihr nach Fäärwll gefolgt waren. »Du meinst im Grunde doch Ulana und Leremi. Was hast du daran auszusetzen, daß ich sie mit hierher gebracht habe? Sie haben uns auch in unseren anderen kleinen Unternehmungen bislang eher genutzt als geschadet. Es ist Verlaß auf sie.«

»Glaubst du, daß ich blind bin? Glaubst du, daß ich nicht sehe, daß du mit ihnen beiden das Lager teilst?«

»Und? Was hat das dich zu interessieren?«

»Hör zu, Herrat, sollte sich bei mir auch nur der leiseste Verdacht einstellen, daß sie einen Funken Zweifel an dem zeigen, was wir hier tun, dann werde ich dafür sorgen, daß sie für lange, lange Zeit den Mund nicht mehr aufmachen können.«

»Willst du mir drohen, Stu?« lachte Herrat. »Sieh dich an. Was ist aus dir geworden? Du hast kein Daheim mehr. Deine Sippe verachtet dich. Und du bist hier ganz allein. Du bist auf mich angewiesen. Und vielleicht bedauerst du dich nur, weil du seit langer Zeit schon allein schlafen mußt.«

Eine kräftige Hand umklammerte Herrats Handgelenk. »Sieh dich vor! Keine hat es bislang gewagt, Stu von Stelen zu beleidigen!«

»Komm schon, Stu. Das ist doch Flafflgerede«, lenkte Frau

Herratsn ein. »Unser Plan ist zu wichtig, als daß wir uns streiten sollten.«

Der Griff um ihr Handgelenk lockerte sich.

Frau Herratsn wollte aufstehen, doch Stu hielt sie fest.

»Was ist noch?« fragte Herrat.

Stu schluckte mühsam, bevor sie langsam und mit offensichtlichem Widerwillen begann: »Hör zu, Herrat, es ist wegen … ich will nicht, daß *SIE* sich hier einmischt!«

Im Ausdruck der Treufrau zeichnete sich Belustigung ab, dann jedoch brach sie in ein lautes Gelächter aus, das abrupt endete und einem ausdruckslosen Gesicht wich, als sie in Stus Augen sah und leise antwortete: »Du hast Angst. Du hast tatsächlich Angst. Vergiß nicht, *du* warst es, die die Tore öffnete, *du* warst es, die rief, mit aller Kraft, mit all der mentalen Energie, die dir zur Verfügung stand. Und nun fürchtest du dich wie ein kleines Kind. Ich habe nie begriffen, warum du dich abgewandt hast. Aber *SIE* sieht dich trotzdem. *SIE* ist immer bei dir. Und auch, wenn du meinst, du könntest hier in der Abgeschiedenheit vergessen, dich verstecken, irrst du, denn *SIE* wird kommen, eines Tages, eines nicht allzu fernen Tages, und *SIE* weiß, wo du bist und wer du bist.«

Herrat verfiel wieder in ihr rauhes Lachen, entwand sich Stus Griff und zog den Überwurf zurecht. Sie sah zum Dorf hinüber. »Ich werde gleich mit den Frauen aufbrechen! Willst du mitkommen?«

»Nein!«

»Wie du meinst!«

Eine Weile verfolgte Stu von Stelen mit ihren Blicken die sich entfernende Herrat, dann jedoch wandte sie sich wieder dem Meer zu, wo die Schiffe, die gestern noch die Frauen der Wache an Land gebracht hatten, jetzt am Horizont verschwanden, und als wenn Herrat nun doch etwas mitgebracht hätte, das Stu alles andere als willkommen war, warf eine dunkle Wolke ihren Schatten auf den grünen Küstenstreifen, einen sonderbaren Schatten, der die alte Angst wieder in ihr aufflackern ließ.

»Geh fort«, flüsterte Stu beim Anblick seines Umrisses, der wie eine hagere Hand nach ihr zu greifen schien, der groß und lang und dünn über den Ufersaum wanderte.

Die Minenbeauftragte verfluchte Flaffl, ihre Sippe, die Treufrau und alle möglichen, bis nichts mehr blieb, außer einem hohlen Gefühl in ihrem Magen, dem Hunger ähnlich und doch ungleich schwerer zu stillen, da namenlos und unbekannt, seit langer Zeit schon.

Ganz Fellöw schien aus Holz zu bestehen, selbst der kleine Fiutempel und die Statue der Meeresgöttin Dana. Teilweise standen die einfachen Hütten der Fischerinnen auf Pfählen im Wasser. Zwischen den Häusern an Land hing in großen, hohen Gestängen in langen Reihen der Tjöttgenprött, Trockenfisch oder auch Klapperfisch genannt, der seinem Namen alle Ehre machte, wenn der Wind vom Meer her die ausgedörrten Fischleiber in Bewegung versetzte und sie geräuschvoll gegeneinander schlagen ließ. In der geschützten Bucht lagen mehrere Ovrehjelber, breitbauchige Schiffe, die, ausgerüstet mit einem Segel, sowohl durch Wind als auch durch Ruderkraft angetrieben werden konnten. Auf dem Dorfplatz saßen einige alte Frauen auf einer Bank und musterten die Heranreitenden neugierig.

Ibak ließ sich beim Absteigen von ihrer Kusine behilflich sein, was Börgerby zu erneuter Schadenfreude veranlaßte.

»Ehre sei eurer Göttin, und Ehre sei euren Namen!« grüßte Janjat. »Möge Dana, die Hüterin des Meeres, Fellöw vor den zornigen Fluten verschonen und euch mit ihren Reichtümern segnen.«

Die Frauen nickten. Eine von ihnen erhob sich.

»Ehre auch eurer Göttin, Reisende! Im Namen des Dorfrates, deren Vorsitzende ich bin, heiße ich euch in Fellöw willkommen. Mein Name ist Sekja. Kommt ihr, um zu kaufen oder zu verkaufen?« fragte die alte, wettergegerbte Fischerin.

»Weder noch, Sekja!« gab Janjat zurück. »Wir müssen nach Fäärwll übersetzen.«

»Dann hat euch die Reise an den falschen Ort geführt.« Die alte Frau trat ein paar Schritte auf Janjat zu. Sich auch der Aufmerksamkeit der anderen Reisenden vergewissernd, setzte sie eine wichtige Miene auf.

»Ihr habt gewiß davon gehört, daß Reisen nach Fäärwll nur noch mit Passierschein möglich sind. Der wird euch in Kareb Solto ausgestellt.«

Ibak humpelte mühsam zu der Fischerin.

»Höre!« begann sie gedämpft. »Wir werden keinen Passierschein bekommen, denn wir reisen nicht in einer Angelegenheit, die für Nordwestmidland von Belang ist. Wir reisen im Auftrag unserer Sippe.«

»Eine Sippenangelegenheit? Nun, das ist etwas anderes. Aber …« die alte Frau griff in die Zügel von Ibaks Pferd, »es ist keiner Frau gestattet, nach Fäärwll überzusetzen, sofern sie nicht in offiziellem Auftrag kommt. Dies wurde am Tisch der Ährgte beschlossen.«

»Ja! Das weiß ich«, erklärte Ibak ernst. »Mein Name ist Ibak von Smagninborg. Dies ist meine Kusine Janjat. Unsere Sippe ist in Fjödirtaag beheimatet. Dort drüben siehst du Börgerby, Fina und Sina von Stelen aus Sweerkööp! Ich, Ibak von Smagninborg, bitte nun im Namen der Schwestern von Stelen, der Sippe der Smagninborgtöchtir und in meiner Eigenschaft als Tochter Flaffls um die Unterstützung der ehrenwerten Frauen Fellöws.«

Diese Bitte, die Ibak gerade nach sehr, sehr alten Regeln formuliert hatte, konnte keine Frau Flaffls ablehnen, es sei denn, sie hätte damit gegen ihren eigenen Ehrenkodex oder den ihrer Sippe verstoßen.

Janjat hielt den Atem an.

Sekja kratzte sich am Kopf.

»Das ist eine heikle Angelegenheit. Wenn wir euch nun übersetzen, verstoßen wir gegen eine Weisung Nordwestmidlands, die Flaffl anerkannt hat.« Die alte Fischerin grübelte einen Moment und fuhr dann fort: »Hinzu kommt noch, daß die Piratinnen einen Ausflug auf dieses Meer zusehends zu einer gefährlichen Unternehmung machen. Unsere Schiffe, die längs der Küste kreuzen, lassen sie unbehelligt, aber fährt eine von uns zu weit hinaus und verläßt die Fanggründe, sehen wir schon in der Ferne die Segel ihrer Schiffe, und es wäre nicht das erste Mal, daß eine von uns nur mit Mühe und Not entkommen kann.«

Ibak runzelte die Stirn. Dies waren keine guten Neuigkeiten.

»Ich wußte bislang nicht, daß Piratinnen für Flaffls Frauen eine Behinderung darstellen. Mir scheint, daß Flaffl gut daran täte, eine Flotte zum Schutze seiner Frauen auszurichten.«

Sekja nickte.

»Du hast recht, Ibak von Smagninborg, doch wir sind ihnen mit unseren Schiffen unterlegen, und dabei heißt es, daß Herrat Herratsn, die Treufrau Lanice Loforts, mit den Piratinnen aufgeräumt hat. Aber, weißt du … wir merken hier nichts davon! Für Flaffl stellen sie nach wie vor eine Bedrohung dar.«

Börgerby trat einige Schritte vor.

»Dieses mutlose Gejammer interessiert mich nicht. Ich will übersetzen. Sofort!«

»Ich habe mich im Namen der Börgerby von Stelen, die meine Mitreisende ist, zu entschuldigen!« stellte Ibak mit einem verärgerten Seitenblick auf die jüngste Stelentöchtir klar.

»Laß es gut sein.« Sekja winkte ab. »Sie ist noch unbesonnen. Sie weiß wahrscheinlich gar nicht, was sie sagt.«

»So wird es sein«, gab Ibak ruhig zurück.

»Nun, zurück zu deinem Anliegen. Du hast Fellöw eben offiziell um Unterstützung gebeten. Dies muß ein wichtiger Auftrag sein, wenn du es in Kauf nimmst, daß Frauen Fellöws sich in Gefahr begeben. Du weißt, daß wir deine Bitte nun nicht mehr ablehnen können, ohne das Gesicht zu verlieren.«

»Ich bin mit den Sitten Flaffls vertraut.«

»Gut, dann erwarte ich, daß du den Schwur ablegst.«

Ibak machte Janjat ein Zeichen, damit sie ihr helfe. Janjat

eilte, um ihre Kusine zu stützen. Börgerby, Fina und Sina verzogen verächtlich den Mund.

»Ich wußte nicht, daß du verletzt bist. Ich hätte sonst nicht von dir erwartet, daß du kniest«, sagte Sekja bestürzt.

Mühsam ließ Ibak sich nieder.

»Es bedeutet keinen Umstand, gemessen an dem, was ich von euch erbitte.«

Sie zog ihr Schwert aus der Halterung und legte es mit dem Heft vor Sekja auf den Boden, so daß die Spitze auf sie selbst wies.

Die Dorfvorsitzende reichte ihr die Hand und Ibak umschloß sie mit ihren Händen.

»Ich, Ibak von Smagninborg, eine Tochter und Kämpferin Flaffls, lege vor dir, Sekja aus Fellöw, den Eid Flaffls ab. Für die Hilfe und Unterstützung, die du mir und den Frauen, die mit mir sind, angedeihen läßt, schwöre ich dir, daß ich bei meinem Leben die Frauen Fellöws, deren Beistand ich annehmen will, vor Gefahren jedweder Art schützen und verteidigen werde, wenn nötig bis zu meinem Tode.«

»Ich nehme deinen Eid an, Ibak von Smagninborg. Und ich überlasse dir meine Ovrehjelber sowie vierzig Ruderinnen, die dich und die Frauen, die mit dir sind, in Windeseile nach Fäärwll bringen werden. Die Frauen Fellöws fühlen sich durch deine Bitten geehrt. Mögen alle Göttinnen euch auf der Fahrt schützen!«

Janjat half Ibak beim Aufstehen. Sie verstaute etwas zittrig ihr Schwert wieder in der Halterung und bat die Göttinnen des glücklichen Schicksals, daß sie diesmal beim Aufsteigen im Beisein der Geschwister von Stelen nicht fast aus dem Sattel fallen würde.

Digrin Semper griff einmal mehr nach der Flasche mit Soltofeuer, als Stu von Stelen durch den Hintereingang die Stube betrat.

In der Hand hielt sie eine Brieftaube, die trotz ihrer Verletzung den Weg nach Fäärwll überstanden hatte.

»Sieh dir das an.« Stu zeigte Digrin die Wunde.

»Das war ein Falke.« Frau Semper kippte den scharfen Schnaps in einem Zug hinunter.

»Und er hat offensichtlich eine von Lanice Loforts Tauben angegriffen.«

»Was regst du dich so auf? So was kommt vor. Wir drehen dem Vogel den Hals um und kochen ein Süppchen aus ihm. Ich habe früher selbst Tauben gezüchtet. Das wird nichts mehr. Als Brieftaube eignet sie sich nicht mehr.«

Stu betrachtete für einen kleinen Moment gedankenverloren den Vogel in ihrer Hand und strich leicht über dessen blutverschmiertes Gefieder. Doch dann reichte sie ihn kurzerhand über den Tisch an Digrin weiter.

»Mach damit, was du willst! Viel wichtiger ist, daß die Botschaft, die sie brachte, eine Nummer trägt. Lanice schreibt, daß sie gestern und vorgestern jeweils zehn Tauben nach Fäärwll geschickt hat, immer mit der gleichen Botschaft. Diese Taube trägt die Nummer achtzehn. Sie ist also gestern geschickt worden. Ich frage mich und dich: Wo sind die anderen neunzehn Tauben?«

Während ein knackendes Geräusch erklang, überlegte Digrin, wie sie früher Tauben zubereitet hatte. Es fehlte eindeutig an entsprechenden Gewürzen auf Fäärwll. Sie legte das Tier unter den Tisch und schenkte sich ein weiteres Glas ein.

»Ich weiß es nicht!«

»Lanice vermutet schon längere Zeit, daß ihre Tauben abgefangen werden. Irgendeine will verhindern, daß sie sich rasch mit uns in Verbindung setzen kann.«

Digrin zuckte die Achseln.

»Wo ist die Botschaft? Was will Lanice?«

»Sie ist bestohlen worden.« Stu reichte die Nachricht an Digrin weiter.

Bereits beim Lesen mußte Frau Semper schmunzeln. Dann

jedoch prustete sie los, nahm einen weiteren Schluck aus der Soltofeuerflasche und brach, sich verschluckend, vollends in Gelächter aus.

»Ihr Badezuber? Sie haben ihr den Badezuber gestohlen? Bei Fiu, das ist ein gelungener Spaß! Und sie glaubt, die Bewohnerinnen dieser Insel stecken hinter dem Raub?«

Stu verzog keine Miene.

Digrin gab sich Mühe, ernst zu werden.

»Sie muß verrückt sein! Warum sollten die Frauen Fäärwlls Lanice Loforts Badezuber stehlen, und wie hätten sie es machen sollen? Lanice hat den Verstand verloren. Soll sie sich einen neuen Zuber bauen lassen!«

Stu nahm der kichernden Digrin die Botschaft aus der Hand und verstaute sie in ihrer Wamstasche, bevor sie die leise vor sich hinkichernde Nebenprovinzvorsitzende Fäärwlls in Gesellschaft einer Soltofeuerflasche und eines toten Vogels zurückließ, um Herrat Herratsn nachzureiten.

Mittlerweile war es gelungen, Kapitänin Sebelsn wieder in einen einigermaßen nüchternen Zustand zu versetzen. Fasziniert betrachtete sie die schnittige Pentake, die unternehmungslustig im Hafenbecken lag und nur darauf zu warten schien, daß Sebl an Bord kam.

»Und du willst, daß ich mit dir hinausfahre?« fragte sie ungläubig.

»Ja, wahrhaftig. Das will ich.«

»Wo ist deine Freundin?«

»Oh, sie kommt noch. Es wäre jetzt, bevor wir auslaufen können, nur noch diese langwierige Geschichte mit der Hafenmeisterin zu klären. Du weißt, jedes Schiff, das in diesen Tagen ausläuft, wird genau untersucht, wegen des Badezuberraubes. Es wird wohl noch einige Stunden in Anspruch nehmen, bis wir endlich aufbrechen können. Was für ein Jammer. Vielleicht müssen wir unseren kleinen Ausflug sogar auf morgen verschieben.«

»Das laß nur meine Sorge sein!« murmelte die Kapitänin und eilte Richtung Lagerhallen, in deren Nähe eine kleine, baufällige Hütte stand. Sebl stieß die Tür auf und verschwand im dämmrigen Inneren des Hauses.

Beringör kam auf ein Zeichen Editas nun unter dem Vordach eines Schuppens hervor.

»Nun, läuft alles zu deiner Zufriedenheit?«

»Gewiß!« lächelte Edita.

Frau von Stelen, die Ältere, zupfte an ihrem Hemd herum.

»Mir ist nicht wohl dabei, Edita, mir ist bei dieser ganzen Sache überhaupt nicht wohl!«

Doch in diesem Moment lief die Kapitänin schon wieder auf sie zu.

»Wir stechen in See!« erklärte Sebl, heiser vor Begehren.

Dieser Traum von einem Schiff dort draußen durfte nicht zerplatzen wie eine Schaumblase auf dem Wasser der aufgewühlten See.

»Aber natürlich, meine Gute!« säuselte Edita. »Wir begeben uns vertrauensvoll in deine Hände.«

Sebl nahm Beringör gar nicht wirklich wahr, auch nicht den großen Seesack, den Frau von Stelen über der Schulter trug, sondern steuerte bereits im Eilschritt auf ein kleines Ruderboot zu. Es war ihr egal, wer mit an Bord dieses Schiffes kam, wichtig war nur, daß sie selbst am Ruder stand.

»Schnell!« flüsterte Edita Beringör zu. »Diese dem Soltofeuer verfallene Kapitänin bringt meinen gesamten Zeitplan durcheinander. Ich hätte es beinahe nicht geschafft, sie auszunüchtern.«

Sie bestiegen den Kahn, und Sebl legte sich mächtig in die Riemen. Edita behielt das Ufer im Auge. Es dauerte nicht lange, da hatten sie die *Perle der Satschistei* erreicht.

Sebl kletterte das Fallreep hinauf. Sie versank beim Anblick des Schiffsdeckes aus edelstem Holz in Ehrfurcht. Sie besah sich die Takelung, bewunderte die Aufbauten, das Tauwerk, strich über die Segel und glitt schließlich zärtlich über das polierte Ruder, ehe sie in die Kajüte stieg, wo sie aus dem Staunen nicht mehr herauskam.

Noch bevor sie die Luke zum Laderaum öffnen konnte, nahm Edita sie fröhlich beiseite und sagte: »Komm Sebl, heute ist dein Glückstag. Laß uns nun endlich lossegeln. Ich kann es kaum erwarten.«

Während nach einer kleinen Weile das Schiff sanft aus dem Hafenbecken glitt, Sebl am Ruder stand und ihr Glück kaum glauben konnte, zog Edita in der Kombüse eine kleine Phiole aus dem Seesack.

»Ich staune nur, ich staune nur!« sagte Beringör. »Was ist das?«

»Dies ist Satschistenischer Kürbiskäfernektar. Er wird dafür sorgen, daß Sebl ein bißchen schläfrig wird.«

»Was sagst du da? Wer soll dieses Schiff lenken, wenn die einzige, die sich damit auskennt, ein Nickerchen hält?«

»Ich dachte immer, die Frauen Flaffls seien so mutig!« scherzte Edita wohlgemut, als sie ein paar Tropfen der Flüssigkeit in eine Soltofeuerflasche träufelte. Beringör sprang von der Kiste und wanderte unruhig auf und ab.

»Keine Beleidigungen bitte! – Also, wer lenkt dieses Schiff?«

Edita zählte die Tropfen weiter ab, während sie antwortete: »Fünfzehn … sechzehn … ich werde es lenken, neunzehn …«

»Du?«

»Einundzwanzig … zweiundzwanzig … ja, gewiß, fünfundzwanzig … ich habe vor nicht ganz zwei Jahren, neunundzwanzig … dreißig … fertig!« Sie stellte die Flasche ab und fuhr gutgelaunt fort: »… nicht ganz zwei Jahren vollkommen allein in einem Zweirumpfboot das Kap der ewigen Stürme umrundet. Die *Perle der Satschistei* ist mit allem ausgerüstet, was für das Einhandsegeln notwenig ist.«

»Ach!« Mehr wußte Beringör nicht zu sagen.

»Ja!«

»Aber ich begreife nicht. Wozu dann der Umstand mit der Kapitänin? Was hat das alles zu bedeuten?«

»Sebl sorgte dafür, daß wir ohne Aufwand und Kontrolle den Hafen verlassen konnten.«

Frau von Stelen wurde hellhörig.

»Was ist eigentlich da unten im Laderaum in dieser großen Kiste?«

Edita zögerte, da sie nicht ganz sicher war, wie Beringör auf ihre Antwort reagieren würde, aber es hatte keinen Sinn. Sie mußte jetzt ehrlich sein.

»Ein Badezuber«, murmelte sie kaum hörbar.

Beringör blickte auf.

»Ein Badezuber?«

»Ja.«

»*Der* Badezuber?«

»Nun ... ja.«

»Grundgütige! Fiu steh mir bei!« stöhnte Beringör und strich sich durch das kurzgeschorene graue Haar.

»Ich erkläre dir alles später. Ich muß Sebl jetzt dieses Mittel verabreichen, damit die Wirkung rechtzeitig einsetzt.«

Aber Beringör trat auf Edita zu, entwand die Flasche ihren Händen und hielt sie fest.

»Einen Moment noch! *Du* bist die Unbekannte, die vor einigen Wochen nachts Lanice' Badezuber von der Feste gestohlen hat. Du willst ihn nach Fäärwll bringen, warum, weiß ich noch nicht, aber ich werde es aus dir herauskriegen. Und du suchtest eine Frau, die dich auf dem gefährlichen Weg begleiten kann. Du hast mich geködert. Du hast mich angelogen! Mir war von Anfang an unwohl bei diesem Plan! Glaubst du wirklich, ich würde dich jetzt nicht aufhalten? Bist du von Sinnen, daß du denkst, ich würde mich an einem Diebstahl beteiligen?«

Beringör wurde jetzt wirklich außergewöhnlich wütend.

Edita versuchte, sich ihrem Griff zu entziehen, dies war jedoch nicht ohne weiteres möglich. »Bitte Beringör! Ich werde dich nie wieder anlügen. Glaub mir, es war notwendig. Ich hatte Angst, du würdest mir deine Hilfe verweigern, wenn ich dir von Anfang an reinen Fein eingeschenkt hätte. Und ich schwöre dir, bei meiner Ehre …«

»Bei deiner was, Diebin?« rief Beringör.

»Bitte Beringör! Nicht ich bin die Diebin, Lanice Lofort ist es! Und dies ist die einzige Möglichkeit, es ihr jemals nachzuweisen!«

»Glaubst du wirklich, ich mache mich aufgrund der Aussagen einer Lügnerin und Diebin des Verrates gegen die Vorsitzende am Tische der Ahrgte schuldig?«

»Nicht so laut«, beschwor Edita und ertastete mit der freien Hand hinter ihrem Rücken die Flasche.

»Nicht so laut?« brüllte Beringör. »Ich kann noch viel lauter! Sie werden mich bis nach Sweerkööp hören! Ich werde dieser Sebl befehlen umzukehren!«

Doch in dem Moment, als sie ihren Griff lockerte und sich bereitmachte, an Deck zu stürmen, war es schon geschehen. Edita hatte die richtige Stelle getroffen. Beringör sackte in die Knie, und Sebl erschien am Abgang.

»Alles in Ordnung?«

Edita ließ die gesplitterte Flasche fallen. »Sie … sie ist gestürzt! Aber es ist nichts Schlimmes geschehen.«

Betrübt sah Sebl auf die Lache am Boden. »Der gute Schnaps.«

Eilig griff Edita in den Seesack. »Ich habe noch eine, für den Notfall.«

Anerkennend nickte die Kapitänin. »Ay, du solltest an Deck kommen, damit du von deinem Ausflug auch etwas hast.«

»Ja, und ich will auch sehen, wie du dich am Ruder machst. Wir trinken zusammen auf das Wohl der besten Kapitänin zur Midlandsee.«

»Ay!« strahlte Sebl freudig und trollte sich, während Edita sich bückte, um nach Beringörs Verletzung zu sehen. Es war wirklich nur ein kleiner Kratzer. Sie setzte eine neue Mischung an und begab sich an Deck. Es würde kein angenehmes Erwachen geben, weder für Sebl noch für Beringör, aber vor allem auch für Frau Fallvaress selbst nicht.

Die Schwestern von Stelen hatten es vorgezogen, bis zur Abfahrt der Ovrehjelber unter sich zu bleiben. Das konnte Ibak und Janjat nur recht sein.

Janjat hatte ihrer Kusine aus den Stiefeln geholfen und untersuchte ihr Bein. Obwohl die Verletzung nun schon lange ausgeheilt war, schmerzte der Knochen stark. Ibak hatte zwar kein Wort darüber verloren, aber Janjat konnte es ihr vom Gesicht ablesen. An eines der Tjöttgenpröttgestänge gelehnt und mit geschlossenen Augen ließ Ibak zu, daß Janjat nun eine Salbe in die Haut massierte.

»Woher hast du sie?«

»Deine Zeugmutter Swalfa gab sie mir mit auf den Weg. Sie sagte, du würdest sie brauchen können.«

Janjat beendete die Behandlung und packte die Salbe in ihren Ledersack.

»Ibak?«

»Mhmm?«

»Warum schreibst du all diese Briefe, wenn du sie doch immer wieder verwirfst?«

Ibak knüllte das Papier zusammen und steckte es in ihre Wamstasche.

»Zunächst war es tröstlich, dann machte es angst. Ich weiß nicht, warum ich sie schreibe, vielleicht tue ich es, weil ich hoffe, irgendwann einmal die richtigen Worte zu finden, oder eine Gewißheit!«

»Wer ist sie?«

Der Tjöttgenprött klapperte im frisch aufkommenden Wind, so daß Janjat die nachfolgenden und sehr leise gesprochenen Worte ihrer Kusine kaum verstand.

»Sie ist …«, begann sie zögernd, »…gewiß eine recht glückliche Frau. Glücklich in ihrem Dorf, glücklich mit ihrer Gefährtin … ich habe kein Recht, dies alles zu zerstören, obwohl ich in den letzten Monaten festgestellt habe, es zu einer gewissen Meisterinnenschaft auf diesem Gebiet gebracht zu haben. Außerdem: Ich fürchte, sie wird mich für aufdringlich halten, wenn ich die falschen Worte wähle und … ach Janjat. Ich bin mir selbst nicht einmal sicher, was mein Gefühl zu ihr angeht.«

»Dann mußt du es herausfinden.«

»Nein!« widersprach Ibak laut. »Und jetzt genug davon!«

»Nun gut, doch eines will ich noch wissen: Selbst wenn du Tika nicht mehr liebst, was, bei Fiu, ist in dich gefahren, daß du sie so behandelt hast?«

»Schweig! Ich will nicht darüber reden!«

»Du hast dich wie eine Despotin benommen.«

»Ich muß mich bei meiner Kusine nicht für mein Verhalten rechtfertigen, oder habe ich mich dir gegenüber etwa schuldig gemacht? Dann sage offen, was es ist, und wir können es miteinander austragen.«

»Nein, du hast dich mir gegenüber nicht beleidigend benommen. Aber trotzdem sorge ich mich. Du bist unglücklich.«

»Wir haben bereits darüber gesprochen. Viele Worte machen die Angelegenheit nicht besser.«

»Du bist meine Kusine, Ibak. Ich liebe und verehre dich. Ich kann nicht verstehen, wie ein solcher Wandel in dir vorgehen, wie so viel Bedrückendes von dir Besitz ergreifen kann. Dein Unglück schmerzt nicht nur dich, auch mein Herz wird davon schwer. Es fällt mir nicht leicht, das alles auszuhalten.«

»Dann werde ich dich jetzt besser verlassen, um dir nicht länger mit meiner Anwesenheit zur Last zu fallen. Gebe Fiu, du kehrst gesund zurück!«

Ibak zog sich an einem Holzpfahl in die Höhe.

Janjat sprang auf.

»Aber nein! So war das nicht gemeint. Ich fühle mich geehrt, daß du mich begleiten willst.« Doch dann umarmte sie Ibak heftig. »Ach was geehrt! Ich bin unendlich froh, daß du bei mir bist.«

Ibaks Körper versteifte sich.

»Bitte Ibak! Bleibe bei mir!« Janjat nahm ihr Gesicht nun in beide Hände, und plötzlich, nach einem kleinen Moment, nachdem sie sich in die Augen gesehen hatten, nachdem Janjat etwas von dem Schmerz erkennen konnte, der hinter den Fenstern der Seele ihrer Kusine lag, umschlangen Ibaks Arme sie so fest, daß Janjat beinahe keine Luft mehr bekam.

Ibak war wieder Kind. Sie lag in warme Chalakfelle gehüllt im Zelt einer Tante. Janjats Haar berührte ihr Gesicht. Es roch nach dem Vieh, nach dem Wind der Ebenen, nach einem Tag, der viel zu kurz gewesen war, um all das zu tun, was Kinder an einem Tag vollbringen wollen. Ein Tag, der damit endete, sich einen neuen Tag vorzustellen, und danach noch einen und noch einen und immer so fort, ein Tag, der damit endete, die summende Müdigkeit in allen Gliedern zu spüren, Janjats warmen Körper, ihre regelmäßigen, tiefen Atemzüge, diese so vertrauten Atemzüge, die Ibak fast nicht von ihren eigenen unterscheiden konnte.

»Nicht du mußt mich bitten, bei dir zu bleiben. Ich sollte es tun«, flüsterte Ibak.

Janjat küßte sie sacht auf die Wange, bevor sie sich ein Stück zurückzog, um erneut in Ibaks Augen zu sehen.

»Du bleibst also?«

»Ja!«

In diesem Moment näherte sich Sekja unter den klappernden Fischleibern hindurch. In einiger Entfernung blieb sie stehen und winkte.

»Alles ist klar zum Ablegen. Auch eure Pferde sind bereits an Bord. Kommt!«

Janjat wollte Ibak stützen, aber die lehnte den ihr gereichten Arm mit einem Kopfschütteln ab und humpelte, ohne dabei eine Miene zu verziehen, auf Sekja zu.

Herrat hatte den nach Westen führenden Weg aus Rosof Fäärwll eingeschlagen, ihr erstes Ziel sollte Draích'laír sein. Dort würde sie genaue Auskünfte über die Erträge aus den Minen einholen und versuchen, in Erfahrung zu bringen, wo sich die verschwundenen Bewohnerinnen versteckt hielten. Es hatte keine Eile, sie aufzuspüren, entkommen konnten sie von der Insel nicht. Wichtig war nur, daß die Arbeit in den Minen nicht vollends zum Erliegen kam. Da näherte sich durch das Hügeltal in eiligem Galopp eine Reiterin. Herrat hielt ihr Pferd an und wartete, bis Stu nähergekommen war.

»Hast du es dir doch noch anders überlegt?«

Wortlos und mit grimmigem Gesicht überreichte die Minenbeauftragte der Treufrau die Botschaft über den Raub des Zubers.

Herrat las und gab Stu das Schriftstück kommentarlos zurück.

»Unsere Tauben werden abgefangen, Herrat. Von zwanzig, die Lanice gesandt hat, ist nur diese eine hier angekommen.«

Herrat stützte sich mit einer Hand auf den Sattelknauf und winkte Leremi zu sich.

»Sie sollen spielen!«

Leremi nickte, wendete ihr Pferd und ritt zu den Spielfrauen hinüber, die umgehend mit dem Musizieren begannen.

Eine Weile ließ die Treufrau ihren Blick über die grünen Hügel wandern, auf denen nur dünnes Gras wuchs, sie sah über die einhundert Frauen vor ihr, die den schlecht ausgebauten Weg beschritten, die Stiefel mit Lehm bespritzt, die Augen in eine unbestimmte weite Ferne gerichtet. Zum Klang von Trommel, Flöte, Fiedel und einer Satsupaka, einer Art Drehleier, bewegten sie sich vorwärts.

Dies war, weiß Fiu, keine einladende Insel, und nun begann sich eine gewisse Verstimmung auf Herrats Gesicht abzuzeichnen, als sie, ohne Stu dabei anzusehen, in bösem Flüsterton fragte:

»Wer außer uns wußte von Lanice' Versteck für die Nergorite?«

»Eine gute Frage. Wer fängt unsere Nachrichten ab?«

»Zwei Fragen, eine Antwort.«

»Wenn die Tauben schon seit geraumer Zeit abgefangen werden, bedeutet dies, daß nicht nur Lanice in großer Gefahr schwebt, sondern auch wir vorsichtig sein müssen.«

Herrat nickte. »Was ist mit Digrin?«

»Digrin? Sie weiß nichts, rein gar nichts. Sie weiß nur, wo sich die Soltofeuerflaschen befinden. Und das ist gut so!«

»Wir werden nicht umhin können, uns dieser Sache anzunehmen.«

Stu lehnte sich im Sattel zurück.

»Wenn es nicht schon zu spät ist.«

Starr blickte die Treufrau über das in neblige Trübe gehüllte Land.

»Wer auch immer sie ist: Ich finde sie! Und ich werde sie zum Schweigen bringen.«

Stu wirkte nachdenklich. »Die Goldschmiedin kann es nicht gewesen sein. Ich weiß, daß Lanice ihr einen großen Goldbetrag aushändigen ließ. Den hat sie sich, weiß Fiu, verdient für ihre Mühen. Sie wollte damit nach Möllm.«

»Die Goldschmiedin?« fragte Herrat wie gewaltsam aus ihren Gedanken gerissen verärgert. Doch dann lächelte sie. »Ach, die Goldschmiedin. Nein, sie steckt gewiß nicht dahinter. Es sei denn, sie könnte aus ihrem Grab heraus Verrat an uns üben.«

»Sie ist in die Wandlung gegangen?«

»Ja. Ein Unfall. Wie bedauerlich!«

Stu verspürte Unbehagen, doch dann besann sie sich wieder auf ihren Plan und die unschöne Störung im Ablauf der Ereignisse.

»Wer«, grollte sie, »wer kann also dahinterstecken? Es ist nur allzu selbstverständlich, daß Lanice die verschwundenen Dorfbewohnerinnen für den Raub des Zubers verantwortlich macht – das ist für unser Vorhaben gar nicht mal so ungünstig –, aber ich glaube nicht daran. Woher sollten ausgerechnet sie wissen, was Lanice in ihrem Badezuber beherbergt? Wie sollten sie in der Lage sein, von Fäärwll aus einen solchen Raubzug zu inszenieren?«

»Das wäre nur dann möglich, wenn sie Unterstützung auf dem Festland hätten, eine, die sich ihrer Sache angenommen hat«, murmelte Herrat stimmlos.

»Es wäre gefährlich für uns, wenn Lanice ein Vergehen nachzuweisen ist, aus mehreren Gründen.«

»Das weiß ich auch«, erklärte Herrat gereizt. »Wenn diese Nergoritgeschichte Lanice in den Abgrund stürzt, dann ist es um uns gleichfalls schlecht bestellt, es sei denn ...« Die Treufrau zögerte kurz, »... es sei denn, wir bemühen uns selbst um ihren Fall.«

»Was meinst du?«

»Wenn Lanice mit nur einer Hand an einer Felswand hinge, würde ich eher ihre Finger unter meinem Stiefel zerquetschen, als daß ich mich selbst in Gefahr begäbe, in der Tiefe zu zerschellen beim Versuch, sie nach oben zu ziehen. Verstehst du?« Die Treufrau lachte leise. »Ein gelungener Vergleich, nicht wahr?«

Stu sah sie ausdruckslos an. »Was ist, wenn irgendeine bereits Beweise gegen uns hat?«

»Sie wird nicht dazu kommen, die vorzulegen. Und wer weiß, vielleicht ist der verfluchte Bottich sogar tatsächlich hier, auf Fäärwll. Und wir finden ihn. Wie dem auch sei, ich bin keine Frau, die sich bei dem, was sie sich vorgenommen hat, aufhalten läßt.« Sie klopfte auf den Griff ihres Schwertes.

»Du redest von Mord?« Stus Stirn umwölkte sich.

»Ich habe dieses Wort nie in den Mund genommen«, lachte Frau Herratsn und ließ ihr Pferd antraben.

Das Gespräch war für sie beendet.

Ein grauer Schatten verfolgte sie, trotz des bedeckten Himmels, er huschte ihr eilends nach, über Stock und Stein, lautlos, stumm und unerklärbar, von sonderbarer Hast und Geschmeidigkeit.

»Nein!« stöhnte Stu leise. Fahrig rieb sie sich mit der Hand durch ihr Gesicht. Ein knisterndes Lachen ließ sie zusammenzucken, doch hinter ihr war nichts, und als sie wieder zu Herrat hinübersah, war der Schatten verschwunden.

Das abendliche Tarbaslicht eines Spätsommertages fiel auf den großen See, an dessen Ufer Eleva und Tika nun angelangt waren. Lichter Birkenbestand reichte bis zum Ufer hinunter. Im Schatten dieser luftigen Bäume stieg Eleva vom Pferd und zeigte auf ein kleines Haus aus Holz, das von hohen Beerensträuchern umgeben am Rande des Wassers lag.

»Das ist es! Das Haus der Aviva von Smagninborg. Hier lebt im Sommer die berühmteste Gold- und Silberschmiedin Flaffls, wenn die Luft in den Ebenen süß, der Wind mild und Tarbas voller Kraft ist. Sie ist eine wirklich außergewöhnliche Frau. Ich bin neugierig, wie Aviva dir gefallen wird.«

Tika, die ihre Tochter auf dem Rücken trug, stieg ebenfalls ab.

»Es sieht nicht so aus, als ob sie zu Hause ist. Irgendwie wirkt alles verlassen.«

»Das kann nicht sein.« Eleva führte die Pferde näher an das Haus heran.

Nach ein paar Schritten erreichten sie den grasbewachsenen Hof. Eleva machte die Pferde an einen Baum fest, ging zur Tür und klopfte.

»Du scheinst recht zu haben. Sie ist aber gewiß in der Nähe.« Sie sah sich auf dem Hof um, ging auch hinter das Haus, wo sie, als sie in den Schuppen schaute, feststellen mußte, daß weder Pferd noch Wagen standen, wo sie hätten stehen sollen. Kopfschüttelnd kam sie zurück zur Eingangstür und öffnete sie.

»Aviva!« rief sie ins Innere des Hauses. Dann wandte sie sich Tika zu, die immer noch unschlüssig neben den Pferden wartete.

»Komm nur! Sie hat nichts dagegen, wenn wir ihr Haus betreten.«

Eleva blickte durch die Stube. Es schien, als habe die Schmiedin in diesem Jahr das Haus noch nicht betreten. Dicker Staub lag über allem. Spinnweben hatten sich in den Ecken verfangen. Und doch strahlte es Wärme und Gemütlichkeit aus. Webteppiche und Felle waren auf dem Boden verteilt. An den Wänden hingen wundervolle Silberarbeiten und farbig bestickte Tücher mit Motiven, die dem Leben der Natur um den See herum entlehnt sein mochten.

»Bei Fiu, wo steckt sie nur?«

Etwas befangen betrat Tika das Haus.

Eleva, der dies nicht entging, legte einen Arm um ihre Schultern und sagte: »Ist es nicht ein wunderbarer Ort? Du mußt keine Sorge haben. In Flaffl ist es Sitte, daß die Türen stets geöffnet bleiben. Aviva würde wollen, daß wir in ihrem Haus ausruhen und uns wohlfühlen.«

Sie machte sich noch eine Weile an dem Ofen zu schaffen, suchte einen Weidenkorb und wollte gerade das Haus verlassen, als Tika sie zurückhielt.

»Warte bitte. Ich muß dir etwas sagen …«

Eleva sah sie sanft an. »Ich glaube, ich weiß, was du sagen möchtest, und ich bitte dich, warte noch damit!«

Sie erhob sich und verließ mit raschen Schritten das Haus.

Sehr viel später in der Nacht erwachte Eleva durch eine Berührung. Im Schlaf hatte Tika den Arm um sie geschlungen, ihre Hand tastete nach Elevas Brüsten und verfing sich schließlich in dem Schnürzug ihres Hemdes.

Nein, Tika war nicht wach, ihr Schlafatem ging warm und regelmäßig. Eleva wagte nicht, Luft zu holen, doch ließ sie zu, daß ihre Haut berührt wurde. Sie schloß die Augen und stand nach einer unendlich langen Zeit auf, um das Morgengrauen, im kalten Wasser des Sees badend, zu erwarten.

Kapitel 5

Brief der Ibak von Smagninborg an Andronja, Apothekerin aus Gundlberg:
»Liebe Dron, ich weiß, Du wirst keine Zeit für lange Briefwechsel mit mir haben, es ist auch nicht so wichtig, aber ich wollte Dich fragen, nein, ich glaube … kann es sein, daß sich in Deinem Besitz immer noch der Hammer befindet, den ich Dir einmal geliehen habe? Ich kann mich nicht daran erinnern, daß Du ihn mir zurückgegeben hast. Eine kurze Nachricht genügt. Ich sende auch herzliche Grüße an Deine Gefährtinnen, Ibak.«

Angetrieben von einem mittleren, konstanten Wind und unterstützt durch ein wenig Flafflmagie im Rücken, pflügte die Ovrehjelber aus Fellöw durch das Meer Fäärwll entgegen. Das Holz des Schiffes arbeitete, es knackte und knarrte. Vierzig Ruderinnen aus Fellöw lagen in den Riemen. Eine von ihnen begann, ein Lied anzustimmen. Im bleichen Morgenlicht schliefen die Schwestern von Stelen, und auch Janjat lag noch auf einem der Packsäcke.

Ibak lehnte an der Bordwand und sah auf das Meer hinaus. Nicht blau war es, sondern grau und unergründlich präsentierte sich Dana, die Göttin der Ozeane an diesem Morgen. Eine ähnlich triste Tiefe zog Ibaks Seele in lichtlose Schluchten hinab. Das verletzte Bein schmerzte zwar nicht mehr wie am gestrigen Tage, doch sie wußte, daß der Schmerz der alten Wunde nur ein kleiner Teil des großen Schmerzes war, der sie nicht nur am Laufen, sondern seit langer Zeit auch am Leben hinderte. Was sollte da eine Salbe schon helfen, wenn sie selbst nicht bereit war, ihre Seele wieder zu öffnen?

Die Sehnsucht nach innerem Frieden drang an die Oberfläche ihres Bewußtseins. Sie schloß die Augen und gab sich den Bewegungen des Schiffes hin.

»Komm!« sagte eine Göttin ohne Namen. Sie stand auf der sommerlich leuchtenden Lichtung eines Laubwaldes. Nur ein kleiner Bachlauf trennte Ibak von ihr. Sie brauchte bloß ihre Schritte über den Holzsteg zu lenken, um zu ihr zu gelangen.

»Komm!« sagte eine Göttin ohne Namen. Sie streckte die Hand aus. Und Ibak sah sich zu ihr gehen.

Die Kapitänin der Ovrehjelber fluchte, als sie in diesem Augenblick über die Packtaschen stolperte.

»Schon gut, schon gut«, brummte sie, als Ibak ihr auf die Beine half.

Die ersten Strahlen der jungen Tarbas schenkten im Windschatten eine Ahnung von Wärme, und Ibak bemühte sich, in Gedanken noch einmal den Ort aufzusuchen, der eben noch so verheißungsvoll friedlich in der Welt ihrer inneren Bilder gewirkt hatte, aber da war nichts mehr, nur Leere und Sehnen, der Zweifel und die Starre.

Ibak suchte; sie befürchtete, sie könnte nie finden, doch der Aufenthalt im Dunstkreis dessen, was sie begehrte, auch wenn es nur eine gedankliche Welt war, eine Welt des Wünschens und Träumens, entfremdete sie der Wirklichkeit, all dem also, das tatsächlich geschah, das existierte.

Was hatte zu dieser Entwicklung geführt? Wie oft schon hatte Ibak sich dieselbe Frage gestellt. Sie hatte lange gelegen, war gezwungen gewesen, in Bewegungslosigkeit zu verharren, gewisse Gedanken hatten sich eingestellt, beunruhigende Gedanken, denen sie auf den Grund zu gehen wünschte, doch dann hatten die Fragen sie verschlungen und nie wieder freigegeben.

Ibak zweifelte alles an. Sie wußte nicht mehr, ob sie Tika liebte, sie wußte nicht mehr, ob sie wirklich war, sie stellte sogar die Welt um sich herum, die sie sah und greifen konnte, in Frage. Und sie begann, sich nach etwas anderem zu sehnen, etwas Namenlosem, etwas, das zugleich das Licht und den Schatten beherbergte. Dies war es, das sie anzog. Sie fühlte und spürte die Liebe dessen, was zugleich offensichtlich in der Lage war, ihr tatsächliches Leben zu zerstören. Die innere Rastlosigkeit auf dieser ausweglosen Suche machte sie schließlich stumm, ließ sie erstarren, hielt sie in ihrem dunklen Kerker gefangen. Was hatte Janjat gesagt?

»Sie, die Göttinnen wollen, daß du lebst.«

Dann sollten sie ihr helfen zu leben.

Was beklagst du dich? hörte Ibak ihre innere Stimme nun zu sich selbst sprechen. Du lebst doch, du hast die enge Kammer verlassen. Du selbst warst es, die gewählt hat. Jetzt stehst du da, in diesem dunklen Gang, und wagst keinen Schritt vor den anderen zu setzen. Du bemitleidest dich ohne Grund. Du fürchtest dich vor den neuen, unbekannten Räumen. Du glaubst, du müßtest sterben, bevor du sie betreten kannst, aber du irrst. Wer war in diesen Kammern? Zunächst nur Ibak allein, später sehnte sie sich nach einem Gesicht, einem Blick und Augen, die sie nie vergessen hatte. Es war die Göttin ohne Namen, die Ibak mit dem Licht ihres Atems gestreift, die sie gezwungen hatte, einen neuen, unerforschten Weg zu gehen.

Ibak sah zu Janjat hinüber. Sie war so lebendig und wahrhaftig. Sie war kein Schatten, der dem Leben hinterherlief. Sie lebte wirklich, mit jeder Faser ihres Körpers.

Da war es Ibak, als fühlte sie ein Zerren an sich, auf der einen Seite stand sie, eine Ibak, die leben wollte, auf der anderen Seite lag all das Verborgene, das Faszinierende, das sie ersehnte, von dem sie glaubte, es erst nach ihrer Wandlung erreichen zu können, wonach es sie so verlangte, daß die Qual ihr den Schmerz unerträglich machte.

Doch in diesem Moment des inneren verworrenen Kampfes schlug Janjat die Augen auf, und Ibak fühlte eine Hand auf ihrem Bein, die sie sofort ergriff, die ihr warm und vertraut war, ein Band zum Leben knüpfte und für diesen Augenblick die Verzehrung von ihr nahm.

»Bist du also wach, Janjat?«

»Ja, Kusine und ich hoffe, daß auch du ein paar Stunden geschlafen hast.«

Janjat streckte sich und sah zu den Schwestern von Stelen hinüber.

»Haben sie gerudert, in der letzten Nacht?«

»Aber natürlich haben sie das. Und wir müßten bald das Land sehen können.«

Janjat wies auf einen schmalen Streifen am Horizont.

»Sieh nur, da! Das ist gewiß die Küste Fäärwlls!«

»Ja!« murmelte Ibak und sah über das dunkle Meer.

»Du hast einen neuen Brief verfaßt?«

Eilig, als ob dies neue Hoffnung in ihre trüben Gedanken bringen könnte, als ob dieser Brief in der Lage sein könnte, die traurige Fessel zu zerstören, die ihre Seele einschnürte, nahm Ibak das Papier auf und drückte es ihrer Kusine in die Hand.

»Ja. Hier, lies! Was hältst du davon?«

Nach wenigen Augenblicken legte Janjat die Zeilen beiseite.

»Nun?« forschte Ibak.

»Du willst von ihr wissen, ob sie noch einen *geliehenen Hammer* besitzt?«

»Ja! Das ist eine unverfängliche Frage. Ich begebe mich damit nicht in die Gefahr, aufdringlich zu wirken. Und ich überlasse ihr damit die Möglichkeit, mir ausführlich zu antworten, wenn sie mag.«

»Indem du ihr schreibst, daß es nicht so wichtig ist? Was sagen all diese Worte schon über dich? Über deine Gefühle zu ihr?«

Ibak senkte den Blick.

»Nichts!«

»Bist du nun verliebt, liebst du sie, begehrst du sie?«

»Ich weiß es nicht. Ich denke jeden Tag an sie, ich habe sie nie vergessen, aber es ist hoffnungslos. Sie ist sehr glücklich ohne mich. Dessen bin ich sicher.«

»Ibak, vor wenigen Tagen sagtest du mir, du befändest dich auf der Suche nach der unbekannten Göttin. Sie heißt nicht zufällig Andronja?«

»Nein!« erklärte Ibak bestimmt und fuhr so leise, daß Janjat es nicht mehr hörte, fort: »Aber es ist möglich, daß sie mich zu ihr bringt, vielleicht erst nach meiner Wandlung.«

Wo war sie, die verborgene Göttin, nach deren Licht sie sich so sehr sehnte? War sie in den finsteren Tiefen dort unten auf dem Grund des Ozeans, war sie der Schaum auf den Wellen, war sie im Inneren der Tarbas, die in aufkommender Trübnis als kleiner blasser Punkt im Himmelsdunst schwebte? Sie mochte überall sein, doch sie war gewiß nicht in ihr, bei ihr, denn Ibak fühlte sich mehr als allein. Sie fühlte sich verlassen.

Lanice Loforts Badezuber war mittlerweile weiter von Kareb Solto entfernt als je zuvor. Er steckte in einer großen Holzkiste, die eben in diesem Moment mittels eines Flaschenzuges von einem Karren gehievt und auf weichem Waldboden abgesetzt wurde.

»Jetzt haben wir ihn endlich«, verkündete Edita.

Um sie herum standen sieben Frauen. Einige von ihnen waren mit Pfeil und Bogen bewaffnet. Eine weitere lag, mit dem Kopf auf Wurzeln eines Baumes gebettet, im lichten Schatten. Es war Beringör. Kurzfristig war sie an Bord der *Perle der Satschistei* wieder erwacht, doch hatte Edita, die sich vor ihrer heftigen Reaktion nicht ganz zu Unrecht fürchtete, Frau von Stelen einen Trank eingeflößt, der sie für weitere Stunden süß ruhen ließ. Jetzt jedoch brummte Beringör und bewegte sich.

»Sie wird wach«, flüsterte eine Frau in Flaffltracht, die neben Edita stand. »Gib ihr noch etwas von dem Trank!«

»Nein! Jetzt ist es genug. Ich will sie schließlich nicht vergiften, sondern sie zu unserer Verbündeten machen. Sie wird unsere wichtigste Zeugin sein.«

Beringör setzte sich müde auf. Durch recht viel Nebel sah sie etliche Frauen auf sich zukommen. Es schienen ungefähr zwanzig zu sein. Alles Zwillingsschwestern. Beringör stellte fest, daß ihre Umgebung instabil war, der Boden, von dem sie sich kaum erheben konnte, die Bäume um sie herum. Sie krallte sich in das feuchte Moos und fiel anschließend mit der Nase hinein, als sie erneut aufzustehen versuchte.

Bei Nephtar, wollte sie fluchen, fühlte aber, daß sie mit

ihrer Zunge den dicken Pelz in ihrem Mund nicht durchdringen konnte.

»Bnpf«, sagte sie also stattdessen.

Edita seufzte und setzte sich zu Beringör, um ihren Kopf zu stützten.

»Du Verrätirin un Diebin, nimmie Finge von mir!«

»Wenn ich das tue, wirst du wieder im Moos landen.«

»Ihr sei swansich gegn eine, aber ich werde euch alle überwälligm unin Kettn nach Kareb schickn ...« erklärte Beringör undeutlich und in einem Anflug von Selbstüberschätzung, bevor ihre Augen sich wieder schlossen und der Kopf schwer wurde.

»Was machen wir jetzt mit ihr?« fragte ungeduldig die Frau in Flaffltracht.

»Wir werden ein wenig Geduld mit ihr haben. Was sonst?«

»Geduld, Geduld ...« stöhnte die Frau aus Flaffl.

»Aviva, du weißt, was sie für uns bedeutet!« rügte Edita.

»Wasmachsu hier?« rief Beringör, die in diesem Moment wieder zu sich kam und zwei identisch aussehende Flafflfrauen dicht vor sich sah. Sie schüttelte ihren Kopf.

»Ich bin Aviva«, sagten die zwei Flafflfrauen wie aus einem Munde.

»Warum tragt ihrssusweit einnam?« Beringör schaffte es, sich aufzusetzen. Die Übermacht von zwanzig Frauen schrumpfte von einem Moment auf den anderen auf eine kleinere Anzahl. Beringör tastete nach ihrem Schwert.

Aviva hielt ihren Arm fest.

»Hör zu, Beringör von Stelen. Wir sind uns zwar nie begegnet, aber mein Name muß dir ein Begriff sein. Ich habe schon oft im Auftrag deiner Sippe Arbeiten an Silberschmuckstücken ausgeführt. Auch habe ich den Stelentöchtir bereits etliche Muster für Heftverzierungen verkauft. Erinnerst du dich jetzt? Edita und ich haben dieselbe Ziehmutter, wir sind also Schwestern, aber meine Zeugmutter kam aus Flaffl, und ich entschied mich als Kind bereits, in Flaffl aufzuwachsen. Ich trage zu dem Namen meiner Ziehmutter den Sippennamen der Smagninborgtöchtir.«

»Aviva von Smagninborg!« keuchte Beringör überraschend deutlich, weil ihr plötzlich einfiel, daß die Stelentöchtir Aviva noch vier Silberbarren schuldeten.

Aviva konnte zwar nicht Gedanken lesen, aber dennoch wußte sie, was Beringör dazu bewegte, noch bleicher zu werden als sie es ohnehin schon war.

»Mach dir keine Gedanken Beringör. Es geht hier nicht um das Silber. Diese Angelegenheit werde ich mit deinen Töchtern höchstpersönlich regeln, die mir den Preis, den ich verlange, vorenthalten, da sie der Meinung sind, ich hätte meine Arbeit nicht ordentlich ausgeführt. Diese rotznäsigen, vorlauten …«

»Ich dachte, es geht dir nicht um das Silber«, unterbrach Edita ihre Schwester.

»Es war nur eine kleine Andeutung«, bemerkte Aviva hocherhobenen Hauptes.

»Ich werde mich darum kümmern, sobald ich wieder zu Hause bin«, beeilte sich Beringör einzuwerfen, der diese Angelegenheit schrecklich peinlich war.

»Zu spät. Ich werde es mit deinen Töchtern regeln, sobald ich wieder zu Hause bin.«

»Könnten wir nun wieder zu den wichtigen Dingen zurückkehren«, maßregelte Edita, der innersippliche Schwierigkeiten in Flaffl momentan nicht ganz so wesentlich vorkamen.

»Dies ist wichtig«, verkündete Aviva.

Beringör nickte.

Edita verzog unwillig den Mund und wandte sich an die anderen sechs Frauen, die um den Zuber herumstanden. »Ich glaube, wir sollten das gute Stück in der Zwischenzeit schon einmal zur Grube bringen.«

»Warte!« Beringör versuchte, ihre Beine zu strecken. »Ich beteilige mich nicht an einem Diebstahl! Eher müßt ihr mich umbringen.«

»Etwas weniger Flaffldramatik bitte! Keine von uns will irgendeiner etwas zuleide tun, zumindest nicht auf diese Art.«

»Außerdem …« Aviva legte ihre Hand auf Beringörs Schulter. »Dies ist kein Diebstahl. Was wir tun, dient der Aufklärung von Mord, Betrug und Ausbeutung. Vor wenigen Monaten starb eine Goldschmiedin. Sie wurde aus purer Habgier getötet, vielleicht sogar im Auftrag der Lanice Lofort. Wer auch immer die Mörderin oder ihre Auftraggeberin gewesen sein mag, wir werden es herausfinden.«

»Was redet ihr da?« murmelte Beringör verwirrt. Sie hegte kein sonderlich großes Gefallen an der Person der Lanice Lofort. Sie jedoch des Mordes zu verdächtigen, wog als schier unglaubliche Anschuldigung.

»Dieser Badezuber ist nicht vergoldet!« erklärte nun Edita. »Er besteht aus purem Gold, aus Gold, welches Lanice Lofort unterschlagen hat, aus Gold, das eigentlich den Frauen Nordwestmidlands gehört. Aviva wird ihn untersuchen und einschmelzen, denn wir finden außerdem sehr wahrscheinlich in diesem Gold die größten und wertvollsten Nergorite der gesamten bekannten Welt. Lanice hat diese Steine gestohlen und die Frauen von Fäärwll dieser Tat beschuldigt. Die Vorsitzende am Tisch der Ahrgte ist eine Ausbeuterin. Und die Goldschmiedin, die den Zuber hergestellt hat, die für Lanice die Nergorite in ihm versteckte, ist in die Wandlung gegangen. Sie fiel nach Beendigung ihrer Arbeit einem Unfall zum Opfer. Lanice verbreitete, daß ein Fluch auf dem Ding liegen würde, dem nur sie als seine Besitzerin entgehen würde. Es herrscht im Augenblick eine große Bereitschaft zum Aberglauben in Nordwestmidland, und so kam es, daß keine ihn mehr berührte. Wie günstig für Lanice. Sie ist möglicherweise verantwortlich für den Tod der Schmiedin, sie ist gewiß verantwortlich für die Armut auf Fäärwll, sie hat Nordwestmidland und auch die anderen Länder hintergangen und betrogen, sie belügt den Rat oder besticht die Frauen dort. Und wir werden dies auf keinen Fall hinnehmen. Wir werden auch ihre Helferinnen ausfindig machen und sie alle miteinander zur Rechenschaft ziehen.«

Beringör blinzelte.

»Woher weißt du das?«

»Alles zu seiner Zeit, Beringör! Du mußt dich des Vertrauens, das ich in dich setze, erst würdig erweisen.«

»Vertrauen! Das sagst gerade du mir. Du hast mich, eine Frau Flaffls, benutzt und belogen. Wenn du wenigstens ehrlich gewesen wärst. Du kennst diese Insel wahrscheinlich schon recht gut, bist oft hiergewesen. Ha! Mich würde interessieren, wie du hergelangen konntest. Ohne Passierschein!«

Edita schmunzelte.

»Wie auch diesmal, mit einem Schiff!«

»Und warum der Aufwand mit der Kapitänin?«

»Nun, ich sagte es bereits. Sie sorgte dafür, daß wir den Hafen von Kareb Solto ohne die lästigen Formalitäten und Überprüfungen verlassen konnten.«

»Diese Heimlichkrämerei!« schimpfte Beringör. »Sag, warum hast du den Zuber ausgerechnet nach Fäärwll schaffen lassen? Wieso hast du ihn nicht in die Satschistei oder nach Flaffl gebracht?«

»Nun, zum einen wäre es nicht einfach gewesen, die Handelsstraße mit einem solchen Ding zu befahren. Denke an die Zollstationen, die Lanice in Nordwestmidland hat einrichten lassen. Zum anderen: Fäärwll liegt nah. Wir konnten bequem herkommen, ohne daß wir tagelang auf See hätten sein müssen. In diesem Wald haben wir genug Zeit, um die Dinge in Ruhe anzugehen. Dieser Wald ist uns verbündet.«

Beringör winkte ärgerlich ab.

»Wenn du so genau über die Mißstände auf Fäärwll unterrichtet bist und vielleicht sogar beweisen kannst, wie schlecht Lanice die Frauen hier behandelt, dann hättest du schon früher den Mund aufmachen sollen.«

Eine der Bogenschützinnen nahm jetzt zu Füßen eines großen Baumes Platz und ergriff das Wort.

»Nur ein Teil der Taten Lanice Loforts wäre dann ans Licht gekommen. Wir Frauen von Fäärwll aber wollen, daß sie für mehr zur Rechenschaft gezogen wird, daß sie für immer vom Tisch der Ahrgte und aus all ihren sonstigen Ämtern verschwindet.«

»Warum soll gerade ich dabei zur Hand gehen?« fragte Beringör verärgert und sah zu Edita auf. »Wenn du in Kareb Solto mit offenen Worten und einem aufrichtigen Herzen zu mir gekommen wärst, hätte ich dir gewiß geholfen, aber auf andere Art. Nun diktierst du mir stattdessen deine Vorgehensweise. Ich will dir sagen, Edita, daß ich damit nicht einverstanden bin. Die Lüge ist für uns Flaffln«, Beringör bedachte Aviva mit einem tadelnden Seitenblick, »etwas Übles.«

»Meine Schwester hat dich gewiß nicht angelogen«, sagte Aviva mit Überzeugung. »Sie hat vielleicht etwas ausgelassen, aber nicht gelogen.«

»Wortverdreherei!« Beringör rieb sich über die Stirn. »Ich will endlich wissen, warum du ausgerechnet mich in diese vertrackte Lage gebracht hast!«

Die Bogenschützin antwortete für Frau Fallvaress.

»Wir alle gemeinsam haben beschlossen, daß du unsere zweite Verbündete am Tisch der Ahrgte sein sollst. Du bist dort die einzige, von der Edita glaubt, ihr vertrauen zu können. Sie mag dich, und in Flaffl sind Frauen der Tat beheimatet. Deine Tochter lebt hier. Sie ist nicht besonders beliebt, aber möglicherweise kann diese Verbindung von Nutzen für uns sein.«

»Stu? Wir können froh sein, wenn sie uns nicht in die Quere kommt. Die Bande zwischen uns sind gerissen.«

»Nun, nun«, beschwichtigte Edita, »sie wird doch nicht im Falle eines Zusammentreffens gegen ihre eigene Mutter vorgehen.«

Beringör brummte etwas Unverständliches, während drei Pferde gebracht wurden. Edita wechselte einige Worte mit der Bogenschützin, bevor sie aufstieg. Eines der Tiere nahm sie am Zügel und führte es zu Frau von Stelen.

»Hier, komm mit, und ich zeige dir, wie auf Fäärwll gelebt wird.«

»Ich dachte, du könntest nicht reiten.« Beringör stand auf und klopfte sich Moos und Blätter von ihrem Waffenrock.

»In Kareb Solto, ja, in ganz Garnland und Nordwestmidland werde ich niemals ein Pferd besteigen oder eine Waffe führen. Hier jedoch ist das etwas ganz anderes.« Edita ließ sich einen Bogen und ein Messer reichen.

Auch Aviva schwang sich nun auf ein Pferd.

»Komm nur, Beringör. Du wirst Augen machen!«

Davon war Frau von Stelen nun schon fast überzeugt. Sie musterte Edita. Eigentlich war sie kaum wiederzuerkennen. Den hohen Hut, das wallende Gewand, die Tracht der Würdenträgerinnen der Satschistei, dies alles hatte sie abgelegt, keine Bänder und Perlen, stattdessen ein paar schmutzigspeckige Hosen mit hohen, abgeschabten Stiefeln, ein weiter, grober Kittel, der ihr bis zur Hälfte der Oberschenkel reichte, ein Gürtel, an dem allerlei kleine Beutelchen hingen, ein Messer, über dem Rücken der Köcher mit den Pfeilen.

»Wer ist sie?« wollte sie von Edita mit Blick auf die Bogenschützin wissen, die ihr einen mißtrauischen Blick nachsandte.

»Sie ist die Tochter von Sentenia.«

»Also schön, wer ist Sententia?«

»Du wirst sie später noch kennenlernen. Sie hält hier alle Fäden in der Hand.«

»Was hast du mit Sebl Sebelsn gemacht?« wollte Beringör wissen.

»Oh, die!« lachte Edita. »Ich habe das Schiff auf Kurs gebracht und das Ruder festgezurrt. Mittlerweile wird sie wieder ganz munter sein und glauben, daß wir über Bord gegangen sind.«

Beringör seufzte. »Bei Fiu! Ich entdecke immer neue Seiten an dir. Glaubst du nicht, daß sie sich schreckliche Sorgen macht?«

»Nein, eigentlich nicht. Es ist genügend Soltofeuer an Bord. Das wird die ärgsten Nöte lindern, und mit der *Perle der Satschistei* wird sie sich zu trösten wissen.«

»Warte Edita, eines muß ich noch wissen!«

»Nun?«

»Wie bist du auf all das hier aufmerksam geworden?«

Editas Lachen verflog. »Eine meiner Schwestern lebte hier und kam bei einem Unfall im Berg ums Leben.«

Beringör nickte betroffen. »Sei gewiß, daß ich nicht schweigen werde über das, was ich hier erleben muß.«

»Ich hoffe es«, sagte Edita leise.

»Brechen wir also auf. Eine andere Wahl habe ich sowieso nicht.«

»Das hast du gut erkannt«, sagte Frau Fallvaress und trabte an.

Der Weg führte sie durch einen dichten Wald, einen besonderen Wald, den einzigen seiner Art. Verblüfft mußte Beringör feststellen, daß Edita reiten konnte, als sei sie auf dem Rücken eines Pferdes zur Welt gekommen.

Endlich hatte Treufrau Herratsn rasten lassen. Raktscha war am Ende ihrer Kräfte. Sie lag an einen großen Findling gelehnt. Die Schreiberin war der Meinung, ihre Füße seien während des Marsches ungefähr zur doppelten Breite angeschwollen und wunderte sich nur, wenn sie auf ihre Stiefel blickte, daß das Leder noch nicht auseinanderklaffte.

Eine der Frauen trat zu ihr und reichte ihr den Wassersack.

»Hier, du trinkst zuwenig.«

»Danke!« hauchte Raktscha. »Ich war zu müde, um ihn mir zu holen.«

»So geht das nicht weiter! Sie müssen dir ein Pferd geben oder dich wenigstens auf dem Versorgungskarren mitfahren lassen.«

»Die Treufrau gestattet es nicht.«

Wütend wurden neben Raktscha ein paar Steine fortgetreten.

»Herrat entwickelt sich langsam zu einem Ungeheuer.«

Die Schreiberin zog an ihren Stiefeln herum.

»Was hast du vor?«

»Ich will sie ausziehen.«

Raktscha sah auf ihren linken Fuß. Der Strumpf war blutgetränkt und durchgescheuert. Das Fleisch darunter machte einen ausgesprochen rohen Eindruck.

»Bei Fiu!« stöhnte die Wachfrau mitleidig.

»Wie bekommt dir das Laufen, Schreiberin?« fragte die heranreitende Stu von Stelen in diesem Moment von ihrem Pferd herunter.

Anklagend wies Raktscha an sich hinunter.

»Nicht gut, wie ich hier sehen muß. Fahr in den kommenden Stunden auf dem Versorgungskarren mit! Herrat verspürt zweifelsohne wenig Lust, die täglichen Berichte selbst zu schreiben, die du doch gewiß mit soviel dichterischem Gefühl zu verfassen weißt. Wir werden heute Abend in Draích'laír eintreffen. Dann finde dich bei Herrat und mir ein.«

Sie wendete ihr Pferd und entfernte sich.

Raktscha sah zu dem Karren hinüber. Er schien einen halben Tagesmarsch von ihr entfernt zu sein.

»Ich werde dir hinüberhelfen.« Die mitleidige Wachfrau faßte sie unter den Armen, um sie hochzuziehen. »Weißt du, du mußt dein Wasser auf den Wunden verteilen. Es verhindert, daß sich die offenen Stellen entzünden.«

»Ja, gut«, schluchzte Raktscha.

»Was soll das?« erkundigte sich Herrat Herratsn, als Stu von Stelen neben ihr zu stehen kam. »Ich habe untersagt, daß die Schreiberin irgendwelche Vergünstigungen erfährt. Das Pferd vor dem Versorgungskarren muß geschont werden.«

»Ja, aber die Schreiberin auch, sonst hast du beizeiten keine mehr«, knurrte Stu. »Wer befehligt diese Frauen? Du oder ich?« Die Treufrau warf Stu einen bösen Blick zu. Aber auch Frau von Stelen war Meisterin in dieser Disziplin.

»Du befehligst sie, Herrat, und ich sorge dafür, daß du keine Fehler machst!«

Diese Äußerung ließ Treufrau Herratsn einstweilen unerwidert. Einstweilen.

Dies schien wirklich ein besonderer Tag zu werden. Digrin Semper, Vorsitzende der Nebenprovinz Fäärwll, war zuerst nicht ganz sicher gewesen, als sie auf das Meer hinausgesehen hatte, aber dann wurden die Konturen von Augenblick zu Augenblick deutlicher, und nach einer Weile gab es keinen Zweifel mehr. Ein Schiff näherte sich dem Hafen Rosof Fäärwlls. Ein fremdes Schiff. Gebannt hatte sie an der Mole abgewartet.

Nun war die Ovrehjelber eingelaufen, die Taue wurden an Land geworfen, um festzumachen. Eine Handvoll Bewohnerinnen, die noch in der Stadt lebten, hatten sich am Hafen versammelt, um beim Anlegemanöver zu helfen.

Was wollte ein Flafflschiff auf Fäärwll? Digrin stellte sich bereit und sah plötzlich eine Gestalt, die ihr sehr bekannt vorkam. Eine der Frauen auf dem Schiff, sie sah aus wie ... nein es war tatsächlich ...

»Ibak!« rief Digrin.

Die Angesprochene wandte sich der Hafenmauer zu, erkannte Digrin und nickte ihr verwundert zu.

»Das muß die Provinzvorsitzende von Fäärwll sein. Ich wußte nicht, daß du sie kennst!« sagte Janjat erstaunt.

»Sie war früher einmal Ratsfrau in Gundlberg, wo ich mit Tika lebte«, erklärte Ibak. »Sie ging vor vielen Monaten mit Lanice Lofort nach Kareb Solto. Aber was tut sie jetzt hier?«

»Sie sieht jedenfalls nicht besonders glücklich aus«, stellte Janjat mit einem Blick auf Frau Semper fest und schnürte den Packsack zu.

Digrin machte sich ebenfalls ihre Gedanken. Sie hatte angenommen, Ibak sei schon längst wieder daheim in Gundlberg. Nun, sie sah alles andere als zufrieden aus.

Börgerby, Fina und Sina von Stelen brachten ihre Pferde an Land. Janjat folgte ihnen, während an Deck der Ovrehjelber Ibak erst noch ein paar Worte mit der Kapitänin wechselte, bevor auch sie an Land ging und als älteste der kleinen Reisegruppe die formelle Vorstellung übernahm.

Digrin, die nur froh war, ein bekanntes Gesicht aus besseren Zeiten zu sehen, wollte sich gar nicht recht darauf einlassen. Aufgeregt eilte sie Ibak entgegen und griff mit herzlichem Überschwang nach ihren Händen.

»Ibak von Smagninborg! Wie freue ich mich, dich zu sehen! Was für ein außergewöhnlicher Tag! Ich bin jetzt die Nebenprovinzvorsitzende von Fäärwll und … ach, ist es nicht schön, daß wir uns nun doch noch einmal wiedersehen?«

»Digrin!« Ibak beugte kurz den Kopf. »In meinem Namen und im Namen der Frauen, die mit mir reisen: Ehre sei deiner Göttin und Ehre sei deinem Namen. Ich bitte dich, mich und die Frauen, die mit mir sind – als da wären die Schwestern Börgerby, Fina und Sina von Stelen, meine Kusine Janjat und diese vierzig Frauen aus Fellöw –, für eine kurze Zeit in Rosof Fäärwll aufzunehmen. Es geht um einen Auftrag der Sippe der Smagninborgtöchtir, und wir werden nicht lange bleiben. Ich sage dir gleich, daß wir keinen Passierschein und keine Landeerlaubnis für Fäärwll vorlegen können. Die Frauen Fellöws tragen allerdings daran nicht die geringste Schuld. Wenn für diesen Verstoß also eine verantwortlich gemacht werden soll, mußt du dich an mich halten.«

Digrin, die ungeduldig zugehört hatte, lächelte.

»Ach was! Für heute wollen wir von diesen Formalitäten Abstand nehmen. Ich freue mich so sehr, dich zu sehen. Keine von euch wird zur Verantwortung gezogen. Sie alle sollen an Land kommen, es gibt genug leerstehende Häuser in Rosof Fäärwll. Ich denke nur, was mir sehr unangenehm ist, es gibt möglicherweise ein Problem mit der Versorgung. Wasser ist genügend vorhanden, aber Proviant …« Digrin schluckte und fügte leise hinzu. »Das Leben hier ist sehr hart.«

Ibak schüttelte den Kopf.

»Wir werden uns keinesfalls an den Vorräten bereichern, die für die Frauen auf der Insel vorgesehen sind. Deswegen mach dir keine Sorgen.«

Digrin begrüßte auch die anderen Frauen und winkte schließlich fröhlich zum Schiff hinüber.

»Die Frauen Nordwestmidlands kennen kein Benehmen«, kritisierte Börgerby, der diese wenig offizielle Begrüßung nicht gefallen hatte, leise und mißfällig.

Fina nickte ihrer Schwester eifrig Beifall.

Digrin bekam von diesen Unhöflichkeiten nichts mit und machte eine einladende Geste.

»Kommt, folgt mir! Ihr werdet sehen, daß mein Haus nicht an das hübsche Amtshaus in Gundlberg herankommt, aber es besitzt ein Dach, und wenn ich mir den Himmel so ansehe, dann glaube ich, werden wir es brauchen können, um wenigstens im Trockenen zusammensitzen zu können.«

Während sie durch die trostlosen Gassen gingen, nahm Ibak den Eindruck Rosof Fäärwlls in sich auf. Dies war ein verlassener, einsamer Ort, ein Ort, an dem kein Leben mehr stattfand. Rosof Fäärwll wurde nicht geliebt.

Rosof Fäärwll erging es wie Ibak.

Wenn Lanice Lofort es recht bedachte – und sie bedachte es recht –, dann war es für sie gefährlich, noch längere Zeit auf der Feste zu verweilen. Denn von hier aus gab es nicht die geringste Fluchtmöglichkeit.

Während Frau Lofort ihren Ersatzbadezuber bestieg und auf der kleinen, eingelassenen Holzbank Platz nahm, brachen all die sorgenvollen Gedanken wieder über sie herein.

Wo war der Zuber? Wer hatte ihn in Besitz genommen,

und bestand die Gefahr einer Entdeckung ihrer nicht gerade ehrenwerten Tätigkeiten?

Bei Fiu, nein, bei Nephtars dunklen Abgründen, womit hatte sie das verdient? Lange Zeit hatte es so ausgesehen, als ob nichts ihr wirklich gefährlich werden könnte. Wie schnell konnte sich diese Sicherheit in Unsicherheit wandeln? Was sollte aus ihr werden, wenn nun irgendeine auf den Einfall kam, sie erpressen zu wollen, und wer hatte von ihrem Versteck für die Nergorite gewußt? Frau Lofort kaute auf den Lippen, bis sie bluteten. In den dichten, heißen Dampfschwaden, die sie umgaben, glaubte sie plötzlich, eine graue, schemenhafte Gestalt erkennen zu können, die sich lautlos dem Holzbottich näherte.

»Wer ist da?« rief Lanice beunruhigt und viel lauter, als es nötig gewesen wäre.

Keine Antwort.

Nebliger Dunst erstickte die Akustik. Lanice hörte sich schlucken. Es knackte in den Ohren.

»Ich frage, wer ist da?« stieß sie ängstlich hervor.

Da glaubte sie, ein Geräusch zu vernehmen, ein Geräusch, das sie nicht benennen konnte, weil es eindeutig nicht in eine Badestube gehörte. Es war doch etwas hier, sie spürte eine Anwesenheit. Die Tropfen, die von ihrem Körper ins Wasser fielen, waren laut. Ihr eigener Herzschlag dröhnte in den Ohren. Sie wagte nicht, sich zu bewegen. Nun kam das Geräusch von der anderen Seite. Sie stand auf, um sich umzudrehen und hätte dabei fast das Gleichgewicht verloren. Sie fing sich am Rand des Zubers und keuchte in stummer Angst. Das Wasser ging ihr nun nur noch bis zu den Knien. Der Körper dampfte. Sie roch ihren frischen Schweiß, der kühl an den Brüsten entlang lief. Ihr schwindelte.

»Ich will nicht sterben!« Lanice rang nach Luft.

Zitternd, darauf bedacht, nicht einer ängstlichen Erstarrung zum Opfer zu fallen, versuchte sie, den Zuber zu verlassen. Ihre Füße rutschten auf den nassen Trittbrettern aus. Die

Badestube war so voller Dampf, daß Lanice kaum noch ihre eigenen Hände erkennen konnte.

»Wer ist da?« brüllte sie. Sie konnte die Bedrohung nicht mehr ertragen, stieg erneut das Trittbrett hinauf, verließ den Zuber, stürzte zur Tür und fand sie verschlossen. Verzweifelt drehte sie sich um.

»DU bist es, nicht wahr? Geh fort von mir! Geh fort! Ich gebe dir alles, was du willst, nur laß mich endlich in Frieden!« Lanice rüttelte wieder an der Tür, während sie schrie: »Laß mich in Frieden!« Sie zerrte am Riegel, den sie vor lauter Zittern nicht zu heben vermochte, sah sich noch einmal um, und in der plötzlichen Stille vernahm sie erneut ein seltsames Geräusch.

»Oh, bei Fiu! Geh fort!« brüllte sie außer sich und schlug mit der Faust unter den Riegel. Das feuchte Holz hatte sich verzogen, sie versuchte es erneut, der Riegel hob sich, und Lanice stolperte in ihr Schlafzimmer.

Erleichtert sog sie die kalte Luft ein, rannte zur Tür und lief über den Gang. Ein dichter, weißer Schwaden schob sich aus der geöffneten Tür der Badestube, sonst nichts.

Lanice griff nach einem Laken und blieb schwer atmend stehen.

Sie würde jetzt gleich das Nötigste zusammenpacken. Keinen Augenblick länger konnte sie auf der Feste bleiben.

Durch die letzten belaubten Baumreihen konnten sie die kleine Ansiedlung namens Draích'laír bereits erkennen. Edita legte einen Finger über den Mund, und sie stiegen leise ab. Beringör wirkte nach dem langen Ritt und auch aus noch anderen Gründen ziemlich zerquält.

»Das ist es also«, flüsterte Edita. »Das Dorf Draích'laír. Wir müssen vorsichtig sein. Ich werde nachsehen, ob die Gelegenheit für einen Besuch günstig ist. Ihr bleibt am besten beide einstweilen hier. Ich komme gleich wieder.«

Beringör sah sie skeptisch an, aber Edita schlich bereits zwischen den Bäumen her.

»Edita!« rief nun plötzlich verhalten eine Mädchenstimme, und Beringör schrak zusammen. Aviva legte ihr beruhigend eine Hand auf den Unterarm.

Kurze Zeit später kehrte Frau Fallvaress mit einem ungefähr zwölfjährigen Mädchen zu den Wartenden zurück.

»Dies«, sagte sie erfreut, »ist Vega. Sie lebt mit ihrer Mutter in Draích'laír.«

Sie legte einen Arm um Vegas Schultern.

Das Mädchen nickte Aviva und Beringör kurz zu.

»Ehre sei Eurer Göttin!«

»Ehre der deinen!« erwiderte Beringör.

»Nun, Vega? Wie steht es in Draích'laír?« fragte Edita.

»Alle Frauen sind bis auf wenige Ausnahmen im Berg.«

»Was ist mit den Nergoritzählerinnen und Stollenmeisterinnen?«

»Sie sind in der Mine. Heute morgen hat es einen Unfall gegeben. Einer der Stützbalken ist gebrochen, und sie bemühen sich immer noch, den Gang freizulegen.«

»Hat es Verletzte gegeben?« wollte Beringör wissen.

»Ja, zwei Frauen, aber es ist nichts Ernstes.«

»Wie konnte das geschehen?«

Vega zuckte bekümmert die Achseln.

»Wir hatten nicht genügend Holz, um den neuen Gang abzustützen.«

»Soll das heißen, die Stollenmeisterinnen haben in vollem Wissen über die Risiken eines solchen Unternehmens die Frauen in der Mine dieser großen Gefahr ausgesetzt?« erkundigte sich Beringör entrüstet.

Vega nickte.

»Ja.«

»Warum wird das Holz dieses Waldes nicht genutzt, um Stützpfeiler herzustellen?« wollte Beringör kopfschüttelnd wissen.

»Aber dies ist der Wald der Göttinnen. Es bringt schreckliches Unglück, wenn wir auch nur einen Baum abschlagen. In diesem Wald wohnen Ungeheuer, die …!«

Unwillig unterbrach Beringör Vega im Satz.

»Bei Fiu, mein Zorn und mein Unverständnis werden immer größer! Was auch immer die Frauen hier für Verträge mit Lanice abgeschlossen haben: sie sind wahrhaftig verbrecherisch. Es nimmt nicht weiter Wunder, wenn die Bewohnerinnen der Insel sich diese Zustände nicht länger bieten lassen. Was ist mit der Nebenprovinzvorsitzenden in Rosof Fäärwll?« Beringör zog die Stirn kraus. »Sie muß von diesen Zuständen unterrichtet werden.«

»Sie ist unterrichtet, aber sie wird nichts dagegen unternehmen, weil sie, selbst wenn sie es wollte, nichts dagegen unternehmen kann. Sie kann sich Säcke voller Kartoffeln oder Mehl ebensowenig aus den Rippen schneiden wie du oder ich. Und sie ist bei Lanice Lofort in Ungnade gefallen. Die stellt sich ihren Bitten gegenüber taub, und Digrin Semper ist eine Frau mit wenig Rückgrat.«

»Eine feine Gesellschaft!« knurrte Beringör. »Was ist mit dem Mord, von dem ihr vermutet, daß Lanice ihn in Auftrag gegeben hat? Glaubt ihr, daß die, die diese Tat begangen hat, hier auf Fäärwll entlarvt werden kann?«

»Oh ja!« gab Edita eifrig zurück. »Ich bin ganz sicher.«

»Wen habt ihr im Verdacht?«

»Tut mir leid, Beringör! Wir müssen erst ganz sicher sein.«

Frau von Stelen, die Ältere, tat einen tiefen Seufzer.

»Bei dem Glanze der Tarbas, Edita, du verschweigst mir etwas. Es steckt noch mehr hinter dieser ganzen Fäärwllangelegenheit. Habe ich recht?«

»Nun … weißt du, es liegt seit geraumer Weile etwas über der Hauptstadt Nordwestmidlands, das ich, nun … als eine Wolke oder einen Schatten der Angst bezeichnen möchte.«

Vega zupfte an Editas Kittel.

»Habt ihr etwas zu essen mitgebracht?«

»Nein, diesmal nicht.« Frau Fallvaress sah sie mitleidig an. »Aber hast du hier irgendwo die Umhänge bereitliegen?«

»Ja, sie sind dort vorne, in dem Baumloch!«

»Gut, Vega, sehr gut!« Edita eilte zu der alten Kiefer und zog aus einem Loch im Stamm mehrere sackähnliche Gebilde heraus.

»Hier!« Sie warf Aviva und auch Beringör je einen der derben Umhänge zu.

»Zieh dir das über, Beringör, und ich hoffe, du kannst hinken wie ein lahmes Pferd. Schieb dir die Kapuze über den Kopf, siehst du, so«, Editas Gesicht verschwand in dunklen Kapuzenfalten, »leg den Kopf zur Brust und beuge den Rücken. Du bist alt, Beringör, du bist jetzt uralt und ganz schwach.«

Auch Aviva sank in dem Umhang zu einem gebrechlichen Weiblein zusammen und beugte sich zu Vega hinunter.

»Hast du deinen Großtanten und deiner Großmutter Bescheid gesagt?«

»Ja, sie sind im Haus und werden nicht herauskommen.«

»Sehr gut! Bleib hier und halt die Pferde bereit.«

Vega nickte.

»Du kannst dich auf mich verlassen.«

»Also dann, Beringör. Wir werden Draích'laír jetzt einen Besuch abstatten.«

Drei alte Frauen krochen, auf Stecken gestützt, vom Waldrand her auf die Ansiedlung zu. Sie mochten dort nach Pilzen gesucht haben, vielleicht auch nach Wurzeln, aber möglicherweise hatten sie die unheimlichen Wesen, die hier hausten, nur um Beistand ersucht.

Digrin Semper hatte auftischen lassen, was vorhanden war, aber viel war es nicht gewesen. Immerhin, ein halbes Faß Fein befand sich noch im Keller des Haupthauses.

Die Frauen aus Fellöw jedoch hatten die Vorräte herübergebracht, die sich an Bord der Ovrehjelber befanden, und so war auf dem unaufgeräumten Hof ein improvisiertes, aber ausgezeichnetes gemeinsames Mahl eingenommen worden.

Janjat wirkte enttäuscht, als sie erfahren mußte, daß Stu von Stelen in einer wichtigen Mission auf der Insel unterwegs war. Börgerby, Fina und Sina hatten vorgeschlagen, in Rosof Fäärwll auf sie zu warten, doch Digrin hatte zu bedenken gegeben, daß die Minenbeauftragte möglicherweise einige Wochen unterwegs sein könnte und dies war eine zu lange Wartezeit.

Darauf hatte Janjat erwidert, sie wolle gleich am nächsten Tag aufbrechen, um Stu zu folgen, aber Ibak erschien es sinnvoller, sofort loszureiten. Damit waren alle einverstanden.

Ibak stellte fest, daß Digrin sich verändert hatte.

Die Insel strahlte etwas Bedrückendes aus, etwas, das sich über Frau Semper gelegt haben mußte wie ein giftiger Schleier. Auch das, was Ibak in den Erzählungen der ehemaligen Dorfvorsteherin über Fäärwll erfuhr, stimmte sie bedenklich. Bislang hatte Ibak nicht viel über die Nergoritinsel gewußt, doch jetzt gewann sie den Eindruck, daß irgend etwas hier nicht so war, wie es hätte sein sollen. Was suchte beispielsweise die Treufrau der Stadt Kareb Solto hier mit einigen ihrer Frauen? Digrin sagte nicht alles, was sie wußte oder beschäftigte. Zudem empfand Ibak noch eine andere Art von Beunruhigung. Sie mochte von den ungewöhnlichen Wettererscheinungen herrühren, von den Schatten der Wolken, die ihre Form veränderten, sobald sie über die Hügel Fäärwlls wanderten. Solch ein schmaler Schatten hatte sie getroffen und eisige Kälte über ihren Körper gelegt, einen kalten Schmerz.

Nach dem Essen beugte Ibak sich zu Börgerby und Janjat hinüber.

»Wollen wir jetzt aufbrechen?«

Börgerby nickte.

»Du hast es wirklich eilig, Stu kennenzulernen, was?«

»In der Tat, das habe ich!«

»Gut!«

»Janjat?«

»Ich bin einverstanden. Je eher wir die Einladung auf den Ringplatz überbringen können, desto besser.«

»Dann werde ich die Pferde vorbereiten.«

Börgerby sprang auf.

»Um die Pferde der Schwestern von Stelen werde ich mich allein kümmern.«

»Wie du wünschst. Dann werden wir eben gemeinsam gehen.«

Ibak wandte sich dem Stall zu. Börgerby folgte ihr über den Hof.

Als sie in das Halbdunkel des Stalles traten, blökte ein einsames Schaf in seinem Verschlag, richtete eine dürre Ziege sich auf den Hinterläufen auf und sah über ihr Gatter.

»Sie haben Hunger«, stellte Ibak fest.

Börgerby stolperte über eine Forke und fluchte. »Dieses Rosof Fäärwll ist das schmutzigste, verkommenste Dorf, das ich je gesehen habe.«

»Stimmt.« Ibak führte Janjats Pferd auf die Stallgasse.

»Ibak?« stieß Börgerby nach einem kleinen Moment plötzlich rauh hervor.

»Mhmm?«

»Nun, ich wollte dich etwas fragen.«

»Was?«

»Deine Verletzung scheint bei weitem nicht mehr so schlimm zu sein wie gestern. Du humpelst kaum noch. Wie kann das sein?«

»Janjat gab mir eine Salbe von meiner Zeugmutter Swalfa.«

»Woher hast du diese Verletzung?«

»Das geht dich nichts an«, stellte Ibak kurzangebunden fest.

Börgerby blinzelte und wechselte das Thema. »Du wirst sehen, daß Stu von Stelen eine ehrenwerte Frau ist.«

»Was erwartest du, daß ich dir darauf sagen würde? Janjat ist meine Kusine.« Ibak schwieg einen Moment und zog den

Sattelgurt an. Doch dann fragte sie: »Du und deine Schwestern, ihr vermißt Stu sehr, nicht wahr?«

»Wir vermissen sie an jedem Tag, an dem der Glanz Tarbakaschs sich über die Gipfel des Jaltofjödir ergießt«, verkündete Börgerby dramatisch.

»Was ist mit eurer Mutter, mit Beringör?«

»Beringörs Herz ist durch Janjat vergiftet, aber das habe ich schon alles auf dem Ringplatz gesagt.«

»Du und deine Schwestern, warum akzeptiert ihr eure Mutter nicht länger als Oberhaupt der Sippe?«

Börgerby kniff den Mund zusammen. »Das geht wiederum dich nichts an, Ibak von Smagninborg!« brachte sie barsch hervor.

»Du hast recht. Aber wenn ich dir raten darf: Tragt es, was immer es sein mag, in der Sippe vor, besprecht es, denn sonst ...«

»Aber ich frage dich nicht. Ich verachte deinen Ratschlag. Den Ratschlag der Kusine einer Diebin und Verleumderin!« rief Börgerby in plötzlich hervorbrechendem Haß und schlug den Zaum, den sie gerade in der Hand hielt, gegen die Stallwand. Ihr Pferd erschrak und tänzelte nervös auf der Stelle.

Ibak legte die Zügel ihres eigenen Pferdes über einen Haken und trat zu Börgerby. Sie sah lange in die dunklen Augen der um nur wenige Jahre jüngeren Frau von Stelen und glaubte einen kurzen Moment, sich selbst darin zu erkennen.

Börgerby wußte, daß Ibak nun aufgrund dieser ungeheuren Beleidigung das Recht hatte, sie zum Kampf zu fordern.

Aber Ibak rührte sie nicht an. Sie strich schließlich stattdessen langsam über die Nüstern von Börgerbys Pferd und meinte: »Geh, Börgerby, geh hinaus zu deinen Schwestern! Das, was du suchst, wirst du nicht im Streit mit mir finden!«

In Börgerby tobte unterdrückte Wut. Schließlich griff sie entschlossen in die Zügel und führte die drei Pferde der Geschwister von Stelen auf den Hof hinaus, wo Digrin Semper begann, in aller Eile die letzten Nahrungsmittel in Sicherheit zu bringen. Die Regenwolken zogen jetzt rasch heran, und als die ersten Tropfen fielen, saßen die fünf Frauen aus Flaffl auf und machten sich auf den Weg.

Die drei alten, gebrechlichen Frauen hatten sich auf eine Bank am Rande des Dorfplatzes – der diesen Namen kaum verdiente – gesetzt.

»Das ist nicht zu glauben«, flüsterte Beringör unter ihrer Kapuze hervor, »alles hier wirkt ärmlich, heruntergekommen, welch ein karges Leben. Bei allen Göttinnen, ich habe niemals so etwas gesehen, nicht in Nordwestmidland, und ganz zu schweigen von Flaffl. Das ist erbärmlich. Und diese Frauen sollen Lanice etwas schulden? Mir scheint eher, es ist umgekehrt.«

»In der Tat«, stimmte Edita leise zu, machte Beringör auf ein halb verfallenes Schulhaus und auf die übrigen Gebäude aufmerksam, die dringend einer Reparatur bedurft hätten. Sie erzählte von dem bescheidenen Leben in den Ansiedlungen, das sie selbst hier für viele Monate unter falschem Namen freiwillig geführt hatte, um die Mängel vollständig zu erkunden.

»Wieviele sind aus Draích'laír fortgegangen?« erkundigte sich Beringör leise.

»Ich glaube dreiundzwanzig allein aus diesem Dorf.«

»Und sie haben wirklich keine Nergorite beiseite geschafft? Ich meine, ich könnte sogar verstehen, daß sie in ihrer Verzweiflung und Wut … nun, wenn sie …«

»Warum sollten sie das tun? Es gibt auf ganz Fäärwll keinen Ort, an dem sie mit Nergoriten etwas bezahlen könnten, das sie wirklich brauchen. Ich habe dir doch das alles schon erklärt. Nur Lanice Lofort und die Frauen, die ihr zur Seite stehen, tragen an dem Verschwinden der Steine die Schuld.«

»Wer genau steht ihr zur Seite?« wollte Beringör wissen. »Nenn mir ihre Namen!«

Edita zögerte. »Wir sind uns noch nicht ganz sicher.«

Einige Bewohnerinnen Draích'laírs versammelten sich auf

dem Platz, gingen in die Hütten, schöpften Wasser aus dem Brunnen oder begaben sich zur Gemeinschaftsfeuerstelle.

»Das ist ein unhaltbarer Zustand!« schimpfte Beringör. »Eine Schande für das Gemeinschaftswesen. Wir können wieder aufbrechen. Ich habe genug gehört und gesehen.«

»Ay, das war ein gutes Stichwort!« sagte eine Unbekannte, die verstohlen von hinten nähergetreten war, und riß Aviva die Kapuze vom Kopf.

»Es sind Herrats Frauen!« rief Edita entsetzt, sie schützte ihr Gesicht, indem sie den Stoff ihrer Kapuze zusammenfaßte.

Beringör wollte nach ihrem Schwert greifen, faßte jedoch nur in den groben Leinenstoff, Aviva sprang der Angreiferin an den Hals. Die Stollenmeisterinnen kamen bereits über den Platz geeilt, und Aviva sank von einem Schlag getroffen zu Boden. Edita erfaßte innerhalb von Wimpernschlägen, daß gegen diese überraschende Übermacht von sechs Frauen nicht anzukommen war. Sie stieß die Bank um und rannte los.

Aus den Augenwinkeln konnte sie eben noch erkennen, daß Beringör verletzt zu Boden sank und ihre Hand auf den Magen drückte.

Edita drehte sich im Laufen um.

Die Frau der Stadtwache schwang sich auf ihr Pferd und holte rasch auf. Edita hatte sie schon einmal in Begleitung der Treufrau Nordwestmidlands auf der Feste gesehen. Frau Fallvaress hetzte über die Wiese zum Waldrand.

»Mein Pferd!« brüllte sie in das Unterholz hinein und hoffte, daß Vega begreifen würde, worum es ging.

Sie schlüpfte durch die ersten Baumreihen und sprang mit einem Satz in den Sattel.

Von Vega war keine Spur zu sehen. Sie war ein kluges Mädchen. Edita trat ihrem Pferd in die Flanken und jagte den schmalen Pfad entlang tiefer in den Wald hinein.

»Verflucht, verflucht, verflucht!« brüllte sie nach einiger Zeit, als klar wurde, daß Aviva und Beringör ihr nicht mehr folgen würden.

Der Wald bot zwar Schutz, und Edita konnte zu dem versteckten Lager der Frauen Fäärwlls zurückreiten, aber mit Schaudern dachte sie an das Schicksal von Beringör und Aviva.

Bei Nephtar, der Göttin des Totenreiches, handelte es sich im großen und ganzen um eine recht freundliche Göttin. Sie beherbergte die Wanderinnen zwischen den Welten, bewirtete sie an den Tischen der Freude, schenkte ihnen Ruhe und süße Träume, bis Fiu, die große Wandlerin, erschien und den Wechsel vollzog. Nephtar war die Hüterin des warmen, dunklen Schlafes. Sie bewohnte die Hallen des ewigen Friedens, und es wurde behauptet, sie bewache die bösen Kreaturen des Tages und der Nacht, der Erde und des Himmels, der Luft und des Wassers, damit diese nicht aus ihren Zwischenwelten in die Form materieller Existenz aufsteigen konnten.

Doch nicht alle waren mit diesem friedlichen Bild der Nephtar einverstanden.

Eine Göttin, die den Müden und Heimgesuchten Nektar einflößte, war von jeher nicht jederfraus Geschmack. Die Nephtarelitinnen bemühten sich nun schon seit Jahrhunderten, das Bild der Totengöttin in eines zu verwandeln, von dem sie meinten, es wäre weit realistischer und faszinierender als jede dieser albernen, freundlichen Vorstellungen.

Für die Nephtarelitinnen war die Göttin des Totenreiches eine furchteinflößende Kreatur, die über die schrecklichen Wesen der Zwischenwelt nicht wachte, sondern gebot, die sich ihrer bediente, um sie dazu heranzuziehen, über die bei ihr zu Tisch Sitzenden zu richten.

Die Nephtarelitinnen waren der Ansicht, daß Nephtar eine direkte Verbindung zu den gebannten Wesen in den Zwischenwelten darstellte. In ihren Anbetungen und Zeremonien schließlich ging es häufig darum, sich böse Kreaturen für eigene Zwecke dienstbar zu machen.

Da die meisten Frauen es jedoch vorzogen, einer weniger angstbesetzten Jenseitsvorstellung Glauben zu schenken, und auch kein Interesse daran zeigten, alptraumhafte Wesen in ihren Stuben erscheinen zu lassen, hatten die Nephtarelitinnen es mit ihrem Missionsauftrag für gewöhnlich schwer. Nur bestimmte Frauen schlossen sich ihrer sektiererischen Bewegung an; vor allem jene, die die Vorstellung liebten, bereits zu Lebzeiten über viel Macht zu verfügen, um andere unterdrücken zu können.

Die Nephtarelitinnen besaßen keinen eigenen Tempel. Sie errichteten ihr Quartier stets in schon vorhandenen Tempeln, wo sie Keller, Nebengebäude oder sonstige Anbauten benutzten, um die dort schon existierenden Kräfte für sich zu gewinnen. In Kareb Solto trafen sich die Nephtarelitinnen in der Krypta des Dehrentempels. Ihre Reden von Vergeltung und Rache fielen in Zeiten, in denen Nordwestmidland von korrupten und machtgierigen Frauen wie Lanice Lofort regiert wurde, auf besonders fruchtbaren Boden. Die Dehren, der ein Stockwerk höher gehuldigt wurde, war eine an sich harmlose Rachegöttin, deren Hilfe und Beistand wohl jede Frau einmal suchte. In ihren Hallen ließ sich während der Anrufung trefflich über mißlungene Liebschaften, untreue Gefährtinnen, den Verlust des Vermögens oder sonstige unerquickliche Lebenssituationen lamentieren und mit innigsten Kräften und nach Herzenslust um Abrechnung bitten. Der Dehrentempel war ein wunderbarer Rahmen für böse Gedanken, die diejenigen, die dort einkehrten, erleichterte, und vor allem blieb der Besuch ohne unangenehme Konsequenzen. Ganz anders hingegen die Zielsetzungen der Nephtarelitinnen, deren erklärte Absicht es war, jeden bösen Gedanken in die Tat umzusetzen. Es hieß, keine könne ungestraft aus ihren Reihen austreten. Es hieß, ein hoher Preis müsse von jenen gezahlt werden, die in den Genuß der Kraft einer ganz besonderen Göttin gelangen wollten. Es war die Angst, die dieses Wesen trank, und ein Schatten sollte sie sein, die die Welt mit ihrer Grausamkeit befleckte, bis auf jene, die sich ihr treu dienend verschrieben hatten. Nein, dieses Wesen, diese vermeintliche Göttin war gewiß nicht

Nephtar, doch vor dieser Erkenntnis verschloß eine gute Nephtarelitin Ohren und Verstand.

Kurzum, Herrat Herratsn war Nephtarelitin. Eine der besonders tüchtigen Art. Sie hielt nichts von der Unverbindlichkeit, mit der einige ihrer Glaubensschwestern häufig an diese ausgefallene Form der Überzeugung herangingen. Sie hatte ihr Leben nicht nur den Nephtarelitinnen geweiht. In ihr war mit der Zeit eine böse Schattenwelt entstanden, der sie mit aller Kraft huldigte, die sie gleichfalls mit grausamen Schwingungen erfüllte. Und seit einigen Wochen schien es, als würde sich lang Ersehntes endlich ankündigen. Auch wenn Herrat in letzter Zeit häufig den Eindruck hatte, daß etwas außer Kontrolle geriet, von einer grausamen Zuversicht erfüllt und Macht gewinnend, vollbrachte sie Dinge, die sie niemals vorher hatte vollbringen können.

In Draích'laír war bereits die Dämmerung hereingebrochen, als die Treufrau und ihr Gefolge eintrafen. Herrat war entzückt, als Ulana, die sie vorausgeschickt hatte, von der Festnahme zweier Frauen berichtete, die ohne Genehmigung auf die Insel gekommen waren. Herrat hatte nach ihren Namen gefragt, doch Ulana sagte, die Gefangenen würden bedauerlicherweise schweigen, es sei kein Ton aus ihnen herauszubekommen. Daraufhin beschloß die Treufrau, sich erst am nächsten Tage um die ungebetenen Gäste zu kümmern. Eine solche Befragung wollte sie ausgeruht, in vollen Zügen genießen. Stattdessen hatte sie gemeinsam mit Stu von Stelen die Stollenmeisterinnen und Nergoritzählerinnen aufgesucht, um näheres über die Erträge der letzten Wochen zu erfahren.

Diese Aufgabe hatte eine gewisse Zeit in Anspruch genommen, und mittlerweile lagen Dunkelheit und Stille über den Hütten von Draích'laír. Ab und zu drang das Geräusch eines starken Hustens oder das Greinen eines Kindes aus einem der Gebäude. Herrat hatte gemeinsam mit Stu, Leremi Lerminsn und Ulana ihr Quartier in einem der leerstehenden Häuser genommen.

Die Treufrau zündete ein paar Kerzen in der kleinen Unterkunft an. Leremi hatte es sich auf Decken bequem gemacht. Die Augen fielen ihr fast zu. Ulana stellte einen Kessel mit Wasser auf den gußeisernen Ofen. Stu von Stelen lief unruhig auf und ab.

Draußen näherten sich schleppende Schritte. Herrat riß die Tür auf.

»Es wird höchste Zeit, daß du kommst, Schreiberin. Ich warte nicht gerne. Das habe ich dir schon einmal gesagt.«

Raktscha humpelte in die Hütte. Unter dem Arm trug sie eine Schriftrolle.

»Dies sind die Reinschriften der Angaben, die heute abend gemacht worden sind. Und ich habe dir außerdem noch etwas zu sagen.«

»Spar dir dein Geschwätz für jene auf, die sich dafür interessieren!« Herrat nahm die Rolle in Empfang und breitete sie auf dem Tisch aus, um sie umgehend zu studieren.

Raktscha ließ sich nicht beirren.

»Von morgen an wirst du deine Berichte selbst schreiben, Treufrau. Ich werde nicht länger für die Stadt oder die Stadtwache Kareb Soltos arbeiten. Du kannst mich nicht behandeln, wie eine …!«

»Eine was?« Herrat baute sich dicht vor Raktscha auf. Eine unechte Belustigung zuckte um ihre Mundwinkel.

Wütend starrte Raktscha in Herrats Gesicht.

»Ich bin nicht dein Eigentum. Ich bin bereit, deine Aufträge auszuführen, selbst wenn sie schwierig sind, ich bin bereit, dich als meine Vorgesetzte anzuerkennen, aber ich lasse mich von dir nicht schikanieren und quälen.«

Das Lächeln in Herrats Gesicht erstarrte zu etwas sehr Häßlichem. Sie packte Raktscha am Arm und führte sie zur Tür. »Wie du willst, dann verschwinde nach Kareb Solto! Geh zu Fuß bis zur Küste zurück. Von Rosof Fäärwll aus kannst du dann schwimmen.«

Die Treufrau stieß sie über die Schwelle, Raktscha stolperte und landete im Dreck. »Das wirst du bereuen, Herrat. Wenn wir zurück in Kareb Solto sind, werde ich dich für diesen Übergriff vor Gericht stellen lassen, und du bist die längste Zeit Treufrau von Nordwestmidland gewesen.«

Herrat verschränkte die Arme vor der Brust. »Wer redet von Rückkehr, Schreiberin? Es gefällt mir hier sehr gut. Und wenn du doch noch Vernunft annehmen solltest, dann sag es mir, und auch du wirst hier ein gutes Leben führen können, ansonsten rate ich dir, geh und komm mir nie wieder unter die Augen.«

Sie warf die Tür ins Schloß und rieb sich die Hände. »Wo bleibt der Aufguß, Ulana? Mir ist kalt.«

»Ich weiß nicht, ob das so klug war, Herrat«, warf Stu von Stelen ein, die diese Szene unbewegt mitangesehen hatte.

»Was willst du damit sagen? Meinst du, ich lasse mir von einer Schreiberin Vorhaltungen machen?« Herrat setzte sich ungehalten an den Tisch und überflog die Angaben, die den Nergoritabbau in Draích'laír betrafen.

»Du hast ihr zu verstehen gegeben, daß du nicht gedenkst, nach Kareb Solto zurückzukehren. Was, wenn sie mit dieser Behauptung unter den Frauen für Unruhe sorgt?«

»Bei Nephtars Abgründen!« Herrat schlug auf die Tischplatte, der Becher kippte um, und der heiße Tee ergoß sich über die Schriftrolle und ihre Hand. Stu bemerkte, daß die Treufrau nicht einmal mehr mit der Wimper zuckte. Sie schien die Verbrühung gar nicht zu spüren.

»Von was für einer Unruhe sprichst du denn? In ein paar Tagen werden sie es ohnehin erfahren, und bis dahin werden wir alle Gerüchte abwiegeln, die Raktscha möglicherweise aufbringt. Die meisten Frauen, die ich mitgenommen habe, werden sich begeistert meinem Vorschlag anschließen. Sie alle werden hier reicher werden können, als sie es sich je bei der Stadtwache erhofft haben. Und was ihre Gesinnung betrifft, die meisten sind nicht umsonst mitgefahren. Sie haben daheim Ärger, den sie am liebsten vergessen würden, sie sind gerade verlassen worden, sie sind gierig oder haben Schulden. Rosof Fäärwll wird wieder erblühen, und wir alle schöpfen den Tau ab. Die Frauen werden froh sein, wenn ich ihnen hier das bieten kann, was sie daheim vermissen.«

»Wir«, sagte Stu leise.

»Was?« fragte Herrat gereizt.

»Wenn wir ihnen hier das bieten können, das sie daheim vermissen!«

Herrat fegte die Schriftrolle vom Tisch. Der Tee hatte die Tinte vollends verlaufen lassen.

»Leremi, komm her!«

Frau Lerminsn schrak aus dem Schlaf hoch.

»Komm her, sage ich, und geh zur Schreiberin! Sie soll eine neue Abschrift fertigen. Zügig!«

»Jetzt?« gähnte Leremi.

»Selbstverständlich jetzt!«

Leremi tappte halb benommen vor Müdigkeit zum Tisch und bückte sich, um zu retten, was zu retten war.

»Laß mich das machen!« bot Stu an, nahm den Rest der nassen Schriftrolle auf und ging zur Tür.

»Willst du auch in Zukunft Botinnendienste für mich verrichten?« höhnte Herrat. »Dann werden wir bestens miteinan der auskommen.« Sie lachte.

Stu eilte auf den Tisch zu, hinter dem die Treufrau hockte, böse und bereit wie ein lauernder Hund.

»Ich habe dich schon einmal gewarnt, Herrat. Du bist unverschämt, seitdem du Treufrau geworden bist und auf der Feste verkehrst. Ich finde keinen Gefallen an deinen Scherzen.«

Stu wandte sich ab und ging hinaus.

Sie sah nicht mehr, daß nun etwas sehr Befremdliches Einzug in Herrat hielt, etwas, das die Pupillen in ihren Augen sich von Lidrand zu Lidrand ausdehnen ließ, als sie die Spitze ihres Dolches in den Tisch rammte und mit leiser Stimme fragte: »Wo bleibt mein Tee, Ulana?«

Stu von Stelen eilte durch Draích'laír.

Bei allem Ehrgeiz, bei allem Hunger nach dem unbekannten Ziel, das sie bereits seit langer Zeit zu erreichen versuchte – Herrat war zu weit gegangen. Sie war maßlos. Sie gefährdete den großen Plan. Stu hoffte, daß die Schreiberin mit sich reden ließ, und fragte die lagernden Frauen nach ihrem Aufenthalt. Schließlich fand die Minenbeauftragte sie am Waldrand sitzend, den Kopf in den Armen geborgen. Eine kleine Öllampe flackerte neben ihr. Raktscha hörte nicht, daß Stu sich näherte, und zuckte zusammen, als sie deren barsche Stimme vernahm.

»Ich bedaure, Schreiberin, du mußt eine neue Abschrift anfertigen. Auf diese Rolle wurde Tee gegossen.« Stu reichte ihr das Pergament.

Raktscha blickte auf. »Ich werde morgen allen Frauen mitteilen, daß die Treufrau hier auf Fäärwll irgend etwas vorhat, das nicht ihrem Auftrag entspricht. Dann werden wir aufbrechen, und ich melde alles in Kareb Solto«, sagte sie erschüttert und verzweifelt.

Stu atmete tief durch. Ihre Befürchtungen bestätigten sich. Sie setzte sich neben die Aufgebrachte und schwieg eine Weile.

Die Schreiberin fühlte sich unwohl in Stu von Stelens Gegenwart.

»Was willst du von mir? Ich werde ganz gewiß keine Abschrift mehr für Herrat fertigen. Nie mehr!«

»Du … weißt, daß es nicht einfach sein wird, von dieser Insel wegzukommen?« erkundigte sich Frau von Stelen.

»Morgen werde ich allen Frauen von diesem Vorfall berichten, wir werden Brieftauben auf das Festland schicken, damit die Schiffe kommen und uns zurückbringen.« Tränen blinkten in Raktschas Augenwinkeln.

»Von welchem Vorfall sprichst du, Schreiberin?«

Fragend sah Raktscha in Stus Gesicht.

Frau von Stelen hakte nach.

»Es ist schon eine Dreistigkeit, wenn eine Schreiberin ihrer

Vorgesetzten eine Schriftrolle auf den Tisch legt, mit voller Absicht eine Tasse siedend heißen Tee darüber verteilt und die Treufrau Nordwestmidlands dabei schwere Verbrühungen erleidet. Wenn die Schreiberin dann aber noch hergeht und unter den Wachfrauen Verleumdungen in die Welt setzt, die eine der geachtetsten Frauen Nordwestmidlands betreffen, dann … nun, dann kann das keine von uns ungestraft durchgehen lassen. Verstehst du?«

Raktscha sah Stu stumm vor Entsetzen an.

Die Minenbeauftragte fuhr leise und bedauernd fort. »Es wäre traurig, wenn es so weit kommen würde, daß wir dich schließlich disziplinieren müßten.«

Raktscha schluckte.

»Ich glaube«, faßte Frau von Stelen sanft nach, »ich glaube, damit wäre für diesen Moment alles gesagt.« Sie klopfte auf die durchweichte Schriftrolle, die schlaff in Raktschas Armen lag. »Die neue Abschrift hat bis morgen früh Zeit.«

Stu erhob sich und verschwand ebenso leise und schnell, wie sie gekommen war, über die Wiese und zwischen den Schatten der Häuser.

Es war ein wunderbarer Tag am See gewesen. Eleva und Tika hatten ihn vorwiegend am und im Wasser verbracht. Gerade wendete Eleva den Fisch auf dem Rost über der Glut.

»Wie gut du mit dem Speer fischen kannst, Tika! Von wem hast du das gelernt?«

»Oh, von meiner Mutter. Sie brachte es mir bei, und ich fand immer viel Gefallen daran.«

»Erzähl mir doch etwas über dich und über Gundlberg. Ich weiß so gut wie nichts über das Dorf, aus dem du kommst, und über dein Leben.«

Tika lächelte wehmütig.

»Weißt du, es scheint so lange her zu sein, daß ich dort

wirklich glücklich war; ich frage mich, ob es tatsächlich je zu meinem Leben gehört hat.«

»Verzeih mir! Ich wollte dich nicht verletzen.«

Tika sah Eleva traurig an.

»Das weiß ich doch.« Nach kurzem Schweigen fuhr sie fort. »Früher, als Kind, kümmerte ich mich mit meiner Schwester um die Schafherde der Zeugmutter.«

»Du warst Hirtin!« unterbrach Eleva erstaunt. »Dann würde dich ein Ausflug zu den Chalakherden der Nomadinnen gewiß interessieren.«

»Nein, ich glaube nicht. Die Schafzucht in Nordwestmidland läßt sich nicht mit dem Leben der Nomadinnen im Norden Flaffls vergleichen. Außerdem muß ich gestehen, daß mich das Leben als Hirtin nicht besonders glücklich gemacht hat. Als ich älter wurde, erhielt ich ein Stück Land von meiner Ziehmutter. Das habe ich bewirtschaftet. Es hat für mich allein immer gereicht. Und die Wälder Midlands sind üppig. Sie tragen reiche Frucht, und Wild lebt dort im Überfluß. Was übrigblieb, konnte ich verkaufen oder eintauschen. Ich wurde zufriedener. Ab und zu half ich meiner Schwester noch mit den Schafen. Das Leben war nicht besonders aufregend.«

»Ein ganzes Stück Land allein zu bewirtschaften, stelle ich mir schwieriger vor, als hundert Chalaks zu den Futtergründen zu folgen.«

»Nein, nein. Wenn die Zeit der Arbeiten kommt, dann helfen wir uns gegenseitig auf den Feldern. Nun, und trotz alledem … eigentlich … es ist schwer zu erklären, in Gundlberg ist eine Frau kaum je wirklich allein, und doch fühlte ich mich oft sehr einsam.«

»Ich glaube, ich kann dich sehr gut verstehen. Es gibt Tage in Fjödirtaag, an denen ich mich einsamer fühle als bei einem wochenlangen Ritt durch die Ebenen.«

»Oh ja! Oft sind es ihre Stimmen, die Stimmen der Frauen, die an mir vorbeiziehen, sie dringen gar nicht bis zu mir vor. Sie reden mit mir, aber sie sagen mir nichts. Oder die Art, in der sie mich betrachten. Sie sehen mich an und erkennen mich nicht. Weißt du, was ich meine?«

Eleva nickte, und Tika sah über den See, wo im Westen ein letzter glutroter Schleier über die Wasseroberfläche schwebte.

»Dann«, fuhr sie fort, »als Ibak nach Gundlberg kam und sich entschlossen hatte, mit mir in Nordwestmidland zu leben, wurde ich glücklich. Ich fühlte mich nie einsam mit ihr, selbst, wenn sie nicht daheim war. Ich liebte sie. Ja, weiß Fiu, ich habe sie sehr geliebt. Für Ibak gab es keine Zweifel. Es gab keine Angst, sie kannte kein Zaudern, sie reichte mir ihre Hand, und ich dachte, es würde ewig so weitergehen.« Tika senkte den Kopf und flüsterte: »Das war ein Fehler.« Nachdem sie sich gefaßt hatte, fuhr sie fort: »Ich selbst hatte noch mein Land. Außerdem arbeitete ich hin und wieder bei unserer Müllerin. Ibak ließ nicht viel Zeit verstreichen. Sie richtete neben meinem Haus eine Werkstatt ein. Immerhin ist sie Schmiedin, noch dazu eine, die sich mit den magischen Formen des Jaltozirkels beschäftigt. Das Rohmaterial bezog sie aus Flaffl und fertigte kunstvolle Schmuckdolche. Sie hatte ein eigenes Verzierungsmuster entworfen, und da ihre Waren von ausgezeichneter Qualität sind, konnte sie sie schließlich selbst in Kareb Solto verkaufen. Ibak besaß feste Abnehmerinnen. Die Signatur IVS in den Verzierungen auf Schwertern und Dolchen ist mittlerweile selbst in Perm und Schwerm bekannt.«

Eleva lächelte. Sie dachte daran, daß ihre eigene Signatur – EVS – mittlerweile ein Markenzeichen in der gesamten bekannten Welt war und fand es erfreulich, daß Ibak sich anschickte, eine ebenso gute Handwerkerin zu werden. Dies gereichte zur Ehre der Sippe, und sie sagte anerkennend: »Ibak hat die Begabung ihrer Mutter Smagninborg geerbt. Wenn sie älter ist, wird sie weitere Prüfungen ablegen können, vielleicht sogar auch die höheren.«

»Die höchste Ausbildungsstufe ist die zehnte, nicht wahr?«

»Ja, sie ist allerdings nur den Schmiedinnen und Bewahrerinnen aus den Stollen abzuverlangen. Aus dem Formen der

Metalle und Stoffe wird schließlich eine pure Wissenschaft von der Magie. Es ist beinahe aussichtslos, diese Ausbildungsstufe erreichen zu wollen.«

»Welche Prüfungen hast du abgelegt, Eleva?«

»Ich, ähm, nun … ich …«

»Ach, nicht so wichtig!« sagte Tika leichthin, da sie vermutete, daß Eleva trotz ihres Alters die erste Ausbildungsstufe nicht überschritten hatte. Doch es gab noch eine Frage, die sie brennend interessierte und die Ibak ihr nie beantwortet hatte.

»Ab welcher Stufe der Ausbildung kommt die Magie ins Spiel?«

»Aber Tika, du solltest wissen, daß ich dir diese Frage nicht beantworten darf. Wir müssen einen Schwur darauf ablegen, über diese Vorgänge zu schweigen.«

Tika seufzte.

Eleva legte den Kopf zur Seite und lachte ein wenig. »Aber ich glaube, ich kann dir doch ein wenig darüber erzählen, ohne daß ich damit meinen Eid verletze. Über die Magie der Flaffln, die in ihre Waffen und auch einige Gegenstände hineingeschmolzen wird, lernen bereits die Schülerinnen etwas, die noch ganz am Anfang stehen.«

»Ibak besitzt ein magisches Schwert, ein Flafflschwert.«

»Selbstverständlich, denn sie ist nicht nur Schmiedin der ersten, sondern auch eine Kämpferin der vierten Ausbildungsstufe. Somit steht ihr ein magisches Schwert zu. Auch wenn sie es selbst noch nicht herstellen kann. Smagninborg hat es in diesem Fall für ihre Tochter geschmiedet und belegt.«

»Du willst damit sagen, daß Ibak auch schon Schmuck, Waffen oder ähnliches mit Magie belegen könnte?«

»Nun, mit sehr kleinen Mengen an Magie, gewiß, aber sie wird gut daran tun, ihr Schwert besser zum Kämpfen zu nutzen, als es zum Zauberstab zu wandeln«, lächelte Eleva, die sich daran erinnerte, wie Ibak einmal in ihrer Werkstatt das Hochschwert einer Schmiedin und Bewahrerin versehentlich falsch belegt hatte. Da Ibak noch nicht viel über Magie wußte, hatte sie zwar keinen großen Schaden anrichten können, aber als die Schmiedin ihre Zeremonienwaffe abgeholte, war sie doch recht erstaunt, als das Auge aus Rubin, das das Heft einer jeden Flafflwaffe schmückte, in einen tiefen Schlaf gefallen war, aus dem nur ein gezielter Spruch es hatte aufwecken können.

»Die Schmiedinnen, die den Status der Bewahrerin erreicht haben, sind sehr mächtig, nicht wahr?« fragte Tika, froh, dem Gespräch eine andere Wendung gegeben zu haben, und zerteilte geschickt ihren Fisch.

»Sie tragen vor allem sehr schwer an der Verantwortung, die auf ihren Schultern ruht. Sie sind die Bewahrerinnen der alten magischen Rituale, der Formen und der Schrift. Sie kommen vor lauter Arbeit und Studieren nicht dazu, darüber nachzudenken, wieviel Macht sie haben. Sie führen ein Leben abgeschieden von der Gemeinschaft. Sie sind allein, sie verbringen die Hälfte des Jahres in den Stollen, die andere Hälfte in der Einsamkeit der Natur. Nicht die Liebe zu einer Frau darf sie von der inneren Einkehr abhalten, nicht die Begeisterung für nur eine bestimmte Tätigkeit. Sie dürfen wohl das Lager mit einer Geliebten teilen, die sie begehren, aber das Leben, das sie führen, läßt im Grunde keinen Raum, um es in Gemeinschaft mit einer engen Gefährtin zu führen.«

»Es heißt, sie können richtig zaubern«, sagte Tika mit vollem Mund. »Je mächtiger die Schmiedinnen werden, desto mächtigere Zauber können sie aussprechen. Es heißt, sie können aus meilenweiter Entfernung die Gedanken einer anderen Frau lesen und sogar darauf antworten.«

Nachdenklich sah Eleva in die knackende Glut. »Ich kann dir nicht viel dazu sagen, Tika.«

»Ich weiß, die Eide.«

Eleva nahm Mira, die wach geworden war und weinte, auf den Arm, um sie sanft zu schaukeln.

Glatt und grau lag nun der See da.

Tika fröstelte. »Tarbas hat uns den ganzen Tag über mit

ihrer Anwesenheit verwöhnt und gewärmt. Doch nun beginne ich zu frieren. Wollen wir nicht ins Haus gehen?«

»Einverstanden, geh du nur vor. Ich lösche das Feuer und komme nach.«

Tika nahm Eleva das Kind aus den Armen und ging zum Haus hinüber.

Auf dem Weg zur Tür wurde ihr plötzlich sehr bewußt, daß sie sich jetzt wirklich und sehr ernsthaft in Eleva verliebt hatte. Als sie den Riegel in die Höhe schob, stellte sie diese Empfindung plötzlich heftig erregt wieder in Frage, nur um wenige Augenblicke später, auf den Kissen Platz nehmend, ganz sicher zu sein, daß sie fortan keinen einzigen Tag mehr ohne diese Frau leben wollte.

Gestern abend um die gleiche Zeit hatte sie mit Eleva über ihre Empfindungen reden wollen, war jedoch abgewiesen worden. Sie biß sich auf die Lippen. Was nun, wenn sie sich vor Eleva lächerlich machen sollte? Bei diesem ganzen Hin und Her ihrer Gefühle wäre das kein Wunder. Ob Eleva dies alles ahnte, als sie Tika gebeten hatte, mit dem, was sie sagen wollte, noch zu warten? Und war sie, Tika, auch sicher, daß die Gefühle zu Ibak gänzlich erkaltet waren? Aber ja, sagte sie sich sofort. Schon seit langer Zeit, und plötzlich sagte eine andere Stimme: Nein, nein, du liebst sie nach wie vor. Ihr werdet sehr glücklich miteinander sein.

Tika legte Mira an die Brust. Am liebsten wäre es ihr, sie könne noch Monate und Jahre in diesem Haus am See bleiben, mit Eleva, nein … mit Ibak. Nein … Ibak war schon zu weit fort.

Doch die Verwirrung hielt noch eine geraume Weile an. Sie brauchte ein wenig Zeit, um sich zu fassen. Glücklicherweise betrat Eleva erst das Haus, als sie sich wieder beruhigt hatte.

Kapitel 6

Brief der Ibak von Smagninborg an Andronja, Apothekerin aus Gundlberg:
»Liebe Dronja, Sippenangelegenheiten haben mich nach Fäärwll geführt. Durch einen kleinen Zufall wurde ich heute an Dich erinnert. Und da dachte ich, es wäre nur gut, mich einmal nach Deinem Befinden zu erkundigen. Wenn ich nichts von Dir höre, dann findest Du gewiß keine Zeit und ich gehe davon aus, daß es Dir gut ergeht.
Viele Grüße an die Frauen aus Gundlberg,
Ibak«

Einer alten Sage zufolge entstand der Wald M'alennian in jenen Zeiten, in denen alles seinen Anfang nahm. Wohl sandte Tarbas schon das helle Licht des Tages, auch breitete Nephtar die Schwingen der Nacht zur angemessenen Zeit über die Welt, doch es fehlte der Übergang. Plötzlich und jäh geschah stets der Wandel vom Tag zur Nacht, von der Nacht zum Tage. Es gab weder die Morgen- noch die Abenddämmerung.

In dieser Zeit also begegneten sich Tarbas, die Göttin des Lichtes, und Nephtar, die Göttin der Dunkelheit, der Nacht und des Totenreiches auf der Insel Fäärwll, die freilich zu diesem Zeitpunkt ihren Namen noch nicht trug.

Die Göttinnen begannen, darum zu streiten, welche von ihnen wohl die wichtigere Position einnahm. Es hieß, sie stritten drei Tage und drei Nächte. Ihre Zusammenkünfte waren allerdings nur in der kurzen Spanne des Wechsels zwischen Tag und Nacht möglich. Doch viel zu knapp war diese Dauer des Überganges, und unzureichend waren die kurzen Momente, die ihnen für ihr Streitgespräch zur Verfügung standen.

Kurz bevor ein gleißendes, helles Morgenlicht die Hügel überflutete, wartete Nephtar bereits ungeduldig auf Tarbas, und Tarbas wiederum hielt schon unruhig Ausschau nach Nephtar, wenn die rasch einsetzende nächtliche Finsternis nicht mehr allzu fern lag.

Und so beschlossen sie am dritten Tage ihres Disputes, einen Ort zu schaffen, der ihnen gleichermaßen die Dunkelheit und das Licht bieten konnte, auf daß sie in aller Muße miteinander streiten konnten und nicht, wie sonst, in unziemlicher Hast auseinandergehen mußten.

Sie gebaren M'alennian. In ihr beherbergten sie zu gleichen Teilen das Licht, das die Baumkronen durchbrach, und die moosige Dunkelheit des tiefen Dickichts.

Nun konnten sie in aller Ruhe ihren gegensätzlichen Meinungen Ausdruck verleihen, denn in M'alennian gab es nur die Zeit und das Licht des Überganges.

Bald schon bescherte jedoch das ausgleichende und verbindende Wesen M'alennians ihnen einen tiefen Frieden, der den alten Zwist vergessen ließ, und die Göttinnen kamen überein, daß dieses Licht von nun an den Wechsel zwischen Tag und Nacht überall auf der Welt begleiten möge.

Sie sponnen Fäden am Himmel, webten mit Wolken, knüpften den Teppich aus kühlem Tau und ließen so die Morgendämmerung entstehen, in der die Seelen leicht werden wie ein Hauch, sich dem Leben oder der Wandlung zuwenden, die Morgendämmerung, die uns jene Träume bringt, deren Bilder wir mit in den Tag nehmen.

Alsdann flüsterten sie mit dem Wind, bis er schwach wurde, strichen über die Kelche der Blumen, daß sie Zeit fanden, sich vor der Dunkelheit zu verschließen, sie atmeten über die ruhigen Seen und Teiche, auf denen zarte Nebelwesen sich zum Tanz in der Dämmerung zusammenfanden und brachten die Abenddämmerung hervor, in der die Zeit oft stillzustehen scheint, obwohl doch das Ende eines Tages so deutlich sichtbar wird, die Abenddämmerung, in der die Seelen bisweilen schwer und furchtsam werden, in der die Gedanken vor der hereinbrechenden Nacht fliehen möchten und Trost im Licht oder einer zärtlichen Umarmung finden wollen.

Am Abend dieses vierten Tages fielen Tarbas und Nephtar in einen tiefen Schlaf.

Doch die Göttin der Nacht träumte von ihrem dunklen Reich und den Wesen der Zwischenwelten, für deren sichere Bannung sie die Verantwortung trug. Gleichwohl war in jener

Nacht Nephtar weit fort. Zeiten und Ewigkeiten trennten sie von ihrem Reich. Wie da in der nächtlichen Reise ihres Geistes die Bilder und Gedanken von den Wesen der Zwischenwelt Form annahmen, wie diese selbst schließlich begannen, zu atmen und leibhaftig zu werden, wie dünn der Schleier zwischen Illusion und Wirklichkeit wurde, wie zart und zerbrechlich der Bann mit einem Mal war … und tatsächlich, in jener Nacht befreiten sich einige der Kreaturen, deren Existenz vormals aus fast nichts anderem als einem flüchtigen Gedanken bestanden hatte. Sie vermochten – durch Nephtars Träume in die Welt entlassen – in M'alennian den Weg in eine natürliche Existenz anzutreten.

Als am Morgen des fünften Tages die beiden Göttinnen erwachten, stellten sie erschrocken fest, daß in M'alennian Geister gingen, Bäume sprachen, Koboldinnen in Wipfeln hockten und wahrhaft ungewöhnliche Tiere zu den Lichtungen zogen. Keine der beiden Göttinnen war imstande, diese Erscheinungen aufzuheben, doch legte Tarbas einen Wall aus unsichtbarem Licht um die äußeren Baumreihen von M'alennian, und tatsächlich breitete sich weder der Wald weiter aus, noch konnten die Wesen der Zwischenwelt seine Grenze übertreten.

In M'alennian jedoch begegneten sich fortan überall sicht bar das Licht, die Dunkelheit und beseelte Geschöpfe von erdachter und trotzdem realer, nicht wieder aufhebbarer Existenz.

Nephtar und Tarbas indes kehrten in ihre Reiche zurück.

Sie schieden als Gefährtinnen, und wenn Tarbas von nun an als rot leuchtende Himmelskugel das Ende eines Tages beschien, oder wenn die dunklen, zarten Wolkengespinste der Nacht am frühen Morgen noch den Horizont überzogen, dann – so hieß es – war dies der Gruß zweier Göttinnen der vielgestaltigen Schöpfung aus weiter Ferne.

Diese Geschichte von der Entstehung von Morgen- und Abendrot war nicht nur in ganz Nordwestmidland, sondern auf dem gesamten Kontinent bekannt. In fast jedem Land gab es eine solche oder ähnliche Sage, die den Mädchen mit in die Wiege gelegt wurde.

Nur wenige Frauen hätten freiwillig den Weg in einen solchen Wald angetreten.

Aus Angst vor den Wesen der Zwischenwelten, die hier immer noch beheimatet sein sollten, war der Weg von Rosof Fäärwll zu den Nergoritabbaustätten und Ansiedlungen durch eine nördlich liegende Hügelkette angelegt worden. Es war der Weg, den auch Herrat und ihre Frauen eingeschlagen hatten.

Als Ibak und Janjat von Smagninborg sowie die Schwestern von Stelen am Morgen vor der Wahl standen, entweder dem Hügelweg nach Draích'laír zu folgen, oder stattdessen den vermeintlich kürzeren Pfad durch das Randgebiet von M'alennian einzuschlagen, hätte leicht angenommen werden können, daß die Entscheidung zugunsten des Hügelweges getroffen werden würde, doch dies war nicht der Fall.

Ibak, die so schnell wie möglich die Insel wieder verlassen wollte, schlug vor, M'alennian zu durchreiten, um schneller nach Draích'laír und somit zu Stu von Stelen zu gelangen. Börgerby, Fina und Sina, die um nichts in der Welt hätten zugeben wollen, daß sie sich vor etwas fürchteten, wovor sich eine Smagninborgtöchtir offensichtlich nicht fürchtete, waren zähneknirschend darauf eingegangen. Doch Janjat hegte Zweifel. »Es ist nicht geheuer in M'alennian«, hatte sie angemerkt.

Börgerby warf Fina und Sina einen bedeutsamen Blick zu.

»Mit den Wesen aus den Zwischenwelten ist kein gutes Auskommen«, hatte Janjats nächster Satz gelautet.

Ibak ging auf die Bedenken ihrer Kusine ein. »Wir können Nephtar und Tarbas um Hilfe und Schutz ersuchen, bevor wir den Wald betreten.«

»Unnötige Zeitverschwendung«, hatten Börgerbys Worte gelautet.

»Die Anrufung der Göttinnen kann wohl kaum jemals eine Zeitverschwendung sein.« Janjat war vom Pferd gesprungen und hatte einen kleinen Hügel aus Erde geformt, zu dessen

Füßen und auf seiner höchsten Stelle sie kleine Blätter und ein paar Federn ordnete.

Es hatte einen Moment gedauert, bis sie so etwas wie einen Eingang in das dunkle Dickicht gefunden hatten. Und nun waren sie schon seit gewiß einer Stunde im Inneren des Waldes. Zwielicht umgab sie. Die Präsenz M'alennians zeichnete sich durch eine absolute Stille aus, die selbst die Geräusche der Pferdetritte zu verschlucken schien. Keine Vogelstimme war zu hören. Der Bezug zum Rand des Waldes war verloren. M'alennian erweckte den Anschein, als ob sie die Reisenden auf Schritt und Tritt beobachtete. Sie schien darauf zu lauern, daß sie eine falsche Richtung einschlugen.

»Wieso ist hier überhaupt ein Weg?« flüsterte Janjat.

»Ich weiß es nicht.« Ibak erblickte vor sich eine dreigabelige Kreuzung. Wenn sie ehrlich zu sich war, hatte sie sich M'alennian etwas anders vorgestellt, nicht so zwielichtig, nicht so undurchschaubar. Die mächtigen Baumkronen schlossen sich über den Reisenden zu einem dichten Dach. Zunächst hatte Ibak vermutet, der Pfad, auf dem sie sich bewegten, wäre eine von weniger ängstlichen Frauen ausgetretene Abkürzung zu den Dörfern, ein Pfad, der sich immer zur Nähe des Waldrandes in westlicher Richtung hinzog. Aber mittlerweile gewann sie den Eindruck, daß sie immer tiefer in den Wald hineingingen, daß sie die Richtung gewechselt hatten und sich schon lange nicht mehr parallel zum Waldrand bewegten, kurz und schlecht, Ibak hatte die Orientierung verloren, und so beschloß sie, an der Kreuzung den anderen den Vorschlag zu machen, wieder umzukehren.

Solchermaßen in Gedanken vertieft erreichten sie die Wegkreuzung.

»Weiß eine von euch, in welche Richtung wir uns momentan bewegen?« erkundigte sich Ibak, während sie erfolglos nach etwas Ausschau hielt, das ihnen die Orientierung möglicherweise hätte erleichtern können.

»Ich kann es nicht mit Sicherheit sagen.« Börgerby versuchte, Tarbas zu erspähen, jedoch umsonst. »Ich habe das Gefühl, daß wir von unserer ursprünglichen Richtung abgewichen sind. Die Stämme der Bäume, der Moosbewuchs, nichts bietet mir auch nur den geringsten Anhaltspunkt …«

Diffuses Licht beleuchtete die Wegkreuzung. Es war nicht auszumachen, woher es kam. Vollkommene Stille umgab sie. Kein Blatt raschelte, kein Lufthauch vermochte einen Ast zu bewegen.

»Ich schlage vor umzukehren! Wir haben die Orientierung verloren. M'alennian zu durchqueren, scheint schwieriger zu sein, als ich dachte.«

»Gut, kehren wir um.« Janjat wendete erleichtert ihr Pferd. »Aber sieh doch!« rief sie plötzlich.

»Bei Fiu! Das kann nicht sein«, murmelte Ibak beunruhigt.

Auf dem Weg, dem sie bis gerade gefolgt waren, lag nun im Abstand von etlichen Schritten – in schummriges Licht getaucht – ebenfalls eine viergabelige Kreuzung vor ihnen.

Breitbeinig stand Herrat in dem kleinen Schuppen vor Beringör und Aviva. Die Gefangenen trugen Fuß- und Handfesseln. Ein schon arg durchweichter Knebel steckte in Avivas Mund. Ihr Kopf war auf die Brust gesunken.

Beringör öffnete die Augen und stöhnte erleichtert, als sie die Treufrau Nordwestmidlands erkannte. Nun waren sie gerettet.

»Sieh da! Beringör von Stelen. Und so weit fort von daheim! Nimm ihr den Knebel aus dem Mund!« befahl Frau Herratsn, und Leremi Lerminsn sputete sich, der Anweisung Folge zu leisten.

»Du bist hier, Treufrau! Der Fiu sei Dank!« stammelte Beringör und verzog ihren Mund, um die Kiefermuskulatur zu lockern. »Schnell, befreie mich von den Fesseln!« wies sie Frau Lerminsn an, die sich jedoch zu ihrem recht großen Erstaunen grinsend wieder an ihren Platz neben Herrat begab.

»Was hat das zu bedeuten, Herrat? Sag ihr, sie soll mich losbinden, schnell! Ungeheuerliches geht auf dieser Insel vor!« sprudelte Beringör hervor und zerrte an den Stricken.

»Ja!« erklärte Herrat ungerührt. »Ungeheuerliches geht auf dieser Insel vor. Die Repräsentantin Flaffls, die Hälterin eines Platzes am Tische der Ahrgte, reist ohne Genehmigung nach Fäärwll und wird gestellt, als sie es wagt, die Abbaugebiete Nordwestmidlands auszuspionieren. Ich frage mich, hat sie vielleicht auch etwas mit den Nergoritdiebstählen zu tun, die auf dieser Insel langsam überhand nehmen? »

»Was?« rief nun Beringör entrüstet. »Wie kannst du es wagen? Ich befehle dir, mich loszumachen! Unverzüglich! Es hat sonst schlimme Folgen für dich.«

Herrat lachte und stützte eine Hand auf das Heft ihres Schwertes.

»Wir werden sehen, für wen etwas schlimme Folgen haben wird, wurdest du doch offensichtlich verkleidet und ohne Passierschein und Reiseerlaubnis in Draích'laír in Gemeinschaft zweier Personen angetroffen, die möglicherweise etwas mit den unschönen Vorgängen auf Fäärwll und dem Raub der Nergorite zu schaffen haben, warum sonst hätten sie fliehen wollen?«

Beringör sah die Treufrau entsetzt an.

»Soll ich den Namen der anderen Frau aus ihr herausbringen?« erkundigte sich Leremi Lerminsn dienstbeflissen bei Herrat und wies auf Aviva.

»Nicht nötig.« Herrat ging auf die bewußtlose Gefangene zu und hob ihr Kinn mit der Spitze eines Dolches an, um ihr Gesicht zu sehen. »Tatsächlich! Dies ist Aviva Fallvaress, auch genannt Aviva von Smagninborg, Flaffls berühmteste Gold- und Silberschmiedin. Warum ist eine Gold- und Silberschmiedin aus Flaffl in den Aufruhr auf Fäärwll verwickelt? Dies ist eine Frage, die mich wirklich interessiert.« Sie zog den Dolch fort und Avivas Kopf sank wieder herab. Ein schmales Blutrinnsal tropfte vom Kinn auf ihr Wams.

Beringör zerrte wütend an den Fesseln.

»Bei Fiu! Du hast sie verletzt! Treufrau Herratsn, ich befehle dir, uns freizulassen! Wir haben weder mit Diebstahl noch mit Aufruhr etwas zu tun. Nein, so stimmt es nicht. Vielmehr: Der Aufruhr ist gar kein Aufruhr. Es geht um vollkommen andere Dinge. Du, als Treufrau Kareb Soltos, bist in dieser Angelegenheit verpflichtet, uns zu helfen.«

»Du gibst also zu, daß dein Erscheinen auf Fäärwll etwas mit den unredlichen Frauen hier zu tun hat?«

»Verflucht! Ich bin dir keine Rechenschaft schuldig. Ich genieße Immunität. Du bist Nordwestmidland gegenüber zur Einhaltung der gesetzlichen Regeln verpflichtet. Das muß dir klar sein.«

Die Treufrau lachte trocken und ohne rechte Freude.

»Vor allem ...« gab Herrat mit unerschütterlicher und gefährlicher Ruhe zu bedenken, »...bin ich mir selbst gegenüber zu absoluter Loyalität verpflichtet.«

»Was hast du mit uns vor?« erkundigte sich Beringör, der klar wurde, daß mit Herrat nicht zu scherzen, daß diese vielmehr binnen weniger Augenblicke von der Retterin zur Feindin avanciert war.

Herrat legte den Kopf in den Nacken.

»Es würde mich glücklich stimmen zu erfahren, wo die Aufständischen sich verbergen. Eine solche Information könnte wohl in der Lage sein, deine Situation zu verbessern.«

»Ganz davon abgesehen, daß ich nicht weiß, wo die Frauen sich verbergen, ich würde es dir ohnehin nicht verraten. Aber du darfst dich auf den Prozeß freuen, der dich in Kareb Solto erwartet«, knurrte Beringör.

»Wir werden sehen«, sagte Herrat in launiger Langmut. »Noch etwas, bevor ich nun gehe und dich dem Nachdenken überlasse: Leremi wird deine Fesseln lösen. Auch der Knebel wird dir erspart bleiben, wenn du dich still verhältst. Sollte ich davon erfahren, daß du hier einen kleinen Tumult veranstaltest, werde ich dir den Mund wieder zustopfen lassen. Wir sehen uns später, Botschafterin.«

»Ich lasse dich in Flaffl in glühende Ketten schmieden! » brüllte Beringör hinter ihr her.

»Das ist ungesetzlich!« lächelte Herrat und ging hinaus.

Unsanft wurde die Postschifferin Sebl Sebelsn in den Stuhl gedrückt. Kurze Zeit später erschien Lanice Lofort in der Stube. Seit sie sich im Amtshaus in der Stadt einquartiert hatte, fühlte sie sich nur wenig besser, die Erinnerung an das unheimliche Erlebnis in der Badestube setzte ihr nach wie vor arg zu, und auch die nächtlichen Alpträume sorgten für unausgeglichene Müdigkeit am Tage. Sie glaubte sich verfolgt, beobachtet. Angst lastete schwer auf ihrem Gemüt, und Sebl fiel die Blässe in ihren Gesichtszügen auf, die tiefen, dunklen Ringe unter den Augen und eine gewisse Fahrigkeit in den Bewegungen der Frau Lofort.

»Also schön, wo hast du die ganze Zeit über gesteckt?«

Sebl sank auf dem Sessel in sich zusammen. Sie befürchtete insgeheim, daß Lanice beabsichtigte, sie des Postens der Postschifferin zu entheben.

»Na, wirst du mir nun antworten, oder muß ich nachhelfen?« Frau Lofort quetschte sich in einen der Sessel, die mit ihr gemeinsam den Weg in die Stadt hinunter angetreten hatten.

»Ich habe nichts Unrechtes getan! Ich habe nur einen Auftrag angenommen«, erklärte Sebl verstockt.

»Ja, ja«, erwiderte Lanice ungehalten. »Raus mit der Sprache! Wer war außer dir an Bord dieses Schiffes?«

»Das … das weißt du doch!«

»Ich will es aber von dir selbst hören! Also?«

Sebls Kopf sank mutlos zur Brust.

»Edita Fallvaress und Beringör von Stelen«, flüsterte sie leise.

»Wo wollten sie hin? Hast du sie etwa nach Fäärwll gebracht? Antworte! Und sag die Wahrheit!«

»Ich kann mich nicht erinnern! Sie wollten nur ein wenig vor der Küste kreuzen.«

»Vor der Küste kreuzen, so! Wo sind sie jetzt?«

»Sie … sie sind …« Sebl wurde noch kleiner. Mutlos knetete sie den Südwester, den sie abgenommen hatte, zwischen den Händen.

»Was? Sie sind was?« Lanice sah sie böse an.

»Sie … sind in Danas Schoß eingekehrt.«

»Was bitte?« Frau Lofort konnte es kaum fassen.

»Sie sind in Danas Schoß eingegangen!« wiederholte Sebl und erwartete nun, unverzüglich ihre Kündigung als Postschifferin in Empfang nehmen zu können.

»Du willst sagen, sie sind über Bord gegangen?« vergewisserte sich Lanice langsam.

»Ay!« bekundete Sebl. »Über Bord! Ich muß einen Moment das Bewußtsein verloren haben.«

»Unfug!« erklärte Lanice ungehalten. »Du warst wieder einmal vollkommen betrunken.« Sie griff nach dem Falbelkrauttrank und nahm einen großen Schluck.

Sebl richtete den Blick beschämt zu Boden. »Als ich wieder zu mir kam, waren sie fort. Ich kreuzte noch eine ganze Weile, um nach ihnen zu suchen, aber sie waren fort, einfach fort.«

»Du willst mir also sagen, sie sind tot!«

Sebl nickte betroffen.

»In die Wandlung gegangen!«

Lanice starrte fasziniert vor sich hin, doch dann fiel ihr plötzlich etwas ein. »Sag, meinst du nicht, es wäre möglich, daß sie sich noch an die Ufer Fäärwlls hätten retten können?«

Sebl zog die Stirn in kummervolle Falten.

»Es tut mir leid. Nein, ich glaube eigentlich nicht. Die Strömung ist in diesen Gewässern zu stark.«

»Tot, sie sind also wahrhaftig tot. Welch ein bedauerlicher Unfall!«

»Falls du mich nun aus der Stelle der Postschifferin entlassen willst … dann … Wenn ich dir aber gelobe, mich zu bessern, ich kann jederzeit aufhören mit dem Trinken, vielleicht könntest du dann …«

Aber Lanice schien gar nicht richtig zuzuhören. Sie hatte sich halb von Sebl abgewandt und sah aus dem Fenster auf den Marktplatz hinaus. Ihre Hände hielt sie unter dem Kinn ineinandergefaltet.

»Wie, frage ich dich, Sebl, konnte das nur geschehen? So ein schreckliches Unglück! Wie soll ich es den Frauen Flaffls beibringen, wie den Bewohnerinnen der Satschistei? Wie ihren Angehörigen, wie Beringörs Sippe? War es ein plötzlicher, sehr kleiner, aber heftiger Sturm? Oder zog Dana, die Göttin des Meeres selbst sie hinab in die Fluten? Nun, Sebl?«

Die Kapitänin wand sich in ihrem Stuhl.

»Nun, ich … weiß nicht, wie es geschehen konnte. Es ist mir ein Rätsel. Das Meer war ruhig.«

»Aber nein!« unterbrach Lanice heftig, erhob sich und ging zum Fenster. »Das Meer war nicht ruhig. Eine plötzliche Böe kam auf. Beringör und Edita, die an der Reling standen, fielen ins Wasser. Du eiltest ihnen zur Hilfe, gerietest aber ins Stolpern, schlugst mit dem Kopf hart auf und wurdest bewußtlos.«

»Tatsächlich?« Sebl hörte auf, ihren Wachshut zu kneten.

»War es nicht so?« herrschte Lanice sie an, indem sie sich ruckartig zu ihr umdrehte.

»Wenn ich es recht bedenke, dann … nun, dann muß es wohl so gewesen sein.«

»Welch tragischer Zwischenfall. Geh zu deinem Schiff zurück und halt dich bereit. Es könnte sein, daß ich dich in den nächsten Tagen brauche.«

Sebl stand auf und ging zur Tür.

»Es wird sicher eine Trauerfeier geben.«

»Gewiß! Ich muß mich um die entsprechenden Vorbereitungen kümmern. Verlaß mich nun, damit ich in meinem Schmerz allein sein kann.«

Sebl nickte. »Was geschieht mit dem Schiff, mit der *Perle der Satschistei*?«

»Was soll schon damit geschehen? Sie wird hier vor Anker liegen, bis geklärt ist, wem sie nun gehört.«

»Sie wäre ein gutes, schnelles Postschiff! Ein Schiff, auf dem ich rasch vergessen könnte«, betonte Sebl.

Lanice funkelte die Kapitänin böse an.

»Ich werde es wohlwollend prüfen. Doch sollten sich noch weitere Forderungen ergeben, solltest du dir dreimal überlegen, ob du mit ihnen an mich herantreten willst. Haben wir uns verstanden?«

»Ay!« seufzte Sebl erleichtert.

Die *Perle der Satschistei* würde ihr erhalten bleiben. Das hatte, wie sie fand, etwas durchaus Beruhigendes.

In M'alennian lagen mehr Abzweigungen als auf der gesamten Handelsstraße durch Nordwestmidland. Es ist nicht schön, einer Widersacherin zu begegnen, die sich nicht zu erkennen gibt. Manchmal hatte es den Anschein, als ob durch M'alennians Wurzeln etwas wie ein morsches, trockenes Lachen ging, wenn die Reisenden erneut ratlos an einer der Wegscheiden verharrten. Zunächst wandten sie sich in die Richtung, von der sie intuitiv annahmen, sie würde sie wieder zum Eingang des Waldes zurückbringen, doch schon nach wenigen Schritten stellte sich heraus, daß ihr Gefühl sie getrogen hatten. Börgerby sprang vom Pferd und ritzte mit ihrem Wurfdolch ein Zeichen in einen der Stämme an der Kreuzung. Befriedigt begab sie sich wieder in den Sattel und meinte zuversichtlich: »Nicht mehr lange, und wir sind aus diesem verfluchten Wald heraus!«

Unglückseligerweise sah sie nicht, daß die Wunde in der Rinde sich schloß, sobald Börgerby dem Baum den Rücken gekehrt hatte. Freilich ergab dies ein etwas verfälschtes Bild, als die Frauen nach wenigen Augenblicken erneut auf gerade jener Lichtung zu stehen kamen und Börgerby konstatierte: »Dies ist also eine uns unbekannte Kreuzung.«

Unverdrossen fuhr sie mit der Wegmarkierung fort. M'alennian indes ließ die Zeichen verschwinden oder Pfeile in andere Richtungen drehen.

Den Reisenden war unbehaglich. Die dumpfe Stille, M'alennians gestrenge, überall spürbare und doch nicht greifbare Anwesenheit, das dämmrige Zwielicht und die knorrigen Stämme, deren Äste manchmal verhalten zu husten schienen, stimmten bedenklich.

Bald wurde der Pfad auch schmaler, und schließlich stiegen sie von den Pferden, denn ein langer Weg, der eher wie ein grüner Tunnelgang wirkte, war erreicht und ließ alle aufatmen.

»Hier sieht es auffällig anders aus. Vielleicht führt uns dieser Weg wieder hinaus«, flüsterte Janjat hoffnungsfroh.

»Ja, aber es ist nicht der Pfad, den wir zu Anfang genommen haben«, vernichtete Ibak den Schimmer der Zuversicht.

Das Dach des grünen Tunnels sank über ihren Köpfen rasch immer tiefer, und mit den Pferden war kein Weiterkommen mehr möglich.

»Wir müssen umkehren!« beschloß Ibak.

»Unsinn«, sagte Börgerby. »Ich bin mir ganz sicher, daß es richtig ist, diesen Weg zu beschreiten. Wir machen die Pferde hier fest und sehen nach, wo er endet. Vielleicht gelingt es uns dann, die Tiere später über einen Parallelweg zu uns zu holen. Immerhin gibt es keine Kreuzungen mehr, und so können wir uns auch nicht verlaufen.«

»Du erwartest doch nicht von mir, daß ich mein Pferd hier einfach zurücklasse. Das wäre sträflicher Leichtsinn.« Ibak sah Börgerby kopfschüttelnd an.

»Warum nicht? Hast du Angst, eine Koboldin könnte es stehlen?«

Ibak stöhnte unwillig. »Hör zu, Börgerby! In diesem Wald ist es, das hast du wohl selbst mitbekommen, nicht ganz geheuer. Hier geschehen seltsame Dinge. Pfade verschwinden, Kreuzungen erscheinen.«

Die jüngste der Stelentöchtir schnitt ihr das Wort im

Munde ab. »Mach, was du willst, Ibak. Ich wußte, daß es um den Mut der Smagninborgtöchtir nicht so bestellt ist, wie seit jeher die Rede geht. Ich für meinen Teil werde nun diesen Weg entlanggehen und nachsehen, was mich an seinem Ende erwartet. Fina? Sina?« Börgerby drehte sich zu ihren Schwestern um.

»Ich weiß nicht«, zögerte Fina.

»Sina?« Börgerby warf ihrer anderen Schwester einen aufmunternden Blick zu.

»Also, meiner Meinung nach wäre es doch vielleicht besser, wenn wir zusammen bleiben würden. Stell dir vor, du kannst nicht mehr zu uns zurückkommen, weil der Weg plötzlich verschwunden ist oder in anderer Richtung verläuft.«

»Das tagelange Zusammensein mit den Kusinen Smagninborg färbt ab«, erklärte Börgerby verärgert und stapfte davon.

»Warte bitte, Börgerby!« Ibak unternahm noch einen Versuch. »Sina hat Recht. Wir dürfen uns nicht trennen. Das wäre sehr unvernünftig. Nicht in diesem Wald. Nicht einmal für kurze Zeit.«

»Und warum? Legst du etwa so großen Wert auf meine Nähe?« fragte Börgerby. Dann verschwand sie in dem grünen Dunkel.

Aufmerksam prüfte die Minenbeauftragte die Aufzeichnungen Raktschas. Sie deckten sich mit ihren eigenen weitgehend. Neben ihr lag aufgeschlagen das Gesamtwerk einer berühmten Flafflfrau mit dem verheißungsvollen Titel: »Über die Dichte der Nergorite«. Stu notierte am Rand der Schriftrolle noch einige Anmerkungen, berechnete Zahlen, ging nachdenklich um den Tisch herum, nahm erneut Platz, um eine selbst erstellte, frühere Tabelle mit Raktschas Berechnungen zu vergleichen und kam nun soweit, wegen kleinerer Ungenauigkeiten noch einmal die Nergoritzählerinnen aufzusuchen. Sie hatte die Dokumente gerade zusammengerollt, als Herrat die

Stube betrat. Sie zog ihre Stiefel aus und warf sie in eine Ecke des Raumes.

»Es ist geradezu umwerfend, welch große Faszination dieses Fäärwll auf Frauen ausübt, daß sie vom Festland aus den mühsamen Weg hierher antreten.«

»Du hast die Gefangenen befragt?«

»Oh ja, das habe ich!«

»Und?«

»Die eine von ihnen ist ein wenig mitgenommen. Sie sagt nichts. Sie kommt im Augenblick nicht dazu. Die andere ist etwas … na, sagen wir … verstockt. Wobei ich finde, daß eine gewisse Ähnlichkeit mit Familienangehörigen nicht auszuschließen ist.«

»Eine Ähnlichkeit mit Familienangehörigen? Was soll das heißen?«

»Das soll heißen, daß, wie ich meine, auch du bisweilen lange Zeit benötigst, um dich zum Handeln zu entschließen.«

Stu nahm wieder an dem Tisch Platz. Ein wenig angenehmes Gefühl aufkommender Sorge ergriff Besitz von ihr. Sie forschte in Herrats Gesicht, bis diese ein breites Grinsen aufsetzte und meinte: »Hast du mir nicht immer wieder berichtet, daß deine Mutter unentschlossen, träge und in jeder ihrer Handlungen langatmig ist? Daß sie ihr Amt in Kareb Solto nur ungern ausübt und statt dessen lieber auf den Versammlungen der Viehzüchterinnen sitzt, um dort zu schwatzen?«

Stu kniff die Augen zusammen.

»Was hat meine Ziehmutter mit der Befragung der Gefangenen zu tun?«

»Deine Mutter, die so überaus langmütige Repräsentantin Flaffls am Tische der Ahrgte nimmt ihr Amt wichtiger, als es ihrer Gesundheit zuträglich wäre.«

Stu schlug die Faust auf den Tisch.

»Nun rede schon! Wer sind die Gefangenen und was haben sie mit meiner Mutter zu schaffen?«

Herrat lachte.

»Frag sie doch selbst. Aber laß mich teilhaben. Diesen Augenblick will und kann ich mir nicht entgehen lassen. Ich werde dich begleiten.«

Stu klemmte sich die Rolle unter den Arm und war aufs Schlimmste gefaßt, wobei sie nicht genau wußte, was dies denn wohl sein könnte. Während sie den Dorfplatz von Draích'laír überquerte, fragte sie sich, was die Gefangene über ihre Mutter zu sagen gewußt hatte. Selbst hier auf Fäärwll gab es Schwierigkeiten mit Beringör, immer und immer wieder Schwierigkeiten. Je eher sie Klarheit besaß, desto besser. Herrat machte der Wachfrau vor dem Schuppen ein Zeichen, und die Tür wurde geöffnet. Ungeduldig betrat Stu den Bretterverschlag. Sie wollte gerade Luft holen, da hielt sie auch schon inne und erbleichte.

»Mutter?!«

»Stu?« Beringör hob müde den Kopf. »Sie … haben mir … etwas eingeflößt, einen … Trank. Er macht durstig. Bitte … gib mir … Wasser!«

Fassungslos drehte sich Stu zu Herrat um, die breit grinsend und gespannt wartend an der Schuppentür lauerte.

»Was … was tut sie hier?« wollte Stu wissen.

»Sie mischt sich in die Angelegenheiten Nordwestmidlands ein, ist ohne Erlaubnis auf der Insel gelandet, unterhält Beziehungen zu den Nergoritdiebinnen und Verräterinnen und wer weiß, was sie sich noch alles hat zuschulden kommen lassen!« erklärte Herrat, während sie versonnen den Schmutz unter ihren Fingernägeln betrachtete.

»Oh, bei Fiu, verflucht!« stöhnte Stu.

»Stu …« hauchte Beringör. »Im Namen aller Göttinnen und aller Stelentöchtir: Herrat … ist nicht bei Verstand. Du … mußt eingreifen! Hilf mir!«

Die Treufrau ließ Stu keinen Moment aus den Augen. Sie verschränkte die Arme vor der Brust und meinte: »Sag ihr, daß du auf die Sippe keinen Wert mehr legst, Stu. Sag es ihr! Wie du es mir immer wieder gesagt hast! Worauf wartest du? Los, sag es! Sie und ihre gesamte Restsippe haben dich verstoßen. Na los, komm, Stu! Du mußt eine Entscheidung treffen. Oder willst du enden wie Beringör?«

Herrat erwartete, einen inneren Kampf beobachten zu können, der in diesem Moment in Stu von Stelen toben mochte. Was für ein gelungener Vormittag!

Aber Stu machte es, sehr zur Enttäuschung der Treufrau, kurz.

»Ich kann dir nicht helfen!« sagte sie, drehte sich auf dem Absatz um, ohne die andere Gefangene auch nur eines Blickes zu würdigen, und verließ mit unbewegter Miene den Schuppen. Die Wachfrau schloß hinter ihnen die Tür, und Herrat blickte Stu verärgert an. Sie war nicht recht auf ihre Kosten gekommen.

»Tut es dir nicht leid, sie so zu sehen?« begann sie ihren nächsten Versuch.

»Du solltest dir keine Gedanken um meinen Gemütszustand machen! Ich habe wichtige Dinge mit den Nergoritzählerinnen zu besprechen. Entschuldige mich!« Stu machte sich auf den Weg zur Mine.

Wütend trat Herrat gegen einen herumstehenden Eimer.

»Du gibst den Gefangenen *kein* Wasser, hast du verstanden?« herrschte sie die Wachfrau an. Dann verschwand sie mit langen Schritten Richtung Quartier.

Ibak ärgerte sich über die Unvernunft Börgerbys. Fina und Sina hockten mit betrübten und besorgten Gesichtern neben ihren Pferden auf dem Boden. Janjat kraulte in nervöser Hast den Mähnenschopf ihrer vierbeinigen Wegbegleiterin. Keine der Frauen vermochte einzuschätzen, wie lange Börgerby schon fort war. Auf irgendeine Weise schien M'alennian es zu verhindern, daß Zeit hier spür- und schätzbar war.

Irgendwann sprang Fina auf. »Ich gehe ihr nach!«

»Nein! Tu das nicht!« Janjat hielt sie zurück.

»Laß mich los. Vielleicht ist ihr etwas zugestoßen!«

»Bleib hier, Fina! Ich werde nachsehen.« Ibak zog ihr Schwert aus der Halterung. Das Nhimm am Heft der magischen Waffe erglühte. Das Auge aus Rubin öffnete sich. Es pulsierte in mattem Glanz und ruhigem Takt.

Ibak betrachtete es genau.

»Hat eine von euch Schwestern bereits die erste Prüfung zur Schmiedin abgelegt?« wollte sie wissen.

»Ja, ich!« sagte Sina und klopfte auf ihr Schwert.

»Gut, ich habe einen Einfall. Wir werden versuchen, zwischen den Schwertern eine Art Verbindung herzustellen. Ich habe so etwas zwar noch nie gemacht, aber ich weiß, daß es möglich ist. Sina wird mit ihrem Schwert hierbleiben und an dem Nhimm ihres Heftes ablesen können, ob es mir gut geht und wie weit ich von euch entfernt bin. Wenn die Waffen besprochen sind, werde ich in der Lage sein, mich durch mein Schwert wieder an diese Stelle leiten zu lassen. Sollte das Nhimm an Sinas Waffe verlöschen, sollte sich das Auge schließen, werdet ihr so schnell wie möglich den Rückweg einschlagen und keinesfalls mehr auf Börgerby oder mich warten. Ist das klar?«

»Wenn sich das Auge schließt? Was soll das heißen?« erkundigte sich Janjat beunruhigt.

»Es heißt, daß ich entweder in die Wandlung gegangen bin oder durch Magie gehindert werde, weiterhin mit euch in Verbindung zu stehen.«

»Nein Ibak! Bitte tu das nicht! Bleib hier!«

Aber Ibak ging über Janjats Einwände hinweg.

»Leg dein Schwert hierher, Sina! Kannst du dich an die Einstimmungssprüche erinnern?«

»Ja, sehr gut sogar!«

»Ausgezeichnet. Ich habe, wie ich gerade feststellen muß, einige Zeilen vergessen. Ich werde dir nachsprechen, wenn du nichts dagegen hast.«

»Keinesfalls!« Sina begann – zuerst noch ein wenig befangen – die Rezitation einer Zeile des ersten Buches des Jaltozirkels. Doch schon bald wurde ihre Stimme kräftiger, und nach einer Weile erglühten die Rubine in gleichem Rhythmus.

Sina kam zum Schluß der Beschwörung und fügte ein Gebet zum Gelingen des Planes an. Ibak strich über die Klinge, nachdem die letzten Zeilen verklungen waren, und meinte: »Unsere Herzen schlagen nun im gleichen Takt, Sina von Stelen!«

Die Angesprochene hob den Kopf. »Kehrt beide gesund zurück!«

»Ibak!« Janjat stellte sich ihrer Kusine in den Weg. »Bist du sicher, daß dir deine Verletzung nicht mehr hinderlich ist? Vielleicht sollte besser Sina …«

»Höre, Janjat!« Ibak umfaßte ihre Kusine bei den Schultern. »Deine Besorgnis um mich in allen Ehren, aber du weißt, daß ich die Älteste hier bin, und unter uns fünf Frauen diejenige mit der meisten Erfahrung. Also laß mich gehen! Ich muß es tun! Wenn ich nicht zurückkehre und auch Börgerby nicht, dann halte dich an Fina und Sina und versucht, aus diesem Wald herauszukommen. Tarbas bescheine dein Haupt mit ewiger Freude. Leb wohl!«

»Wenn dir etwas zustößt, ist es Börgerbys Schuld. Sie allein ist …!« begehrte Janjat auf, die plötzlich schreckliche Angst bekam.

»Hör auf damit!« Ibak drückte sie an sich und winkte den Schwestern von Stelen zu.

Die Salbe ihrer Zeugmutter hatte wirklich hervorragende Heilkräfte entfaltet. Sie humpelte kaum noch, als sie im dichten Dickicht M'alennians verschwand.

Stu von Stelen hatte sich in einen stillgelegten Gang der Mine verzogen. Nur aus der Ferne vernahm sie noch leise die Geräusche der Arbeiten im Stollen. Aber das konnte sie kaum in ihren

Überlegungen stören. Sie brauchte jetzt etwas Frieden, um wieder einen klaren Kopf zu bekommen.

Frieden? Konnte es für sie je etwas wie Frieden geben?

Frieden! Stu zog das Wort, wandte und drehte es hin und her, nur um anschließend darauf herumzukauen wie auf etwas sehr Zähem, etwas, das den Geschmack verloren hatte. Eben jenes Empfinden war es. Fast alles hatte für Frau von Stelen, die Jüngere, den Geschmack verloren, was es auch war, und übrig blieb stets dieser namenlose Drang nach etwas, dieser Hunger. Sie griff mit beiden Händen nach ihrer heißen Stirn. Sie hatte Fieber, daran bestand kein Zweifel. Jede einzelne Pore ihrer Haut schmerzte. Eine Erkrankung konnte sie sich jetzt nicht leisten.

Mit einem Mal sah Stu sich in ihre Kinderzeit versetzt. Eine immer wiederkehrende Erinnerung, Bilder, rasch aufeinanderfolgende Gedankenfetzen aus der Vergangenheit, denen sie sich, so sehr sie es auch wünschte, nicht entziehen konnte:

Stu hat die Muspeln. Ihre Großmutter besteht darauf, das Kind in ein über dem Ofen erhitztes Chalakfell zu wickeln, und Stu schreit, weil das Fell so heiß ist und sie sich nicht mehr bewegen kann. Sie haben ihr große Mengen eines ekelhaften Trankes eingeflößt, der Übelkeit verursacht. Stu erbricht und schreit. Sie schreit nach ihrer Mutter, doch Beringörs Augen wandern unbewegt über sie hinweg. Die Großmutter schreit, daß Stu aufhören soll zu schreien. Das Haus ist angefüllt von stickigem, stinkendem Rauch, dem Geruch nach Erbrochenem und diesem lauten Geschrei, das kein Ende nehmen will und in den Ohren schmerzt.

Nach der Krankheit schickt die Großmutter das Mädchen in die Ebenen hinab, damit es wieder zu Kräften kommt. Stu will das Haus nicht verlassen. Sie krallt sich an der Tür fest und schreit weiter. Die Nachbarinnen kommen aus den Häusern, um zu sehen, was vorgeht. Einige stehen auf der Gasse und lachen. Stu versteht nicht, wie sie lachen können, und fragt sich, ob sie nicht in Wirklichkeit den Mund vor lauter Mitleid verziehen. Schließlich läßt Stu die Tür los, als Schmerz in ihre Hand fährt. Die Tante hat einen harten Schlag und einen festen Griff. Stu wird mitgeschleift, ob sie will oder nicht. Sie verläßt die Stadt und sitzt vor einer Frau im Sattel, die ihr verspricht, sie so widerstandsfähig werden zu lassen wie ein Stück Chalakleder. Stu weiß nicht so recht, was sie damit meint, aber es hört sich an, als würde ein allumfassendes Gefühl der Bedrohung zum glückbringenden Gelöbnis verklärt.

Die Muspeln, eine an sich harmlose Kinderkrankheit, gehen nicht spurlos an Stu vorüber. Den Strapazen eines Nomadinnenlebens ist sie nicht gewachsen. Das Mädchen ist schwach, und die Tante befürchtet, ihren eigenen Versprechungen nicht gerecht werden zu können.

Die Tante schreit nie. Sie sagt, daß davon das Vieh nervös wird. Die Tante befiehlt nicht. Sie beschließt. Und sie beschließt eines Tages, daß nichts anderes helfen wird, als Stu eine eigene wichtige Aufgabe zukommen zu lassen. Stu wird allein in die weiten Ebenen geschickt. Sie soll das versprengte Vieh zusammentreiben und zur Herde zurückführen. In strengen Wintern hoch oben im Norden Flaffls mit diesem Auftrag unterwegs zu sein, bedeutet, nächte- und tagelang in eisiger Finsternis auf sich gestellt in einem Zelt zu sitzen, auf Chalakhaut zu kauen, zu frieren, Angst zu empfinden, allein mit hungrigen Bären und Wölfen fertigzuwerden. In den kühlen Sommern heißt es, sich in Nebel und Regen einen Weg durch die sich endlos erstreckenden Weiten zu suchen, müde zu sein, mit Steinen und Flechten zu sprechen, einen trockenen Platz zum Schlafen zu suchen und die Befürchtung zu hegen, nicht alles Vieh auffinden zu können.

In das Lager der Tante zurückzukehren, ist gleichbedeutend mit dem Geruch von Blut. Ein Jungchalak hängt kopfüber am Gestänge. Die Haut ist abgezogen. Aber da vorn liegt sein Kopf. Die Tante hat ihn geschlachtet, weil Stu vor wenigen Tagen das elfte Lebensjahr vollendet hat. Die stumpfen, toten Augen des Tieres blicken Stu ohne Vorwurf an. Es war das Kalb, das sie ein Jahr zuvor von der Tante zur Aufzucht bekommen hatte. Die Tante sagt, daß es ein prächtiges Fleisch gebe und ist verärgert, weil Stu wegrennt. Sie wird zur Feier nicht anwesend sein.

Stu schreibt an Beringör. Sie bittet, nach Sweerkööp zurückkommen zu dürfen. Aber Beringör antwortet nicht. Nach sechs Monaten wird Stu eine Nachricht überbracht. Die Botschaft ist mit dem Sippensiegel der Stelentöchtir versehen. Die Großmutter schreibt Stu. Stu liest die Zeilen ohne Hoffnung. Ihr wird die Rückkehr verweigert.

Dies sind die ersten Jahre, in denen Stu beginnt, so etwas wie stillen, bohrenden Haß zu empfinden. Es geht so, bis sie fünfzehn Jahre zählt. Stu von Stelen spricht zu diesem Zeitpunkt bereits seit zwei Jahren kein Wort mehr. Aber die Tante ist trotzdem sehr zufrieden mit ihr. Eines Tages überbringt eine Angehörige der Sippe Stu eine Einladung nach Sweerkööp, und Stu betritt nach vielen, vielen Jahren zum erstenmal wieder das Sippenhaus und die Schmiede der Stelentöchtir.

Die Großmutter hat sich, so findet Stu, nicht verändert.

Alte, kalte Augen blicken nun befriedigt in junge, kalte Augen. Stu stellt sich vor, die Großmutter kopfüber in ein Gestänge zu hängen, ihr die Haut abzuziehen und aus ihrem Blut ein Festmahl zu bereiten.

Die Mutter überreicht Stu einen Langdolch. Stu fragt sich, wie es wäre, ihn ihr zwischen die Rippen zu bohren und dabei ihr Gesicht zu beobachten.

Die Großmutter beschließt, daß Stu in Sweerkööp bleiben wird.

Der Sippenoberen nächster Wunsch ist es, daß Stu zur Kämpferin ausgebildet wird, daß sie das Wissen um die Kunst des Kampfes und der Selbsterhaltung erlernen soll. Widerspruchslos willigt Stu ein. Sie redet immer noch nicht. Die Seele ist inwärts gewandert und irrt in unbenannten Labyrinthen.

Nach fünf Jahren muß Stu die Ausbildung, die durch ihren Haß und Jähzorn stark behindert wird, vorzeitig beenden.

Als diese Mitteilung des Versagens an die Ohren ihrer Großmutter dringt, ist es um die alte Frau geschehen. Sie erleidet einen Herzanfall und fällt kopfüber in einen Bottich mit eingelegten Fjödirbeeren.

Stu erinnert sich genau an diesen Tag.

Es ist der Tag, an dem sich nach vielen Jahren zum erstenmal wieder ihr Mund öffnet, um ein Geräusch von sich zu geben. Am Totenbett bricht sie in ein heiseres, ungelenkes Lachen aus. Sie glaubt, nie etwas Schöneres gesehen zu haben als dieses wachsbleiche Gesicht, wo am Haaransatz noch geringe Spuren blauer Beerenfarbe haften, dessen Augen sich nie wieder öffnen werden, dessen Mund nie wieder Unheil begehen wird, verletzt oder demütigt. Eine Frau führt sie schließlich fort. Stu ist glücklich.

Sie sucht nach neuen Wegen. Schon lange fragt sie nicht mehr um Rat. Sie ist es gewohnt, für sich allein zu denken, und so beginnt sie, sich für die Arbeit in den Minen zu interessieren. Stu liebt die Gruben und den Berg, die Höhlen und finsteren Gänge, die Akustik, den bisweilen feuchten, manchmal auch trockenen Geruch eines Stollens. Sie forscht nach kostbaren Gesteinsadern im harten Fels, als hinge ihr Leben davon ab. Sie lernt in den folgenden Jahren mit wahrer Besessenheit alles über den Abbau von Kohle, Eisenerz, Silber und Edelsteinen. Das Jaltofjödirmassiv ist ein mit Schätzen gesegnetes Bergland.

Hier in den verlassenen Gängen übt sie für sich ganz allein, wieder die Sprache zu gebrauchen, die Worte im Mund zu formen, den Klang ihrer Stimme wiederzuentdecken. Hier wird ein Teil von ihr wieder frei, und doch weiß Stu, daß ein anderer Teil ihres Selbst verloren ist. Es muß ein Teil der Seele sein, der gestohlen wurde, zerstört oder befleckt. Sie sucht wiederzuerlangen, was da fortgenommen worden ist, doch sie weiß, daß sie es nicht finden wird. Es ist ihr etwas entzogen worden, ohne daß auch nur je ein Mensch sich bei ihr entschuldigt hat. Und Stu von Stelen haßt dafür auch jene, die mit dem Raub des Seelenteiles nicht das geringste zu schaffen haben.

Ibak gelang es nicht einzuschätzen, wie lange sie unterwegs war, es hätten ebensogut Stunden wie Augenblicke sein können.

Als sie langsam und bedächtig um die nächste Biegung schritt, sah sie Börgerbys Beine, die unter einem Strauch hervorragten. Ihr Tempo verlangsamend, auf jedes Geräusch lauschend, vermutete sie, daß dieser Weg eine Falle sein könnte. Ein paar Schritte von Börgerby entfernt blieb sie stehen und sprach sie an.

»Börgerby, kannst du mich hören?«

Ein zerquältes Murren war die Antwort.

Vorsichtig tastete sich Ibak weiter, bis sie bei ihr war. Börgerby lag unter einem Strauch. Die Beine ragten auf den Weg. Irgendeine schien sich große Mühe gegeben zu haben, ihren Kopf auf Moos zu betten, was eine freundliche Geste war, wenn berücksichtigt wurde, daß eine riesige, rote Beule auf Börgerbys Stirn saß. Es ließ sich ohne weiteres erahnen, daß sie große Kopfschmerzen haben mußte.

Ibak bückte sich und stützte die Verletzte. »Kannst du laufen?«

Börgerby versuchte, die Augen zu öffnen. »Oh, bei Fiu, Ibak, ich habe etwas Grauenvolles gesehen, ein Wesen, das … hilf mir auf! Wo sind Fina und Sina?«

»Es geht ihnen gut. Sie warten auf uns.«

Doch in diesem Moment schien Börgerby hinter Ibaks Schulter etwas wahrzunehmen, das ihre Faszination auf unangenehme Weise zu fesseln vermochte. Sie wurde schlagartig schneeweiß im Gesicht, und Ibak begann, um die Unversehrtheit ihrer Reisegefährtin zu fürchten, als Börgerby den Arm hob und flüsterte: »Bei den Göttinnen. Da ist sie wieder! Hinter dir! Fiu verschone mich!«

Ibak ließ den erschlaffenden Körper der Börgerby rasch zu Boden sinken, zog im Umdrehen ihr Schwert und schrak entsetzt zurück.

Nicht allzuweit vom Schauplatz dieser Ereignisse entfernt, betrachtete Sina sorgenvoll das Nhimm an ihrer Waffe.

Es pulsierte heftig. Auch Sinas Herz begann nun immer schneller zu schlagen.

»Oh, Grundgütige! Es muß irgend etwas geschehen sein«, keuchte Janjat voller Panik. Sie sprang auf, doch Fina hielt sie zurück.

»Du hast gehört, was Ibak gesagt hat.«

Sina war bemüht, ihren Pulsschlag wieder unter die eigene Kontrolle zu bekommen.

»Wir müssen ihr doch helfen!« schrie Janjat verzweifelt in Finas Armen und sah entsetzt mit an, wie sich das Auge aus Rubin am Heft des Schwertes schloß.

Sina mußte sich nun konzentrieren, damit sie die Verbindung noch rechtzeitig unterbrechen konnte. Ihr wurde schwindlig. Sie besann sich nur unvollständig an die Form der Auflösung des Verbindungsspruches. Aber es mußte gelingen. Mit letzter Kraft hauchte sie die Worte, die ihr einfielen. Dann sank sie, die Waffe in der Hand haltend, zu Boden.

Fina eilte zu ihrer Schwester und ließ Janjat los.

»Ibak!« schrie Janjat und rannte den Weg hinunter. Fina, die es in diesem Moment bedauerte, sich nicht zweiteilen zu können, rief ihr nach, sie solle stehenbleiben, beugte sich dann aber über ihre Schwester. Sina lebte, doch sie befand sich in tiefer Bewußtlosigkeit.

Janjat indes kam nicht sehr weit. Nachdem sie um die Biegung gelaufen war, fand die unüberlegte Rettungsaktion ein jähes Ende, als sie in vollem Tempo gegen etwas prallte, das sie im letzten Moment noch als riesengroß, plump und einäugig erkennen konnte.

»Was sollen wir jetzt tun?« fragte die eine Riesin die andere.

»Ich denke, es bleibt uns nichts anderes übrig, als sie mit nach Hause zu nehmen, wenn wir wollen, daß sie diesem Weg nicht weiter folgen. Laß uns die beiden anderen holen!«

»Aber sie sind so schreckhaft. Es wird ein großes Geschrei geben, wenn sie aufwachen.«

Die Begleiterin zuckte die Achseln und hob Janjat vorsichtig auf.

Unter ihrem anderen Arm hingen Ibak und Börgerby.

Stu von Stelen war eingeschlafen. Wie so oft hatte sich zu den quälenden Erinnerungen schließlich eine tiefe Müdigkeit gesellt, aus der es kein Entrinnen gab. Doch jetzt wurde sie unvermittelt wach, als eine leise Stimme zu hören war, die ihren Namen rief. Sie mochte aus einem der Nebengänge kommen.

»Stu von Stelen? Bist du hier? Stu?«

Die Minenbeauftragte lauschte.

»Heda!« erklang es nun wieder weiter entfernt. »Ich glaube, ich weiß nicht mehr, wo …!« Die Stimme wurde nun so leise, daß Stu die Worte kaum noch verstehen konnte.

Sie erhob sich und ging zu dem nächsten Quergang. Von dort aus konnte sie wieder etwas hören.

»Bleib, wo du bist, und sprich weiter!« rief Stu laut.

»Es ist dunkel. Meine Lampe ist vorhin verloschen!« klagte die verzagte Stimme. Stu entschied sich für eine Richtung. Was machte diese Schreiberin hier in der Mine? Es war Unerfahrenen streng verboten, die Stollen zu betreten. Stu blieb stehen.

»Sprich weiter!«

»Ah!« sagte Raktscha erleichtert in der Ferne. »Ich glaube, ich habe noch ein Stück Zunder in meinen Taschen gefunden. Ich werde jetzt die Lampe ...«

»Nein!« brüllte Stu von Stelen, die soeben an der Aureole ihrer Grubenlampe ablesen konnte, daß Raktscha sich selbst und möglicherweise die gesamte Mine in die Luft sprengen würde, wenn sie jetzt mit dem Zunder hantierte. Sie löschte vorsichtshalber ihre eigene Lampe, ein Gerät, dessen Flamme so abgeschirmt war, das die Gefahr einer Explosion beinahe ganz ausgeschlossen werden konnte.

Dies waren allesamt stillgelegte Kohlenschächte. Es war gefährlich, hier zu arbeiten.

»Aber warum denn nicht?« erkundigte sich eine Raktscha, die schon ganz nah zu sein schien.

»Laß das Licht aus!« schrie Stu und stolperte in der Dunkelheit über Gestein und Geröll. Sie rutschte auf allen vieren weiter und erreichte Raktschas Beine, was die Verirrte umgehend zu Fall brachte. Das Stück Zunder fiel aus ihrer Hand, und Stu zog sie mit aller Kraft über den Geröllberg.

»Was ist denn?« erkundigte sich Raktscha.

»Ein Funke, und wir sind des Todes! Komm, gib mir deine Hand.« Stu packte Raktschas Arm und zog sie durch die Gänge mit sich. Mit nachtwandlerischer Sicherheit fand sie in der vollkommenen Finsternis den Weg bis zum Hauptgang.

»Lauf zurück und warte auf mich am Ausstieg!«

Stu machte sich an der großen Glocke zu schaffen, sie schwang den Klöppel, und die Schläge hallten durch den Stollen. Bald darauf kamen die Bergfrauen aus den Gängen. Sie ließen die Werkzeuge fallen und rannten an Stu vorbei, so schnell es ihnen möglich war. Die letzten von ihnen führten zwei Esel mit sich, die sie mit Stockschlägen vorwärts trieben.

Stu hoffte, daß alle Frauen das Signal vernommen hatten, und eilte zum Ausgang. Die Stollenmeisterin erwartete sie bereits mit finsterem Gesicht.

»Sind alle draußen?« erkundigte sich Stu atemlos.

»Ja, alle sind draußen, aber darf ich fragen, warum du, bei Nephtar, das Signal gegeben hast?«

»Warum?« fragte Stu mit unterdrückter Wut. »Habe ich nicht klare Anweisungen gegeben, daß bei schlagendem Wetter nicht gearbeitet werden darf? Du hast meine Anweisungen zu befolgen. Warum wird der alte Kohlengang nicht regelmäßig kontrolliert?«

Darauf wußte die Stollenmeisterin nichts zu sagen. Es hatte schon lange keine schlagenden Wetter in dem alten Abschnitt gegeben, und irgendwann waren die lästigen Kontrollgänge einfach aufgegeben worden. Es war ein ausgesprochenes Pech, daß nun gerade Stu von Stelen diese Nachlässigkeit aufgefallen war.

»Ich habe nichts dagegen, wenn die Frauen ein wenig Kohle zum eigenen Bedarf abbauen, aber die Gänge in Abschnitt drei sind gefährlich, und noch eines: Warum konnte diese Schreiberin einfach so in die Mine hineinspazieren?«

»Die Treufrau persönlich gab mir den Auftrag, dich zu suchen. Sie ist vorhin nach Gwaníoch'naír aufgebrochen und hat eine wichtige Botschaft für dich«, warf Raktscha ein, der immer noch nicht ganz klar war, in welcher Gefahr sie selbst und all die anderen Frauen geschwebt hatten.

Aber Stu von Stelen achtete nicht auf die Schreiberin und sah der Stollenmeisterin weiter reglos ins Gesicht.

»Und wenn die Treufrau einhundertmal eine Frau auf die Suche nach mir ausschickt, du hast Unbefugten den Zugang zur Mine zu verwehren. Ertappe ich dich noch einmal bei einer Nachlässigkeit, welcher Art sie auch immer sein mag, dann darfst du dein Bündel schnüren und dich auf den Weg nach

Kareb Solto machen. Dort werden sie sich freuen, dich wieder in Empfang zu nehmen, vor allem all jene, die du beim Kartenspiel betrogen hast. Haben wir uns verstanden?«

Betreten blickte die Stollenmeisterin zu Boden. Stu war verärgert. Es gab ohnehin nur noch wenige Arbeitskräfte in Draích'laír. Und es war ausgesprochen unwirtschaftlich, diesen Rest nun auch noch in die Luft zu sprengen. Die meisten Grubenfrauen, die die Auseinandersetzung mitbekommen hatten, grinsten schadenfroh. Die Stollenmeisterin erfreute sich keiner besonders großen Beliebtheit.

»Du da!« Stu wies auf eine Frau, die sich durch ein heftiges unterdrücktes Lachen auszeichnete. »Du scheinst besonders guter Dinge zu sein. Du wirst von nun an mit einer Grubenlampe den stillgelegten Abschnitt in regelmäßigen Abständen überprüfen. Danach wirst du der Stollenmeisterin Bericht erstatten.« Das Lachen erstarb.

Stu wandte sich an Raktscha.

»Nun zu uns!« Sie ergriff ihren Arm und führte sie ein Stück weit fort.

»Was läßt Herrat mir ausrichten?«

Die Schreiberin überreichte ihr ein versiegeltes Dokument.

»Sie ist vor einer Stunde mit einem Teil der Wachfrauen nach Gwaníoch'naír aufgebrochen, um dort die weiteren Befragungen durchzuführen, und wünscht, daß du hierbleibst. Du sollst die Gefangenen vernehmen. Herrat hat dir fünfzig Wachfrauen hiergelassen, weil sie denkt, daß es möglich sein kann, daß du ihre Hilfe brauchen wirst.«

Stu überflog den Brief. Herrat übertrug ihr darin für die Zeit ihrer Abwesenheit die Befehlsgewalt über die in Draích'laír verbliebenen Frauen der Stadtwache.

»Und um mir dieses Schreiben zu überbringen, hat sie dich in den Berg geschickt?«

»Ja!« antwortete Raktscha. Sich gegen eine Person wie Herrat Herratsn durchzusetzen, war schwer. Auch andere Frauen waren an dieser Aufgabe bereits gescheitert.

»Also hast du es dir noch einmal anders überlegt. Du willst weiter in Diensten bleiben?«

»Nur, solange ich auf Fäärwll bin. Wenn ich wieder daheim bin, werde ich mich beschweren.«

»Denk an das, was ich dir gesagt habe, Schreiberin! Dies ist ein wirklich gutgemeinter Rat.«

Stu wollte sich gerade abwenden, da schien ihr jedoch noch etwas einzufallen, und sie meinte: »Es ist ein wirklich guter Rat! Verstehst du? Ist das da die Lampe, die verloschen ist?« Sie nahm sie Raktscha aus der Hand, betrachtete die Gerätschaft eingehend und mit aufkeimendem Argwohn.

»Ja, Herrat gab sie mir mit. Sie sagte, ich könnte dich in dem stillgelegten Abschnitt finden. Aber sie hat mir nicht gesagt, daß ich mich dort so rasch verlaufen könnte.«

»Was beklagst du dich? Du stehst hier und bist gesund und munter!« fuhr Stu sie barsch an. Dann machte sie kehrt.

»Warte!« bat Raktscha.

»Was willst du noch?«

»Ich … ich … ich bin sehr froh, daß du mir herausgeholfen hast.«

»Ich bin die Minenbeauftragte auf Fäärwll. Was erwartest du? Daß ich tatenlos mitansehe, wie monatelange Arbeit unter einem Berg von Geröll und Schutt begraben wird?«

Nachdenklich schaute Raktscha Frau von Stelen nach. Ihr war der Schatten eines tiefen Widerwillens nicht entgangen, der sich bei diesen Worten auf Stus Gesicht abgezeichnet hatte.

Ibak fand, es sei recht viel verlangt, dies alles begreifen zu sollen. Die beiden einäugigen Schwestern, die sich als die Geschwister Honiglieb vorgestellt hatten, wirkten zwar freundlich, aber an ihren Anblick mußte eine Frau sich wahrhaftig erst gewöhnen. Agnes und Bredelgund Honiglieb, beide recht gesellige Zyklopinnen, hatten die fünf Frauen in ihrem Haus einquartiert. Das wohlgeordnete Heim der Schwestern Honiglieb besaß einen ganz eigenen Charme. Es war gemütlich und ein wenig verspielt eingerichtet. Das Ungewöhnliche bestand lediglich in der Überdimensionalität eines jeden häuslichen Gegenstandes. Für die Schwestern Honiglieb freilich hatte es genau die richtige Größe, und so kam es, wie bei allem im Leben, auch hier nur auf den Blickwinkel an.

Agnes und Bredelgund Honiglieb trugen ihren Nachnamen, um der Naschsucht, der sie verfallen waren, Tribut zu zollen. Hinter dem Haus gleich neben dem Kräutergarten besaßen sie Bienenstöcke von enormen Ausmaßen. Bienen, groß wie Midlandammern, summten fleißig und stetig. Nachdem die Reisenden den ersten gewaltigen Schrecken überwunden hatten, stellte Agnes einen opferschalengroßen Teller mit süßem Backwerk auf den Tisch. Ibak mußte sich ordentlich strecken, um den Teller zu erreichen, und hielt nun ein Törtchen in der Hand, das groß wie ein Brotlaib war.

»Nun?« erkundigte sich Bredelgund freundlich und nahm in einem kolossalen Ohrensessel Platz. »Woher kommt ihr Menschentöchter, und was tut ihr in M'alennian?«

»Wir kommen aus Flaffl, in einer Sippenangelegenheit, und wir hatten vor, den Wald zu durchqueren, um schneller nach Draích'laír zu gelangen.«

»Das ist sehr mutig von euch, aber es empfiehlt sich nicht unbedingt, M'alennian zu verletzen.«

»Aber das haben wir nicht getan. Wir haben diesen Wald nicht verletzt«, verkündete Börgerby empört.

»Oh doch! Mit M'alennian ist nicht zu scherzen. Ich nehme an, ihr kennt die Geschichte der Entstehung dieses Waldes.«

Die Reisegefährtinnen nickten.

»Ja!« stöhnte Börgerby und rieb über ihre Stirn, wo die große Beule langsam zu etwas Imposantem von ungewöhnlicher Farbe anschwoll. »Ja, aber ich dachte, die Geschichten um M'alennian wären übertrieben.«

»Aber nein!« lachte nun Agnes Honiglieb und wandte das schöne haselnußbraune Auge auf ihrer Stirn Börgerby zu. »In M'alennian hausen recht unerfreuliche Kreaturen. Ihr habt Glück, daß ihr uns getroffen habt.«

»Bitte Agnes, darf ich um etwas mehr Bescheidenheit bitten!« tadelte Bredelgund ihre Schwester.

»Aber warum? Wir müssen sie warnen, und wenn sie diesen Weg weitergegangen wären, wären sie geradewegs am Nymphenteich herausgekommen. Und dann – Tarbas stehe ihnen bei – hätte es schlimm für sie enden können.«

»Nymphen? Nymphenteich? Das hört sich doch eigentlich recht verlockend an«, meinte Börgerby, die sich gut vorstellen konnte, von Nymphen bewirtet zu werden.

»Das kann nur eine sagen, die Nymphen noch nie kennengelernt hat«, warf Agnes Honiglieb ein, und sie reichte erneut den großen Teller mit Gebäck herum. »Nun, ich muß sagen, es gibt auch einige, die recht harmlos sind, aber die Stechnymphen an der Quelle sind bei weitem das Bösartigste, das je aus einer Zwischenwelt entkommen konnte.«

»Agnes hat recht«, ereiferte sich Bredelgund. »Die Beule auf deiner Stirn hast du einer von ihnen zu verdanken. Sie sind ganz, ganz klein, kleiner als ihr, viel kleiner, eine halbe Länge eures Armes vielleicht, und sie haben Flügel. So weit, so gut, aber sie beißen und saugen Blut. Nicht, daß sie es etwa benötigen würden, nein, sie tun es nur so, aus Spaß, und anschließend bekommt ihr Opfer eine solche Beule, wie du sie trägst, durch dieses ganze bösartige Gift, das sie in die Wunde übertragen. Es wird drei Wochen dauern, bis die Verletzung abschwillt, und du wirst den Juckreiz kaum aushalten können.«

Wenig angetan betastete Börgerby ihre Stirn.

Bredelgund nickte, um ihre eigenen Worte zu bekräftigen.

»Darf ich fragen, ob ihr … nun, wenn es nicht unhöflich ist, würde ich gerne wissen, ob ihr auch aus der Zwischenwelt hierher gekommen seid?« fragte Janjat.

»Oh ja, mein Kind, wir leben schon seit Anbeginn der Welt

hier«, antwortete Agnes Boniglieb mit einer Spur Selbstgefälligkeit.

»Nein, Agnes. Das stimmt nicht. Wir leben hier, seit M'alennian durch die Göttinnen erschaffen wurde. So ist es richtig.«

»Aber das war zu Anbeginn der Welt!« beharrte Agnes.

»Nein, nicht ganz. Es war kurz danach.«

Agnes warf ihrer Schwester einen gereizten Blick zu.

»Nun, jedenfalls haben wir nie diesen Wald verlassen. Zeit spielt hier und für uns keine große Rolle. Aber manchmal wünschte ich, wir wären wieder daheim, in der Zwischenwelt. Damals, nach Nephtars Traum, als der Schleier für kurze Zeit zerriß, der ein so dünnes und durchsichtiges Gewebe zwischen den Welten darstellt, wurde unsere gesamte Familie in alle Himmelsrichtungen zerstreut. Von einigen unserer Schwestern hörten wir nie wieder etwas, von anderen erfuhren wir, daß sie fortan in einer Welt leben mußten, in der sie als grausame, bösartige Bestien galten, und das nur, weil sie sich nicht von Sterblichen bestehlen lassen wollten. So etwas ist einfach unerhört.«

»So flohen nicht alle Kreaturen der Zwischenwelt freiwillig, als die Göttin Nephtar schlief?« fragte Ibak.

»Nein, ein großer Sturm riß etliche von uns fort, in andere Welten und Zeiten, ohne daß sie es gewollt hätten.«

»Aber wir sind nicht nachtragend«, schaltete sich nun wieder Bredelgund ein. »Den besten Göttinnen unterlaufen bisweilen Fehler. Meistens führt doch genau das zu etwas Neuem. Und eigentlich wollen wir nicht klagen, nicht wahr, Agnes? Wir verfügen hier über ein schönes Haus und eine angenehme Nachbarschaft. Und etwas Ärger ab und zu gibt es überall. Nur mit den Stechnymphen liegen wir im Streit. Wir haben uns schon oft beschwert, aber sie wollen nicht hören. Ich bin froh, daß wir in einer guten Gegend von M'alennian wohnen und nicht etwa weiter südlich.«

»Oh ja!« bestätigte Agnes Honiglieb und schüttelte den Kopf. »Im Süden haust wirklich ein zwielichtiges Gesindel. All diese Gespenster und Schwadentapperinnen. Keine gute Wohngegend.«

»Würdet ihr uns helfen, aus M'alennian wieder herauszukommen?« wollte Ibak wissen.

»Nun!« zögerte Bredelgund. »Das ist nicht ohne weiteres möglich!«

»Wie darf ich das verstehen?«

»Ihr seid ohne zu fragen hier eingedrungen. Einige der Bewohnerinnen M'alennians sind verärgert. Im Norden haben sich die Koboldinnen über euch beschwert. Ihr habt ihre sämtlichen Kreuzwege durcheinandergebracht und sogar die Rinden der Bäume verletzt. So etwas hat Konsequenzen. Agnes war gerade dabei, die Wäsche im Garten aufzuhängen, als sie davon hörte. Die Koboldinnen haben euch in die Richtung der Stechnymphen gelockt, weil sie so ungeheuer erbost waren. Agnes und ich sind aber der Meinung, daß eine solche Strafe etwas übertrieben ist, und so machten wir uns auf den Weg, um euch aufzuhalten.«

»Wir haben einen wichtigen Auftrag zu erfüllen!« begann Börgerby, doch Ibak schnitt ihr die Worte im Mund ab.

»Für eure Hilfe bedanken wir uns. Jetzt ist es aber wichtig zu erfahren, wie wir uns vielleicht bei den Koboldinnen entschuldigen können, um dann unseren Weg unbehelligt fortsetzen zu können.«

»Noch ein Törtchen?« erkundigte sich Agnes.

»Nein vielen Dank!« Ibak sprang von dem Sessel hinunter, in dem sie dicht neben Börgerby gesessen hatte, und lehnte sich an eines der Stuhlbeine. Freundlich blickte Bredelgund auf sie hinunter. »Die Koboldinnen weigern sich, mit euch zu sprechen. Ihr solltet mit M'alennian selbst über die Angelegenheit verhandeln.«

Agnes schüttelte den Kopf. »Du weißt doch, daß es für gewöhnliche Sterbliche nicht einfach ist, das Herz des Waldes zu finden.«

»Du hast recht. Aber ich habe einen großartigen Gedanken. Ihr könntet bei Agnes und mir wohnen, für ein, zwei Ewigkeiten ginge es bestimmt, nicht wahr, Schwester? Ihr könntet uns ein wenig zur Hand gehen. Ihr werdet sehen, wir werden bestens miteinander auskommen, und ihr braucht ja auch gar nicht viel Platz.«

»Aber Bredelgund! Darüber haben wir uns noch nicht abgesprochen. Was ist, wenn wir uns allzusehr an sie gewöhnen? Und sie sind sterblich. Sie werden nicht alt. Wenn sie schließlich in die Wandlung gehen, werden wir schrecklich traurig sein, und bedenke die große Verantwortung!«

Janjat, die Börgerbys Griff nach dem Schwert mitbekommen hatte, legte beschwörend ihre Hand auf den Arm der Reisegefährtin.

Ibak zog sich an der Sesselkante nach oben und kletterte wieder auf das Polster.

»Wir können nicht bei euch bleiben!«

Bredelgund warf ihr einen verständnislosen Blick zu.

»Aber warum denn nicht?«

»Weil wir es nicht wollen!« zischelte Börgerby.

Bredelgund bekam über ihrem Auge eine Falte, die Ibak ganz und gar nicht gefiel, und sie beeilte sich, den Worten der Reisegefährtin hinzuzufügen:

»Euer liebenswürdiges Angebot, diese wunderbare großzügige Einladung ist wirklich überwältigend. Wann ist es Frauen schon einmal möglich, in einer solch begünstigenden Weise zu leben? Aber es geht leider nicht. Es geht nicht, weil wir in unserer Welt einer großen Verpflichtung nachkommen müssen.«

»Was kann schon so Wichtiges an eurer Verpflichtung sein?« grollte Bredelgund.

Ibak lächelte sie freundlich an. »Ihr selbst habt vorhin berichtet, wie sehr ihr unter der Trennung von euren Familienangehörigen leidet, nun, auch wir leiden darunter, auch wir empfinden Schmerz, wenn wir unsere Sippenangehörigen nicht mehr wiedersehen. Und ich appelliere an euren Großmut, an eure Freundlichkeit und die Güte, die ihr uns doch schon bewiesen habt. Ich bitte euch in unser aller Namen: Helft uns, M'alennian zu finden, damit wir unserer Wege gehen können!«

Bredelgund sah Ibak verzückt an. »Sieh nur Agnes, diese dort ist mir die Liebste von allen. Willst nicht du wenigstens bei uns bleiben?«

Ibak legte die Hand zur Brust und verneigte sich leicht.

»Ich bedaure unendlich, und wenn ihr mir so wohlgesonnen seid, wie ich glaube, dann werdet ihr uns alle gehen lassen.«

Agnes sah sie teilnahmsvoll an.

»Sie hat recht, Bredelgund. Wir dürfen nicht so eigennützig sein, und außerdem ist mir gerade eingefallen, wer in der Lage sein könnte, ihnen zu helfen.«

»Wer?«

»Diese Menschentöchter, welche von M'alennian begünstigt worden sind, wie heißen sie noch gleich? Sententia und Edita, glaube ich. M'alennian hat ihnen erlaubt, sich mit ein paar Wesen ihresgleichen im Wald niederzulassen.«

»Du hast recht! Es hat schon einige Beschwerden über sie gegeben, aber M'alennian läßt nicht von ihrem Versprechen ab.«

»Was hältst du davon, wenn wir sie zu Edita bringen?«

Bredelgund nickte traurig.

»Wollt ihr nicht wenigstens bis morgen bleiben?«

»Das ist ein wunderbarer Vorschlag, und wir würden die Einladung gewiß gerne annehmen, aber wir sind sehr in Eile.«

»Was kein Wunder ist, wenn wir berücksichtigen wollen, daß ihr höchstens einhundert Jahre alt werdet«, stellte Bredelgund nicht ohne eine gewisse Genugtuung fest.

»Nun, dann wollen wir es hinter uns bringen! Je eher wir uns von ihnen trennen, desto besser!« Agnes stand auf und machte sich an der Feuerstelle zu schaffen, um noch ein paar der Törtchen in einem Sack zu verstauen. Sie war auch ein ganz klein wenig traurig, doch es war besser so. Außerdem hatte sie irgendwo einmal gehört, daß Menschenwesen manchmal Ungeziefer hatten, und das war nun wirklich nichts, worauf sie in ihrem gepflegten Heim Wert legte.

»Laß mich durch!« herrschte Stu von Stelen die Wachfrau vor der Tür des Schuppens an.

»Nur, wenn du den Wassereimer draußen läßt. Die Treufrau hat strengstens untersagt, daß die Gefangenen …«

Stu kniff die Augen zusammen und packte die Wachfrau am Wams.

»Ich habe auf Fäärwll das Sagen. Und solange die Treufrau in Gwaníoch'naír ist, hat sie ihre Frauen, die hiergeblieben sind, mir unterstellt. Du wirst meinen Anweisungen daher jetzt unverzüglich Folge leisten! Oder willst du dich mit der künftigen Nebenprovinzvorsitzenden anlegen? Ich habe ein gutes Gedächtnis.«

»Na schön, aber was soll ich Herrat berichten, wenn sie erfährt, daß …«

»Laß das meine Sorge sein!« Stu stieß die Wachfrau beiseite und betrat die dunkle Hütte.

Die beiden Gefangenen dämmerten, die Köpfe an die Schuppenwand gelehnt, vor sich hin. Stu schloß die Tür von innen und griff in ihre Taschen, aus denen sie Zunder, zwei Kerzen und ein Stück Brot hervorholte.

Beringör hob langsam den Kopf.

»Stu? Ich habe gewußt, daß du zurückkommst.«

»Dann wußtest du mehr als ich!« murmelte Stu dumpf und zündete die Kerzen an.

»Eine von Herrats Frauen«, formulierte Beringör mühsam, »hat uns große Mengen an Falbelkrauttrank eingeflößt.«

Falbelkraut war durchaus keine ungefährliche Droge. Die Wirkungsweise konnte schlecht eingeschätzt werden, überdosiert besaß die Pflanze jedenfalls schwächende und ermüdende Eigenschaften.

Stu tauchte die Trinkkelle in den Wassereimer und reichte sie Beringör. Noch einmal füllte sie sie auf und benetzte auch

Avivas Lippen. Die Silber- und Goldschmiedin kam zu sich. Beringör schluckte schwer.

»Tochter, was geht hier eigentlich vor?«

»Hier, nimm das!« Stu teilte das Brot und reichte es Beringör und Aviva.

Aviva schüttelte den Kopf.

»Du mußt es essen, dann vergeht die Wirkung des Falbelkrautes schneller«, erklärte Frau von Stelen, die Jüngere, und nahm auf dem Boden Platz.

Es war ein geschickter Zug von Herrat gewesen, sie zur Befragung der Gefangenen einzusetzen. Darüber hinaus war es eine Unverschämtheit vorauszusetzen, daß Stu sich damit einverstanden erklären würde. Herrats Vorschlag kam einem Befehl gleich, und die Minenbeauftragte hatte den Zorn darüber schwer verdauen müssen. Sie nahm sich vor, Herrats Impertinenz nicht stillschweigend über sich ergehen zu lassen. Die Treufrau war offensichtlich ein wenig größenwahnsinnig geworden. Diese Entwicklung behagte Stu ganz und gar nicht.

»Du hast mir noch keine Antwort auf meine Frage gegeben«, sagte Beringör. Die Konturen ihrer Tochter gewannen zunehmend an Schärfe.

»Ich bin nicht gekommen, um zu antworten, sondern um Fragen zu stellen«, stellte Stu klar. »Warum seid ihr auf Fäärwll? Wer ist die dritte Frau, die bei euch war? Wer brachte euch her? Schließlich noch: Was weißt du über die verschwundenen Bewohnerinnen von Draích'laír, Gwaníoch'naír und ihr geheimes Versteck?«

Beringör setzte sich aufrecht hin. »In welchem Ton wagst du es, mit deiner Mutter und dem Oberhaupt der Stelentöchtir zu sprechen?«

Eisige Kälte stieg in Stu von Stelen auf. Sie empfand dies als angenehm, denn es entband sie jedweder Form des Mitgefühls, als sie antwortete: »Du selbst hast mich aus der Sippe verstoßen. Du selbst hast mir gesagt, daß die Bande zwischen mir und dir sowie zu allen anderen Sippenmitgliedern gerissen sind.

Du wolltest mich sogar des Namens berauben, den ich trage. Hast du so wenig Stolz in dir, daß du mich nun, da du dich in einer unangenehmen Lage befindest, wieder anzuerkennen wünschst, weil du dir davon eine Vergünstigung versprichst?«

»Du bist unverschämt, Tochter!«

Stu lachte leise und bitter.

Aviva, die mit bedrücktem Gesicht diese Auseinandersetzungen angehört hatte, räusperte sich.

»Stu«, begann sie vorsichtig. »Herrat hat ungeheuerliche Beschuldigungen gegen uns ausgesprochen. Sie hat nicht das Recht dazu, und sie darf uns auch nicht arretieren. Gut, ich gebe zu, daß wir die Vereinbarung Nordwestmidlands mit anderen Ländern nicht eingehalten haben. Wir sind ohne Genehmigung auf diese Insel gekommen, aber dies ist noch lange kein Grund, uns wie Verbrecherinnen zu behandeln. Du, als Minenbeauftragte, weißt doch, wie die Frauen auf Fäärwll leben. Sie führen ein unwürdiges Dasein. Sie haben ihre Freiheit in einem gesetzeswidrigen Vertrag an Lanice Lofort verkauft. Lanice behandelt sie, als seien sie ihr Eigentum, und sie zieht sie zur Rechenschaft für Straftaten, die sie nie begangen haben. Stu, das *darf* sie nicht. Die Bergfrauen von Fäärwll sind ebenso frei wie du oder ich.«

Stu sah die Goldschmiedin verächtlich an.

»Sie brechen die Verträge, die sie selbst abgeschlossen haben, freiwillig abgeschlossen haben, und durch ihr Fernbleiben wird der Nergoritabbau stark eingeschränkt. Außerdem stehlen sie Nergorite. Möglicherweise wißt ihr mehr darüber als ich. Ich rate euch, die Wahrheit zu sagen.«

»Ja hast du denn keinen Funken von Mitgefühl in dir?« brach es aus Beringör heraus.

Stu bedachte sie mit einem langen Blick und schwieg, bevor sie sich wieder Aviva zuwandte.

»Wollt ihr jetzt reden, oder nicht?«

»Stu, weder deine Mutter noch ich haben etwas Unrechtes getan.«

»Ich verlange nur eine klare Antwort auf die Fragen, die ich euch beiden gestellt habe.«

»Hilf uns jetzt, hier wegzukommen!« sagte Beringör und versuchte aufzustehen.

»Nichts dergleichen werde ich tun. Ihr seid unter dringendem Verdacht hier festgehalten worden.«

»Aber ich bin deine Mutter!«

»Hab bitte ein wenig Verständnis für sie«, bat Aviva. »Sie ist vollkommen unschuldig an der ganzen Sache.«

Beringör sank wieder zu Boden, und Stu verschränkte die Arme vor der Brust.

»Ich bin nicht hier, um mit einer Smagninborgtöchtir über die Angelegenheiten derer von Stelen zu debattieren. Dafür ist meine Zeit zu kostbar.« Stu erhob sich. »Wenn ihr reden wollt, teilt es der Wachfrau vor der Tür mit. Sie wird mich benachrichtigen. Ansonsten werdet ihr einstweilen hierbleiben und später, wenn es möglich ist, wieder auf das Festland gebracht, wo eure Sache in Kareb Solto verhandelt werden mag.«

»Das ist geradezu lächerlich«, empörte sich Aviva. »Du hast doch nichts gegen uns in der Hand!«

»So? Habe ich nicht? Wir werden sehen.« Stu sah zufrieden auf die beiden Frauen hinab. Die eisige Kälte, die sie in sich trug, verwandelte sich in eine angenehme, wenn auch nicht echte Wärme.

»Das kannst du nicht tun. Nein, das kannst du nicht tun. Ich glaube nicht, daß du zu so etwas in der Lage bist!« Beringör war entsetzt.

Stu war bei der Tür angelangt und sah noch einmal zurück.

»Nicht ich werde länger die Verachtete sein. Die einzige, die Schande über den Namen Stelentöchtir bringt, bist du, Beringör!«

Als sie draußen war, winkte sie die Wachfrau zu sich.

»Sorg dafür, daß sie zu essen und zu trinken bekommen. Ferner bring ihnen einen Zuber, Wasser und Seife, damit sie sich säubern können, und zwei Decken für die Nacht.«

Agnes und Bredelgund Honiglieb hatten sich an einem Fluß von den Reisenden verabschiedet. Große, flache Steine machten es möglich, trockenen Hufes ans andere Ufer zu reiten.

»Der Tarbas sei Dank«, frohlockte Janjat, als sie noch einmal zurückwinkte. »Bis zum Schluß hatte ich befürchtet, daß sie es sich doch noch einmal anders überlegen könnten.«

»Freu dich nicht zu früh. Noch sind wir nicht aus dem Wald heraus«, bemerkte Ibak.

»Wie geht es von hier aus weiter? Wir hätten diese beiden verschrobenen Riesinnen danach fragen sollen.« Börgerby kratzte an der Beule auf ihrer Stirn.

»Ich habe sie gefragt!« Janjat lenkte ihr Pferd zu drei großen Findlingen hin. »Hier müssen wir hindurchreiten. Dann durchqueren wir einen Seitenarm des Flusses und erreichen das Lager dieser Edita.«

»Was mag das wohl für eine Person sein, daß sie freiwillig an einem Ort wie diesem wohnt?«

»Aber Sina, du mußt zugeben, daß es hier viel freundlicher ist als an irgendeiner anderen Stelle, die wir bisher in diesem Wald gesehen haben.«

Sina lachte.

»Du hast recht. Bleibt zu hoffen, daß wir auch weiterhin soviel Glück haben.«

»Vielleicht werde ich den Zahn verlieren!« sinnierte Janjat, mit der Zungenspitze am Schneidezahn entlangfahrend.

»Wie bitte?« fragte Sina.

»Du bist schuld, wenn ich ihn verliere«, brummte Janjat strafend. »Bei Fiu! Das ist ärgerlich!«

»Ich wollte nicht, daß du einen Zahn verlierst, wirklich nicht«, erklärte Sina und fügte beschwichtigend hinzu: »Wenn wir heute abend rasten, werde ich dir Kräuter geben, die du auf dein Zahnfleisch legen kannst. Sie helfen, daß sich die Wurzeln im Kiefer wieder festigen.«

»Danke.«

»Bitte. Aber … was ist das?«

Sie hatten einen zweiten Nebenarm des Flusses erreicht. Doch von dem Gewässer selbst war nicht viel zu sehen, denn im Flußbett lagen, dicht an dicht, übergroße Findlinge verteilt, unter denen sich das Wasser hindurchzwängte. Nur dumpf und leise klangen die Geräusche des Brausens und Gurgelns unter den Felsbrocken.

»Bei Fiu, wie sollen wir hier die Pferde hinüberbringen?« Sina sah sich nach Fina und Ibak um, die in diesem Moment ebenfalls das Ufer erreichten.

»Dies muß ein Spielplatz für Riesinnen gewesen sein«, sagte Ibak, die sich vorstellte, wie mächtige Kreaturen mit den Steinen gespielt und sie im Flußbett verteilt hatten.

Börgerby besaß wenig Sinn für solch phantasievolle Vorstellungen.

»Chalakdreck, verfluchter! Versuchen wir es weiter flußabwärts!«

Doch da tauchte am anderen Ufer eine Gestalt zwischen den Bäumen auf.

»Halt!« rief die klare Stimme über den Fluß hinweg. »Keinen Schritt weiter!« Angesichts des gespannten Bogens, den die Frau in der Hand hielt, sowie einiger weiterer Pfeile, die nun aus dem Dickicht heraus auf sie zielten, verharrten die Reisenden auf der Stelle.

»Wir suchen Edita.«

»Was wollt ihr von ihr?«

»Wir möchten sie um Hilfe bitten.«.

»In wessen Auftrag kommt ihr?« wollte die Bogenschützin am anderen Ufer wissen.

»Wir reisen in keiner Frau Auftrag, außer in unserem eigenen.«

»Der da wäre?«

»Es handelt sich um eine Sippenangelegenheit.«

»Eine Sippenangelegenheit, die hier auf Fäärwll geklärt werden kann? Was ist das für eine Geschichte?«

»Nach den Sitten der Flaffln steht es mir nicht zu, darüber zu Nichteingeweihten zu sprechen.«

»So werden wir nicht weiterkommen. Wie ist dein Name?«

»Ich bin Ibak von Smagninborg!«

»Eine Smagninborgtöchtir. Wie interessant. Wer sind die anderen?«

»Mit mir sind meine Kusine, Janjat von Smagninborg, und die Schwestern Börgerby, Fina und Sina von Stelen.«

Ibak meinte, beobachten zu können, wie der Körper der Unbekannten am anderen Ufer sich bei dieser Antwort kaum merklich straffte.

»Was für eine Hilfe erwartet ihr von Edita?«

»Nun, zuerst wäre es nett, wenn du die Frauen deiner Gefolgschaft bitten würdest, die Bögen abzulegen. Denn wir kommen nicht im Streit und stellen keinerlei Bedrohung für euch dar«, erklärte Ibak geduldig.

»Was wollt ihr von Edita?« Die Bögen blieben an Ort und Stelle.

»Wir haben offensichtlich einen Fehler begangen, denn wir haben M'alennian verletzt, ohne davon zu wissen, und den Wald betreten, ohne um Erlaubnis zu fragen.«

»Das ist schlimm. Schlimm für euch, denn dann werdet ihr diesen Ort nie wieder verlassen können.«

»Aber wir wußten nicht, daß wir um Erlaubnis fragen mußten!« begehrte Börgerby ungeduldig auf.

Ibak brachte sie mit einer Handbewegung zum Schweigen.

»Wir haben von Agnes und Bredelgund Honiglieb erfahren, daß du uns – vorausgesetzt du bist Edita – möglicherweise helfen kannst.«

»Es tut mir leid. Ich muß darauf bestehen zu erfahren, worum es sich bei dieser Sippenangelegenheit handelt, die euch angeblich auf die Insel geführt hat. Das muß schon eine sehr wichtige Angelegenheit sein, denn so ohne weiteres kommt keine Frau nach Fäärwll. Also?«

»Ich bin Börgerby!« schrie Börgerby nun ungehalten. »Börgerby von Stelen, und ich bitte dich nicht, ich verlange von dir, daß du uns hilfst, diesen verfluchen Wald zu verlassen. Meine

Schwester ist die Minenbeauftrage von Fäärwll. Du wirst Ärger mit ihr bekommen, wenn sie erfährt, daß du uns hier unnötig aufhältst. Es scheint fast, als wären wir Wegelagerinnen in die Hände gefallen.«

Ibak verdrehte die Augen.

Die Bogenschützin auf der anderen Seite des Flusses grinste spöttisch.

»So«, rief sie gegen das unter den Steinen brodelnde Geräusch des Wassers an. »Stu von Stelen ist also deine Schwester, das wirft allerdings ein anderes Licht auf euer Anliegen. Steigt ab und klettert über die Felsen an das andere Ufer. Eine von uns wird eure Pferde weiter flußabwärts über eine Furt führen.«

»So wird das gemacht!« erklärte Börgerby grimmig in Ibaks Richtung und leistete der Aufforderung unverzüglich Folge.

Stu von Stelen wußte nicht recht, was sie mit sich anfangen sollte an diesem Abend. Sie war nicht unglücklich darüber, daß die Treufrau, Ulana und Leremi Draích'laír verlassen hatten. Zunächst nahm sie an, das Alleinsein würde beruhigend wirken, doch sobald die Nacht über das Dorf sank, spürte sie wieder diese dumpfe Angst in ihrer Brust, jenes bedrückende Gefühl in ihrer Seele und das rasende Pochen ihres Herzschlages.

Sie beschloß, dagegen anzukämpfen, die innere Unruhe erforderte Bewegung. So trat sie vor die Tür hinaus und lenkte ihre Schritte dem Waldsaum entgegen.

Das große Ziel, das ihr immer vor Augen gestanden hatte und mit dem Stillen eines namenlosen Bedürfnisses gleichbedeutend war: lag es nun tatsächlich näher? Oder würde sich ihr großes Ansinnen bei genauer Betrachtung als eine Gaukelei erweisen, die nur am fernen Horizont in flirrender Hitze bestand?

Sie erreichte den Waldrand und schauderte. Noch nie hatte sie einen Fuß nach M'alennian hineingesetzt, und sie war fest davon überzeugt, das dies eine gute Entscheidung war. Etwas

Unheimliches ging von diesem Wald aus. Stu glaubte an die Geschichte seiner Entstehung und legte keinen Wert darauf, die Bekanntschaft mit Wesen aus der Zwischenwelt zu machen.

Da bemerkte sie wenige Schritte entfernt den dunklen Umriß einer Gestalt auf einem Baumstamm.

»Wer ist da?« fragte Stu in die Nacht hinein.

»Ich bin es, Raktscha!«

Stu trat näher. Die Schreiberin saß an genau der gleichen Stelle wie am Abend zuvor.

»Warum hat die Treufrau dich nicht mitgenommen?« wollte Stu wissen.

»Ich weiß es nicht genau. Sie sagte nur, sie wolle Botinnen mit Unterlagen und Notizen schicken, die ich dann ins Reine schreiben soll.«

»Aha«, sagte Stu und dachte sich ihren Teil. Herrat würde sich besser vorsehen, bevor sie versuchte, die Minenbeauftragte mit gefälschten Berichten zu belügen. Stu wußte über die wahren Abbauergebnisse besser Bescheid als sonst eine auf der Insel. Sie setzte sich neben die Schreiberin, die gleich ein Stück abrückte.

»Ich dachte, es ginge bei diesem Auftrag um die Suche nach den verschwundenen Frauen, aber alles, was ich bisher aufgezeichnet habe, hatte lediglich etwas mit den Zahlen über den Nergoritabbau zu tun.«

»Du solltest dir nicht so viele Gedanken machen. Und du solltest über Dinge, die du nicht verstehst, besser schweigen.«

»Ich verstehe recht viel von solchen Dingen. Ich kann gut rechnen«, verkündete Raktscha, der nicht klar war, daß sie sich in unmittelbare Lebensgefahr begeben hätte, wäre Herrat anwesend gewesen.

»Ich will davon nichts hören!«

»Sieh doch!« Raktscha wies auf das Dickicht, aus dem nun unzählige kleine leuchtende Wesen flogen, kaum größer als winzige Lichtpunkte stiegen sie auf und umschwirrten die beiden Frauen.

»Bei Nephtars dunklen Abgründen, das sind Zwischenweltwesen! Sie sollten die Barriere eigentlich nicht durchdringen können«, empörte sich Stu und klatschte in die Hände. Dutzende der kleinen Lichtpunkte taumelten daraufhin verlöschend zu Boden.

»Aber nein! Dies sind keine Zwischenweltwesen. Es sind die Tarbaswächterinnen. Ich kenne sie von zu Hause. Sie sind nicht viel größer als Fliegen, gehören aber zu den Käfern. Du darfst ihnen nichts zuleide tun. Sie erinnern uns daran, daß selbst nachts und in der Dunkelheit Tarbas bei uns ist, selbst wenn wir sie nicht sehen können.«

Ein zweites Mal klatschte Stu von Stelen in die Hände. Wieder fielen einige der Kreaturen zu Boden.

»Ich mag dieses Gesummse nicht!«

»Hör sofort auf damit!« empörte sich Raktscha und schlug auf Stu von Stelens Arm.

Gleichermaßen erstaunt und belustigt sah Stu sie daraufhin an.

Aber Raktscha achtete gar nicht auf Frau von Stelen, sondern beobachtete fasziniert die vielen kleinen Tarbaswächterinnen, die auf- und abglommen, hin und herflogen, bald im Dickicht verschwanden, bald zwischen den Grashalmen abtauchten, um gleich darauf wieder hell leuchtend ihren nächtlichen Lichttanz fortzusetzen.

»Sie rufen einander, indem sie sich kleine, funkelnde Blitze senden. Dann finden sie zusammen, weißt du?« erklärte Raktscha glücklich.

Ein schmerzhaftes Ziehen durchfuhr bei diesen Worten Stus Brust. Sie wußte nicht, woher dieser Schmerz kam, aber sie wußte: es war kein guter Abend.

Sie klatschte erneut in die Hände.

»Dann werden einige von ihnen jetzt wohl keine Antwort mehr erhalten!« erklärte sie und beobachtete die herabstürzenden Flugwesen.

»Warum machst du das? Warum tötest du sie? Sie haben dir doch gar nichts getan«, flüsterte Raktscha.

»Woher willst du das wissen?« fragte Stu düster.

»Bitte, tu das nicht! Töte sie nicht!« Raktscha hatte nun ihre Hand auf Stus Unterarm gelegt und sah sie unverwandt an.

»Laß mich los, Schreiberin! Ich schätze es nicht, wenn ich berührt werde.«

»Möchtest du einen Schluck Falbeltrank?« Raktscha griff in ihre Westentasche und holte eine kleine, flache Silberphiole daraus hervor.

»Ich habe schon seit vielen Jahren keinen Falbeltrank mehr zu mir genommen. Das letzte Mal ist er mir nicht allzugut bekommen. Aber nun gut …!« Stu nahm die angebotene Flasche und trank vorsichtig einen kleinen Schluck. Angenehme Wärme erfüllte ihre Kehle und bald darauf auch den Magen und die anderen Organe. Es war, als würde Falbelkraut einen tröstlich milden, hellen Schimmer über die Innenwände des Körpers legen. Sie lehnte sich zurück und genoß die sich rasch ausbreitende Wirkung des Trankes.

»Gib mir mehr davon!«

»Besser nicht. Wenn du es nicht gewohnt bist, solltest du sehr vorsichtig damit umgehen.«

»Gib mir die Phiole!«

»Also schön, hier, bitte.«

Stu nahm einen weiteren großen Schluck und wurde zusehends ruhiger. Raktscha war zufrieden. Von ihr aus konnte die Minenbeauftragte ohnmächtig vom Baumstamm fallen. Bei den Mengen, die sie so gierig in sich hineingeschlungen hatte, war es nur noch eine Frage von Augenblicken. Und die Tarbaswächterinnen und auch sie selbst hatten ihren Frieden. Aber Stu besaß erhebliches Standvermögen.

»Weil ich sie alle hasse, Schreiberin. Auch dich hasse ich, und ich hasse mich selbst und die Welt, die mich hervorgebracht hat«, sagte Frau von Stelen leise vor sich hin.

»Wie bitte?«

Stu packte Raktscha mit einer heftigen Bewegung am Wams.

»Du hast mich vorhin gefragt, warum ich diese verdammten Käfer töte! Eine *gute* Frage.« Sie begann wieder, leise und tonlos zu lachen. Dann fuhr sie fort: »Du hast hiermit eine Antwort auf deine Frage erhalten. Bist du jetzt zufrieden?«

Sie ließ Raktscha los und starrte unnachgiebig vor sich hin.

»Warum? Warum dieser Haß?« wollte Raktscha weiter wissen.

»Warum! Warum! Warum interessiert dich das überhaupt? Es kann dir doch egal sein, denn du findest mich schlecht und verabscheuenswert. Und ich bin es. Du hast recht.«

Darauf wußte Raktscha nichts zu sagen, und schließlich, nachdem sie eine Weile geschwiegen hatten, erhob sich Stu und ging, ein wenig unsicher, ohne ein weiteres Wort davon.

Sie konnte in dieser Nacht trotz ihrer Müdigkeit keine Ruhe finden. Mehrmals dachte sie, eine Stimme würde draußen ihren Namen rufen. Sie stand auf, sah durch die schmutzigen kleinen Scheiben auf den Dorfplatz hinaus, doch es war nichts und keine zu sehen. Dann wieder meinte sie, ein kratzendes Geräusch an der Tür und am Fenster vernommen zu haben. Fius Glanz verlieh der Nacht den Reichtum von dunklen Schatten auf reinstem Silber. Stu schwitzte und nahm schließlich ein frisches Hemd aus einer der Satteltaschen. Während sie sich umzog, versuchte sie, jeden Blick auf ihren Körper zu vermeiden. Sie legte sich wieder hin und starrte an die Decke, wo Spinnweb sich an Spinnweb reihte. Stu wußte, warum sie nicht in den Schlaf fand. Sie fürchtete ihre eigenen Träume. Sie wollte etwas vergessen, das die Bilder der Nacht nicht zuließen. Doch schließlich rollte sie sich in einer Stellung zusammen, die sie als Kind während der einsamen Nächte in den Ebenen als tröstlich empfunden hatte, und sie beschloß, nie wieder Falbelkraut zu sich zu nehmen.

Noch eine andere Frau wurde von Schlaflosigkeit geplagt.

Nachdem Ibak sich lange Zeit unruhig von der einen auf die andere Seite gewälzt hatte, setzte sie sich auf.

»Zur Dehren!« schimpfte sie unterdrückt, als das Tintenfäßchen dabei zur Seite kippte und sein Inhalt sich ausgerechnet über Sina von Stelens Hemd ergoß.

Edita Fallvaress hatte die Frauen aus Flaffl alles andere als freundlich in Empfang genommen. Ja, eigentlich waren sie, nachdem sie die großen Felsbrocken im Flußbett überquert hatten, eher abgeführt als begleitet worden, bis sie das Lager erreicht hatten, wo Edita sie bat, an der Feuerstelle Platz zu nehmen. Ibak war es nicht möglich gewesen einzuschätzen, wie viele Frauen im Lager lebten. Es war jedoch eine große Anzahl, und sie hatten sich Hütten und Unterstände gebaut.

Edita hatte nichts über sich selbst erzählt, weder woher sie kam, noch wie ihr vollständiger Name lautete und warum so viele Frauen im Inneren M'alennians lebten, doch dafür war sie um so eifriger darin gewesen herauszufinden, was genau die Reisenden auf die Insel geführt hatte. Aber über eine Sippensache mußte strengstes Stillschweigen gewahrt werden, und schließlich hatte Edita ihnen zur Wahl gestellt, entweder auf ewig in M'alennian festzusitzen oder über den Auftrag, der sie nach Fäärwll geführt hatte, zu reden. Sie hatte die Runde aufgehoben und ihnen einen Unterstand angewiesen, den sie bewachen ließ. Interessanterweise hatte sie sich sehr für die Verwandtschaft von Stelen interessiert und war schließlich auch gewahr geworden, daß die Stelentöchtir und Smagninborgtöchtir nicht im besten Verhältnis zueinander standen.

Es war vertrackt. Sie mußten Edita die Wahrheit sagen, ob sie wollten oder nicht. In dieser Angelegenheit ging die Sicherheit der Reisenden vor.

Ibak wandte sich um und stieß Sina an, die leise murrte. »Entschuldige«, flüsterte Ibak.

»Könntest du nicht versuchen, ein wenig mehr Frieden in dir einkehren zu lassen? Ich habe das Gefühl, die magische Verbindung dauert noch an, und solange dein Herz so schnell schlägt, kann auch ich nicht ruhig einschlafen.«

»Tut mir leid.«

»Schon gut.«

»Meine Schreibtinte ist auf deinem Hemd verlaufen.«

»Ach, was macht das schon?« brummte Sina schläfrig. »Dann haben wir wenigstens noch mehr Gründe, uns zu streiten.«

Ibak schwieg, doch wenig später drehte Sina sich zu ihr um und stützte, auf der Seite liegend, ihren Kopf mit der Hand.

»Was um alles in der Welt schreibst du da eigentlich ständig? Einen fortlaufenden Bericht über unsere wundervolle Reise?«

»Nein.«

»Einen Liebesbrief?«

Ibak antwortete nicht.

»Also ist es ein Liebesbrief«, schlußfolgerte Sina und wurde wacher. »Ein schwieriger Liebesbrief, wie ich annehmen darf. Einer, der nicht so recht gelingt?«

»Jetzt ist es sowieso ein für allemal vorbei mit dieser unsinnigen Kleckserei. Das war mein letzter Vorrat an Tinte, der sich jetzt auf deinem Hemd befindet. Nun, es war ohnehin sinnlos.«

»Glaubst du?«

Ibak zögerte, bevor sie sich zu einer Frage durchrang.

»Wie würdest du einen solchen Brief anfangen, wenn du dir deiner selbst nicht sicher wärst und darüber hinaus annehmen müßtest, daß deine Gefühle nicht auf Gegenseitigkeit beruhen?«

»Aufrichtig würde ich ihn schreiben, in jedem Fall, selbst wenn ich mit einer Zurückweisung rechnen müßte.«

Ibak sank in sich zusammen und beschloß, das Thema zu wechseln. »Sina, was glaubst du? Warum leben all diese Frauen hier in M'alennian?«

»Woher soll ich das wissen? Diese Edita ist begabter im Stellen der Fragen als in ihrer Beantwortung.«

»Es hat den Anschein, als wollten sie sich verbergen. Warum sonst sollten sie den Übergang am Fluß mit Bogenschützinnen bewachen? Und welche Rolle mag die alte Frau, diese Sententia, spielen?«

»Sie hat gewiß das Sagen hier. Ich glaube, Edita ist nur ihre rechte Hand«, flüsterte Sina.

Ibak seufzte. »Dies ist eine seltsame Insel. Ich bin froh, wenn wir wieder heimreisen.«

»Ja, wenn wir je aus diesem Wald herausfinden sollten«, ergänzte Sina leise und setzte sich auf. »Hör mal, Ibak. Was ist schon so schlimm daran, wenn wir dieser Edita erzählen, was uns hergeführt hat?«

»Eben diesen Gedanken hatte ich auch bereits. Du bist die älteste der Schwestern von Stelen, von Stu abgesehen. Du bist also einverstanden, wenn ich mit Edita rede?«

»Leise, ich möchte die Auseinandersetzung, die mir deswegen wahrscheinlich mit Börgerby bevorsteht, lieber noch bis morgen aufschieben. Aber ja, ich bin einverstanden. Sprich nur mit ihr.«

»Gut.«

Ibak sah aus dem Unterstand hinaus, als sie eine Hand auf ihrer Schulter spürte.

»Warte«, flüsterte Sina und drückte ihr ein kleines Behältnis in die Hand. Es war Tinte. »Ich benötige sie nicht. Ich wüßte nicht, wem ich schreiben sollte.«

Nur kurz zögerte Ibak.

»Nimm sie doch«, beharrte Sina. »Es gibt keinen Grund, diese Gabe auszuschlagen.«

»Danke, Sina von Stelen!«

»Wo willst du hin?« fragte eine der Frauen, die Edita vor dem Nachtlager der Reisenden postiert hatte.

»Ich muß mit Edita sprechen«, sagte Ibak leise.

»Was? Jetzt? Mitten in der Nacht?«

»Es ist wirklich sehr wichtig!«

»Na schön, komm mit!«

Aus Editas kleiner Hütte drang noch Licht, und als Ibak gerade klopfen wollte, wurde die Tür bereits geöffnet.

»Tritt nur ein, Ibak von Smagninborg. Ich habe dich schon erwartet. Trinken wir eine Tasse Tee miteinander.«

Draußen über dem See lag der Glanz der Fiu wie ein leuchtender Teppich auf dem glatten Wasser.

Eleva war allein.

»Ich will es nicht!« Sie betrat den Ufersteg.

»Nein, ich will es nicht!« Sie schloß die Augen und nahm auf den Planken Platz. »Fiu, steh mir bei!« flüsterte sie. »Wie konnte es nur geschehen?«

Sie zog sich in sich selbst zurück und verharrte lange, lange so. Bald spürte sie weder die kühle Nachtluft, noch nahm sie die Wolken wahr, die sich nach und nach vor Fiu schoben. Doch auch in sich gekehrt fand sie keinen Frieden.

Immer und immer wieder versuchte sie, die Gedanken zu klären, Abstand zu gewinnen, aber das Gefühl der Besorgnis ergriff unbarmherzig Besitz von ihr.

»Ich wollte es doch nicht! Ich wollte es doch wirklich nicht!« sprach Eleva in die Tiefen des Sees hinunter. Nach diesen vielen Jahren, diesen Mühen, die es gekostet hatte, sich eine klare Lebensstruktur aufzubauen, nach Jahren, die sie verbracht hatte, ihre Kraft der Kunst der Kontrolle von Gedanken und Gefühlen zu widmen, nach all dieser Zeit trat jetzt also wieder dieser bittersüße Schmerz in ihr Leben, der sie zwang, eine Entscheidung zu treffen und noch schlimmer: ihre Entscheidung zu tragen und zu ertragen.

Sie war sich bis auf eine Ausnahme bisher immer treu geblieben, sie hatte sich oder ihren Weg nach dem einen großen Schmerz nie verloren. Immer hatte sie darauf geachtet, daß danach nie wieder etwas so nah an sie herankam, daß es in der Lage gewesen wäre, sie tief zu verletzen. Und nun fühlte sie sich verloren. Denn sie hatte sich selbst überschätzt und nicht damit gerechnet, daß ihre Gefühle einmal sein könnten wie rasch ziehende Wolken, die sich nicht in Ketten legen ließen.

»Fiu, hilf mir!« flüsterte Eleva verzweifelt. »Was soll ich tun?«

Sie horchte in sich, doch keine tröstende und klärende innere Stimme sprach. Da war nur Schweigen und Ratlosigkeit,

Sehnen und Hoffen, Bangen, viele Fragen und die Ungewißheit.

Eleva fürchtete den Schmerz, doch es war bereits zu spät.

»Es ist die letzte Prüfung. Die letzte, bevor ich zur Ruhe komme«, murmelte Eleva und hoffte, daß diese Erkenntnis auch tatsächlich der Wahrheit entsprach.

»Was tust du hier draußen?«

Eleva fuhr überrascht herum. Sie hatte nicht bemerkt, daß Tika gekommen war.

»Ich wollte dich nicht erschrecken.« Tika legte eine Hand auf ihre Schulter. »Ich nahm an, du hättest meine Schritte gehört. Komm doch wieder hinein.«

»Wie lange bist du schon hier?« Eleva heftete verzweifelt den Blick auf den See.

»Was meinst du damit? Ich bin gerade erst gekommen.«

»Laß mich allein!«

»Aber es regnet. Was ist mit dir? Fehlt dir etwas?«

»Bitte Tika, laß mich allein. Geh zurück ins Haus und schlaf!«

Tika nahm hinter ihr Platz und schlang die Arme um Eleva.

Einen Moment lang war Eleva versucht, sich dem Gefühl einer unendlichen Erleichterung hinzugeben, sich umzudrehen, das Entzücken zuzulassen, solange sie es wollte, in diese wunderbaren Augen zu schauen, die sich jetzt noch irgendwo hinter ihr befanden. Doch sie wehrte sich. Auch wenn es die Erfüllung eines starken Sehnens wäre, es würde den Schmerz letztlich nur vergrößern. Sie wand sich ungehalten aus der Umarmung und drehte sich nicht um, als sie hart und unfreundlich sagte: »Geh! Oder muß ich es tun?«

Tikas Arme lösten sich zögerlich.

»Ich weiß nicht, was in dich gefahren ist. Habe ich etwas Falsches gesagt?«

»Nein! Nichts!«

Eleva hörte, wie Tika sich über den Steg hinweg entfernte.

Sie ging ihr nicht nach. Sie tröstete sie nicht, nahm sie nicht in die Arme, zog auch Tikas Körper nicht an den ihren, um diese Haut von Samt zu fühlen. Sie blieb, wo sie war, im Regen auf dem Steg, allein in dieser Nacht, die sie insgeheim verfluchte, obwohl sie doch in Wahrheit nur sich selbst strafte.

Der Geschichte zweiter Teil
SCHATTENGÄNGE

Kapitel 7

Brief der Ibak von Smagninborg an Andronja, Apothekerin zu Gundlberg: »Liebe Andronja, ausgerechnet eine Frau, der ich eigentlich wenig Vertrauen entgegengebracht habe, erinnerte mich in der letzten Nacht daran, daß die eigene Aufrichtigkeit der einzige Weg ist, um zur Wahrheit zu gelangen. Es fällt mir nicht leicht, diese Zeilen zu schreiben. Ich zweifle, Dron, ich zweifle an allem, einschließlich meiner eigenen Gefühle. Es ist kein Tag vergangen, seit ich Gundlberg verlassen habe, an dem ich nicht an Dich gedacht habe. Und ich sehne mich nach Dir, ohne daß ich weiß, wie es wäre, wenn Du tatsächlich bei mir sein würdest. Ich will Dir sagen, daß eine Göttin ohne Namen mich mit dem Licht ihres Atems gestreift hat, und sie hat mich eine andere werden lassen, eine Ibak voller Furcht und Einsamkeit und dem Wunsch nach Deinen Armen, die mich umschließen sollen …«

Morgennebel stieg vom Boden der Waldlichtung auf. Nach und nach erschienen die ersten Frauen aus den Hütten und Unterständen. Einige zogen mit ihren Eimern Richtung Bach, andere holten abgelagertes Brennholz. Das Lagerfeuer, an dessen Rand Ibak Platz genommen hatte, schwelte noch. Bald darauf wurde es angefacht, und während sie auf das Erwachen der Stelentöchtir wartete, beobachtete Ibak ihren Atem, der in der Kühle des Morgens zu sehen war, wie an einem Herbsttag in Flaffl. In einem großen Dreibein über der Glut hing ein Kessel, aus dem Janjat etwas heißen Trank schöpfte, bevor sie sich wieder fröstelnd in die Pferdedecke wickelte und neben der Kusine Platz nahm.

»Es war richtig von dir, mit Edita zu sprechen«, begann Janjat das Gespräch.

»Ich bin gespannt, ob Fina und Börgerby von Stelen das ebenso sehen«, antwortete Ibak.

Sie schwiegen eine Weile, bevor Janjat ein Stück näher zu ihrer Kusine rückte.

»Ich möchte dich etwas fragen, Ibak!«

»Nun?«

»Bist du noch immer so traurig?«

»Ach, Janjat. Glaubst du wirklich, daß all das, was ich gesagt habe, was ich gedacht und gefühlt habe, fort ist, nur durch diese Reise? Doch es steht im Augenblick für mich nicht im Vordergrund. Ich hatte nicht damit gerechnet, daß wir auf Fäärwll in Schwierigkeiten hineingezogen würden. Und im Moment kann ich es mir nicht erlauben, nur an mich zu denken. Doch da du fragst … ja, ich fühle nach wie vor diese große Trauer in mir, so als ob ich etwas verloren hätte, oder als müßte ich etwas suchen, das ich nie finden könnte.«

»Ich würde dir so gerne helfen, vielleicht können wir gemeinsam versuchen herauszufinden, was oder welche du so schmerzlich vermißt.« Janjat zwinkerte. »Es wäre doch möglich, daß sich hinter deiner Göttin tatsächlich eine verbirgt, die nur darauf wartet, von dir gefunden zu werden.«

Ibak tätschelte Janjats Bein und lächelte.

»Na, immerhin hast du es fertiggebracht, daß ich wieder herumlaufe und sogar diese Reise angetreten habe. Der Schmerz ist jetzt weiter nach innen gewandert. Ich weiß ihn zu verbergen. Nicht einmal die Göttinnen vermögen mehr, in mich hineinzusehen. Das wird meine Umgebung mir danken. Und nun Schluß damit!« Sie erhob sich. »Da kommen die Schwestern von Stelen. Ich habe Neuigkeiten für sie. Wir wollen sehen, was sie davon halten.«

»Guten Morgen, ihr Smagninborgtöchtir!« Börgerby schien guter Dinge zu sein und schöpfte beschwingt mit der Kelle den heißen Trank in einen Becher, bevor sie sich neben Ibak und Janjat auf einem Fell niederließ.

Auch Fina grüßte wohlgelaunt. Sina, die als letzte folgte, gab den beim Feuer sitzenden Smagninborgtöchtir durch ein Zeichen zu verstehen, daß sie ihren Schwestern noch nichts von Ibaks nächtlicher Unterhaltung mit Edita gesagt hatte.

Börgerby schlürfte lautstark das Getränk und verkündete dann:

»Bald werden wir aus diesem schrecklichen Wald herauskommen.« Etwas leiser fügte sie hinzu: »Ich habe eine famose Idee, wie wir dieser seltsamen Edita und ihrer gesamten Bande ein Schnippchen schlagen können. Es ist gut, daß wenigstens eine von uns für alle denken kann!« Beifallheischend drehte sie sich zu Fina und Sina um. »Ist es nicht so?«

Fina zuckte die Achseln, was Börgerby zu verärgern schien.

»Bevor du sprichst, Börgerby, bitte ich dich, mir gut zuzuhören«, sagte Ibak ernsthaft, stellte den Steingutbecher ab und faltete die Hände.

»Was willst du denn nun schon wieder? Folgt jetzt wieder ein gutgemeinter Rat?«

Ibak nahm sich mühsam zusammen.

»Ich habe in der letzten Nacht eine Absprache mit deiner Schwester getroffen. Es schien uns in unserer Lage beiden sinnvoll, die Sitten Flaffls hintan zu stellen und im Interesse unserer Sicherheit und im Interesse des Auftrages, den wir haben, Edita über die Hintergründe unseres ...«

»Bei Nephtars Abgründen! Das darf doch wohl nicht wahr sein!«

Börgerby warf erbost ihre Trinkschale zu Boden und drehte sich mit einem zornigen Seitenblick zu Sina um. »Du hast ihr zugestimmt?«

»Ich selbst habe es Ibak vorgeschlagen. Wir waren einer Meinung.«

Börgerby sprang erregt auf, stieß ein paar Krüge um und ließ sich dann dicht vor Ibak wieder nieder. »Hör zu, Smagninborgtöchtir! Daß es mit dem Mut eurer Sippe nicht weit her ist, wissen wir ja schon. Du läßt dich von einer hergelaufenen Wegelagerin, ein paar Koboldinnen und einem Grüppchen Waldfrauen einschüchtern! Du besitzt nicht mehr Mut als ein Feldkaninchen.«

Da war Ibak mit ihrer Geduld am Ende. Sie sprang auf und packte die erstaunte Börgerby. Ohne große Mühe zog sie sie mit sich in die Höhe und stieß sie rückwärts heftig mit dem Rücken gegen eine große, hohe Holzkiste.

»Einmal muß es genug sein! Und jetzt hörst du mir zu, Börgerby! Laß diese ewigen Unverschämtheiten! Ich bin nicht länger bereit, sie mir anzuhören! Du tust gut daran, diesen Rat zu befolgen, wenn du gesund von dieser Reise heimkehren willst! Ich habe es satt, mir ständig deine Beleidigungen anzuhören! Hör also auf damit! Du wirst mich sonst auf eine Art und Weise kennenlernen, die dir wenig angenehm sein wird. Haben wir uns verstanden?« Zur Bekräftigung stieß Ibak sie noch einmal gegen die Kiste.

Einige Frauen näherten sich neugierig dem Feuerplatz.

»Ob wir uns verstanden haben, will ich wissen«, knurrte Ibak und hielt sie fest, aber Börgerby begann zu grinsen, nachdem der erste Schreck überwunden war, und spuckte Ibak ins Gesicht. Den nur für einen Bruchteil von Augenblicken gelockerten Griff nutzte sie, um sich freizumachen und einen ihrer Dolche zu ziehen.

»Nein!« schrien Janjat, Fina und Sina. Doch Ibak wischte sich den Speichel aus dem Gesicht und sagte: »Du willst es nicht anders, Börgerby!«

Dann zog auch sie einen Dolch hervor.

»Hör auf mit diesem Unsinn! Komm zur Vernunft und entschuldige dich bei ihr!« redete Sina auf ihre Schwester ein.

»Geh beiseite, Sina! Für Entschuldigungen ist es zu spät«, sagte Ibak.

»Was willst du schon von mir?« höhnte Börgerby. »Vor ein paar Tagen konntest du noch nicht einmal mehr laufen! Glaubst du, ich habe Angst vor dir?«

»Du solltest sie haben!« empfahl Ibak leise und umkreiste Börgerby langsam.

»Vor dir? Oh, eine Göttin ohne Namen hat dich doch eine andere werden lassen«, spöttelte Börgerby mit breitem Grinsen und zog ein Schreiben aus der Wamstasche, dessen Siegel sie offenbar gebrochen hatte. »Andronja …«, stieß sie mit übertriebenen schwärmerischem Ausdruck hervor, »*Andronja* heißt das Liebchen, und sie soll dich am besten in ihrem Schoß wiegen wie eine Säugtochter, weil du dich so fürchtest!«

Ibak wurde blaß vor Zorn, während Börgerby offensichtlich

allergrößten Gefallen daran fand, die ungeliebte Reisegefährtin noch mehr zu schmähen. Sie tänzelte herum, wedelte mit Ibaks Brief und lachte laut, als sie ihn schließlich in viele, kleine Fetzen zerriß. »Das muß ein wahrhaft dummes Geschöpf sein, daß du sie mit deinen mehr als kläglichen Reizen betören konntest.«

Um Ibak und Börgerby hatten sich nun noch mehr Frauen versammelt. Auch Edita und Sententia waren unter ihnen und warteten gespannt ab.

Börgerby ging zum Angriff über, aber es kostete Ibak nur eine kleine Bewegung, sie ins Leere laufen zu lassen. Wut verzerrte Börgerbys Gesicht, als sie erneut losstürmte und einen Streich führte, der gegen jede Regel war und eine durchaus tödliche Verletzung zur Folge hätte haben können.

»Du machst also Ernst, Börgerby von Stelen! Du nimmst es tatsächlich in Kauf, mich schwer zu verletzen. Du mißachtest jede Regel Flaffls zum Schutze im Kampf«, sagte Ibak, nachdem sie mühelos ausgewichen war.

»Verletzen? Wer redet vom Verletzen? Ich werde dich an Nephtars Tische schicken!« stieß Börgerby hervor und griff erneut an.

»Nun, dann muß ich wohl anders vorgehen!« bemerkte Ibak ruhig, während sie Börgerby mit einem Ausfallschritt entwich und eine schnelle Kehrtwende machte. Und plötzlich verzog Börgerby den Mund. Ein langgezogener Schrei entrang sich ihr, als sie den Dolch fallen ließ und an der Hand Ibaks langsam in die Knie ging.

»Verflucht!« jammerte Börgerby. »Du hast mir die Schulter ausgerenkt und den Arm gebrochen! Sie hat mir den Arm gebrochen. Verflucht! Sie hat mir den Arm gebrochen!«

»Sei froh, wenn es nur das ist! Und freu dich auf daheim, denn ich sorge dafür, daß du nie wieder eine Waffe tragen oder kämpfen darfst.« Ibak reichte ihr die Hand, um beim Aufstehen zu helfen, aber Börgerby schlug die Hilfe aus und klagte in einem fort: »Sie hat mir den Arm gebrochen. Das darf sie nicht!«

»Doch«, sagte Sina, »das darf sie. Sie hätte noch viel mehr gedurft. Denn du hast unter Zeugen geäußert, sie töten zu wollen. Weißt du, Börgerby, du bist wirklich nicht bei Sinnen. Sei froh, daß du noch lebst.«

»Woher hätte ich wissen sollen, daß sie so gut kämpfen kann. Sie hat mindestens schon die vierte Prüfung abgelegt!«

»Soll das heißen, du greifst vorzugsweise Frauen an, die schwächer oder unerfahrener sind als du selbst?« erkundigte Ibak sich ungerührt, während sie Börgerby den Dolchgurt abnahm. Börgerby antwortete darauf nicht, sondern wimmerte nur leise vor sich hin. Ibak wandte sich an Sina. »Ihr Kurzschwert ist noch nicht magisch belegt?«

»Nein, du kannst es ruhig nehmen. Börgerby hat noch nicht einmal mehr die erste Prüfung abgelegt.«

»Ach! Dann ist es wirklich schade, aber sinnvoll, wenn sie in Zukunft nie mehr dazu kommen wird.«

»Fina, so sag doch etwas!« beklagte sich Börgerby.

»Ach, halt einfach den Mund!« sagte die Schwester, stand auf und ging fort.

Noch ein weiterer langgezogener Schrei erklang, als wenige Augenblicke später Edita Fallvaress die verletzte Schulter wieder einrenkte.

Stu von Stelen war alles andere als dumm. Und an diesem Vormittag dachte sie besonders gründlich nach. Ihre Lage war ausgesprochen unerfreulich. Wenn sie ganz ehrlich zu sich selbst war, stand nun ihr gesamter Plan auf äußerst unsicherem Boden. Alles war anders gekommen, als sie es vorgesehen hatte.

Stu faßte zusammen.

Ursprünglich war sie nur aus einem Grund nach Fäärwll gekommen. Sie wollte vergessen, was sie in Kareb Solto erlebt hatte, vergessen, daß sie Herrat Herratsn kennengelernt hatte, vor allem aber hatte die Angst sie fortgetrieben, die ihre ständige Begleiterin in der Hauptstadt geworden war, nachdem sie etwas getan hatte, von dem sie wollte, es wäre nie geschehen. Doch da war es bereits zu spät, und als Lanice Lofort bekanntgab, daß sie Bergbaukundige suchte, die auf Fäärwll die Suche nach Nergorit leiten sollten, meldete sie sich, voller Hoffnung, eine ausreichend große räumliche Distanz sei in der Lage, sie ihre Furcht vergessen zu lassen. Und tatsächlich, je länger sie auf Fäärwll weilte, desto sicherer wurde sie; die Vergangenheit gewann die verblassenden Konturen eines Alptraumes, der lange zurückliegt und dessen Schrecken nicht mehr in der Lage sind, die Seele mit Unruhe zu vergiften. Die Zeichen, die sie auf dem Körper trug, waren das einzige, das sie manchmal daran erinnerte, was wirklich geschehen war. Mit der Zeit wurde es zur Gewohnheit, sich nicht zu betrachten, wenn sie die Kleidung wechselte oder sich wusch. Sie hatte die Spiegel aus ihrem Haus in Rosof Fäärwll verbannt. Sie tat, als ob niemals etwas geschehen wäre, sie suchte nach neuen Gründen, auf Fäärwll zu sein und zu bleiben. Sie suchte, um durch neue Pläne endgültig so sehr in Anspruch genommen zu werden, daß keine Zeit mehr für die Erinnerungen blieb.

Nicht nur ihr Entschluß, selbst in die Position der Nebenprovinzvorsitzenden aufzusteigen, beschäftigte sie, sie gewann überdies zunehmend den Eindruck, daß es eigentlich schade um eine Insel wie Faarwll war, wenn sie brach und unbelebt im Meer lag. Mit einem solchen Eiland ließ sich noch viel, viel mehr anfangen, als ein paar lächerliche Nergoritunterschlagungen zu begehen. Bei einem ihrer einsamen Rundgänge durch das nahezu verlassene Küstendörfchen Rosof Fäärwll war Frau von Stelen, die Jüngere, schließlich zu der Überzeugung gelangt, daß es wünschenswert wäre, diese Insel neu zu bevölkern. Sie sah in Gedanken Schenken, Gasthäuser und Vergnügungsstätten jeglicher Art in Rosof Fäärwll neu erblühen, vor allem aber sah sie kleine bunte Abbildungen auf kompakten Kärtchen. Das Spiel nannte sich *Königinnenraus,* und es ließ sich viel, viel Geld damit verdienen, vorausgesetzt, die Regeln wurden so gut verstanden, daß andere es nicht merkten, wenn eine Frau gar nicht nach ihnen spielte.

Auch andere Glücksspiele waren unter der Bevölkerung Nordwestmidlands recht beliebt. Warum der nach Abwechslung hungernden Menge aus Kareb Solto nicht bieten, was sie begehrte? Aus dem Glücksspiel ließ sich mit einfachsten Mitteln das Wort Glück herausfiltern. Denn das Glück war etwas, worauf sich Stu von Stelen nicht gerne verließ. Solche Einfälle freilich ließen sich nicht ohne weiteres allein und auf eigene Faust in die Tat umsetzen. Zum einen war es notwendig, viele Frauen in Rosof Fäärwll anzusiedeln, Frauen, mit denen sich etwas anfangen ließ, die bereit waren, auf nicht ganz legitime Art und Weise ihr Geld zu verdienen, die aus ganz persönlichen Gründen sehr dankbar dafür wären, auf Fäärwll ein neues Zuhause zu finden, in dem sie gut leben konnten. Zum anderen mußten Möglichkeiten geschaffen werden, Besucherinnen nach Rosof Fäärwll zu bringen. Eine ständige Schiffsverbindung zum Festland mußte beispielsweise eingerichtet werden.

Keinen Augenblick bezog Stu in all diese Überlegungen Lanice Lofort mit ein. Die wäre zwar entzückt über den Einfall gewesen, hätte sich jedoch vorzeitig eingemischt. Und so hatte die Minenbeauftragte sich an Herrat Herratsn erinnert, die mittlerweile in der Hauptstadt zur Treufrau aufgestiegen war. Anfänglich gedachte Stu ihrer nur mit Widerwillen. Herrats Andenken war engstens verwoben mit vielen, sehr beklemmenden, ja, bedrückenden Ereignissen. Doch der alte furchteinflößende Alptraum war zu diesem Zeitpunkt nichts weiter mehr als ein Schatten der Erinnerung. Und Herrat wäre, so meinte Stu, durchaus eine geeignete Verbündete, um Rosof Fäärwll zu neuer Blüte zu führen. Herrat hatte mittlerweile recht viele ihrer Freundinnen bei der Stadtwache untergebracht. Dies nun waren freilich nicht immer sehr angenehme Zeitgenossinnen, die allen Grund hatten, Herrat ein Gefühl der Verpflichtung entgegenzubringen, was die Treufrau außerordentlich zweckdienlich fand. Sie alle nahmen in gewisser Hinsicht eine Sonderposition innerhalb der Wache ein. Der beim Anblick der Stadtwache zum geflügelten Ausdruck gewordene Satz: »Das sind Herrats Frauen!« ließ in bestimmten Kreisen Kareb Soltos das satte Gefühl der Beruhigung bei jenen zurück, die allen Grund hatten, ihren Geschäften lieber im Verborgenen nachzugehen.

Nun, ein Anlaß mußte gefunden werden, um Herrat mit ihren Frauen auf die Insel zu bringen. Der Weg, um dieses Ziel zu erreichen, führte über Frau Loforts Hang zur Gier. Stu und Herrat, die beide von Lanice' Unterschlagungen, Raubzügen durch die Schatzkammer Nordwestmidlands, Bestechungen und allerlei anderen unschönen Taten wußten, die die Vorsitzende am Tisch der Ahrgte schon begangen hatte, mußten nicht lange nachdenken. Einige Dorfbewohnerinnen, die ohne jede Erklärung Draích'laír und Gwaníoch'naír verlassen hatten, kamen gerade sehr gelegen. Die findige Minenbeauftragte bezichtigte sie der Nergoritdiebstähle und sandte später eine Nachricht an Frau Lofort, aus der hervorging, daß die Bewohnerinnen Fäärwlls glaubten, etwas gegen Lanice in der Hand zu halten.

Der Plan ging auf. Nachdem die aufgescheuchte Vorsitzende am Tisch der Ahrgte hilfesuchend ihre Arme in Herrats Richtung ausgestreckt hatte, stand der Ankunft der Treufrau mit ihren Frauen nichts mehr im Weg.

Stu indessen ließ auch weiterhin nicht alle Nergorite verschiffen. Es war gut, für schlechte Zeiten vorgesorgt zu haben. Sobald durch den Einsatz der Treufrau die verschwundenen Dorfbewohnerinnen aufgespürt waren, konnten ihnen einige von Stu gestohlene Nergorite unterschoben werden. Stu von Stelen würde sich damit aufgrund ihrer heldinnenhaften Taten für das Amt der Nebenprovinzvorsitzenden als geeignet erwiesen haben, Digrin Semper hingegen würde in eine unbedeutende Position abrutschen, die ihr sicher angenehmer war, und Herrat hätte an den Gewinnen, die durch den Nergoritabbau und das Glücksspiel in Rosof Fäärwll gewiß erzielt würden, ihren wohlbemessenen Anteil. Lanice Lofort ihrerseits würde immer noch so viel Gewinn an der Sache tragen, daß sie zufrieden sein konnte.

So weit, so gut, doch nun gab es einige kleinere Schwierigkeiten. Eine von ihnen trug den Namen Beringör. Stu wußte nicht, was sie mit ihr anfangen sollte.

Es würde nicht nur sehr teuer, sondern auch ausgesprochen schwierig werden, ihr mittels falscher Beweise die Beteiligung an einer Straftat zu unterstellen. Sobald Beringör in Kareb Solto wäre, würde sie über die Zustände in Draích'laír und Gwaníoch'naír am Tische der Ahrgte reden. Ihr Wort hatte großes Gewicht. Und der Tisch der Ahrgte war nicht der Rat Nordwestmidlands, wo viele Frauen schweigend die Hand aufhielten, um sich anschließend behaglich in die weichen Stühle zurückzulehnen.

Aus der Anwesenheit Beringörs und Avivas, aber auch dem Raub des Lofortschen Badezubers schloß Stu sehr richtig, daß all ihre Pläne in Gefahr gerieten zu scheitern. Es mußte Frauen auf dem Festland geben, die Lanice und ihren Verbündeten das Handwerk legen wollten. Wer waren sie? Beringör und Aviva würden schweigen, daran gab es keinen Zweifel.

Stu war in einer verzwickten Lage.

Hinzu kam – und dies störte die Minenbeauftragte in ganz besonderem Maße –, daß Herrat Herratsn drohte, etwas aus den Rudern zu laufen. Sie war leichtsinnig, sich ihrer Sache zu sicher, überheblich und grob. Mit anderen Worten: ihre Anwesenheit begann Stu von Stelen zu stören, ohne daß sie jetzt noch in der Lage gewesen wäre, etwas dagegen zu unternehmen. Überdies hatte die Treufrau Stus alten Alptraum mit nach Fäärwll gebracht. Längst überwunden Geglaubtes erhielt neue Macht. Wie Nachtmahre hockten die Schatten der Angst auf ihrer Brust und raubten ihr jede Kraft. In ihren Träumen fühlte sie sich fortgezogen, verschleppt an unbekannte Orte. Ihr Name wurde gerufen, und sie mußte diesem Ruf – einem knisternden Flüstern – in lichtlose, hohe Tempel folgen, die dort lagen, wo es keinen Horizont mehr gab.

»Geh endlich fort!« brüllte Stu verzweifelt und erschrak vor sich selbst, als sie sich von dieser alten, überwunden geglaubten Angst derart in ihren Überlegungen gestört sah. Was hatte Herrat gesagt: »*SIE* weiß, wo du bist, und *SIE* weiß, wer du bist. *SIE* wird immer bei dir sein!«

»Verschwinde!« stöhnte Stu und sah hilflos mit an, wie ein dünner, dunkler Schatten über die Dielen kroch, bevor er im Kamin verschwand.

Ibak betrat Editas dunkle, kleine Hütte. Börgerby war dort ein Lager bereitet worden.

Ausdruckslos blickte die Verletzte vor sich hin.

Ibak nahm neben ihr Platz.

»Ich bin gekommen, um mich zu verabschieden. Deine Schwestern werden es dir berichtet haben. Edita bringt uns zu M'alennians Hain, in das Herz dieses Waldes.«

Börgerby schwieg.

»Außerdem«, fuhr Ibak fort, »möchte ich dir noch sagen, daß die Anklage, die ich in Flaffl gegen dich erheben werde, lediglich auf Verstoß gegen die Regeln des Zweikampfes lauten wird.«

»Warum?« fragte Börgerby rauh gegen die Wand.

»Warum?« wiederholte Ibak nachdenklich »Nun, ich habe in den Monaten vor meiner Verletzung so viel Tod gesehen, so viel Grausames, daß ich glaube, Unterschiede erkennen zu können. Selbst wenn dein unbändiger Zorn gegen mich dich wirklich hat gefährlich werden lassen, so meine ich doch, selbst wenn ich durch deine Hand gestürzt wäre, hättest du diese Tat niemals vollbracht.«

»Was läßt dich so sicher sein?«

»Ich bin sicher, Börgerby. Das muß reichen. Doch du wirst nie eine Kämpferin werden, nie wirst du eine magische Flafflwaffe tragen können. Dies ist der Preis, den du, wie ich denke, zu Recht zahlen mußt.«

Ibak erhob sich. »Wir müssen jetzt aufbrechen.«

»Warte, Ibak.«

»Ja?«

Börgerby biß sich auf die Unterlippe. »Nichts.«

»Dann leb wohl! Wir werden uns bald wiedersehen.«

»Ibak, bleib!« Börgerby wandte sich zu ihr.

»Ich glaube nicht, daß Stu etwas davon weiß, daß Beringör hier auf Fäärwll gefangengehalten wird. Das, was diese Edita erzählt hat, sind doch alles nur Lügen und Intrigen. So etwas würde meine Schwester niemals tun.«

»Wir werden es herausfinden!«

Ibak bückte sich, um unter der niedrigen Türöffnung hindurchzukommen, doch dann drehte sie sich noch einmal um.

»Du weißt nicht, was Haß wirklich bedeutet, Börgerby. Du weißt nicht, was es heißt, von Tod und Leid zu reden. Ich aber habe es tausendfach gesehen. Es wäre grauenvoll, wenn wir selbst einander antun würden, was andere Wesen nie haben vollbringen können.«

»Wovon redest du?« fragte Börgerby sehr leise.

»Von einer anderen Geschichte, aus einer anderen Zeit!«*

Gedankenverloren sah Börgerby ihr nach.

Digrin Semper hatte sich in einem Anflug von Selbstachtung dazu durchgerungen, über die Ankunft der Ovrehjelber aus Flaffl keine Nachricht nach Kareb Solto zu senden. Das Schiff lag einstweilen vor unbefugten Blicken geschützt im Hafenbecken und löste in Digrin das angenehm prickelnde Gefühl aus, wirklich allein etwas entschieden zu haben. Was für ein Glück, daß Herrat es nicht für nötig befunden hatte, einige ihrer Frauen in Rosof Fäärwll zurückzulassen. Die Fellöwerinnen waren freundlich. Ihr Schiff war beladen mit köstlichen

* Siehe »Die Midlandprophezeiung«.

Vorräten, und gestern war Digrin bereits mit der Kapitänin angeln gegangen, obwohl die Küstengewässer rund um Fäärwll alles andere als reiche Fanggründe waren. Aber das spielte ohnehin nur eine nebensächliche Rolle. Die Kapitänin der Ovrehjelber war eine stattliche Frau. Digrin mochte sie sehr. Kurz, es war wunderbar, nicht mehr länger so verlassen in Rosof Fäärwll zu sein.

Und was konnte Lanice auch schon dagegen haben, wenn ein paar Flafflfrauen in irgendeiner harmlosen Sippenangelegenheit zu Stu von Stelen wollten. Sie würden Stu finden, die Botschaft überbringen und anschließend wieder heimfahren, und sie, Digrin, hätte in der Zwischenzeit ein paar nette Tage erlebt. Besonders schön war es, daß sich auch Stu von Stelen im Moment nicht in Rosof Fäärwll befand. Dies ließ die Temperatur in Digrins Umgebung angenehm steigen. Sie hatte manchmal sogar das Gefühl, als ob die Tarbas öfter hinter den Wolken hervortrat als im ganzen letzten Jahr. Eine Ahnung von Frieden und Unbefangenheit lag über Frau Semper, und während die schon von den Schatten der Degradierung umgebene Nebenprovinzvorsitzende Fäärwlls fröhlich lächelnd aus der Tür winkte, um der Kapitänin der Ovrehjelber einen guten Tag zu wünschen, stand weit entfernt an den Gestaden des Festlandes Lanice Lofort, zermürbt von quälenden Gedankengängen und schlaflosen Nächten, bei der Hafenmauer von Kareb Solto und beobachtete die Handelsschiffe, die in ruhigem Wasser vor Anker lagen. Sie hatte den Eindruck, daß die Dinge ihr entglitten. Warum hörte sie nichts mehr von Stu oder wenigstens Herrat?

Vom Fischmarkt her, der sich hinter den Lagerhäusern befand, erklang eine Totenglocke. Sie war in diesen Tagen oft zu hören. Und bald darauf zog der Leichenkarren samt Begleitung an Lanice vorbei Richtung Stadttor. Beim Anblick der in Trauer Verhüllten beschlich Lanice ein starkes Gefühl der Angst. Es war jenem ähnlich, das sie in den Nächten empfand, wenn der Schweiß ihr Laken tränkte und sie meinte, draußen auf dem

Marktplatz habe eine Stimme ihren Namen gerufen. Sie wußte mittlerweile, daß dort nichts war, nur die nächtlichen Schatten. Und wenn sie doch in den Schlaf fand, dann plagten sie Alpträume, in denen sie einsam durch hohe, fensterlose Hallen wandern mußte, einer Stimme folgend, der sie sich nicht entziehen konnte. Lanice wich einem Gespann aus und bemühte sich, den Gedanken an diesen immer wiederkehrenden Alpdruck abzuschütteln.

Welch glückliche Fügung des Schicksals, daß ihr wenigstens der Ärger erspart bleiben würde, den Beringör und Edita zweifellos am Tische der Ahrgte ausgelöst hätten, wenn sie auf Fäärwll ihre Nase in Dinge gesteckt hätten, die sie nichts angingen. Wie gut, daß sie gar nicht erst dort angekommen waren.

Nun ging es nur noch darum, den Zuber wiederzufinden, denn wenn er in die falschen Hände geriet, dann konnte ihr Leben eine ungemütliche Wende erfahren. Lanice versuchte, sich zu beruhigen, als altbekannte Panikanfälle sie schwitzen ließen. Wer ahnte schon, daß der Zuber nicht nur vergoldet war, sondern daß ein beträchtlicher Teil des Goldes und die kostbarsten Edelsteine, die sie je unterschlagen hatte, in ihm verarbeitet waren! Die einzige Person, die davon gewußt hatte, war die Schmiedin gewesen. Und die war längst in die Wandlung gegangen. Lanice dachte ohne Bedauern an sie. Was aber nun, wenn diese Frau doch die Möglichkeit gehabt hatte, über ihren Auftrag zu reden? Nein, vollkommen unmöglich, versuchte Frau Lofort sich zu beschwichtigen.

»Lanice!« rief in diesem Moment eine Botin von einem der Lagerhäuser zu ihr hinüber.

Lebhaftes Herzpochen befiel Frau Lofort.

Sie winkte der Frau, die sich schnell in Bewegung setzte, ungeduldig, und eine kleine, versiegelte Notiz wurde ihr atemlos überreicht. Eine Taubenbotschaft.

Hastig überflog Lanice die Zeilen. Die Nachricht trug die enge, steile Handschrift der Treufrau Herratsn.

»Erhabene, es tut mir leid, Dir mitteilen zu müssen, daß an der

Küste Fäärwlls in unmittelbarer Nähe der Küstenansiedlung Rosof Fäärwll die Leichen zweier Frauen an Land gespült worden sind. Ich selbst war in der Lage, die Körper zu identifizieren. Es handelt sich um Beringör von Stelen sowie Aviva von Smagninborg, Gold- und Silberschmiedin aus Flaffl. Die Toten werden gemäß den Sitten ihrer Heimat auf Fäärwll beigesetzt. Mögen ihre Seelen in den Armen Nephtars ausruhen und durch die Göttin Fiu gewandelt werden.

Herrat Herratsn, Treufrau im Dienste für Nordwestmidland«

Bedächtig und mit einem sanften Lächeln im Gesicht faltete Lanice die Botschaft zusammen. Doch dann zog sie das Papier hastig wieder hervor und las die Zeilen ein zweites und drittes Mal. Wieso Aviva von Smagninborg? Warum war bei der anderen Toten nicht die Rede von Edita Fallvaress? Was hatte eine Gold- und Silberschmiedin auf Fäärwll verloren? Eine böse Ahnung stieg in Lanice auf. Ihr Gesicht verkrampfte sich, als sie sich an die wartende Botin wandte.

»Es ist gut! Ich werde erst später darauf antworten. Du kannst gehen!«

Frau Lofort sah auf die See hinaus.

Was, bei Nephtars Abgründen, ging auf Fäärwll vor?

Gar nicht allzuweit vom Waldquartier der Frauen Fäärwlls entfernt lag M'alennians Hain, ein Birkengehölz. Ein Wald inmitten des Waldes. Dies war das Herzstück M'alennians, der Platz, von dem es hieß, hier seien Nephtar und Tarbas einst zusammengekommen.

Während des Rittes war Ibak, Janjat, Fina und Sina nicht mehr bewußt gewesen, daß M'alennian durch und durch magisch war, allzu gewöhnlich hatte die Umgebung gewirkt. Sie besaß nicht diese Ausstrahlung des Unheimlichen, die die Reisenden am Tag zuvor kennengelernt hatten. Doch nun, als sie M'alennians Hain erreichten, durchrann sie alle ein Schaudern, sobald sie die ersten Birken hinter sich ließen. In diesem Teil des Waldes war das Licht fahl und trotzdem dämmrig. Es schien einzig und allein von den hellen Rinden der Bäume auszustrahlen, die sich nach und nach ein wenig zurücklehnten, um Platz für die Reiterinnen zu schaffen. Das Gefühl des Beobachtetwerdens überfiel sie alle wie schon am vorangegangenen Tag. Auch die unnatürliche Stille umgab sie wieder. Edita ritt an der Spitze und schien sich nichts daraus zu machen. Nach einer Weile hielt sie an, sprang vom Pferd und zog an einem herabhängenden Birkenzweig. Daraufhin wurde zu ihren Füßen Laub und Erde wie durch einen Sog in den Abgrund gezogen.

»Bei Fiu!« Ibak trat einige Schritte zurück. »Das ist ein Mahlstrom ohne Wasser.«

»Wartet nur einen Moment!« sagte Edita.

»Eine Sanduhr ohne Sand!« Janjat betrachtete mit Spannung, wie in kreiselnden Bewegungen immer mehr Laub und Erde in der runden Vertiefung verschwanden.

»Sieh nur! Eine Treppe!« bemerkte Sina.

Eine steinerne Spindel wand sich in die Tiefe.

»Kommt!« Edita winkte, und die Reisenden machten ihre Pferde fest, bevor sie Frau Fallvaress ein wenig unsicher beim Abstieg in diesen sonderbaren Schlund folgten, in dem es keinesfalls dunkel war, obwohl es weder Leuchter noch Fackeln an den glatten Wänden gab.

Nach einer Weile mündete der Treppenabgang in einen runden Raum.

»Ihr müßt euch nicht ängstigen!« beruhigte Edita und wies auf ein paar Schemel, die längs einer polierten, grauen Steinwand nebeneinander standen.

In der Mitte des hohen kuppelförmigen Raumes befand sich ein Schreibtisch. Eigentlich war es nur der Schwaden eines Schreibtisches. Bis auf die Wände schien alles diese nebelhafte Konsistenz zu besitzen, aus dampfender Luft zu bestehen, schien nichts zu sein und war doch auch gleichermaßen greifbar. Ibak betastete den Schemel. Er wirkte durchaus nützlich.

Sie setzte sich vorsichtig und sah dann erschrocken zu Janjat, die gleichermaßen zurückfuhr, als ihre Blicke sich trafen.

»Du scheinst nur aus Dampf zu bestehen, Kusine!«

»Ja!« beruhigte eine ebenso nebulöse Edita. »Es vergeht, wenn wir M'alennians Hain verlassen, aber solange wir hier sind, müssen wir uns daran gewöhnen, ein wenig anders zu sein als sonst.«

»Sieh nur!« sagte Sina aufgeregt.

Durch das Schlüsselloch einer kleinen Tür quoll nun bläulicher Dampf und formte sich hinter dem Schreibtisch zu einer zierlichen Gestalt. Die nebelhafte Erscheinung trug eine seltsame, hohe Haartracht, die ebenso aus schwadenhaftem Nichts zu bestehen schien wie das Gewand, das sie trug. Eine – wie Ibak fand – äußerst unkleidsame Tracht, die gleich einem engen Schlauch bis zur Mitte des Oberschenkels reichte. An den Füßen waren kleine Stelzen mit Schnallen befestigt, die entfernt an die Zeremonienschuhe der Permer Tarbas-Priesterinnen erinnerten.

»Ist euch klar, daß wir hier zum ersten und wahrscheinlich letzten Mal in unserem Leben einem Geist begegnen?« erkundigte sich Fina mit fasziniertem Blick auf das Wesen.

»Sie ist damals durch die zerrissenen Schleier der Welten getreten. Keine, nicht einmal M'alennian weiß, woher sie stammt, doch eines ist sicher: dieses Wesen muß von sehr weit gekommen sein, und nun kann sie nicht wieder zurück. Deshalb ist sie etwas verbittert. Ihr müßt höflich zu ihr sein. Sie sagt manchmal seltsame Dinge, benutzt sonderbare Worte, laßt euch dadurch nicht verunsichern. Und legt euch nur nicht mit ihr an«, raunte Edita leise.

»Ich glaube kaum, daß ich mit einem Geist streiten möchte«, sagte Ibak respektvoll und lehnte sich geduldig an die kalte, graue Wand.

»Sollten wir sie begrüßen?«

»Oh, nein!«

Aber Janjat ließ sich nicht belehren.

»Ehre sei deiner Göttin, du unbekanntes Wesen!«

Die nebelhafte Gestalt musterte die Sprechende streng und fistelte mit dünner Stimme etwas, das wie ein unfreundlicher Gegengruß klang. Dann setzte sie sich gerade und winkte Edita zu sich.

»Es ist noch keine Sprechstunde!« erläuterte der Geist und verwies auf ein Schild, auf dem seltsame Zeichen geschrieben standen.

Sina, die gerade etwas hatte sagen wollen, kniff den Mund zusammen. An diesem mystischen Ort mußte also geschwiegen werden.

»Wir müssen dringend zu M'alennian! Es ist äußerst wichtig!« erklärte Edita liebenswürdig.

»Habt ihr einen Termin?« erkundigte sich die nebelhafte Gestalt und stapelte eine Menge durchsichtiges Papier von einer Seite des Schreibtisches auf die andere.

»Was ist ein Termin?« flüsterte Janjat in Ibaks Ohr.

»Ich nehme an, es handelt sich dabei um eine Art Öffnungszauber!« flüsterte Ibak zurück und betrachtete eine große, mit Leder gepolsterte zweiflügelige Tür, die in das Innere zu M'alennians Herz führen mochte.

»Nein«, sagte Edita, »ich habe keinen Termin, aber du kennst mich doch.«

»M'alennian ist sehr beschäftigt. Viele wollen hinein. Viele sagen, es wäre sehr wichtig. Ich kann für dich keine Ausnahme machen«, sagte das Geistlein ungerührt und zog eine Schublade auf.

»Wann wollte denn zuletzt ein Wesen zu M'alennian?« erkundigte sich Edita lächelnd.

»Du selbst warst es, vor ungefähr – warte einen Moment ...« Das Wesen nahm ein Buch zur Hand und blätterte durch die Seiten. »Da haben wir es ... vor genau drei Monaten und drei Tagen.«

»Das heißt, seit drei Monaten und drei Tagen ist keine Seele mehr hier gewesen«, stellte Edita fest.

»Ich sagte doch, wir haben viel zu tun. Und nun geh. In fünf Tagen ist Sprechstunde.«

»Sicher ein magisches Buch«, murmelte Sina und beobachtete, wie es wieder in der Schublade verschwand.

»Ruf mich an«, sagte die nebelhafte Gestalt. »Dann bekommst du einen Termin.«

Ibak sprang freudig auf und gesellte sich zu Edita. »Ich danke dir sehr, du freundliches Wesen. Nenn uns nur den Namen, bei dem wir dich anrufen sollen, und ich schwöre dir den Eid Flaffls, daß wir diesen Namen nie an ein unbefugtes Ohr weitergeben wollen. Wir werden dich also anrufen, und du gibst uns den Öffnungszauber. Wo wollen wir die Anrufung stattfinden lassen? Gleich hier?«

Der Geist warf Ibak einen verständnislosen Blick zu.

Edita ergriff Ibaks Arm und führte sie zum Schemel zurück.

»Sie meint etwas anderes. Ich weiß auch nicht recht, was es eigentlich bedeutet, aber es heißt, daß sie uns auf keinen Fall eintreten lassen will.«

»Ach?« Ibak nahm enttäuscht Platz und ließ Edita keinen Moment aus den Augen, die sich nun vor dem Wesen aufbaute, die Arme vor der Brust verschränkte und fragte:

»Was tut M'alennian gerade?«

»M'alennian ist in einer Besprechung!«

»Wen bespricht M'alennian denn?«

»Ich bin nicht befugt, Besucherinnen darüber Auskunft zu erteilen.«

Edita kehrte achselzuckend zu den Wartenden zurück.

»Es ist sinnlos. Es tut mir leid.«

»Geht sie denn nie aus diesem Raum fort? Vielleicht können wir, wenn die Tür nicht unter ihrem Bann steht, unbemerkt in das Herz des Waldes vordringen.«

»Ja, Ibak, das ist eine großartige Idee. Warte einen Moment. Ich muß nachdenken. Als ich zum ersten Mal hier war, gab es ein Wort, das sie dazu veranlaßte, es zu wiederholen, aufzuspringen und hinauszuschweben. Ich hatte es nur beiläufig erwähnt. In einem Satz kam es vor, aber wie lautete dieser Satz? Was habe ich ihr damals nur gesagt? Ich kann mich nicht erinnern!«

»Versuch es!«

»Ja, von was hast du denn gesprochen?«

»Was hat dich beschäftigt, als du auf dem Weg hierher warst?«

»Oh, bei Fiu«, stöhnte Edita, »Was hat mich beschäftigt? Ich hatte Hunger! Ich war versehentlich nach M'alennian hineingeraten und hatte mich verlaufen. Glücklicherweise gelangte ich bis zu diesem Birkenwald, und als die Kräfte mich verließen, hielt ich mich an einem Zweig fest, und die Tür zu M'alennian öffnete sich. Alles war ein Zufall. Ich betrat diesen Raum, sah das geisterhafte Wesen und hatte noch nicht einmal mehr die Kraft, mich zu erschrecken. Ich fragte sie, ob sie etwas Wasser und eine … Ja, das war es!« strahlte Edita plötzlich.

»Was denn? Was denn?«

»Ich fragte sie, ob sie etwas zu trinken und eine Mahlzeit für mich hätte. Bei dem Wort *Mahlzeit* sprang sie auf, wiederholte es und verließ den Raum durch das Schlüsselloch. Ich ging zu dieser großen Tür und erhoffte mir dort Hilfe. Und ich habe sie ja auch erhalten.«

»*Mahlzeit?*« hakte Ibak abschätzig nach. »Kaum zu glauben. Das Wort, um dieses magische Wesen verschwinden zu lassen, lautet *Mahlzeit?*«

»Aber ja!«

Ibak musterte das geisterhafte Geschöpf hinter dem Schreibtisch. Bei den Göttinnen, es mußte von sehr weit herkommen!

»Wir werden sehen!« Sie ging zum Schreibtisch und bemühte sich, klar und deutlich zu sprechen:

»Höre, du Wesen! Ich gebiete dir: MAHLZEIT!«

Der Geist waberte erschrocken zurück und schien dann verwirrt das linke Handgelenk zu betrachten, an dem Ibak allerdings nichts Bestimmtes erkennen konnte.

»Schon wieder?« hauchte die Wächterin M'alennians.

»MAHLZEIT«, wiederholte Ibak streng und fragte sich, ob die Bannung erst nach dreimaliger Wiederholung wirksam wurde.

Doch wie in Trance schwebte die Gestalt in die Höhe und zum Schlüsselloch hinüber.

»Mahlzeit«, hauchte sie und verschwand eilig und unter Zurücklassung einer kleinen bläulichen Stichflamme, die kurz darauf erlosch.

Erleichtert blieben die Frauen zurück.

»In einer Welt, in der Wesen wie diese Pforten bewachen, möchte ich nicht leben«, erklärte Sina.

»Ich auch nicht. Und nun laßt uns zu M'alennian hineingehen.«

Vorsichtig öffnete Edita die zweiflügelige Tür.

M'alennian, das war nicht Fleisch und Blut, nicht körperlich, nicht wesenhaft – und doch alles andere als unwesentlich. M'alennian, das war eine pure gedankliche Konzentration, die Essenz dessen, das die Göttinnen Nephtar und Tarbas einst gerufen hatten. M'alennian war eher ein Zustand als eine Daseinsform. Sie war im Großen das, welches im Kleinen die Betrachtung eines wunderbaren Blattes oder einer Blume auslösen mag. Bei M'alennian zu sein, war wie ein Gefühl, das gesucht und nur dann erkannt wird, wenn es gefunden ist. Der Konzentration von M'alennian zu begegnen, hieß, sich selbst zu begegnen, sich selbst zu erkennen, sich selbst zu verzeihen. Bei M'alennian zu sein, war eins mit dem Zustand, der zwischen Wachen und Schlaf liegt. M'alennian war der Übergang und löste die Seelen aus den Ketten der Körperlichkeit, ohne das Bewußtsein verloren zu geben.

Mit M'alennian ließ sich nicht sprechen. Mit M'alennian ließ sich denken, fühlen, tasten.

Ibak war zwar durch eine Tür geschlüpft, doch sie war den Grenzgebungen von Räumlichkeiten entzogen, sie war nichts mehr als gedankliche Existenz, Geist und Seele. Sie spürte die

Umarmung des Überganges, das wahre Wesen einer jeden Zwischenwelt. Es schien nicht mehr notwendig, sich der Sprache zu bedienen. M'alennian verstand alles und war wie ein grüner Sproß, der sowohl über als auch unter der Erde lebt, im Hellen wie im Dunkeln.

Ibak kam zu Frieden. Alles ließ sich verbinden. Hier gab es eine Antwort auf jede Frage, ohne daß sie in Worte hätte gefaßt werden können. Sie war nur ein Gedankenfunke. Und sie war so einfach, so simpel, so universell. In der Wahrnehmung der Gegensätzlichkeiten des Lebens lag zugleich die Aufhebung jeglicher Unterschiedlichkeit.

M'alennian ließ sterben und gebar im gleichen Moment auf ein neues. M'alennian war ewig. M'alennian war ein Teil der Schöpfung, und Ibak tauchte in die Tiefen ihrer Seele hinab, ohne die tröstliche Hand entzogen zu bekommen, die sie festhielt, die sie immer festhalten würde. Ohne Kummer, ohne Gram oder Zorn und Leid erblickte sie ihre eigenen schweren, drückenden Anteile, sah im nächsten Augenblick schon das Licht, schwang sich mit Leichtigkeit hinauf zu den luftigen Höhen ihres Seins, sah mit heiterer Gelassenheit sich selbst in all ihrer Unterschiedlichkeit, sah sich wahr und klar – und nichts mehr existierte als dieser Frieden zwischen den Welten. M'alennian war die Harmonie zwischen den Gegensätzen.

Und M'alennian gewährte Ibak einen Wunsch. Ibak sah noch einmal jene namenlose Göttin, die sie mit dem Licht ihres Atems gestreift hatte. Ibak erblickte sie in der Gewißheit, ihr immer nahe zu sein und eines fernen Tages mit ihr vereint zu werden. Dies war der Trost, nach dem sie sich so lange schon verzehrte. M'alennian hatte Trauer und Furcht von ihrer Seele genommen.

Solange Beringör auch überlegte – an Flucht war mit der verletzten Aviva nicht zu denken. Der kleine Kerzenstumpen, der in der Dunkelheit des Schuppens einen tröstlichen Schein gewährt hatte, war beinahe ganz heruntergebrannt.

Seit einiger Zeit ging es Aviva immerhin schon etwas besser, die Schmerzen ließen nach, und Beringör hatte etwas Brot für sie eingeweicht, damit die Kranke es nicht kauen mußte. Die Schmiedin hatte einen starken Schlag vor den Kiefer und einen in die Rippen bekommen. Beringör hielt es für möglich, daß ein Knochen zumindest angebrochen war.

»Hilf mir bitte ein Stück nach vorn!« nuschelte Aviva leise. Beringör verhalf ihr zu einem aufrechteren Sitz.

»Danke! Vielleicht überlegt Herrat es sich noch einmal anders. Sie kann nicht ernsthaft annehmen, daß wir etwas mit den Nergoritdiebstählen zu tun haben.«

»Sie nimmt es auch nicht ernsthaft an. Die Treufrau hat etwas vor, und sie will verhindern, daß wir ihr in die Quere kommen. Wenn ich je nach Kareb Solto zurückkehre, werde ich Herrat zur Rechenschaft ziehen. Und was Stu angeht, so muß ich sagen, sie bestätigt die schlimmsten Ahnungen, die ich ihr gegenüber je hegte.«

»Erzähl mir etwas über sie und dich!« formulierte Aviva langsam und mit großer Mühe.

Beringör zögerte einen Moment und seufzte.

»Normalerweise rede ich nicht über diese unliebsame Sippenangelegenheit.«

»Wenn du nicht willst, mußt du es nicht tun!«

Erneut seufzte Beringör. Sie legte den Kopf in den Nacken.

»Was sollen wir sonst machen, Aviva? Also schön. Vertreiben wir uns die Zeit mit Erzählen.« Beringör räusperte sich und dachte einen Moment nach, bevor sie zu sprechen begann.

»Ich gebar Stu, als ich selbst noch sehr jung war. Damals befand ich mich auf einer Reise durch die Ebenen. Die Sippe der Stelentöchtir besitzt viele große Chalakherden, und meine Mutter hatte mich beauftragt, durch das Land zu reisen, um Aufschluß über den Viehbestand zu gewinnen.«

»Welch beschwerliches Unterfangen. Du mußt lange unterwegs gewesen sein«, murmelte Aviva, die sich ein sehr gutes Bild von Flaffls Weiten zu machen wußte.

»Oh ja! Viele Monate! Nach einem halben Jahr traf ich Stus Zeugmutter. Ich war sehr in sie verliebt, und wir setzten die Reise gemeinsam fort. Du mußt wissen, daß ich unbedingt eine Tochter haben wollte. Ich dachte, mit der Geburt eines Kindes würden sich die Schwierigkeiten mildern lassen, die ich daheim mit meiner Mutter hatte. Sie war damals noch das Sippenoberhaupt der Stelentöchtir. Sie war machthungrig, und je älter sie wurde, desto härter wurde sie. Zum Schluß war sie wie ein Granit. Ich dachte also, wenn ich mit einem Kind zurückkehren würde, könnte es mir gelingen, meine Position im Sippenhaus zu stärken, aber das war ein Fehler. Bei Fiu, das war ein Fehler.«

Beringör schwieg einen Moment und sprach dann weiter.

»Nun, ich erwartete eine Tochter, ich stand kurz vor der Niederkunft, und wir dachten, es würde gelingen, in diesem kalten Winter noch ein paar Tagesreisen durchzustehen, um wenigstens nach Sweerkööp zu gelangen, doch ich kam früher in die Wehen als vorgesehen, und so verbrachten wir die Zeit der Niederkunft und einige Wochen danach bei einer Gastsippe in den Niederungen am Fuße des Ferwöngmassives. Zum ersten Male kamen mir Zweifel, ob meine Entscheidung wohl richtig gewesen war, und ich schlug Stus Zeugmutter vor, zunächst allein mit dem Kind in mein Sippenhaus zurückzukehren.«

»Aber warum?«

»Ach, ich hatte Angst, Aviva. Und ich hatte sie zu Recht. Stus Zeugmutter ging auf meinen Wunsch ein, und es geschah, wie ich es wollte. Ich trennte mich von ihr am Ferwöngwasserfall, wo sie einige Tage auf mich warten wollte. Als ich mit dem Kind über die Schwelle des Sippenhauses trat, sah ich im Ausdruck meiner Mutter bereits, daß meine Befürchtungen nicht unbegründet gewesen waren. Sie begrüßte mich nicht, sie freute sich nicht. Ihre erste Frage lautete, wer wohl die Zeugmutter dieser Tochtertochter sei, und ich gab ihr eine ehrliche und unbefangene Antwort. Sie blickte eine Weile in Stus Gesicht, wandte sich schließlich ab und ließ mich spät am Abend in die Schmiede rufen. Erst war sie ruhig, doch später schrie sie nur noch, sprach von alten Fehden und Feindschaften zwischen den Smagninborgtöchtir und den Stelentöchtir, sie berichtete von Sippenstreitigkeiten, die Jahrhunderte zurücklagen. In ihr brannte das Feuer einer uralten tiefen Verachtung, dessen Ursachen ich nicht nachvollziehen konnte. Sie verlangte von mir, daß ich jede Beziehung zu Stus Zeugmutter abbrechen sollte und forderte, daß – wenn ich nicht aus dem Sippenverband ausgeschlossen werden wollte – niemals eine Frau erfahren dürfte, wer Stus Zeugmutter war, doch ich begehrte dagegen auf, und sie geriet vollends außer sich. Einige Tage hielt ich meinen Widerstand durch, doch dann fügte ich mich.«

»Sie hätte dich nicht ohne Zustimmung der Sippe ausschließen dürfen!«

»Gewiß nicht, aber ihre Schwestern hätten genau das nur allzugern gesehen. Ich hatte keine Fürsprache zu erwarten. Du weißt, wie es ist, wenn eine Frau aus der Sippe ausgeschlossen wird? Damals schien es mir unmöglich zu sein, mit den Konsequenzen zu leben.«

»Warum hast du nicht Zuflucht in der Sippe der Zeugmutter gesucht? Du hättest ein Recht gehabt, dort aufgenommen zu werden.«

»Ja, warum habe ich es nicht getan? Ich weiß keine Antwort darauf, Aviva! Ich tat, was meine Mutter von mir verlangte, so wie ich es immer getan hatte, und sie setzte sich in den Kopf, sich selbst und aller Welt zu beweisen, daß sie mit der geeigneten Erziehung aus Stu schließlich die Frau machen würde, die ihr eine geeignete Nachfolgerin sein sollte, da es unter ihren Schwestern keine gab, die sie gern an ihrem Platz gesehen hätte und sie obendrein der Meinung war, ich sei für die Aufgaben einer Sippenoberen nicht geschaffen. Dabei war ich stets bemüht, ihr alles recht zu machen. Aber meine Mutter war eine harte, kalte Person, streng und unfrei.«

Aviva blies die Kerze aus.

»Es ist dir doch recht? Wir gehen lieber sparsam mit dem Wachs um.«

»Gewiß! Je dunkler, desto besser.«

»Aber sprich doch weiter. Wie war Stu als Kind?«

»Sie war sehr klein, sehr zart, aber sie besaß das starke Wesen ihrer Zeugmutter. Stus Zeugmutter war die einzige Frau, die ich je geliebt habe, nie wollte ich mein Leben mit einer anderen engen Gefährtin verbringen. Ich schwor den Eid Flaffls, daß mich nie eine andere Frau für den Gefährtinnenbund gewinnen könnte, und ich habe diesen Schwur gehalten.«

»Du hast drei weitere Töchter. Liebtest du denn ihre Zeugmutter nicht?«

»Es waren ihrer drei«, berichtigte Beringör. »Nein, ich habe sie nicht geliebt. Sie spielten keine Rolle in meinem Leben. Nur diese eine, ja, ich habe den Schwur gehalten. Es fiel mir nicht schwer.«

»Aber deine Liebe zu ihr war weniger stark als die Angst vor deiner Mutter? Du mußt sehr unglücklich gewesen sein!«

Beringör hustete, bevor sie fortfuhr.

»Ich habe mein Leben verschenkt von dem Tag an, als ich Stus Zeugmutter ziehen ließ.«

»Liebte sie dich nicht ebenso wie du es tatest?«

»Oh doch, sie liebte mich, aber sie hatte ja keine Möglichkeit, auf mich einzuwirken.«

»Warum nicht? Was geschah, als ihr euch schließlich am Wasserfall wiederbegegnet seid?«

Beringör zögerte mit der Antwort.

»Etwas Schreckliches, das ich mein Leben lang bereut habe. Ich verlangte von ihr, daß sie weder mir noch Stu je wieder begegnen durfte. Ich nahm ihr einen Eid ab, daß unsere Wege sich fortan für alle Zeiten trennten. Stu sollte niemals erfahren, wer ihre Zeugmutter war. Auch darauf ließ ich sie ein Versprechen abgeben. Sie weigerte sich nicht. Sie tat es, weil sie mich liebte. Es ist ihr sehr schwergefallen. Sie weinte, sie weinte lange.«

»Aber ich verstehe nicht. Warum …?«

Beringörs Stimme wurde hart.

»Weil meine Mutter es verlangt hatte! Weil ich schwach und ängstlich war, weil ich …«, Beringörs Stimme wurde leiser, »… weil ich dumm war.«

»Nein, gewiß nicht dumm, aber überfordert, überanstrengt!«

»Meine Mutter redete Stus Zeugmutter Übles nach. Mit der Zeit habe ich diese Dinge selbst geglaubt, weil ich versuchte, sie nicht mehr zu lieben. Weiß Fiu! Wie habe ich mich angestrengt, sie im gleichen Licht zu sehen, wie meine Mutter es tat. Aber es gelang nicht. Statt dessen begann ich, meine Tochter zu verabscheuen.«

»Warum das?«

Beringör lachte bitter.

»Sie wurde der Frau, die ich geliebt hatte, immer ähnlicher, von Tag zu Tag. Wenn ich Stu sah, zeigte sie mir bei ihrem Anblick, wen ich verloren hatte, und ich gab meiner Tochter die Schuld für meine Unentschlossenheit, meine Verzagtheit.«

Aviva seufzte tief und tastete im Dunkeln nach Frau von Stelens Hand.

»Das muß furchtbar für euch alle gewesen sein!«

»Ja!« schluckte Beringör. »Und ich will dir noch etwas sagen. Eines Tages wurde Stu krank. Meine Mutter kümmerte sich um sie. Ich glaube, wenn sie das nicht getan hätte, wäre Stu jetzt nicht mehr am Leben. Heute glaube ich manchmal, ich wollte, daß Stu … daß sie …!«

Beringör schluchzte leise, und Aviva kroch zu ihr.

»Bitte«, sagte sie und streichelte Beringörs Gesicht. »Wenn es zu schwer für dich ist, den Schmerz zu ertragen, werden wir nicht weiter darüber reden.«

»Nein, es ist nur so, Aviva, ich habe noch nie vorher über all das gesprochen. Es ist das erste Mal, nach so vielen Jahren. Ich habe meiner Tochter … ich habe ihr … glaube ich, den Tod gewünscht, damit ich sie nicht länger vor Augen hatte, damit sie mich nicht an jedem Tag aufs neue daran erinnerte, wen ich verloren hatte, wen ich von mir gestoßen hatte. Oh Aviva!« Beringör schlug die Hände vor ihr Gesicht und weinte haltlos.

Aviva nahm sie in die Arme und begann sie zu wiegen wie ein Kind.

»Oh Beringör! Wir bekommen die Liebe zu unseren Töchtern nicht immer zugleich mit ihnen in die Wiege gelegt. Manchmal ist es schwer für uns, sie so anzuerkennen, wie sie sind. Und gewiß hättest du sie nicht einfach in die Wandlung gehen lassen, wenn deine Mutter sich nicht um sie hätte kümmern können.«

Beringör entzog sich Avivas Armen und hörte auf zu weinen.

»Doch!« murmelte sie leise und verhalten. »Und Stu weiß das auch. Sie weiß es. Ich sehe sie noch heute in den erhitzten Chalakhäuten. Ich höre sie manchmal noch schreien, und ich sehe ihre Großmutter auf sie einreden, immer und immer wieder. Es war schrecklich. Stu überlebte die Erkrankung, und ich wollte sie nicht mehr sehen. Meiner Mutter kam das sehr gelegen. Sie sandte das Kind in die Ebenen hinunter. Es wäre ein Leichtes für mich gewesen, dies zu verhindern. Ich wußte, daß Stu nicht stark genug sein würde, bei einer Schwester meiner Mutter zu leben. Aber ich ließ sie ziehen. Ich nahm es in Kauf, daß sie dieses Leben nicht verkraften würde. Manchmal drang eine Nachricht von ihr bis zu uns nach Sweerkööp hinauf. Sie wollte nach Hause, aber meine Mutter gestattete es nicht. Meine Tochter war zu etwas geworden, das sie nach ihrem Ebenbild formen wollte, und dazu gehörte die Härte eines Felsens. Einmal sandte Stu mir ein Stück Chalakleder. Es war bedeckt mit getrocknetem Blut. Es war das Blut ihres ersten Wandels. Ich nahm das Stück Leder und warf es in das Schmiedefeuer. In seiner Glut fertigte ich den ersten Langdolch für meine Tochter. Und ich wollte sie zurück. Es dauerte noch ein Jahr, doch dann kam sie. Stu war fünfzehn. Und sie war mehr denn je ein genaues Ebenbild ihrer Zeugmutter. Sie stand vor mir, und ich wußte, sie haßt mich und sie haßt ihre Großmutter, aber sie sagte kein Wort. Sie sprach zu keiner. Sie war stumm seit ihrem dreizehnten Lebensjahr. Sie nahm den Langdolch aus meiner Hand, betrachtete ihn lange und sah dann wieder mich an. Ich hatte Angst vor ihr. Sie stand dort in der Gestalt der Frau, die ich mehr geliebt habe als sonst eine auf der Welt und in diesen Augen las ich nun unbändigen Haß und tiefe Verachtung.

Meine Mutter schickte sie in die Schule. Stu sollte ihrem Willen gemäß traditionell in den Kampfkünsten ausgebildet werden. Weitere fünf Jahre zogen ins Land, Jahre, die mir bitter und schwer waren, Jahre, in denen ich dazu verurteilt war, jeden und jeden Tag in die Augen meiner Tochter zu sehen. Stu sprach nicht, erfüllte ihre Verpflichtungen, ging aber ansonsten ihre eigenen Wege. Nach fünf Jahren wurde sie vorzeitig entlassen. Sie war nicht zur Kämpferin geeignet. Und meine Mutter, die zu dem Zeitpunkt schon sehr schwach war, ging in Nephtars Reich ein, als wir ihr diese Botschaft übermittelten. Und weißt du, was Stu tat? Oh, es war grauenvoll! Sie stand an ihrem Totenlager und lachte. Es war das erste Mal, daß ich meine Tochter lachen sah und hörte. Ich mußte sie wegführen. Aviva, es war einfach grauenvoll!«

»Von diesem Moment an sprach sie wieder?«

»Nein, nicht sofort! Nicht zu uns. Wir hörten später, daß sie das Sprechen erst einige Wochen in den stillgelegten Minen geübt hatte. Der Berg wurde ihr Zuhause. Es zog sie immer wieder in den Berg. Ich ließ sie gewähren, und Stu war zwanzig Jahre alt, als sie ernsthaft Bergbau zu studieren begann. Sie lernte mit Eifer und Wißbegierde. Und sie erreichte in Kürze, was andere nur nach vielen, vielen Jahren erreichen. Die Lage entspannte sich im Sippenhaus nach dem Tod meiner Mutter. Ich begann zu glauben, daß Stu mir verziehen hätte.«

»Hat sie denn niemals danach gefragt, wer ihre Zeugmutter war?«

»Doch, gewiß! Ich aber habe ihr gesagt, es wäre nur eine flüchtige Verbindung gewesen.«

»Aber warum? Deine Mutter war nicht mehr da. Das Versprechen, das du ihr einst gegeben hattest, besaß keine Gültigkeit mehr. Selbst wenn Stu dir nicht verziehen hätte, so wäre doch endlich Klarheit und Wahrheit zwischen euch gewesen.»

»Oh, bei Fiu, Aviva, ich weiß es nicht, ich weiß es nicht! Ich hätte es nicht ertragen, ihr noch einmal zu begegnen, und auch nicht, dies alles Stu zu sagen«, Beringör verfiel in ein trockenes Weinen.

Wieder legte Aviva ihre Arme um sie und streichelte sanft ihren Rücken. Beringör fuhr leise fort.

»Ich dachte, es würde besser zwischen uns. Ich dachte, wir können miteinander auskommen, aber sie ergriff die erste sich bietende Gelegenheit, Flaffl den Rücken zu kehren. Sie ging nach Kareb Solto und verkaufte viele Jahre später ihr Wissen über die Edelsteingewinnung an Nordwestmidland. Die Sippe der Stelentöchtir beriet darüber und legte ihren Widerspruch ein. Doch Stu weigerte sich, den Sippenbeschluß anzuerkennen, und handelte gegen den erklärten Willen der Gemeinschaft. Sie kam noch einmal in mein Haus. Das ist nun schon ungefähr zwei Jahre her. Sie brachte eine Freundin mit, eine junge Frau, mit der sie wohl das Lager teilte. An jenem Abend, Stus junge Gefährtin war bereits zu Bett gegangen, stritten wir sehr lange und heftig. Sie machte mir viele Vorwürfe, die, wie ich zugeben muß, nicht unberechtigt waren. Sie schimpfte auf die Sippe, blieb bei ihrem Entschluß, im Dienste Nordwestmidlands zu arbeiten, und wurde schließlich ausfallend. Ich hatte sie nie zuvor so erzürnt gesehen. Doch dann war sie plötzlich kälter als Eis und verfluchte sämtliche Stelentöchtir, drohte ihnen. Ihre wüsten Verfluchungen und Ankündigungen dessen, was uns zustoßen würde, waren durchaus ernstzunehmen. Daraufhin blieb nichts anderes. Ich warf sie hinaus. Die Sippe setzte mit meiner Unterstützung die Verbannung durch, und ich beschloß, nie wieder an sie zu denken.«

»Und ist dir das gelungen?«

»Nein! Ich denke öfter an sie, als mir lieb ist!«

»Was ist mit deinen anderen Töchtern? Was halten sie von Stu?«

»Oh, sie bewundern sie. Manchmal denke ich, Stu wird mit ihnen gegen den Rest der Sippschaft intrigieren wollen, am meisten aber gegen mich. Nun ja, dafür benötigt sie jetzt kaum noch die Hilfe ihrer Schwestern.« Beringör schwieg eine Weile. Aviva bemerkte das Zittern in ihren Händen. »Es waren so viele schlechte Jahre. Zu viele. Ich stürzte mich auf die Arbeit im Verband der Viehzüchterinnen.« Sie lachte kurz und freudlos auf. »Ein wunderbarer Trost!«

»Und Stus Zeugmutter?«

»Ich hatte viel Zeit, um mir ein Bild von ihr zu machen. Die Farben, die mir zur Verfügung standen, waren meine Erinnerungen an sie, die Leinwand wob ich aus den nie vergessenen Hoffnungen, die ich einst hatte, und der Rahmen – aus unzähligen Einzelteilen zusammengesetzt – war das, was ich immer wieder mal von ihr hörte. Immer wenn die Rede von ihr war, schwieg ich und hörte zu, nur um letztlich weiter an diesem Bild zu arbeiten, an all seinen Facetten. Doch wer weiß, ob es wiedergibt, was ich vor vielen Jahren kannte ...«

Beruhigend streichelte Aviva Beringörs Rücken. Dann fragte sie unvermittelt: »Liebst du Stus Zeugmutter noch immer?«

»Nicht auf dieselbe Art wie damals. Soviele Jahre sind inzwischen vergangen. Ich werde im Herbst vierundfünfzig. Ich war damals, als ich Stu zur Welt brachte, doch noch ein halbes Kind. In den Jahren nach unserer Trennung wurde mein Gefühl für Stus Zeugmutter immer ernster, wahrhaftiger, immer reifer, doch dann entfernte ich mich von dieser alten Empfindung. Es blieb etwas anderes, es blieb das Gefühl eines dumpfen Bedürfnisses. Wer war sie denn wirklich gewesen? Hätte ich sie nach vielen Jahren noch geliebt? Wer mag sie inzwischen sein, was ist aus ihr geworden, wäre ich in der Lage, ihre Gedanken zu verstehen oder zu teilen? Auch sie ist jetzt älter, sie wird sich heute möglicherweise gar nicht mehr daran erinnern, wer ich war, vielleicht hat sie vergessen, daß sie eine Tochter hat. Das ist meine Schuld. Ja, ich liebe sie, aber ich liebe sie nur noch, wie wir das entfernte Andenken an eine Frau lieben, wie ein Licht, das sie so doch nie umgeben hat. Doch die Jahre des Sehnens haben mein Herz ermüdet. Ich bin zu keinem wahren Gefühl mehr in der Lage.«

Aviva schwieg betroffen, während sich in Beringör ein schrecklicher Gedanke breit machte.

»Aviva!« sagte sie nach einer kleinen Weile. »Ich fürchte, Stu wird mich töten wollen.«

Die Minenbeauftragte von Fäärwll rührte abwesend in der dünnen Suppe.

Sie beabsichtigte keinesfalls, ihre Mutter oder Aviva zu töten, aber sie überlegte nach wie vor angestrengt, wie es erreichbar wäre, sich die beiden vom Hals zu schaffen. Manchmal mußte sie sich vorstellen, wie es wohl wäre, wenn Beringör für viele Jahre fern von daheim recht unglücklich wäre, wenn die Sippe sie ausschließen würde. Bei den Gedanken daran wurde Stu warm ums Herz.

Auch um Aviva von Smagninborg war es, wie sie fand, nicht schade. Die Smagninborgtöchtir hatte Stu von jeher für eingebildet und arrogant gehalten.

Obschon eine von ihnen ihr in guter Erinnerung geblieben war. Stu hatte ihr Gesicht zwar nicht gesehen, doch den Sippennamen erfahren. Das Ereignis lag schon viele Jahre zurück. Damals begann Stu mit den Sprechübungen in den stillgelegten Stollen einer Mine. Und es war ihr ganz ähnlich wie Raktscha ergangen. Die Grubenlampe war nicht aufgefüllt gewesen. Stu befand sich weit im Berg, als plötzlich das Licht verlosch und sie nicht wußte, wie sie wieder herauskommen sollte. Sie hatte Klopfzeichen gegeben, und tatsächlich: nach einiger Zeit hatten sich Schritte genähert. Eine Frau erschien mit einer hellen Grubenlampe und leuchtete ihr lange ins Gesicht. Stu war noch nicht sehr weit in ihren Sprechübungen, und aus Angst, sich mit der ungelenken Stimme einer peinlichen Situation auszusetzen oder gar dem Spott, schwieg sie hartnäckig, als die Unbekannte im Gang stand und sie blendete.

»Weiß Fiu, ist es möglich?« hatte sie leise gefragt. »Ja, du bist wahrhaftig Stu von Stelen, die Tochter Beringörs.«

Stu hatte nur stumm genickt und sich gewundert, daß sie bei ihrem Namen genannt wurde. Sie konnte die Gesichtszüge der Frau nicht erkennen, ihre Stimme jedenfalls war ihr fremd. Stu wünschte nur, sie würde aufhören, sie zu blenden.

Aber ihr Gegenüber schien wie erstarrt und rührte sich nicht. Und Stu, die nicht wollte, daß eine Unbekannte sich vielleicht über ihre wenig beweglichen Stimmbänder lustigmachte, schwieg weiterhin.

»Du kommst also hierher, um deine Sprache wiederzuerlangen? Das ist gut! Hier in den Tiefen des Berges finden wir den Frieden, den wir suchen. Auch ich komme oft hierher. Und nun stelle ich fest, daß du es genauso machst.«

Stu hatte die Lippen zusammengepreßt, aber die Frau hatte nichts weiter gesagt, als sie aufgefordert, ihr zu folgen. Als das Ende des Ganges beinahe erreicht war und sie nahe am beleuchteten Hauptstollen anlangten, wandte sie sich ihr noch einmal zu, wobei sie die Lampe wiederum so hielt, daß Stu ihr Gesicht nicht erkennen konnte.

»Eines Tages wirst du blind deinen Weg durch diese Gänge finden. Aber bis es soweit ist, vergiß eine gut gefüllte Lampe nicht, und vergiß auch nicht diesen gutgemeinten Rat einer Smagninborgtöchtir. Leb wohl!«

Dann war die Frau in einem weiteren Nebengang verschwunden.

Stu begegnete ihr nie wieder, es hatte keine Unterhaltung mit ihr stattgefunden, und doch wollte sie dieses Ereignis nie vergessen. Viele Jahre noch hielt sie die Erinnerung an die Stimme der Unbekannten fest, wie um eines Tages in einer zufälligen Begegnung herauszufinden, wer sie war. Nach und nach jedoch verblaßten der Widerhall und die Tonlage in Stus Gedächtnis.

Sie überschlug im Geiste die Frauen, die ihr aus der Sippe Smagninborg bekannt waren. Auch Janjat fiel ihr ein. Stu lächelte. Sie hatte dafür gesorgt, daß Janjat sich in Zukunft nicht allzugut mit ihren Schwestern vertragen würde.

Doch in diesem Moment wurde sie durch ein lautes Poltern vor der Tür aus ihren Gedankengängen aufgeschreckt.

»Ehre sei deiner Göttin!«

Herrat war stark angetrunken und stampfte mit gerötetem Gesicht in die Stube. Sie löste ihren Schwertgurt, und die Waffe fiel polternd zu Boden. Die Treufrau ließ sich auf einige Kissen fallen und breitete die Arme aus.

»Komm her, Stu, was haben wir früher für einen Spaß miteinander gehabt. Höchste Zeit, die alten Erinnerungen aufleben zu lassen.«

Herrat litt unter Aufstoßen. Sie gab sich keine Mühe, dies zu verbergen.

»Gute Nachrichten, Stu! Ich weiß, wo sich diese verdammten Vertragsbrüchigen verstecken. Sie sind in M'alennian. Dort werde ich sie also aufscheuchen lassen!« Herrat lachte selbstgerecht und ließ die Arme wieder sinken.

»Ich denke, du stellst dir diese Unternehmung leichter vor, als sie sein wird.«

Die Treufrau ging über solche Bedenken rasch hinweg.

»Nichts ist für mich unmöglich! Ich habe eine gute, eine mächtige Freundin. Na, bist du zufrieden mit mir, du zukünftige Nebenprovinzvorsitzende von Fäärwll? Und deine Mutter und die Silberschmiedin werden wir an Nephtars Tische rufen lassen!«

Langsam stand Stu auf. Sie füllte einen Becher Fein und reichte ihn Herrat.

»Was meinst du damit?«

»Womit?«

»Was hast du mit meiner Mutter und Aviva vor?«

Herrat schwenkte das Glas.

»Wir brauchen sie nicht mehr, meine Gute! Wir können sie getrost ablegen. Wie schlechte, alte Gewohnheiten!« Die Treufrau Nordwestmidlands trank in einem Zug und zog die ehemalige Geliebte zu sich. Stu spürte den warmen, vom Fein erfüllten Atem dicht an ihrem Gesicht.

Herrats Sprache wurde undeutlich.

»Ich bin, weiß Nephtar, geritten, als wennesmein lesster Ritt wär, nurum soschnell wiemöglich ssu dirssukomm. Wiewäres mitein bisschen Dankbarkeit?«

»Ich bin dir unendlich dankbar, Herrat!« Stu entzog sich und füllte den Becher aufs neue, während sie angewidert auf die Betrunkene hinuntersah.

Die Treufrau brummte zufrieden.

»Willssu mich betrunkn machn?« erkundigte sich Herrat frohsinnig. »Duweissassas nich geht.« Erneut griff Herrat nach Stus Arm. »Stu, teile daslaggeeh mitmi! Du weissasich dich begehre.«

»Geduld, Herrat, war noch nie deine Stärke!«

»Gedull? Wieso sollichmichgedulln? Wassas duheuteabnd nochvor? Willsu siejetssgleich ewanoch annepfftarrss tişch senn? Warte nochbis morn, bissich wieder klarbinunesgenießn kann.«

»Es wäre außerordentlich unvernünftig, sie zu töten«, sinnierte Stu.

»Trinkein mitmi!«

»Später! Wir werden sie nicht töten. Ich bin keine Mörderin.«

Herrat spuckte eine Ladung Fein über den Fußboden.

»Verfluch nochma, abe siesinnochschon tot!«

»Was?« fragte Stu irritiert.

Herrat bemühte sich redlich, überdeutlich zu artikulieren, als sie antwortete: »Ich habeh Lanniss eineh Narricht gesannd. In deh steht, daß sie tot sinn, angespühlt aneh Küsteh. Keineh wird fraggen wohee un wohin. Wih habben freieh Hannd. Begreifsss du ennlich?« Herrat leerte zufrieden den Kelch nach dieser Anstrengung.

»Oh, ja, ich begreife und kann es doch kaum glauben.«

Stu rieb sich über das rasierte Haupt.

»Ich will daß sie leben, Herrat. Ich habe vor, Beringör von Stelen und Aviva von Smagninborg für die Nergoritdiebstähle verantwortlich zu machen, vielleicht auch für den Raub des Zubers. Ich halte es für wahrscheinlich, daß er sich ebenfalls in M'alennian befindet. Was sonst sucht ausgerechnet eine Gold- und Silberschmiedin auf dieser Insel? Die Bewohnerinnen Fäärwlls haben Helferinnen vom Festland, und sie versuchen, Lanice Lofort das Handwerk zu legen.«

Herrat sah sie mit roten, weitaufgerissenen Augen an, doch dann begann sie, grölend zu lachen. Sie schlug sich auf die Schenkel vor Vergnügen.

»Dubissverrückd, Stu, vollkomm verrückd! Beringör un Aviva als Diebinnen? Wehsoll dirdasenn abkaufn?«

»Das«, sagte Stu kalt, »war genau das richtige Stichwort! Alles hat seinen Preis!«

»Nie wirssu eine finn diesich darauf einläßd!« stellte Herrat mißmutig fest. Sie fühlte sich diesem Gespräch nicht recht gewachsen.

»Wir benötigen natürlich ein wenig Zeit, um all das vorzubereiten«, erklärte Stu. »Du wirst also Lanice eine weitere Nachricht senden, aus der hervorgeht, daß du dich glücklicherweise geirrt hast.«

»Gehirrt?« Herrat begann, erneut zu lachen. »Unnsnn! Wie willssu erklärn, daßie Totn nu nichmeh tot sinn?«

»Du hättest mich vorher fragen sollen, das sind jetzt nicht meine Schwierigkeiten. Sieh zu, wie du die Sache bereinigst. Ich will nicht, daß ihnen auch nur ein Haar gekrümmt wird!« zischte Stu.

Herrat sah sie gereizt an und wurde laut.

»Jess hör mih mah gussu, du Ausbunn an Kluchheit. Dir

gehs doch nuh ummie vrfluchte Angelegenheit mitdeineh Sippe, deh gansse Flafflkrahm. Ich laßnich ssu, dassu damit meine Pläne durchkreusst. Es mussdieh doch klahsein, daß Beringöhun Aviva nie wiedeh *einfuhß* aufass Fesslann sessen dühfen. Sie sinn eine ssu große Gefahh. Sie wern redn, übeh Fäähwll redn. Willssu dass? Dann vehabschiehde dich von deim Amt als Nebnprvzvorsissendehh. Sag Farewell!« Die Treufrau begann zu lachen. »Hehe! Sag Farewell Fäärwll!«

Stu sah starr an der Treufrau vorbei.

Herrat war im Recht. Diese Erkenntnis zog ihr den Boden unter den Füßen weg. Aber die Gedanken zu Ende zu spinnen, war Stu bisher nicht bereit gewesen. Es mußte noch eine andere Lösung geben. Es mußte einfach. Bis sich ein weiterer Ausweg zeigte, wollte sie Zeit gewinnen.

»Du wirst mich nicht dazu bringen, daß ich tatenlos mitansehe, wie du Beringör und Aviva tötest. Du gehst zu weit.«

Herrat wurde des Gespräches müde.

»Kommscho Stu, kommhe! Wie wolln ein bisschn Spasshamm.«

»Du bist zu betrunken, Herrat, und selbst, wenn du es nicht wärst, ich begehre dich nicht mehr!«

»Was? Wassachssu da? Dafürh komme ichden ganznweidn Wech hiehe, ummich von dih abweisn zu lassn?« schnaubte Herrat.

In diesem Augenblick öffnete sich die Tür, und die Treufrau konnte offensichtlich nicht glauben, wen sie sah.

»Wassmachsie hieh?«

Stu warf der Treufrau einen verächtlichen Blick zu und sagte leise: »Da staunst du, was? Sie hat sich weder unrettbar verlaufen, noch ist sie in einstürzenden Gängen verschüttet worden. Du wußtest, daß schlagendes Wetter war.«

Raktscha stand zögerlich an der Tür, und die Minenbeauftragte trat eilig auf sie zu.

»Sieh zu, daß du in deine Hütte kommst! Verschwinde! Rasch! Ich meine es nur gut!« Stu schob sie über die Schwelle, aber Herrat brüllte bereits nach der Schreiberin, die auf der Stelle verharrte.

»Sie ist verrückt«, gab Raktscha leise zu bedenken.

»Fettigeh ein Berich übeh die Ehfolge deh Herrat Herratsn, Treufrau de Stadt Kareb Solto. Fehtige ihn jess! Am bessen, du schreibs ein Loblied. Jahh! schreibmih ein Loblied! Ich willes jess hörn!« tönte Herrat »Wastarrssu michso an! Wirsball? Ich habe dir ein Befehl geben«, brüllte sie weiter und stieß mit dem Stiefelabsatz auf den Fußboden.

»Ich werde einen Bericht über dein Betragen verfassen«, erklärte Raktscha.

Stu legte die Hand auf ihre Schulter.

»Du hast es gehört. Der Treufrau ist heute ein überwältigender Schlag gegen die Nergoritdiebinnen gelungen. Aufgrund ihres hervorragenden Spürsinnes und Verstandes ist es ihr gelungen, das Versteck der Frauen ausfindig zu machen. Sie ist zwar noch nicht dort gewesen und weiß auch nicht, wie sie zu ihnen gelangen kann, aber sie weiß immerhin, wo sie sich befinden. Dichte ein paar Zeilen. Darauf verstehst du dich gewiß. Damit dich der Lärm dieser kleinen, ausgelassenen Feier hier nicht stört, wirst du jetzt besser gehen und an einem stillen Platz die richtigen Worte finden. Ich bin überzeugt, du wirst es fertigbringen.«

Stu schob sie nun entschlossen hinaus, schloß die Tür und ging wieder zu Herrat hinüber, die stumpf vor sich hinbrütete. Einen Augenblick sah sie nur unbewegt auf die Betrunkene hinunter, dann jedoch schien sich ein heftiger Jähzorn seinen Weg zu bahnen, sie packte die Treufrau und schüttelte sie.

»Du kannst wirklich stolz auf dich sein. Du wirst uns hier noch alles verderben.«

Herrat lachte, so lange jedenfalls, bis Stu sie gegen die Wand drückte und das Luftholen ausgesprochen schwer wurde.

»Ich verabscheue dein grobes Verhalten!« flüsterte Stu. »Sieh dich vor!«

»Dassachs aussgerechnet dumih?« keuchte Herrat, während Stus Augen schmal und schmaler wurden. Sie war noch nicht fertig.

»Und noch etwas! Wenn du das nächste Mal beabsichtigst, halb Fäärwll in die Luft zu sprengen, dann laß es mich vorher wissen.«

Herrat wartete, bis Stu die Stube verlassen hatte, dann warf sie den Feinbecher gegen die Tür. Sie starrte lange unbewegt die Wand an und bemerkte plötzlich, daß sie in den nächsten Stunden nicht allein bleiben würde. Sie überließ sich widerspruchslos den unruhigen Träumen und wartete, bis etwas Schattenhaftes die Führung der Gedankenreise übernahm.

Es war Ibak nicht klar, was genau sie in M'alennian erlebt hatte. Sie konnte sich nicht erinnern, während der Begegnung auch nur im Entferntesten an ihre Reiseroute gedacht zu haben, doch sie alle waren jetzt in der Lage, ihren Weg fortan unbehelligt von den Wesen der Zwischenwelt fortzusetzen. Sie ritten geradewegs nordwestlich. Zumindest hatte sich nun, dafür war Ibak sehr dankbar, wieder ein Gefühl für die Himmelsrichtungen bei ihr eingestellt.

Es war bereits spät. Innerhalb des Gebietes von M'alennian spielte dies zwar keine Rolle, denn es herrschte stetiges Zwielicht, doch Ibak war sich sicher, daß sie die Entfernung bis zum Waldrand und Draích'laír keinesfalls noch an diesem Abend bewältigen konnten. Sie genoß den Ritt und trotz des langen Tages, der ihr ewig viele Stunden zu enthalten schien, fühlte sie sich wohl. Ihr Herz war frei, ihr Geist wach, die Seele von Milde überzogen und ihr Körper fühlte sich kräftig an, wie seit Monaten nicht mehr. Auch Janjat und Sina stand ein Lächeln im Gesicht, während um sie her Wege erschienen und den Pferden Flügel wuchsen. Eine jede von ihnen hatte die Begegnung mit M'alennian anders erlebt, doch war es für sie alle gleichermaßen eine Erquickung gewesen.

»Wie kommt es«, fragte Ibak nach dem Aufenthalt bei M'alennian Edita Fallvaress, »daß die Seele des Waldes die Macht hat, mich zu Frieden kommen zu lassen? Ich fühle mich von Glück durchflutet. Ich erhielt Einblicke, die ich nicht in Worte zu fassen vermag, aber sie erfüllen mein Herz mit Freiheit, einer Freiheit, die ich lange nicht kannte.«

»In M'alennian wohnt die Überwindung unserer scheinbaren Gegensätzlichkeiten. Wir erhalten dort die Gelegenheit zu einer kurzen Atempause, die leider nicht von Dauer ist. Ein Besuch in M'alennian ist lohnend, da dort Einblicke in unser Selbst gewährt werden, dessen schmerzliche Gegensätzlichkeiten die Seele des Waldes für einen kurzen Moment heilend zusammenführt. M'alennian zeigt auf, was in friedlichem Widerstreit in uns sein kann, ohne jedoch auf immer zu bewirken, daß dieser Friede bleibt. – Leider!« fügte Edita nach einer Weile hinzu.

»Ich werde die Begegnung also vergessen?«

»Nein, du wirst sie nicht vergessen, doch stell dir vor, in einem dunklen Gang, in dem du die Hand nicht vor Augen sehen kannst, habe dir für eine kurze Zeit etwas geleuchtet. Das Licht verlöscht, aber du kannst dich erinnern, was du sahst, als die Flamme noch brannte, ebenso erinnerst du dich also daran, wo die nächsten Schritte deines Weges im Dunkel dich hinführen sollten.«

Nach dieser kurzen Unterhaltung ritt Ibak schweigend weiter und dachte über Editas Worte nach. Und nicht zuletzt darüber, ob ihre Schritte in Erinnerung an M'alennians Licht sie auch nach Gundlberg und zu Andronja führen würden. Doch war es keineswegs jenes quälende Nachdenkenmüssen, das sie in früheren Zeiten befallen hatte, es war von leichter, heiterer Art, ausgeglichen, suchend, aber für den Fall des Nichtfindens nicht der Verzweiflung anheimfallend. In Ibak wohnten für wenige Stunden Vertrauen und Zuversicht.

Mit einem Mal jedoch zügelte Edita ihr Pferd.

»Wir sind da. Ich hoffe nur, daß Vega in der Nähe ist.« Sie sprang aus dem Sattel. »Wartet hier auf mich! Und seid leise!« Vorsichtig schlich sie sich zum Waldrand.

Die Frauen stiegen ab. Ibak führte die Pferde ein Stück abseits, wo sich genau in diesem Augenblick zu ihren Füßen eine kleine Quelle auftat.

»Danke!« murmelte sie, da sie es aufgegeben hatte, sich in diesem Wald über etwas zu wundern.

Auf Zehenspitzen schlich Edita zu den anderen zurück und führte sie wieder ein kleines Stück waldeinwärts.

»Was für eine vertrackte Lage. Dort vorne am Waldrand sitzt eine Frau und schreibt beim Schein einer kleinen Lampe. Wir werden uns nicht unbemerkt an ihr vorbeistehlen können. Wir müssen warten, bis sie fortgeht, und hoffen, daß Vega zu uns kommt. Sie wird uns sagen können, wo Beringör und Aviva gefangengehalten werden, falls sie überhaupt noch in Draích'laír sind.«

»Wenn deine Verdächtigungen gegen unsere Schwester tatsächlich der Wahrheit entsprechen!« fügte Sina streng hinzu.

»Glaub mir! Sie entsprechen leider nur allzusehr der Wahrheit«, seufzte Edita.

»Ich kann mir nicht vorstellen, daß Stu etwas von der Gefangennahme unserer Mutter weiß«, flüsterte Fina mit Blick auf das dichte Buschwerk, welches die Sicht auf die Wiese und Draích'laír verbarg.

»Ruhen wir uns einen Moment aus!« Edita ließ sich am Stamm eines hohen Baumes zu Boden gleiten.

»Woher weißt du, daß Vega heute abend noch kommt?« erkundigte sich Janjat und nahm neben ihr Platz.

»Sie kommt jeden Abend um die gleiche Zeit und wartet auf Nachricht. Meist hält sie sich in Draích'laír auf, aber sie kennt auch den Weg zu unserem Lager im Wald. Sie ist unsere wichtigste Verbindung zu den Dörfern. Die anderen betreten M'alennian nur bis zu diesem Punkt. Nie würden sie ihren Fuß weiter in diesen Wald setzen als bis hierher! Ihr müßt wissen, in M'alennian gibt es eine Fünfzig-Schritt-Grenze, die waldeinwärts am Rande verläuft. Innerhalb dieses begrenzten Streifens ist das Betreten in keinem Fall gefährlich.«

»Denen, die M'alennian ohne Erlaubnis betreten, droht also immer Gefahr, egal, ob sie Bäume verletzen oder nicht?« Ibak zog ihren Schleifstein hervor.

»Es droht keine Gefahr durch M'alennian selbst, aber durch die Wesen der Zwischenwelt. M'alennian kann für ihr Tun keine Verantwortung übernehmen, solange ihr nicht bekannt ist, daß sich Unbekannte in diesem Wald aufhalten.«

»Und weil wir uns nun persönlich bei ihr vorgestellt haben, stehen wir unter M'alennians Schutz?« wollte Fina wissen.

»Ja, ungefähr so ist es. Alle, die ohne M'alennians Wissen in diesem Wald unterwegs sind, gehen ein hohes Risiko ein.«

»Aber was, wenn sie M'alennian nicht finden, um ihr mitzuteilen, daß sie den Wald durchqueren wollen?«

Edita lächelte milde.

»Sie finden M'alennian, wenn sie es wollen. Auch ich habe den Hain, ihr Herz, damals entdeckt. Ich glaube nicht, daß das ein Zufall war.«

Sina kehrte zurück. Sie hatte sich von den anderen entfernt und war bis zum Randdickicht getreten, um nach der Frau zu sehen, die dort saß und schrieb.

»Außerhalb des Waldes ist es dunkel! Die Sterne stehen am Himmel«, stellte sie müde fest.

»Ja, nur M'alennian kennt weder Tag noch Nacht.«

»Weißt du, wer die Frau ist, die dort sitzt und schreibt?«

»Nein, sie ist jedenfalls keine aus Draích'laír. Ich vermute, sie gehört zu den Frauen der Stadtwache.«

»Was hat die Stadtwache auf Fäärwll verloren?« erkundigte sich Janjat.

»Das habe ich euch doch bereits erzählt. Die Bewohnerinnen von Fäärwll werden beschuldigt, Nergorite gestohlen zu haben.«

»Woher beziehst du eigentlich all deine Informationen, Edita?« wollte Ibak wissen und fuhr weiterhin bedächtig mit dem Schleifstein an der Klinge entlang.

»Wir haben eine gute Freundin in der Garnlandebene,

hungrige Falken und einsatzbereite Ersatztauben in vielen Schlägen«, lächelte Edita. »Du würdest dich wundern, wenn du wüßtest, was ich noch alles weiß!«

»Nun, hoffentlich verschweigst du mir dann nicht das Wichtigste!«

»Nein, Ibak! Gewiß nicht. In einigen Fragen muß ich nur erst ganz sicher sein, bevor ich darüber spreche.«

»Mhmm! Es wäre schön, wenn ich nicht gegen die Stadtwache Kareb Soltos in einen Streit gezogen würde, ohne überhaupt einen vernünftigen Grund dafür zu kennen.«

»Ich habe dir bereits gesagt, daß wir nicht beabsichtigen, gegen die Frauen der Stadtwache vorzugehen, nicht eher, bis wir durch sie bedroht werden. Außerdem müssen wir erst noch beweisen, daß die Treufrau an der Unterschlagung beteiligt ist. Bei Fiu, sie wird dafür gesorgt haben, ganz besondere Frauen für diesen Auftrag mitzunehmen. Erst einmal müssen wir die Botschafterin Flaffls befreien und meine Schwester Aviva, eure Tante auch. Und Beringörs Worten wirst du wohl hoffentlich Vertrauen schenken.«

»Selbstverständlich! Und ich schenke auch deinen Worten Vertrauen, wenn ich dich daran erinnern darf.«

»Dafür danke ich dir!«

Ibak legte den Kopf zur Seite und schmunzelte.

»Immerhin bist du so etwas wie meine Halbtante. Damit gehörst du so gut wie zur Sippe!« Sie schob ihr Schwert in den Waffengurt und zog Janjat zu sich heran. »Siehst du, die Smaginborgtöchter sind eben überall.«

Janjat lachte und legte ihren Kopf an Ibaks Schulter.

»Sie wandern selbst in die Satschistei aus, um vor der Sippe zu fliehen«, warf sie kichernd ein.

»Ich wurde in der Satschistei geboren«, berichtigte Edita.

Ibak überhörte den Einwand. »Und um Großmutters wöchentlicher Pfeilschnitzgruppe zu entgehen!«

»Oder den Sippentreffen in Fjödirtaag!« fuhr Janjat fort.

»Was zu verzeihen ist, wenn ich bedenke, wie es bei ihnen

zugeht«, bemerkte Ibak mit halbherzig fröhlicher Verdrossenheit. »Selbst die Fiu scheint nicht weit genug entfernt, wenn ich an die Sippentreffen denke.«

»Oder an Smagninborgs Brotbackkünste!« lachte Janjat unterdrückt.

»Oh ja, besonders Smagninborgs Brotbäckerei!« stimmte Ibak in gespieltem Ernst ein. »Die gesamte Sippe bringt der Fiu im Tempel ein Dankopfer, wenn Smagninborg den Teig in die Backstube bringt und nicht selbst Hand anlegt.«

Janjat konnte nun kaum noch an sich halten.

»Sie werden sonst härter als Flaffls Stahl«, prustete sie. »Keine kann sie essen, und Smagninborg biß sich einmal aus lauter Trotz einen ihrer Zähne aus, als sie beweisen wollte, daß der Laib durchaus zum Verzehr geeignet war. Wie haben wir gelacht, erinnerst du dich, Ibak? Sie schleuderte aus lauter Wut das Brot gegen die Wand. Es prallte gegen den Schmuckschild aus Bronze und hinterließ einen Abdruck, den sie am nächsten Tag herausarbeitete. Bis heute darf keine sie darauf ansprechen. Eleva wäre fast erstickt vor Lachen an diesem Abend.«

Mit einem Male wurde Ibak Sinas betretenes Gesicht gewahr, und sie drückte Janjats Arm, um sie darauf aufmerksam zu machen. Sie beugte sich vor und reichte Sina von Stelen eine jener schmackhaften Wurzeln, die sie unterwegs während einer Rast aufgelesen hatte.

»Komm Sina, laß uns teilen, was vom Abendbrot noch übrig ist.«

Sina brach die Wurzel in fünf Stücke und blickte Ibak traurig an.

Doch dann sah sie zu Boden und kaute langsam vor sich hin.

Die nahe Anwesenheit ihrer Schwestern nicht ahnend, begab sich die Minenbeauftragte Fäärwlls nach einigen Stunden des ergebnislosen Nachdenkens, die sie in der Mine verbracht hatte, zu Raktscha hinaus. Sie wußte nicht genau, warum sie das tat. Es erschien ihr selbst eigenartig, aber sie fühlte sich seltsam zu ihr hingezogen. Diese Gefühle beruhten freilich nicht auf Gegenseitigkeit. Raktscha seufzte, als sie Stus Gestalt über die Wiese herannahen sah. Sie legte nicht den geringsten Wert darauf, nach Diktat zu schreiben. Aber diese Sorge wenigstens blieb unbegründet.

»Hab keine Angst, ich bin nicht gekommen, um dich zu holen. Die Treufrau schläft gewiß wie ein Stein! Sie kann sich morgen früh noch nicht einmal mehr daran erinnern, daß sie ein Loblied ‚bestellt' hat. Herrat wird dich also mit der gleichen Freundlichkeit behandeln wie sonst auch.«

Das sollte ein Scherz sein. Aber als Stu bemerkte, daß Raktschas Gesicht unbewegt blieb, setzte sie gleich wieder eine eisige Miene auf und nahm der Schreiberin gegenüber auf einem Stein Platz.

»Ich bin lediglich gekommen, um … ich bin nur hier, weil … weil ich dich … warnen will.« Etwas anderes fiel Stu nicht ein. Was hätte es für einen anderen Anlaß geben können?

»Wovor willst du mich denn diesmal warnen?« Raktscha war alles egal. Selbst wenn sie nun auch noch das offensichtliche Wohlwollen der Minenbeauftragten verlieren würde – schlimmer konnte es gewiß nicht werden.

»Ich will dich warnen vor … verflucht, ich … wünsche, daß du zum Beispiel … nie mehr … ohne Grubenlampe in den Berg gehst. Ich will, daß du überhaupt nie wieder die Mine betrittst.«

Raktscha sah sie verwundert an.

»Du kommst hierher, um mir das zu sagen? Ich hätte ohnehin nie wieder einen Fuß in einen Stollen gesetzt. Verfluchte Berge! Ihr Stein ist hart und kalt.«

Sie beugte sich wieder über ihr Pergament.

»Ich verbiete dir, in dieser Art über Dinge zu sprechen, von denen du nichts verstehst!« gebot Stu mit barscher Stimme.

»Ach!« wandte Raktscha ein. »Ich verstehe genug davon,

daß ich weiß, ich hätte ohne dich nie wieder herausgefunden aus diesem Grab.«

»Die Berge sind kein Grab. In ihnen ... wohnen die Göttinnen«, stieß Stu hervor.

Raktscha sah wieder auf.

»Du liebe Güte! Ich suche meine Göttin lieber unter freiem Himmel. Vielen Dank!«

Sie senkte erneut den Kopf und tat, als würde sie nachdenken. Wann würde Stu endlich verschwinden?

»Du vergreifst dich im Tonfall, Schreiberin!« sagte Stu und umfaßte mit hartem Griff Raktschas Hand, die die Feder hielt.

Raktscha blieb ruhig.

»Siehst du, ich habe es gewußt. Du bist nur hergekommen, um mir meinen Frieden zu stehlen, um mir zu drohen. Aber soll ich dir etwas sagen, Stu, ich habe keine Angst mehr vor dir. Höchstens vor der Treufrau. Du aber wirst mir nichts tun.«

»Bist du dir da so sicher?« Stu preßte voller Wut Raktschas Hand zusammen. Die Feder fiel zu Boden.

»Du wirst mir nichts tun!« wiederholte Raktscha und sah angestrengt geradeaus. Im nächsten Moment wurde Stu bewußt, was sie tat. Bei Fiu, sie war keine Spur besser als Herrat, sie ließ sich von dieser kleinen Schreiberin zu Torheiten provozieren.

Sie gab Raktscha frei und wandte sich widerwillig ab.

»Es tut mir leid! Von nun an ist Schluß mit jeder Vergünstigung, die du durch mich erfahren hast!« sagte sie nach einer Weile leise und erhob sich. »Halte dich von Herrat fern!«

Raktscha, die plötzlich Mitleid mit der Minenbeauftragten empfand – warum, wußte sie nicht –, stand ebenfalls auf.

Stu war schon ein paar Schritte über die Wiese gegangen, da hörte sie die Stimme der Schreiberin:

»Welche Göttinnen ...« Raktscha räusperte sich, »... welche Göttinnen wohnen denn in den Bergen?«

Stu wandte sich um.

»Hast du nun doch Angst bekommen, da du in Zukunft

vor Herrat nicht mehr mit meiner Hilfe rechnen kannst?« Sie lachte leise und stapfte weiter.

Raktscha unternahm einen letzten Versuch: »Nein! Es … es interessiert mich … wirklich!«

Aber es hatte keinen Sinn. In diesem Moment war beendet, was nie begonnen hatte. Aus des Schicksals Buch der unendlichen Möglichkeiten war durch den vorangegangenen Wortwechsel jene Stelle ausradiert, die eine in kurzem Glück vereinte Begegnung zwischen einer Schreiberin und einer Minenbeauftragten zur Folge gehabt hätte.

»Ich ziehe meine Warnung zurück, Schreiberin«, rief Stu laut, während sie rückwärts schlenderte. »Geh selbst hinein und suche die Göttinnen der Berge! Wenn du sie gefunden hast, bitte sie auch gleich, dich auf dem Weg nach draußen zu begleiten, denn ich komme gewiß nicht mehr, um dir zu helfen.«

Nicht weit entfernt, doch hinter der belaubten Grenze von M'alennian verborgen, hatte eine Frau die Ohren gespitzt und den letzten Satz vernommen.

»Bei Fiu, das war Stus Stimme!« Fina sprang auf. »Ich habe es ganz deutlich gehört. Ich will zu ihr!«

»Bleib hier!« Sina hielt sie zurück.

»Laß mich!« Fina riß sich los.

»Bei den Göttinnen, unternimm etwas! Sie wird alles verderben!« rief Edita.

Janjat bekam sie zu fassen.

»Stu!« brüllte die sich wehrende Fina nun mit aller Stimmgewalt, die ihr zur Verfügung stand.

»Haltet ihr den Mund zu!«

Edita eilte herbei und legte ihre Hand fest auf Finas Mund, aber die Geknebelte biß zu und brüllte noch lauter: »Stu von Stelen!«

Raktscha horchte verwundert in den Wald hinein. Der Name der Minenbeauftragten war gerufen worden.

Auch Stu hatte ihn vernommen und machte kehrt. Sie lief eilig zu Raktscha.

»Hast du das auch gehört?«

»Ja, du wirst gerufen.«

»Dieser Wald ist verflucht. Die Wesen aus den Zwischenwelten wollen herausfinden, ob ich mich vor ihnen ängstige.«

»Jetzt bleibt alles still, ich höre nichts mehr!«

Stu schauderte. Nicht der Berg jagte ihr Schrecken ein. Sie fürchtete den Wald. Und immer hatte sie damit gerechnet, daß M'alennian sie eines Tages rufen würde, sie gewissermaßen zum Kampf fordern würde. Jetzt war es also soweit.

Sie zog ihr Schwert im festen Wissen, daß es ihr nichts nützen würde. Aber die Hand am Heft ihrer Waffe zu spüren, hatte etwas Beruhigendes.

»Ich werde nachsehen!«

»Du willst in den Wald?« fragte Raktscha fassungslos.

»Ich will wissen, wer mich gerufen hat!«

»Ich komme mit dir!«

»Nicht du bist gerufen worden.«

»Ich komme trotzdem mit!«

»Wie du meinst!« Stu teilte mit dem Schwert das dichte Buschwerk am Waldrand.

Sie sah in das dämmrige Zwielicht M'alennians und nahm sich zusammen, als sie sich vorwärts tastete. Die ersten Schritte führten sie zwischen mächtige, hohe Eichen. Links von ihnen lockte ein Weg. Mit einer Hand die Zweige des Dickichts berührend, schlich Stu weiter. Ihr gruselte vor dem unheimlichen Licht, das durchaus keine natürliche Ursache haben mochte.

»He!« rief sie, und ihre Stimme hallte zwischen den Stämmen wider, als stünde sie in einem hohen Tempel. »Wer hat mich gerufen?«

Alles blieb still.

Doch diese Stille war anders als die nächtliche Stille, die sie soeben noch am Waldrand umgeben hatte.

»Warum gehst du nicht weiter?« fragte Raktscha, die sich M'alennian viel unheimlicher und dunkler vorgestellt hatte.

»Sei still!« Stu lauschte. Nein, es war wirklich nichts zu

hören. Gar nichts! Und niemals zuvor, hatte Stu dieses Nichts gehört, selbst in den tiefsten Stollen des Jaltofjödirmassivs nicht. Und das Nichts schien ihr nun lauter zu sein als jedes Geräusch, welches sie bisher vernommen hatte.

»Hörst du auch dieses Nichts?« flüsterte Stu entsetzt.

»Ich höre auch nichts!« bestätigte Raktscha – unter dem Eindruck einer weit weniger beängstigenden Wahrnehmung.

Stu schlug den Weg links ein. Außer dem Geräusch des Nichts, das in ihren Ohren summte, kam ihr aber nichts bedrohlich vor, und sie wurde mutiger.

»Wer hat mich gerufen? Na los, zeig dich!«

Ibak, der das Versteckspiel nicht länger behagte, machte Edita ein Zeichen und trat – ohne die Mißbilligung der Gefährtin zur Kenntnis nehmen zu wollen – aus dem Unterholz.

»Stu? Stu von Stelen?«

Ruckartig, das Schwert bereithaltend, wandte die Minenbeauftragte sich um.

»Wer will das wissen?«

»Ich bin Ibak von Smagninborg, und ich komme nach Fäärwll, um dir im Auftrag unserer Sippenoberen Smagninborg die Aufforderung zu überbringen, auf dem Ringplatz vor den Toren Fjödirtaags zu erscheinen.«

Stu runzelte die Stirn.

»Was soll dieser Unfug? Mit Flaffl will ich nichts mehr zu schaffen haben. Und ich werde mich vor keinerfrau Augen und Ohren rechtfertigen!«

Ibak legte den Kopf in den Nacken und verschränkte die Arme vor der Brust.

»Mit mir, um meiner Forderung Bekräftigung zu verleihen, sind zwei Reisende. Du wirst dich freuen, sie zu sehen, Stu von Stelen.«

Fina stürmte aus dem Gebüsch, und auch Sina trat zögerlich herbei.

»Bei Fiu!« stöhnte Stu, der mittlerweile eindeutig zu viele Stelentöchtir auf Fäärwll beisammen waren.

»Oh Stu!« Fina fiel der Schwester um den Hals.

In einiger Entfernung blieb Edita – das Gesicht unter einer Kapuze verborgen und den Kopf im Schatten haltend – unter einer der Eichen stehen.

Auch Ibak beobachtete nun schweigend, was weiter geschehen mochte. Stu schien über das Zusammentreffen nicht erfreut zu sein.

»Ehre sei deiner Göttin, Schwester!« Sina legte zum offiziellen Gruß die Hand zur Brust. Nichts von der Überschwenglichkeit Finas war ihr anzumerken. »Du hast uns einmal geschrieben, wir wären dir auf Fäärwll willkommen, und nun sind wir hier, um dich zu bitten, der Wahrheit zu ihrem Recht zu verhelfen.«

Stu war verwirrt.

»Von was, bei Nephtars Abgründen, schwatzt ihr nur?«

»Ehre deiner Göttin! Stu von Stelen!« warf Janjat gelassen ein und trat ebenfalls näher. »Erinnerst du dich an mich? Unsere gemeinsame Nacht behielt ich lange in erfreulichem Andenken. Aber heute komme ich, weil du mich übel verleumdet hast.«

»Oh Stu!« schluchzte Fina, die immer noch im Schwertarm ihrer Schwester hing. »Wir wollten dir nur zu deinem Recht verhelfen. Wir wollten diese Diebin zur Verantwortung ziehen und sie zwingen, ihre bösen Worte zurückzunehmen, mit denen sie das Herz unserer Mutter einst gegen dich vergiftet hatte! Nicht Beringör schickt uns. Wir entschieden es ganz allein. Du wirst endlich die Wahrheit über Janjat sagen. Dann wird alles gut, und du kannst endlich heimkommen.«

Stu sah einen Moment verwirrt in die tränenvollen Augen ihrer jüngeren Schwester. Sie besann sich einen Moment, bemerkte die schweigenden Gesichter rings um sich und begriff. Der Brief! Sie hatte den Schwestern diesen törichten Brief geschrieben. Börgerby, Sina und Fina waren stets die einzigen Frauen auf der Welt gewesen, um deren Zuneigung und gute Meinung sie etwas gegeben hatte. Aber nun begriff sie, daß sie mit diesem Brief einen schweren Fehler begangen und ihre Schwestern unterschätzt hatte. Nie hätte sie ihnen zugetraut, eine eigenmächtige Fehde gegen die Smagninborgtöchtir zu beginnen, gegen den Willen und das Wort der Sippenoberen zu verstoßen.

»Stu, so sag doch etwas!« hauchte Fina leise. »Die Smagninborgtöchtir stellen deine Aufrichtigkeit in Frage. Sie behaupten, du seist eine Lügnerin!«

Stu nahm sich zusammen und benutzte ihre letzten Kraftreserven, um vernünftig nachzudenken. Sie überdachte ihre Lage, betrachtete Janjat, Ibak und die stumme, verhüllte Gestalt am Baum und packte Fina bei den Schultern. Ungeduldig stellte sie die Weinende gerade auf die Beine.

»Schweig endlich!«

Sie trat ein paar Schritte vor.

»Ich betrachte mich als nicht mehr an die Gesetze und Sitten Flaffls gebunden, Janjat von Smagninborg, da ich aus meinem Zuhause für immer verbannt wurde und nicht dorthin zurückkehren darf, selbst wenn ich es wollte. Meine Schwestern scheinen etwas hitzköpfig zu sein. Du und ich, wir beide wissen, was geschah, als wir einander begegneten. Über das, was du mit Beringör besprochen hast, besitze ich keine genaue Kenntnis. Vielleicht ist alles nur ein Mißverständnis. Wie dem auch sei ... Ich bitte dich also, den Vorfall einfach zu vergessen und muß in meiner Eigenschaft als Minenbeauftragte der Insel Fäärwll jetzt darauf bestehen, daß ihr alle unverzüglich den Weg nach Rosof Fäärwll antretet und die Insel verlaßt.«

Aber Janjat begegnete Stus tiefem Blick und ihren eindringlichen Worten unbewegt.

»Es tut mir leid, Stu. Ich werde diese Insel nur mit dir gemeinsam wieder verlassen. Du besitzt die Erlaubnis, um diese Sippenangelegenheit zu klären, Flaffl zu durchreisen und Fjödirtaag zu betreten. Deine Schwestern haben auf dem Ringplatz einen Brief verlesen, der von dir geschrieben wurde und verlogene Anschuldigungen gegen mich enthält. Sie haben meinen Namen und damit den Namen der Smagninborgtöchtir in der Öffentlichkeit mit Schande bedeckt und mich angegriffen.«

»Wieso eigentlich Mißverständnis? Was soll das heißen?« schluchzte Fina und schickte sich an, Stu erneut in die Arme zu fallen, während Sinas Miene aufkeimendes Mißtrauen verriet.

Stu warf einen ungehaltenen Blick auf ihre Schwestern, während sie begann, unruhig hin und her zu wandern. Einen Moment überlegte sie. Auf dem einfachen Wege ging es also nicht. Sie brauchte Zeit, um nachzudenken.

Erneut wandte sie sich an Janjat.

»Also schön, ich nehme die Ladung auf den Ringplatz an. Nur werdet ihr ein paar Tage in Rosof Fäärwll auf mich warten müssen. Ich habe hier noch eine Aufgabe zu beenden. Reitet zurück und quartiert euch in einem der leeren Häuser ein. Wenn Fiu ihre Gestalt wechselt, werde ich bei euch sein, und wir können aufbrechen.«

»Ich will bei dir bleiben!« weinte Fina. »Du hast uns versprochen, wir könnten bei dir bleiben!«

»Unmöglich. Nicht jetzt! Reite mit Sina und den Smagninborgtöchtir!«

Fina umklammerte Stus Hemdärmel. »Ich kann dir helfen! In diesem Wald verstecken sich Frauen!« erklärte sie eifrig.

»Tatsächlich?« erkundigte sich Stu.

»Ja! Und die da vorne ist …!« Fina zeigte auf Edita, die einen Schritt zurück trat. »Das da ist eine ihrer Anführerinnen.«

»Die in diesem Moment übrigens unter meinem persönlichen Schutz steht!« warf Ibak ein und senkte langsam eine Hand zum Schwert.

Stu lächelte, als sie dies zur Kenntnis nahm.

»Ihr Name ist Edita! Wie sie weiter heißt, weiß ich nicht«, fuhr Fina hastig fort. »Aber da ist auch noch eine alte Frau, Sententia. Edita erzählt überall herum, daß die Frauen Fäärwlls zu Unrecht beschuldigt werden, Nergorite gestohlen zu haben.«

»Sei still«, zischte Sina.

Stus Lächeln verkrampfte sich ein wenig, als sie sich bemühte, eine Stellungnahme abzugeben.

»In der restlichen Welt scheint von Fäärwll ein schlechtes Bild zu bestehen. Ich weiß nicht, mit welchen Gerüchten ihr verwirrt worden seid, aber eure verhüllte Begleiterin mag ruhig vortreten. Wenn sie mit dem Verschwinden der Nergorite nichts zu tun hat, so ist und bleibt sie eine freie Frau. Wie übrigens alle, die auf dieser Insel sind und sich an ihre vertraglichen Verpflichtungen halten. Jedoch läßt sich Nordwestmidland nicht bestehlen. Die Verfolgung einer solchen Tat wird eine Frau schwerlich weder mir noch anderen zum Vorwurf machen können. Nicht wahr, Ibak von Smagninborg?«

Ibak schwieg.

»Und Edita sagt, daß du unsere Mutter und eine Angehörige der Smagninborgtöchtir hier gefangen hältst.« Fina ließ sich nicht aufhalten.

»Bei Fiu, ist das wahr?«

Fina nickte eifrig.

»Nun, das ist ja einfach lächerlich. Eure verhüllte Freundin sollte auf der Hut sein mit solch ungeheuerlichen Verleumdungen. Doch sie weiß gewiß, daß sie damit einen großen Fehler begangen hat, und ich glaube, sie fürchtet sich, denn sie wagt es nicht, mir diese Dinge ins Gesicht zu sagen.«

Frau von Stelen schärfte ihren Blick. Sie hätte viel darum gegeben zu erfahren, welches Gesicht sich unter dieser Kapuze verbarg, doch in diesem Fall mußte sie ihre Ungeduld ein wenig zurückhalten. Freundlich zog sie Fina zu sich heran.

»Nun, Schwester, wenn du soviel Wert darauf legst, bei mir zu bleiben, dann muß ich mich wohl an mein Versprechen erinnern und dich bitten, mir die Ehre zu erweisen, hier mein Gast zu sein.«

Fina blickte sie glücklich an.

»Wie ich sehe, teilt Sina nicht deinen Wunsch! Also gut. Wo ist übrigens Börgerby? Hat sie euch nicht begleitet?«

»Ibak hat sie verletzt! Sie konnte uns nicht begleiten!« erklärte Fina zornig. »Börgerby wußte ja nicht, daß Ibak eine so gute Kämpferin ist.«

»Eine kleine Auseinandersetzung? Nun, nun! Ich muß schon sagen. Die Smagninborgtöchtir scheinen mir etwas jähzornig. Aber ich hoffe doch, sie wird gut versorgt.«

»Sie wird besser versorgt, als sie es verdient hat!« zischte Janjat, die sich jetzt nur noch mühsam zügeln konnte.

Mit amüsierter Gelassenheit betrachtete Stu sie von oben herab.

»Dann habt ihr jetzt gesagt, was euch hergebracht hat. Ihr müßt mich nun entschuldigen, denn meine freie Zeit ist knapp bemessen, und ich habe heute abend noch einiges zu erledigen. Wir sehen uns zum Mondwechsel in Rosof Fäärwll. Nur damit wir uns recht verstehen, das Betreten der Abbaugebiete ist euch bei Strafe nicht gestattet. Und damit ihr euch an dieses Gebot erinnert, werde ich als Gedächtnisstütze einige Wachen rings um Draích'laír postieren lassen.«

»Einen Moment!« erklang nun Ibaks Stimme hinter ihr, und Stu drehte sich um.

»Was gibt es noch?«

»Wo befinden sich Beringör von Stelen und Aviva von Smagninborg?«

Stu verzog den Mund.

»Woher sollte ich das wissen? Ich habe meine Mutter zuletzt vor zwei Jahren gesehen, und an Aviva von Smagninborg kann ich mich kaum erinnern. Aber ich vermute, daß Beringör zur Zeit auf ihrem Stammplatz im *Horn und Hobel* in Sweerkööp sitzt und über die Brandzeichen der Chalaks plaudert. Vielleicht fragst du dort einmal nach!«

Fina warf Ibak einen triumphierenden Blick zu, aber diese reagierte nicht darauf und sagte stattdessen nur leise:

»Du lügst, Stu! Warum lügst du?«

»Kein Wunder, daß die Smagninborgtöchtir offenbar eine Begabung haben, sich und andere in Schwierigkeiten zu bringen! Du bezichtigst mich der Lüge. Würde ich nun noch den

Gesetzen und Sitten Flaffls unterliegen, müßte ich dich für diese Beleidigung zum Kampf fordern, aber ich halte nichts mehr von den Sitten Flaffls. Nicht das geringste. Und daher geh nun deiner Wege und vermeide Beleidigungen dieser Art in Zukunft. Komm jetzt, Fina!«

Doch dann schien Stu etwas eingefallen zu sein. Sie blieb stehen und sah sich suchend um.

»Wo ist sie? Die Schreiberin! Sie betrat mit mir zusammen den Wald.«

Sina zuckte die Achseln.

»Ich habe außer dir keine weitere Person gesehen.«

»Raktscha!« rief Stu, aber alles blieb still. »Verflucht! Schreiberin! Komm her. Der Ausflug ist beendet!«

»Sie wird den Wald bereits verlassen haben!« sagte Ibak.

»Ich hoffe es für sie, ich hoffe es!« Stu schien für einen kurzen Augenblick beunruhigt, dann jedoch begab sie sich zum Randgehölz und nickte kurz, bevor sie M'alennian verließ.

»Wieso kommt sie so einfach hier heraus?« erkundigte sich Janjat.

»Weil sie die fünfzig Schritt Grenze nicht übertreten hat«, seufzte Edita und schob sich die Kapuze vom Kopf.

Eine kleine, sehr müde wirkende Frau kroch nun aus den Sträuchern.

»Könnt ihr mich bitte auf das Festland bringen?«

Mira schlief, eingehüllt in warme Decken, vor der Glut des Feuers. Der Herbst kam in Flaffl schnell und plötzlich. Mit ihm erschienen die kalten Nächte und der erste Frost, wenn in Nordwestmidland noch die Milde des späten Sommers eine Weile spürbar war.

Eleva und Tika hatten kaum das Nötigste an diesem Tag miteinander gesprochen. Scheinbar mühelos hatten sie sich umeinander herbewegt, ohne sich zu nahe zu kommen. Eleva hatte begonnen, Avivas Hütte auf den Winter vorzubereiten, obwohl dies eigentlich noch Zeit gehabt hätte. Tika war, mit Mira auf dem Rücken, zur Beerensuche aufgebrochen und hatte sich reichlich Muße dabei gelassen. Doch jetzt kam die Nacht, und es gab keinen Platz mehr zum Ausweichen.

Schließlich, nachdem wirklich nichts mehr da war, das von einer in die andere Ecke geräumt werden konnte, setzte sich Eleva müde ans Feuer.

»Es tut mir leid! Ich glaube, ich bin dir eine Erklärung schuldig.«

Tika blickte stumm zu Boden.

»Es ist schwer, weißt du. Es … ist wirklich schwer für mich«, fuhr Eleva fort.

»Du selbst machst es dir schwer«, murmelte Tika kaum hörbar.

»Ja und nein. Wenn du mich für mein Verhalten von gestern tadeln willst, hast du alles Recht dazu.«

»Das ist nicht nötig! Ich hatte und habe das beste Bild von dir, nach wie vor!«

»Ja! Ich weiß! Ein zu gutes Bild, wie ich denke«, lächelte Eleva und berührte Tikas Wange leicht.

Tika schloß die Augen.

»Eleva, ich muß … ich habe … ich glaube, daß …!«

»Nein, sei still. Ich bitte dich! Diese Reise ist nichts als ein Traum, den zu träumen ich nie wagen würde. Wie unterschiedlich sind die Wege, die wir beide zu gehen haben.«

Tika hob den Kopf.

»Warum sagst du so etwas?«

Eleva sah in die Glut.

»Ich habe vor acht Wochen die zehnte, die letzte Prüfung abgelegt. Wenn Tarbas in den Winterwendekreis tritt, werde ich in die Stollen der Bewahrung berufen.«

»Nein!«

»Es ist nicht mehr zu ändern.« Langsam erhob sich Eleva.

»Bleib!« Tika griff nach ihrer Hand. »Teil das Lager mit mir!«

»Ich würde es mit Freuden tun, wenn ich nichts als freundschaftliche Zuneigung zu dir empfände, aber bei den Gefühlen, die ich für dich hege, würde durch ein solches Beisammensein alles noch viel schwerer, als es ohnehin schon ist.«

»Eleva!« flüsterte Tika, der die Hand entzogen wurde. »Bitte Eleva, bleib bei mir! Warum hast du mir nie etwas davon erzählt?«

»Es ist in Flaffl nicht Sitte, die Profession auf der Stirn zu tragen, Tika! Und ich habe mich an das Schweigegebot zu halten. Du weißt um seine Bedeutung.«

»Ja, gewiß! Aber in so einem Fall …«

»Nein!« unterbrach Eleva, »Ich habe es dir bislang nicht gesagt, da ich … da ich … es hätte das Bild verfälscht, das du dir von mir gemacht hast. Ich will um meiner selbst willen anerkannt werden, nicht durch all das, was ich in langen Jahren erlernt habe.«

»Bei Fiu«, flüsterte Tika, »es ist für mich nicht von Bedeutung, welche Profession du erreicht hast, welche Begabungen in dir liegen. Ich liebe dich, Eleva!«

»Es ist zu spät!«

»Du kannst die Gefühle, die du für mich hegst, nicht abstellen!« erklärte Tika fassungslos.

»Nein! Das weiß ich. Es ist mir nur zu bewußt.«

»Sie beruhen auf Gegenseitigkeit!«

»Auch das weiß ich!«

»Wie kannst du sie opfern für ein Leben in den Stollen?«

»Die Liebe zu einer Frau, Tika, ist nichts, das ewig währt. Ich aber war auf der Suche nach etwas Dauerhaftem, etwas, das mir niemals entzogen werden kann. Dies ist die Liebe zu dem alten Wissen, zu den Formen des Jaltozirkels, zur Magie. Allein in ihrer Ausübung, in der Versenkung und Meditation kann ich mich auf mich selbst besinnen und finde dort etwas, das mir immer gewiß ist, dessen ich immer gewärtig bin. Es ist für die Ewigkeit ausgelegt, wird lange über meinen Tod hinaus dazu beitragen, die alten Kenntnisse zu wahren und zu mehren. Dem habe ich mich verschrieben. Dort ist mein Platz. Während der zehnten Prüfung habe ich einen Eid geschworen, und wenn ich eintrete in die Stollen, werde ich als eine der zehn Bewahrerinnen den letzten Eid ablegen.«

»Es geht dir also auch um die Ehre!« fuhr Tika verbittert dazwischen. »In Flaffl geht es euch doch immer um diese verfluchte Ehre. Ich werde dieses Land und die Frauen, die es bewohnen, niemals begreifen.«

»Es geht nicht um die Ehre. Was ist die Ehre schon, nur für sich genommen? Nein, es geht darum, den eigenen Platz zu finden, an dem wir angelangen sollen. Ich habe viele Jahre nach diesem Ort gesucht. Und nun meine ich, ihn gefunden zu haben.«

Darauf sagte Tika eine Weile nichts, doch dann murmelte sie:

»Und ich? Wo ist mein Platz? Was ist mit meinem Schicksal, meinem Weg? Du weist mich zurück und erlangst etwas anderes dafür – ob es von höherem Wert sein mag, möchte ich in Frage stellen –, doch was bekomme ich?« Sie lachte bitter. »Smagninborg wird mir eines ihrer Pferde geben, damit ich mich auf den Heimweg machen kann. Ich werde nach Nordwestmidland zurückkehren und meiner Tochter irgendwann erklären, daß ihre Zeugmutter nichts mit mir oder ihr zu tun haben wollte. Ich werde meinen Acker bestellen, und die Jahreszeiten werden kommen und an mir vorübergehen, bis ich alt bin und den ganzen Tag neben dem Feuer sitze und beweine, was ich verloren habe.«

»Warum bleibst du nicht in Flaffl, bei der Sippe?«

»Ich? In Flaffl?« Tika schüttelte verständnislos den Kopf. »Dies ist nicht mein Zuhause. Ein schönes Land, nach allem, was du mir bisher gezeigt hast, aber doch nicht mein Land, nicht mein Haus. Und wäre ich nicht immer auch in deiner Nähe, die mich schmerzhaft daran erinnern würde, daß du mich zurückgewiesen hast? Nein!«

»Du bist nicht die einzige, die diesen Schmerz empfindet!«

»Das ist mir ein rechter Trost. Hab vielen Dank!«

»Tika!« beschwor Eleva sanft und strich durch ihr Haar. »Deine Verbitterung löst verzweifelte Trauer in mir aus. Ich weiß nicht, was ich tun soll.«

Tika legte ihre Hand auf Elevas Arm.

»Denk nach! Mit Sicherheit gibt es einen entsprechenden Ratschlag in irgendwelchen alten Büchern, die mit Magie zu tun haben.« Doch als sie bei diesen Worten die aufrichtige Not in Elevas Augen wahrnahm, änderte sie den Tonfall. »Du kannst in die tiefsten Stollen hinabsteigen, aber dem Leben kannst du dich deshalb doch nicht entziehen. Du wirst leben, solange dein Herz schlägt, und solange es schlägt, wirst du deinen Gefühlen nicht entkommen können. Das ist die Meinung einer einfachen Midlandbäuerin. So sehe ich die ganze Sache. Mach damit, was du willst.«

Eleva spürte Tikas sanft massierende Hand auf ihrem Unterarm. Sie wußte, sie war nun in der Lage, durch eine simple Geste all die Verzweiflung für den Moment auszuwischen, Erlösung für Augenblicke zu erlangen, es drängte sie danach, Tika an sich zu ziehen, sie von dieser Last zu befreien, sich selbst zu befreien, doch was würde dem folgen, wenn diese letzte Schranke gefallen wäre? Nur noch tiefere Verzweiflung! Eleva zog sich zurück, und Tika schlug die Augen nieder.

Die Tür zur Stube schloß sich, und an den Geräuschen, die Tika bald darauf aus dem angrenzenden Schuppen vernahm, erkannte sie, daß Eleva trotz ihrer Erschöpfung beschlossen haben mußte, sich die nächsten Stunden mit dem Spalten von Holz zu vertreiben.

Die Stadtschreiberin Raktscha hätte viel darum gegeben, wenn die nette, kleine Reisegruppe Stu von Stelens Empfehlungen gefolgt und unverzüglich Richtung Rosof Fäärwll aufgebrochen wäre. Dem war allerdings nicht so.

Ibak hatte eine direkte Konfrontation mit der Minenbeauftragten gescheut, aber sie beschloß zu handeln, solange am Waldrand noch keine Posten aufgestellt waren. Im Schutze der Dunkelheit wollte sie gemeinsam mit Edita in die Ansiedlung schleichen, um sich dort nach Beringör und Aviva umzusehen. Janjat verfolgte ihren Aufbruch von einem Baum am Waldrand aus.

Ibak und Edita waren schon längst geduckt über die Wiese gehuscht und zwischen den dunklen Schatten der Häuser verschwunden, als Janjat von ihrem erhöhten Aussichtsposten mit ansah, wie Lichter am Rande Draích'laírs aufflackerten. Zu einer der Hütten wurden zwei große Kisten transportiert. Janjat war sich nicht sicher, doch sie glaubte, auch Stu von Stelen auszumachen. Am Rande Draích'laírs bezogen derweil einige von Herrats Frauen ihre Position. Die Kisten wurden in die Hütte gebracht und einige Zeit später draußen auf einen Karren verladen, der sich schließlich Richtung Mine in Bewegung setzte. Da näherten sich von der anderen Seite des Dorfes die Silhouetten zweier Reiterinnen über die Hügel. Janjat bemühte sich, ihren Weg ins Dorf zu verfolgen, doch plötzlich waren sie wie vom Erdboden verschluckt.

Es war ausgemacht worden, daß Ibak nichts unternehmen, sondern nur versuchen sollte herauszubekommen, ob und wo Beringör und Aviva sich in Draích'laír aufhielten.

Zwei Frauen der Stadtwache schlenderten über die Wiese Richtung Waldrand, was Janjat zwang, ihren Posten zu verlassen und sich zurückzuziehen.

»Wie kommt deine Kusine nun wieder zurück?« flüsterte die Stadtschreiberin.

»Mach dir keine Gedanken! Ibak läßt sich durch nichts aufhalten«, erklärte Janjat leise.

»Ach so!« murmelte Raktscha wenig zuversichtlich und folgte Janjat weiter in die Deckung des Waldes, wo Sina bei den Pferden wartete.

»Du weißt also wirklich nichts von Gefangenen im Dorf?«

erkundigte sich Sina noch einmal, aber die Schreiberin schüttelte nur bedauernd den Kopf.

Alles was ich weiß, habe ich euch berichtet. Eines der Häuser wird bewacht, aber mir wurde gesagt, es sei dort eine Ladung Nergorite untergebracht, die vor Diebstählen geschützt werden soll.«

»Aus einer Hütte sind gerade zwei Kisten Richtung Mine transportiert worden.«

»Vielleicht nergorithaltiges Gestein?« Raktscha ließ sich auf eine Baumwurzel sinken.

»Warum werden die Brocken wieder in die Mine gebracht, und das mitten in der Nacht?« grübelte Janjat.

Auch Ibak und Edita stellten sich diese Frage. Sie hockten hinter der Hütte und beobachteten den Abtransport der Kisten, den Stu von Stelen persönlich überwachte.

»Ich werde versuchen, hinter ihnen zu bleiben und herauszubekommen, was in diesen Kisten ist und wo sie hingebracht werden«, flüsterte Ibak. »Bleib du hier! Zu zweit wäre es zu auffällig, sie zu verfolgen.«

Edita nickte.

»Ich versuche, in die Hütte zu gelangen. Vielleicht finden sich dort weitere Anhaltspunkte. Wir treffen uns hier wieder.«

»Einverstanden. Gib auf dich acht!« Ibak verschwand zwischen den Häusern.

Mehrmals wandte Stu von Stelen sich auf dem Weg zur Mine um. Sie wurde das unangenehme Gefühl nicht los, verfolgt zu werden. Aber jedesmal, wenn sie stehenblieb, sich umdrehte und mit der Lampe leuchtete, in der Annahme, noch den Gewandzipfel einer Gestalt hinter einer Bretterwand verschwinden zu sehen, war dort nichts als Schwärze. Sie überlegte nochmals ihr Vorgehen. Zunächst war es erforderlich, Aviva und Beringör vor einem Übergriff Herrats zu schützen. Und später? ‚Es wird kein Später geben', flüsterte eine Stimme in Stus Gedanken. ‚Deine Pläne sind gescheitert. Verlaß Fäärwll und schiffe dich mit Ziel in den Süden ein. Je eher, desto besser.'

Doch diese Stimme wollte Stu nicht zur Kenntnis nehmen. Es mußte doch noch einen anderen Weg geben, den sie jetzt, so kurz vor dem Erreichen ihres Ziels einschlagen konnte. Stu schwankte zwischen ohnmächtigem Zorn auf ihre Mutter, der sie die Schuld für das Mißlingen ihres Vorhabens gab, ihre Mutter, die wieder und wieder in ihr Leben eingriff und alles zerstörte, was Stu wichtig war und der Verzweiflung, wenn sie darüber nachdachte, daß ihr vielleicht eine neue Flucht bevorstand.

‚Flaffls Schatten wandern weit!' grübelte Stu, als sie an den unliebsamen Besuch aus Fjödirtaag dachte. Wenn ihr tatsächlich kein anderer Ausweg mehr bliebe als die Flucht aus Nordwestmidland, würde sie Fina mitnehmen.

»Kein anderer Ausweg!« sagte sie laut und erschrak beim Klang ihrer eigenen Stimme.

Mittlerweile waren sie an der Mine angelangt, und Stu, die dem kleinen Zug mit einigem Abstand gefolgt war, warf noch einen letzten Blick zurück, da sie erneut ein verdächtiges Geräusch gehört zu haben glaubte. Es war nichts zu sehen. Sie versank wieder in ihre Gedanken, die sie diesmal zu Herrat führten, deren Anwesenheit nunmehr zu einer Bedrohung geworden war. Doch zumindest in diesem Augenblick lag diese noch betrunken auf den Dielen ihres Quartiers.

‚Verlaß Fäärwll!' flüsterte Stus innere Stimme. ‚Dann kannst du *IHR* vielleicht entkommen! Es gibt keinen anderen Ausweg mehr!'

Beim Versuch, sich Herrats Bild vor Augen zu holen, verflossen die Gesichtszüge der Treufrau wie in einem Zerrspiegel, und Stu hörte wieder und wieder ihre Worte, die sie am Tag ihrer Ankunft auf der Insel der Minenbeauftragten so eindringlich ins Herz geflüstert hatte. »*SIE* wird immer bei dir sein!«

Das Gefühl eines verzweifelten Widerstandes ergriff Stu.

Durch den Stollen rumpelte der Karren dahin, bis wenig später ein enger Quergang erreicht war. Bis auf zwei Frauen schickte Stu ihre Begleiterinnen fort. Die Kisten wurden heruntergehoben, auf kleine Wagen geladen und mit Seilen weitergezogen, bis augenscheinlich das Ende des Tunnels erreicht war. Stu verschwand für wenige Augenblicke in einer dunklen Nische, wo sie eine niedrige, schwere Tür öffnete und den Frauen dann bedeutete, ihr zu folgen. Dahinter wurde der Weg noch beschwerlicher. Unbeirrt ging die Minenbeauftragte, die Grubenlampe in der Hand haltend, voran, bis eine nächste Tür erreicht war, hinter der der schmale Stollen wieder breiter und höher wurde und in einer Art Gewölbe mündete. Stu entzündete zwei weitere Lampen und sah sich zufrieden um.

»Da sind wir also. Und nun erst einmal zu uns.«

Sie nahm die beiden Frauen, die sich um den Transport der Kisten gekümmert hatten, zur Seite. »Es gilt nach wie vor, was ich euch eingeschärft habe. Kein Wort darüber, was, vielmehr *wer* in diesen Kisten ist. Plaudert eine von euch, werdet ihr beide eure Beförderung nicht mehr erleben. Stellt sich heraus, daß ich euch vertrauen kann, ist euch reicher Lohn gewiß!«

»Aber wenn die Treufrau ...«, begann eine der Wachfrauen.

Stu packte sie am Kragen.

»Die Treufrau ist momentan unpäßlich. Aber wenn sie euch fragt, werdet ihr sagen, daß ihr nicht wißt, wo die Gefangenen sind.«

»Das ist ... das wäre aber ...!« flüsterte die Eingeschüchterte zögerlich.

»Verrat?« ergänzte ihre Gefährtin vorsichtig.

»Ihr habt die freie Wahl. Nur drei Frauen wissen, wo die Gefangenen sind. Ihr beide und ich. Alle anderen denken, daß in den Kisten Rohnergorite stecken, die hier in Sicherheit gebracht werden. Entscheidet euch also! Wenn ihr es vorzieht, Herrat eure Loyalität zu erweisen, werde ich dafür sorgen, daß nur noch eine bleibt, die um das Geheimnis weiß.«

Stu entwand einer der Wachfrauen einen Dolch.

»Ich wäre an deiner Stelle vorsichtiger im Umgang mit Waffen. Es kann so leicht zu schrecklichen Unfällen kommen.«

Die Ertappte erbleichte.

»Kann ich mich also auf euch verlassen?«

Die beiden Frauen nickten.

»So, und nun wollen wir Frieden schließen.« Stu ließ ein kleines Lächeln entstehen. Es verschwand wie durch Zauberhand, als sie ein Geräusch aus einer der Kisten vernahm.

»Schnell! Wir müssen sie öffnen.«

Kurz erschrak sie beim Anblick ihrer Mutter, die inmitten einer Lage Rohnergorite fest verschnürt und geknebelt, die Augen geschlossen und offensichtlich halb erstickt keine Gegenwehr mehr erkennen ließ. Stu durchtrennte mit einem Schnitt die Schnüre und entfernte den Knebel aus ihrem Mund. Sie erinnerte sich, wie sie selbst als Kind, fest in die Chalakfelle gebunden, über der Glut der Esse gehangen und gemeint hatte, sie würde keine Luft mehr bekommen.

»Öffne die andere Kiste!« wies sie eine der beiden Wachfrauen an.

Beringör hob die Lider.

»Warum hast du uns hierhergebracht?«

»Weil es hier gemütlicher für euch ist!« erwiderte Stu ungerührt und verstaute den Dolch wieder.

Beringör stöhnte.

»Bei Fiu, ich wäre fast erstickt!«

Stu beobachtete teilnahmslos, wie Aviva sich übergab. Dann wandte sie sich erneut an eine der Frauen, die sie begleitet hatten.

»Hol Wasser für sie, und auch etwas zu essen. Geh in den Schuppen, nimm die Decken, bring sie mit und vergiß nicht, dort jede Spur zu beseitigen, die sie hinterlassen haben. Danach wirst du mit irgend etwas von innen das Schloß der Tür beschädigen. Wenn du wieder hier bist, werde ich euch verlassen. Ihr bringt die Kisten mit den Rohnergoriten bis zu der Stelle, an der ich die niedrige Tür vorhin geöffnet habe. Alsdann schließt den Stollen hinter mir ab!«

Die Frauen nickten, und Stu wandte sich an die Gefangenen.

»Gut! Dies hier ist ein Luftschacht. Ihr braucht also keine

Angst zu haben, ersticken zu müssen. Ich werde auch dafür Sorge tragen, daß ihr hier nicht im Dunkeln sitzt.«

Beringör schluchzte auf.

»Bei Fiu, du gutes Kind. Du willst uns hier im Berg vor der Treufrau schützen. Ich danke dir.«

Zorn blitzte in Stus Augen auf, als sie sich ungehalten umdrehte.

»Schweig! Du hast keinen Grund, dich bei mir zu bedanken! Du wirst den Tag verfluchen, an dem du mich zur Welt gebracht hast.«

Das hat sie schon, dachte Aviva, das hat sie schon. Aber sie sagte nichts, sondern schluckte, um den erdigen Geschmack aus ihrem Hals zu entfernen, der für geradezu unerträglichen Brechreiz sorgte.

Ibak, die von ihrem Versteck aus diese Szene gebannt verfolgt hatte, zog sich ein Stück zurück, als eine der Wachfrauen an ihr vorbeischritt, um die Befehle der Minenbeauftragten zügig auszuführen.

Edita war es unterdessen gelungen, das Schloß zu öffnen. Sie fand im Inneren der Hütte Zunderstein, einen Eimer, eine Trinkkelle und einen Kerzenstumpen, den sie erst anzündete, als sie die kleine Fensterluke mit zwei Decken verhängt hatte, die kein Licht nach außen dringen ließen. Sie entdeckte auf dem trockenen Lehmboden etwas, das aussah wie Blut. Und dann fand sie Avivas Gewandfibel.

»Bei Fiu, wenn dir etwas zugestoßen ist, werde ich …«, begann Edita und suchte fieberhaft nach weiteren Hinweisen, die bestätigen konnten, daß auch Beringör hier gefangengehalten war, entdeckte jedoch nichts.

Die Wachfrau, die Stu noch einmal zurückgeschickt hatte, war einigermaßen überrascht, als sie die Tür öffnete und im Kerzenschein eine Fremde in der Hütte stehen sah. Edita hatte, als der Schlüssel sich im Schloß drehte, nicht die geringste Möglichkeit zu fliehen, noch sich zu verstecken. Geradezu erschreckend wenig Dinge befanden sich in dieser Hütte. Und die, die es gab, waren niederschmetternd klein. Also blieb Edita, wo sie war und richtete den Degen aus.

Auch ihr Gegenüber tat das, nachdem leise die Tür geschlossen worden war.

»Was sollen wir tun, wenn sie nicht mehr zurückkommen?« fragte sich Raktscha besorgt.

»Dann schicken wir *dich*, damit du sie holen kannst!« antwortete Janjat gereizt. Edita und Ibak waren schon lange unterwegs.

»Laß sie in Frieden, sie ist eine Schreiberin«, warf Sina ein und fuhr fort, einen kleinen Stock bis zur Unkenntlichkeit zu zerschnitzen.

»Was soll das heißen?« erkundigte sich Raktscha aufgebracht. »Was soll das bedeuten? Was willst du damit sagen?«

»Das soll heißen, daß sie dir das Schwert gewiß schon mit in die Wiege gelegt haben!« Janjat stieß gereizt die Stiefelspitze in den Waldboden.

Sina grinste verächtlich.

»Ja, das Schwert – und den Mut, es zu führen!«

»Ganz genau«, bestätigte Janjat.

»He, wo willst du hin?« Sina warf den Stock fort, rammte ihr Messer in die Wurzel und wollte Raktscha aufhalten.

»Ich gehe und hole sie, ihr tapferen Töchter Flaffls!«

»Warte, wir begleiten dich!«

Janjat ergriff Sinas Arm.

»Nein, Sina! Ibak hat gesagt, wir sollen hier auf sie warten. Wir dürfen uns auf gar keinen Fall in Draích'laír blicken lassen.«

»Was für ein Glück für euch, nicht wahr?« konstatierte

Raktscha, und es wirkte nicht so, als erwarte sie eine Antwort, als sie den Weg zum Waldrand beschritt und mit leichten Schritten um die Biegung verschwand.

Angestrengt dachte Ibak darüber nach, wie sie am besten vorgehen könnte.

Aus ihrem Versteck heraus hörte sie unruhig auf und ab laufende Schritte. Dann vernahm sie die Stimme ihrer Tante Aviva.

»Was du mit uns vorhast, Stu, das wird dir niemals gelingen. Keine Frau in Kareb Solto wird glauben, daß Beringör oder ich an den Nergoritdiebstählen beteiligt sind.«

»Wir werden sehen, wessen Worten sie mehr Glauben schenken!« erwiderte Stu kühl und in dem Wissen, daß die Silberschmiedin mit ihrer Annahme vollkommen richtig lag.

»Soll ich dir etwas sagen?« fuhr Aviva fort, und ein leises Stöhnen entrang sich ihr, als sie sich aufsetzte. »Ich bin der Meinung, daß du die Steine selbst gestohlen hast, vielleicht ist sogar auch die Treufrau an den Unterschlagungen beteiligt. Und ihr wollt nun die Bewohnerinnen von Fäärwll für die Verbrechen zur Rechenschaft ziehen lassen, die ihr selbst begangen habt. Irgend etwas habt ihr vor auf dieser Insel. Mit dem Erscheinen von Beringör hast du selbstverständlich nicht gerechnet. Aber deine Pläne werden niemals vollendet werden.«

»Merk dir gut«, wandte sich Stu an die zweite Wachfrau, »welch üble Anschuldigungen die Verdächtigen gegen die Minenbeauftragte Fäärwlls und die Treufrau Kareb Soltos aussprechen. Und du, Aviva, solltest lieber schweigen. Deine Lage wird sich durch die schmutzigen Nachreden, die du im Mund führst, nur verschlechtern.«

Aber Aviva war noch nicht fertig.

»Deine Mutter hat mir selbst gesagt, daß sie befürchtet, du würdest uns töten wollen. Aber ich glaube das nicht. So etwas bringst du nicht fertig. Nein, du hast uns hierher bringen lassen, um uns vor Herrat zu schützen. Du hast Angst, nicht wahr Stu? Angst vor Herrat, Angst, sie könne deinen Plänen gefährlich werden, weil sie sich nicht so verhält, wie du es gerne hättest. Und du fürchtest sie so sehr, daß ...«

Ibak hielt den Atem an. Wie um alles in der Welt konnte Tante Aviva in ihrer Lage auf den Einfall kommen, Stu noch mehr zu reizen?

»Schweig, Aviva von Smagninborg! Oder soll ich dir den Knebel wieder in den Mund schieben?«

»Du bist nicht so wie Herrat, auch wenn du es gerne hättest. Aber du triffst die falschen Entscheidungen, und du hältst eher daran fest und gehst mit ihnen zugrunde, als daß du vom einmal gewählten Pfade abzweigst. Somit teilst du das Schicksal deiner beiden Mütter! Was willst du jetzt tun, Stu? Uns Zeit unseres Lebens hier in der Mine verstecken?«

Ibak horchte auf. Was wußte Aviva von Stus Zeugmutter? Sie riskierte einen Blick aus der Deckung. Stu war stehengeblieben.

»Laß mich mit den Gefangenen allein!« fuhr sie die Wachfrau an.

Ibak zog eilig den Kopf zurück und drückte sich in die Nische. Kaum, daß die Frau am Ende des Ganges verschwunden war, beugte sich Stu zu Aviva hinunter.

»Was weißt du von meiner Zeugmutter?«

»Ich werde dir eine Antwort auf deine Frage geben, wenn du mir dafür im Gegenzug verrätst, was Herrat Herratsn mit den Nephtarelitinnen verbindet, und wer hinter den seltsamen Todesfällen in Kareb Solto steckt.«

»Todesfälle?«

»Ja, Stu! Es wird in diesen Tagen viel gestorben auf dem Festland. Und all diese Unglücklichen tragen das Zeichen der Nephtarelitinnen, einige auch die Zeichen des Schutzes. Sie versuchten, sich der Gemeinschaft zu entziehen. Das ist ihnen schlecht bekommen. Einige wenige sind auch im Haus der Heilung. Zumindest ihre Körper konnten gerettet werden, doch die Seele ist entrückt, ohne große Hoffnung auf Besserung. Kaum eine schenkt ihren Worten Glauben, doch manche hören zu und beginnen, Fragen zu stellen.«

Stus Blick verdüsterte sich.

»Was sagen sie?«

»Das müßtest du am besten wissen, nicht wahr? Es ist vorbei, Stu! Es ist aus. Sei vernünftig und lade nicht noch mehr Schuld auf dich!«

»Aviva, was hat das alles zu bedeuten?« unterbrach Beringör. »Von was für Todesfällen sprichst du?«

Doch in diesem Moment waren erneut Schritte zu hören, Schritte zweier Personen. Kamen die beiden Wachfrauen zurück? Ibak preßte sich an den kalten Fels und stellte sich vor, sie sei ein Teil des Steines.

Die Minenbeauftragte sah den Gang hinunter und zeigte plötzlich etwas wie ein verzweifeltes Lächeln. Sie war Ibak nun so nah gekommen, daß sie nur den Kopf hätte drehen müssen, um den ungebetenen Besuch zu entdecken. Die an den Händen gefesselte Edita Fallvaress wurde durch den Stollen getrieben.

Ibak meinte Stu leise aufstöhnen zu hören.

»Sehr schön, sehr schön! Du warst es also, die sich unter der Kapuze verborgen hielt. Die Repräsentantin der Satschistei! Herzlich willkommen auf Fäärwll, Edita … Fallvaress!« Die Minenbeauftragte flüchtete sich in eine nur noch mühsam aufrechtzuerhaltende Hochmütigkeit. Alsdann wandte sie sich an ihre Begleitung: »Das hast du gut gemacht. Geh zum Ende des Ganges und warte dort mit deiner Gefährtin auf mich.«

Stu geduldete sich eine ganze Weile, bis die Wachfrau am Ende des Ganges verschwunden waren. Dann stieß sie Edita zu Boden.

»Wie glücklich ich mich schätzen kann, soviel ehrenwerten Besuch hier empfangen zu dürfen. Wo sind die Smagninborgtöchtir?«

Edita hob mühsam die Schultern.

Das war der entscheidende Moment. Sie konnte nun nicht länger warten, und Ibak löste sich aus dem Schatten.

»Eine von ihnen ist hier, Stu von Stelen!«

Ruhig und sehr langsam wandte Stu sich um.

»Es scheint eine Eigenart von dir zu sein, ständig wie aus dem Nichts heraus hinter mir zu erscheinen.«

»Ibak!« stöhnte Aviva.

»Sei ganz ruhig, Tante Aviva. Wir werden gleich gehen!« Ibak zog ihr Schwert. »Stu wird uns gehen lassen, nicht wahr?«

»Oh nein, das wird sie ganz sicher nicht!« erwiderte Stu mit dem Mut der Verzweiflung und rief nach den Wachen, als sie auch schon ihr Schwert zog und rasch zum ersten Angriff überging. Und wie sonderbar, in dem Moment, als Ibak parierte, sah sie vor sich ihre Tante, die sich stets zur Verfügung stellte, wenn ihre Nichte neu Erlerntes erproben wollte. Damals hatte Eleva dreißig Jahre gezählt. Stu ihrerseits war zwar nun schon älter, aber die Ähnlichkeit im Ausdruck war verblüffend, und Ibak fragte sich, warum ihr dies nicht schon während des ersten Zusammentreffens mit Stu aufgefallen war. Erneut stießen die Klingen aufeinander. Zudem näherten sich aus dem Gang die eiligen Schritte der Wachfrauen. Ibak machte kehrt und brachte ihren Rücken in die Deckung des Felsens. Sie hatte nicht mehr viel Zeit. Mittels einer Finte gelang es ihr, Stu aus dem Gleichgewicht zu bringen. Sie parierte den mißlungenen Hieb der Minenbeauftragten, und Stu stürzte. Ibak hatte nichts verlernt. Das Schwert weiter bereithaltend, zog sie einen Dolch hervor und warf ihn zu Edita hinüber.

Die Wachfrauen verharrten auf der Stelle.

»Keinen Schritt weiter, und laßt die Schwerter fallen!«

»Tut, was sie sagt!« keuchte Stu und schloß die Augen.

Die Waffen fielen zu Boden.

Aviva rieb sich ihre Handgelenke.

»Fesselt die Wachfrauen!« sagte Ibak, Stu keinen Moment aus den Augen lassend. Edita half Beringör auf die Beine, während Aviva wenig Zeit verlor, die Handgelenke der beiden Frauen zusammenband und sich dann über Stu beugte.

Leicht ließ Ibak ihr Schwert in die Halterung gleiten. Diese Bewegung kostete sie die meiste Anstrengung. Ihre Gelenke schienen nach dem kurzen Kampf wie wund, aber es mußte nicht sein, daß andere dies mitbekamen.

»Wir müssen sie mitnehmen!« Beringör zeigte auf ihre Tochter.

Die Frauen fuhren herum, als sie daraufhin eine unbekannte Stimme vernahmen.

»Das ist nicht mehr notwendig!«

»Die Treufrau!« stöhnte die eine der beiden Wachfrauen, und ihre Gefährtin beeilte sich, in Richtung Herrat hinzuzufügen: »Sie hat uns gezwungen. Die Minenbeauftragte hat uns gezwungen, ihr zu helfen!«

Herrat gab Leremi ein Zeichen, und Stus schwaches Lächeln erstarb in dem Moment, da der Bolzen in ihrer Brust stak. Sie krümmte sich, einen ungläubigen Ausdruck auf dem Gesicht tragend, und sank dann in sich zusammen, während Leremi erneut die kleine Armbrust spannte.

Entsetzen stand in den Augen der übrigen Frauen.

»Löse deinen Schwertgurt, Flafflfrau, wenn du noch ein paar Stunden am Leben bleiben willst!« befahl Herrat.

»Ibak, sei jetzt nicht töricht!« flüsterte Aviva eindringlich.

Langsam sank der Schwertgurt herab. Das Nhimm am Heft der magischen Waffe pulsierte heftig, aber Herrat machte nicht den Fehler, es zu berühren. Sie stieß Ibaks Klinge mit ihrem Schwert zur Seite und verschnürte, was soeben noch erleichtert zertrennt worden war.

Wenig später sah sie befriedigt auf die Gefangenen herab.

»Ich verspreche der, die sich morgen früh umgänglich und mitteilsam zeigt, einen leichten, schnellen Tod. Vor allem interessieren mich zwei Fragen: Wie ist es möglich, M'alennian unbeschadet zu durchqueren, und: Wo ist der Badezuber der Lanice Lofort? Stus Schwester Fina wußte leider noch nichts darüber zu berichten. Ihr habt viele Stunden Zeit nachzudenken. Der Mangel an Trinkwasser wird euch schon reden lassen.« Herrat griff nach ihrer Feldflasche und gab einige Tropfen einer klaren Flüssigkeit hinein. »Wer sich allerdings an *diesem* Trank laben will, muß damit rechnen, sehr qualvoll zu verenden. Es ist der gleiche Tod, den diejenigen von euch zu erwarten haben, die es vorziehen, sich mir *nicht* anzuvertrauen. Nun, ich war schon immer sehr dafür, jeder ihren freien Willen zu lassen.«

Alsdann hängte sie die Flasche an einen Nagel im Balken und half den beiden Wachfrauen auf die Beine.

»Ihr kommt mit mir.«

Herrat stieß sie vorwärts und entfernte sich. Kurz darauf hörten die Gefangenen das Schlagen einer schweren Eichentür und das Geräusch des Schlüssels, der im Schloß gedreht wurde. Und da die Treufrau gründlich war, legte sie obendrein einen schweren eisernen Riegel von außen vor die Tür. Ein Entkommen war nicht mehr möglich.

Raktscha verbarg sich am Eingang zur Mine, als Herrat, Ulana und Leremi heraustraten. Die Hütte, von der Raktscha gesagt worden war, sie diene als Lager für Nergorite, war leer. Die Lichter in den Häusern von Draích'laír waren schon lange verloschen. Raktscha vermutete, daß der wichtige Teil der Ereignisse sich hier im Berg in den Stollen abspielte, was sie höchst unerfreulich fand. Sie duckte sich hinter einigen Kisten, als Ulana das Wort gerade an Herrat richtete.

»Bedauerst du es, daß Stu nicht mehr lebt?«

»Warum sollte ich? Unser Entschluß, sie zu beseitigen, stand schon lange fest. Und wie günstig sich heute alles gefügt hat. Jetzt müssen wir nur noch Stus Schwester Sina und diese andere Smagninborgtöchtir finden. Fina hat mir anvertraut, daß sie glaubt, sie befänden sich noch am Rande M'alennians. Sie vermutet, daß sie keinesfalls Stus Befehl gefolgt sind, nach Rosof Fäärwll zurückzureiten.«

Ulana blieb stehen.

»Kannst du sie sehen?«

Herrat zog ein glattpoliertes Auge aus Marmor hervor und betrachtete es im Schein der Fackeln.

»Nur undeutlich. Der Wald schützt sie.«

»Was ist mit dieser Schreiberin?«

In ihrem Versteck hielt Raktscha den Atem an.

»Das ist nicht so einfach. *SIE* gewährt mir keine klare Sicht. Die Schreiberin ist geschützt. Sie muß ein Amulett oder ähnliches tragen. Aber irgendwo in der Nähe wird sie schon sein. Sorge dich nicht. Von Fäärwll gibt es kein Entkommen mehr.«

Raktscha griff nach ihrer Kette und umklammerte das Amulett ihrer Mutter. War das alte Ding zu guter Letzt doch noch nützlich. Sie hatte einmal schlimmen Ausschlag von dem Plättchen mit den alten Zeichen bekommen, doch ihre Mutter hatte darauf bestanden, daß sie es auf jeden Fall stets tragen müsse.

»Sollen wir uns jetzt um die beiden anderen kümmern?«

»Ja, aber vorher laßt uns gemeinsam etwas trinken. Mit Fina, Stus über alles geliebter Schwester.«

Leremi lachte.

»Ein ganz besonderer Trunk, wie ich annehme!«

»Wie recht du hast! Sie wird uns alles berichten, was wir hören wollen und noch mehr. Danach werden wir ihr einen würdigen Abschied bereiten.«

»In *IHREM* Namen etwa?«

»Ja, selbstverständlich, nur in *IHREM* Namen.«

Die drei Frauen nahmen Kurs auf Stus Quartier.

Raktscha wartete, bis sie hinter der nächsten Hausecke verschwunden waren, und überlegte fieberhaft, was jetzt zu tun sei. Sie konnte kaum glauben, daß die Minenbeauftragte in die Wandlung gegangen war. Herrat oder eine ihrer Gefolgsfrauen hatte Stu also umgebracht. Und wenn sie den Worten der

Treufrau Glauben schenken wollte, dann schwebte jetzt auch Fina von Stelen in allergrößter Gefahr.

Raktscha schlich um die Häuser herum und beobachtete, was im Quartier der Treufrau vor sich ging. Das Herz schlug ihr bis zum Hals, denn sie fühlte sich sehr allein. Der Schreiberin gelang eine genaue Vorhersage: Weder Ibak von Smagninborg noch eine andere würde ihr zur Hilfe kommen. Falls eine von ihnen noch am Leben war, so steckte sie mit Sicherheit in der Mine fest.

Raktscha duckte sich gegenüber der Hütte der Treufrau hinter einem Regenfaß und behielt die Fenster im Auge. Die Stube war hell erleuchtet. Trotz der beschlagenen Scheiben erkannte die Schreiberin Herrat. Sie legte gerade ihren Arm um Finas Schulter und schien auf Stus Schwester einzureden.

Raktscha beschloß, sich näher an den Ort der Geschehnisse zu wagen. Sie huschte – einem Schatten gleich – über den lehmigen Weg und verbarg sich unter dem Fenster. Es war nicht genau zu verstehen, was im Haus geredet wurde. Sehr vorsichtig hob die Schreiberin den Kopf und sah, wie Fina etwas auf ein Stück Papier zeichnete. Herrat lachte zufrieden, während sie Leremi ein Zeichen gab, woraufhin diese die Kelche auf dem Tisch mit Fein füllte. Offensichtlich hatten sie Fina nicht gesagt, daß Stu tot war, denn Fina lächelte und schien guter Dinge zu sein. Gerade, als Raktscha glaubte, es gäbe keinen Ausweg, fiel ihr die Glocke ein, die am Eingang zur Mine hing. Sie machte kehrt und rannte wie noch nie in ihrem Leben. Sie griff nach dem Klöppel und schwang ihn nach Leibeskräften. Laut und schrill hallten die Schläge durch Draích'laír. Türen und Fenster öffneten sich, Frauen versammelten sich auf den Wegen, auch Herrat, Ulana und Leremi wurden durch das mahnende Geräusch zu unpassender Stunde aus dem Haus getrieben. Raktscha sah sie im letzten Moment und lief zur anderen Seite des Minenpfades hinunter, wo sie sich hinter einer Böschung versteckte und hoffte, ihr Keuchen würde nicht allzu laut zu hören sein. Stimmengewirr drang an ihre Ohren. Keine Frau konnte sich erklären, warum jetzt, mitten in der Nacht, die Glocke geläutet worden war. Raktscha hoffte sehr, daß auch Fina das Haus verlassen hatte, und hob vorsichtig den Kopf. Erleichtert erkannte sie Stus Schwester ein Stück abseits stehend.

Aufgeregt redeten Ulana und Leremi auf die Stollenmeisterin ein, die sich im Schein einer Fackel das Hemd in die eilig angezogene Hose stopfte. Herrat sah mißtrauisch über die Köpfe der Frauen hinweg.

Raktscha zögerte nicht lange, kletterte vorsichtig aus der Deckung und näherte sich von hinten dem Kreis der Beisammenstehenden.

»Fina?« Sie zupfte sie am Ärmel.

»Wer bist du?«

»Ich komme im Auftrag deiner Schwester. Sie verlangt nach dir!«

»Stu?«

»Ja, komm schnell!« Raktscha machte sich so klein wie möglich, um Herrats Blick auszuweichen, den die Treufrau eben jetzt, auf einer Kiste stehend, über die herbeigelaufenen Frauen schwenken ließ. Sie hielt das Ding in der Hand, das aussah wie ein Augapfel aus Marmor, in dem dunkle Schlieren verliefen. Ein Artefakt von ausgesprochen unangenehmer Ausstrahlung.

»Warum versteckst du dich denn hinter mir? Was hast du denn?«

»Magenschmerzen! Komm jetzt!« Raktscha zerrte die widerstrebende Fina um die Hauswand herum.

»Ich verständige nur noch Herrat! Sie wollte eben mit mir Fein trinken. Stell dir vor, die Treufrau Kareb Soltos. Und sie ist die Freundin meiner Schwester. Sie ist nett.«

»Nein! Dazu ist jetzt keine Zeit. Es ist eilig!« Raktscha umklammerte das Amulett und ergriff Finas Hand. Sie hoffte, Stus Schwester überzeugt zu haben und zog sie hinter den Häusern mit sich, Richtung Waldrand.

Kurz vor der Wiese warf sie noch einen letzten Blick zurück. Nur gut, daß die Wolken Fius Haupt verdeckten.

»Wo ist Stu denn?«

»Da hinten!« erklärte Raktscha fahrig und nervös. Es sah nicht so aus, als seien sie verfolgt worden.

»Im Wald?« Fina zögerte. »Sie ist freiwillig nach M'alennian gegangen? Und was soll überhaupt diese Eile? Da stimmt doch was nicht.«

»Bei Fiu, vertraue mir und komm jetzt!« Raktscha legte all ihre Willenskraft in diese Worte. »Und jetzt lauf nach M'alennian hinein, lauf über die Wiese so schnell es geht. Los!«

Irgend etwas an Raktschas Verhalten ließ Fina erahnen, daß es wichtig war, ihren Anweisungen Folge zu leisten, und die Schreiberin sandte ein stummes Dankgebet an Tarbas, als Fina geduckt über die Wiese eilte und im Randgestrüpp verschwand. Noch einmal sah Raktscha zurück. Und dann rannte auch sie.

Irgendwann erwachte Tika. Eine Weile drehte sie sich hin und her, fand keine Ruhe und stand schließlich auf, um nach Mira zu sehen. Das kleine Öllicht warf einen goldenen Schein auf die Haut der schlafenden Tochter. Sie besaß schon das dunkle Haar der Zeugmutter, das Kinn mit dem Grübchen und auch Miras Augen erinnerten an Ibak.

»Hast du denn gar nichts von mir?« flüsterte Tika leise und seufzte, während sie in die Betrachtung Miras versank. Da sie nicht wußte, wie lange sie wach bleiben würde, fachte sie die Glut im Ofen an und legte etwas Holz nach.

Alles war ruhig. Tika fragte sich, wo Eleva wohl stecken mochte. Ob sie sich möglicherweise in dem kleinen Schuppen zur Ruhe gelegt hatte? Tika ging zu ihrem Lager zurück, setzte sich und barg den Kopf in den Händen. Regen tröpfelte auf das Dach. Eine ganze Weile saß sie da und lauschte auch den Geräuschen des Windes, der anhob, ums Haus wehte und durch die Ritzen pfiff.

Sie ließ den Blick durch die Stube wandern. Ein mattes Glühen ging von der Truhe aus, auf der Eleva am Abend zuvor einen kleinen, beschlagenen Spiegel abgelegt hatte. Tika erhob sich, um zu sehen, woher dieser sonderbare Schein kommen mochte und erschrak, als sie feststellen mußte, daß in dem sonderbaren Glas kleine, zarte Wolkenfetzen schwebten, von denen eine erstaunliche Leuchtkraft ausging. Sie streckte ihre Hand vor, aber schon, als sie den Silberrahmen berührte, fuhr ein starker Schmerz in ihre Hand, der sie kurz aufstöhnen ließ. Sie erschrak nochmals, als unmittelbar darauf mit einem heftigen Ruck die Stubentür geöffnet wurde und Eleva auf der Schwelle stand.

Sie schien Tikas Anwesenheit gar nicht wahrzunehmen und hastete auf die Truhe zu, wo sie den Spiegel in beide Hände nahm und gebannt in ihn hineinsah.

Der Wind peitschte den heftiger werdenden Regen in die Stube, und Tika lief zur Tür, um sie zu schließen. Dann näherte sie sich vorsichtig wieder der Truhe.

Eleva drehte sich zu ihr um, legte den Spiegel beiseite und faßte sie bei den Schultern.

»Nimm Mira, und geht beide für einen Moment hinaus! Ich bin in wenigen Tagen wieder bei dir.«

»Aber Eleva, ich verstehe nicht. Was ist denn geschehen?«

»Keine Erklärungen. Geh hinaus! Ich verlange es von dir!«

Verwirrt und zögerlich wich Tika zurück.

»Nein! Ich will erst wissen, was geschehen ist. Was hat das alles zu bedeuten? Wo gehst du hin?«

»Bei Fius Licht! Tu, was ich dir sage!« rief Eleva verzweifelt aus. »Es ist sonst vielleicht zu spät.«

»Wozu zu spät?«

Eleva nahm Mira aus der Wiege, die sofort zu schreien begann, drückte sie ihrer Mutter in den Arm und schob beide ungestüm zur Stubentür.

»Du willst ein Tor rufen!« stieß Tika heftig hervor, als schon eine heftige Regenböe sie auf der Schwelle durchnäßte. »Sag mir die Wahrheit! Du willst ein Tor rufen!«

Eleva wirkte irritiert.

»Woher weißt du das?«

»Weil du das Haus durch die Stube verlassen willst und nicht durch die Tür!« brüllte Tika auf der Schwelle gegen den starken Wind an, der an ihren Haaren und dem Hemd zerrte.

»Woher hat eine Frau wie *du* Kenntnisse von Toren?« rief Eleva zurück und versuchte, die Tür zu schließen.

»Das ist echter Hochmut! Was weißt du denn schon? Bildest du dir ein, ich hätte dir alles von mir erzählt? Ich … ich, ich kenne Reisen durch Tore!« brach es mit Macht aus Tika heraus. Sie stemmte sich mit aller Kraft gegen die Tür und schrie gegen das Brausen des Sturmes: »Laß mich bei dir bleiben!«

Eleva gab die Tür frei, eilte durch die Stube und griff nach dem Spiegel.

»Also schön. Ich habe keine Zeit, mit dir zu streiten. Du mußt mir die Geschichte ein anderes Mal berichten! Meine Tochter stirbt. Ich muß zu ihr!«

»Ich komme mit!«

»Unmöglich. Was wird mit Mira?«

Eleva begann mit dem Ruf nach dem Tor.

Und wie vor vielen, vielen Monaten verspürte Tika die gleiche Empfindung des Auflösens aller Farben und Töne um sich herum*, als sie sich gegen deren Willen an Eleva klammerte. Die Welt begann sich in ihre einzelnen Facetten zu zerlegen, als Tikas Bewußtsein schwand. Nur Mira schien das nichts auszumachen, denn der letzte Eindruck, den Tika empfing, war der ihrer lachenden Tochter, die vor Vergnügen krähte.

---

* Diese Empfindung wird genauer beschrieben in »Die Midlandprophezeiung«.

Eine der ersten Lektionen, die Ibak daheim erlernt hatte, bestand darin, Dinge in gewisser Weise verschwinden zu lassen. Sie wurden damit keinesfalls unsichtbar, es wurde lediglich nicht mehr an sie gedacht, und somit blieben sie im Verborgenen. Herrat hatte, nachdem Ibak entwaffnet war, das Flafflschwert also einfach vergessen, und so war es ein Leichtes gewesen, die Fesseln zu durchtrennen, sobald die Treufrau Nordwestmidlands samt unerfreulicher Gefolgschaft ihren Gefangenen den Rücken gekehrt hatte.

Ibak beugte sich über Stu, deren kalte Hand Beringör in der ihren hielt. Beim Herausziehen des Bolzens aus der Wunde stellte Ibak überrascht fest, daß die Minenbeauftragte ein Kettenhemd unter ihrem Waffenrock trug. Sie mußte wahrhaftig mißtrauisch sein, daß sie diese beschwerliche und unbequeme Last ständig auf sich nahm. Beinahe hätten ihr die Vorsichtsmaßnahmen etwas genutzt, denn die Wucht des Bolzens war abgeschwächt worden, und er hatte ihr Herz verfehlt, doch seine Spitze war mit Waffengift behandelt, und das tat nun schon seit geraumer Weile seine Wirkung. Weder Ibak noch die anderen wußten, um welche Art von Gift es sich hier handelte, jedoch spielte das auch keine große Rolle mehr. Stu würde, wenn nicht ein Wunder geschah – und davon ging weder Ibak noch eine andere Frau aus –, in den nächsten Stunden sterben.

Beringor bemerkte als erste den glitzernden Nebel, der sich auf dem Boden ausbreitete, zunächst als flüchtige Ahnung nur, dann Gestalt annehmend, und schließlich erinnerten sie die Umrisse der sonderbaren Schwaden an zwei Personen, die einander umarmten.

»Seht nur!« flüsterte sie voller Angst. »Kreaturen aus den Zwischenwelten.«

Ibak hob den Kopf und flüsterte: »Beim Lichte der Tarbas! Nein, Beringör. Das ist ein Tor!«

»Ein Tor?«

Sprachlos beobachteten sie die immer klarer werdenden Umrisse der Frauen im Gang vor sich.

»Eleva!« rief Aviva schließlich.

»Und … Tika?« murmelte Ibak verstört.

Janjat nahm Raktscha bei der Hand.

»Komm! Wir müssen ihnen einen Moment Zeit geben.«

Die Schreiberin, die froh war, daß Janjat nicht nur über die Fähigkeit verfügte, Spott mit ihr zu treiben, sondern auch Stärke und Zuversicht in ihrer Umgebung zu verbreiten wußte, nickte stumm und ging mit.

Auf einem Stein am Wegrand nahm Janjat Platz.

»Herrat weiß also, daß wir noch hier sind?«

»Ja, das hat sie gesagt. Sie kann eure Anwesenheit mittels eines seltsamen Gegenstandes verschwommen erkennen. Die Treufrau besitzt etwas, das wie ein Augapfel aus poliertem Stein aussieht. Gewiß ein magisches Artefakt. Ich selbst habe es heute zum ersten Mal gesehen. Es wirkt ekelhaft.«

»Verflucht!« Janjat überlegte, bevor sie fortfuhr. »Aber dich, warum hat sie dich nicht erkannt? Du hast gesagt, du hättest unmittelbar neben ihr gestanden, als sie aus der Mine trat.«

»Ja, das ist richtig. Ich glaube, es hat mit dem Amulett zu tun. Bislang hielt ich es für nasetschtehnischen Aberglauben, aber ich denke, es hat geholfen, meine Anwesenheit zu verschleiern.«

Janjat griff nach dem Anhänger an Raktschas Kette und betrachtete ihn mit Wohlgefallen.

»Ich preise die gütigen Göttinnen dafür, daß sie uns dich und dieses Ding gesandt haben. Was du getan hast, war sehr mutig.«

Raktscha rückte die Wollkappe zurecht.

»Die Treufrau wird nicht viel mit Finas Wegbeschreibung anfangen können«, grübelte Janjat laut. »Wir haben am eigenen Leibe erfahren, daß es nicht einfach ist, M'alennians Wege zu beschreiten.«

»Nicht einfach?« wiederholte Raktscha.

»Gewiß nicht! Und nun dürfen wir keine Zeit mehr verlieren. Ich glaube, daß Beringör und Aviva in den Kisten steckten, die Stu in die Mine hat transportieren lassen. Vielleicht sind unsere Gefährtinnen noch am Leben.«

Raktscha nickte stumm.

»Zeig mir dein Amulett!«

Janjat betrachtete eingehend die verschlungenen Zeichen.

»Du bist doch Schreiberin. Sicher wirst du Tinte und Feder mit dir führen.«

»Ja, aber ...!«

»Hol beides hervor! Wir werden diese Zeichen der Macht auf unserer Stirn tragen. Möglicherweise wird sich Herrats Blick, was uns anbelangt, dann ebenfalls trüben.« Janjat lächelte grimmig. »Na, los! Worauf wartest du? Zeichne es ab!«

»Wie du meinst!«

Und im Zwielicht M'alennians begann die Schreiberin mit ihrem Werk.

Es dauerte einen Moment, bis Tika die Konturen ihrer Umgebung klar erkennen konnte. Sie schien sich in einer Art Gewölbe zu befinden.

Dicht neben ihr saß Ibak, die Mira auf dem Schoß hielt.

Dort vorne an der Felswand lehnten drei ihr unbekannte Frauen. Ein Stück daneben kniete Eleva vor einer vierten, die – bleich wie Wachs – ausgestreckt auf dem Boden lag.

»Ibak!«

Düster sah die Angesprochene zu Tika hinab.

»Was hast du dir dabei gedacht?«

»Wobei?«

»Was hast du dir dabei gedacht, mit Mira durch ein Tor zu gehen? Wir werden alle sterben, wenn Eleva uns nicht hier herausbringen kann.«

»Ich wußte doch nicht, daß ...«

Ibak schaukelte zerstreut das weinende Kind.

»Komm, setz dich auf! Es hat ja doch keinen Zweck zu lamentieren.«

»Ist das Elevas Tochter?« erkundigte sich Tika leise.

»Grundgütige!« formulierte Ibak langsam. Sie war aufrichtig bestürzt. »Das habe ich nicht gewußt. Elevas Tochter? Eleva hat eine Tochter? Bei den Göttinnen! Ihr Name ist Stu von Stelen.«

»Ist sie in die Wandlung gegangen?«

»Noch nicht!«

»Kann Eleva ihr helfen?«

»Vielleicht!«

»Und die Frau daneben?«

»Ist Beringör, Stus Ziehmutter. Auf der anderen Seite sitzen Aviva von Smagninborg und Edita Fallvaress.«

»Wo sind wir hier?«

»In einer Mine auf der Insel Fäärwll, und wir befinden uns in einer ziemlich unerfreulichen Situation.«

Tika stand auf und rieb sich den Staub vom Hemd. Alles schien wie ein Traum und verlieh ihr die Fähigkeit, den Dingen, die da kommen oder nicht kommen mochten, gelassen in die Augen zu sehen. Es klang daher eher beiläufig, als sie sich erneut an Ibak wandte.

»Was tust du überhaupt auf Fäärwll? Ich denke, du sitzt daheim in Fjödirtaag im Sippenhaus deiner Mutter und starrst über die Straße.«

Ibak zog ein grimmiges Gesicht und schwieg. Mira wurde energisch auf und ab geschaukelt.

Tika fröstelte und fuhr unbeeindruckt fort: »Nun, da du ja jetzt wieder etwas zu tun hast, wirst du ausgeglichener sein, habe ich recht? Ein gefährlicher Auftrag wahrscheinlich, brenzlige Situationen, dein Schwert an der Seite – und die Gedanken bei dem unausweichlichen Kampf. Schließlich wirst du uns allen das Leben retten und wieder in Lethargie verfallen, bis das nächste Abenteuer lockt. Und so wird es weitergehen, bis ans Ende deiner Tage. Als Großmutter werden sie dich in deinem

Schaukelstuhl festbinden müssen, damit du nicht mehr durch die Weltgeschichte reitest und dich mit dem magischen Krückstock schlägst.« Tika begann zu kichern, was Ibak mit Unverständnis aufnahm.

»Reiß dich zusammen! Dort hinten stirbt eine Frau!«

Tika, in der festen Überzeugung, gleich in Avivas Sommerhaus am See zu erwachen, wurde ernst und vor allem aufrichtig. »Ich kann dieses Leben nicht mehr ertragen, Ibak! Das einzige, was ich mir wünsche, ist ein friedliches Dasein, der friedliche Blick über meinen Acker und vorhersehbare und friedliche Ereignisse in meinem Heimatdorf. Wenn ich gewußt hätte, wo ich materialisiere, als ich Eleva durch das Tor folgte, hätte ich sie niemals begleitet. Das kannst du mir glauben. Aber das ist ohnehin alles nur ein Traum. Warum mache ich mir Sorgen?«

»Ibak!« rief Eleva in diesem Moment leise. »Komm bitte einen Moment her!« Noch einen kurzen ernsten Blick warf Ibak auf Tika, als sie ihr Mira in die Arme gab und aufstand, um zu ihrer Tante hinüberzugehen, die sie zu sich hinunterzog und sagte:

»Wir müssen jetzt all unsere Kraft zusammenfügen, um das Gift aus ihrem Körper entweichen zu lassen. Du hast die ersten Formen des Jaltozirkels erlernt. Also brauche ich auch dich! Noch ist nicht alles zu spät.« Sie nahm die Hand der Frau zu ihrer Linken. »Komm Beringör! Ich hätte nicht gedacht, dich in diesem Leben noch einmal wiederzusehen. Und nun unter solch traurigen Umständen. Hilf mir jetzt, wenn du willst, daß Stu lebt!«

Tika verspürte Durst. Dort hing eine Feldflasche. Die Frauen Flaffls waren beschäftigt. Sie hatten gewiß nichts dagegen, wenn sie einen Schluck daraus trank.

Vorsichtig spähte Fina aus dem Gestrüpp auf die Wiese hinaus.

»Nichts zu sehen.«

Sina nickte zufrieden.

»Gut, dann werden wir jetzt loslaufen, immer einzeln und der Reihe nach. Wer will die erste sein?«

»Ich!« erklärte Fina, duckte sich und rannte los. Am Ende der Wiese verschwand sie hinter einem Bretterverschlag.

»Was für ein Glück, daß die Posten, die Stu hier hat Stellung beziehen lassen, beim Schlagen der Glocke verschwunden sind«, murmelte Janjat.

»Laß mich als nächste laufen!« bat Raktscha.

»Gut, dann los!« Sina teilte die Zweige. »Ich wundere mich nur, daß sie noch nicht wieder zurück sind. Herrat wird keinen großen Wert auf unseren Besuch legen.«

»Ganz im Gegenteil, denkst du etwa, sie fürchtet sich vor uns? Oh, nein! Sie wartet in diesem Augenblick irgendwo darauf, unsere Nähe durch das magische Artefakt zu erkennen«, gab Janjat zu bedenken. »Die Treufrau hat es nicht nötig, Posten aufzustellen. Sie wartet schon auf uns!« Janjat beobachtete, wie auch Raktscha in den Schatten verschwand.

»Gib auf dich acht, Janjat!« sagte Sina und wartete einen Moment, bis sie ebenfalls über die Wiese huschte.

Kurze Zeit später waren alle beisammen und konnten von ihrem Versteck aus einen Teil des Dorfplatzes überblicken. Herrat hatte die Bewohnerinnen von Draích'laír getrost in ihre Betten zurückkehren lassen. Nun brauchte sie sich nur noch zu gedulden. Die Sorge um die Gefährtinnen würde in den Flafflfrauen den törichten Wunsch wecken, sich der Ansiedlung Draích'laír in gesundheitsbedrohlicher Weise zu nähern.

»Das ist Herrat!« wisperte Raktscha starr vor Angst. Die Treufrau stand in der Mitte des Platzes auf einem ausgedienten Feinfaß und hob im flackernden Licht das seltsame Auge in die Höhe, dessen Magie sie sich offenbar bediente, um Kenntnis über den Aufenthaltsort von Sina, Fina und Janjat zu erlangen. Um sie herum warteten schweigend und wie gebannt die Frauen der Stadtwache.

»Nun werden wir sehen, ob die Zeichen des Amulettes auf unserer Stirn zu etwas nützlich sind!«

Angespannt blieben sie im Schutz ihrer Deckung.

»Oh, bei Fiu«, wisperte Raktscha. »Sie dreht sich zu uns um. Sie sieht uns an. Gleich …!«

»Halt den Mund!« zischte Fina und versteinerte, während die Treufrau das Artefakt in ihre Richtung schwenkte.

»Seht euch das an!« hauchte Sina entsetzt. »Seht euch Herrats Augen an!«

»Ja, ihre Pupille hat sich ausgedehnt, von Lidrand zu Lidrand.«

»Das ist abscheulich!« verkündete Fina angewidert.

»Mehr als das! Mit welchen Mächten mag sie in Verbindung stehen?«

»Da! Sie dreht sich fort. Sie scheint uns nicht zu sehen! Gepriesen sei Fiu!«

»Rasch jetzt! Führ uns zum Eingang der Mine, Raktscha!«

»Wir können die Häuser von hinten umschleichen.«

»Das hat sie jetzt davon, daß sie sich auf ihre scheußliche Magie verläßt. Wenn sie die Wachfrauen eingesetzt hätte, wären wir jetzt nicht hier!« flüsterte Sina und wischte sich den kalten Schweiß von der Stirn.

Doch in diesem Augenblick brüllte Herrat plötzlich einige Befehle über den Platz.

»Das Zeichen, du hast dir das Zeichen abgerieben, verflucht«, stöhnte Janjat.

»Sie kommen auf uns zu!« rief Raktscha.

»In die Mine! Schnell!« Janjat drehte die Schreiberin auf den richtigen Kurs, und Raktscha begann zu laufen, als auch schon der erste Pfeil über ihre Köpfe schwirrte.

»Es ist nicht deine Schuld, Tika!« Eleva hatte den Arm um sie gelegt.

»Doch, doch, es ist ganz allein meine Schuld! Wenn Ibak nicht den Kreis hätte verlassen müssen, um mir die Flasche mit dem vergifteten Wasser aus der Hand zu schlagen, dann hättest du deine Tochter gewiß retten können.«

»Vielleicht gelingt es mir trotzdem noch. Wir werden es eben noch einmal versuchen.«

»Ach«, schluchzte Tika, »du selbst sagtest vorhin, daß du nach dem Rufen des Tores nur noch wenig Kraft hast.«

Eleva erhob sich.

»Komm Ibak. Wir wollen es noch einmal wagen.«

Abgesehen von Edita, die nicht mit der Magie der Flaffln vertraut war, nahmen die Frauen erneut um Stu herum Platz, und Tika wandte sich ab.

Es hatte gewiß keinen Sinn.

Sie verfluchte sich für ihren Entschluß, mit Eleva durch das unsägliche Tor gegangen zu sein; dafür verantwortlich zu sein, daß ihre Tochter nicht mehr zu retten war, wog für sie um vieles schwerer als die Tatsache ihrer Gefangenschaft. Außerdem sorgte sie sich um Mira. Die Kälte im Stollen setzte ihr ganz offensichtlich zu. Die Säugtochter war unruhig und verängstigt.

Hinter ihrem Rücken verfiel Eleva nun in einen seltsamen Sprechgesang, in den bald Ibak, bald Beringör und auch Aviva einfielen. Tika umklammerte Mira. In dem schmalen Gefängnis wuchs die Präsenz von Magie auf unangenehme Weise an, und schließlich hielt Tika ihrer Tochter die Ohren zu, weil etwas sehr Lautes Wellen auszusenden schien, die im Trommelfell schmerzten, ohne daß ein Geräusch vernehmbar gewesen wäre. Tika kam es vor, als ob es eine Ewigkeit dauern würde, doch dann wurden die Worte leiser und verstummten.

Sie drehte sich um.

Eleva lehnte mit geschlossenen Augen an der Wand. Ibak hielt den Kopf in beiden Händen, Aviva und Beringör sackten zusammen. Edita strich ihrer Schwester Aviva zärtlich über den Rücken.

»Eleva!« Tika legte Mira auf ihr Lager und sprang auf. »Was ist mit dir?«

Ibak hob müde den Kopf und ließ ihn in dem Moment, da Tika sich in zärtlicher Sorge über Eleva beugte, wieder sinken.

»Es ist gelungen!« stöhnte Aviva, die bemerkte, daß eine kaum sichtbare Röte Stus bleiche Wangen färbte.

»Stu! Kannst du mich hören?« fragte Beringör.

»Es ist gelungen, Eleva, es ist gelungen! Hast du das gehört? Oh, wie glücklich bin ich, daß es gelungen ist!« Tika fiel ihr um den Hals.

Eleva, die Ibaks tiefe Blicke trafen, löste sich aus der Umarmung und beugte sich über ihre Tochter. »Ja, sie kommt zu uns zurück.«

»Dann ist es jetzt an der Zeit, daß wir hier verschwinden, sonst werden wir in den nächsten Tagen nicht mehr erleben, daß der Zustand Stus besser wird«, ließ sich Ibak vernehmen und schlenderte, noch etwas benommen, zu der dicken Eichentür am Ende des Ganges.

»Bei Fiu! Ich höre etwas! Still!« Sie lauschte, dann sagte sie leise: »Ja, tatsächlich. Es ist Janjats Klopfzeichen. Sie ist hier in der Mine. Und sie wird verfolgt.«

Ibak hämmerte gegen die Tür.

»Was tust du nur? Sollten wir uns nicht lieber still verhalten?« rief Tika.

»Unsinn! Kommt alle her und schlagt gegen die Tür. Es ist mit Sicherheit Janjat, die uns sucht. Wer sollte es sonst sein?«

Ibak fuhr fort, mit aller Kraft gegen die Tür zu schlagen, während Mira vor Hunger brüllte.

»Ja, schrei nur, Tochter! Schrei, so laut du kannst!« rief Ibak, und kurz darauf hielt sie inne. »Still! Wartet einen Moment!« Sie mußte angestrengt lauschen, bevor sie erleichtert rief: »Weiter so, weiter! Sie kommen näher!«

Schließlich meinte Ibak, Janjats Stimme zu hören.

»Da sind sie! Es ist wirklich Janjat. Schlagt so fest ihr könnt gegen die Tür, vielleicht sind sie noch in einem der anderen Gänge.« Ibak zog sich zurück und sah sich ungeduldig um. Sie nahm eine der Lampen und leuchtete in jeden der kurzen Nebenstollen.

»Was suchst du?« erkundigte sich Eleva.

»Einen Holzbalken, irgend etwas, womit wir gleich die Tür von innen verriegeln können.«

»Der dort sitzt locker. Wir werden versuchen, ihn gemeinsam herauszubrechen.«

»Ich lege keinen Wert darauf, unter diesem Berg begraben zu werden!«

»Das wird nicht geschehen! Es liegt keine Last auf diesem Balken.«

Janjats Stimme war jetzt unmittelbar hinter der Tür zu hören. Verzweifelt machte sie sich an dem Schloß zu schaffen.

»Brecht es auf!« brüllte Ibak und begann unterdessen mit Elevas Hilfe, den Balken herauszuschlagen.

Aber Aviva verstand sich auf Schlösser, und so war die Anwendung von Gewalt nicht weiter notwendig, als die schwere Tür sich schließlich öffnete und Janjat, Fina, Sina und Raktscha hereinstolperten.

»Schnell! Schließt die Tür! Sie sind uns dicht auf den Fersen!«

Mit einem Poltern löste sich der Balken aus seiner Verankerung. Ibak und Eleva schleiften ihn zur Tür. Mit vereinten Kräften verkanteten sie ihn im Fels.

»Sprich!« forderte Ibak.

»Herrat und einige Frauen der Wache. Ich habe sie nicht gezählt«, keuchte Janjat.

Während Eleva mit einer kleinen Handbewegung die Säugtochter zum Schweigen brachte, klopfte Ibak befriedigt auf den Balken.

»Ihn werden sie so schnell nicht beseitigen können. Das ist ein guter, fester Balken. Im Jaltofjödirgebirge wird ähnlich stabiles Material verwendet.«

Doch da wurde von außen heftig gegen die Tür geschlagen.

»Beringör von Stelen! Ich hätte die Frauen Flaffls für klüger gehalten. Sie lassen sich wie aufgescheuchtes Wild in die Falle treiben. Und schließen letztlich selbst die Tür!«

Das höhnische Lachen Herrats war zu vernehmen.

»Aber ich habe Zeit!« fuhr die Treufrau fort. »Nun, da ich euch alle beisammen habe, wird es mir eine Freude sein, dieses Vergnügen so lange wie möglich auszukosten. Ich wünsche eine gute Nacht in diesem so überaus gemütlichen Quartier. Die Tür steht euch offen. Wenn also eine von euch beschließen sollte, ihrem kläglichen Leben ein vorzeitiges und schnelles Ende zu bereiten, werden meine Frauen ihr gerne dabei behilflich sein.« Sie lachte.

Tika wollte nicht recht glauben, was sie hörte.

»Wir werden sehen, wer von uns zuerst an Nephtars Tischen sitzt«, gab Ibak der Stimme draußen zur Antwort.

»Großmäulig seid ihr, ihr Smagninborgtöchtir und Stelentöchtir, und so voller Eitelkeit, daß mir übel davon wird!« Herrat schlug erneut gegen die Tür. »Aber glaubt mir, ein großes Mundwerk hilft euch jetzt auch nicht mehr weiter.«

Schritte entfernten sich.

»Sie ist weg!« murmelte Tika abwesend. »Jetzt können wir endlich nach Hause gehen!«

»Nein, Herrat mag schlafen gegangen sein, aber einige ihrer Frauen warten da draußen nur auf uns«, verbesserte Ibak.

»Ich werde jetzt mit Mira heimgehen, nach Gundlberg! Sie muß in ihre Wiege, und ich habe Lust auf ein Glas Fein!« Tika ging zur Tür.

»Du kannst nicht hinaus!« Ibak hielt sie auf.

»Laß mich vorbei! Gib mir den Weg frei!«

»Begreifst du denn nicht? Da draußen warten sie nur darauf, dich mit ihren Pfeilen zu durchbohren.«

»So ein Unsinn! Sie sind Frauen der Stadtwache Kareb Soltos. Warum sollten sie mir oder Mira etwas zuleide tun? Die Treufrau Nordwestmidlands würde so etwas nie zulassen. Und jetzt geh mir endlich aus dem Weg.«

»Tika!« Elevas Stimme schlug sie fest in ihren Bann. »Bitte bleib bei uns. Wir werden bald nach Hause gehen, aber noch ist es nicht soweit. Willst du solange mit uns hier aushalten?«

Auf Tikas Stirn bildete sich eine Falte, als sie zu Boden sah.

»Gut. Ich bleibe noch.«

»Danke«, sagte Ibak sehr betont, bevor sie sich in Stus Richtung erkundigte: »Wie geht es ihr?«

»Sie ist nicht bei Bewußtsein. Aber ihr Puls ist kräftig, und ihr Körper fühlt sich wärmer an.« Sina griff nach der Hand Beringörs, während sie Eleva fragte:

»Kannst du uns hier herausbringen?«

»Nicht in den nächsten Stunden. Das Rufen eines Tores kostet zuviel Kraft.«

»Also wann?«

»Ich weiß es nicht! Möglich, daß ich schon in zwei Stunden genügend Kraft beisammen habe, möglich, daß es eine Woche dauert. Ich habe nie zuvor ein Tor gerufen, und ich weiß noch nicht einmal mehr, ob es mir überhaupt ein zweites Mal gelingt.«

»Aber es *muß* dir einfach gelingen. Ich glaube nicht, daß Herrat uns zwei Tage Zeit läßt. Lebend wird keine von uns durch diese Tür gelangen können. Das Tor ist unser einziger Ausweg! Bitte!« Sina umarmte verzweifelt ihre Mutter, während Beringör ihr beruhigend über den Rücken strich. »Ich will noch nicht sterben! Eleva soll ein Tor rufen!«

»Ich werde Herrat töten!« grollte Fina indessen leise und beugte sich über Stu.

»Wir sollten ausruhen«, erwiderte Eleva sanft. »Es bringt uns nicht weiter, wenn wir jetzt in Panik geraten.«

»Es gibt vielleicht noch andere Möglichkeiten.«

»Nein Janjat! Diesmal nicht!«

»Das sind ja wunderbare Aussichten«, stellte Ibak fest und ließ sich langsam an einer Felswand hinuntergleiten.

Kapitel 8

Brief der Ibak von Smagninborg an Andronja, Apothekerin zu Gundlberg:
»Andronja,
ich will nicht in die Wandlung gehen, ohne Dir geschrieben zu haben, was mich seit Monaten beschäftigt. Ich fürchte Nephtars Arme nicht. Meine, unsere Lage ist verzweifelt, und es würde zuviel Zeit in Anspruch nehmen, Dir hier in aller Ausführlichkeit zu erklären, wie wir in sie geraten sind. Nur eines ist mir wichtig. Ich will, daß Du weißt, was ich für Dich empfinde, jetzt kann es mir egal sein, wie Du darüber denkst, ob Du mich zurückgewiesen oder mit offenen Armen empfangen hättest. Ich habe Dich nie vergessen und jeden Tag an Dich gedacht. Hinter dem letzten großen Tor, so hoffe ich, wird eine Göttin auf mich warten, nach deren Licht ich mich schon lange sehne … mag sein, wir werden uns eines Tages wiederbegegnen. Ich weiß es ganz gewiß: Ich liebe Dich, Andronja. Ich liebe Dich …
Ibak von Smagninborg«

Mehetma, die Verwalterin der inneren Burgangelegenheiten, war eine kluge Frau, und vor langer Zeit hatte sich eine Erkenntnis bei ihr eingestellt, die sie fortan während ihres weiteren Lebens begleiten sollte. Und diese Erkenntnis lautete: Verlaß dich in wichtigen Angelegenheiten ausschließlich auf dich selbst, vertraue keiner, die nicht Grund hat, dir dankbar zu sein oder gut bezahlt wird, und warte nicht, bis andere für dich handeln.

An diese Grundsätze erinnerte sie sich, als sie langsam über den ledernen Einband des Protokolls der letzten Sitzung am Tische der Ahrgte strich.

Mehetma betrachtete nachdenklich die hohen Gänge des Archivs. Hier, in einem trockenen und großen Kellergewölbe der Feste, lagerten die jahrhundertealten Aufzeichnungen Nordwestmidlands. In den weitläufigen Fluren und Räumen bestand durchaus die Gefahr, sich zu verirren, doch Mehetma kannte mittlerweile jeden Winkel dieser einmaligen Bibliothek. Es war so still dort unten, daß phantasiebegabte Gemüter bisweilen hätten meinen können, der durch menschliche Schritte aufgewirbelte Staub breche hinter den ungebetenen Gästen in Rufe der Empörung aus.

In einer der Nischen hatte Mehetma ein kleines Tischchen herangezogen. Zwei Öllampen und einige Fackeln warfen lange Schatten, die die Verzierungen der Säulen in diesem Raum als verfremdete Abbilder auf den glänzenden Steinplatten erscheinen ließen. Vor der Verwalterin der inneren Burgangelegenheiten lagen die Niederschriften der letzten Zusammenkünfte des Rates von Nordwestmidland.

Sie nahm sich ein neues Protokoll vor und erlangte bald Gewißheit. Sollte es möglich sein, daß nur ihr aufgefallen war, was doch eigentlich dem gesamten Rat Nordwestmidlands schon längst hätte klar sein müssen?

Wenn Mehetma den Aufzeichnungen Glauben schenken wollte, konnte sie nicht umhin festzustellen, daß Lanice, was die Angaben über Fäärwll betraf, die Unwahrheit sprach.

Lanice Lofort hatte bei der letzten Versammlung – Mehetma war eine aufmerksame Leserin – offensichtlich falsche Zahlen über den Nergoritabbau angegeben. Es waren haargenau die Angaben, die sie vor drei Monaten schon verlesen hatte. Mehetma entdeckte bei der Nachlese der früheren Protokolle, daß Lanice nun schon seit drei Sitzungen dieselben Angaben machte. Das konnte nicht sein.

Bevor Mehetma allerdings eine formelle Depesche mit der Bitte um Aufklärung an Lanice sandte, ging sie in sich, denn der Tod der Goldschmiedin schien von Ferne zu mahnen, daß hier möglicherweise Kräfte am Werk waren, die wenig Rücksicht auf die menschliche Existenz und deren Unversehrtheit nahmen.

Entschlossen klappte sie den Einband zu, löschte die Fackeln und nahm die beiden Lampen vom Tisch.

»Lanice, Lanice, was hat das zu bedeuten?« murmelte sie vor sich hin. »Was hast du vor? Was tust du? Das wird dir eine Klage einbringen …«

Doch in diesem Moment schien es Mehetma, als habe sie von weit her Schritte vernommen. Gewiß war es die Archivarin, die sehen wollte, wo sie steckte. Die Verwalterin der inneren Burgangelegenheiten blieb stehen und spähte die Fluchten entlang. Die Schritte verharrten einen Wimpernschlag später ebenfalls. Mehetma rief die Archivarin beim Namen.

»Owina? Ich bin hier!«

Schweigen war die einzige Antwort. Mehetma zuckte die Achseln und setzte ihren Weg fort. Erneut hörte sie den Hall von Schritten. Sie bekam einen trockenen Mund. Außer ihr befand sich eine weitere Person im Archiv. Owina jedoch hätte gewiß geantwortet. Mehetma beschleunigte ihren Schritt. Sie stieg eine paar Treppenstufen hinauf und erreichte einen anderen Teil des Archivs. Abermals hielt sie inne. Die Schritte kamen näher. Mehetma drückte sich an eine der Säulen und versuchte, die Richtung auszumachen.

»Owina!« sagte sie laut und leuchtete mit den Lampen den Gang hinunter. »Willst du dir einen Spaß mit mir erlauben?«

Keine Antwort.

Mehetma sah sich um und erblickte eine Lücke zwischen zwei hohen Holzregalen. Einer inneren Eingebung folgend, huschte sie kurzerhand auf Zehenspitzen in die kleine Nische und löschte das Licht. Finsternis umgab sie, und sie wagte nicht zu atmen. Doch während sie ihren Entschluß, sich dort zu verstecken, bereits wieder in Zweifel zog, erklang erneut der Hall von Schritten. Bei den Göttinnen, dachte Mehetma mit wachsender Wut, wenn es Owina ist, werde ich … werde ich …

Gerade wollte sie auf wen auch immer zugehen. Doch da hielt sie ein Anblick zurück, der sie gleichermaßen erschrak und faszinierte.

Es war die Archivarin. Sie kam die Treppenstufen hinauf, aber Mehetma beschloß umgehend, sie lieber nicht beim Namen zu rufen.

Denn Owina wirkte nicht wie sonst. Sie schaute weder nach rechts noch links, hielt eine Fackel in der Hand und wandelte mit geschlossenen Augen leise vor sich hinflüsternd durch die hohen Gänge. Das allein hätte Mehetma keine angst machen können, doch das, was sich hinter der Archivarin befand, ließ sie vor Schreck erstarren. Owina schien durch ihren eigenen Schatten vorwärtsgetrieben zu werden, einen Schatten, der in Form und Aussehen durchaus nicht dem entsprach, was als natürliche Erscheinung hätte bezeichnet werden können.

Plötzlich blieb die Archivarin stehen, wandte ihren Kopf mit den geschlossenen Augen langsam in die dunkle Ecke, in der sich Mehetma verbarg, und sehr sacht und ganz allmählich, wie aus einem langen, tiefen Schlaf erwachend, hoben sich Owinas schwere Lider, und Mehetma gab sich alle Mühe, nicht laut zu schreien, denn diese Augen bestanden nur noch aus Pupillen und schienen die Verwalterin mit ihrer glitzernden Kälte blenden zu wollen.

Owina verzog den Mund zu einem sonderbaren Lächeln und ging weiter. Mit ihr entfernte sich der unheimliche Schatten, der über die Steinfliesen züngelte, und bald war alles wieder von dichter Dunkelheit umgeben.

Die Schritte verhallten, aber es dauerte geraume Zeit, bis Mehetma erleichtert aufatmen konnte.

Ihr erster Impuls war, umgehend von diesem Ereignis zu berichten: am Tisch der Ahrgte, der Wache, allen … bis sie unmittelbar darauf einsah, daß ihr wohl kaum eine Frau Glauben schenken würde. Mehetma seufzte und trat leise aus ihrem Versteck. Sie hantierte in der völligen Finsternis des unterirdischen Gewölbes fahrig mit dem Zunderstein, als plötzlich Licht die Umgebung erhellte.

»Mehetma!« rief eine nicht unbekannte Stimme plötzlich in der Nähe. »Wo bist du? Ist deine Lampe erloschen?«

Es war Owina.

»Fiu, steh mir bei!« murmelte Mehetma, als die Archivarin schon hinter den Regalen hervortrat.

»Was ist geschehen?« erkundigte sich Owina, die aussah wie immer, und Mehetma musterte sie mißtrauisch.

»Nichts. Gar nichts!«

»Warum starrst du mich dann so an? Ich weiß, ich sehe müde aus.«

»Es ist gut, Owina, es ist schon gut. Ich … ich muß mich jetzt auf den Weg machen.«

»Hast du gefunden, was du suchtest?«

»Das und noch mehr!«

»Schön!«

Owina nickte zufrieden.

»Ich habe gar nicht gehört, daß du gekommen bist«, stellte Mehetma argwöhnisch fest. »Deine Schritte waren diesmal so … leise!«

»Ja, gewiß!« erwiderte die Archivarin und betrachtete ihre Schuhe mit Stolz. »Die Sohle ist aus feinstem, weichem Leder. Ich habe mir die Schuhe in Kareb Solto anfertigen lassen. Von innen sind sie mit Fell gefüttert. Du weißt doch, wenn eine Frau immerzu hier unten ist, dann muß sie zusehen, daß die innere Wärme des Körpers erhalten bleibt.«

»Selbstverständlich!« erklärte Mehetma, sich der lauten, unheimlichen Schritte erinnernd, die gewiß nicht von Owinas feinen, weichen Sohlen herrühren konnten.

»Komm, ich werde dich hinausbegleiten!«

Owina nahm freundschaftlich Mehetmas Arm. Die aber sah sich nach Owinas Schatten um: er war einfach nur ein Schatten. Mehetma diagnostizierte in bezug auf sich selbst eine starke Nervenbelastung und beschloß, dieses Erlebnis vorerst zu vergessen.

Schweigend durchschritten sie die unzähligen Fluchten und Säle, und Mehetma dachte über den Tod der Goldschmiedin nach. Sie war alt gewesen. Sie hatte ein schwaches Herz gehabt. Und sie hatte die letzten Wochen ihres Lebens in einem unterirdischen Gewölbe verbracht, in einem Handwerksraum – übrigens nicht allzuweit vom Archiv entfernt –, wo sie allein und ungestört ihrer Arbeit nachgegangen war. Eine zu anstrengende Arbeit für eine Frau in ihrem Alter.

Für Mehetma war es bislang keine Frage gewesen, daß dieser schwere Auftrag und kein Fluch es gewesen war, der sie letztendlich dahingerafft hatte. Doch mit einem Male, noch unter dem Eindruck des gerade Erlebten, begann sie, ihre bisherigen Überzeugungen in Zweifel zu ziehen. Sie erreichten den Vorraum des Archivs, in dem ein gemütliches Feuer prasselte und der Geruch nach aromatischen Kräutern den Anschein eines heimeligen Trostes gewährte.

»Die Goldschmiedin – du weißt: jene, die den Zuber für Lanice fertigte –, sie arbeitete nicht weit von hier, oder?« erkundigte sich Mehetma.

Owina löste die Knoten an einem kleinen Beutel.

»Nein, sie war in der Handwerkskammer, westlich von diesem Raum. Seit dem Unglück ist die Kammer verschlossen.«

»Wer bewahrt die Schlüssel auf?«

»Na, du selbst wirst sie haben! Immerhin bist du die Verwalterin der inneren Burgangelegenheiten. Du besitzt alle Schlüssel für jedes Schloß, das sich auf der Feste befindet.«

Aber ich habe sie nicht, dachte Mehetma und sagte: »Danke Owina. Oh, ich muß diese Aufzeichnungen mitnehmen!«

»Sicher. Aber vergiß nicht, sie mir wieder zurückzubringen! Einen schönen Tag wünsche ich dir noch!«

Aber Mehetma hatte die Tür bereits ohne einen Abschiedsgruß hinter sich geschlossen. Am Treppenabsatz, der sie einige Zeit später wieder in die Haupteingangshalle führte, stieß sie mit einer Person zusammen, die sich redlich Mühe gab, ihr Äußeres unter der Zeremonienkappe einer Fiugeweihten zu verbergen. Hinter vorgehaltener Hand sprach sie Mehetma an. »Ehre sei deiner Göttin!« flüsterte sie in die Nähte ihres weiten Ärmels.

»Ehre sei deiner Göttin, Geweihte der Fiu!« erwiderte Mehetma und wollte weitereilen.

Doch da ergriff die Frau ihre Hand.

»Hilf mir, ich bitte dich!«

Mehetma stutzte und drehte sich um.

»Was … wer …?«

»Nicht so laut!« zischelte die Fiugeweihte und gab sich für einen Moment zu erkennen.

»*Du?*« fragte Mehetma erstaunt. »Was tust du noch hier? Ich gab dir und deiner älteren Gefährtin einen Batzen Soltodukaten, damit ihr das Garnland verlassen konntet, noch bevor Lanice sich überlegt hätte, wie sie … na, aber das spielt jetzt keine Rolle.«

Die ehemalige Torfrau sah betreten zu Boden. Mehetma blickte sich in der Halle um. Einige Frauen wurden bereits neugierig.

»Komm mit!« Mehetma zog die Unglückselige mit sich die Treppe hinauf, wo sie in einer Ecke der Empore am Kamin Platz nahm und auch die vermeintliche Fiugeweihte einlud, sich zu setzen.

»Wie war noch gleich dein Name?«

»Oleira!«

»Aus Schwerm also, wie?«

»Ja.«

»Die Archivarin der Feste stammt ebenfalls aus Schwerm. Kennst du sie?«

»Sie … ist … meine Mutter!«

»Sie ist deine Mutter?«

Oleira nickte stumm.

Mehetma bedachte die junge Frau mit einem milden Blick. »Ich möchte wissen, was geschehen ist!«

»Nachdem wir aus den Diensten der Burgwache entlassen worden waren, gingen wir in die Stadt hinunter. Wir wollten uns umgehend auf einer Pasteke nach Möllm einschiffen, aber meine Gefährtin sagte, sie hätte noch nie vor einem solchen Berg Gold gesessen.«

Mehetma, in der sich ein bestimmtes Bild verfestigte, stöhnte verächtlich. »Ihr habt es verspielt.«

»Nun, zuerst hatten wir Glück, ein paar Nächte lang saßen wir in der *Traurigen Seemaid* und hatten eine Glückssträhne nach der anderen.« Oleira zögerte. »Und dann …«

»Du brauchst nicht weiterzuerzählen. Diese Geschichten sind bekannt. Sie ereignen sich ständig und überall. Irgendwann war die Glückssträhne also vorbei, und ihr verlort euer Geld. Was dann?«

»Nicht nur das. Wir verließen den Spieltisch mit mehr Schulden, als wir je an Vermögen besessen hatten. Meine Gefährtin heuerte auf einer Pasteke an. Sie hat Kareb Solto verlassen.«

»Und du?«

»Ich kann nicht fort!«

»Warum nicht?«

»Wenn ich es gemacht hätte wie meine Gefährtin, hätte ich nie nach Kareb Solto zurückkehren können. Das Garnland ist mein Zuhause geworden. Ich kam bereits als Kind hierher.«

»Ich verstehe. Hast du eine Bleibe gefunden?«

»Ich darf im Fiutempel schlafen und essen. Ich kümmere mich um die … Dinge, die dort … erledigt werden müssen.« Oleira lachte freudlos. »Ich verwalte gewissermaßen den Tempel, ich repariere den Altarsockel, sorge für Sauberkeit und Ordnung, sammle herumliegende Schriftrollen auf – und so weiter. Ich bekomme etwas dafür. Es wird Jahre dauern, bis ich …«

»Was willst du von mir, Oleira?« fragte Mehetma ernst.

»Ich bin gekommen, weil ich dich um Hilfe bitten möchte.«

»Ich kann dir nicht noch mehr Dukaten aushändigen! Auch andere bedürfen dieses Goldes!«

»Nein, das meine ich nicht!«

Mehetma erhob sich und schritt zu dem kunstvoll gerahmten Fenster, um über die Ebene zu sehen.

»Sprich nur! Was kann ich deiner Meinung nach für dich tun?«

»Oh bitte!« Oleira trat zu ihr und ergriff aufs neue ihre Hand. »Meine Mutter ist recht krank. Sie könnte Hilfe im Archiv benötigen. Sie kann mir alles zeigen, mir alles beibringen. Bitte!«

Mehetma betrachtete Oleira scharf.

»Was fehlt deiner Mutter?«

»Ach, es ist furchtbar. Wenn sie in unserem Haus unten in der Stadt ist, kann sie nicht schlafen. Wenn sie doch einmal die Augen schließt, dann wacht sie schreiend und um sich schlagend auf. Immerzu hat sie Angst. Sie wird noch an ihren schrecklichen Alpträumen zugrunde gehen.«

»Es heißt, daß viele Frauen darunter leiden.«

»Ja, ja!« stieß Oleira hervor. »Es werden täglich mehr. Und viele sterben.«

»In der Tat. Wovor haben sie Angst?« murmelte Mehetma in sich hinein.

»Wirst du mir helfen?«

Mehetma drehte sich entschlossen um und umfaßte die junge Frau fest bei den Schultern. »Ja, Oleira, ja, ich werde dir helfen! Du wirst jedoch nicht im Archiv der Feste arbeiten. Ich werde mich persönlich für dich verwenden. Du wirst wieder in den Dienst der Wache treten.«

»Wirklich?« Oleira konnte ihr Glück nicht fassen.

»Wirklich und wahrhaftig! Ich verspreche es dir. Und nun werde ich dir eine Frage stellen. Du kannst sie ruhigen Gewissens mit ‚nein' beantworten. Es würde an meiner Entscheidung, dir zu helfen, niemals etwas ändern.«

Oleira straffte sich. »Stell mir die Frage!«

»Ich brauche eine mutige, tapfere und verschwiegene Frau, die mir helfen wird, Licht in all diese seltsamen Todesfälle zu bringen. Sie soll im Dienste Nordwestmidlands, vor allem aber für mich arbeiten. Die Gewährsfrau persönlich wird sie mit diesem Auftrag betrauen. Nun, was hältst du davon?«

»Was ich davon halte?« Oleira lächelte glücklich. »Ich wäre sehr stolz, wenn ich für dich arbeiten könnte.«

»Es kann gefährlich werden!« gab Mehetma zu bedenken. »Und Stolz ist ein schlechter Lebensretter. Willst du es dir nicht lieber in Ruhe durch den Kopf gehen lassen?«

»Niemals! Mein Entschluß steht fest.«

Mehetma nickte langsam, als sich auf Oleiras Gesicht leiser Zweifel abzeichnete.

»Nun, möchtest du doch etwas Bedenkzeit?«

»Nein, aber ich frage mich, ob ... Lanice damit einverstanden wäre.«

»Nicht Lanice trug damals die Schuld an deiner Entlassung. Du weißt, daß die Frauen des Rates keinen Einfluß auf die Entscheidungen in Angelegenheiten der Stadtwache haben?«

Oleira nickte.

»Gut!« lächelte Mehetma. »Sie wird auf offiziellem Wege also weder dir noch mir in die Quere kommen. Trotzdem gebe ich zu, daß sie uns gefährlich werden könnte.«

»Glaubst du?«

»Ja! Stehst du nach wie vor zu deiner Entscheidung?« fragte Mehetma und griff auf das entschiedene Nicken Oleiras hin in die unermeßlichen Tiefen ihres Gewandes, um Tinte, Feder und Pergament hervorzuziehen. Sie begab sich näher an den Kamin und setzte ein Schreiben auf. Rasch glitt die Feder dahin; schließlich rollte sie das Dokument zusammen und versiegelte es.

»Hier Oleira, nimm dieses Schriftstück und überbringe es der Gewährsfrau Hulda Klödenich. Du findest sie, wie zumeist, wenn sie sich hier oben auf der Feste herumtreibt, im Speisesaal oder der Küche. Sie wird dich fragend und streng ansehen, mit krauser Stirn lesen, was du ihr bringst, anschließend lachen und dir auftragen, dich im Zeugraum auszurüsten. Wenn das geschehen ist wirst du in meine Räume gehen und dort auf mich warten.«

»Ay!« sagte Oleira und machte sich auf den Weg die Treppe hinunter. Eine wenig standesgemäße Fiugeweihte mit flatterndem Gewand, die drei Stufen auf einmal nahm und vor sich hinpfiff.

Lange dachte Ibak darüber nach, was Tika gesagt hatte. Schlafen konnte sie ohnehin nicht, und außerdem verspürte sie nicht die geringste Lust, mit einer anderen zu reden. Worüber sollten sie auch schon sprechen? Über den Tod, den es zu erwarten galt, wenn Eleva nicht beizeiten wieder zu mentalen Kräften kam? Wo war der Frieden, mit dem M'alennian sie beglückt hatte? Edita hatte recht behalten. Der Frieden in ihrer Seele war fort, nicht vergessen, aber ausgelöscht. Nur die Erinnerung an einen schönen Zustand war geblieben. Wenn Nephtars Reich nun auf sie wartete, was kümmerte Ibak es schon? Wünschte sie sich nicht sogar bisweilen, an den Tischen der Freude gespeist zu werden, bevor sie durch Fiu gewandelt in ein anderes, einfacheres Leben zurückkehren konnte? In ein Leben, in dem sie nicht zuletzt auch verzweifelt hoffte, Andronja wiederzusehen?

Nein, sie liebte Tika nicht mehr, dessen war sie sich ganz sicher.

Tika brachte ihr den Unfrieden und die Zweifel – und sie brachte ihr, Ibak, den Spiegel, in dem sie nur noch Zerrbild war. Und dieses Zerrbild wurde allen anderen präsentiert, ob es Ibaks Sippe war, oder die Frauen aus Tikas Dorf. Sie alle hatten kein Verständnis, verurteilten sie. Ibak wußte das so sicher, wie auch sie selbst in Versuchung geriet, das verzerrte Bild ihrer selbst anzunehmen.

Sie betrachtete die Frauen, die sich dieses enge Gefängnis teilten, aus halbgeschlossenen Augen, den Kopf in den Nacken gelegt, wieder mit der kalten Ruhe der vollkommenen Resignation.

Tika also liebte Eleva. Dadurch fühlte Ibak sich nicht verletzt. Die ehemalige Gefährtin lag zusammengerollt in einer Ecke ihres Gefängnisses. Eleva hatte eine Decke über sie und das Kind gebreitet, ein Kind, an das Ibak selten dachte, das für sie eigentlich kaum vorhanden war. Gedanken an Niemit hingegen waren ihr häufiger durch den Kopf gegangen, doch Mira war fern, ebenso wie Tika. Ibak wandte den Blick ab.

Eleva, ihre Tante Eleva, die Ibak als Mädchen für eine Göttin gehalten hatte, sie hatte also selbst eine Tochter in Ibaks Alter. Das hatte sie gut zu verbergen gewußt, all die Jahre über. Genauso wie ihre Berufung zur Bewahrerin.

Beringör, die den Kopf gegen die Felswand gelehnt hatte, wirkte zerfallen und sehr alt. Ibak hielt nicht viel von ihr. Bisherige Kontakte hatten die Repräsentantin am Tische der Ahrgte eher starrköpfig und verbittert erscheinen lassen. Sie war bekannt dafür, daß sie selbst nicht viel Aufwand um ihr Amt betrieb und lieber auf den Sitzungen des Viehzüchterinnenverbandes weilte. In Zeiten, in denen Nordwestmidland stetig das Zollniveau für die Waren aus Flaffl und die Benutzung der Handelsstraße anhob, schien Ibak das unverantwortliche Schlamperei zu sein.

Janjat – Ibak schmiegte kurz ihre Wange an den Kopf der Kusine, die in ihren Armen schlief –, ja, Janjat erinnerte sie an eine Zeit, in der sie selbst noch jung war. Sie, Ibak, würde, falls wider Erwarten Hoffnung auf Rettung bestand, selbst dafür Sorge tragen, daß die Kusine bei Swalfa ihre Ausbildung vollenden konnte, denn Ibak liebte Janjat sehr. Sie sonnte sich einen Moment lang in diesem Gefühl, bis ihr klar wurde, daß auch Janjat sehr wahrscheinlich nie wieder nach Hause zurückkehren würde.

Dann richtete sie den Blick auf Fina und Sina, die, einander an der Hand haltend, neben Stu auf dem Boden ruhten. Oh, diese Stelentöchtir! Sina schien die Vernünftigste der Schwestern zu sein, sie war außerdem sehr schön, und Ibak hatte die Blicke zwischen Janjat und ihr wohl bemerkt, nachdem sie hier zu so trügerischer und vielleicht letzter Ruhe gefunden hatten.

Die Schreiberin verschwand in einer der dunklen Nischen. Möglich, daß sie sich erleichtern mußte. Sie verhielt sich absolut still und hatte seit ihrer Ankunft in diesem Kerker kein einziges Wort von sich gegeben.

Die regelmäßigen Atemzüge Janjats gingen über in ein trockenes Husten. Ibak streichelte der Schlafenden über die Wange, und bald fiel sie wieder in einen ruhigen Schlummer.

Edita Fallvaress war durch den Kampf mit der Wachfrau leicht verletzt worden. In ihrem Gesicht erkannte Ibak soviel Müdigkeit, wie sie selten bei einer Frau gesehen hatte. Kein

Wunder, daß sie nicht flink genug mit dem Degen gewesen war. Ihre Wangen waren eingefallen, sie wirkte verloren und abgezehrt. Avivas Kopf lag an ihrer Schulter. Ha, Tante Aviva, die immer alles wußte. Sie mußte auch gewußt haben, daß Eleva, mit der sie eine tiefe Freundschaft verband, Stus Mutter war. Aber sie konnte schweigen wie ein Grab. Allen in der Sippe war das bekannt. Und wenn doch einmal etwas an des Tages Licht kam, dann sagte Tante Aviva für gewöhnlich: »Das wußte ich schon lange!« Ibak erinnerte sich daran, wie gern sie als Kind während der Sommermonate Tante Aviva in ihrem Haus am See besucht hatte. Sie waren zusammen angeln gegangen, und Aviva hatte Ibak kleine Spielzeuge aus minderwertigem Silber herstellen lassen, die sie dann voller Stolz in ihrem Haus aufhängte. In einem Sommer hatte Ibak, damals zwölfjährig, dreißig kleine Silberarbeiten angefertigt, die alle ihren Platz über Tante Avivas Kochstelle gefunden hatten. Für die abgetrennten Fischköpfe hatte Aviva allerdings keine Verwendung gehabt. Manchmal war auch Eleva für einige Wochen dazugestoßen. Dann war es dort am See so herrlich, daß Ibak jedesmal einen Tobsuchtsanfall bekam, wenn sie nach Fjödirtaag heimreisen mußte. Sowie die Sommer für eine Weile unbeschreiblich hell waren, und Tarbas nächtelang ihr Haupt nicht zur Ruhe betten wollte, saßen sie lange draußen am Feuer. Eleva erzählte Geschichten aus den Hochebenen, die so voller Wehmut waren, daß Ibaks Herz noch beim Zubettgehen schmerzte.

Eleva kannte auch den hohen Norden des Landes, in dem Tarbas über viele, viele Wochen unentwegt am Himmel umherwanderte, ohne von des Tages Antlitz ihren warmen Schein zu nehmen. Eleva war in zwei Jahren bis an die Nordküste gereist, wo kein Baum mehr wuchs und das Meerwasser so kalt und grau war, daß Ibak schon bei ihren Erzählungen Gänsehaut bekam. Dort gab es, so wußte Eleva zu berichten, große, wilde Chalakherden, die im Sommer aus den Nordwäldern kamen, um sich hier an den Flechten gütlich zu tun. Eleva zog jedes Jahr für ein paar Monate in die Wildnis hinaus. Was sie dort draußen suchte, wußte keine, außer Tante Aviva vielleicht, aber es aus ihr herauszubringen, wäre schwieriger gewesen, als einen Stein zum Sprechen zu bewegen.

Nun, all das war jetzt lange her. Und Ibaks Blick fiel mit gemischten Gefühlen auf ihre neu entdeckte Halbkusine, die ab und zu leise ächzte.

Plötzlich erhob sich Eleva und schritt vorsichtig über die Körper der Schlafenden hinweg zu Ibak. Einen raschen Blick auf Janjat werfend, begann sie leise: »Ich habe mit dir zu reden, Nichte!«

»Das ist nicht mehr notwendig, Eleva. Ich bin weder verletzt noch böse. Und ich kann gut sehen.«

Eleva lächelte. »Das ist wahr. Du hast Augen wie eine Seeadlerin! Und du liebst Tika nicht mehr so sehr, als daß du sie für einen engen Gefährtinnenbund zurückgewinnen wolltest.«

»Ja, so ist es! Und was spielt das auch noch für eine Rolle? Ich war jedoch, das gebe ich zu, vorhin einen Moment lang recht eifersüchtig auf dich, weil du ganz offensichtlich geliebt wirst. Ich war es schon in Fjödirtaag. Du wirst immer schöner, je älter du wirst.«

»Tröste dich. Das liegt in der Sippe. Und wenn ich dich beruhigen darf, auch auf deinem Haupt sprießen recht viele ausgesprochen silbrig wirkende Stoppeln. Sie könnten – und ich wage es nur mit Vorsicht zu behaupten –, sie könnten sich zu grauen Haaren entwickeln. Doch nicht die Schönheit des Körpers ist es, die uns lieben läßt. Wir finden schön, was wir lieben. Also muß die Liebe zuerst da sein. Ansonsten bleibt es beim Begehren. Aber auch das hat seine Vorteile.«

Ibak lächelte.

»Das war es nicht, was du mir sagen wolltest.«

»Nein, du hast vollkommen recht.«

Janjats Kopf sank in Ibaks Schoß.

Eleva nahm auf dem Boden Platz. »Ich weiß, daß du dies hier überleben wirst. Aber ich weiß nicht, ob ich es gleichfalls tun werde. Daher will ich die Zeit nutzen, die mir noch bleibt.«

»Was redest du da, Eleva? Entweder wir überleben es alle – oder keine von uns.«

»Leise, Janjat wacht sonst noch auf. Das, was ich zu sagen habe, geht nur uns beide etwas an, und ich will, daß du meine Worte mitnimmst, für mich mit nach Flaffl nimmst, wenn ich hier mein Ende finden sollte.«

»Eleva, ich weiß beim besten Willen nicht …«

»Die Göttinnen, Ibak, sie sprechen zu uns, manchmal. Und sie haben mir gesagt, daß du heimkehren wirst. Sie lieben dich, weißt du das?«

»Ich, ich …«

»Laß mich reden! Du sollst wissen, daß ich, was Stu betrifft, viele Fehler begangen habe. Ich war starrsinnig, genau wie Beringör. Und Stu wäre dadurch fast gestorben. Ich nahm es einfach hin, daß Beringör mir den Zugang zu ihr verweigerte. Und ich nahm es hin, daß Beringör mich gehen ließ. Ach Ibak, und nun möchte ich, daß du mir etwas versprichst.«

»Was denn?« erkundigte sich die Nichte, voll unguter Vorahnungen.

»Wenn ich nicht überlebe, dann nimm Stu mit nach Flaffl. Liefere sie nicht den Scherginnen Lanice Loforts und Nordwestmidlands aus. Egal, was sie getan hat! Sie wurde bestraft, als sie noch gar nichts verbrochen hatte.«

Ibak atmete tief durch.

»Ich finde, das ist etwas viel verlangt. Wo soll ich sie hinbringen? Was soll ich mit ihr anfangen? Du kannst dir vielleicht vorstellen, daß wir nicht das beste Verhältnis zueinander haben. Und sie hat sich strafbar gemacht. Außerdem denk daran, wie sie ihre eigene Mutter behandelt hat. Und darüber hinaus ist sie, soviel ich weiß, aus Flaffl verbannt worden. Es scheint, sie besitzt nicht die Fähigkeit, sich viele Freundinnen zu machen.«

»Ja, ja, das weiß ich alles! Es ist schwierig. Sie ist schwierig.«

Ibak hob die Augenbrauen. »Schwierig? Schwierig ist ein harmloses Wort für das, was sie sich hat zuschulden kommen lassen.«

»Sie ist eine Smagninborgtöchtir. Sie ist meine Tochter. Sie gehört gewissermaßen zu unserer Sippe.«

»Eleva, das ist der Tonfall, in dem du mir früher von den Heldinnentaten der Flafflkämpferinnen berichtet hast. Ich bin mittlerweile älter als zwölf.«

»Und auch älter als vor drei Jahren noch, wie ich feststellen muß«, ergänzte Eleva seufzend.

»Das ist der natürliche Lauf der Dinge!« gab Ibak zurück und legte den Kopf wieder in den Nacken. »Es tut mir leid, aber das Flafflruhmestum ist mir mittlerweile abhanden gekommen, obwohl Tika da anderer Meinung zu sein scheint.«

Eleva legte den Kopf zur Seite.

»Hat es vielleicht etwas mit deiner Reise durch das Tor zu tun?«

Ibaks Kopf schnellte nach vorn. »Also hat Tika doch nicht schweigen können. Sie hat den Eid verletzt. Was hat sie dir darüber erzählt? Rede, Eleva! Es ist wichtig!«

Janjat stöhnte im Schlaf und drehte sich um.

Eleva legte beschwichtigend ihre Hand auf Ibaks Arm. »Leise! Du wirst sie noch aufwecken. Sei ganz beruhigt. Sie hat nichts darüber verraten, und selbst wenn sie es getan hätte, ich hätte das Geheimnis mit in mein Grab genommen.«

Ibak war erleichtert. »Fiu sei Dank!«

»Ich will nicht in dich dringen, aber deine Veränderung steht mit diesem Erlebnis in engem Zusammenhang, wie ich annehme. Es hat dich reifen, aber auch traurig werden lassen. Du fühlst dich einsam, weil du vergeblich suchst. Auch Stu sucht.«

»Du willst mich jetzt bitte nicht mit deiner Tochter vergleichen, Eleva! Sie hat sich strafbar gemacht«, gab Ibak verstimmt zu bedenken.

»Sie ist verzweifelt. Ich erinnere mich an eine meiner Nichten. Sie saß hoch oben auf dem Aussichtsbalkon über Fjödirtaags Gassen und vertrieb sich ihre Zeit damit, die Sippenangehörigen zu beleidigen oder zu kränken. Aber tat sie es nicht nur deshalb, weil die Hoffnungslosigkeit mit bitterer Schwere auf ihrer Seele lastete?«

Ibak sah betreten zu Boden, und Eleva fuhr fort.

»Willst du also diejenige sein, die über Stu ein abschließendes Urteil fällt?«

Ibak schüttelte den Kopf.

»Na siehst du! Wirst du nun meinen Wunsch erfüllen, wenn ich sterbe?«

»Was … wie …?«

»Nimm sie mit nach Flaffl, und alles weitere wird sich von selbst regeln.«

»Das läßt sich leicht sagen. Sie darf das Land nicht mehr betreten.«

»Doch! Wenn eine für sie bürgt!«

Ibak stöhnte auf. »Wie sollte ich ruhigen Gewissens für sie bürgen?«

»Du wirst bei ihr bleiben, eine Weile noch. Bitte Ibak. Es ist mein sehnlichster Wunsch – und zugleich vielleicht auch mein letzter.«

Für einen Moment sah Ibak an ihrer Tante vorbei. Doch dann reichte sie ihr die Hand. »Gut! Ich werde also deinen Wunsch erfüllen. Darauf schwöre ich den Eid Flaffls. Ich werde Stu von Stelen unbeschadet nach Flaffl bringen, bei ihr bleiben und notfalls für sie bürgen, jedoch nur, wenn sie selbst es wünscht und ich keinen Meineid schwören muß.«

»Das wird nicht nötig sein!« erklärte Eleva erleichtert. Sie strich Ibak über die Wange. »Ich danke dir! Und nun noch etwas: Deine Gefährtin ist so sehr in mich verliebt, daß es furchtbar für sie sein wird, wenn ich sie verlasse.«

»Warum willst du sie verlassen? Liebst du sie nicht?«

»Ach, weißt du, Ibak, ich begehre sie sehr, ich bin verliebt, aber vor allem habe ich viel Mitgefühl für sie. Um zu wissen, ob wir wahrhaftig lieben, braucht es eine lange Zeit, aber meine Gefühle zu ihr sind sehr stark. Ich hätte gewiß eine enge Gefährtinnenschaft mit ihr in Betracht gezogen, wenn ich gekonnt hätte.«

»Was willst du damit sagen?«

»Ich werde zu Midwinter in die Stollen der Bewahrung berufen!«

»Du hast die zehnte Prüfung abgelegt. Ich habe es gewußt. Das Torrufen war der Beweis. Ich freue mich für dich!«

»Ja, glaub mir, die Smagninborgtöchtir werden bersten vor Stolz, endlich wieder eine der Ihren als Erzmagierin in den Stollen zu wissen«, seufzte Eleva. »Für Tika hingegen wird es schrecklich sein.«

»Keine Regel verbietet dir, außerhalb der Meditationsmonate eine Beziehung zu ihr zu unterhalten.«

»Nein, Tika ist nicht die Frau, zu der ich nur eine lose Beziehung unterhalten will. Sie könnte damit nicht glücklich sein, und ich auch nicht. Sie benötigt unsere Hilfe, unsere Liebe und die Unterstützung der Sippe. Vor allem aber wünsche ich mir von dir, daß du freundlicher zu ihr bist. Du glaubst, daß du Verachtung für sie empfindest, sie reizt dich, aber in Wahrheit ist es das, was sie besitzt und du selbst in dir nicht finden kannst.«

»Und was soll das deiner Meinung nach sein?« murmelte Ibak verdrießlich.

Das Gespräch nahm eine unerquickliche Wende.

»Versuche, es zu ergründen! Unterhalte eine harmonische Beziehung zu ihr. Denk an eure gemeinsamen Töchter!«

»Sie sind bei Smagninborg oder Tika besser aufgehoben als bei mir!«

»Ja, das glaube ich auch!«

»Machst du mir einen Vorwurf daraus?«

»Wie könnte ausgerechnet ich das tun? Im Gegenteil. Es ist gut, daß Niemit bei Smagninborg ist, und dort soll sie aufwachsen, im Schutz und in der Geborgenheit der Sippe. Es wäre schön, wenn auch Tika mit Mira in Fjödirtaag bleiben würde. Ich glaube jedoch nicht, daß sie sich dazu durchringen kann. Doch ganz gleich, wo ihr euch befindet, in eurem eigenen Interesse wäre es gut, wenn ihr in Frieden auseinandergehen könntet.«

Dazu schwieg Ibak, und Eleva sah sie nachdenklich an, bevor sie erneut ihre Worte an die Nichte richtete: »Ich sehe es in deinen Gedanken. Du glaubst, wir werden hier sterben?«

»Ja, das glaube ich. Wenn du nicht in der Lage bist, ein zweites Mal das Tor zu rufen, werden wir sterben. Es gibt aus diesem verfluchten Gefängnis keinen Weg mehr hinaus.«

»Und doch bist du bereit, mit mir über die Zukunft zu sprechen!«

»Ist es nicht egal, womit wir uns die Zeit vertreiben, bis es soweit ist?« erwiderte Ibak, die spürte, daß sie immer kälter und unnahbarer wurde. Vor ein paar Augenblicken hatte sie sich noch aufrichtig mit Eleva über die hohen Ehren gefreut, die ihr zuteil wurden, doch nun sollte die Tante von ihr aus am liebsten verschwinden.

Eleva forschte in den traurigen Augen der Nichte. »Du hast dich wahrhaftig sehr verändert.«

Ibak lächelte bitter. »Hast du Sehnsucht nach der alten Ibak? Ich kann dir versichern, auch ich vermisse sie bisweilen.«

»Du verstehst mich nicht. Das Feststellen einer Veränderung meint doch immer einen Fortschritt, vorab ohne Wertung. Wir werden erst noch sehen müssen, wohin dein Weg dich führt, ehe wir uns eine Meinung bilden können.«

»Allzuweit wird keine von uns mehr kommen.«

»Ibak!« sagte Eleva ernst. »Lausche auf deine innere Stimme. Du wirst nicht sterben. Und du glaubst auch nicht wirklich, daß wir ohne Hoffnung sind.«

»Ich habe mir bereits den Kopf zerbrochen und so sehr auf meine innere Stimme gelauscht, daß mir mittlerweile die Ohren schmerzen. Es gab jedoch keinen einzigen Gedanken, der in der Lage gewesen wäre, mir aus diesem Loch den passenden Ausweg zu zeigen. Dort draußen warten die Gefolgsfrauen der Treufrau. Sie sind bewaffnet mit Armbrüsten, und wir werden niemals die Möglichkeit haben, so nahe an sie heranzukommen, daß wir ihnen auch nur auf den Fuß treten können. Das ist die Lage! Bist du jetzt zufrieden?«

»Oh, Ibak!«

»Gib mir keine Ratschläge mehr, Eleva. Dort drüben liegt deine Tochter. Du solltest dich um sie kümmern! Meinst du nicht?«

»Du willst mit deinen Worten nicht mich verletzen, Ibak. Du verletzt dich selbst.«

»Keine Frau … gar keine … niemals …« stieß Ibak plötzlich unterdrückt hervor und sah die Stollendecke hinauf.

»Was?« fragte Eleva und zog die Stirn in Falten.

Ibak biß sich auf die Lippen, bevor sie weitersprach. »Nachdem du mir nun erklärt hast, auf wessen Bedürfnisse ich in welchem Maße zu achten habe, wessen und welche Wünsche ich zu erfüllen habe, stelle ich fest: Keine Frau fragt, was *ich* will, was *ich* begehre, was *ich* ersehne oder wünsche, was *ich* brauche, was … *ich* … brauche!« Ibak schloß die Augen und fühlte Elevas warme Hand, die sich um ihre legte, die das Gefühl des quälenden Schmerzes jedoch nur noch größer machte, so daß sie sie schnell zurückzog, um sie in ihrem Schoß zur Faust zu ballen. Ibak richtete ihren Blick in unbestimmte Ferne.

»Es gibt keine tröstenden Worte, die ich dir darauf zur Antwort geben könnte!« sagte Eleva nach einer Weile des Schweigens. »Da die Antwort im Verborgenen liegt und das, was wir dir geben können, offensichtlich nicht das ist, was du suchst.«

»Wie recht du hast!« flüsterte Ibak und schlug die Augen nieder.

Ein wenig atemlos erreichte Mehetma die Schatzkammer Nordwestmidlands. Es war lange her, daß sie den umständlichen und zeitraubenden Weg zu diesen Räumlichkeiten, die in einem schwer zugänglichen, unterirdischen Trakt der Feste lagen, auf sich genommen hatte. Der Verwalterin der inneren Burgangelegenheiten wurden in regelmäßigen Abständen die

Abrechnungslisten übergeben, die sie in Lanice Loforts Anwesenheit gegenzeichnete. Während Mehetmas Amtszeit war es bislang niemals zu Unregelmäßigkeiten oder Fragen gekommen, die es erforderlich gemacht hätten, sie vor Ort zu klären, doch nun stellten sich die Dinge in einem anderen Lichte dar. Durch die Lektüre der Protokolle in Aufregung und Zweifel versetzt, gab es für Mehetma nur einen Weg, und der führte geradewegs in die Schatzkammer.

Auf ihr drängendes Klopfen hin wurde eine Weile später das Guckloch einer dicken, schwarzen Eichentür geöffnet. Ein unbekanntes Gesicht steckte die rote Nase durch den Spalt.

»Wer bist du?« fragte die ganz offensichtlich stark erkältete Person.

»Ich bin Mehetma, die Verwalterin der inneren Burgangelegenheiten. Öffne die Tür. Ich muß die Schatzmeisterin sprechen.«

»Ist nicht da!« Das Guckloch wurde, untermalt von einem heftigen Schniefen, zugeschlagen.

Vor soviel respektloser Unverfrorenheit blieb Mehetma einen Moment sprachlos an der Tür stehen. Wer war diese rotznäsige Person? Wo war die Schatzmeisterin? Wieso kannte diese junge Frau die Verwalterin der inneren Burgangelegenheiten nicht? Mehetma konnte sich nicht daran erinnern, je veranlaßt zu haben, daß eine Hilfskraft für die Schatzmeisterin eingestellt wurde. Erneut polterte sie gegen die Tür.

»Aufmachen! Sofort und auf der Stelle!«

Das Guckloch öffnete sich erneut.

»Ich darf keine Unbefugten einlassen. Befehl der Schatzmeisterin und Befehl der Verwalterin der inneren Burgangelegenheiten und Befehl der Lanice Lofort und Befehl der …« Die junge Frau dachte angestrengt nach. »Ich weiß nicht mehr … ihr Name steht aber auf der Liste!«

Mehetma bemühte sich sehr um Fassung.

»Ich *bin* die Verwalterin der inneren Burgangelegenheiten. Ich habe das Recht auf Zugang zur Schatzkammer. Vielleicht steht das ebenfalls in deinen Anweisungen, von wem auch immer du sie erhalten hast, von mir jedenfalls nicht. Und jetzt heraus mit der Sprache: Wer bist du? Wie bist du hierher gekommen? Wo ist die Schatzmeisterin Nordwestmidlands?«

»Sybiella! Ich heiße Sybiella«, antwortete die junge Frau gedehnt und zog sich ein Stück von der Luke zurück, während sie Mehetma sehr von oben herab musterte. »Meine Mutter ist die Repräsentantin Nordhubholms, und außerdem ist sie eine Freundin der Schatzmeisterin, womit sich deine Frage wohl geklärt haben dürfte.«

Mehetma blinzelte rasch. Nordhubholm. Ein kleines Königinnenreich mit zweifelhafter Regentin. Mehetma hatte die Repräsentantin Nordhubholms schon gewiß zwölf lange Monate nicht mehr auf der Feste gesehen.

»Gar nichts hat sich geklärt! Laß mich ein!« Mehetma überlegte insgeheim und nicht ohne einen Anflug von Selbstkritik, ob sie bei diesen unbeschreiblichen Zuständen, die sie hier überall auf der Feste antraf, wohl die letzten Jahre in einem tiefen Schlummer verbracht hatte.

»Da könnte ja jede kommen!« näselte Sybiella provokant langmütig.

»Wo ist die Schatzmeisterin Nordwestmidlands?«

»Sie ist vor vielen, vielen Wochen mit der Erhabenen zu einer wichtigen Reise aufgebrochen und aufgehalten worden. Tante Lanice übertrug mir für die Zeit ihrer Abwesenheit ihre Ämter.«

Ein stärkeres Schwindelgefühl bemächtigte sich der Verwalterin der inneren Burgangelegenheiten. Sie war übergangen worden. Es war noch früh am Morgen. Wer wußte schon, was an diesem Tage noch an Ungeheuerlichkeiten passieren würde? Mehetma griff sich an den Magen.

»Hör mir zu, Sybielle!«

»Sybiella!« schnippte Sybiella.

»Hör mir zu, Sybiella!« Mehetma holte tief Luft. »Wenn du mir nicht umgehend öffnest, werde ich die Gewährsfrau Nordwestmidlands beauftragen, diese Tür notfalls aufzusägen oder mit der Axt einzuschlagen, verstehst du? Alsdann werde ich dich zu Lanice bringen …«

»Sie ist meine Tante!« erklärte Sybiella triumphierend.

»Um so besser!« entgegnete Mehetma und bekam sich langsam wieder in die Gewalt. »Du wirst nach Hause zurückgeschickt.«

»Ich bin eine Prinzessin!« widersetzte Sybiella weinerlich.

»Dachte ich mir! Öffne die Tür!«

Langsam drehte sich der Schlüssel im Schloß.

Mehetma warf sich förmlich in den Raum und sah sich entsetzt um. Chaos waltete hier.

»Tarbas hilf!« flehte Mehetma beim Anblick der unzähligen Schüsseln, die überall gefüllt mit Resten verdorbener Speisen umherstanden. Tunke, die den Herd, auf dem sie einst zubereitet worden war, schon lange verlassen hatte, ergoß sich über Karten und Aufzeichnungen. Schriftrollen lagen befleckt auf dem Boden. Es roch bedenklich nach Falbelkraut.

»Tarbas hilf!« wiederholte Mehetma also beim Anblick dieses unbeschreiblichen Durcheinanders. »Ich frage mich: Bist du wirklich eine Prinzessin, oder wurdest du vielmehr in einem Pferch aufgezogen?«

»Das sage ich Tante Lanice!« schluchzte Sybiella verzweifelt.

»Nun, dann werde ich ihr sagen müssen, wie es hier aussieht, meine liebe Tochter. Dies ist das Kontor der Schatzkammer Nordwestmidlands, und selbst das Borstenvieh, welches wir daheim hielten, hatte mehr Sinn für Reinlichkeit und Ordnung als du, wenn ich mich hier so umsehe …«

Sybiella trat erbost gegen eine Tonschüssel, die in tausend Scherben zerbrach.

»Wann hat zuletzt außer Lanice oder dir selbst eine Frau diese Räume betreten?« erkundigte sich Mehetma – unbeeindruckt von diesem Ausbruch hilfloser Gewalt.

Da ließ Prinzessin Sybiella ihren Tränen freien Lauf.

Die Verwalterin der inneren Burgangelegenheiten betrachtete dieses halbe Kind samt der ungesund geröteten Augen, strähnigen Haare und flickbedürftigen, viel zu dünnen Kleidungsstücke mit leisem Mitleid.

»Wenn ich nur gewußt hätte, was das für ein blödsinniges, langweiliges Amt ist, sie haben mich alle verraten und belogen!« weinte die Prinzessin mit aller Macht eines kindlichen Ungerechtigkeitsempfindens.

Mich auch, dachte Mehetma. Mir geht es im Grunde genau wie dir … Aber sie sagte nichts, sondern wählte ihre Schritte sorgsam durch das am Boden verbreitete Chaos.

»Ich sitze jeden Tag stundenlang in diesem verfluchten Kontor. Und keine beachtet mich. Noch nicht einmal Tante Lanice!«

Mehetma hob ein angefetztes Dokument in die Höhe. Es war die Aufstellung über die Besitztümer und das Vermögen Nordwestmidlands. Am Rand klebten Reste einer mittlerweile grünlich-pelzigen Flüssigkeit.

»Wer kann es mir schon verbieten, wenn ich ab und zu mal Besuch hier unten empfange? Ich sterbe vor Langeweile. Aber ich schwöre, wir haben nie etwas herausgenommen. Daheim war alles viel schöner!«

»Ein Prinzessinnenleben, was?« fragte Mehetma mit einem raschen Seitenblick auf die eher armselig wirkenden Kleidungsstücke Sybiellas.

»Eine Seitenlinie!« flüsterte Sybiella und entkorkte ein weiteres Fläschchen Falbeltrank.

»Öffne die Schatzkammer!« murmelte Mehetma, während sie die Aufzeichnungen überflog.

»Ist auf!« bemerkte Sybiella zwischen zwei Schlucken, löste die Verschlüsse der schweren Ohrgehänge und legte die Schmuckstücke verlegen lächelnd in Mehetmas Hand.

Die Verwalterin der inneren Burgangelegenheiten sparte sich den strengen Blick, er hätte ohnehin nichts geholfen, und stieß die Tür auf.

Sie brauchte nur etwa eine Stunde. Dann besaß sie Gewißheit. Nordwestmidland war arm wie nie. Jahrhundertelang angesammeltes Vermögen war fort, verschwunden. Mehetma war sicher, daß weder Sybiella noch eine ihrer Freundinnen daran Anteil hatten.

»Was soll denn jetzt werden?« jammerte Prinzessin Sybiella.

»Als erstes wirst du hier für Ordnung sorgen. Ich komme in zwei Stunden wieder. Dann ist jedes Ding an seinem Platz. Ich lasse eine Frau holen, die deine Aufgaben übernehmen wird. Du gehst in deine Räume und wartest dort auf mich. Ich werde dich nach Hause schicken, wenn du möchtest. Ansonsten wirst du eine andere Arbeit auf der Feste zugewiesen bekommen.«

»Ich will nach Hause!«

»Gut. Ich werde alles notwendige für deine Abreise in die Wege leiten.«

»Aber du wirst keine Passage für mich bekommen!« klagte Sybiella und schneuzte sich die Nase.

»Warum nicht?«

»Die Schiffe sind überfüllt. Die Frauen verlassen in Scharen Kareb Solto. Sie haben Angst.«

Das muß endlich ein Ende haben, dachte Mehetma.

»Wir werden einen Weg finden, Sybiella! Das verspreche ich dir!«

»Wenn du meinst!« Sybiella schniefte laut vernehmlich.

»Kopf hoch!« Mehetma tätschelte ihren Arm und hob den Saum des Gewandes, um über die schier unüberwindbar erscheinenden Ekelhaftigkeiten zu steigen.

Draußen auf dem Gang mußte sie gegen Übelkeit ankämpfen. Und während sie, weiterhin ihren Magen haltend, langsam aus den Kellergeschossen der Feste hinaufstieg, überlegte sie mit Sorge, was sich mittlerweile wohl noch alles ihrer Kontrolle entzogen haben mochte.

»Es ist soweit!« flüsterte Eleva.

Die Nichte erwachte aus einem leichten Schlaf.

»Hast du geträumt?« erkundigte sich Eleva lächelnd.

»Ja, das … ich glaube … ja, in der Tat, ich habe geträumt, von … aber das ist jetzt nicht wichtig. Müssen wir uns auf die Wandlung vorbereiten?«

»Nein!« versetzte Eleva und fügte mit einem Blick auf das versiegelte Dokument neben Ibak hinzu: »Du wirst deinen Abschiedsbrief, an wen auch immer du ihn gerichtet hast, nicht versenden können. Und ich bezweifle überdies, daß Herrat ihn für dich weitergeleitet hätte! Ich werde uns jetzt ein Tor rufen, oder sagen wir lieber: ich versuche es!«

Ibak stopfte den Brief hastig in die Tasche und sprang erleichtert auf.

»Wunderbar, Eleva! Bring uns geradewegs nach Fjödirtaag! Ich kann es kaum erwarten, Smagninborgs und Großmutters Gesicht zu sehen.«

»Nein, nein! Freu dich nicht zu früh!« bremste Eleva die Begeisterung ihrer Nichte. »Wenn ich überhaupt soviel mentale Energie aufbringen kann, wird es nur ein Tor sein, welches über eine kleine Distanz reicht. Über sehr kleine. Verstehst du?«

»Wie klein?«

»Ein paar Schritte weit. Weit genug, um durch eine Außenwand des Stollens zu gelangen.«

»Du willst in Draích'laír materialisieren?«

»Nenne mir eine andere Möglichkeit! Meine Kraft ist nicht groß, und wir sind zuviele. Ich wollte, daß du es weißt und dich darauf einstellen kannst, falls wir inmitten von Herrats Scherginnen zu stehen kommen.«

»Sehr freundlich von dir. Warum erfahren es die anderen nicht?«

»Die innere Anspannung könnte dazu führen, daß sie schon während des Umwandlungsprozesses das Bewußtsein verlieren. Und ohne ihre Hilfe könnten wir uns schwerlich verteidigen.«

»Was willst du ihnen sagen?«

»Nur, daß wir jetzt abreisen. Je weniger sie wissen, je weniger Angst sie haben, desto besser! Von Draích'laír aus werden wir nach M'alennian zu fliehen versuchen.«

»Danke für das Vertrauen in mich!« seufzte Ibak und sah versonnen auf ihr Schwert.

»Du bist eine Smagninborgtöchtir, durch und durch!« nickte Eleva entschlossen und legte Ibak kurz die Hand auf die Schulter, bevor sie sich zu den anderen begab, um sie zu wecken.

Ibak indes wandte sich an Tika, die schon lange nicht mehr schlief, sondern zitternd vor Kälte am Fels lehnte.

»Wenn ich einen Umhang hätte, dann würde ich ihn dir geben!« begann Ibak zögerlich. »Aber nun mußt du nicht mehr lange frieren. Eleva ruft ein Tor.«

»Es hat einmal Zeiten gegeben, da du mich mit mehr als deinem Umhang gewärmt hast«, gab Tika ins Leere sprechend zurück.

»Es gab einmal Zeiten, da du mich liebtest!« sagte Ibak und bückte sich, um den Arm um Tika zu legen.

»Wir uns liebten, wir uns!« verbesserte Tika. Sie entzog sich wütend. »Und weißt du, was ich am meisten an dir verabscheue?«

»Du wirst es mir gewiß gleich sagen!« Ibak erhob sich.

»Wenn du nicht gerade mit dem Schwert herumfuchtelst und große Reden schwingst, bist du weinerlich, geradezu ekelhaft weinerlich und schwermütig. Ich habe die letzten Worte deiner Unterhaltung mit Eleva mitbekommen, vor ein paar Stunden. Was begehrst du denn, was willst du?« Tikas Stimme wurde lauter. »Du hast dich darüber beklagt, daß es keine gibt, die dich fragt, was du willst. Na gut. Ich frage dich: Was willst du denn?«

Ibak schluckte und biß die Zähne zusammen. Janjat, eben aus einem unruhigen Schlaf erwacht, verfolgte hilflos diese Auseinandersetzung. Fina, die neben Beringör auf dem Boden kauerte, ließ eine gewisse gespannte Genugtuung in den Augen erkennen, da die Gefährtin der Ibak von Smagninborg gewiß noch mehr zu sagen hatte.

Tika lachte kalt.

»Ich will dir sagen, was *ich* brauche, was *ich* will. Ich brauche eine Frau, auf die ich mich verlassen kann. Und nicht eine, die einen großen Mund, aber eine verzagte Seele besitzt. Keine also wie dich, du bist …« Tika steigerte sich in ihre Wut hinein, doch da wurde sie von Eleva beiseite geführt.

»Es reicht jetzt!«

Ibak spürte die Blicke der anderen, die diesen Ausbruch mitbekommen hatten, in ihrem Rücken. Doch schließlich hörte sie eine leise stöhnende Stimme.

»Sie will etwas sagen. Sie ist wach.« Beringör ergriff Stus Hand.

Eleva eilte zu ihr.

»Stu von Stelen, kannst du mich hören?«

Stu bewegte die Augenlider.

»Beantworte mir meine Frage durch die Bewegungen deiner Augen. An welcher Stelle dieses Ganges finde ich eine dünne Außenwand?«

Stu sah mit Mühe nach links.

Eleva ging zu der angewiesenen Stelle und fühlte über den Stein.

»Ja, das ist es!« murmelte sie leise. »Ich dachte es mir schon. Das ist es!«

»Kalt!« stöhnte Stu kaum hörbar.

»Ja, mein Kind«, sagte Eleva, die Hand weiter über den Fels streichend. »Dir ist kalt. Jedoch ist es diesmal nicht die Kälte des Winters. Es ist das Waffengift! Aber du wirst es überleben! Darauf gebe ich dir den Eid Flaffls!«

Dann wandte sie sich an die Schreiberin.

»Das Zeichen des Schutzes. Rasch, zeichne es auf unsere Stirn!«

»Aber warum? Ich denke, du willst uns weit von hier fortbringen.«

»Es ist nur eine Vorsichtsmaßnahme. Tu bitte, was ich dir sage. Schnell!«

Während Raktscha mit erstaunlicher Behendigkeit die Feder schwang, ordnete Eleva die kleine Gruppe zu einem Kreis.

»Fina und Sina, ihr müßt Stu tragen. Auch Tika, das Kind und die Schreiberin gehen in die Mitte. Die anderen werden sich außen herum postieren. Tretet jetzt alle zusammen, damit wir dieses ungastliche Quartier verlassen können.«

Und als Eleva kurze Zeit später die Arme hob, um das Tor zu rufen, legte Ibak bereits die Hand auf das Heft ihres Schwertes.

Zu diesem Zeitpunkt lag Herrat Herratsn noch ausgestreckt auf ihrem Lager. Im rechten Arm hielt sie Leremi Lerminsn, im linken ruhte, ein zufriedenes Lächeln auf den Lippen tragend, Ulana. Vieles konnte der Treufrau Nordwestmidlands nachgesagt werden, jedoch nicht, daß sie keine ausdauernde Liebhaberin gewesen wäre. Die umgestürzten Feinkelche auf dem Boden, einige in Hast abgestreifte Hosen und Hemden sowie ein kleines, bis zur Neige geleertes Fläschchen *Falbelextra* wiesen auf etliche Stunden ausgelassenen Beisammenseins hin.

Herrat erwachte. In ihrem noch schlaffen und schlaftrunkenen Körper öffneten die Augen sich plötzlich und unvermittelt weit, die Pupillen begannen hin- und herzuwandern, ohne daß sonst eine Bewegung wahrzunehmen gewesen wäre. Frau Herratsn schnupperte. Sie mochte den morgendlichen Geruch der vorangegangenen Liebesnächte. Sich reckend und streckend befreite sie sich schließlich aus Ulanas und Leremis Armen. Sie strich über die Brüste Leremis und fand einmal mehr, daß sie aussahen und sich anfühlten wie feinstes Porzellan aus dem fernen Königinnenreich Tantan. Leremi grunzte im Schlaf und wandte ihren Körper der Treufrau zu. Wie schade, dachte Herrat, daß sie irgendwann einmal auch dieser Frau überdrüssig werden würde. Wirklich schade!

Herrat stieg in ihre Hosen. Ein großer Tag stand bevor. Beschwingt nahm sie ihr Hemd von dem Gestell, auf dem das Nephtarauge ruhte. Im Überschwang eiliger Begehrlichkeiten war die Bekleidung am Abend zuvor dort gelandet.

Während sie die Haken schloß, betrachtete die Treufrau das magische Artefakt. Kurz war ihr, als würde die Pupille aufblitzen.

Herrat verharrte und neigte sich dem Augapfel aus kaltem Stein entgegen.

»Du, die du in den Schatten wohnst, gewähre mir Einblick!« flüsterte sie, und schmutzige Schlieren begannen im milchigen Stein zu zerfließen. Nur ein kleiner, gelber Funke wanderte noch unaufhaltsam über die glatte Oberfläche, und Herrat schloß die Augen, derweil die Stadt Kareb Solto in ihrem Geiste Gestalt annahm.

Irgendwo zwischen all diesen Häusern und Tempeln, Marktplätzen und Schenken befand sich Lanice Lofort.

»Oh ja!« sagte Herrat, als ein Schatten von ihr Besitz ergriff und unbemerkt über das Pflaster zog, vorbei an den Karren der Händlerinnen, vorbei an einigen streunenden Hündinnen, leise, ein kaum wahrnehmbares Flüstern aussendend, das wohl durch die Seele, doch nicht mit menschlichem Gehör zu vernehmen war. Die, an denen der Schatten vorüberzog, wurden vom Hauch einer unbestimmten Angst berührt. Und weiter strich er um die Häuserecken, wanderte fort und fort, ohne Schritt und Tritt, ein dunkler Schemen am späten Morgen, erreichte mühelos die Höhen der Dächer und klebte auf den Schindeln, während im Inneren der Häuser etwas Bedrückendes Platz in der Brust derer nahm, die sich dort aufhielten. Er wartete unter den Fenstern und rief, ohne die Stimme zu erheben, jene beim Namen, die ihm gehörten.

Bei dem lauten Geschrei jedoch, das jetzt von draußen hereinschallte, erwachte Herrat aus ihrer Trance und kehrte jäh zurück von der Reise.

Sie schleuderte Ulanas Stiefel auf das Lager, was durchaus

seinen Zweck erfüllte. Die Gefährtinnen erwachten umgehend.

»Sie wollen fliehen!« brüllte die Treufrau mit wilder Wut, ließ sich kaum Zeit, ihre Stiefel anzuziehen und rannte auch schon, Befehle über den Dorfplatz schreiend, aus der Stube.

Unterdessen jedoch hatten die Flüchtenden bereits das letzte Haus von Draích'laír und den Rand der Wiese erreicht.

»Wir sind entdeckt. Jetzt ist alles vorbei!« schluchzte Raktscha laut, der die grüne Weite der Wiese als ein niemals unbeschadet zu überwindendes Hindernis erschien.

»Unfug! Wir sind unbemerkt hierher gekommen, und wir werden es schaffen, uns in Sicherheit zu bringen. Lauf so schnell, wie du kannst!« Eleva stieß sie vorwärts.

»Ich kann nicht mehr!« Raktscha wurde schwarz vor Augen, was durch die Torreise bedingt sein mochte.

»Schneller, schneller! Vorwärts!« Eleva faßte Stu unter den Armen, als sie bemerkte, daß Beringörs Kräfte nachließen.

»Es ist sinnlos! Sie ist zu schwer.«

Während Fina atemlos von einer der Wachfrauen abließ, die reglos auf dem Boden lag, spannte Janjat die eben erbeutete Armbrust erneut. Die Rückseite des Hauses gewährte einen gewissen Schutz und machte es möglich, die über die Wiese Fliehenden zu decken.

Ibak beobachtete Tika, die Mira in Ibaks Dolchgurt vor dem Bauch festgezurrt, stolpernd, sich auffangend und bald auf allen vieren vorwärtsbewegend über die Wiese lief. Janjat traf die Hand einer Schützin mit dem Bolzen, und Ibak atmete erleichtert auf, als sie Tika mit dem Kind im Dickicht verschwinden sah. Auch Raktscha konnte sich in Sicherheit bringen.

»Aufstehen, Beringör! Steh endlich auf!« rief Eleva, die damit rechnete, daß nun jeden Moment weitere Verfolgerinnen am anderen Ende des Dorfes erscheinen würden.

»Laß mich liegen. Es hat keinen Zweck mehr.«

»Bei den Göttinnen!« Ibak entwand Stu dem Griff ihrer Mutter. »Kümmert euch um sie!« fuhr sie Fina und Sina gereizt an.

Fina und Sina halfen Beringör auf die Beine und setzten sich in Bewegung.

»Was hast du vor?«

»Was fragst du, Eleva? Sieh zu, daß du in Deckung kommst!« Ibak lud sich mit einem lauten Aufstöhnen Stu auf die Schultern. »Du auch Aviva! Was stehst du hier noch herum?« Ibak lief los. Als letzte folgte Janjat, die Armbrust im Anschlag tragend.

Als Ibak aus M'alennians Randgebüschen noch einen Blick zurückwarf, beobachtete sie, wie einige von Herrats Frauen zu Boden stürzten, als ob sie gegen ein unsichtbares Hindernis geprallt seien. Die Treufrau Nordwestmidlands blieb plötzlich und unvermittelt am Rand der Wiese stehen und rammte fluchend ihr Schwert in den Boden.

Soweit Mehetma zurückdachte: an einen entsetzlicheren Tagesbeginn als den heutigen konnte sie sich nicht erinnern.

Sie war mit sich übereingekommen, das unheimliche Erlebnis im Archiv der Feste vorerst für sich zu behalten. Über die ungeheuerliche Plünderung der Schatzkammer des Landes jedoch durfte nicht geschwiegen werden. Mehetma gedachte ihrer eigenen Verantwortlichkeit in dieser Angelegenheit. Sie wollte sich nicht herausreden, sie wollte nicht davonlaufen, aber sie wollte sich ausgerechnet jetzt auch nicht wieder die Dinge aus der Hand nehmen lassen. Sie vermutete, daß all die verschiedenen Ereignisse irgendwie einen gemeinsamen Urgrund besaßen. Um diese Verbindung ging es ihr. Sie benötigte noch etwas Zeit. Lanice hatte sich zweifellos schuldig gemacht, aber da gab es möglicherweise noch etwas anderes, in das die Erhabene und auch andere Personen verwickelt sein mußten.

Mehetma hatte die Räumlichkeiten am Ende des Ganges erreicht und öffnete die Tür. Oleira, die sie schon erwartete, erhob sich bei ihrem Eintreten und neigte leicht den Kopf.

»Ich habe mich noch nicht bei dir bedankt, Mehetma. Das will ich jetzt nachholen.«

Mehetma bedeutete Oleira, sie solle sich setzen.

»Du brauchst mir nicht zu danken, Oleira! Gab dir Hulda Klödenich etwas für mich mit?«

»Ja, hier ist das Schreiben!«

Oleira zog ein Dokument aus der Wamstasche, und Mehetma brach das Siegel.

»Ich muß sagen, Oleira, die Tracht der Stadtwache kleidet dich besser als das Gewand einer Fiugeweihten«, sagte sie lächelnd mit einem Seitenblick und las die Zeilen, bevor sie das Dokument zufrieden ineinander faltete und in den Tiefen ihres Kleides verschwinden ließ.

»Du hast das Schweigegelöbnis vor Hulda abgelegt?«

»Ay!«

»Du willst in meinen Diensten arbeiten?«

»Ay!«

»Bist du bereit, einen ersten Auftrag auszuführen!«

»Ay, sofort!«

»Schön, ich wünsche, daß du nach Kareb Solto reitest und die Amtsstube, in der Lanice Lofort sich eingerichtet hat, genau beobachtest. Ich will alles wissen, was dort vor sich geht, wen sie empfängt, wo sie selbst sich hinbewegt, hast du verstanden?«

»Ay! Aber …«

»Ja?«

»Es heißt, sie verlasse so gut wie nie ihre Räume. Und sie hat einige Frauen der Wache um sich gesammelt, die dort Quartier bezogen haben. Hulda Klödenich selbst stellte Lanice diese Frauen zu ihrem persönlichen Schutz zur Verfügung.«

»Eine Leibwache? Fühlt sie sich etwa bedroht?«

»Ich weiß es nicht genau. Es heißt, Lanice sei in letzter Zeit etwas seltsam geworden.«

»Gut! Dann will ich wissen, was die Frauen tun, die sie schützen sollen. Bleiben sie unentwegt bei ihr, oder erhalten sie Aufträge von Lanice? Wenn ja, wo werden sie von ihr hingesandt? Womit also …« Mehetma hob die feingeschwungenen Augenbrauen, »… womit vertreiben sie sich die Zeit?«

Oleira nickte.

»Ay, ich habe verstanden!«

»Vortrefflich! Heute abend kommst du zu mir zurück und wirst mir berichten. Die Göttinnen mögen dich schützen, mein Kind!«

Mehetma stand auf und sah über die Zinnen der Feste Kareb Solto in die Garnlandebene hinunter, wo sich ein schon herbstlich anmutendes Licht auf den Dächern der Stadt verbreitete. Sie hörte, wie sich hinter Oleira leise die Tür schloß, und blieb allein mit all den Zweifeln, Unsicherheiten und dem vagen Gefühl, daß der Ungeheuerlichkeiten noch lange kein Ende war.

Etwas ruppig gurtete Ibak Stu von Stelen auf ihrem Pferd fest. Eleva half der weinenden Tika und dem Kind auf Janjats Tier.

Auch die verletzte Aviva, ihre Schwester Edita und die geschwächte Beringör kamen in den Vorzug, die nächste Wegstrecke reitend zurücklegen zu dürfen.

»Wir scheinen wirklich in Sicherheit zu sein«, bemerkte Janjat kopfschüttelnd.

»Die Treufrau und ihr Gefolge finden keinen Einlaß in diesen Wald. Noch nicht!«

»Woher wußtest du, Eleva?«

Eleva strich versonnen über die Zweige einer alten Eiche.

»Ich wußte nicht, ich hoffte. Zu bösartig ist die Magie, die über Herrat liegt, zu weit ist sie von jedem Frieden entfernt. In ihr liegt soviel Haß, und der Einfluß eines grausamen Schattens raubt ihr die eigenen Sinne. Aber sie wird versuchen, einen Weg zu finden. Vielmehr das, was in ihr wohnt und sie mit so viel zerstörerischer Kraft zu benutzen weiß. Herrat ist verloren, aber auch wir sind es, wenn es ihr gelingt, diesen Wald zu betreten.«

»Wie kommt es, daß du diese Kenntnisse über sie besitzt?« forschte Ibak, während sie Beringör in den Steigbügel half.

»Mir ist das Wesen der Treufrau Herrat Herratsn schon lange vertraut, ohne daß es mir klar gewesen wäre.«

Nicht nur Aviva, die doch sonst alles wußte, hob daraufhin erstaunt den Kopf. Aber Eleva lächelte nur und griff nach den Zügeln. »Vorerst können wir jedoch ganz ruhig unseres Weges ziehen.«

Ibak schüttelte den Kopf. »Für mich gilt dies nicht. Ein Stück weit werde ich euch noch begleiten, dann allerdings muß ich euch verlassen. Ich werde nach Rosof Fäärwll reiten. Umgehend! Vierzig Frauen Fellöws warten dort mit der Ovrehjelber auf unsere Rückkehr. Sie schweben in größter Gefahr, wenn sie länger in Rosof Fäärwll bleiben.«

»Bei Fiu, Ibak! Du hast recht!« bestätigte Eleva und fischte in Windeseile Feder, Tinte und Papier aus ihren Wamstaschen. Hastig begann sie, einige Zeilen niederzuschreiben.

»Wäre es nicht besser, wir ziehen alle so schnell wie möglich nach Rosof Fäärwll, gehen an Bord und versuchen zu entkommen?« warf Raktscha ein.

»Und die Frauen Fäärwlls, die sich in M'alennian verstecken, oder die Bewohnerinnen, die sich noch in ihren Dörfern aufhalten, willst du sie Herrat Herratsn schutzlos preisgeben? Für sie und uns alle wäre kein Platz auf dem Schiff. Außerdem glaube ich, daß dieser Wald uns behüten wird, nicht wahr, Eleva?« erwiderte Janjat.

»Ja, M'alennian ist uns wohlgesonnen!« Die Angesprochene hob die Hand, woraufhin eine dichte grüne Hecke hinter ihnen entstand, der Eleva zufrieden den Rücken zukehrte, als sie sich an Ibak richtete: »Schick die Frauen Fellöws mit ihrem Schiff nach Kareb Solto. Sie werden mithilfe der Kraft ihrer Ovrehjelber schneller und vor allem sicherer dort ankommen als die beste Taube. Diese Nachricht«, Eleva reichte Ibak eine kleine Notiz, »richtet sich an die Frauen am Tisch der Ahrgte und beschreibt unsere Lage auf Fäärwll. Sie werden wissen, was zu tun ist, und dann nimm noch dies hier …!« Sie zog ein weiteres Papier aus ihrer Wamstasche. »Du mußt dafür Sorge tragen, daß die Frauen Fellöws diese Botschaft vom Festland aus mit einer Taube nach Sweerkööp senden. Es ist eine Notiz an die Bewahrerinnen und gleichzeitig meine Bitte um ihren Beistand.«

»Ja, Tante.«

»Und bis Hilfe eintrifft, werden wir gemeinsam hier aushalten. Wir müssen beenden, was begonnen wurde. Und nun wollen wir aufbrechen!«

Unten an den Kais der Stadt Kareb Solto herrschte rege Betriebsamkeit. Körbe, Kisten, sogar Ziegen, Hühner und anderes Getier in hölzernen Pferchen wurden auf die Beiboote geladen.

Unzählige stoßende, drängelnde und durcheinanderrufende Frauen warteten darauf, an Bord eines großen Schiffes zu gehen, das dort im Hafenbecken lag. Beinahe täglich wiederholten sich diese Szenen hastigen Aufbruchs. Flatterndes Federvieh sollte eingefangen, verlorene Töchter mußten wiedergefunden, aufgeregte Streitereien geschlichtet werden.

Angst ging um in dieser Stadt, und noch etwas, das keinen Namen trug.

Oleira lenkte ihr Pferd durch die schmalen, unbelebteren Seitengassen und erreichte bald den Marktplatz und die Amtsgebäude der Stadt. Sie ritt durch Torbogen in den Hof des hufeisenförmigen Gebäudes. Aus den Räumen der Stadtwache drangen Rufe. Vor der Remise, in der zwei Wasserkarren standen, stieg Oleira ab und sah sich um. Dort vorne im Hauptgebäude hatte sich die erhabene Lanice Lofort einquartiert. Alle Schlagläden waren geschlossen. Die Erhabene liebte offenbar die Dämmrigkeit.

Zwei Frauen der Stadtwache traten nun, miteinander im Gespräch vertieft, aus dem Gebäude und kamen auf sie zu. Oleira kannte sie aus vergangenen Tagen.

»He!« rief da die eine der beiden. »Das ist Oleira. Wieder in Diensten? Hat Lanice ein gutes Wort für dich eingelegt?«

Oleira schüttelte den Kopf und ergriff die Hand, die ihr so freundschaftlich gereicht wurde.

»Lanice wohl kaum, aber Hulda Klödenich.«

»Richtig! Die Erhabene hat keine Befugnis, sich in die Angelegenheiten der Wache einzumischen!«

»Und doch, hörte ich, soll sie von Frauen umgeben sein, die für ihren persönlichen Schutz zuständig sind«, bemerkte Oleira mit einem Blick auf die geschlossenen Fensterläden.

»Hulda hat ihr diese Gefälligkeit erwiesen. Was macht es schon, wenn einige von uns sich vor ihre Tür stellen.«

»Wovor hat sie solche Angst?«

Die eine der beiden Frauen beugte sich vor und spitzte spöttisch die Lippen.

»Wenn du mich fragst, sie ist ein wenig verrückt geworden. Sie hat sich die Spindel verdreht, wenn du verstehst, was ich meine?«

»Was tun die Frauen, die ihr unterstellt sind?«

Da brach die Spöttische in Gelächter aus.

»Nun, die eine Hälfte der Wache muß Tag und Nacht vor ihrer Tür stehen, die andere durchforstet die Küste des Garnlandes nach Verräterinnen.«

»Verräterinnen?«

»Ach, es geht ihr immer noch um diese Geschichte mit dem Zuber. Lanice wittert hinter jeder Ecke nichts als Verrat und glaubt, irgendeine fängt ihre Nachrichten nach Fäärwll ab. Verrückt. Wer sollte schon Interesse daran haben? Die Geschichte mit dem Zuber war nur ein Spaß, den sich einige Gaunerinnen herausgenommen haben, weiter nichts!«

In diesem Moment näherte sich Hufgeklapper, und nur einen Augenblick später rollte, begleitet von vier Reiterinnen, ein Karren in den Hof. Auf ihm lag eine Frau. Die Reiterinnen sprangen von den Pferden, die Kutscherin stieg vom Bock und gemeinsam traten sie auf die Remise zu, wo Oleiras alte Bekannte die Angekommenen begrüßten.

Mehetmas Vertraute entfernte sich von der Gruppe, nachdem sie genug gehört hatte, und schlich um einige Heuballen herum auf den Karren zu.

Die Frau, die dort lag, stöhnte.

Oleira trat neben sie.

»Wer bist du?«

Abermals stöhnte die Unbekannte.

»Höre!« sagte Oleira, die Frauen der Stadtwache, die immer noch beieinander standen, keinen Moment aus den Augen lassend. »Du kannst mir vertrauen. Warum haben sie dich festgenommen?«

»Ich werde sterben!« sagte die Frau leise und schloß die Augen.

»Warum? Bist du verletzt oder krank? Soll ich nach einer Heilerin schicken?«

»Sie wird mir nicht helfen können. Es ist die Angst«, der Körper der Gefangenen krümmte sich. »Sie zerfrißt mein Innerstes! *SIE* allein trägt die Schuld.«

»Wer ist *SIE*?«

»In wessen Diensten stehst du?« murmelte die Gefangene mühsam.

»Nicht in den Diensten der Lanice Lofort, wenn dich das beruhigt.«

»Rasch! Mir bleibt ohnehin keine andere Wahl. Begib dich auf schnellstem Wege an die Küste. Reite am Strand immer nach Norden, bis du auf die ersten Ausläufer eines kleinen Kiefernwaldes triffst. Dann halte dich nach Osten. Dort, zwischen den zwei höchsten Dünen, liegt mein Haus. Links neben dem Kachelofen, löse die Dielen! Unter ihnen findest du ein Päckchen mit Briefen und Dokumenten. Nimm es an dich! Mir ist nicht mehr zu helfen, doch wenn dir das Wohlergehen dieses Landes am Herzen liegt, dann bring die Unterlagen auf die Feste hinauf. Gib sie einer Frau namens Mehetma. Ich habe zu lange gewartet, zu lange …Sie kommt nicht mehr zurück.«

»Was, wen meinst du? Wer kommt nicht mehr zurück?«

»Sie kommt nicht mehr zurück. Ich bin verloren und … ich habe vielleicht zu lange gewartet.«

»Oleira!« rief eine der Frauen der Stadtwache gereizt. »Was, beim Glanze der Tarbas, treibst du da?«

»Nichts!«

»Wirst du es tun?« fragte die Gefangene eindringlich.

»Ja!« entgegnete Oleira leise.

»Noch etwas! Du darfst *keiner* vertrauen. *Jede* kann *SIE* sein. Und ich bitte dich: Laß meine Falken frei.«

Noch einen letzten Blick warf Oleira auf die Unglückselige, bevor sie sich rasch vom Karren entfernte und aufsaß.

»Wo willst du denn hin?«

»Ich komme bald wieder!« rief Oleira den Beisammenstehenden zu. »Schickt nach einer Heilerin. Sie ist krank!« Mit diesen Worten wendete sie ihr Pferd auf der Stelle und preschte davon.

Die Dinge entwickelten sich wahrhaftig anders, als Herrat es erwartet hatte.

Nicht allein die Flucht der Gefangenen bereitete ihr Kopfzerbrechen, es war da auch noch das Gefühl, daß ihr alles entglitt, daß etwas mit Kraft an ihrer Seele zerrte und ihr die Kontrolle über eigene Gedankengänge zu rauben imstande war.

Dieses Gefühl kannte Herrat bereits aus Kareb Solto, doch hier nun war es stärker denn je und erfüllte sie mit Wut.

»Geh fort!« grollte die Treufrau, der nicht klar war, daß sie diese Worte sprach und erst beim Nachklang ihren Inhalt aufnahm.

Sie wünschte aufzustehen. Starke Unruhe ergriff Besitz von ihr, doch sie war nicht in der Lage, diesem Zustand abzuhelfen und verharrte auf den Kissen, den Rücken an die Wand gelehnt. Sie hörte sich selbst unbekannte Begriffe flüstern mit einer Stimme, die nicht die ihre zu sein schien.

Ulana näherte sich auf Zehenspitzen, einen Kelch Fein haltend, den Herrat ihr aus der Hand schlug, ohne hinzusehen.

»Willst du mich betrunken machen? Verflucht!« Die Treufrau drehte und wendete das Nephtarauge in der Hand.«Ich muß nachdenken! Komm her, Leremi! Ich will deinen Körper spüren. Das wird mir dabei helfen.« Bereitwillig nahm Frau Lerminsn ihren Platz an Herrats Seite ein.

»Willst du mir einen Gefallen tun?« flüsterte eine Stimme aus Herrats Mund.

Leremi jedoch sah nichts als Herrats Augen dicht vor ihrem Gesicht. Die blaue Iris zog sich zurück, die Pupillen weiteten sich, bis sie von Lidrand zu Lidrand reichten. Leremi fühlte sich durch sie aufgesogen. Die Treufrau musterte lange und ausführlich Leremis Züge, bevor sie leise, ohne den Blick abzuwenden, sagte: »Geh hinaus, Ulana!«

Und Ulana beeilte sich, den Anweisungen Folge zu leisten.

Leremi aber war es im nächsten Moment schon, als ob sie plötzlich aus einem tiefen Schlaf erwachte. Das letzte, woran sie sich erinnern konnte, waren Herrats Augen gewesen, die sie sonderbar starr angeblickt hatten, als wollten sie durch das Schwarz ihrer Pupille in die Tiefen ihrer Seele tauchen.

Der Raum, in dem sie sich nun befand, war dunkel, kalt und zugig. Dort, auf dem niedrigen Sims hockte der Schatten eines Hundes, obwohl doch nichts da war, was diesen Schatten hätte werfen können.

Der Schatten sprach: »Komm her zu mir!«

Seine Stimme kam Leremi bekannt vor.

Sie tat, was ihr befohlen wurde. Es hatte keinen Sinn, sich dagegen wehren zu wollen. Sie empfand eine Art ängstliche Scheu vor diesem körperlosen Wesen, zugleich ging eine seltsame Faszination von ihm aus, die sie näherzutreten zwang.

Der Schatten des Hundes sprang vom Sims und umkreiste sie. »Wer bist du?« fragte die Kreatur. Nebel drang durch die Gemäuerritzen.

Erstaunt stellte Leremi fest, daß sie keine Antwort auf diese Frage geben konnte und sich stattdessen bei ihr der dringende Wunsch einstellte, auf die Knie zu sinken.

»Weißt du, an welchem Ort du dich befindest?«

Doch anstatt einer verneinenden Antwort entrang sich Leremis Kehle, sie merkte es verwundert, ein heiseres Knurren, denn sie selbst war es, die diesen Schatten warf. Sie war dieser Körper, dessen verzerrtes Abbild sie sah. Es huschte geschmeidig fließend über den Boden, umschlang ihre Seele und erfüllte sie mit Angst, bis sie glaubte, in ihrem Grauen ertrinken zu müssen.

»Du wirst einen Auftrag für mich erfüllen!« sagte die schattenhafte Kreatur. »Dann wirst du hierher zurückkehren, und vielleicht werde ich dich hier abholen. Vielleicht! Und nun hör mir gut zu.«

»Wo … wo ist sie?« fragte Ulana ein wenig später, als Herrat aus dem Haus trat.

Die Treufrau wandte sehr langsam den Kopf. Ihre Pupillen waren noch geweitet.

»Sie brauchte ein wenig … Auslauf.«

Ibak trieb ihr Pferd vorwärts. Vor einiger Zeit hatte sie sich von den Gefährtinnen getrennt und befand sich nun auf dem Weg nach Rosof Fäärwll, um die Frauen aus Fellöw mit der wichtigen Botschaft nach Kareb Solto an den Tisch der Ahrgte zu schicken.

Ibak hatte mit ihrem Leben für die Sicherheit der Ruderinnen gebürgt und war sich der Bedeutung dieses Schwures wohl bewußt. Doch wie sollte sie in der Lage sein, notfalls ihr Versprechen einzulösen, wenn sie Flaffls Frauen auf das Festland schickte?

Eleva hatte sie gebeten, auf jeden Fall auf der Insel zu bleiben, und auch Ibak selbst drängte es danach. Sie befand sich in einem inneren Widerspruch.

Solchermaßen in Gedanken versunken, ritt Ibak durch M'alennian auf breiten Pfaden, die doch durch keines Menschenwesen Fuß wegsam geworden waren. Es war die schnellste Strecke nach Rosof Fäärwll, keine Kreuzung, keine Abzweigung verwirrte sie. Wenn sie einmal an eine Stelle kam, von wo ein anderer Weg in unbekannte Richtung führte, fand sie stets eine Markierung, unter der sich ein in unbeholfen wirkender Schrift gemalter Hinweis befand: *Rosof Fäärwll rechts* …

Ibak lächelte. Die Koboldinnen hatten ihr verziehen. Sie hoffte nur, daß Agnes und Bredelgund Honiglieb nicht plötzlich dem Einfall verfielen, sie mit ihrer etwas bedrückenden Fürsorglichkeit belästigen zu wollen.

An einer Quelle zügelte Ibak kurze Zeit später ihr Pferd und sprang aus dem Sattel. Sie mußte sich zwar beeilen, doch würde eine kurze Rast Frau und Tier guttun. Mit einem Mal zögerte Ibak. Sie glaubte, ein sonderbares Geräusch vernommen zu haben, und sah sich um. Doch sie konnte nichts erkennen. Ein dichtes Dach aus grünen Blättern versperrte die Sicht auf den Himmel. Rechts und links von ihr lag der undurchdringliche Urwald. Tiefe Stille wohnte im dunklen, feuchten Grün. Ibaks Nackenhaare richteten sich auf. Die unbefangene Haltung wich dem Gefühl einer nahenden Bedrohung. Sie konnte sich nicht erklären, woran es lag, aber plötzlich erschien der Wald seltsam verändert. Grollten die Koboldinnen nun doch noch, oder fühlten sich andere Zwischenweltwesen durch ihre Anwesenheit gestört?

Einen Moment lang glaubte Ibak, ein Hecheln zu hören

und war beruhigt, denn sie verehrte die Wölfinnen seit ihrem Aufenthalt in den Steppen Flaffls. Niemals hatte sie sich durch sie bedroht gefühlt, da sie mit ihnen umzugehen verstand.

Doch dann erinnerte sie sich daran, daß M'alennian keine Lebewesen beherbergte, die ihr für gewöhnlich aus der Natur bekannt waren. In diesem Augenblick wünschte sie sich Janjat herbei. Als nächstes fiel Ibak ein, daß sie mit M'alennian Frieden geschlossen hatte und es unwahrscheinlich war, daß der Wald oder die Wesen, die in ihm beheimatet waren, sie gefährden würden. Jedoch wollte sich keine rechte Beruhigung einstellen. Sie ließ das Pferd trinken, und es fiel ihr leicht, ihr Bedürfnis, in der näheren Umgebung nach ein paar Beeren oder Wurzeln zu suchen, zu unterdrücken. Sich nach allen Seiten umblickend, saß sie wieder auf und ritt weiter. Auf einem der niedrig herabhängenden Äste erblickte sie einen Vogel, eine sonderbare Mischung zwischen Eule und Rabe. Das Gekreisch, welches durch die sonst so starre Stille M'alennians drang, klang in Ibaks Ohren ähnlich wie: GIFFAAARRRR, GIFFAAARRRR! Und sie trat dem Pferd in die Flanken. Ibak geriet in Panik …

Als die Dunkelheit der Nacht vom Himmel Besitz ergriff und nur noch das Licht der Sterne Nephtars Haupt krönte, begann Mehetma, sich Sorgen um Oleira zu machen. Sie riß die Fenster auf, um den penetranten Geruch von Lampenöl entweichen zu lassen, und vernahm Hufgeklapper im Hof. Bald darauf hörte sie auch Oleiras Stimme und atmete erleichtert auf.

Wenig später öffnete sie ihr die Tür.

»Ehre sei deiner Göttin!«

»Leise! Ich bin froh, daß du wohlbehalten zurückkehrst!«

Mehetma spähte den erleuchteten Gang hinunter, doch es war nichts zu sehen. Sie schob den Riegel vor.

»Was bringst du mir für Neuigkeiten?«

Oleira überreichte Mehetma das Päckchen mit den Briefen, das sie im Haus der Festgenommenen gefunden hatte. Und während sie in kurzen Worten schilderte, was sich im Hof des Amtshauses ereignet und wie sie das Versteck dieser Unterlagen gefunden hatte, löste Mehetma das Lederband und entfaltete die Schriftstücke. Sie rümpfte die Nase. Ein gräßlicher Gestank ging von den Briefen aus.

»Bei Fiu! Sie riechen nach verfaultem Wasser! Teilweise unleserlich. Ich dachte es mir. Wo sind meine Augengläser?«

Mehetma nahm an ihrem kleinen Tisch Platz und suchte aufgeregt in den Schubläden.

»Wo sind sie nur?«

Allerlei Kram wurde zutage befördert.

»Dieser Plunder! Ständig ist er mir im Weg!«

»Da sind sie ja! Sie lagen unter einem Buch!« Triumphierend hob Oleira die Gläser in die Höhe. Aufgeregte Anspannung ergriff nun wieder von Mehetma Besitz, als sie den Docht der Öllampe ein Stück höher drehte und sich über den ersten Brief beugte. Sie erkannte unter anderem auch durch das Fehlen des Siegels sogleich, daß es sich nicht um das Originaldokument, sondern um eine Abschrift handelte.

Der Brief stammte wohl ursprünglich aus der Feder Digrin Sempers, der Nebenprovinzvorsitzenden der Insel Fäärwll. Digrin Semper beklagte in ihm die Zustände auf der Insel und bat Lanice mit geradezu beschämend kriecherischen Worten, Abhilfe zu schaffen. Es gab offenbar zu wenig Nahrungsmittel auf Fäärwll.

Auch die darauffolgende Abschrift war die Kopie eines Briefes von Digrin. Doch in diesem Schreiben klangen ihre Worte bereits dringlicher, auch schwang zwischen den Zeilen eine gewisse Enttäuschung und vielleicht schon Entrüstung mit. All die schlimmen Vorahnungen, die Mehetma bezüglich des Nergoritabbaus in sich getragen hatte, wurden bestätigt. Eine weitere kurze Notiz in verstärktem Tenor folgte, dann noch eine, und schließlich ein langer Brief, in dem winzigkleine

Buchstaben eng an eng das Papier bedeckten. Dies war keine Abschrift. Es war ein Originalbrief Digrin Sempers, in dem es von Anschuldigungen gegen die erhabene Lanice Lofort nur so wimmelte, und der letztlich mit einer erpresserischen Forderung an die Erhabene endete. Digrin warf Lanice vor, sich an den Schätzen Nordwestmidlands zu bereichern, verrückt vor Gier zu sein, über Leichen zu gehen. Es war ein verzweifelter Brief. Mehetma roch an dem Papier. Ein leichtes Wacholderaroma haftete noch an den Glasrändern, die sich dort abzeichneten. Soltofeuer. Dieser Brief war im Zustand fortschreitender Trunkenheit verfaßt worden. Hätte Lanice jemals diesen Brief erhalten, wäre seine Verfasserin in große Gefahr geraten. Dessen war sich Mehetma nach der Lektüre sicher.

Nun, mit den neuerworbenen Erkenntnissen des vergangenen Tages und diesen Unterlagen hier sollte es ein Leichtes sein, die verbrecherische und skrupellose Repräsentantin des Landes vom Tisch der Ahrgte auf ewig zu verbannen.

Bevor sich Mehetma nun jedoch dem zweiten Bündel zuwandte, begab sie sich zu Oleira hinüber, die auf der Fensterbank Platz genommen hatte und in den Nachthimmel schaute.

»Was weißt du über die Frau, die heute festgenommen worden ist?«

»Nicht viel! Sie ist Falknerin und wird beschuldigt, vertrauliche Schriftwechsel abgefangen zu haben.«

Mehetma schüttelte den Kopf.

»Das werde ich zu verhindern wissen. Die Briefe enthalten Anschuldigungen gegen Lanice Lofort. Wenn diese Angaben zutreffen, wird Lanice umgehend ihres Amtes enthoben und vor Gericht gestellt. Ich frage mich, warum die Falknerin damit nicht längst im Rat Nordwestmidlands oder am Tisch der Ahrgte erschienen ist.«

Oleira wußte darauf keine Antwort.

»Sie sagte nur, daß ich dir die Briefe geben soll.«

Mehetma sah erstaunt auf.

»Sie kannte meinen Namen und bat ausdrücklich darum?«

»Ay!«

»Warum hat sie nur so lange gewartet?«

Oleira hob die Schultern.

»Nun … vielleicht fehlte noch etwas, vielleicht … wartete sie darauf, daß … etwas sich vervollständigte, oder … sie hatte Angst.«

»Sie muß sich keine Sorgen machen. Sie wird bald frei sein und als Zeugin aussagen«, murmelte Mehetma zuversichtlich.

»Sie schien gänzlich mutlos und meinte, sie würde bald sterben.«

»Unsinn! Wahrscheinlich wird sie noch in den nächsten Stunden hier auf die Feste gebracht werden. Sie muß lediglich einige ungemütliche Stunden im Arrest verbringen, bis das Verfahren seinen Lauf nehmen kann. Ich werde mich um sie persönlich bemühen. Lanice und nicht zuletzt ihre feinen Freundinnen haben die längste Zeit in ihren Ämtern gesessen.«

»Ay!«

»Nun will ich sehen, was die anderen Dokumente enthalten.«

Mehetma löste auch das zweite Band aus Leder. Wieder schienen es Abschriften zu sein, doch diesmal blieb der Sinn der Nachrichten im Verborgenen, denn die Verwalterin der inneren Burgangelegenheiten mußte verblüfft feststellen, daß das, was sie lesen wollte, nicht so einfach zu entziffern war.

»Oleira!« sagte sie, die Augengläser müde neben sich legend.

»Ay?«

Mehetma rieb sich über die Stirn.

»Geh hinunter! Laß das Tor keinen Moment aus den Augen und benachrichtige mich, sobald die Gefangene auf der Feste eintrifft. Wir brauchen einen Schlüssel aus Worten und Zahlen, wenn wir weiterkommen wollen. Und ich hoffe, sie besitzt ihn.«

»Ay!«

Mit einem geschmeidigen Satz sprang Oleira von der Fensterbank und schlüpfte aus der Tür. Sie begann, Freude an dieser Tätigkeit zu empfinden und wünschte sich sehnlichst, daß dieses Abenteuer noch lange andauern würde.

Dicht beim Torhaus schob sie einen Heuballen unter eines der Vordächer, wickelte sich in eine Pferdedecke und dachte darüber nach, ob sie wohl eine Heldin werden würde. Aus Gedanken wurden Träume, begleitet von regelmäßigen, tiefen Atemzügen, doch das bemerkte Oleira nicht mehr.

»M'alennian macht es uns leicht, den Weg zu finden«, bemerkte Eleva dankbar, als alle am anderen Ufer des Flusses angelangt waren.

»M'alennian sorgt auch dafür, daß wir schnell unser Ziel erreichen!« verkündete Edita, die bemerkte, daß der Pfeil, der sich aus den Büschen auf sie gerichtet hatte, hinabsank. Kurz darauf stürmte ein Mädchen auf sie zu und ließ den Bogen aus der Hand fallen.

»Vega! Ich dachte, du wärst nicht mehr am Leben!« Edita breitete erleichtert die Arme aus.

»Die Treufrau hat meinem Esel die Kehle durchgeschnitten, als ich ihr nicht sagen wollte, wo sich das Versteck befindet.« Vega umklammerte Edita und begann zu weinen.

»Du hattest Kontakt zu der Treufrau, mein Kind?« fragte Eleva besorgt.

»Ja, ja! Es war an dem Tag, als sie in Draích'laír eintraf. Sie hat mich festgehalten, aber ich habe nichts gesagt, selbst als sie … das … getan hat.«

»Das war großartig von dir, Vega. Sehr mutig und tapfer!« tröstete Edita.

»Ist dir an der Treufrau etwas aufgefallen, das dir merkwürdig vorkam, irgend etwas Besonderes, hat sie dich mit einem bestimmten Gegenstand bedroht oder damit deine Aufmerksamkeit auf sich gerichtet?« wollte Eleva wissen.

»Ich bin ihr einfach davongelaufen.« schluchzte Vega. »Sie kann aber nicht so schnell rennen. Ich habe eine Handvoll Steine nach ihr geworfen, aber sie hat nur gelacht und holte etwas Rundes hervor, eine Kugel aus Stein. Ich habe nicht genau hingesehen. Vielleicht wollte sie es hinter mir herwerfen, aber ich war schneller und bin weggerannt.«

»Das Nephtarauge!« flüsterte Eleva betreten. »Sie weiß also tatsächlich, daß sich das Versteck in M'alennian befindet, kann es jedoch nicht genau ausmachen.«

»Du hast selbst gesagt, daß sie nicht ohne weiteres diesen Wald betreten kann«, bemerkte Janjat.

»Das ist richtig! Wir haben mit eigenen Augen gesehen, wie sie vor den Grenzen M'alennians aufgehalten wurde.« Eleva strich dem Mädchen die Tränen fort. »Das hast du sehr gut gemacht, Vega. Der Gegenstand, den Herrat in Händen hielt, war ein Nephtarauge. Es trägt die Bezeichnung unserer sanften Göttin zu Unrecht. Denn das Auge ist von böser, magischer Essenz. Wenn du aus der Nähe hineingesehen hättest, wärest du verloren gewesen. Sei also davor gewarnt!«

»Ich habe von dir geträumt!« sagte Vega plötzlich unvermittelt. »Wie ist dein Name?«

Janjat sah sich um und tippte sich anschließend auf die Brust.

»Von *mir*? Du hast von *mir* geträumt?«

Vega nickte.

»Ja, von dir, und ich träumte, daß du sterben wirst, hier in M'alennian.«

»Was erzählst du denn da für Schauergeschichten, Vega? Jetzt ist es aber genug!« fuhr Edita das Mädchen an.

»Wie heißt sie?« wollte Vega unbeirrt wissen.

»Mein Name ist Janjat. Janjat von Smagninborg«, sagte Janjat und musterte das Mädchen beunruhigt.

»Hast du häufiger solche Träume?« wollte Eleva wissen.

»Ja! Auch wenn es *ihr* nicht paßt!« entgegnete Vega in Editas Richtung trotzig und lief davon.

Ibak hatte waldeinwärts an einem Bachlauf eine Rast eingelegt. Beinahe hätte sie das bedrohliche Gefühl vergessen können, das sie tagsüber beschlichen hatte. Aber nun war es wieder da. Es lauerte im dichten Unterholz. Es schien zu warten. Es folgte ihr. Es würde ihr überallhin folgen. Ibak hatte das Pferd geschont, so gut es ging, aber wenn sie keinen ruhigen Platz für die Nacht finden würde, könnte sie morgen zu Fuß laufen. Wenn sie dann noch am Leben war … setzte sie in Gedanken hinzu. Nie war sie sich einsamer vorgekommen als auf dieser Strecke. Sie hatte darüber nachgedacht, ob es sinnvoller wäre, aus dem vermeintlichen Schutz des Waldes zu reiten, um sich im Hügelland lieber real existierenden Gefahren zu stellen, gab dieses Vorhaben allerdings auf, denn selbst eine Kämpferin der zehnten Ausbildungsstufe hätte es schwerlich mit zwanzig von Herrats Frauen aufnehmen können, und das leicht gewellte und nur spärlich bewachsene Hügelland bot wenig Deckung. GIFFAAARRRR, GIFFAAARRRR! schrie der Vogel, der sie nun schon seit Stunden wieder begleitete, und sein disharmonisches Gelärme, das die Stille durchdrang, zerrte allmählich an ihren Nerven.

Schließlich entschied sie sich für einen Kompromiß. Sie befand sich im Randgebiet von M'alennian. Außerhalb ihrer Grenzen mußte es bereits dunkel sein. Sie würde also den Wald verlassen und ihr Lager außerhalb des magischen Einflußbereiches aufschlagen. Sie begann nach lichten Stellen Ausschau zu halten und lenkte ihr Pferd, das durch Angst und Anstrengung bereits schweißbedeckt war, abseits des Pfades ins Unterholz. Im hohen Laub vernahm sie nun wieder die Schritte, die sie auch vorhin schon häufiger gehört hatte. Ibak war sich sicher, daß diesem gespenstischen Erlebnis vor den letzten Baumreihen M'alennians ein Ende gesetzt sein würde.

NIIEEHHH, NIIEEEH, änderte der Vogel nun seinen warnenden Ruf ab. Dann ließ er ein lautes Keckern ertönen – in Ibaks Ohren klang es ausgesprochen abfällig – und flog endlich davon.

Die Stimmung in der Waldsiedlung war trügerisch ruhig und erinnerte ein wenig an die sanfte, schwere Süße eines Abends in Zunda. Bei milden Temperaturen, gehüllt in das diffuse Licht M'alennians, ein moosiges Aroma auf der Zunge schmeckend, ließ es sich gut auf den Fellen am großen Feuer ausruhen. Janjat sah nachdenklich in die Flammen, als Sina sich neben sie setzte.

»Wie geht es Stu?«

»Sie schläft tief und fest. Edita kümmert sich um sie. Morgen wird es ihr viel besser gehen.«

»Hat sie etwas gesagt?«

»Nein, kein Wort. Hör mal, Janjat, du machst dir doch keine Gedanken um das Gerede dieses Kindes, oder?«

»Ich mache mir viele Gedanken. Zuallererst denke ich an Ibak. Ich hätte mit ihr reiten sollen.«

»Sie wollte es nicht!«

»Ich hätte darauf bestehen sollen.«

»Es hätte nichts geändert!«

Janjat schwieg.

»Ich werde nicht zulassen, daß dir etwas geschieht. Immerhin bist du wegen der Stelentöchtir nach Fäärwll gereist. Mach dir keine Sorgen!« sagte Sina leise.

Janjat sah sie an. Einen winzigen Moment zu lang. Der Unterschied zu einem normalen Blick war zu gering, als daß er hätte in Worte gefaßt werden können. Nur das Gefühl war entscheidend. Der Moment war gerade lang genug, daß eine noch etwas unsichere Klarheit herrschte, die Sina ein wenig verlegen lächeln ließ, als sie den Blick in die Flammen richtete. Janjat wurde sehr warm.

»Weißt du«, begann Sina und plauderte rasch Unverfängliches, was sie immer tat, wenn sie zaghaft wurde. »Ich habe vorhin mit Börgerby gesprochen. Es geht ihr schon viel besser. Aber sie schämt sich. Sie will nicht herauskommen.«

»Es wäre besser, wenn sie es tun würde, denn ich halte es für kleinlich, angesichts der großen Bedrohung unseren alten Streit fortzuführen.«

Einen Moment lang sahen sie wortlos in das Feuer.

»Janjat, ich … würde … Könnten wir nicht …«

»Sieh nur, wo will Tika so schnell hin?« unterbrach Janjat.

Sina hustete.

»Hast du dich erkältet? Warum gehen wir nicht in einen der Unterstände, die Edita uns gezeigt hat?«

»Ja!« bemerkte Sina erleichtert.

Janjat ergriff ihre Hand und zog sie in die Höhe.

»Dann komm!«

Tika, die an ihnen vorüberhastete, war auf dem Weg zu Eleva. Sie fand sie in einer der Hütten erschöpft über den Tisch gebeugt.

Eleva richtete sich auf, als sie sie eintreten hörte.

»Tika! Was kann ich für dich tun?«

»Nein Eleva! Was kann ich für dich tun?«

»Laß mich ausruhen. Ich bin müde. Ich fühle mich schwach. Geh zu deiner Tochter und sing ihr ein Schlaflied.«

Tika trat näher.

»Du bist nicht schwach, Eleva. Aber du wirst es, wenn du dich weiterhin weigerst zu essen. Hier! Ich bringe dir ein Stück Brot.«

Aber Eleva schüttelte matt den Kopf.

»Danke. Nein. Ich habe keinen Hunger. Sie wird mich nicht in Ruhe lassen. Sie wird keine Ruhe finden, bis es vorbei ist.«

»Von wem redest du?«

»Ich rede von Herrat, vielmehr von dem, was sie verkörpert. Hier in M'alennian wird alles sein Ende finden, werde ich mein Ende finden. Die Visionen, die Traumbilder, die mich bislang in dichtem Nebel begleiteten, gewinnen an Kontur. Ich hatte nur nicht mit der Schwere meines Auftrages gerechnet. Ich bin zu schwach. Ich werde sie nicht vernichten können. Aber wenn ich es nicht kann, wird nichts ihr Einhalt gebieten.« Eleva ließ den Kopf sinken. »Oh, Tika, vergiß, was ich dir gesagt habe. Geh zu Bett!«

Tika jedoch legte ihre Arme um die Erschöpfte, und Eleva

spürte die Weichheit dieses Körpers, der ihr so nahe war. Sie wollte ausruhen in der Sanftheit, den Armen, und einen matten Schlaf finden, einen Schlaf der Milde und der schönen Träume, sie wollte geborgen in dieser wunderbar matten Müdigkeit aufgehen. Sie schloß die Augen und ließ die Umarmung zu, sie erhob sich vom Tisch, sank mit Tika auf das Lager aus weichen Webdecken und Kissen, wollte sich endlich der Samtigkeit ihres Körpers hingeben, die zu erfahren sie niemals für möglich gehalten hätte, lockerte die Schnüre ihres Hemdes, ertastete ihre Brust, küßte sie lange, lange und sehr tief ... und schlief auf der Stelle ein.

Es war still. Es war *wirklich* still. Keine seltsamen Schritte. Kein Hecheln oder das Tappen von vier Pfoten durch trockenes Laub. Ibak führte ihr Pferd am Zügel. Hier draußen vor der Baumgrenze M'alennians war es bereits so dunkel, daß sie sich nicht fürchten mußte, von Herrats Frauen entdeckt zu werden. Sie sattelte ab. Das einzige, das sie sich nun wünschte, war ein erholsamer Schlaf. Sie sprach zu ihrem Pferd und bereitete sich ein Lager. Freilich mußte sie auf ein Feuer verzichten. Warum hatte M'alennian sie gequält?

Ibak wußte nicht, daß M'alennian keine Schuld an dem unschönen Tagesritt trug. Sie wußte auch nicht, daß sie in die Falle gegangen war. Ibak war aus dem Wald getrieben worden. Die Kreatur, die jetzt aus einigen Schritten Entfernung kein Auge mehr von ihr ließ, hätte im Wald niemals so dicht an sie herankommen können.

Die Nacht war, wie Ibak nach den Eindrücken des diffusen Dauerlichtes in M'alennian fand, in ihrer tiefen Dunkelheit schön. Einzelne Sterne waren zu erkennen, und als sie sich in die warme Decke hüllte, erfüllte wie so oft eine tiefe Sehnsucht ihre Seele. Ibak wünschte, sie würde nicht allein hier liegen. Sie war müde. So unendlich müde!

Doch kurz vor der gnadenreichen Umarmung des Schlafes stellten sich, wie stets in solchen Momenten, die Erinnerungen an die letzten Monate ein. Sie allein waren in der Lage, Ibak sehr nah an ihre eigene Wahrheit zu tragen, ohne daß es ihr möglich gewesen wäre, sich dagegen zu wehren. Ibak nahm die Bilder hin.

Denn Ibak fühlt sich schuldig, weil sie nichts empfindet, als Mira zur Welt kommt, und auch später nicht. Sie spürt nicht das geringste liebevolle Gefühl für die Tochter, so sehr sie sich auch bemüht. Ibak erinnert sich des Tages, da Tika mit der Säugtochter zum erstenmal an ihrem Bett steht. Damals befindet Ibak sich noch im Haus der Heilung in Kareb Solto. Tika lacht. Sie ist glücklich. Doch Ibak fühlt Abscheu gegen dieses kleine Geschöpf. Und ist daraufhin entsetzt über sich selbst. Sie mag weder den Geruch ihrer Tochter noch ihr Aussehen. Tika legt Mira auf den Bauch der Kranken. Ibak muß sich überwinden, das Kind zu berühren. Nach diesem Besuch, dessen baldiges Ende Ibak herbeisehnt, fühlt sie sich zerrissen und wund. Sie will dagegen ankämpfen. Es bleibt ein sinnloser Kampf. Jeden Tag bringt Tika Mira mit, und jeden Tag führt Ibak einen Kampf gegen ihre Gefühle, gegen sich selbst, und bald sagt sie nichts mehr, sieht zur Decke empor und verstummt vor der Unfähigkeit, Liebe und Zuneigung zu empfinden.

Ihre Gedanken und Bilder lösen sich von der Gebundenheit an die irdische Existenz, und je tiefer sie bisweilen hinabsteigt, je höher sie manches Mal hinaufklimmt, desto aussichtsloser wird das Unterfangen, Tikas und Miras Besuche als Glück zu begreifen. Sie sehnt sich nach dunkler, samtiger Ruhe, nach einsamem Frieden und verabscheut für ihre Gefühlskälte nicht nur sich selbst, sondern auch das Leben, das sie bislang geführt hat, dieses so einfache Leben mit einfachen Grenzen, Konturen und Selbstbildnissen. Auch die Gespräche mit May, der Meisterin der Heilschule, helfen nicht, weder die Bücher, die sie Ibak zu lesen gibt, noch die Kräuter, die sie ihr verabreicht. Im Gegenteil. All das bewirkt in Ibak den Drang, mit allem abzubrechen, etwas zu suchen, einen neuen Teil in ihr, den sie gleich einem kleinen Sproß betrachten und aufziehen will, der einmal neue, andere Blüten tragen und sie abseits alter Pfade eine andere Ibak entdecken lassen soll. Dies entfacht den inneren Widerstreit. Die Empfindung von

Schuld indes legt sie in neue, enge Ketten, die es unmöglich machen, diesen Plan in die Tat umzusetzen. Ibak verfällt in Bewegungslosigkeit.

Es ist die Scham, die Ibak nicht über das sprechen läßt, was sie fühlt. In ihren Gedanken verwandelt sie sich bereits in ein monströses Unwesen. Und schließlich ist ihr nicht nur Mira, sondern selbst Tika zuwider, die sich ein solch festes Bild von ihr gemacht hat, die alles tut, um sie aufzumuntern, die sich bemüht, durch belanglose Plaudereien die Zeit mit einer schweigenden Ibak, die an die Decke starrt, so unbefangen wie möglich zu überstehen. Manchmal schließt Ibak die Augen und wünscht sich nichts sehnlicher, als daß sie einfach den Mund halten würde. Am furchtbarsten ist es, als Tika die Frauen aus Gundlberg bittet, sie zu besuchen. Da stehen sie alle um ihr Bett herum, scherzen mit dem Kind, das Ibak nicht liebt, bemühen sich um Tika, für die Ibak nichts mehr empfindet, versuchen, Gespräche mit der Kranken zu führen, die Ibak nicht interessierten.

Nur eine von ihnen setzt sich zu ihr, nimmt ihre Hand und sagt nichts. Andronjas Finger schließen sich fest um die ihren, und die Augenblicke zwischen ihnen sind lang und intensiv, warm und heftig. Und unbeschreiblich, quälend wortlos und meilenweit weit fort von denen, die in allernächster Nähe Ibaks Lager umstehen. Da wird gelacht und gescherzt, während Ibak in Andronjas Augen ein unbestimmtes Erschrecken feststellt, eine verwirrte Verwunderung, die aufflackert und wieder erlischt, weil es doch nicht sein kann. Weil Ibak glaubt, daß es nicht sein darf.

Doch die anderen sehen nicht und wollen nicht sehen, daß Ibak eine andere ist, daß auf einmal alles anders ist. Aus den sie umgebenden Gesichtern liest Ibak, wieviel Mitleid sie für Tika empfinden, wie groß das Unverständnis ist, das sie dieser Ibak entgegenbringen. Und Ibak tut nichts anderes, als den Kopf zu wenden und gegen die Wand zu sehen.

Eines gibt es jedoch, das Ibak in jener Zeit vollbringt und das sie mit Freude erfüllt. Sie kennt Niemit seit einigen Jahren. Niemit ist die Tochter einer der Stallfrauen auf der Feste Kareb Solto. Ibak weiß um ihre schwierige Situation. Die Mutter mag ihre Tochter nicht besonders, keine kümmert sich recht um sie, und bereits vor einigen Jahren hat Ibak mit dem Gedanken gespielt, das Kind in Flaffl bei Smagninborg aufwachsen zu lassen. Niemits Blindheit birgt in sich die Voraussetzung, andere Fähigkeiten und Veranlagungen mit größter Konzentration auszubilden.

Niemit soll eine Ausbildung in Flaffl erhalten. Swalfa, Ibaks eigene Zeugmutter, soll Niemits Lehrmeisterin werden. Ibak versucht, mit Tika über diesen Einfall zu reden. Aber Tika scheint nicht zuzuhören, hebt die lachende Mira in die Höhe, tut Ibaks Gedanken als bloßes Gerede ab, doch in diesem Falle rechnet sie nicht mit der Durchsetzungskraft ihrer Gefährtin, und als Ibak ihr eines Tages Niemit an die Hand gibt, fährt sie erschrocken zurück.

»Es ist nicht für lange!« sagt Ibak. »Ich weiß, es wird anstrengend für dich sein, aber ich bitte dich, kümmere dich um sie, bis ich sie nach Flaffl bringen kann. Es ist mein größter Wunsch, daß sie eine Ausbildung erhält und Halt und Geborgenheit in einer Sippe findet.«

»Du hast bereits eine Tochter!« stößt Tika zornig aus. »Vielleicht solltest du dich erst einmal um sie kümmern, bevor du noch weitere Kinder annimmst.«

Dies ist ein Satz, der sich tief und schmerzvoll in Ibak festsetzt. Er landet inmitten eines Wustes von Schuldgefühlen, wo er wie ein vergifteter Pfeil in der Wunde steckt.

Tika führt Niemit an der Hand entrüstet fort. Und als Ibak beschließt, daß es Zeit sein muß, wieder laufen zu können, schlägt Tika eines Tages vor, nach Flaffl zu reisen. Eigentlich beabsichtigt Ibak, erst wieder zu Kräften zu kommen, bevor sie die Reise antritt, besinnt sich aber dann doch anders. Für Niemit ist es ohnehin am besten, so schnell wie möglich in ihr neues Zuhause zu gelangen.

Kaum bei Smagninborg angelangt, geht es Ibak noch schlechter als vorher, denn auch hier erlebt sie die Sorge der Sippe um Tika und fühlt sich zurückgesetzt. Sie schweigt und wird schließlich zornig: auf sich selbst, auf Smagninborg, auf Tika und Mira. Letztendlich ist sie voller Haß und zugleich voller Sehnsucht, denn in einem Traum streift eine unbekannte Göttin sie mit dem Licht ihres Atems. Sie läßt Ibak eine Liebe und einen Frieden empfinden, die sie so sehr gesättigt, getröstet und erfüllt haben, daß im Moment des Erwachens das Gefühl der Leere eine Verzweiflung in ihr hervorruft, die unbenennbar unermeßlich bleibt.

Dies nun war der letzte Gedanke auf der Schwelle zwischen Wachsein und Traum. Ibak teilte ihr Lager mit der Sehnsucht.

Kapitel 9

Kurze Taubenbotschaft, adressiert an Andronja, Apothekerin zu Gundlberg am Gundlgebirge in Nordwestmidland (bitte weiterleiten!):
»Andronja,
ich werde zu Dir kommen, sobald ich es vermag. Ich habe Dir etwas Wichtiges mitzuteilen … gestern noch dachte ich, ich müßte sterben, aber jetzt ist alles anders. Ich will leben, und ich will dir endlich sagen, was ich für Dich empfinde, ganz einerlei, ob Du meine Gefühle teilst oder nicht. Ich muß es Dir sagen, ich ersticke sonst.
Ibak von Smagninborg«

Herrat aber, oder vielmehr das, was von ihr Besitz ergriffen hatte, wartete in dieser Nacht im Verborgenen. Den Blick fest auf das Nephtarauge gerichtet, saß sie schon seit Stunden wie in Trance im Dämmerlicht der Hütte. Sie hörte nicht, daß Ulana eintrat, und wurde sich ihrer Anwesenheit erst bewußt, als die Unglückliche beim Anzünden einer Kerze gegen einen Stuhl stieß.

Langsam und unwillig drehte Herrat den Kopf.

»Habe ich dir nicht gesagt, daß ich …«

»Oh, bei Nephtar, Herrat, deine Augen! Herrat! Deine Augen!« schrie Ulana beim Anblick der Leere.

»Fürchtest du dich vor mir?« erklangen Herrats Worte wie aus weiter Ferne.

Ulana stolperte rückwärts und stieß gegen die Wand.

Die Treufrau erhob sich und ging auf sie zu, den starren Blick auf sie richtend.

»Fürchtest du dich vor mir, will ich wissen?«

»Ja! Ja! Ich fürchte mich!« stammelte Ulana.

»Nun, da du einmal hier bist, wird es Zeit, Ulana. Hohe Zeit! Du mußt wissen, daß bald erreicht ist, auf was ich seit Ewigkeiten warte.«

Die Treufrau kam nah und näher. Die blicklose Leere verströmte die trockene Kälte des Eises. Herrats Stimme klang flach und knisterte wie Papier, als sie leise Worte flüsterte, die Ulana nicht verstand, obwohl sie es verzweifelt versuchte.

»Was ist mit deinen Augen geschehen?« wimmerte Ulana.

»Ich …«, grollte Herrat leise, »… benötige sie nicht länger, um in das Reich der Schatten zu sehen. Sie waren mir im Weg.«

Die Treufrau brach in ein Lachen aus und warf den Kopf mit diesen schrecklichen Augen in den Nacken. Ulana tastete sich an der Wand entlang.

»Nicht doch!« Herrat beendete den Fluchtversuch rasch und erfolgreich. »Dies ist eine ganz besonders tiefe Leere. Es wohnen die Schatten darin, die deinem Leben bald vorauseilen, bald es verfolgen, die zu deinen Füßen kriechen, die dich niemals verlassen. Sie haften an dir, sie sind deine Angst und das Abbild einer verlorenen Seele. Ergib dich ihnen, ergib dich deiner Angst. Dort, wo ich bin, ist es kalt, und das Eis wird dich bedecken mit gefrorenen Schwingen aus Schnee. Es wird dir guttun! Ich kann dich mit den Schatten meiner Augen blenden. Weißt du das?«

»Bitte, bitte, tu das nicht!« flehte Ulana und wollte den Blick abwenden.

Doch tief in den Schluchten der Augenhöhlen vor ihr lagen lichtlose, ewige Gefilde voller Hoffnungslosigkeit und Furcht, denen sie nicht entkommen konnte. Ulana hoffte auf einen raschen Tod ohne große Qualen. »Herrat, Herrat! Wenn ich nun sterben muß, bitte ich dich, füge mir keine Schmerzen zu.«

»Ich … bin nicht mehr Herrat«, sagte das Wesen und warf einen Schatten, der durchaus nicht mit den körperlichen Umrissen der Treufrau zu vereinbaren war. »Nur ein kleiner Teil von ihr ist jetzt noch in mir. Sieh mich an!«

Die Frau, die in dieser Nacht an der Hütte vorbeiging, weil sie auf dem Weg zum Abort war, sollte ihr Lebtag lang daran denken, einen erstickten Schrei gehört zu haben, der bald darauf in ein leises Klagen und schließlich in ein Geräusch überging, das einem bösen Wispern und Flüstern glich. Es schien aus einer anderen Welt zu kommen.

Ibak träumte. Sie träumte von einer namenlosen Göttin, von jener, die sie mit dem Licht ihres Atems gestreift hatte. Sie war schön, wunderschön. Ihre Augen hielt sie geschlossen. Sie saß auf einem Thron aus dunklem Marmor in der Mitte eines hohen, schlanken Tempels. Sie streckte Ibak ihre Hand entgegen, und ein kühler Luftzug strich durch das Gemäuer.

»Fürchte dich nicht!« sagte die Göttin mit sanfter Stimme. »Bei mir sollst du ausruhen. Ich bin die, die du suchst. Ich bin die, die unbenannt bleibt, die hinter allem steht und in allem enthalten ist. Ich bin die, die gerufen wurde und dich seit langem mit Wohlgefallen ansieht. Ich begehre dich, Ibak von Smaginborg. Komm zu mir, und ich erfülle dir jeden Wunsch, denn ich bin mächtig und werde größer von Stunde zu Stunde. Du sollst neben mir sitzen, wenn es soweit ist.«

Ibak zögerte, bevor sie die Stufen hinaufstieg.

Aber die namenlose Göttin sprach: »Wovor fürchtest du dich? Nimm meine Hand! Ich werde dich in göttliche Höhen erheben.«

Ibak streckte langsam die Hand aus, hielt dann jedoch plötzlich inne. »Warum siehst du mich nicht an?«

Die Göttin stieß ein silberhelles Lachen aus. »Ich werde dich ansehen, wenn du zu mir hinaufgekommen bist. Dann darfst du unergründliche Ewigkeit schauen. Und du wirst die Antwort auf jede deiner Fragen erhalten und zu Frieden kommen. Nicht zu einem unsicheren Frieden, wie ihn dir M'alennian geben konnte. Hier bei mir wirst du zu ewigem Frieden kommen. Vergiß die törichte, so leicht und rasch verfliegende Einfältigkeit irdischer Liebe. Vergiß all den Kummer, den sie dir bereitet, liebe mich und du wirst … immer bei mir sein. Immer!«

Ibak verharrte.

»Dies ist ein Traum. *Mein* Traum.«

Erneut lachte die Göttin und schwenkte etwas ungeduldig die Hand.

»Komm nun, Ibak! Es wird Zeit! Laß mich nicht länger warten! Ich begehre dich. Setz dich hierher, und ich werde dich in meine Augen sehen lassen. Du sollst vor Wonne in ihnen ertrinken. Ja, ich will, daß du selbst mit meinen Augen die Welt erblickst.«

»Erst will ich dich erblicken!«

»Komm jetzt zu mir, Ibak von Smagninborg!« sprach die Göttin mit erkalteter Stimme.

»Du bist nicht die, die ich suche! Du bist weder Göttin noch Geliebte, die ich ersehne«, stellte Ibak fest und versuchte, in der Dunkelheit des Tempels einen Fluchtweg ausfindig zu machen.

Die falsche Göttin lachte. Es klang wie ein kehliges Grollen. In diesem Tempel gab es keine Fenster oder Türen. Ibak erinnerte sich daran, daß sie träumte. Sie mußte nur aufwachen, um diesen Alpdruck zu beenden.

»Gib dir keine Mühe! Aus diesem Tempel gibt es keinen Ausweg. Du hast dich entschieden. Dann sieh mich also an und stirb!«

Aber Ibak wandte sich ab und bedeckte den Kopf mit ihren Händen. Trotzdem nahm sie den grellen, hellen Schein wahr, der selbst jetzt noch durch ihre so sorgsam geschützten Augen fiel.

»Sieh mich an und stirb!« Die Wände und der Boden des Tempels bebten. »Sieh mich an und stirb!« brüllte die Kreatur. »Öffne deine Augen und stirb!«

Ibak sank zu Boden.

Sie spürte das Weich der Flechten unter sich und tastete mit geschlossenen Augen nach ihrem Schwert. Das Pferd wieherte in Panik, und Ibak lugte vorsichtig durch die Finger einer Hand. Der Tempel war fort, die Göttin verschwunden, aber eine riesige, einem Hund nicht unähnliche Bestie befand sich bereits mitten im Sprung.

Der Aufprall war heftig. Ibak verlor das Gleichgewicht und fiel nach hinten. Doch es gelang ihr, das Untier fortzustoßen. Die Kreatur knurrte bösartig und kauerte sich nieder.

Ibak kam auf die Beine.

Die Bestie umkreiste sie mit geschmeidigen Bewegungen. Ihre Augen schienen – und das fand Ibak geradezu ekelhaft – menschliche Augen zu sein. Sie besaßen die milchige Weiße des Augapfels, in dessen Mitte sich Pupille und Iris befanden. Das Pferd, laut wiehernd und vor Angst schaumbedeckt, zerrte am Strick.

Die Kreatur griff erneut an. Ibak stieß ihr das Schwert durch die Brust und zog es sofort wieder heraus. Aber es war, als sei nichts geschehen. Außer einem leichten Taumeln war dem Ungeheuer nicht anzumerken, daß es soeben mit einem tödlichen Stich getroffen worden war. Ibak begriff, daß sie die Klinge nun magisch belegen mußte, damit sie etwas ausrichten konnte, aber bedauerlicherweise haperte es angesichts der bedrohlichen Situation erheblich an der Fähigkeit, sich auf die richtige Form zu besinnen.

Erneut versuchte die Bestie, an ihre Kehle zu springen, und Ibak überlegte fieberhaft nach den richtigen Worten, als sie das Schwert zur Abwehr hob und den schweren Körper beiseite stieß. Schließlich meinte sie, sich endlich erinnern zu können, und sprach die Worte des Jaltozirkels nicht nur, sondern schrie sie heraus, und das Nhimm am Heft der Waffe veränderte den Rhythmus ihres Pulsschlages. Für die nächste Abwehr nahm sie alle Kraft zusammen und hob die Klinge in dem Moment, der geeignet erschien, als die Bestie an ihr vorbei ins Leere lief, mit beiden Händen hoch über den Kopf und ließ sie im nächsten Moment niederfahren. Der Hieb ließ die Kreatur zusammenbrechen, und Ibak blieb einen Moment mit gesunkener Klinge und schwer atmend stehen, bevor sie sich niederbeugte und aus den sonderbaren Augen des Ungeheuers etwas rinnen sah, das sie beinahe für Tränen hätte halten können.

Der erste bleiche Streifen der Tarbas kroch über die Hügel am Horizont, als Ibak schließlich ihr Schwert im Gras abwischte, es in den Gurt schob und zu ihrem zitternden Pferd hinüberging, um ihm beruhigend über Hals und Flanken zu streichen.

»Wer immer du auch sein magst«, flüsterte sie über die Weiten des Landes. »Wir werden uns wiederbegegnen!«

Mehetma nahm es Oleira nicht übel, daß sie vor dem Tor eingeschlafen war und daher die Nachricht über die Verlegung der Gefangenen in den Keller der Feste erst verspätet überbrachte. So war sie selbst zu einigen Stunden der Ruhe gekommen.

Und nun, an diesem frühen Morgen, hatte sie viele finstere und feuchte Gänge durcheilt, war unzählige, ausgetretene Stufen in engen Treppenhäusern hinabgestiegen, bevor sie ihr Ziel erreichte: Den Keller der Feste Kareb Solto. Hier lagen die Arrestgewölbe für die Gefangenen, die noch auf ihre Verhandlungen warteten, oder auf das Schiff, das sie nach einem Schuldspruch und der Verurteilung auf die Insel der Verbannten brachte.

Ihr kostbares, langes Gewand zusammenraffend, betrat Mehetma die Vorräume. Die Frau, die dort auf Posten saß, erhob sich überrascht beim Anblick der Verwalterin der inneren Burgangelegenheiten.

»Ehre sei deiner Göttin!«

»Ehre sei auch deiner Göttin!« begrüßte Mehetma freundlich die Wächterin.

»Was führt dich her?«

»Es ist mir gesagt worden, daß du vorhin eine Gefangene hier aufgenommen hast. Ich wünsche sie zu sprechen.«

»Tut mir leid! Ich darf keine zu ihr lassen. Befehl der erhabenen Lanice Lofort.« Die Wächterin nahm wieder hinter ihrem Tisch Platz und holte einen Krug hervor.

Mehetma seufzte. Die Repräsentantin Nordwestmidlands gebärdete sich wie eine Alleinherrscherin.

»Aber Lanice Lofort ist nicht deine Vorgesetzte. Wer ist deine Vorgesetzte?«

»Die Treufrau Herrat Herratsn.«

»Und wenn sie verhindert ist?«

Die Wächterin dachte einen Moment nach.

»Die Treufrau ist niemals verhindert!«

»Nun, in diesem Moment ist sie verhindert, da sie sich auf Fäärwll befindet.«

»Dann muß ich eben warten, bis sie wieder hier ist.« Die Wächterin hob den Krug. »Zum Wohl!«

»Zum Wohl!« bestätigte Mehetma freundlich. »Auch wenn du wohl kaum jemals mit ihr in näheren Kontakt getreten bist, ist es nicht so, daß die Gewährsfrau der Stadt Kareb Solto über der Treufrau steht und letztlich das Sagen in Angelegenheiten besitzt, die unter anderem die Wache auf der Feste und in der Stadt betreffen?«

»Hab' sie nie kennengelernt, die Gewährsfrau!«

Das wunderte Mehetma keinesfalls, da die Gewährsfrau es bereits seit vielen Jahren vorzog, die Angelegenheiten vor Ort von Herrat Herratsn regeln zu lassen. Hulda gehörte zu jenen, die sich zur Ruhe setzten, während sie noch in höchsten Ämtern weilten.

»Die Gewährsfrau steht am Ende einer langen Kette, wenn du verstehst, was ich meine«, stellte Mehetma nachsichtig fest.

»Ja, doch, doch. Kann schon sein«, brummelte die Wächterin und wischte sich die Mundwinkel. »Na und, was soll das alles jetzt?«

»Ich wollte, daß du dich an deine Position am anderen Ende dieser langen Kette erinnerst, bevor du dies hier liest.« Mehetma legte eine versiegelte Nachricht auf den Tisch.

»Für mich?«

»Gewiß!« nickte Mehetma.

Die Wächterin schob den Bräukrug beiseite und brach erfreut das Siegel.

»Na, da bin ich ja neugierig! Solange ich auf der Feste meinen Dienst tue, hat mir noch nie eine Frau eine versiegelte Nachricht geschickt.« Sie grinste munter und zwinkerte Mehetma zu. Mehetma lächelte wohlgefällig, während das Grinsen im Gesicht der Wächterin zunehmend einem Ausdruck wich, der – von Wichtigkeit erfüllt und dienstbeflissen – sich auch hielt, als sie das Schreiben schließlich ordentlich zusammenfaltete und es in ihre Wamstasche steckte. Sie räusperte sich.

»Eine Nachricht von der Gewährsfrau der Stadt Kareb Solto an mich persönlich …«

»Tatsächlich?«

»Ay, sie bittet mich, deinen Anweisungen Folge zu leisten.«

»Sehr gut. Dann bitte ich dich jetzt, mir diese Tür zu öffnen.«

»Ay.« Die Wächterin stiefelte um den Tisch herum, griff nach dem Schlüsselbund und öffnete die Zellentür.

»Danke«, sagte Mehetma.

»Keine Ursache. Wenn du wieder hinaus willst, brauchst du nur nach mir zu rufen. Ich bin hier.«

»Tja, wo solltest du auch sonst sein, nicht wahr?« entgegnete Mehetma leise und freundlich. Dann schloß sich die Tür hinter ihr mit lautem Quietschen, und sie brauchte einen Moment, um in dem überaus geräumigen und düsteren Gewölbe die in sich zusammengesunkene Gestalt einer großen Frau zu erkennen, die hinter ein paar Kisten auf Stroh lag. Als Mehetma näher an sie herantrat, mußte sie feststellen, daß es keinen Sinn mehr hatte, mit der Unbekannten reden zu wollen.

Sie war tot.

Die Nacht war lang gewesen, zu lang, wie Edita Fallvaress fand. Sie hatte Stu von Stelen ausgezogen, um sie zu waschen und in saubere Kleidung zu hüllen. Edita war als eine in der Satschistei erzogene und ausgebildete Heilkundige dazu verpflichtet, jeder Frau zu helfen – ungeachtet möglicher Feindschaften oder Vorbehalte.

Als Edita entdeckt hatte, daß Stus ganzer Leib nicht nur mit dem Mal der Nephtarelitinnen, sondern auch mit anderen, seltsam ineinander verschlungenen Zeichen bedeckt war, die sich nicht abreiben ließen, fühlte sie Angst in sich aufsteigen. Ihre Befürchtungen, die sie seit vielen Monaten nun schon begleiteten, schienen sich mit dieser Entdeckung also zu bestätigen. Sollte sie Eleva wecken? Nein, Edita beschloß, bis zum Morgen zu warten. Stu hatte versucht, sich vor etwas zu schützen, das in ihren Augen sehr mächtig und sehr bedrohlich war.

Edita schauderte beim Anblick der Schutzsymbole. Sie waren tief unter die Haut geritzt worden. Diese Prozedur war mit Sicherheit sehr schmerzhaft gewesen. Stu mußte wirklich Angst gehabt haben, um sich selbst diese Quälerei anzutun. Edita betrachtete das Kettenhemd, das Stu getragen hatte. Letztlich hatten weder die Schutzkleidung noch die Symbole ihr genutzt, nur Elevas Magie, von der Edita als vernünftige Satschistenierin freilich meinte, sie sei lediglich eine besondere Form der suggestiven Kraft. Während die Geräusche vor der Tür der grobgezimmerten Blockhütte darauf schließen ließen, daß draußen ein neuer Tag begann, schlug Stu langsam die Augen auf.

»Kalt«, flüsterte sie.

»Selbstverständlich!« Edita bedeckte die Kranke mit warmen Decken.

Stu sah sie müde an.

»Ich … bin … die Minenbeauftragte von … Fäärwll.«

Edita strich ihr über die Stirn.

»Ja, das weiß ich!«

Stu kniff die Augen zusammen und erkannte die Repräsentantin der Satschistei.

»Du bist es. Wo habt … ihr … mich … hingebracht?«

»Du befindest dich in Sicherheit. Wir sind in M'alennian.«

Stu stöhnte.

»Dann … sind wir … alle … verloren. Dies ist … Nephtars … Reich.«

»Nein, Stu. Vor Nephtar brauchst du dich nicht zu fürchten. Nur die Nephtarelitinnen verfälschen das Bild der Göttin.

Auch vor M'alennian mußt du keine Angst haben. Keine wird dir hier etwas antun können. Was du fürchtest, ist etwas anderes. Kannst du es benennen? Trägt es einen Namen?«

»Ich … nannte … es … Nephtar. Aber es gibt noch einen … anderen … Namen. Ich kenne … ihn nicht! Und ich … will ihn auch … nicht kennen. Nur … die Priesterin … kennt ihn.«

»Du trägst das Zeichen der Gemeinschaft. Du bist Nephtarelitin, nicht wahr?«

Stu nickte mühsam.

»Ja, ich … war es, bevor ich … Angst bekam. Aber … ich wußte … nicht, daß … wir alle … so sehr … die Kontrolle … verlieren können. Ich dachte … lange, … es sei … eine Art … Erlösung.«

»Eine Erlösung«, wiederholte Edita versonnen. »Aber nun ist aus der vermeintlichen Erlösung eine sehr realistische und verbindliche Gefahr für unser aller Leben geworden.«

»Es wird immer … mächtiger. Wir können … es … nicht … mehr aufhalten, selbst … wenn wir es … wollten. Es gewinnt an Kraft … von Stunde … zu Stunde.«

»Wer ist die Priesterin der Nephtarelitinnen?«

Stu schloß die Augen und schüttelte langsam den Kopf.

»Ich kenne ihren … Namen … nicht. Keine … kennt ihn.«

»Bist du ihr denn nie begegnet?«

»Doch, aber sie … ist … verhüllt und … spricht … mit sonderbar verstellter … Stimme.«

»Du trägst diese Schutzzeichen auf deinem Körper.«

»Ja, … aus Angst. Aber … es ist … nicht möglich, … dic Nephtarelitinnen … zu verlassen. Früher oder … später wirst du … sterben … wenn du fortläufst. Diese Schutzzeichen … sie sind wahrscheinlich … nicht mehr … als … ein lächerlicher Aberglaube, ein … sinnloser Versuch, … sich davonzustehlen und … am Leben … zu bleiben.«

»Die Treufrau, ihr Gefolge und die Frauen der Wache, die sie mit nach Fäärwll genommen hat: sind sie alle Nephtarelitinnen?«

»Herrat? Oh ja. Leremi … und Ulana auch. Von den … anderen weiß ich es …. nicht genau. Einige, … viele … werden es sein.«

»Kennst du die Namen der Frauen in Kareb Solto, die sich zu den Nephtarelitinnen bekennen?«

»Nein. Aber es sind … viele. So viele … wie nie … zuvor. Und auch … die, die es … bereut haben, … sie verlieren, ob … sie es wollen … oder nicht, … die Kontrolle über ihr … Tun. Sie werden nachts … in ihren Träumen … abgeholt und sind … nicht mehr … sie selbst. Wenn sie … ihre Aufgabe … erfüllt haben, … sterben sie, und auch ich … werde abgeholt … werden, und du … du … kannst nichts … dagegen … tun.«

»Deine Wurzeln sind in Flaffl, Stu. Du glaubst doch an die Kraft des Jaltozirkels. Und im Augenblick bist du durch eine mächtige, magische Aura aus Flafflmagie geschützt. Ich schwöre, es kann dir nichts geschehen«, erklärte Edita, die hoffte, mit dieser Erklärung die Angst der verwirrten Patientin besänftigen zu können.

»Warum? Wer … hat das … getan?«

»Eleva von Smagninborg!«

»Eleva? Ich kenne sie nicht. Sag ihr meinen Dank.«

»Du kannst ihr selbst danken. Bald schon wirst du sie kennenlernen. Weißt du, ob die Goldschmiedin, die damals Lanice Loforts Badezuber angeblich nur vergoldet hat, ebenfalls eine von euch war, oder ob sie von einer Nephtarelitin getötet wurde?«

»Darüber … weiß … ich nichts.« Stus Kopf fiel zur Seite.

Edita zog die Decken bis an Stus Kinn hoch und schob ihr ein weiteres Kissen unter den Kopf. Sie löschte das kleine Öllicht und ging hinaus.

Fackeln waren in den Keller gebracht worden. Die eilig herbeigerufene Heilerin May bedeckte den unbekleideten Körper der

Falknerin und erhob sich schließlich mit ernstem Gesichtsausdruck.

»Ich habe noch nie zuvor etwas Ähnliches gesehen. Um mehr über die Todesursache zu erfahren, müssen wir sie in das Haus der Heilung bringen lassen. Ich will sie dort noch einmal gründlich untersuchen.«

Mehetma nickte und erteilte den Wachfrauen die entsprechenden Anweisungen, als sich polternde Schritte von beschlagenen Stiefeln näherten.

»Bei Fiu, habe ich denn nirgendwo mehr meine Ruhe?«

Eine große, stattliche Frau, angetan mit der Kleidung der Stadtwache, stapfte ein wenig kurzatmig quer durch den Keller. Es handelte sich um die Gewährsfrau Hulda Klödenich.

»Gewährsfrau«, nickte Mehetma.

»Ehre sei deiner Göttin, Mehetma. Ehre sei deiner Göttin, May. Wir haben uns lange nicht gesehen, was? Meine Leber ist besser geworden, viel besser!«

»Sehr erfreulich! Wenn auch erstaunlich«, sagte May.

Die Gewährsfrau beugte sich hinunter und zog den Umhang von der Leiche.

»Bei Fiu, warum ist sie nackt?«

»Ich suchte nach einer Todesursache.«

»Was sollen diese ganzen Kritzeleien auf ihrer Haut? Was sind das für Zeichen?« brummte Gewährsfrau Klödenich, die sich nichts aus unbequemen Todesfällen machte.

»Ich nehme an, es sollen Schutzzeichen sein.«

»Ihr ganzer Körper ist bedeckt mit diesem Geschmiere. Wenn du mit deiner Annahme richtig liegst, muß sie jede Menge Angst gehabt haben«, stellte Frau Klödenich unbeeindruckt fest.

»Sie haben ihr nicht geholfen«, seufzte May.

»Das sehe ich selbst.« Frau Klödenich bedeckte den Leichnam und kam schnaufend auf die Beine. »Woran ist sie gestorben? An Unterernährung? Ihr Leib ist so schmal, daß ich das Kareb Soltoer Wochenblatt durch ihre Rippen lesen könnte.«

»Nein, sie starb nicht an Unterernährung. Sie ist so eingefallen, weil sich – wie ich glaube – kein einziges inneres Organ mehr in ihr befindet«, sagte May leise.

»Grundgütige! Wie kann das sein?« Frau Klödenich wich entsetzt zurück.

»Ich werde ihren Körper noch genau untersuchen und dir berichten.«

»Magie«, raunte die Gewährsfrau bestürzt und entfernte sich noch einige Schritte weiter von der Leiche. »Ihre körperliche Hülle ist unverletzt. Wie … bei Fiu … was … ist da …?«

»Es ist möglich, daß sie bereits tot war, als die Organe verschwanden. Wie sie aus ihrem Körper gelangen konnten, ohne daß Spuren der Verletzung zurückblieben, weiß ich nicht.«

»Du bist Meisterin der Heilung, May. Du verfügst über Jahrzehnte der Berufserfahrung. Find es heraus! Das ist ein Befehl!« polterte Frau Klödenich, während kleine Schweißperlen auf ihrem zarten Oberlippenflaum im Schein der Fackeln glitzerten.

»Ich unterstehe nicht deinen Anordnungen, Hulda, wenn ich dich daran erinnern darf«, gab May kühl zurück.

Frau Klödenich starrte wortlos auf den verhüllten Körper. Mehetma machte den Wachfrauen ein Zeichen. Sie sollten den Leichnam endlich fortbringen.

»Heute nacht lebte sie noch!« murmelte betroffen die Wächterin, die Mehetma in den Keller eingelassen hatte.

»Hast du mit ihr gesprochen?« wollte Mehetma wissen.

»Nein … nicht direkt!«

»Was soll das heißen? Konnte sie gehen?«

»Nun, ja, sie schien etwas schwach zu sein, weil sie links und rechts von Frauen der Stadtwache gestützt worden ist.«

»Es ist also möglich, daß sie schon tot war, als sie hergebracht wurde.«

»Nun … ich … nein, ich glaube nicht, weil da war … sie hat … Ich fand das etwas unheimlich, aber ich dachte, sie ist vielleicht verrückt geworden.«

»Was denn nun?« fuhr Frau Klödenich ungeduldig auf.

»Sie … sie machte bestimmte Geräusche. Ich hörte es draußen in der Wachstube.«

»Was für Geräusche?« wollte Hulda Klödenich wissen und wischte sich den Schweiß von der Stirn.

»Also … sie knurrte, ähnlich wie ein Hund, nur tiefer, aus den Tiefen ihrer Kehle muß dieses Geräusch emporgestiegen sein. Und einmal hörte ich vor der Tür etwas, es klang wie ein lautes Schnuppern und Schnaufen, dann ein Kratzen an der Schwelle, aber gleich darauf – ich stand auf, um nachzusehen – hörte ich etwas, das ein Winseln hätte sein können, und als ich die Tür öffnete, war alles ruhig. Da war nichts. Ich leuchtete in die Ecke, in der die Gefangene lag. Ich dachte, sie würde schlafen. Also ging ich wieder hinaus.«

»Warum, bei Nephtars Abgründen, hast du das nicht gemeldet?« forschte Hulda Klödenich weiter.

»Ich dachte, ich hätte es mir nur eingebildet. Da war doch gar nichts, und ich hatte schon einen ganzen Krug Bräu getrunken.«

Frau Klödenich grunzte mißbilligend.

»Bei der Stadtwache von Kareb Solto wird zuviel getrunken.«

May nickte und warf einen kurzen Blick auf das etwas aufgedunsene Gesicht der Gewährsfrau, wobei sie bemerkte, daß deren Augen stark gerötet waren.

»Was ist mit deinen Augen, Hulda? Das sieht nicht gut aus. Wir sollten es uns gleich im hellen Licht der Tarbas besehen.«

»Nicht nötig! Ich habe in der vergangenen Nacht schlecht geschlafen. Ich fühle mich, als hätte ich einen tagelangen Marsch hinter mir«, erwiderte Frau Klödenich hastig und ein wenig irritiert.

»Wie du meinst.«

»Wenn Herrat doch nur in der Stadt wäre!« Die Gewährsfrau beobachtete den Abtransport der Toten. »Die würde wissen, was zu tun ist.«

Hierzu schwieg Mehetma sehr bewußt.

»Warum wolltest du die Gefangene eigentlich besuchen?« fragte Frau Klödenich die Verwalterin der inneren Burgangelegenheiten.

»Ach das, ja … ich hatte von ihrer Festnahme gehört. Du weißt, wie das in Kareb Solto ist. Es gibt keine Geheimnisse. Ich kenne, vielmehr kannte sie aus meiner Schulzeit. Ja, Schulzeit.«

»Ach so«, knurrte Frau Klödenich.

»Ja«, beeilte sich Mehetma hinzuzufügen. »Ich wollte sehen, ob ich dieser Unglückseligen vielleicht helfen kann.«

»Sie hat wichtige und vertrauliche Briefwechsel abgefangen. Wir haben sie überführt. Und Beweise gegen sie in der Hand.«

»Kann es wahr sein?«

»Es kann, meine liebe Mehetma, es kann.«

»Was sind das für Beweise?«

»Sie betreibt, nun, sie betrieb eine Falknerei an der Küste. In ihrem Haus fanden wir die Ringe unzähliger Tauben, die nie nach Fäärwll oder zurück kamen. Auch Abschriften von Lieferscheinen, Aufstellungen über Lebensmittelrationen, die verschifft wurden, und schließlich Abschriften von persönlichen Briefen, die zwischen Digrin Semper und Lanice Lofort ausgetauscht wurden. Sie hat tief in die Postsäcke gegriffen, die zwischen Fäärwll und dem Festland ausgetauscht werden.«

»Hast du diese Dokumente gelesen?«

»Gewiß. Es sind Beweismittel. Ich mußte sie sichten. Harmlose Briefe. Möchte bloß wissen, warum sie das getan hat!«

»So habt ihr gar nichts von Bedeutung bei dieser Unglückseligen gefunden?«

»Oh doch! Es sieht aus, als sei es eine Art Code, mit dem geheime Nachrichten entschlüsselt werden können, von denen bislang allerdings jede Spur fehlt. Wir werden noch einmal das ganze Haus auf den Kopf stellen müssen.«

Mehetma nickte leichthin.

»Wenn ich mir die seltsamen Zeichen auf ihrem Körper so ansehe«, spekulierte die Gewährsfrau, »kann es vielleicht sogar möglich sein, daß sie in diese nephtarelitischen Machenschaften verstrickt ist. Diese Nephtarelitinnen sind gefährlich. Du mußt dich vor ihnen vorsehen. Viele Frauen fliehen in panischer Angst, weil sie glauben, daß in den nächsten Tagen etwas Schreckliches geschehen wird. Und dann diese ganzen Todesfälle, alles Selbsttötungen. Der Rat sollte sich endlich entschließen, dagegen vorzugehen. Am liebsten würde ich Herrat nach Kareb Solto zurückbeordern. Sie könnte es mit ihnen schon aufnehmen. Aber die Erhabene ist dagegen. Ach, ich schwatze zuviel, aber bei euch sind solche Nachrichten ja gut aufgehoben.«

»Wie geht es Lanice?« Mehetma wechselte das Thema. »Fühlt sie sich wohl in der Stadt?«

»Ich weiß es nicht. Es heißt, sie will keine sehen. Sie verschanzt sich in ihrer Amtsstube, aber ich habe gehört, daß sie es in Erwägung zieht, eine Seereise anzutreten. Ihr wißt, wie es in Kareb Solto ist. Es gibt keine Geheim…«

»Eine Seereise?« unterbrach Mehetma interessiert.

»Das wäre eine richtige Entscheidung. Es würde ihr guttun. Ich werde gleich in die Stadt reiten, um sie noch einmal zu ermutigen. Die Spottgedichte auf diese ganze Geschichte mit ihrem Badezuber haben sie sehr bekümmert. Sie ist so empfindsam.«

»Gewiß«, sagte Mehetma und dachte sich ihren Teil.

Ibak erreichte Rosof Fäärwll.

Von weitem schon hatte sie die Stadt zwischen den Hügeln liegen sehen, jedoch zu ihrer großen Beunruhigung nicht die Ovrehjelber im Hafenbecken ausmachen können. Seit sie den Wald verlassen hatte, beschlich sie hin und wieder das Gefühl, beobachtet zu werden, so war sie auf der Hut, wählte den Weg mit Bedacht und beschloß, die Stadt erst einmal zu umrunden, bevor sie sie betrat. Keine Frau jedoch stellte sich ihr in den Weg, als sie die ersten, kleinen Gassen hinter sich ließ. Rosof Fäärwll wirkte noch verlassener als sonst. Sorgsam hielt Ibak Ausschau nach Herrats Bogenschützinnen, die hinter den Fenstern der Häuser lauern konnten, doch es war keine zu sehen. Auf dem Marktplatz angekommen, steuerte sie auf das Haus der Nebenprovinzvorsitzenden zu. Die Tür des Gebäudes hing halb aus den Angeln. Als Ibak abstieg und den Hof überquerte, flatterten einige Hühner aufgeregt umher. Sie lenkte ihre Schritte dem Taubenhaus zu. In fieberhafter Eile befestigte sie ihre Botschaft für Andronja am Bein des Tieres und beobachtete, wie sich der Vogel samt seiner Fracht in den Himmel erhob.

»Flieg, wo immer dein Ziel auf dem Festland auch liegen mag, und ich hoffe, irgendeine wird sich finden, die diese Nachricht weiterleitet …«

Ibak ließ auch die restlichen Tauben frei und hastete zum Stall hinüber, aus dem sie ein dünnes Wimmern vernahm. Was sie sehen musste, nachdem sie das hölzerne Tor geöffnet hatte, ließ sie leise fluchen.

Ein Schaf war bereits qualvoll verendet, die Ziege befand sich noch im Todeskampf. Ibak untersuchte das Tier und erkannte, daß ihm nicht mehr zu helfen war. Sie handelte schnell und entschlossen. Entsetzt und angewidert verließ sie das baufällige Gebäude, ging zum Haupthaus hinüber und betrat die Stube.

»Digrin?!« rief Ibak durch das Haus. Als etwas die Treppe hinunterstolperte, zog sie ihr Schwert. Aber es war nur eine magere Katze, die fauchend durch die Tür nach draußen verschwand.

»Digrin! Wo bist du?« rief Ibak etwas lauter und nahm im Laufschritt die Stufen nach oben. Sie riß die Türen zu den einzelnen Kammern nacheinander auf und polterte die Stufen unverrichteter Dinge wieder hinunter. Sie verließ das Haus, lief über den Hof und stieg in den Sattel.

»Frauen aus Fellöw!« brüllte sie über den Marktplatz. Ein Schweigen war die einzige Antwort. Ibak galoppierte zur Mole, von wo aus sie ratlos über das Meer sah. Der kleine Leichnam eines Vogels wurde von den Wellen an die Steine gespült. An seinem Bein hingen noch die aufgeweichten Reste von Ibaks Botschaft.

Die Raubmöwen schrien im Wind, das Meer lag verlassen da, und in diesem Moment war es Ibak, als könne sie die falsche Göttin aus ihrem Traum schallend lachen hören, bevor ein knisterndes Flüstern an ihr Ohr drang.

»Fürchte dich vor mir«, sagte es. »Fürchte dich.«

»Frauen Fellöws!« rief Ibak verzweifelt gegen die jetzt aufkommenden heftigen Böen, und schließlich strich sie ihrem Pferd über die Nüstern und flüsterte: »Ich bin eine verdammte Närrin! Weißt du?«

Leises Schnauben war die Anwort.

»Ich habe nur an mich gedacht. Warum habe ich die restlichen drei Tauben einfach fliegen lassen? Sie wären jetzt, da wir kein Schiff mehr haben, unsere letzte Hoffnung für Elevas Botschaft gewesen. Verflucht!« murmelte sie. »Was soll ich jetzt tun?«

Nein, diese letzte Nacht würde Lanice Lofort niemals vergessen. Es war dieser grauenvolle Schrei, den die Frau ausgestoßen hatte, als sie gestorben war, und noch etwas anderes. Das Gefühl permanenter Bedrohung hatte sich verstärkt und beinahe die Angst vor der Entdeckung der Unterschlagungen, die Lanice begangen hatte, sowie die Angst vor der Entdeckung über die Zustände auf Fäärwll verdrängt.

Nachts mehrten sich die Alpträume. Lanice befürchtete, wahnsinnig zu werden. Sie hatte das Gefühl, als würde jeder

Morgen, den Tarbas beschien, dunkler. Diese bedrückende Vorstellung hatte sich kaum merklich von Tag zu Tag verstärkt. Sie litt an bedrohlichen Visionen, die etwas damit zu tun hatten, daß ihr Lebenslicht, die Aura, die sie – wie jede andere Frau auch – umgab, unmerklich dünner wurde, schließlich zerriß, und eine verdorrte Seele, umhüllt von einem toten Leib, zurückließ, der in ewiger Fortdauer durch ein kaltes, endloses Nichts trieb. Sie erwachte in Schweiß gebadet aus solchen Träumen, die seit Wochen übler und übler wurden. Sie fürchtete sich mittlerweile vor der Nacht wie eine kleine Säugtochter. Eine bescheidene Öllampe spendete in der Dunkelheit ihr tröstliches Licht. Trotzdem beschlich Lanice, wenn sie aus ihren Kissen in die Höhe fuhr, die Ahnung, daß da etwas war, vor der Tür vielleicht, oder unter dem Fenster, etwas, das möglicherweise auf dem Dach hockte und sie sah, sie immerzu ansah und nicht weichen wollte. Heute hatte sie in aller Frühe den Auftrag gegeben, ihren Kamin zumauern zu lassen. Stattdessen befand sich nun in ihrem Raum ein kleiner, gusseiserner Ofen, dessen schmales Rohr ihr das Gefühl verlieh, mehr Sicherheit zu haben.

Lanice fuhr sich mit feuchten Händen durch ihr wirres Haar. Sie mußte sich zusammennehmen.

»Zusammennehmen, zusammennehmen«, flüsterte sie und ballte die Hände zu Fäusten, während sie aufstand und begann, im Raum auf und abzuwandern.

Die Leiche der Falknerin war auf die Feste hinaufgebracht worden – und zwar auf eine solche Art und Weise, daß es aussah, als würde sie noch leben. Da Lanice persönlich die Befragung der Frau geleitet hatte, wäre es unangenehm gewesen, wenn bekannt geworden wäre, daß die Gefangene sozusagen unter ihren Händen gestorben war. Dieser Schrei, in dem Moment, als die Vernehmung begonnen hatte … Lanice hielt sich bei der Erinnerung daran die Ohren zu.

Deshalb konnte sie nicht hören, daß in diesem Augenblick die Gewährsfrau an ihre Tür klopfte, und sie stieß einen Laut des Entsetzens aus, als sie aus den Augenwinkeln heraus mitbekam, wie die Tür sich öffnete und etwas Großes die Schwelle übertrat.

Frau Klödenich räusperte sich.

»Ehre sei deiner Göttin, Lanice!«

»Oh, bei Fiu«, schluchzte Frau Lofort, dankbar, daß kein Schattenwesen in diesem Augenblick über die Schwelle getreten war.

Frau Klödenich, die Lanices Aufregung anders deutete, räusperte sich erneut.

»Mach dir keine Sorgen. Ich habe schon alles gehört. Keine wird es an den großen Gong hängen, daß sie hier vor der Vernehmung gestorben ist, sofern alles den Regeln entsprach. Das tat es doch, oder? Ich werde das überprüfen müssen. Nun, es heißt, die Falknerin war tot, als du sie auf die Feste hast bringen lassen. Es wird nötig sein, daß ich meine Frauen dazu befrage. Wir werden nun sehr vernünftig sein. Dein Name wird damit nicht in Verbindung gebracht werden, wenn du dir nichts hast zuschulden kommen lassen. Diese Frau … sie starb auf seltsame und zugleich auf schreckliche Art und Weise. Wie … ähm … wie sah sie aus, als sie tot war?«

»Wie sie aussah?« fragte Lanice fassungslos.

»Ja! Ist … ist dir irgend etwas aufgefallen, als sie zusammenbrach? Wie … wie ging das vor sich?«

»Willst du mich jetzt vernehmen?« Lanice geriet außer sich.

»Aber so beruhige dich doch!«

»Ich, die erhabene Lanice Lofort, Vorsitzende am Tische der Ahrgte, Repräsentantin Nordwestmidlands und der Garnlandebene, werde von meiner eigenen Gewährsfrau verhört!?« ereiferte sich Lanice schluchzend.

»Darf ich dich daran erinnern, daß weder die Stadtwache noch ich selbst zu deinen Besitztümern gerechnet werden können? Was hast du mit dem Kamin angestellt?« Frau Klödenich betrachtete die frisch verputzte Wand.

»Da draußen ist irgend etwas! Es darf nicht hereinkommen«, gab Lanice mit starrem Gesichtsausdruck zur Antwort.

Frau Klödenich neigte den Kopf. »Wie meinst du bitte?«

»Sie kommt in der Nacht und holt mich ab.«

»Ja, um des Lichtes der Tarbas willen, wer denn?«

Lanice sprang auf und warf sich Frau Klödenich, die erst jetzt bemerkte, daß Frau Lofort sich immer noch oder schon wieder in einem knittrigen Nachtgewand befand, an den Hals.

»Du mußt das Amtshaus Tag und Nacht bewachen lassen. Ich befehle es dir! Ich befehle es dir!« rief Lanice verzweifelt.

»Lanice!« Frau Klödenich ergriff und schüttelte sie. »Bei Fiu! Lanice! Sieh mich an! Was ist denn plötzlich in dich gefahren? Reiß dich zusammen!«

»Mich zusammenreißen, mich zusammenreißen, je gewiß!« stammelte Frau Lofort und sah zu Boden.

»Nun mal der Reihe nach!« Frau Klödenich ließ sich schnaufend in einen Sessel fallen.

»Was ist mit deinen Augen geschehen?« fragte Lanice, die sich fest vorgenommen hatte, wieder zur Vernunft zu kommen. Mit Frau Klödenich an ihrer Seite fühlte sie sich schon bedeutend besser.

»Nicht der Rede wert! Es wird vorübergehen. Sprechen wir nun über die letzte Nacht. Berichte mir jetzt aus deiner Sicht genau, was geschehen ist.«

»Ja ... ich will ... es versuchen!« begann Lanice stockend.

Müde schob Mehetma die Wasserkaraffe von sich fort.

Am liebsten hätte sie Hulda Klödenich alles gesagt, was sie wußte oder zu wissen glaubte, doch sie vertraute keiner mehr, selbst Oleira nicht, die an ihrem Kamin lehnte und sie aus großen Augen ansah.

Aber es half nichts. Sie brauchte den Schlüssel zu den geheimen Dokumenten.

»Oleira!« begann sie zögerlich.

»Ay?«

»Bist du schon einmal irgendwo eingebrochen?«

»Was?«

Mehetma schüttelte über sich selbst ungehalten den Kopf.

»Hör zu, mir ergeht es im Moment vielleicht wie der Falknerin, die zu lange gewartet hat, aber ich will erst alles wissen, bevor ich mich an den Rat und die Frauen am Tisch der Ahrgte wende. Wir benötigen das Schlüsselwort, das Aufschluß über den Inhalt der codierten Dokumente gibt.«

»Ay!« Oleira nickte langsam. »Und du willst, daß ich es für dich aus dem Amtshaus stehle.«

»So ungefähr könntest du es nennen. Ja. Möglicherweise solltest du eine andere Wortwahl verwenden. Sagen wir, ich möchte, daß es dir wie zufällig in den Schoß fällt. Du brauchst es nicht mitzunehmen, sondern dir nur zu merken.«

»Ay, ich verstehe!«

Mehetma reinigte, sich müde zurücklehnend, sorgfältig ihre Augengläser mit dem Zipfel ihres Gewandes.

»Und Oleira, du darfst diesen Auftrag zurückweisen. Wenn du entdeckt wirst, werde ich alles daransetzen, dir zu helfen, aber ich muß offiziell leugnen, dir diesen Auftrag gegeben oder auch nur davon gewußt zu haben. Du schwebst dann in größter Gefahr. Überleg es dir!«

Oleira trat auf Mehetma zu und legte die Hand zur Brust. »Du weißt, daß ich diesen Auftrag annehme, sonst hättest du ihn mir nicht erteilt. Und ich weiß, was ich dir schulde, und ich erinnere mich an meinen Schwur.«

Mehetma lächelte matt. »Nein, nein! Du hast nicht geschworen, dich für die Belange Nordwestmidlands umzubringen.«

Oleira gürtete ohne ein weiteres Wort das Schwert und befestigte einen knielangen, wollenen Umhang an den Schulterstücken ihres Waffenrockes.

»Gib auf dich acht«, seufzte Mehetma leise.

»Ay! Ehre sei deiner Göttin und deinem Namen!« Oleira nahm kurz Haltung an und verschwand mittels einer schwungvollen Drehung aus der Tür.

»Was soll nun werden?« fragte Tika, während sie das Kind stillte.

Elevas Gesicht drückte eine starke, innere Anspannung aus.

»Wir befestigen das Lager und werden morgen darüber beraten, wie im Falle eines Angriffs von Herrat am besten vorzugehen ist. Vorerst sind wir hier in Sicherheit. Hab keine Angst!«

Tika legte Mira an die andere Brust, wartete, bis sie gleichmäßig trank und fuhr fort: »Es ist der Treufrau nicht gelungen, den Wald zu betreten. Es war, als sei sie gegen eine gläserne Wand geprallt. Warum werden jetzt Wälle aufgeschüttet, wozu die Seile an den Bäumen, wozu die Schußanlagen, Gruben und Fallen aus angespitzten Bäumen? Du glaubst, es gelingt ihr doch noch, hier einzudringen.«

Eleva legte den Schleifstein beiseite.

»Bei Fiu, ich weiß nicht genau, was geschehen wird, noch nicht. Aber sie steht mit bösen Mächten in Verbindung, soviel steht fest, und sie wird nach einem Weg suchen, um in M'alennian einzudringen und sie zu vernichten.«

Tika sprang auf und packte sie bei den Schultern.

»Eleva, ruf mir ein Tor! Tu es für mich und das Kind! Ich flehe dich an!«

Aber Eleva nahm ihre Tätigkeit wieder auf, und langsam und stetig rieb der Schleifstein an der Klinge entlang.

»Nein, Tika.«

»Eleva! Ich *verlange* es! Bei den Eiden Flaffls, die du abgelegt hast. Rette mich und meine Tochter. Ich verlange es von dir!«

Eleva ergriff mit zärtlicher Entschlossenheit die Hände der Aufgeregten und drückte sie sanft.

»Du bittest mich bei den Eiden Flaffls? Ja, weißt du denn nicht, daß bei den Flaffln das Wohl aller über dem einer einzelnen steht? Und bei diesem Eid Flaffls kann und werde ich dir keinesfalls ein Tor rufen, denn jeder Funke meiner mentalen Energie wird hier noch benötigt werden. Geh morgen mit den anderen, die nicht kämpfen, tiefer in den Wald hinein. Ich bete zu den Göttinnen, daß sie dich schützen mögen.«

»Aber du hast Smagninborg geschworen, daß du auf mich und das Kind achtgeben wirst, als wir das Sippenhaus verließen!« schluchzte Tika, und Miras Trinken wurde erneut unterbrochen.

»Es war allein deine Entscheidung, mir durch das Tor zu folgen. Du allein hast die Folgen dieses Entschlusses zu tragen«, gab Eleva mit sanftem Nachdruck zu bedenken. »Ich kann nicht ... aber so warte doch! Wo willst du denn hin?«

Aber da hatte Tika sich ihr bereits entzogen, war aufgesprungen und sah zornig auf sie herab, die schreiende Mira auf dem Arm haltend, gegen die sie sich Gehör verschaffen mußte, als sie Elevas Schleifstein in eine Ecke warf und rief: »Ich hasse Flaffl! Allesamt seid ihr eine selbstgerechte Brut! Das ganze Nordland soll in den tiefsten Zwischenweltschlünden verschlungen werden!« Sie stürzte zur Tür.

»Tika!« Eleva eilte ihr entsetzt nach. »Du weißt nicht, was du da sagst. Ich bitte dich, hör mich doch an!«

Doch Tika rannte schon über den Platz. Einige Frauen unterbrachen ihre Arbeit und sahen auf, als Eleva sich anschickte, ihr zu folgen. Aber da wurde sie von Edita zurückgehalten, die keine guten Neuigkeiten brachte.

»Was ist geschehen?« erkundigte sich Eleva, als sie in das bleiche Gesicht der Heilerin sah.

»Stu! Es geht ihr wieder schlechter. Ich weiß mir keinen Rat mehr. Du mußt kommen. Ich glaube, sie stirbt.«

Hilflos sah Eleva über die Lichtung. Tika verschwand zwischen den Stämmen der Bäume.

In der Hütte der Treufrau war es still geworden. Irgendwann kam Ulana zu sich. Sie wunderte sich, daß sie noch lebte, und ungläubig betastete sie ihren Körper. Er trug nicht die geringste Spur einer Verletzung, aber Ulana war es, als habe sie eine unermeßlich lange Wegstrecke zurückgelegt, so sehr schmerzte jedes Glied ihres Körpers. Im Halbdunkel erkannte sie den Körper der Treufrau über den Tisch gebeugt. Herrat schlug in regelmäßigen Abständen mit der flachen Hand auf den Tisch und murmelte wirres Zeug vor sich hin. Sehr vorsichtig kroch Ulana an der Wand entlang. Sie hatte nur noch den Wunsch fortzukommen. Doch Herrat, die offensichtlich mit den Sinnen eines Raubtieres ausgestattet war, warf ihren Dolch, der geradewegs vor Ulanas Nase in den Dielen steckenblieb.

»Du bleibst hier!«

Ulana blinzelte. Die Treufrau sah aus wie immer, nur ihre Augen waren blutunterlaufen.

Herrat schien nicht zu erwarten, daß Ulana sich ihren Anweisungen widersetzen würde, denn sie wandte sich ab und fuhr mit dem Gemurmel fort.

»Herrat, bist du es?« wagte Ulana zu fragen.

»*SIE* hat sie mir fortgenommen. Sie ist tot!« sprach die Treufrau zur Tischplatte.

»Wer ist tot?« erkundigte sich Ulana, bemüht, ein Stück weiter zur Tür zu kommen.

»Leremi Lerminsn. *SIE* hat mir Leremi fortgenommen, und dabei hat *SIE* mir versprochen, daß ihr nichts geschehen wird.«

»Woher weißt du, daß Leremi nicht mehr am Leben ist?« Ulana hatte die Tür fast erreicht.

»*SIE* … hat es mir gesagt. *SIE* … hat mich angelogen. Mich, ihre engste Vertraute. *SIE* hat es gewagt.« Herrat drehte sich um.

»Habe ich dir nicht gesagt, daß du hierbleiben sollst?« Mit einem kehligen Grollen hob die Treufrau die Hand, woraufhin sich der Riegel vor die Tür schob.

»Ich habe Angst, Herrat. Wer war das … vorhin?« Ulana war bemüht, vernünftig und langsam zu sprechen.

»Nun, *SIE* war es. Ich habe *IHR* alles von mir gegeben. *SIE* hat jedes Recht über mich. *SIE* kommt und geht, wie *SIE* es will.«

»Du meinst, es war die Namenlose. Bei ihren Abgründen. Ich dachte, *SIE* wollte mich töten.«

»Nein, Ulana, noch nicht. Jetzt noch nicht«, kicherte Herrat. Doch plötzlich schlug sie die Faust auf den Tisch. »Ich hatte noch so viel mit ihr vor. *SIE* hat sie mir fortgenommen.« Die Stimme der Treufrau wurde lauter. »*SIE* hat sie mir fortgenommen!« rief Herrat, um schließlich in einem Anfall von ohnmächtiger Wut Karaffe und Gläser vom Tisch zu fegen und brüllend zu wiederholen: »*SIE* hat sie mir fortgenommen!« Im gleichen Moment jedoch krümmte sich ihr Körper zusammen, und sie stöhnte in quälendem Schmerz auf.

»Geh Ulana! Mach, das du fortkommst, rasch!«

Ulana sah sie verstört an. Die Pupillen der Treufrau verliefen im Hell ihrer Augen zu großen, dunkel-blanken Scheiben.

Herrat hob in einer letzten Kraftaufwallung den Arm. Der Riegel öffnete sich.

»Geh schon!«

Ulana robbte eilig zur Tür. Sie wagte nicht, einen Blick zurückzuwerfen.

Kapitel 10

Aufzeichnung der Ibak von Smagninborg:
»Dies ist mein letztes Papier, die letzte Rast, bevor ich aufbrechen muß. Alle Versuche, mich Andronja mitzuteilen, sind gescheitert. Vielleicht soll es so sein, vielleicht siegen sie doch, die Schatten der Bedrohung und der Furcht, die nicht zuletzt auch über meiner Seele liegen. Was soll nur werden? Wir sind abgeschnitten von jeder Hilfe auf dieser Insel. Ich weiß nicht, ob ich je die Möglichkeit habe zurückzukehren, Andronja noch einmal zu sehen oder sie in meine Arme zu nehmen …
Ich habe noch nie versucht, ein Gedicht zu schreiben, Andronja, aber jetzt werde ich mir alle Mühe geben …«

Als Frau Klödenich erwachte, stand Tarbas schon hoch am Himmel. Es war so kalt geworden, daß die Gewährsfrau, die stets bei geöffnetem Fenster schlief, ihren Atem sehen konnte. Eine erstaunliche Kälte, dafür, daß erst Anfang September war. Hulda griff nach einer kleinen Silberglocke, die auf ihrem Nachtschränkchen ruhte, und klingelte vernehmlich. Alsdann lehnte sie sich in ihre Kissen zurück und wartete, während sie mit den Zehen wackelte.

Kurze Zeit später öffnete sich die Tür zu ihrem Schlafgemach, und eine Frau in mittleren Jahren trat ein. Es war Huldas Hauswahrerin Eustachine. Sie hob, während sie sich dem Bett näherte, Frau Klödenichs lederne Hosen, wollene Strümpfe und Unterbekleidung auf.

»Guten Morgen, Hulda. Ich hoffe, du hattest eine angenehme Nacht.« Die aufgesammelten Kleidungsstücke wurden auf einem Stuhl abgelegt. Eustachine und Hulda lebten seit fünfzehn Jahren gemeinsam in Huldas Haus. Die beiden Frauen kannten einander so gut, daß sie sich bisweilen stritten wie ein lange zusammenlebendes Paar. Eustachine bezog, ihrem achtbaren und schwierigen Beruf angemessen, ein stattliches Einkommen. Frau Klödenichs Hang zur Bequemlichkeit kostete eine Kleinigkeit.

»Schauderhaft war die Nacht«, knurrte Frau Klödenich. »Sie war einfach schauderhaft. Ich fühle mich, als hätte ich überhaupt nicht geschlafen.«

»Du solltest etwas gegen diese Augenentzündung unternehmen. Es ist schlimmer als gestern. Ekelhaft geradezu. Du siehst zum Fürchten aus!«

»Ach, laß mich mit diesem Unfug zufrieden!« brummte Frau Klödenich ungehalten. »Bring mir lieber meinen Tee und die süßen, mit Honig gefüllten Brote. Vorher mach bitte Feuer im Kamin. Hier ist es so kalt, daß ich keinen Fuß aus dem Bett stecken kann.«

»Gewiß! Es ist gräßlich ungemütlich draußen. Aber deswegen werde ich mich noch lange nicht von dir scheuchen lassen. Und immer dieser Hang zum Naschwerk. Mach nur so weiter, und du wirst dir auch noch den letzten Rest deiner Zähne ruinieren.«

Frau Klödenich beobachtete versonnen, wie der Kamin mit den alten Blättern des Kareb Soltoer Wochenblattes, etwas Anmachholz und dickeren Ästen gefüllt wurde.

Bald loderten die ersten Flämmchen, und Eustachine schloß das Fenster.

Während sie auf die Brote und den Tee wartete, überlegte die Gewährsfrau, was an diesem Tag zu tun war. Sie würde noch einmal Lanice aufsuchen, um sich zu erkundigen, wie es ihr ging. Die Arme befand sich wirklich in einem bemitleidenswerten Zustand.

Sie schien sich durch etwas bedroht zu fühlen, ohne wirklich sagen zu können, um was oder wen es dabei ging. Solche Ängste waren Hulda Klödenich unbekannt. Wenn sie überhaupt einmal Furcht empfand, dann war es die, bei kleinen, unlauteren Geschäftchen entdeckt zu werden, oder es war die Angst vor der Höhe der Abgaben, die sie verpflichtet war zu zahlen. Alles kostete Dukaten, schrecklich viele Dukaten. Aber seit ihr die Treufrau Herrat Herratsn zur Seite stand, hatten sich diese Ängste bis auf ein minimales Unwohlsein reduziert. Ach, wenn doch nur Herrat jetzt bei ihr wäre. Die hätte gewiß bald alles aufklären können. Wie war die Falknerin gestorben? Äußerlich wies ihr Körper keine Verletzungen und auch keine

Spuren von Gewalteinwirkung auf. Das hatte May bestätigt. Es war ein unheimlicher Tod. Hulda fröstelte immer noch, obwohl es wärmer in ihrem Schlafgemach wurde.

»Schatten liegen über dieser Stadt«, dachte sie laut, und Eustachine trat ein.

»Vollkommen richtig. Wann werdet ihr endlich etwas dagegen unternehmen? Hier, dieser Brief ist für dich abgegeben worden!« Sie legte einen Umschlag mit dem Wappen Kareb Soltos auf das Tablett mit den Honigbroten und nahm neben Hulda Platz. Vom Marktplatz her hallten auf einmal Gongschläge laut und aufdringlich bis in Frau Klödenichs behagliches Haus. Das war ein außerordentlich beunruhigendes Vorzeichen. Der Marktgong wurde eigentlich nur dann geschlagen, wenn sich in der Stadt oder auf der Feste etwas zugetragen hatte, das es wert war, unverzüglich in der Öffentlichkeit verkündet zu werden.

»Was hat das zu bedeuten? Ist irgendwo ein Feuer ausgebrochen?« erkundigte sich Frau Klödenich. Sie schätzte es nicht, beim Frühstück gestört zu werden.

»Keine Ahnung. Was fragst du mich? Da mußt du schon selbst nachsehen«, murmelte Eustachine. »Willst du ihn nicht lesen?«

Nachdenklich sah Hulda auf den Brief. Im Zusammenhang mit dieser beunruhigenden Lärmbelästigung von draußen schien er unheilschwanger schwer in ihren Händen zu wiegen. Sie griff nach dem Brieföffner auf dem Nachtschrank und brach das Siegel. Einen kleinen Moment noch zögerte Frau Klödenich, doch dann entfaltete sie stirnrunzelnd das Schreiben und las. Die Lektüre nahm nicht viel Zeit in Anspruch. Sie ließ die Nachricht sinken und ergriff Eustachines Hand.

In der vergangenen Nacht, so wurde berichtet, sei die erhabene Lanice Lofort, Hälterin eines Sitzes am Tisch der Ahrgte, Repräsentantin für Nordwestmidland und Garnland, außerdem Vorsitzende am Tische der Ahrgte, verstorben. Die Gewährsfrau wurde gebeten, sich unverzüglich auf der Feste einzufinden.

Von der Tür aus sah Beringör ihre Tochter an, die bleich und hohlwangig auf den Kissen lag.

»Ist sie wach?«

»Gewiß!«

Vorsichtig, als sei Stu eine giftige Echse, die bewegungslos wartete, bis ihr Opfer nah genug herangekommen war, tastete Beringör sich einen kleinen Schritt vor.

»Und ist die Krise nun überwunden? Wird sie leben?« erkundigte sich Beringör.

Eleva nickte.

»Ja! Die letzte Nacht war schwer. Aber nun kann ihr nichts mehr geschehen. Am Waffengift wird sie jedenfalls nicht sterben.«

Beringörs Gesicht blieb ausdruckslos. »So.«

Eleva, die ahnte, was in ihr vorging, flüsterte: »Geh nur, Beringör! Geh zu ihr.«

»Ich weiß nicht. Was soll ich ihr sagen?«

»Du wirst es herausfinden müssen.«

Beringör näherte sich dem Lager.

»Stu!« flüsterte sie zaghaft und nahm neben der Kranken Platz.

Frau von Stelen schlug die Augen auf und schloß sie gleich darauf wieder.

Beringör wandte sich mit einem hilfesuchenden Blick an Eleva, aber die zuckte nur die Achseln und blieb an der Tür stehen.

»Stu, bist du wach?« fragte Beringör leise.

»Ich bin sogar sehr wach! Und ich wünsche, daß du gehst.«

Erneut wartete Beringör auf Elevas Reaktion, aber diese verfolgte nur mit unbewegter Mine, was sich ereignete.

»Dann … werde … ich … jetzt wieder gehen.«

»Gut«, erwiderte Stu und drehte den Kopf zur Seite.

Beringör trat den Rückzug an.

Dicht vor Eleva blieb sie noch einmal stehen.

»Ich habe nichts anderes erwartet!«

Eleva kniff die Augen ein wenig zusammen und schwieg.

Beringör holte Luft. »Eleva, du … du wirst es ihr nicht sagen, nicht wahr?«

Eleva schüttelte den Kopf. »Gewiß nicht hier und jetzt.«

Beringör wirkte erleichtert, als sie die Hütte verlassen konnte.

Eleva wartete noch eine Weile und räusperte sich.

»Wer ist da?« wollte Stu wissen. Eleva schritt zu ihrem Lager hinüber.

»Ich bin Eleva von Smagninborg. Darf ich Platz nehmen?«

»Du bist die Frau, die mich einstweilen vor dem sicheren Tod gerettet hat. Ja, nimm Platz! Ich habe dir zu danken. Ich bin die Minenbeauftragte von Fäärwll.«

»Das weiß ich.«

»Gut! Dann wirst du auch wissen, was mir zur Last gelegt wird. Ich will ehrlich zu dir sein, da ich ohnehin zur Rechenschaft gezogen werde für das, was ich getan habe. Ich werde jedoch nicht mehr lange genug leben, um die Konsequenzen für mein Tun zu erfahren. Beringör von Stelen und Aviva von Smagninborg sind zu Unrecht von mir festgehalten worden. Ich habe Nergorite gestohlen und die Frauen von Fäärwll dieser Tat beschuldigt.«

»Ich bin nicht hergekommen, um ein Geständnis von dir zu hören«, antwortete Eleva.

»Deine Stimme … kommt mir bekannt vor, Eleva von Smagninborg. Sind wir uns schon einmal begegnet?«

»Ja, wir trafen uns vor vielen, vielen Jahren in einer Silbermine von Sweerkööp. Du hattest, glaube ich, einige Probleme mit deiner Grubenlampe.«

Stu lächelte zur Decke empor. »Oh ja, ich erinnere mich. Du hast mich aufgelesen wie eine verirrte Grubenkoboldin! Und du führtest mich wieder in das Licht des Tages. Du warst das also.«

»Ja, ich war das.«

»Oh, bei der Göttin. Ich hatte solche Angst. Es war wie ein

Wunder, als ich dich plötzlich näherkommen sah. Woher hast du gewußt, daß ich dort war? Ich konnte weder schreien noch rufen. Meine Stimme war noch unsicher. Ich kannte kein einziges Klopfzeichen.«

»Nennen wir es Intuition«, gab Eleva gelassen zurück und runzelte die Stirn.

»Höre, Smagninborgtöchtir!« begann Stu mit einer Stimme, die weder Höhen noch Tiefen kannte. »Ich habe noch mehr zu berichten als das, was mich betrifft. Es gibt Visionen, Träume, Hinweise, die weiterzugeben ich die Pflicht habe. Es gibt etwas, über das wir die Kontrolle verlieren. Da ich weiß, daß du in die hohe Kunst der Magie der Flaffln eingeweiht bist, bist du diejenige, von der ich hoffe, daß sie helfen kann. Ich habe mich schuldig gemacht. Ich weiß es, aber ich bin keine Mörderin. Das mußt du mir glauben.«

»Ich glaube dir. Sprich!«

»Ich bin Nephtarelitin, Eleva. Es ist eine lange Geschichte. Ich will dich bitten, mir zuzuhören. Unser aller Schicksal hängt davon ab.«

»Ich bin nicht in Eile.«

»Gut. Ich danke dir. Also …«

Stu bekam einen Hustenanfall, und Eleva half ihr, eine zähe, schleimige Flüssigkeit auszuwürgen.

Selbst jetzt, nach dieser letzten Nacht, lag noch eine Härte in Stu von Stelen, die Eleva nicht erwartet hätte. Sie selbst war wie ein Rohnergorit. An ihrer Stimme konnte eine Frau sich verletzen, wenn sie ihr zu nahe kam. Ein Blick aus ihren Augen unter dieser krausgezogenen Stirn konnte eine Frau zurückweichen lassen. Ihre Nase, kühn, aber bei Betrachtung jedweden Gegenübers erbarmungslos mißtrauisch leicht gerümpft, gerade so weit, daß all jene, die leicht einzuschüchtern waren, bereits eine Entschuldigung auf den Lippen trugen, selbst wenn sie noch kein Wort von sich gegeben hatten. Und sogar jetzt noch, nachdem Nephtar sie bereits in ihren Armen gewiegt, aber wieder freigegeben hatte, war sie ein Fels.

Stu beruhigte sich und kam wieder zu Atem. Erschöpft lehnte sie sich zurück und nahm den Faden ihrer Rede wieder auf:

»Die Geschichte begann vor geraumer Weile mit Herrat Herratsn. Es war die Zeit, in der ich das Sippenhaus verließ und nach Kareb Solto ging. Ich war krank und voller Haß auf meine Sippe. Ich lief ziellos durch die Gassen. Ich hatte Durst, Durst nach etwas, das sich schlecht benennen läßt. Damit dieser Durst endlich gestillt werden würde, hätte ich vielleicht mein Leben gegeben, wer weiß, es wäre vielleicht besser gewesen, aber dann traf ich eines Nachts eine Frau. Sie arbeitete bei der Stadtwache Kareb Soltos. Es war Herrat. Sie nahm mich mit in ein wunderbares Haus. Es gehörte der Gewährsfrau der Stadtwache. Es war warm dort, und sie gaben mir ein Nachtlager, zu essen und zu trinken. Herrat war sehr liebenswürdig. Sie verlieh mir das Gefühl, ich sei ... etwas Besonderes. Verstehst du, was ich meine?

»Ja«, sagte Eleva und schluckte.

»Nun, ich durfte bei ihnen bleiben. Herrat hatte sehr viel Einfluß auf die Gewährsfrau. Ihr Name ist Hulda Klödenich. Sie amtiert nach wie vor. Herrat las ihr jeden Wunsch von den Augen ab. Sie teilte auch das Lager mit ihr, aber Herrat teilte das Lager auch mit mir, was der Gewährsfrau allerdings nichts ausmachte, und eines Tages sagte Herrat mir, ich sei eine ganz besondere Frau. Das hat mir viel bedeutet. Und ich dachte, die Zuneigung zu Herrat sei es, die den seltsamen Durst, den ich durch mein Leben trage, stillen könnte. Ich begann, Herrat zu verehren. Es ging ein paar Monate so. Die Gewährsfrau bekümmerte es nicht, daß Herrat ihre Gunst auch noch einer zweiten erwies. Und ich war Herrat so dankbar, daß sie mich von der Qual dieses Durstes erlöste. Oh, sie feierte große Erfolge. Sie erhielt den Auftrag, gegen die Piratinnen vorzugehen. Es gelang ihr. Und ich schlug ihr vor, mit einigen ausgewählten Piratinnen Geschäfte zu machen. Sie fand diese Idee großartig und setzte sie um. Auch dies gelang, wie alles, was sie sich vornahm, und dann fragte sie mich eines Abends, ob ich an einer Art Geheimversammlung teilnehmen wollte. Oh ja, ich wollte. Wieder hatte ich das Gefühl, etwas Besonderes zu sein. Wir trafen uns in einem Tempel am Fiu-Sei-Dank-Platz, dem Tempel der Dehren, der Rachegöttin. Die Versammlung fand jedoch im Keller statt. Es war gespenstisch. Alle Anwesenden hatten sich verhüllt. Sie nannten und nennen sich Nephtarelitinnen. Die Ansichten und Anschauungen, die sie vertreten, sind dir gewiß bekannt. Eine ebenfalls verhüllte Priesterin sprach zu uns im Namen einer unbekannten Göttin, die über allem steht und in allem enthalten ist. Sie versprach uns Glück, Wohlstand, Macht, das übliche. Wir waren, so hieß es, ihre Auserwählten. Die Priesterin sagte, die Göttin könne uns versprechen, daß eines Tages ihre Zeit anbrechen würde und nur die Auserwählten überleben würden. Bei Nephtar, es ist so lächerlich, wenn ich mir vor Augen führe, daß ich damals diesen Unsinn geglaubt habe. Ich schäme mich.«

Eleva legte nach einer kleinen Weile behutsam ihre Hand auf Stus Arm. »Kannst du weiterreden?«

Stu nahm etwas Wasser zu sich und fuhr fort:

»Sie, die Priesterin der Nephtarelitinnen, versprach allen, die suchten, eine Antwort, sie verhieß Wohlstand und die Erfüllung eines jeden Wunsches, eines jeden Bedürfnisses, und ich dachte an meinen Durst, den ewigen Durst, und hoffte, daß die unbekannte Göttin selbst dieses Bedürfnis einmal abschließend befriedigen könnte. Aber die Priesterin kündete auch von Haß denjenigen, die nicht an die vermeintliche Göttin glauben wollten. Wir gingen jede Woche zu den Versammlungen. Bald waren es so viele Frauen, daß das Kellergewölbe nicht mehr ausreichend Platz bot. Herrat schloß sich nach und nach aus. Eines Tages hieß es, die Priesterin sei gestorben, eine Neue stehe uns zur Verfügung. Keine kannte ihren Namen, auch ich nicht. Ich weiß nicht, wer sie war oder ist, aber sie war anders. Bedrohlich. Sie redete davon, daß es in unserer Hand liege, die Göttin der Schatten zu rufen, zu erwecken, damit sie bei uns sei und die Zeit ihrer Regentschaft anbrechen könne. Zu diesem Zeitpunkt ging Herrat schon nicht mehr zu den Versammlungen, doch ich fühlte mich angezogen von den Worten, die immer mehr von Vergeltung und Rache sprachen, und ich war nun fast jeden Abend dort. Dies war zu der Zeit, als ich erstmals Nordwestmidland meine Dienste als Minenkundige anbot.«

Stu schwieg einen Moment und fuhr sich mit den Händen durchs Gesicht. Draußen vor der Hütte wurde gelacht. Dann nahm sie ihre Schilderung wieder auf.

»Ich bekam Schwierigkeiten mit der Sippe. Es wurde mir angedroht, mich zu verstoßen und aus Flaffl zu verbannen. Ich verachtete sie. Sie sollten machen, was sie wollten. Ich tat, was ich wollte. Und nur, um dies klarzustellen: Ich verachte Flaffl nach wie vor. Und die Sippe ebenfalls, wie auch jene Frau, die meine Mutter wohl in meinen Augen sah, so viele Jahre, daß sie begann, mich zu verabscheuen.«

Eleva senkte den Blick, aber das bemerkte Stu nicht. Sie sah eine Weile starr geradeaus, bevor sie weitersprach.

»Nun, zu dieser Zeit begannen die ersten wirklichen Beschwörungen der unbekannten Göttin. Ich nahm an ihnen teil. Es bereitete mir ein erhebendes Gefühl, im Kreise der wenigen Auserwählten zu sein, die sich in der Lage fühlten, ihre schattenhafte Existenz in die Realität zu versetzen. Es wurde mir gesagt, daß ich eine herausragende Rolle bei der Anrufung spielen würde. So war mein innerer Haß endlich zu etwas nütze. Aber bitte, das mußt du mir glauben, ich hätte nie gedacht, daß es gelingen würde. Dies war die Zeit, in der einige der Nephtarelitinnen begannen, unter sonderbaren Alpträumen und Visionen zu leiden. Ich fand das bedrohlich, ging seltener zu den Versammlungen und sprach mit Herrat darüber, aber die lachte nur und schalt mich albern. Herrat selbst wollte mich glauben machen, daß sie nichts mehr mit den Nephtarelitinnen verband, was aber eine Lüge war. Sie nahm zwar nicht mehr an den Versammlungen teil – zumindest sah ich sie dort nie –, aber sie führte ganz für sich allein die Zeremonien durch. Leremi und Ulana traten in Herrats Leben. Die Treufrau wies mich ein paarmal ab, und ich flüchtete mich erneut zu den Nephtarelitinnen. Auch ich begann, nachts Alpträume zu erleiden. Aber ich sprach nicht darüber. Es war grauenvoll. Die unbekannte Göttin verwandelte sich in eine vernichtende Kreatur, sie war eine Ausgeburt des Hasses und der Angst, sie war qualvoll und todbringend. Sie war eine Bestie und vermochte ihr Gegenüber allein mit einem Blick aus ihren Augen zu blenden. Sie war nicht das, was ich gedacht hatte, das sie sein könnte. Sie ernährte sich von der Angst der Frauen und gewann an Macht, je mehr wir alle sie fürchteten. Von Antworten war schon lange nicht mehr die Rede. Es war die Rede von Grausamkeit, und sie forderte in meinen Träumen, daß ihre Anhängerinnen sie nun endlich anrufen sollten, damit sie wirklich erscheinen konnte. Das entsprach auch dem Willen der Priesterin, die, so schien es, ebenfalls von Tag zu Tag mehr Kraft gewann. Einige der Nephtarelitinnen verloren den Verstand. Sie träumten ihre Alpträume nicht nur, sie lebten sie, und einige brachten sich um. Die wahre Ursache ihres Todes blieb unklar. Die Göttin hatte bereits so viel Macht, daß sie entscheiden konnte, welche von uns am Leben blieb oder zu sterben hatte. Die Göttin war keine Göttin, sondern eine Kreatur, die in unseren Gedanken entstanden war, Substanz gewonnen hatte und irgendwann den dünnen Schleier zwischen Wirklichkeit und Zwischenwelt zerreißen konnte. Es war zu spät. Ich ging nach Fäärwll. Hier hoffte ich, das Erlebte vergessen zu können. Aber wie du siehst, ist ein Entkommen niemals möglich. Die Göttin der Schatten ist keine Göttin, sie ist ein uns besetzendes Wesen, das sich von Angst ernährt. Sie wurde geboren durch die Kraft von Gedanken, Eleva, und sie ist hier, unter uns. Ihre Macht wird stündlich größer. Wir, die Nephtarelitinnen, haben sie gerufen, und ich war nicht nur irgendeine von ihnen. Ich war es, die die Tore öffnete.«

Stu schloß erschöpft die Augen.

»Dies war nun die Geschichte, und ich glaube, die Kreatur,

die ich einst fälschlicherweise Nephtar, später auch die unbekannte Göttin nannte, ist nicht nur in Kareb Solto. Sie kennt keine Grenzen mehr, und ich spüre ihre Anwesenheit. Sie ist überall und auch auf Fäärwll, Eleva, und sie versucht, sich die Geschöpfe der Zwischenwelt zunutze zu machen. Es ist nur noch eine Frage von Tagen oder Stunden. Sie ist eine sogenannte Schattengeherin. Sie lebt und wird mächtiger durch die Furcht, die wir vor ihr haben. Unser Schweiß ist es, den sie atmet, unsere Qual, die in ihren Adern lebt und sie machtvoll werden läßt. Jedes Entsetzen, das wir vor ihr empfinden, ist Labsal für ihre Seele und ihre Kraft. Und ich trage schwer an dieser Schuld. Ich weiß nicht, wie es mir gelingen konnte, aber ich öffnete die Pforten, was ihr das Eindringen in unsere Welt erst möglich machte. Ich wußte nicht, was ich da tat. Ich habe nie gewollt, daß ...« Stu verstummte.

Eleva erhob sich und ging zu dem kleinen Fenster hinüber, das ihr einen Blick über die Feuerstelle des Waldlagers bot. Dort blieb sie eine Weile stehen, wortlos, in sich gekehrt, und versuchte, Tröstliches zu finden, das sie darauf zur Antwort geben konnte, doch es kam nur etwas Dürres, das nicht ganz aufrichtig klang und unangemessen war.

»Wir alle tragen Schuld an etwas.«

Stu atmete tief durch. »Du hättest mich sterben lassen sollen. Jede Schuld, gemessen an der, die ich auf mich geladen habe, muß lächerlich gering erscheinen.«

Eleva strich nachdenklich über die groben Balken, während sie mit der Betrachtung des Treibens am Feuerplatz fortfuhr. »Willst du etwa das Eichmaß für die Waage festlegen?«

Aber Stu wich einer direkten Antwort aus. »An was kannst du schon Schuld tragen, Schmiedin?«

»Ich trage Schuld an deinem Durst, deinem Hunger und deinen Schmerzen«, bekannte Eleva.

Stu begann, leise und trocken zu lachen. »Du bist nicht meine Mutter!«

Eleva meinte, keine Luft mehr zu bekommen. »Versuch, noch ein wenig zu schlafen. Ich komme bald wieder.«

Aber als Eleva sich zur Tür begab, hielt Stu sie zurück.

»Noch einen Moment! Was gedenkst du jetzt zu unternehmen?«

»Ich werde abwarten und nachdenken.«

»Warten?« Stu versuchte, sich aufzurichten. »Du kannst nicht warten! Wir haben keine Zeit mehr.«

Aber Eleva ließ den Einwand unerwidert und verschwand ebenso leise, wie sie gekommen war, während Stu stöhnend in die Felle zurücksank und die Augen schloß.

Ibak hatte nach ihrer Rast der Ansiedlung Rosof Fäärwll unverrichteter Dinge den Rücken gekehrt. Nachdem sie sich in den Häusern umgesehen und erkannt hatte, daß keine einzige Ruderin mehr in der Stadt war, war sie wieder Richtung M'alennian aufgebrochen, in der Hoffnung, daß alle Frauen Fellöws sich in Sicherheit hatten bringen können. Und doch war ihr bewußt, wie abgeschnitten von jeder Hilfe sie jetzt alle auf dieser Insel waren.

Wieder ritt Ibak vorsichtig, stets darauf bedacht, einer Begegnung mit den Frauen Herrats auszuweichen. Sie wußte nicht, gegen welche Mächte sie hier anzukämpfen hatte.

Der unheimliche Traum, die Begegnung mit der magischen Kreatur, die sicherlich nicht aus M'alennian kam, das ausgestorben wirkende Rosof Fäärwll, die verbrecherischen Taten der Treufrau Herratsn, die offenkundig Magie zu benutzen wußte … Ibaks Gedanken fanden keine Ruhe. Vorsichtig spähte sie um den Hügel am Bachlauf entlang. In der Ferne konnte sie die Ausläufer M'alennians schon erkennen. Es wäre eine Abkürzung, den Weg am Bach zu wählen. Ihr Pferd war erschöpft. Schließlich gab dies den Ausschlag für die Entscheidung. Sie ritt in das kleine Flußtal. Bald fühlte sie sich beruhigt durch die Geräusche des Wassers, das murmelnd um die Steine floß. Üppige Farnsträucher bewuchsen das Ufer und verliehen der sonst eher trostlosen Landschaft ein freundlicheres Gesicht. Verblühtes Wollgras war vom Wind in die niedrigen Sträucher geweht worden. Bald würde sich der Herbst auf diese Landschaft senken, bald würde frischer Reif die Morgende begleiten, und dann kam der erste, frühe Schnee. Ibak dachte an die Winter in Flaffl. Und sie hatte große Sehnsucht nach dem Sippenhaus ihrer Mutter Smagninborg, in dem es warm und trocken war. Solchermaßen in Gedanken versunken, umritt sie gerade niedriges Buschwerk, als sie plötzlich die Stimme eines Kindes vernahm. Ibak sprang vom Pferd und erspähte ein Mädchen in der Felswand.

»Hilf mir!« rief es.

»Warum kommst du nicht hinunter?« wollte Ibak wissen. Die Felswand, an der sich der Bach vorbeischlängelte, war nicht hoch, nur ein wenig steil.

»Ich habe mir wehgetan!«

»Na schön. Ich hole dich. Beweg dich nicht!« Ibak kletterte behend über die ersten Felsbrocken, verschaffte sich Halt und stieg höher. Bald hatte sie das Kind erreicht. Es mochte neun oder zehn Jahre alt sein.

»Kannst du dich an mir festhalten?«

»Ja, gewiß.«

»Dann komm!« Ibak hob das Kind hoch. Es schlang die Arme um ihren Hals und lachte leise.

»Kommst du aus Rosof Fäärwll?«

»Nein.«

Ibak setzte die Füße in eine Felsspalte und faßte nach.

»Woher kommst du dann?«

»Von sehr weit«, kicherte das Mädchen. Die Stimme klang etwas heiser.

»Weißt du etwas über die Frauen aus Rosof Fäärwll? Weißt du, wo sie geblieben sind?«

»Nein.«

Ibak seufzte, als sie die letzten großen Steine überwand.

»Besonders gesprächig bist du nicht. Wie ist dein Name?«

»Ich trage keinen Namen«, flüsterte das Kind.

»Ach, nun komm schon. Du darfst ihn mir ruhig verraten. Ich werde dich mit nach M'alennian nehmen müssen, wenn du mir nicht sagst, wo ich deine Mutter finden kann.«

Ibak setzte das Mädchen ab.

»Nimm mich mit nach M'alennian«, forderte es bestimmt.

Nachdenklich sah Ibak auf das Kind hinunter. »Meine Güte«, meinte sie schließlich. »Deine Augen sind entzündet.«

»Es tut nicht weh.«

»Du willst also mit nach M'alennian.«

»Alleine kann ich den Wald nicht betreten«, lächelte das Kind.

»Nun gut! Wie steht es um deine Verletzung? Wo hast du Schmerzen?«

»Überall«, sagte das Mädchen und lachte.

Etwas in dem Ausdruck des Kindes gefiel Ibak nicht. Das Gesicht war nicht das Gesicht eines Kindes. Es lag ein Ausdruck in dieser Miene, der uralt zu sein schien.

»Du bist seltsam!« grübelte Ibak laut. Aber dann dachte sie, daß sie diesem kleinen Geschöpf vielleicht unrecht tat. Wer wußte, bei Fiu, schon, was es mitgemacht oder möglicherweise mitangesehen hatte?

»Also schön.« Sie konnte das Kind nicht einfach hier draußen seinem Schicksal überlassen. Kurz entschlossen hob sie es also auf ihr Pferd. Wenn Ibak jedoch ehrlich zu sich selbst sein wollte, mußte sie zugeben, daß sie über die Reisebegleitung alles andere als erfreut war. Sie wäre noch viel weniger erfreut gewesen, wenn sie gesehen hätte, wie das Gesicht des Kindes, das vor ihr im Sattel saß, sich veränderte, wie jedes Leben aus diesem Antlitz ausgelöscht wurde, die Haut nicht mehr war als eine Maske ohne jede Unregelmäßigkeit. In den kleinen Augen weiteten sich die Pupillen, bis nur noch tiefe, glitzernde Finsternis darin zu lesen stand, die von einem Lidrand zum anderen reichte.

Mehetma konnte es nicht glauben. Lanice Lofort war in die Wandlung gegangen. Die Erhabene hatte die Feste vor nicht allzulanger Zeit aufgewühlt, verstört, jedoch bei bester Gesundheit verlassen. Lanice war noch nicht alt gewesen. Gewiß war sie nie Mehetmas gute Freundin, und sie war in kriminelle Machenschaften verstrickt gewesen, die die Verachtung, die Mehetma empfand, noch stärker hatte hervortreten lassen. Doch ihr Tod war etwas Ungeheuerliches. Und bei allem Zorn gegen Lanice empfand sie jetzt Mitleid, aber auch das Gefühl, als hätte sich Frau Lofort ungerechterweise davongestohlen.

Nachdem bekannt geworden war, daß Nordwestmidlands Repräsentantin tot war, hatten sich seit dem Vormittag die Ereignisse überschlagen. Der Verwalterin der inneren Burgangelegenheiten oblag nunmehr die Aufgabe, die Verpflichtungen der Vorsitzenden am Tische der Ahrgte zu übernehmen, bis eine Nachfolgerin gewählt wurde. Mehetma hatte eine sofortige Versammlung einberufen, und diesmal schien es, als würde keine einzige der geladenen Frauen wegen der Muspeln ihrer Töchter oder sonstigem fernbleiben. Mehetma beobachtete von ihrem erhöhten Standort aus, wie sie nach und nach in den Saal der Ahrgte traten. Nicht nur die Repräsentantinnen der einzelnen Länder und Regionen waren auf die Feste gebeten worden, auch bedeutende Persönlichkeiten aus der Stadt Kareb Solto kamen: die Vertreterinnen der Zünfte und Gewerbe, die Priesterinnen der Tempel, die Disponobli der fünf bedeutendsten Schulen, die Achtfrauen der zahlreichen Kauffahrerinnengilden und viele andere mehr.

Außerdem trafen auch die Frauen aus dem Rat Nordwestmidlands ein, die Blicke zu Mehetma hinüberwarfen, die zwischen Sorge und Mißtrauen schwankten. Sie hatten allen Grund, ein wenig befangen ihre Plätze einzunehmen.

Mehetma hatte sich auf die Galerie begeben, die rings um den Saal der Ahrgte lief, und lehnte an der steinernen Brüstung. Doch nicht nur Lanices ungewöhnlicher Tod beunruhigte sie; sie wartete auch angespannt auf die Rückkehr Oleiras.

Unten im Saal standen die Frauen in kleinen Gruppen zusammen. Es gab keine von ihnen, die nicht äußerst betroffen wirkte. Da betrat Hulda Klödenich den Saal und rückte den Gürtel zurecht. Entschlossen bahnte sie sich einen Weg durch die Menge.

Gleich, das wußte Mehetma, mußte auch sie nach unten in den Saal gehen. Sie streckte die Hände aus, um sie an einem Kohlenbecken zu wärmen. Langsam wurde es ungemütlich auf der Feste. Selbst im Sommer war es in dem dicken Gemäuer nie richtig warm, doch die Winter gestalteten sich wirklich als abscheulich kalt. Die kleine Holzpforte hinter Mehetma quietschte plötzlich in den Angeln, und sie wandte sich um.

»Oleira! Endlich!« Mehetma war erleichtert und zog die Eintretende hinter einen der Vorhänge. »Da bist du ja! Was ist mit den Unterlagen. Hast du sie?«

»Ja!« stöhnte Oleira und zog einen Umschlag aus der Tasche. »Mit diesen Aufzeichnungen wirst du hoffentlich imstande sein, den geheimen Schriftwechsel zu entziffern.«

»Ich will hoffen, daß du das Richtige gebracht hast!« Eilig riß Mehetma den Umschlag auf. »Ja«, flüsterte sie, »ja! Das könnte es sein! Vortrefflich! Ruh dich jetzt aus. Wenn ich dich brauche, werde ich dich rufen lassen.

»Ay!«

Mehetma winkte Hulda, die unschlüssig und schweißbedeckt bereits am Tisch saß. Sehr wahrscheinlich hielt sie umsonst Ausschau nach etwas Eßbarem.

Als Frau Klödenich erkannte, daß sie gerufen wurde, erhob sie sich und schnaubte Richtung Wendeltreppe, wo Mehetma ihr auf halbem Wege entgegenkam.

»Hulda! Es dauert noch einen Moment! Sei so gut und sag das den Frauen. Ich werde dafür sorgen, daß Wasser und Fein geschickt werden.«

Frau Klödenich versenkte die Daumen im Gürtel. »Was ist denn los? Was haben diese Verzögerungen zu bedeuten?«

»Ihr werdet es später erfahren.«

»Aber was …«

»Später, Hulda, später!« Mehetma huschte die Treppe hinauf.

Mißmutig sah die Gewährsfrau ihr nach.

Starker Kopfschmerz plagte Eleva seit Stunden. Auch im Zwielicht der Hütte hatte sich ihr Zustand nicht gebessert. Erschöpft setzte sie sich auf einen Schemel und wartete auf Aviva, Edita und Beringör. Sie nahm eine Handvoll getrockneter Beeren aus einer der irdenen Schüsseln und kaute, ohne etwas zu schmecken, auf ihnen herum. Dann verfiel sie wieder in dumpfes Brüten.

Als die Tür sich leise öffnete, sah sie auf.

»Janjat? Was machst du hier?«

»Ich komme, um zu sehen, wie es dir geht.«

Eleva schob sich eine weitere Handvoll Beeren in den Mund und reichte die Schale an ihre Nichte weiter.

»Hast du Hunger? Hier, nimm ein paar Beeren! Sie sind ohne jeden Geschmack. Ihr Verzehr lenkt also beim Nachdenken nicht ab.«

Janjat schüttelte den Kopf. »Nein, danke! Wie fühlst du dich?«

»Wie in dem Winter vor zehn Jahren, als ich nach dem Schneesturm die Hunde am Fuße des Ferwöngpasses verlor und dachte, ich würde bald an Nephtars Tischen sitzen und köstlich bewirtet werden. Früchte dieser Art werden mir dann hoffentlich erspart bleiben.«

Eleva spuckte die zähen Fruchthäutchen in die Feuerstelle und griff erneut zu.

Janjat blinzelte.

»Also fühlst du dich … ohne Hoffnung? Was … was glaubst du … wird jetzt geschehen? Was hast du vor?«

»Nun!« Eleva stellte die Schale ab und blickte müßig ins

Feuer. »Ich werde eine Handvoll kranker, teilweise auch schwacher, jedoch kampfunerprobter Frauen gleich davon überzeugen müssen, daß sie von einer äußerst bösartigen, magischen Macht bedroht werden, gegen die mit Schwert und Bogen nicht anzukommen ist. Der Raub des Lofortschen Badezubers, die ausbeuterischen Exzesse auf Fäärwll, der Mord an einer Goldschmiedin, all dies wiegt im Moment nicht schwerer als ein simpler Kinderstreich. Eine Schattengeherin ist gerufen worden, ein Wesen von schrecklichster, magischer Präsenz. Soweit ich mich erinnern kann, geschah dies zuletzt vor rund zehntausend Jahren. Ein Teil des Kontinentes, so geht die Sage, sei damals abgespalten und vernichtet worden.«

»Eleva!« rief Janjat schreckensbleich. »Was sagst du da?«

»Wie du siehst, brauchen wir mit den Beeren jetzt nicht mehr zu sparen. Greif nur zu!«

Janjat verharrte in stummer Verzweiflung.

»Damit nicht genug«, fuhr Eleva mit vollem Mund fort. »Da hinten in einer Hütte liegt meine Tochter, die nicht weiß und augenblicklich auch nicht wissen darf, daß ich ihre Mutter bin. Sie ist ein unglückseliges Geschöpf, das an unserer verhängnisvollen Lage große Schuld trägt. Um jetzt zum Punkt zu kommen: Wir werden alle sterben. Aber bis es soweit ist, kein Wort darüber. Sie werden mir ohnehin nicht glauben. Also: Sollen sie da draußen weiter ihre Wälle aufschichten und Gruben ausheben, Äste zuspitzen und Pfeile schnitzen. Sollen sie sich vor dem Eintreffen der Herrat Herratsn fürchten. Das ist allemal besser, als in den letzten Stunden zu verzweifeln.«

Janjat fiel vor ihrer Tante auf die Knie. »Du mußt etwas tun, Tante! Ich will nicht sterben!«

»Steh auf Janjat! Du bist eine Frau Flaffls. Wir zeigen niemals Angst vor der Wandlung!« maßregelte Eleva mit beißender Ironie und beugte sich dann über den Kopf ihrer Nichte. »Es tut mir leid. Ich hätte es dir nicht sagen dürfen. Du bist zu jung, und nun fürchtest du dich, nicht wahr?«

Janjat nickte unter Tränen.

»Gibt es denn keinen Ausweg? Tante, es muß doch irgendeinen Ausweg geben. Gibt es denn keinen Ort auf Fäärwll, der uns sicheres Versteck bieten könnte?«

»Einen Aufschub. Vielleicht. Möglicherweise. M'alennians Hain. Das Herz des Waldes.«

Janjat umklammerte verzweifelt die Beine ihrer Tante. »Oh, Eleva! Gleich findet die Beratung statt. Du mußt es ihnen sagen. Schnell! Und dringlich! Damit wir uns so rasch wie möglich dorthin flüchten können!«

»Ach, meine arme, kleine Janjat!« Eleva breitete ihre Arme um die Nichte und schaukelte sie mit sanften Bewegungen. »Sie werden mir keinen Glauben schenken. Ich werde sie auf bescheidenem Wege nicht überzeugen können. Aber ich verspreche dir, ich werde mein Bestes tun. Es ist einfacher, sich im Leben an die Dinge zu halten, die wir mit Händen halten, mit Augen erblicken können, die wir einordnen können. Eine Schattengeherin ist nicht körperlich. Oh Janjat, nein, sie werden mir nicht glauben.«

Elevas Blick glitt ins Leere ab und ihre Stimme wurde ein Flüstern, als sie mehr zu sich selbst weitersprach. »Und einige von ihnen unterschätzen auch die Magie Flaffls. Bei Fiu, sie ist gefährlich, diese Magie, denn mit ihrer Hilfe wurde das Tor geöffnet. Diese Glücklichen, die nichts davon wissen, nichts von diesem Fluch, den die Magie bedeuten kann. Wie wäre es, so leicht über das Leben dahinzugleiten und nichts zu ahnen von den Irrwegen und Abgründen, die in Flaffls Magie wohnt? Sie wissen nichts von dem eitlen Stolz, zu dem die Magie verführen kann. Der Stollen der Bewahrung mag nicht tief genug sein. Unsere Macht möchte uns verleiten. Vielleicht werden wir eines Tages sogar an ihr zugrunde gehen.«

Janjat lauschte atemlos diesen Worten ihrer Tante. Sie verstand nicht alles davon, aber die Dringlichkeit ihrer Rede war ihr durchaus bewußt. Eleva hob das Kinn der Nichte und wischte die Tränen aus ihrem Gesicht.

»Geh hinaus, meine Tarbakasch, und stelle dir vor, du spieltest eine Rolle in einem Theater. Tu, was von dir erwartet wird, und konzentriere dich ausschließlich darauf. Ich werde in der Zwischenzeit meine Rolle spielen. Hoffen wir, daß es eine gute Vorstellung wird.«

Janjat erhob sich zögernd. »Tante, ich …«

Aber Eleva winkte ab, als sie auch schon Schritte hörte und die Tür sich öffnete.

»Ah, Edita, du bist es.«

Janjat warf noch einen letzten Blick zurück und erwiderte Elevas freundliches Lächeln, das sie zum Abschied streifte, mit einem leichten Kopfnicken.

Edita nahm Eleva gegenüber Platz.

»Auch Aviva wird gleich bei uns sein. Sie hat trotz ihrer Verletzungen die ganze Nacht hindurch gearbeitet.«

»Was hat sie herausgefunden?« fragte Eleva matt.

»Lanice Loforts Badezuber besteht aus purem Gold. In doppelten Böden ließ sie gestohlene Nergorite einarbeiten. Wir lagen also mit unserem Verdacht richtig. Aber nicht genug damit: sie muß die halbe Schatzkammer Nordwestmidlands geplündert haben. Wir haben eine Liste gefunden, auf der alles verzeichnet ist, was sie je mit ihren gierigen Händen entwendet hat. Lanice hat einen Schatz gehortet, von dem nur sie selbst wissen wird, wo er sich befindet.«

Eleva rieb sich über die Augen. »Bei Fiu, wie kann sie nur so dumm sein?«

Edita zuckte die Achseln. »Sie ist einfach zu gierig geworden. Vielleicht wollte sie zeitig mit ihrem erbeuteten Vermögen fliehen. Dazu kommt sie nun nicht mehr.«

»Wer weiß das schon?«

»Nun, ich bin froh! Wir haben Beweise gegen Lanice in der Hand, und wir werden auch herausfinden, wer die Goldschmiedin getötet hat. Herrat muß ihre Hand im Spiel haben, oder sonst eine der Nephtarelitinnen. Auch Stu ist eine von ihnen.«

»Ja, das weiß ich.«

»Die Nephtarelitinnen sind mit ihrer bedrohlichen Sektierei zu einer ernsthaften Gefahr geworden, Eleva. Ihre Zeremonien besitzen höchst suggestive Kraft. Weißt du, wieviele Frauen in den letzten Monaten in Kareb Solto durch eigene Hand gestorben sind?«

»Ich kann es mir denken!«

»Sie glauben, sie könnten ein Wesen herbeirufen, das sich von der Angst der Frauen nährt. Sie nennen es die Schattengeherin. Auch Stu fürchtet sich vor ihr. Wenn wir wieder daheim sind, müssen wir den Nephtarelitinnen das Handwerk legen. Eine Schattengeherin! Beim Glanze der Tarbas! Wer hätte je von einem solchen Unfug gehört?« Edita lächelte grimmig.

»Das ist kein Unfug!«

»Nun, wenn ich es genau bedenke, so muß ich dir zustimmen, denn auch eine Bedrohung, an die eine Frau nur glaubt, kann dieselben schrecklichen Auswirkungen in sich bergen wie eine Gefahr, die tatsächlich existiert.«

Eleva beugte sich vor, um etwas zu erwidern, doch in diesem Moment wurde sie durch Avivas Eintreten unterbrochen. Die Goldschmiedin wirkte angestrengt und überarbeitet. Edita legte ihrer Schwester ein Fell vor dem Ofen zurecht und hängte einen Wasserkessel über das Feuer. Aviva begrüßte Eleva mit einer Umarmung, als auch Beringör eintrat. Ihr Gesichtsausdruck war verschlossen. Sie nickte nur kurz in die Runde, setzte sich in einen grobgezimmerten Lehnstuhl und verschränkte die Arme vor der Brust.

»Wann fangen wir an?« erkundigte sie sich harsch und jeden Blickkontakt mit Eleva meidend.

»Wir beginnen, wenn Sententia hier erscheint«, antwortete Eleva ruhig.

Eine ältere Frau betrat in diesem Moment die Hütte.

»Sententia!« Edita sprang auf und faßte die Ankommende bei den Schultern. »Wie freue ich mich, dich wohlbehalten anzutreffen. Wie kommt es, daß ich dich nicht gesehen habe?«

»Die Gicht, Edita! Ich war tief in diesem Wald bei einer

heißen Quelle. Sie allein vermag für kurze Zeit meine Beschwerden zu lindern. Es ist kein Vergnügen, in meinem Alter auf Fäärwll zu leben, wenn du berücksichtigst, daß ich das verhältnismäßig milde Klima Nordwestmidlands gewohnt bin.«

»Komm, setz dich hier an das Feuer.«

Edita half ihr, sich behaglich einzurichten, und kümmerte sich um den heißen Aufguß, während Sententia Aviva begrüßte und sich dann mit Eleva und Beringör bekanntmachte.

Eleva betrachtete Sententia, während Edita den Aufguß reihum in die Tonschalen füllte.

Sententia war nicht besonders groß und machte auch keinen kräftigen Eindruck. Ihre Wangen waren eingefallen, aber sie besaß einen zähen Zug um die Mundwinkel. Trotz ihres Leidens schien sie bemüht, sich aufrecht zu halten. Ihr Alter war nicht genau einzuschätzen. Doch als wenn sie Elevas Frage geahnt hätte, wandte sie sich ihr zu und sagte: »Fünfundsechzig, Eleva aus Flaffl, aber die Arbeit in den Minen und das karge Leben auf dieser Insel lassen eine Frau schnell altern.«

»Wie lange lebst du schon hier?«

»Ich kam mit meinem Sippenverband vor drei Jahren aus Nordwestmidland nach Fäärwll, doch die Zeit, die ich hier verbrachte, scheint länger als eine Ewigkeit zu sein.«

»Wann beginnen wir endlich?« Beringör wirkte trotz der nach außen zur Schau getragenen Ruhe ungeduldig.

Sententia warf ihr einen scharfen Blick zu. »Die, die dem Regen davonläuft, bleibt nicht trockener als jene, die ihm entgegengeht.«

Beringör machte eine wegwerfende Handbewegung. »Die Frauen Fäärwlls können sich glücklich schätzen, daß wir hier sind und sie in ihrer Auseinandersetzung mit Nordwestmidland unterstützen.«

Sententias Mundwinkel zogen sich nun noch weiter herab. Sie wandte sich an Edita.

»Das ist also die Repräsentantin Flaffls, von der du angenommen hast, daß sie eine geeignete Verbündete für uns sei?«

Edita beeilte sich, das Wort zu ergreifen. »Wir sollten nun wirklich mit unserer Beratung beginnen.«

Sententia blies unbeteiligt in ihren Aufguß, während Edita als erste das Wort ergriff:

»Ich möchte euch zunächst mitteilen, daß es in der letzten Nacht gelungen ist, Beweise für die Verdächtigungen gegen Lanice Lofort zu finden. Mit unseren Erkenntnissen können wir jetzt getrost an den Tisch der Ahrgte zurückkehren. Das Vorgehen der Treufrau Herrat Herratsn sowie der Minenbeauftragten von Fäärwll, dem wir zum Opfer gefallen sind, wird zweifellos beide nicht nur ihre Position kosten. Sie werden in Kareb Solto zur Verantwortung gezogen. Es tut mir leid, das sagen zu müssen, Beringör.«

Beringör zuckte die Achseln.

»Du bist ihre Mutter, ich meine die Mutter der Minenbeauftragten, nicht wahr?« fragte Sententia trocken und mit einem Seitenblick auf die Repräsentantin Flaffls.

»Ja«, grollte Beringör und nippte an der Schale.

Eleva sah zu Boden. Sie war froh, daß außer Ibak, den Frauen ihrer Sippe, Tika und selbstverständlich Beringör keine ahnte, daß auch sie Stus Mutter war. Es hätte die Situation keinesfalls vereinfacht.

»Pah!« Sententia setzte ein angeekeltes Gesicht auf und fischte ein Kräuterblatt aus ihrer Schale. »Bei einer solchen Brut würde ich vor Scham im Boden versinken wollen, wenn sie meine wäre.«

Beringör sprang wütend auf. »Das muß ich mir nicht sagen lassen. Ich habe mit meiner Tochter nichts mehr zu schaffen. Sie ist aus dem Sippenverband und Flaffl verstoßen worden.«

»Na und?« Sententia sah sie herausfordernd an.

»Bitte!« Edita ging ein zweites Mal mit dem Kessel herum. »Es macht wenig Sinn, wenn wir uns zerstreiten. Ich bin sicher, Beringör wird am Tisch der Ahrgte, genau wie ich, für die Frauen Fäärwlls zeugen, nicht wahr?«

»Gut nur«, schnaubte Beringör, »daß diese ganze Angelegenheit jetzt endlich zügig abgewickelt werden kann.« Sie wedelte mit der Hand, um eher nebenbei die Fakten aufzuzählen. »Alle haben sich an den Nergoriten bereichert, nur nicht die Frauen Fäärwlls. Die Verträge, die Lanice Lofort im Namen des Rates von Nordwestmidland abgeschlossen hat, sind gesetzeswidrig und damit ungültig. Möglicherweise steht den Betroffenen eine Entschädigung zu, aber um die näheren Einzelheiten überprüfen zu können, werden wir warten müssen, bis wir wieder auf dem Festland sind.«

»Ich verzichte auf eine Entschädigung, wenn ich nur mein Land zurückbekomme«, erklärte Sententia kühl. »Wir sind nicht auf Almosen angewiesen.«

»Wenn es aber euer Recht ist, solltet ihr dies auch in Anspruch nehmen«, vermittelte Edita. »Es soll dich nicht stören, wenn …«

Aber Sententia stellte nun so entschlossen die Trinkschale ab, daß das heiße Getränk herausschwappte, und sie unterbrach Edita.

»Ich werde dir sagen, was mich wirklich stört, Edita. Es stört mich, wenn bei mir der Eindruck nicht weichen will, daß Beringör von Stelen unsere Angelegenheit eher wie eine Lappalie behandelt, und das mit einer Überheblichkeit, die mir ganz und gar nicht gefällt. Und es stört mich weiter, daß die Minenbeauftragte Stu von Stelen, diese widerliche, ekelhafte Natter, in einer *unserer* Hütten liegt und gesund gehätschelt wird. Was hat sie hier verloren? Warum wird soviel Wert darauf gelegt, daß sie am Leben bleibt? Ist es, weil sie«, sie zeigte mit ihrem Stock auf Beringör, »hier sitzt und zufällig ihre Mutter ist? Oder was sollte es sonst für einen Grund geben?«

Eleva drückte den Stock, der unmittelbar vor ihrer Nase hin- und hergeschwenkt wurde, nach unten.

Sententia bedachte sie mit einem zornigen Seitenblick. »Ich habe deinen Namen vergessen. Wie heißt du?«

»Eleva von Smagninborg«, sagte Eleva ruhig.

»Laß meinen Stock los!«

»Wenn du ihn am Boden hältst.«

Mit einer unwilligen Bewegung entriß Sententia Eleva den Stock. »Willst *du* mir also erklären, warum Stu von Stelen von euch behandelt wird wie eine liebe Besucherin, obwohl ihr euch ein Recht als Gastgeberinnen hier nur anmaßt?«

Eleva räusperte sich.

»Es ist nur allzu begreiflich, warum ihr – du und die Frauen, die hier leben – keine hohe Meinung von Stu habt.«

»Keine hohe Meinung, das ist eine höfliche Formulierung!«

»Bitte laß mich weiterreden. Stu hat sich unrecht verhalten. Sie hat viele Fehler gemacht. Sie hat sich für die falschen Ziele eingesetzt. Und das weiß sie auch.«

»Sie weiß es!« brach es laut und voller Spott aus Sententia heraus. »Sie *weiß* es. Na, dann ist ja alles gut. Wir wollen ihr verzeihen, ein Freudenfest feiern, und …«

»Warte, Sententia!« fuhr Eleva nun mit schneidender Stimme dazwischen. »Über Stu zu richten, sind wir nicht zusammengekommen. Es gibt etwas, das für uns im Augenblick wesentlich wichtiger ist als alles andere.«

»Wichtiger als die Beweise gegen Lanice?« erkundigte sich Edita, froh, daß Eleva nun offensichtlich das Thema wechselte.

Sententia sah Eleva mißtrauisch an.

»Was sollte das schon sein?«

»Die Bedrohung durch die Nephtarelitinnen, vielmehr durch das, was sie hervorgebracht haben.«

»Aber Eleva! Das ist etwas, was wir wirklich in Kareb Solto klären können«, gab Edita zu bedenken. »Viel wichtiger ist im Augenblick die Frage, wie lange wir noch warten müssen, bis sie uns ein Schiff vom Festland schicken, damit wir Unterstützung in der Auseinandersetzung mit Herrat erhalten.«

Sententia nickte bestimmt.

»Der schreckliche Einfluß der Nephtarelitinnen reicht in diesem Moment schon bis nach Fäärwll«, sagte Eleva.

»Eleva!« Edita sah sie ernsthaft an. »Auch in dieser Angelegenheit habe ich bereits ausreichende Vorkehrungen getroffen.«

»Was für Vorkehrungen meinst du?« hakte Eleva nach.

»Grundgütige! Ist das jetzt so wichtig?«

»Ich bitte dich, erzähl, was du in Kareb Solto über den Zusammenhang zwischen den Ereignissen auf Fäärwll und den Nephtarelitinnen herausgefunden hast.«

»Also schön. Ich weiß noch, wie es begann:

Es ist kein Geheimnis, daß in Kareb Solto viele Frauen in den letzten Monaten durch eigene Hand starben. Über der Stadt scheint eine Wolke der Angst zu liegen. Also stellte ich Nachforschungen an. Ich bekam heraus, daß viele der Opfer vor ihrer Wandlung regelmäßig im Tempel der Dehren verkehrten. Eines Abends traf ich auf eine junge Frau, die ängstlich und verwirrt am Hafen kauerte. Ich nahm sie mit zu mir. Sie war Falknerin. Nach und nach schenkte sie mir ihr Vertrauen. Sie berichtete mir von den Nephtarelitinnen in der Stadt. Bis zu diesem Zeitpunkt hätte ich über die Frauen, die dieser Gemeinschaft angehörten, höchstens den Kopf geschüttelt, doch nun mußte ich erfahren, daß viele sich in eine furchtbare Angst gesteigert hatten, eine Angst, die mir absolut unverständlich war und die sie schließlich, so nahm ich an, in die Selbsttötung getrieben hatte. Der Körper der Falknerin war über und über mit seltsamen Verzierungen bedeckt, und sie berichtete mir, dies seien die Schutzsymbole jener, die der Gemeinschaft den Rücken kehren.«

»Wovor haben sie solche Angst?« wollte Sententia wissen.

Edita räusperte sich unbehaglich, bevor sie fortfuhr:

»Vor einem Wesen, daß sie die Schattengeherin nennen. Sie glauben, daß sie es selbst aus den Zwischenwelten in die Realität gerufen haben, daß die Schattengeherin sich von ihrer Angst ernährt und in die Körper der Nephtarelitinnen schlüpfen kann, um sich ihrer zu bedienen, da sie selbst nur aus gedanklicher Essenz besteht und keine Materie besitzt.«

»Wenn sich diese Kreatur von der Angst ernährt, dann wäre es leicht, sie verhungern zu lassen, indem keine Angst zugelassen wird«, stellte Sententia fest.

»So einfach ist es leider nicht. Denn die Schattengeherin – so sagen die Nephtarelitinnen – wurde schon aus Angst geboren, und bei den Anhängerinnen hat sich offenbar ein Kreislauf der Angst herausgebildet, der nur schwer zu durchbrechen ist«, erklärte Edita, bevor sie fortfuhr: »Nun, durch die Falknerin war es mir möglich, die Briefwechsel zwischen Fäärwll und dem Festland abzufangen. Sie waren äußerst aufschlußreich, aber nicht genügend belastend. Ich wollte mehr Beweise sammeln, also wartete ich ab und plante den Raub des Zubers. Und dann fielen mir die verschlüsselten Briefwechsel zwischen Herrat und Stu in die Hände.«

»Grundgütige!« stöhnte Eleva. »Weißt du, was drinnen steht?«

»Nun, eine kurze Nachricht konnte ich entschlüsseln. Ich hielt den Inhalt für Unsinn!«

»Was stand in der Nachricht?«

»Herrat schrieb irgend etwas über Kontrolle, die ihr entglitt, und sie fürchtete, das Garnland würde heimgesucht werden durch dieses Wesen, das sich angeblich von der Angst ernährt. Aber Eleva, ich sagte es bereits. Wir kümmern uns um die Nephtarelitinnen, wenn wir wieder daheim sind.«

»Was geschah mit den anderen Briefen?«

»Oh, ich bin nicht mehr dazu gekommen, sie zu entziffern. Aber die Falknerin beschäftigt sich jetzt in *diesem* Augenblick damit. Sie wird mit ihrer Arbeit fertig sein, wenn wir erst wieder auf dem Festland sind. Ich fürchte, wir müssen zum Wohl und Schutz aller Frauen das Treiben der Nephtarelitinnen gründlich untersuchen.«

»Es lebe dein Glaube an die Vernunft!« flüsterte Eleva stimmlos.

»Warum? Was willst du damit sagen?«

»Ich schlußfolgere daraus«, unterbrach Sententia wenig begeistert, »daß die Minenbeauftragte zu den Nephtarelitinnen gehört? Wieder ein Grund weniger, sie mit Sorgfalt zu umhegen.«

Aber Eleva hatte die Hände unter dem Kinn gefaltet und dachte nach.

»Eleva, was ist los mit dir? Du wirst dich doch wohl nicht vor der Schattengeherin fürchten«, fragte Edita. »Schlimm genug, daß einstmals vernünftige Frauen diesem Schreckgespenst zum Opfer fallen.«

»Sie ist kein Schreckgespenst«, murmelte Eleva abwesend. »Die Schattengeherin existiert. Sie ist kein Alptraum, oder sagen wir, sie steht an der Schwelle zwischen Traum und Realität.«

Sententia stieß den Stock auf den Boden.

»Das ist doch Unfug!«

»Leider nicht! Sie lebt in den Körpern ihrer Opfer und stellt für uns alle eine große Gefahr dar.«

»Bei Fiu!« verkündete Sententia empört »Als wenn wir nicht ohnehin schon genug Schwierigkeiten hätten. Nun kommst du daher und willst uns auch noch Angst einjagen. Das ist doch alles nur Gerede.«

»Aviva, so sag doch auch einmal etwas!« Edita stieß ihre Schwester an.

»Laß sie besser schlafen! Sie hat es, weiß Tarbas, nötig!« murmelte Beringör und sah nachdenklich zu Eleva hinüber, die mit ihren Erläuterungen fortfuhr.

»Ich bitte dich, meine Worte ernst zu nehmen, Sententia.«

»Märchengeschwätz, sage ich! Es gibt keine Schattengeherin.«

Eleva atmete tief durch, während Edita sich erneut am Wasserkessel zu schaffen machte.

»Ich glaube«, begann sie vermittelnd, »die Schattengeherin stellt wirklich eine ernstzunehmende Gefahr dar, allerdings nur für jene, die an sie glauben. Vielleicht sollten wir ein anderes Mal darüber reden und jetzt endlich überlegen, wie wir uns vor Herrat und ihren Frauen schützen können.«

»Richtig!« Sententia stützte sich auf den Stock und erhob sich. »Falls die Treufrau es tatsächlich wagen sollte, uns hier zu bedrohen, werden wir ihr einen hübschen Empfang bereiten.«

»Nun«, überlegte Eleva laut, »ich frage mich, ob es nicht sinnvoller wäre, nach M'alennians Hain aufzubrechen.«

Sententia drehte sich abrupt um. »Warum? Glaubst du etwa, wir könnten ihnen keinen Widerstand entgegensetzen?«

Eleva lächelte ein wenig gequält. »Doch gewiß, Herrat und ihren Frauen schon, aber …«

»Ja?«

»Nun, ich …« Eleva zögerte kurz und wand sich innerlich, weil sie solche Auftritte haßte, doch sie hatte keine andere Wahl und verließ ihren Platz. »Hör zu, Sententia! Du hast mich nach meinem Namen gefragt, doch nicht nach meiner Bestimmung, und wie es mir überhaupt gelingen konnte herzukommen.«

»Das ist richtig«, wunderte sich Sententia selbst.

»Du hast mich deswegen nicht danach gefragt, weil ich deine Frage nicht zugelassen habe, verstehst du?«

Sententia kniff die Augen zusammen. Was wollte ihr diese Schmiedin aus Flaffl damit sagen?

»Wenn es mir anders nicht gelingen kann, dein Vertrauen zu gewinnen, muß ich dir jetzt die ganze Wahrheit offenlegen. Ich stehe kurz vor meiner Berufung zur Bewahrerin, einer Erzmagierin Flaffls, und ich sehe seit einigen Stunden, was auf dieser Insel geschehen wird.«

Nicht nur Sententia, auch die anderen Frauen im Raum – mit Ausnahme von Aviva, die schlief – wurden blaß bei diesen Worten.

Eleva fuhr fort. »Ich habe als Schmiedin des Jaltozirkels geschworen, mit meiner Kraft für den Schutz aller Frauen einzustehen, und ich sage dir jetzt: Geh mit den Deinen in das Herz dieses Waldes und wartet dort. Wenn ihr hierbleibt, ist der Tod euch gewiß!«

Sententia nickte langsam.

»Kein Märchengeschwätz?«

Eleva schüttelte stumm den Kopf.

»Grundgütige! Was willst du gegen diese Kreatur unternehmen?« wollte Edita wissen.

»Im Augenblick wäre es mir lieb, wenn keine von euch mich das fragen würde«, erwiderte Eleva.

»Was ist mit den Frauen aus Draích'laír und Gwaníoch'naír?« fragte Edita atemlos.

»Sie befinden sich in großer Gefahr«, gab Eleva zur Antwort. »Wir müssen versuchen, sie ebenfalls in den Schutz des Haines zu bringen.«

Sententia umklammerte ihren Stock.

»Wie willst du diesen Plan durchführen? Es ist sehr gefährlich für uns, in die Nähe von Draích'laír und Gwaníoch'naír zu gehen, solange Herrat und ihre Frauen dort ihr Unwesen treiben und vielleicht noch ... etwas anderes, das Wesen, das du die Schattengeherin nennst.«

Eleva wurde schwindlig, doch trotzdem versuchte sie, ein zuversichtliches Lächeln aufzusetzen: »Wir werden sie in Sicherheit bringen.«

»Ja, hoffen wir, daß wir uns gesund in M'alennians Hain zusammenfinden. Jede ist uns dort willkommen, außer der Minenbeauftragten!«

»Ich verstehe!« nickte Eleva.

Als Sententia ohne ein weiteres Wort zur Tür humpelte, erwachte Aviva. Edita strich ihr übers kurzgeschorene Haar.

»Komm, ich erzähle dir, was besprochen wurde.«

»Es tut mir leid«, murmelte Aviva halb benommen. »Ich muß nach der Schmelzgrube sehen.«

Eleva jedoch hörte eigentlich fast nicht mehr zu und bekam kaum mit, daß die Stube sich leerte und schließlich nur noch sie und Beringör am Feuer hockten.

Etwas Vorwurfsvolles, auch Hartes lag in Beringörs Blick. Sie saß mit weit von sich gestreckten Beinen bewegungslos in ihrem Lehnstuhl. »Seit unserem letzten Treffen sind viele Jahre vergangen, und ich muß sagen, ich erkenne dich wahrhaftig nicht wieder!«

Eleva schöpfte etwas von dem Trank, der im Kessel brodelte, in ihre Trinkschale.

»Ach, Beringör! Mit Fius Wandel wandeln auch wir uns Tag für Tag, und schließlich fällt das nur jenen auf, die wir eine halbe Ewigkeit lang nicht mehr gesehen und gesprochen haben. Wir sind wie die Sterne, deren veränderte Position am Himmel nur die bemerken, die uns lange, lange nicht betrachtet haben.«

»Ja, du hast recht. Und nun glaube ich, einen neuen Stern von unerforschtem Leuchten gefunden zu haben. Einen, der einen anderen Namen bekommen muß.«

Eleva nahm wieder Platz und reichte auch Beringör eine Schale. »Wir sollten unser gedankliches Gerät zur Himmelsbetrachtung jedoch vorerst beiseite legen.«

»Nun gut! Du bist dir also ganz sicher mit deinen Annahmen über die Herbeigerufene?«

»Ja! Die Schattengeherin existiert. Sie wohnt in vielen Körpern, auch in dem der Treufrau, und sie wird versuchen, M'alennian, den Ausgleich zwischen den Gegensätzen, zu vernichten. Vor allem aber wird sie die suchen, die sie einst gerufen hat, um sich mit ihr und ihrer Seele zu verbinden.«

»Sie sucht hier? Hier auf Fäärwll? Wer rief diese Kreatur? Wer, beim Lichte der Tarbas, besitzt soviel magische Kraft?«

»Unsere Tochter, Beringör. Stu von Stelen rief die Schattengeherin.«

»Das kann nicht sein!« Beringör schnappte nach Luft.

»Doch, Beringör. Stu hat zwar niemals ihre Ausbildung als Schmiedin beendet, doch sie weiß um die ersten Formen des Jaltozirkels. Sie wußte auch um das Geheimnis, Energie zu bündeln, zu konzentrieren und zielgerichtet einzusetzen.

Flaffls Magie wird uns zum Verhängnis, aber Stu konnte nicht ahnen, was sie tat. Es muß große Begabung und Kraft in ihr wohnen. Nun, die Macht, die sie besaß, spürte auch Herrat. Es war eine aus Verzweiflung, Angst und Haß geborene Kraft. Die Treufrau bemerkte dies schnell, und sie benutzte Stu für ihre Zwecke. Meiner Meinung nach brachte Herrat selbst die Priesterin der Nephtarelitinnen um und nahm deren Platz ein. Als die Schattengeherin erste Opfer verlangte, bekam Stu Zweifel und schließlich sogar Angst. Es war der Grund, warum sie nach Fäärwll ging. Das war Herrat gewiß sehr recht. Denn Stu hatte ihren Zweck erfüllt, ohne das ihr dies je bewußt geworden wäre. Sie hatte die Pforten geöffnet. Die Schattengeherin wurde mächtiger, je mehr Frauen sich an den Zeremonien beteiligten, je mehr an ihre tatsächliche Existenz glaubten, und letztlich begann sie tatsächlich mit ihrem schrecklichen Wirken. Ich glaube nicht, daß die Treufrau heute noch in der Lage ist, wirklich selbst zu entscheiden, was sie tut. Die Macht der Schattengeherin wird nun stündlich zunehmen. Herrats Körper wird letztlich dabei zerfallen. Ich empfinde tiefstes Mitleid mit ihr.«

Beringör stierte mit leerem Blick vor sich hin.

»Ich glaube dir, Eleva. Aber wieso war Stu … ich meine, woher wußte sie, wie …?«

»In unserer Welt sind die Grenzen zwischen den Dimensionen nicht sehr widerstandsfähig. Genau dies hilft uns, Magie zu benutzen, doch leider gibt es auch Nachteile.«

»Nachteile. Bei Fiu, könnte ich es nur Nachteile nennen.«

Eleva hob die Augenbrauen.

»Ich glaube, es hilft uns nicht, wenn wir uns über die Wahl der richtigen oder falschen Worte streiten. Die Schattengeherin entstand aus der gleichen Kraft, wie sie der Magie innewohnt, die in unseren Waffen liegt. Beide Arten von Magie haben denselben Ursprung. Die Kunst der Flaffln war und ist es, die böse Seite der Magie so umzuformen und zu kontrollieren, daß wir sie unbeschadet benutzen und zu unserem Vorteil einsetzen können. Wir nutzen die gewaltige Kraft und konzentrieren sie in engen Formen. Stu hatte in Flaffl erste magische Grundkenntnisse erworben, bevor sie das Sippenhaus verließ, aber ihr war nicht bekannt, wie sie diese Kraft wandeln konnte.«

»Ich wußte … gar nichts darüber«, bekannte Beringör. »Aber selbst mit den paar kümmerlichen Sprüchen und Formen hätte sie niemals …«

»Aber sie hat, Beringör, sie hat«, unterbrach Eleva. »Stu muß eine außerordentliche Veranlagung für Magie in sich tragen. In einem Maße, das selbst für uns Flaffln ungewöhnlich hoch ist.«

Beringör klammerte sich an ihrer Trinkschale fest. »Also schön. Was hast du jetzt vor?«

»Zunächst müssen die Frauen aus Draích'laír und Gwaníoch'naír in den Hain gebracht werden.«

»Gut. Die jungen Frauen sollen sich darum kümmern. Wir wollen sie gleich holen, um zu besprechen, wie dabei vorzugehen ist. Wird Herrat nach M'alennian kommen können? Was meinst du?«

»Wenn sie in sich trägt, was ich vermute, kann sie den Wald nicht ohne Schwierigkeiten betreten. Der Wall aus unsichtbarem Licht, den Tarbas einst um die Grenzen M'alennians legte, ist für kein Wesen der Zwischenwelt passierbar. Da auch die Schattengeherin gewissermaßen ein Zwischenweltwesen ist, kommt sie nicht hinein.«

»Auch nicht, wenn sie sich Herrats Körper bedient?«

»In diesem Falle besteht die Möglichkeit. Ja, sie *muß* sich sogar eines menschlichen Körpers bedienen, um die Grenze übertreten zu können. Aber es muß eine Frau sein, die sich in M'alennian frei bewegen kann, eine, in deren Windschatten sie gewissermaßen die Barriere passieren kann. Die Schattengeherin ist in vielen Körpern zugleich. Ich vermute daher, ein Teil, vielleicht sogar ihr Hauptteil, wird sich eine neue Wirtin suchen, eine, die sie auf direktestem Wege hierher bringt.«

»Bei Fiu! Wer kann das sein?« flüsterte Beringör. Doch dann fiel ihr noch etwas anderes von Bedeutung ein. »Die Stadtwache! Ibak wird den Frauen Fellöws eine Nachricht mitgeben. Hulda mag zu Bequemlichkeit neigen, aber wie ich sie kenne, wird sie nicht zögern, uns zur Hilfe zu kommen, und dann befinden auch sie sich in größter Gefahr! Du selbst streitest nicht ab, daß gegen eine Schattenkämpferin nur mit Magie vorzugehen ist.«

»Es waren zwei Nachrichten«, erwiderte Eleva. »Die eine richtet sich an die Frauen am Tisch der Ahrgte, aber die andere war für die Bewahrerinnen in Flaffl bestimmt. Ihre Unterstützung ist es, die wir dringend benötigen. Und wir benötigen auch die Schiffe, um die Frauen von dieser Insel wegzubringen. Gewiß, in M'alennians Hain werden sie eine Weile sicher sein, doch wenn es nicht gelingt, die Herbeigerufene aufzuhalten, dann … oh Beringör, es wird sich erst noch herausstellen müssen, ob ich richtig gehandelt habe.« Eleva seufzte und ging zur Tür. »Rufen wir Sina, Fina und Janjat. Börgerby sollte meiner Meinung nach lieber mit Sententia und den anderen ziehen. Ich halte sie für vorschnell und jähzornig, nach allem, was mir über sie zu Ohren gekommen ist. Mit diesen Eigenschaften bringt sie nicht nur sich selbst, sondern auch die anderen in Gefahr.«

Beringör bekundete ihre Zustimmung, und so trat Eleva auf den Platz hinaus, um sich nach dem Aufenthalt der jungen Frauen zu erkundigen.

Die Vorstellung war beendet, und sie hatte ihr Ziel erreicht.

Mehetma war blaß. Sie fror und schwitzte zugleich. Auf dem einen Stapel lagen vor ihr auf dem Tisch die belastenden Nachrichten, die zwischen Lanice, Digrin und bisweilen auch Stu von Stelen ausgetauscht worden waren. Die Erkenntnisse, die sie boten, ließen die Repräsentantin Nordwestmidlands, die Minenbeauftragte und auch die Nebenprovinzvorsitzende in keinem guten Lichte dastehen.

Doch die Briefe, die Mehetma nun mittels des Schlüssels mühsam entzifferte, verursachten, daß ihr buchstäblich die Haare zu Berge standen.

Sie beeilte sich, rasch mit der Arbeit voranzukommen. Unten im Saal der Ahrgte wartete Hulda Klödenich ungeduldig mit einer großen Menge aufgebrachter Frauen. Wort um Wort fügte Mehetma zusammen. Der Text war die Abschrift eines Briefwechsels. Die Originaldokumente waren nicht mehr vorhanden. Mehetma vermutete, daß die ursprünglichen Briefe abgefangen, geöffnet, abgeschrieben und neu versiegelt an die Adressatin weitergeleitet worden waren. Hier hatte eine ganz offenkundig etwas von ihrem Handwerk verstanden.

Die Feder kratzte eilig über das Papier. Gerade entschlüsselte sie eine nächste Zeile, da klopfte es an ihrer Tür.

»Herein, herein!« rief Mehetma eilig, ohne ihre Arbeit zu unterbrechen oder auch nur aufzusehen.

Wohl nahm sie wahr, daß die Tür hinter ihr sich öffnete und wieder schloß, doch als kein Gruß erklang, wandte sie irritiert den Kopf.

»Was … ach …« sagte sie erstaunt und auch ein wenig beunruhigt, als sie die Archivarin der Feste erkannte.

»Ich komme, um etwas abzuholen!« sagte Owina leise.

Rasch überlegte Mehetma, ob sie es versäumt hatte, die aus dem Archiv geliehenen Dokumente wieder in den Keller hinunterzubringen, war sich jedoch keiner Schuld bewußt. Sie wies deshalb auf einen Stapel Pergamente und das Regal, in dem sie wichtige Schriftrollen aufbewahrte.

»Sieh dich ruhig um, Owina! Ich habe im Moment keine Zeit. Du weißt, die Versammlung im Saal der Ahrgte.« Mehetma beugte sich wieder über ihren Schreibtisch. »Sie warten auf mich! Ich … ich muß mich beeilen!« Sie achtete nicht weiter auf die Archivarin, die am Fenster Platz nahm und müßig durch die Schriften blätterte, die dort lagen.

Da befiel Mehetma das Gefühl einer Beunruhigung, einer starken Beunruhigung, einer stärkeren als der, der sie bereits zuvor beim Schreiben ausgesetzt gewesen war. Ihr Puls begann zu jagen, Schweiß perlte unter den Achseln am Körper herab. Und dann roch sie ihre Angst. Sie wandte sich zum Fenster.

»Ist dir heiß, Mehetma?« erkundigte sich Owina leise von der Fensterbank aus.

»Ja, bei Fiu, es ist entsetzlich stickig.«

»Es ist nur die Angst, die dich schwitzen läßt.«

»Du hast recht. Ich fürchte mich. Öffne die Fenster bitte für einen Moment.«

»Aber gern.« Owina öffnete die Flügel. Sie sah in den Hof hinunter. »Es wird nicht mehr lange dauern, bis der Herbst kommt. Ich kann ihn schon spüren.«

Geistesabwesend versuchte Mehetma, den vor ihr liegenden Text in seiner Gesamtheit zu erfassen.

»Ich schmecke schon die Kälte des Eises, des Todes auf meinen Lippen«, murmelte Owina.

Mehetma fröstelte. »Schließe sie! Schließ die Fenster!« Und einer plötzlichen Eingebung folgend, setzte sie eilig hinzu: »Laß mich bitte allein und komm ein anderes Mal wieder!«

Aber Owina bezog wieder ihren Platz auf der Fensterbank. »Wäre es nicht schön, unter einer Decke von ewigem Schnee zu schlafen? Es ist nicht kalt.«

»Was redest du da?« Mehetma versuchte, ihre Gedanken zu ordnen. Doch sobald sie eine Zeile gelesen hatte, hatte sie die vorhergehende schon wieder vergessen. Es fehlte der Zusammenhang. Sie rieb sich über die Stirn.

»Ein Schloß vor Tore legen, die niemals hätten geöffnet werden dürfen«, formulierte sie mühsam und wiederholte: »Ein Schloß vor Tore legen, die niemals hätten geöffnet werden dürfen.«

Sie verstand nicht, was dieser Satz zu bedeuten hatte, sie hörte kaum, daß Owina leise lachte. Die Feder entglitt Mehetmas schweißnasser Hand. Sie bückte sich, um den Stift aufzuheben. Bei Fiu, dachte sie, was geht mit mir vor? »Ich brauche mehr Licht!« sagte sie heiser. Ihre Beklemmung nahm zu. »Rück den Leuchter näher, bitte.«

Und tatsächlich, finstere Wolken kündigten einen heftigen Regenguß an.

»Gewiß!« Owina schob den Kerzenhalter näher, und das Licht vieler Stumpen fiel auf ihre schlanke Gestalt.

Mehetma beugte sich stöhnend wieder über die Zeilen. Buchstaben tanzten vor ihren Augen und schienen zu ungeläufigen Zeichen zu verschmelzen, die aus fernen Welten kommen mochten. »Du stehst mir im Licht! Bitte geh beiseite!«

Die Gestalt der Archivarin warf einen langen Schatten auf das Dokument. Einen sonderbaren Schatten, der nicht das Abbild von Owinas Körper sein konnte.

Mehetma sah Owina an. Ihr Gesicht war so glatt, als seien aus ihm alle Züge der Vergangenheit, Gegenwart und Zukunft entfernt worden, und doch lag etwas Uraltes darin. Und Mehetma erinnerte sich plötzlich an die seltsame Begebenheit im Archiv. Sie brachte diese in Zusammenhang mit dem Text, den sie soeben entschlüsselt hatte, und mit dessen Bedeutung, die sie jetzt rasch und mit harter, heftiger Erkenntnis traf wie ein Blitz.

»Ja«, sagte die Gestalt auf der Fensterbank mit niedergeschlagenen Augen. »Die Spuren des Lebens schwinden in den Zügen jener, derer ich mich bediene. Wann sahst du zuletzt ein Gesicht wie dieses, bar jeder Unregelmäßigkeit, so wie der Schatten, der die häßlichen Unebenheiten der menschlichen Seele unberücksichtigt läßt? Wohnt nicht die reine, lautere Unschuld nur im Schatten, nur im ewigen Tod, in einem Schlaf, dem nie wieder eine Wandlung folgt?«

»Nein«, sagte Mehetma, die jetzt wußte, daß dies nicht Owina war, und sehr langsam erhob sie sich. »Nein!«

»Du irrst, Mehetma! Wie klar ist doch das Abbild eines Bildes. Wie sehr mangelt es dem Abbild an Dimension, an Tiefe, an Schwankung, aber dieser Mangel ist in Wahrheit Reichtum! Wie wohltuend ist es, wenn uns doch jeder Zweifel erspart bleibt. Komm und sieh mich an!«

Mehetma stieß den Stuhl um, als sie sich rückwärts bewegte.

»Du bist eine Schattengeherin!«

Doch ihr Gegenüber lachte nur.

»Ich habe keine Eile. Gib mir jetzt die Abschriften. Du darfst sie nicht behalten.«

»Nein!«

Die Schattengeherin blinzelte, und Mehetma nahm einen Glanz wahr, der aus dem Augenhintergrund hervorzuspiegeln schien und blicklose Tiefe verriet. Das Wesen streckte die Hand aus.

»Gib mir die Abschriften!«

Mehetma bewegte sich rückwärts zur Tür.

»Warum hast du überhaupt zugelassen, daß ich sie lese?«

»Ich habe nicht viel Erfahrung im Umgang mit menschlichen Kreaturen. Ich hoffte, dich überzeugen zu können, indem ich dir einen letzten Gefallen erwies. Warum hängt ihr nur so sehr an eurem Körper? Mach dich frei von ihm. Ich verspreche, deine Seele wird als ein blanker, ebener Schatten durch die Dimensionen einer stillen Zwischenwelt treiben, endlos, wahrhaftig ewig, erfüllt von einer Angst, deren Kälte dich niemals vergehen lassen wird.«

»Nein!« stieß Mehetma mit belegter Stimme hervor.

Die Schattengeherin lächelte aus ihrem antlitzlosen Gesicht heraus.

»Dann werde ich in der Nacht kommen, in den Stunden, in denen die Welt nur aus Schatten besteht. Ich werde in deinen Träumen erscheinen und deine Seele an unbekannte Orte führen. Sie wird nicht mehr zurückfinden. Fürchte dich vor mir, Mehetma. Fürchte dich!«

»Nein!«

»Gib mir jetzt die Abschriften!« Das Wesen blieb, wo es war, aber es streckte den Schattenarm aus, er wanderte langsam als ein dünnes und verfremdetes Abbild des Körpers über die steinernen Fliesen und hatte Mehetma fast erreicht, als diese mit dem Rücken an der Tür stand und nach der Klinke tastete.

»Gib sie mir!« Die Kreatur trat näher. Sie schien tatsächlich ohne jede Eile zu sein. Mehetma griff nach einem Fackelhalter neben der Tür, riß ihn aus seiner Verankerung und warf ihn mit aller Kraft nach dem Leuchter, der nahe dem Fenster stand. Die Lichter verloschen. Der Schatten verschwand, und die, die einst Owina gewesen war, plötzlich ihres Abbildes beraubt, sprang auf Mehetma zu, die in diesem Augenblick durch den Türspalt verschwand und – den wütenden Schrei nicht beachtend – unsinnigerweise den Riegel vorschob, über den endlos erscheinenden Gang davonhastete, so schnell es das lange Gewand zuließ, und nach den Frauen der Wache rief.

Das Kind vor Ibak im Sattel sprach nicht, was der Reiterin gelegen kam. Sie war müde und ließ ihre Gedanken schweifen. Ein paarmal wäre sie fast eingeschlafen. Im letzten Moment, wenn der Kopf zur Brust sank, wurde Ibak wieder wach. Und jetzt war ihr, als wenn sie träumen würde.

Sie wußte, das konnte nicht sein, denn es war noch Tag, und sie war unterwegs in M'alennian. Unterwegs zu Eleva, Tika, Aviva, Janjat und den anderen. Und doch war sie nicht wirklich bei klarem Bewußtsein. Es schien, als könne sie sich selbst betrachten, wie sie dort mit dem seltsamen, kleinen Mädchen durch das verschlungene Unterholz M'alennians ritt. Der Übergang zu diesem sonderbaren Zustand, in dem sie sich jetzt befand, war ihr keinesfalls aufgefallen. Auch hatte sie plötzlich keine Kontrolle mehr über ihr Pferd. Sie fühlte die Zügel in ihrer Hand nicht mehr, auch nicht ihren Körper im Sattel. Etwas anderes schien die Führung übernommen zu haben. Sie bemühte sich, den Mund zu öffnen, jedoch kam kein Ton heraus. Es gelang ihr nicht einmal, Angst zu empfinden. Sie entfernte sich immer weiter von der Person Ibak, die dort unten etwas schlapp im Sattel hing. Mit aller Kraft wollte sie sich gegen diesen Zustand wehren, aber sie war nichts mehr als ein Gedanke, der über dieser Szenerie kreiste. Sie besaß nur noch ein Gefühl für ihren Geist, der hilflos, ohne sich hilflos zu fühlen, mitansah, wie ein kleines Geschöpf aus Augen zu ihr emporblickte, die nur noch aus Pupillen bestanden.

Ibak, die Ibak, die eben da unten noch auf dem Pferd gesessen hatte, fiel kraftlos aus dem Sattel. Ibak, die dort oben schwebte und sich noch nicht einmal mehr wundern konnte, daß sie kein Entsetzen über das empfand, was sie betrachtete, fühlte, daß sie nichts mehr fühlte, daß sie entschwand und alles gut wurde. Von Ferne glaubte sie, M'alennians Licht zu sehen, jenes, das sie einst getröstet hatte, und sie wußte, daß sie sich freuen würde, dort anzukommen. Es war nicht mehr weit. Dort lag, was sie gesucht hatte. Dort lag die Erfüllung ihrer Sehnsüchte, und in diesem Augenblick wurde sie so glücklich, daß sie kaum noch darauf achtete, was unter ihr vor sich ging. Nur das Licht war es, das sie erreichen wollte, ohne daß sie noch in der Lage war, etwas zu wollen. Einen letzten mitleidlosen Blick warf sie auf ihren Körper, der auf dem Weg lag, ein letzter sorgenloser Blick fiel auf ihr Pferd, das sich nun mit der sonderbaren Reiterin immer weiter entfernte. Dann war das Licht schon ganz nah, wie übrigens auch Bredelgund Honiglieb, die in diesem Moment die Zweige teilte, den verlassenen Körper am Wegesrand entdeckte und fand, daß dies ein ungeheuerlicher Zustand war.

Eleva musterte eingehend die jungen Frauen, die vor ihr und Beringör Platz genommen hatten. »Ich habe euch jetzt erklärt, um was es geht. Wie denkt ihr also darüber?«

»Wir holen sie raus!« tönte Börgerby. »Keine Schwierigkeit! Wir holen sie ganz einfach alle raus.« Börgerby hatte selbstgekeltertem Holunderbeerfein zugesprochen.

Eleva ließ solchen Größenwahn unerwidert, während Sina eifrig einen Vorschlag unterbreitete. »Was ist mit diesem Mädchen? Vega war glaube ich ihr Name. Wir brauchen eine Verbindungsfrau, eine, die den Weg in die Ansiedlungen antreten kann, ohne aufzufallen. Wir können Vega, wenn sie einverstanden ist, uns zu helfen, mitnehmen und anschließend die Frauen aus den Dörfern zu M'alennians Hain geleiten.«

»Nicht schlecht, aber wie willst du alle Einwohnerinnen unbemerkt im Wald verschwinden lassen?« wollte Beringör von ihrer Tochter wissen.

»Im Schutz der Dunkelheit werden sie ohne weiteres das

Dickicht erreichen können, wenn wir zwei oder drei Wachposten überwältigt haben«, kam Janjat Sina zuvor.

»Vortrefflich! Nicht besonders elegant, aber wirkungsvoll«, stellte Eleva fest und verschränkte die Hände hinterm Rücken, wo sie sie so fest ineinander verkrallte, daß die Gelenke knackten. »Jedoch steht und fällt dabei alles mit eurer Geschicklichkeit. Ich schlage vor, da Fina und Sina in den Kampfkünsten bewanderter sind als du, Janjat, soll es ihrer Fertigkeit obliegen, die Wachposten zu … besänftigen. Seid ihr alle damit einverstanden?«

»Wir sind also nur zu fünft«, grübelte Janjat mit einer Spur von Verzagtheit.

»Nein! Ihr seid nur zu viert! Börgerby wird euch nicht begleiten.«

»Wieso darf ich nicht mit ihnen gehen?« fragte Börgerby zornig.

»Spar dir deine dummen Fragen!« fuhr Beringör ihrer Tochter über den Mund. »Mit dir gibt es ohnehin nichts als Ärger. Du bleibst hier und begleitest Sententia und die Frauen aus dem Waldlager nach M'alennians Hain. Bei dieser Aufgabe wirst du zur Abwechslung hoffentlich keinen Schaden anrichten können.«

Börgerbys Gesicht verspannte sich in stummem, wütendem Trotz.

Unschönes Schweigen entstand für einen Moment, bis Eleva, sich an Börgerby wendend, wieder das Wort ergriff.

»Es ist sehr wichtig, daß die Frauen, die du begleiten wirst, nicht der Angst verfallen. Du mußt gut auf sie achtgeben!«

Börgerby nickte.

»Nun zu den anderen. Ihr solltet möglichst bald aufbrechen.« Eleva lehnte sich zufrieden zurück. »So *muß* es gehen! Es *muß* einfach. Kann sich eine von euch an ihre Schulzeit erinnern, an die strategischen Handbücher der Gerrit von Hallsteinholm*?

---

* Mehr zu diesen strategischen Handbüchern in »Die Midlandprophezeiung«.

Sie hätte sich keinen besseren Plan ausdenken können, was das Vorgehen in Gwaníoch'naír und Draích'laír betrifft. Ich habe größtes Vertrauen in euch alle. Ihr werdet sehen. Wir werden Erfolg haben. Die Bewohnerinnen Fäärwlls werden keinen Schaden nehmen. Aber achtet mir auf Vega, daß ihr kein Haar gekrümmt wird.«

Janjat rückte näher. »Ist es nun Herrat, die hierher kommt?«

Eleva schloß die Augen.

»Nein Janjat. Nicht Herrat ist es. Sie ist nichts weiter als ein stündlich mehr verfallender Körper. Die Schattengeherin erscheint in unbekannter Gestalt. Mir ist der Blick auf sie verwehrt. Doch sobald sie mittels eines menschlichen Körpers, der sich in diesem Wald frei bewegen kann, die Grenze überschritten hat, kann sie sich auch in M'alennian frei bewegen.«

»Warum unternehmen die Zwischenweltwesen, die hier leben, nichts gegen sie? Warum kommen sie uns nicht zu Hilfe?«

»Ihre Hilfe kann nur indirekter Natur sein, eben weil sie Wesen der Zwischenwelt sind. Sie besitzen keine Macht über eine Schattengeherin.«

»Tante?«

»Mhmm?«

»Ich fange an, mir Sorgen um Ibak zu machen. Ich hätte für sie nach Rosof Fäärwll zurückreiten sollen. Sie wäre dir hier viel nützlicher als ich.«

Eleva ergriff sie bei den Schultern. »Hör sofort mit diesem Unsinn auf! Geh und kümmere dich um dein Pferd! Ich werde mich später von dir verabschieden.«

Beringör wartete, bis auch Janjat die Hütte verlassen hatte, und wandte sich dann an Eleva.

»Sie hat recht.«

»Was meinst du?«

»Ibak müßte längst zurück sein, und sie …«

»Ich will nichts davon hören!« murmelte Eleva unwirsch

und kippte den Rest der kräutrigen Brühe ins Feuer, wo sie auf den glühenden Scheiten in einem Zischen verging.
Im Saal der Ahrgte war inzwischen ein offener Tumult losgebrochen. Hulda Klödenich hatte ihren Arm um Mehetma gelegt, die nach wie vor zitternd versuchte, die Unterlagen auf dem Tisch zu ordnen.

Während die Gewährsfrau also einerseits tröstete, wedelte sie ungeduldig mit der anderen Hand und rief den Frauen der Wache über das aufgeregte Stimmengewirr hinweg Anweisungen zu.

In Mehetmas Zimmer war die Leiche der Archivarin gefunden worden. Mehetma schien vollkommen von Sinnen zu sein und hatte lauter wirres Zeug erzählt, als sie mit einem zerknüllten Dokument in den Saal gestürzt war. Sie sei von einem Wesen, von einer Schattengeherin angegriffen worden. Nur die schnelle Flucht hätte sie gerettet. Hulda Klödenich hatte sich daraufhin selbst mit drei Wachfrauen in Mehetmas Räumlichkeiten begeben, um dort festzustellen, daß eine sehr magere Leiche auf dem Fußboden lag. Aufgrund des Aussehens der Toten bestand sie darauf, die Heilerin May zu benachrichtigen, da sie sich sehr gut an den unheimlichen Vorfall im Keller erinnern konnte.

Sie ließ den Leichnam, wo er war, verschloß das Zimmer von außen und postierte zwei Wachfrauen vor der Tür. Dann eilte sie schwer atmend zurück in den Ahrgtesaal, wo sie Mehetma in höchst aufgeregtem Zustand vorfand. Alle Zugänge des Saales wurden vorerst mit Posten gesichert. Wachfrauen waren auf der gesamten Feste unterwegs und empfahlen den Bewohnerinnen dringend, Fenster und Türen zu schließen und keine einzulassen.

Im Saal der Ahrgte sprachen ungefähr einhundert Frauen laut durcheinander. Innerhalb weniger Augenblicke hatten sich verschiedene Gerüchte verbreitet. Während am Westfenster mehrere Frauen schreckensbleich und konfus in die Ebenen hinaus schauten, da sie die Ankunft einer Horde von Ungeheuern erwarteten, hatte sich eine andere Gruppe am Ostfenster zu einem volltönenden Kreisgesang zusammengefunden, um gemeinsam der offensichtlich in Windeseile ausgebrochenen Seuche entschlossen die Stirn zu bieten.

Immer wieder eilten einzelne Frauen auf Mehetma zu, um Einzelheiten von ihr zu erfahren, aber sie konnte kaum sprechen. Hulda Klödenich beschloß zu versuchen, einen Hauch von Disziplin wiederherzustellen. Sie tätschelte Mehetmas Haupt und begab sich zum Gong.

Dreimal mußte sie ihn schlagen, bevor auch die Frauen, die den Kreisgesang angestimmt hatten und sich schon in Trance befanden, bemerkten, daß nun offensichtlich Frau Klödenich etwas zu sagen hatte. Da es vielleicht um Maßnahmen der Ansteckungsverhütung ging, wurde der Gesang abgebrochen, und die Frauen traten an den großen Tisch.

Hulda beugte sich zu Mehetma hinunter: »Möchtest du selbst sprechen, oder soll ich es tun?«

Mehetma nahm sich zusammen. Sie wollte die Abschrift noch einmal durchlesen. »Ich brauche nur wenige Augenblicke. Bring … bring sie zur Ruhe!«

»Sie *sind* ruhig!« Hulda blickte sich um.

Hastig raschelte Mehetma durch die Zettel mit den Aufzeichnungen.

Frau Klödenich stellte sich in Positur.

»Also schön!« erhob sie die Stimme. »Um den Gerüchten entgegenzutreten, die hier im Umlauf sind, will ich euch nun folgendes sagen.«

Sie überlegte einen Moment. Dann fiel ihr der in solchen Situationen übliche Satz wieder ein.

»Es gibt keinen Grund zur Besorgnis. Wir haben die Situation unter Kontrolle.«

Sie wartete auf die Wirkung ihrer Worte, die nicht eintrat. Nach wie vor sahen die Frauen ernst, bereit, ängstlich, besorgt oder wütend aus. Die Gewährsfrau beschloß, einfach fortzufahren.

»In der letzten Nacht starb die Erhabene, Lanice Lofort, Vorsitzende am Tische der Ahrgte, Repräsentantin Nordwestmidlands und der Garnlandebene eines – sagen wir – nicht ganz natürlichen Todes.«

»Was soll das heißen, Hulda? Kannst du dich nicht klarer ausdrücken?« rief die Vertreterin für die Vereinigten Königinnenreiche von Tantan.

»Es tut mir leid. Nein, das kann ich nicht. Denn wir wissen noch nicht genau, wie oder woran sie gestorben ist. Es ist jedenfalls *keine* Seuche.«

Die Frauen, die sich zum Kreisgesang zusammengefunden hatten, schienen skeptisch.

»Auch ist nicht mit Horden von Ungeheuern zu rechnen, die bald vor den Toren der Stadt stehen, wie ich es vorhin hörte.«

»Aber Mehetma ist von einem Ungeheuer angegriffen worden!« kam eine Stimme aus der Menge.

»Nein, kein wahrhaftiges Ungeheuer! Vielmehr scheint es sich hier um Magie zu handeln, um böse Magie. Wir werden alles daran setzen zu erfahren, von wem oder was sie ausgeht, damit diesem Treiben Einhalt geboten wird.«

»Treiben? Ist es nicht vielmehr … Mord?« höhnte eine weitere Stimme.

Hulda sah zu Mehetma hinunter.

»Einen Moment noch, gleich habe ich es«, sagte die Verwalterin der inneren Burgangelegenheiten, die spürte, daß Huldas Blicke auf ihr ruhten.

Frau Klödenich räusperte sich.

»Ich werde mit Zustimmung der Ratsfrauen von Nordwestmidland umgehend Herrat Herratsn aus Fäärwll zurückbeordern. Sie wird weder zögern noch zaudern, die verbrecherischen Machenschaften aufzudecken.«

»Ja, holt die Treufrau her! Sie ist die einzige, die uns helfen kann!« rief die Besitzerin des Kareb Soltoer Wochenblattes, die große Stücke auf Herrat hielt.

Hulda Klödenich war ein wenig beleidigt, als auf diese Bemerkung hin noch mehrere zustimmende Äußerungen aus der Menge kamen.

Mehetma zupfte an Huldas Waffenrock.

»Ich bin soweit. Folge mir gleich ins Kaminzimmer!«

»Was hast du vor?«

Mehetma erhob sich. »Frauen«, begann sie mit kühler, ruhiger Stimme. »Ich bin mir sicher, daß einige unter euch sich sehr wohl denken können, wo der Ursprung für solch schreckliche und zerstörerische Magie liegt. Als Verwalterin der inneren Burgangelegenheiten bekleide ich – wie ihr wißt – solange das Amt der Lanice Lofort, bis eine neue Vorsitzende am Tisch der Ahrgte gewählt ist. Somit bin ich für das Wohl der Frauen auf der Feste Kareb Solto verantwortlich. In Ausübung meines Amtes untersage ich jeder, die sich in diesem Saale aufhält, den Raum oder die Burg zu verlassen.«

Nach diesen Worten brach erneut Tumult los. Mehetma hob die Hand.

»Ich bin noch nicht fertig! Ferner bitte ich die Repräsentantinnen vom Tisch der Ahrgte, sich in den kleinen Versammlungssaal zu begeben.«

»Was hat das zu bedeuten? Du hast nicht das Recht, uns hier einzupferchen wie Schafe!« brüllte empört die Besitzerin des Kareb Soltoer Wochenblattes, und weiter, sich um Unterstützung an die Menge wendend: »Sie hat nicht das Recht dazu!«

Mehetma achtete nicht weiter auf das Geschrei, sondern flüsterte Hulda etwas ins Ohr, woraufhin diese nickte und mit einer Handbewegung die Wachfrauen an den Zugängen aufforderte, unverzüglich Posten zu beziehen.

»Das hat ein Nachspiel!« schrie eine Stimme, die Mehetma bekannt war.

Hulda schob sich durch das Gedränge hinter Mehetma her Richtung Kaminzimmer. Erst, als Mehetma die Tür schloß, fuhr sich Frau Klödenich mit einem Schnupftuch über ihre schweißnasse Stirn.

»Höre Mehetma, ich will dir gerne behilflich sein, aber erlaube mir eine Frage: Was denkst du dir dabei, die Frauen hier einzuschließen? Das kann dich deine Stellung kosten.«

»Entkleide dich, Gewährsfrau!«

Frau Klödenich riß die Augen auf. »Jetzt gehst du aber wahrhaftig zu weit! Bist du von allen guten Geistern verlassen? Ich soll mich entkleiden?«

»Leg dein Wams ab, ich bitte dich! Es ist wichtig!«

Frau Klödenich schüttelte den Kopf und begann, die Gürtelschnalle zu lösen und die Haken zu öffnen.

»Weißt du, Mehetma, wenn wir uns nicht schon so lange kennen würden …«

Sie streifte den Waffenrock ab und löste die Schnüre an ihrem Hemd.

»Das ist einerlei.«

»Mehetma, Mehetma! So kenne ich dich nicht.« Sie strich sich über ihren Bauch. »Alles ehrlich angesetzt. Haha …« versuchte sie ein Scherzchen, doch Mehetma betrachtete sie kühl und distanziert.

»Heb dein Hemd hoch und zeige mir deinen Nabel! Dreh dich um!«

Hulda drehte sich.

»Was soll das nun eigentlich alles? Bekomme ich endlich eine Antwort? Was erwartest du zu finden?«

»Das Zeichen der Nephtarelitinnen. Du trägst es nicht.«

»Selbstverständlich trage ich es nicht. Das hätte ich dir gleich sagen können. Stattdessen muß ich mich vor dir entkleiden. Es ist kalt geworden. Bah, das Zeichen der Nephtarelitinnen. Bislang wußte ich nicht einmal, daß sie sowas tragen. Das sind doch alles Kindereien. Ich will nichts mit ihnen zu schaffen haben.«

»Was ist das mit deinen Augen?«

»Bei Fiu!« Frau Klödenich griff gereizt nach ihrem Hemd. »Ich bekomme diese Entzündung fast jedes Jahr im Spätsommer. Sie ist, weiß Tarbas, nicht kleidsam, aber sie verschwindet von selbst an den ersten wirklich kalten Tagen.«

Mehetma war erleichtert.

»Ich bin froh, Hulda, sehr froh!«

»Sag mir jetzt endlich, was du herausgefunden hast!« Hulda mühte sich mit den Haken ab.

»Die Nephtarelitinnen haben eine Schattengeherin gerufen.«

»Wie bitte?«

»Du hast richtig gehört! Eine Schattengeherin war es auch, die mich angegriffen hat. Ich konnte es selbst kaum glauben. Diese Kreatur bedient sich ihrer Anhängerinnen, sie hört mit ihren Ohren, spricht durch ihren Mund, handelt durch ihre Körper. Daher ist es so wichtig gewesen zu sehen, ob du das Zeichen trägst. Sie bedient sich sowohl der Dienste der Lebenden als auch der Toten. Sie kann zu ein und demselben Zeitpunkt in verschiedenen Körpern sein. Sämtliche Nephtarelitinnen, alle, die ihr Zeichen tragen, haben keine Möglichkeit, ihr zu entrinnen. Aber auch die, die es nicht tragen, sind mittlerweile gefährdet, da die Macht der Schattengeherin immer größer wird. Kurz: Sie bedroht den Frieden Nordwestmidlands.«

»Grundgütige!« Frau Klödenich sank schnaubend in einen Sessel. »Wer ist dafür verantwortlich?«

»Die Antwort darauf wird dir nicht gefallen!«

Eine Schnupftabaksdose wurde hervorgeholt.

»Sag es mir!«

»Herrat Herratsn! Zum Wohle!«

»Nein! Das kann nicht sein!« stöhnte die Gewährsfrau und nieste erneut.

Mehetma wedelte mit den entschlüsselten Abschriften.

»Es ist die Wahrheit. Sie hat sich bei der Anrufung einer Frau bedient, die ihr recht nahestand. Stu von Stelen, ihres Zeichens Minenbeauftragte auf der Insel Fäärwll. Sie ist wohl mit mehr Magie begabt, als ihr selbst bekannt war. Aus den Briefwechseln zwischen ihr und Herrat geht unter anderem hervor, daß sie Angst vor dem zunehmenden Einfluß der fürchterlichen Kreatur bekam und deshalb nach Fäärwll ging.«

»Herrat«, stammelte Hulda matt. »Ja, sie besuchte einige Zeit regelmäßig die Versammlungen. Ich dachte mir nichts dabei. Aber irgendwann sagte sie mir, sie ginge nicht mehr in den Tempel.«

»Sie war da, Hulda, glaub mir! Erinnerst du dich nicht mehr? Irgendwann starb die alte Priesterin der Nephtarelitinnen. War es ein natürlicher Tod?«

»Mhmm«, brummte Hulda. »Wenn ich mich recht entsinne, war es vielmehr so, daß sie einfach verschwand. Herrat hat es mir erzählt. Nun, sie ist eine freie Frau. Es steht ihr zur Wahl, wohin sie geht.«

»Hulda, ich glaube, Herrat selbst hat die Stellung der Priesterin eingenommen. Sie hat Stu später Briefe nach Fäärwll geschrieben, die darauf schließen lassen, daß sie in der Lage war, großen Einfluß auf die Frauen auszuüben.«

»Das allein beweist noch nichts.«

»Nein, gewiß nicht, hier, nimm und lies!«

Langsam faltete Hulda die Papiere auseinander und strich sie glatt. Nach einer Weile veränderte sich ihr Gesichtsausdruck, und schließlich ließ Frau Klödenich die Zeilen betroffen in ihren Schoß sinken. Es waren niederschmetternde Erkenntnisse.

Mehetma nickte.

»Nicht nur, daß in diesen Zeilen offen zutage tritt, daß Lanice wohl mehr als die Hälfte aller Ratsfrauen Nordwestmidlands bestochen und sich am Vermögen der Allgemeinheit bereichert hat, nein …«

Und Mehetma berichtete Hulda alles, was sie im Verlaufe der letzten Tage herausgefunden hatte, wie aus den Verdächtigungen gegen die Vorsitzende am Tisch der Ahrgte ungeheuerliche Tatsachen wurden und von dem unheimlichen Erlebnis im Archiv der Feste. Sie erzählte lange und ausführlich, und Hulda hörte mit einem Ausdruck der Ungläubigkeit von all den Ereignissen, die sie vorher nie hatte wahrhaben wollen.

Als Mehetma schließlich ihren Bericht beendet hatte, ging sie zum Fenster und sah eine Weile über die Ebene des Garnlandes, bevor sie ihr Schweigen brach und weitersprach.

»In Herrats letztem Brief an Stu, den sie schrieb, bevor sie mit ihren Frauen nach Fäärwll übersetzte, ändert sich ständig ihre Schrift, aus ihren Worten klingt Angst, und sie bittet Stu, sobald die Lage auf Fäärwll geklärt sein würde, mitzukommen nach Kareb Solto, um – ich zitiere – ein Schloß vor Tore zu legen, die niemals hätten geöffnet werden dürfen. Ich glaube, sie gelangte nicht mehr mit ihrem eigenen klaren Verstand nach Fäärwll. Sie nahm etwas mit, was sich in ihr ausgebreitet hat und seine Macht selbst bis hierhin entfaltet.«

»Gib mir etwas zu trinken.«

»Aber gern.« Mehetma griff nach einem Feinkelch. Hastig stürzte Hulda Klödenich den schweren Rotfein hinunter.

»Das ist mir zuviel, Mehetma. Das ist mir wirklich zuviel.«

»So ist das Leben, Hulda. Lediglich in Geschichten ereignet sich nur so viel, daß du den Überblick bewahren kannst. Aber im wirklichen Leben … gibt es meist das Chaos. Das müßtest du doch wissen.«

»Ich mag das Chaos nicht.«

»Ich will nur eines von dir wissen, Gewährsfrau: Kann ich mit deiner Unterstützung rechnen?«

Hulda nickte in den Glaskelch und griff schließlich nach Mehetmas Hand.

»Ja, Mehetma. Unbedingt. Du kannst dich auf mich verlassen.«

»Du solltest deine Frauen einer Leibesvisitation unterziehen. Es scheint, daß das Zeichen der Schattengeherin von vielen getragen wird. Sie alle schweben in größter Gefahr, und wir mit ihnen!«

Schwer atmend stützte Hulda sich auf der Lehne ab, als sie sich aus dem Sessel erhob. »Es ist schade, wirklich schade.«

»Was?« wollte Mehetma wissen.

»Daß ihr mich alle unterschätzt. Das ist schade.«

»Würdest du mich an den Tisch der Ahrgte begleiten? Eine unangenehme Prozedur steht bevor.«

»Selbstverständlich! Und noch etwas: ich danke dir!«

Mehetma lächelte schwach und wollte etwas darauf erwidern, aber da öffnete Hulda bereits die Tür zum großen Versammlungsaal, und lautes Stimmengewirr empfing sie. Die Gewährsfrau setzte eine strenge Miene auf und schob sich durch die Menge.

Die Arme vor der Brust verschränkt und an einen Baumstamm gelehnt, beobachtete Eleva den Auszug Janjats, Finas, Sinas und Vegas. Börgerby thronte auf einem der wenigen Pferde und ritt vorüber. Nach wie vor mit den Gaben eines übermäßigen Selbstvertrauens und der Überheblichkeit ausgestattet, trieb sie die Frauen mit harschen Worten zu höchster Eile an.

Sie schien Eleva nicht zu bemerken. Erst, als diese in die Zügel griff, schaute sie unwillig zu ihr hinunter.

»Was gibt es noch?«

»Du scheinst zu vergessen, Börgerby von Stelen, daß du hier keine Herde Chalaks vor dir hast, sondern die Frauen Fäärwlls.«

Börgerby schob die Unterlippe vor. »Ich treibe sie in ihrem eigenen Interesse vorwärts. Immerhin sind sie in Gefahr.«

»Es könnte schneller gehen, wenn du dein Pferd vor den Karren dort spannen und zu Fuß gehen würdest. Oder glaubst du, die alte Frau dort vorne, oder jene dort, die bald ein Kind erwartet, wird bei deinem Tempo mithalten können?«

»Ich bin eine Kämpferin Flaffls. Ich bin für diese Frauen verantwortlich und deshalb auf ein Pferd angewiesen, damit ich mich und die anderen im Notfall besser verteidigen kann.«

Eleva lächelte.

»Ja, *dich* und die anderen. Steig ab, Börgerby, und spann an. Ich werde dir helfen.«

Widerstrebend, mürrisch und leise Widerworte gebend schwang sich Börgerby vom Pferd.

Da trat von der Seite her Tika auf sie zu.

Eleva sah sie erstaunt an.

»Was tust du noch hier? Ich dachte, du wärst schon längst bei den anderen.«

»Ach, Eleva. Ich will mit dir reden.«

Börgerby, die mißmutig feststellte, daß sie nun wohl doch allein anspannen mußte, brummte und zog das Pferd am Zügel in Richtung Karren fort.

»Aber Tika, wir haben bereits miteinander geredet. Du mußt nun zu den anderen Frauen gehen. Ich möchte, daß du mit ihnen ziehst.«

»Ich … nein Eleva, ich kann nicht. Ich muß bei dir bleiben.«

Börgerby warf einen abfälligen Blick hinüber, der Eleva wirklich ärgerte.

»Komm mit.« Sie führte Tika ein Stück abseits und umfaßte sie bei den Schultern. »Höre, wir haben dies alles ausführlich besprochen. Du solltest an dich und an Mira denken! Wo ist sie überhaupt?«

»Sie ist bei Stu!«

»Bei Stu?«

»Ja, sie schläft tief und fest auf ihrem Bauch.«

Eleva seufzte.

»Du kannst wirklich und wahrhaftig der Fiu für das Temperament deiner Tochter danken.«

»Ich werde dich keinesfalls allein lassen. Du weißt selbst, daß ich mit dem Speer gut umzugehen weiß, und ich …«

»Willst du eine Schattengeherin mit dem Speer erjagen? Nein Tika! Ich habe es bereits gesagt. Jede Frau, die sich in der Nähe der Schattengeherin befindet, gerät in tödliche Gefahr. Dieser Kampf wird anders sein als einer mit Schwert und Schild. Aber ich danke dir. Ich weiß, daß du eine mutige Frau bist.«

»Gut. Dann sei dir auch darüber im klaren, daß ich hierbleibe!« Tika drehte sich um und ging.

Eleva sah hilflos zu Boden. Es blieb nur noch wenig Zeit. Tika mußte zur Vernunft gebracht werden.

Da war ein Ton. Ein dumpfes Brummen im weißen, kalten Nichts. Er vibrierte in der Brust und im Magen. Er wurde gehört. Das setzte voraus, daß Sinne in der Lage waren zu hören. Wer hörte?

Es gab noch kein Bewußtsein für ein Ich. Es war, als hinge das Leben an einem Seil und würde, ob gewollt oder nicht, auf etwas zugezogen.

Etwas später aber gab es ein Nein, eine klare Weigerung. Das setzte voraus, daß dort nun ein Lebewesen dachte. Ein Bewußtsein kehrte zurück. Stück für Stück wurde das Seil weitergezogen, und Ibak – sie wußte jetzt, daß sie es war – wollte Arme, die sie nicht besaß, nach dem Licht ausstrecken, das sie nie wieder verlassen wollte, aber es entfernte sich so schnell, wie es gekommen war. Nein! dachte eine Ibak, die einen kleinen Körper auf dem großen Bett von Agnes und Bredelgund Honiglieb erblickte. Agnes und Bredelgund sollten fortgehen. Ibak hielt nach dem Licht Ausschau. Es war ein winziger, heller Punkt in weiter Ferne. Mit Verwunderung betrachtete Ibak, wie Bredelgund den kleinen Menschenkörper knetete und drückte. Agnes trug eine Kummerfalte über ihrem großen, haselnußbraunen Auge. Ibak fragte sich, warum um alles in der Welt sie so bekümmert war, und streckte wiederum ihre Arme nach dem verlorenen Licht aus, als sie ein Gefühl dafür bekam, daß sie Hände hatte, die sich bewegten, die etwas berührten, etwas Weiches.

Eine zufriedene Stimme sagte: »Sie kommt zurück. Sie ist wieder da.«

Das Licht war fort. Ibak spürte ihren Körper. Er schmerzte überall ein wenig.

»Das hast du gut gemacht, Bredelgund! Einfach wunderbar!«

»Ich konnte sie doch nicht einfach so dort liegen lassen. So etwas gehört sich wirklich nicht. Es sieht nicht nur unordentlich aus. Es ist obendrein eine Brutstätte für Ungeziefer.«

»Gib dir keine Mühe! Ich habe dich durchschaut. Du hast

sie gerettet, weil du meinst, sie bleibt aus Dankbarkeit und Anhänglichkeit bei dir. Du hast eine Vorliebe für sie.«

»Aber …«

»Nein, ich will nichts davon hören. Du läßt dieses Menschenwesen frei, sobald es sich erholt hat. Hier, das ist aus ihrer Wamstasche gefallen?«

»Was ist das?«

»Ein Fetzen Papier, aber völlig bekleckst mit kleinen Zeichen, als wären die Fliegen darauf spazierengegangen.«

»Glaubst du nicht, es könnte eine … Art … Schrift sein?«

»Ach nein. Es ist so klein, daß keine es wird lesen können. Machen wir diesem Menschenwesen eine Freude: Wir reinigen das Blättchen im Brunnen und lassen es trocknen. Dann wird sie es noch einmal benutzen können.«

»Das ist ein guter Gedanke!«

Dröhnende Schritte entfernten sich.

Ibak öffnete die Augen nicht. Sie war müde. Etwas Bitteres saß mitten in ihrem Herzen und wühlte darin herum.

Ibak hatte Sehnsucht nach dem Licht.

Vorsichtig tippte Ulana den Körper der Treufrau mit der Fußspitze an. Dann erst beugte sie sich hinunter.

»Herrat! Herrat! Kannst du mich hören?«

Das wachsbleiche und ausdruckslose Gesicht auf dem Boden zeigte keine Bewegung.

»Sie ist tot!« flüsterte Ulana vor sich hin. »Sie ist wirklich tot.«

Der Überrock der Stadtwache hing schlaff und in Falten an Frau Herratsns Leib herunter. Sehr behutsam streckte Ulana die Hand aus und betastete den Körper.

»Ich kann nicht mehr, Herrat. Ich habe furchtbare Angst«, erklärte Ulana leise der Toten und ließ sich neben den Leichnam sinken. »Weißt du, ich glaube, du warst zum Schluß nicht mehr ganz du selbst, und ich glaube, ich fühle mich der Aufgabe allein nicht gewachsen. Herrat, ich will nicht mehr! Hörst du! Verflucht! Herrat!« Sie wurde immer lauter, packte Herrats Kopf und schüttelte ihn. »Ich will nicht mehr, Herrat! Ich habe keine Lust mehr! Ich fahre jetzt nach Hause. Hörst du? Hörst du? Antworte mir! Verflucht! Laß mich nicht mit *IHR* allein!«

Sie strich sich die verschwitzen Haarsträhnen ihres Zopfes aus dem Gesicht.

»Das hat ja doch alles keinen Sinn«, flüsterte Ulana. »Ich sammle die Frauen ein, und wir verschwinden von hier.« Sie stand auf und stolperte aus der Tür.

»Verflucht, kannst du nicht aufpassen?« schimpfte sie, als ihr eine der Bergfrauen mit verschrecktem Gesicht im letzten Moment auswich.

Ulana sah sich auf dem kleinen Dorfplatz um und winkte eine der Wachfrauen zu sich.

»Hör zu, hör mir gut zu!« Sie fuhr sich erschöpft durch das Haar. »Da drin liegt die Treufrau Nordwestmidlands, und sie ist tot!«

»Tot?«

»Nicht so laut! Die Frauen hier müssen es nicht unbedingt mitbekommen. Hör zu! Schick eine Botin nach Gwaníoch'naír. Alle, die der Stadtwache angehören, sollen aufbrechen. Wir ziehen ab. Wir fahren nach Hause.«

»Das ist gut!«

»Ja, das ist sogar sehr gut!«

»Aber wir haben kein Schiff!«

»Wir schicken eine unserer Tauben und warten darauf, daß unsere Schiffe zurückkehren.«

»Ay!«

»Ich will, daß die Botin sofort aufbricht, denn ich glaube, um diese Insel ist es schlecht bestellt. Je eher wir von hier verschwinden, desto besser. Wir treffen uns in Rosof Fäärwll!«

»Ja, aber was ist mit den Dorfbewohnerinnen?«

»Sie sind mir gleichgültig, und jetzt setz dich endlich in Bewegung.«

»Ay!«

Ulana ging zur Hütte zurück. Sie mußte warten. Am liebsten wäre sie jedoch gleich abgereist. Sie schloß die Tür, schob den Riegel vor und starrte voller Angst und Abscheu auf den Leichnam. Sie mußte ihn wegschaffen. Mit ihm gemeinsam würde sie gewiß keine Nacht hier verbringen.

»Herrat!« flüsterte sie heiser. »Du hast mir das alles angetan. Ich glaube, ich hasse dich. Ja, bei den bösen Mächten, ich hasse dich! Ich werde dich fortwerfen wie den Kadaver einer Ratte.«

Sie würde den Körper der Treufrau in die Mine bringen. Da drüben, der alte zerfranste Webteppich, auf dem die beschmutzten Kleidungsstücke lagen, der schien geeignet für den Transport. Ulana sah aus dem Fenster. Der Handkarren stand noch vor der Tür. Sie würde Herrat in den Teppich wickeln und in die Mine schaffen. Dort würde sie die Tote in einen der stillgelegten Gänge legen. Ja, so wollte sie es machen.

Durch die Stille und das Zwielicht M'alennians zog langsam eine Schattengeherin. Unter ihren Füßen verbrannte die Erde. Dort, wo sie Ibaks Pferd hatte ausbluten lassen, war der Boden vergiftet. Die Stämme der umstehenden Bäume hatten sich binnen weniger Augenblicke zu verkohlt wirkenden, schmierigen und blattlosen Pflanzenskeletten gewandelt, was in dem Wesen etwas hervorrief, das an das Gefühl einer Befriedigung erinnerte. Es war nun schon sehr stark, vermochte überall und nirgends zu sein. Während ein Teil sich in einen beliebigen Körper begeben konnte, warteten hundert andere auf ebensolche Beschäftigung, um mit menschlichen Augen zu sehen, mit Ohren zu hören, mit ihren Stimmen sprechen zu können. Das Wesen war hungrig. Es lebte von der Angst all der Frauen, die wie ein erfrischender

Quell in seine Brust strömte. Die Schattengeherin war nicht körperlich, aber sie fand die Tatsache faszinierend, sich eines Körpers zu bedienen, mit seiner Hilfe vorwärtszuschreiten. Wenn die Zeit gekommen wäre, würde sie diesen Körper verlassen, um nur durch die Kraft der Gedanken zu existieren. Sie war durch Gedanken gewachsen, sie war durch die Kraft der Gedanken aus einem Kerker entkommen, und sie würde durch die Kraft ihrer Gedanken eine Welt der Schatten errichten.

Und dort in den Tiefen M'alennians wartete die, die sie damals gerufen und ihr die Tore geöffnet hatte. Das Wesen liebte Stu von Stelen dafür mit so viel gewaltigem Haß, daß es sich selbst daran berauschen konnte. Stu war die gewesen, die es letztlich erweckt hatte. Mit ihr würde es sich vereinigen.

Aber es war nicht eilig. Es hatte genügend Zeit und betrachtete aus den toten Augen des Kindes den verbrannten Boden, der bei jedem Schritt hinter ihr zurückblieb.

Eleva stand an Stus Lager.

»Ich muß mit dir reden.«

»Ich weiß schon. Die Schattengeherin sucht mich. Ich sah es deutlich vor mir. Sie befindet sich auf dem Weg hierher, und nichts wird ihr Einhalt gebieten können. Du und die anderen Frauen, ihr müßt nach M'alennians Hain fliehen. Sag mir nur, wie es möglich ist, daß du meine Träume träumst? Ich weiß, daß du es tust.«

»Eine lange Geschichte, Stu. Sie würde uns davon ablenken, hier alle Kraft beieinanderzuhalten, aber ich werde sie dir vielleicht später einmal erzählen, wenn dies hier alles vorbei ist.«

»Dann wirst du es mir an Nephtars Tischen berichten müssen, denn keine von uns wird überleben, wenn wir bleiben«, sagte Stu. »Geh also, Eleva!«

»Nein. Nicht, solange ich die Hoffnung habe, sie bannen zu können.«

»Bei den Göttinnen!« stöhnte Stu. »Willst du mir einen Gefallen erweisen, Eleva?«

»Was ist es?«

»Wenn ich in die Wandlung gehen sollte, wo auch immer sie mich hinführen mag, so wäre es eine Beruhigung, wenn ich wüßte, daß eine da war, die mir glaubte, daß ich nicht wußte, was ich tat, als ich die Tore öffnete und die Schattengeherin rief. Ich hielt dieses Ritual für … nichts als ein … Symbol.«

»Ich glaube dir!«

Stu nickte.

»Und jetzt höre, Eleva! Es gibt nur eine Möglichkeit, wie du verhindern kannst, daß sie mich findet. Du weißt, was ich meine.«

Eleva setzte sich zu ihr und nahm ihre Hand.

»Niemals, Stu! Das ist Flafflgerede. Wir werden das namenlose Wesen dorthin schicken, wo es hergekommen ist. Und du mußt mir dabei helfen.«

»Wie sollte ich dazu fähig sein? Ich bin nicht einmal der einfachsten Formen des Jaltozirkels mächtig.«

»Doch, du besitzt diese Macht. Du hast weit mehr als nur die grundlegenden Kenntnisse benutzt, als du dieses Wesen gerufen hast. Du weißt um die Magie. Du hast nur nie gelernt, sie zu wandeln.«

»Von Beringör habe ich das nicht gelernt!« stellte Stu fest. »Sie verspricht sich bei den einfachsten Formen.«

»Ganz gleich, woher diese Kraft kommt. Wichtig ist nur, daß du sie einzusetzen weißt. Uns bleibt nicht mehr viel Zeit. Du mußt mir helfen! Denn du und ich, wir sind morgen ganz allein. Aviva, Edita und auch Beringör werden morgen, wenn Ibak eintrifft, zusammen in den Hain ziehen.«

»*Wenn* sie kommt!«

»Was willst du damit sagen?«

»Müßte sie nicht schon längst zurück sein?«

Eleva schwieg.

»Willst du nicht versuchen, sie in deinen Gedanken zu finden?« beharrte Stu.

»Ich kann es mir nicht erlauben, soviel mentale Energie einzusetzen«, bemerkte Eleva knapp.

Stu schüttelte den Kopf.

»Was du nicht sehen willst, das siehst du nicht!«

Ein weiterer Moment des Schweigens trat ein.

Doch schließlich fuhr Eleva leise fort: »Wie fühlst du dich?«

»Besser. Ich bin wach und ausgeruht. Vorhin ging ich einige Schritte von hier bis zur Tür!«

»Das ist sehr gut«, sagte Eleva entschlossen, »und nun mach dich auf eine anstrengende Nacht gefaßt. Du hast einiges zu lernen.«

Kapitel 11

Brief der Ibak von Smagninborg an Andronja, Apothekerin zu Gundlberg: »Liebe Andronja …«

In den nächtlichen Stunden begann M'alennians Grollen.

Kaum merklich erfaßte das Zittern zuerst Blätter und zartes, feines Waldgras, später setzte es sich in den schmalen Zweigen und schließlich auch starken Ästen der Bäume fort. Es war, als striche ein unluftiger Wind durch das ansonsten so stille Waldland.

Koboldinnen liefen kreischend in ihre Unterschlüpfe und Höhlen, Stechnymphen tauchten verängstigt in die Teiche hinab, selbst die Geister fürchteten sich und weigerten sich, noch einen Fuß weiterzuschweben. Die Kreaturen der Zwischenwelt M'alennians waren auf der Flucht. Die Zweige und Blätter klagten und seufzten, aus dem braunen und gelben Harz der Baumrinden quollen Tränen. Vögel flogen verzweifelt in die Höhe, um einen Ausweg aus M'alennian zu finden, doch auch über den Baumkronen galt der Bann der Tarbas, und so taumelten sie wieder herab und fielen mit gebrochenen Flügeln und verrenkten Hälsen auf den verbrannten Boden, während ein Flüstern durch das Moos glitt, das kein Moos mehr war, nachdem ein Schatten es gestreift hatte.

Selbst Agnes und Bredelgund Honiglieb hockten, voll böser Ahnungen, sich bei den Händen haltend vor dem Kamin in ihrem Haus und wagten nicht zu sprechen, während Ibak nebenan in der Kammer mit ihren Alpträumen kämpfte.

Die Schattengeherin hingegen setzte ihren Weg fort, ruhig und bedächtig, Stärke gewinnend, Anwesenheit verbreitend und Vernichtung bringend. Dort, wo sie ihren Pfad beschritten hatte, hinterließ sie einen Tod, der ohne Hoffnung auf die Wandlung blieb.

Sie fand Gefallen daran, die Welt zu verschlingen und unersättlich zu sein.

In M'alennian würde sie nicht nur die finden, die sie hervorgebracht hatte. In M'alennian warteten auch die Göttinnen, und die Schattengeherin, jene, die nur ein Abbild war, jene, die keinen Namen trug, sie würde den Namen der Göttinnen stehlen, auf daß ihre alte Welt zu Nichts zerfiel.

M'alennian hatte die Kreatur nicht abhalten können, ihren Wald zu betreten. Und M'alennian würde sie niemals davon abhalten können weiterzugehen.

Die Schattengeherin war längst zu mächtig. Sie vollzog eine Gestaltwandlung. Den leeren menschlichen Körper auf dem Weg zurücklassend, war sie jetzt nur noch eine sonderbare Silhouette, die geschmeidig vorwärts glitt. Wo ihre Umrisse sich auf dem Pfad abzeichneten, bildete das Erdreich tiefe Spalten, und der Wald empfand Schmerz.

Im nächsten Moment verharrte die Schattengeherin jedoch. Denn in weiter Ferne geschah etwas Ungeheuerliches.

Ihr Tempel, ihre allerwertvollste Stätte … wurde vernichtet!

Die Schattengeherin sandte Teile von sich in menschliche Ohren, menschliche Augen und einen menschlichen Körper über das Meer hinweg und sah ohnmächtig und haßerfüllt mit an, wie glutrote Wolken über Kareb Solto aufstiegen, wie in dunkler Nacht Flammen um die Säulen des Dehrentempels züngelten. Sie lenkte die Schritte des menschlichen Wesens, dessen sie sich nun bediente, in das brennende Gebäude.

Dort roch sie mit Sinnen, die nicht ihr gehörten, die ölgetränkten Lumpen, und blickte aus Augen, die nicht die ihren waren, auf den Altar, wo der vernichtende Brand dic abscheulichen Zeichen und Symbole ihrer Herbeirufung zu Asche wandelte.

In eben diesem Augenblick stand Gewährsfrau Hulda Klödenich mit rußverschmiertem, jedoch entschlossenem Gesicht auf dem Fiu-Sei-Dank-Platz der Stadt Kareb Solto und überwachte die Brandlegung.

Alles lief zufriedenstellend. Der Wind stand günstig. Es drohte keine Gefahr, daß andere Gebäude durch das Feuer zerstört wurden.

Der Häuserblock war durch Frauen der Stadtwache abgeriegelt worden.

»Wo ist die Priesterin der Dehren? Eben war sie noch hier!« rief Hulda einer vorübereilenden Frau zu.

Die Angesprochene zuckte die Achseln und rannte weiter, eine Pumpe mit sich schleppend. Die Gemäuer und Dächer der umliegenden Gebäude mußten feucht gehalten werden.

»Wo ist die Priesterin der Dehren? Hat eine von euch sie gesehen?« brüllte Hulda und stapfte zum Wasserkarren. »Dieser Qualm ist ja nicht auszuhalten!«

»Gewährsfrau!« rief eine junge Frau nun über den Platz und wies in das Innere des brennenden Tempels. »Sie ist da. Die Priesterin der Dehren ist da drin!«

»Ja, ist sie denn verrückt geworden?«

Hulda spurtete mit einer erstaunlichen Schnelligkeit zum Portal hinüber.

»Wir haben versucht, sie aufzuhalten, aber sie hat uns beiseitegestoßen.«

Hulda wich vor der Hitze der Flammen zurück, die aus dem Eingang des Tempels loderten. Sie rief den Namen der Priesterin in das Flammenmeer und fragte sich im nächsten Moment, warum um alles in der Welt sie das tat. Wenn die Priesterin der Dehren im Gebäude war, mußte sie bereits in die Wandlung gegangen sein.

Doch dann hörte Hulda einen entsetzlichen Schrei, der nicht enden wollte. Sie riß der jungen Frau die nassen Lumpen aus der Hand und legte sie sich über das Gesicht.

»Bleib hier, egal, was geschieht!« Mit diesen Worten bahnte Hulda sich in der grausamen Hitze des Feuers einen Weg in den Tempel. Der Schrei dauerte nach wie vor an. Er schien nichts

Menschliches zu haben und glich, wenn sie es recht bedachte, mehr dem Brüllen eines Tieres. Rings um sie her stürzten krachend und berstend die brennenden Balken nieder.

»Priesterin der Dehren!« rief Hulda, die sich bis zur Kellertreppe vorgekämpft hatte.

Die Flammen tobten laut.

Die Gewährsfrau bemühte sich, den Abgang einzusehen. Der Keller, der Anrufungssaal der Nephtarelitinnen und ihr Altar waren ein einziges Flammenmeer. Es würde den Tod bedeuten, die Treppe hinunterzusteigen. Aber dort unten mußte die Priesterin sein, und sie mußte – das war unfaßbar – sie mußte noch am Leben sein, denn ihre Schreie waren nach wie vor zu hören.

Das ist unheimlich, dachte Hulda Klödenich und befand sich im Widerstreit.

»Priesterin, kannst du mich hören?« Sie wich ein paar herabstürzenden Balken aus. Die Holzverkleidung an den Kapitellen begann Feuer zu fangen. Schon brach eine der abscheulichen Fratzen ab, und Frau Klödenichs Kopf wurde mit einem Flammenregen bedeckt.

Jetzt reicht es, dachte Hulda und wollte sich gerade umdrehen, als sie entsetzt zusammenfuhr. Dort unten im Keller auf dem Altar der Dehren war durch Flammen und dunklen Qualm hindurch plötzlich eine Gestalt zu erkennen. Es war ein Schatten, der sich heftig in den Flammen wand, und dessen Augen blaues Feuer spuckten. Und es handelte sich – darüber bestand für Hulda kein Zweifel– jedenfalls nicht um die Priesterin der Dehren.

Hulda tastete sich Richtung Ausgang. »Fiu, Tarbas, steht mir bei! Steht mir bei! Steht mir bei!« Sie hob den Arm schützend über ihren Kopf, als eine Öllampe krachend von der Decke niederfuhr. Dann erreichte sie die Eingangspforte.

Sie stützte sich, heftig nach Luft schnappend, auf die Wachfrau, die sie in Empfang nahm.

»Jetzt kannst du von mir aus einstürzen, du Schattentempel!«

»Was ist mit der Priesterin?« wollte die Wachfrau wissen, als sie Hulda ein paar Schritte beiseite gebracht hatte.

»Sie ist schon lange nicht mehr am Leben!« stöhnte Hulda und ließ sich erschöpft auf der Deichsel des Wasserwagens nieder.

In diesem Moment brachen die ersten Teile vom Dach.

»Aber dieser Schrei!« entfuhr es der Wachfrau.

»Das ist das Feuer! Nur das Feuer!«

Mit dem Fall des Tempels erlosch der Schrei der Schattengeherin, die nun fühlte, daß sie ihres Zuhauses beraubt war, sowie der Körper ihrer Opfer, derer sie sich aus der Ferne hatte bedienen können. Nun, da ihr Altar und die Zeichen ihrer Herbeirufung zerstört waren, lag der Ozean der Göttin Dana wie eine unüberwindbare Barriere zwischen ihr und dem Festland.

Die Schattengeherin hatte jetzt nur noch diese Insel, und sie würde sie bis auf das Herz M'alennians verletzen und vernichten. Sie schlüpfte in den Körper einer harmlosen Spinne und beeilte sich nun, um zu ihrem Ziel zu gelangen.

Im Süden Fäärwlls brachen Klippen in steiler Höhe und stürzten ins Meer.

M'alennian meinte es gut mit Vega, Fina, Sina und Janjat. Sie schenkte den Pferden weichen Boden, den Reiterinnen breite Wege und einen weiteren kleinen Vorteil. Sie kamen schneller vorwärts als je zuvor. Die Frauen aus Gwaníoch'naír waren bereits erfolgreich in Sicherheit gebracht worden, doch nun mußten sie sich beeilen, um noch im Schutz der Nacht ihren Plan rechtzeitig in Draích'laír umzusetzen. Keine einzige von Herrats Frauen hatte sich in der Ansiedlung Gwaníoch'naír aufgehalten, als sie dort eingetroffen waren. Die Bewohnerinnen das Dorfes hatten berichtet, daß sie übereilt aufgebrochen waren. Es hatte keinerlei Überredungskunst bedurft, die Frauen aus Gwaníoch'naír dazu zu bringen, den Schutz von M'alennians

Hain aufzusuchen. Sie wurden von einigen Bogenschützinnen begleitet, und die Flafflfrauen waren jetzt mit Vega allein. Sie war müde und konnte sich kaum vor Fina im Sattel halten, aber die kräftige Stelentöchtir hielt das Mädchen fest im Griff.

»Herrats Frauen sind also geflohen. Sie haben Angst«, sinnierte Janjat.

»Angst vor der Schattengeherin?« lächelte Fina abschätzig. »Ich glaube nicht wirklich an sie.«

»Eleva ist eine Bewahrerin«, wandte Janjat ein. »Glaubst du, sie würde uns umsonst Angst einjagen?«

»Und wenn sie hundertmal eine Erzmagierin ist, so ist sie doch nicht unfehlbar!« verkündete Fina.

»Ich glaube Tante Eleva!«

»Tante Eleva!« wiederholte Fina spöttisch.

»Sie empfahl uns, vorsichtig zu sein und den Wald genau im Auge zu behalten. Beim kleinsten Anzeichen einer … Unregelmäßigkeit sollten wir ihn verlassen. Sie … kann schon hier sein.«

»In M'alennian gibt es nichts anderes als Unregelmäßigkeiten. Denk an die Zyklopinnen, die Stechnymphen und Koboldinnen. Außerdem, habt ihr nicht gesehen, daß der Boden an der letzten Wegkreuzung wie verbrannt wirkte?« ließ sich Fina weiter vernehmen.

»Nein. Wo war das?« erschrak Janjat.

»Hast du etwa Angst, Janjat von Smagninborg? Ohne deine Kusine ist das Leben schwer, nicht wahr?« höhnte Fina.

»Halt endlich den Mund!« wies Sina die Schwester zurecht. »Du scheinst keine Ahnung zu haben, was hier vorgeht.«

»Doch, doch, sicher habe ich das«, erklärte Fina abschätzig. »Eleva hat es ja in trefflichen Worten zu beschreiben gewußt. Ein grauenvolles Wesen ist in M'alennian unterwegs. Wir wissen nicht, ob es wie Herrat Herratsn aussieht oder vielleicht … wie eine Riesenkrake aus Möllm. Womöglich hat es deine Kusine schon … gefressen!« Fina machte eine Handbewegung, mit der kleine Mädchen erschreckt wurden. Janjat sah sie böse an.

Fina fuhr hingegen fort: »Tja, und deshalb bringen wir die Frauen nun auch an diesen seltsamen Ort, zu M'alennians Hain, weil er angeblich so sicher ist. Wie widersinnig, wo doch die schreckenerregende Kreatur angeblich einen ähnlichen Weg einschlägt. Aber wir können dies alles ganz getrost dem klugen Ermessen der großartigen Eleva von Smagninborg überlassen.« Sie schüttelte verächtlich den Kopf. »Tut mir leid. Und das alles nur, weil Stu sich diese Kritzeleien hat in ihre Haut ritzen lassen und wirres Zeug im Fieberwahn spricht. Andere leiden unter Alpträumen und irgendwelchen seltsamen Vorahnungen. Ich halte das für überspannte Phantastereien und gebe Börgerby recht. Sie hält euch alle für Spinnerinnen. Aber wenigstens sind wir uns in einem Punkt einig. Herrat Herratsn hat nichts Besseres verdient als den Tod. Wenn ich sie erwische und sie lebt noch, dann kann sie sich auf ein Abendessen an Nephtars Tischen freuen.«

»Wir reden später noch darüber, Fina«, sagte Janjat.

»Gewiß, gewiß. Wie es beliebt.«

Mit einer übertriebenen Bewegung führte Fina die Hand zur Brust und verneigte sich, bevor sie ihr Pferd zur Eile trieb und die beiden anderen hinter sich ließ.

Noch war es tiefe Nacht, und doch fiel das Dämmerlicht M'alennians durch die kleinen Fensterscheiben der Hütte auf das Lager der Stu von Stelen. Eine sehr erschöpfte Eleva erhob sich und betrachtete die Tochter nachdenklich. Sie zeigte keine Spur von Ermüdung, hörte zu, wiederholte, was Eleva ihr geduldig vorsagte, hatte nur wenige Stunden benötigt, um die ersten Formen des Jaltozirkels zu erlernen. Ihr Gesicht war von frischer Röte überzogen, aber in ihren Augen saß ein unnatürlicher Glanz, der von keinem Fieber herrührte.

»Weiter Eleva, weiter!« Stu sah erwartungsvoll zu ihr auf. »Es ist noch nicht genug!«

»Ich habe Jahre gebraucht, um all das zu erlernen, was du dir innerhalb kurzer Zeit an Kenntnis und Fertigkeit zu eigen machst. Bei Fiu, du bist die begabteste Schülerin, die ich je unterrichtet habe.«

»Dann fahre fort, Eleva von Smagninborg! Wir haben nicht mehr allzuviel Zeit. Wo mag sie jetzt sein, die Schattengeherin?«

Eleva ging zum Kamin hinüber, um sich die Hände zu wärmen.

»Du kannst es selbst sehen, Stu. Aber denk an das, was ich dir gesagt habe, und halte den Kontakt nur für einen Wimpernschlag. Jeder Funke Energie, der in dir steckt, ist wichtig. Wir brauchen ihn.«

Stu schloß die Augen und gedachte der Formen und Worte. Sie bündelte ihre Konzentration, bis sie zu einem schmalen Strahl wurde, den sie auf Reisen sandte. Es fiel ihr so leicht. Sie legte den Kopf in den Nacken und lachte.

»Ja, Eleva, ich sehe sie. Ich kann sie sehen. Oh, Eleva, es ist wunderbar. Ich spüre gewaltige Energieströme in mir.«

Eleva eilte zu ihr.

»Beende den Kontakt!«

Stu lachte weiter.

»Aber warum denn? Ich bin angefüllt mit dieser Kraft. Sie wird nie versiegen.«

Eleva packte sie an den Schultern und rüttelte sie.

»Beende den Kontakt. Jetzt! Sofort!«

Stu öffnete die Augen, und ihr Lachen erstarb.

»Warum habe ich dich nicht eher getroffen, Eleva von Smagninborg? Ich hätte deine Schülerin werden können und wäre Herrat niemals begegnet. Ich könnte nach Hause zurückkehren, wenngleich ich auf meine Sippe keinen großen Wert lege, wie ich zugeben muß. Aber vor allem wäre uns erspart geblieben, was jetzt auf uns zukommt.«

Eleva ließ sie los, als habe sie in Dornen gegriffen, und wich zurück.

»Nun, vor allem hättest du dann gelernt, auf das zu hören, was ich dir sage«, erwiderte sie heftig und konnte sich noch mehr ereifern. »Denk daran, jede Disziplinlosigkeit kann uns das Leben kosten. Wenn ich von dir verlange, daß du den Kontakt beenden sollst, dann hast du ihn, verflucht, zu beenden.« Sie wandte sich erregt ab.

»Was ist los mit dir, Eleva?« In Stu stieg eine wohlbekannte Kühle auf. Die Freude über den Erfolg verblaßte angesichts des Mißtrauens, das sie mit einem Mal Eleva gegenüber empfand.

»So geht es nicht, Stu!« Eleva sprach nach wie vor abgewandt, doch ruhiger weiter. »Du mußt dich an das halten, was ich dir sage.«

»Hast du etwa Angst? Fürchte dich nicht. Ich werde dich ohnehin niemals überflügeln, da ich der Insel der Verbannten entgegensehe, wenn wir dies hier wider Erwarten überleben sollten. Nun, und an Nephtars Tischen, falls wir dort zu sitzen kommen, werden die Unterschiede zwischen uns ohnehin nicht mehr von Bedeutung sein!« Sie lachte ohne Freude.

Eleva atmete tief durch und ging zu ihr. »Es tut mir leid. Ich wollte nicht so grob sein. Ich glaube, ich brauche einen Moment Ruhe. Ich schicke dir Aviva. Sie soll die ersten Formen mit dir wiederholen. Ich … komme bald wieder.«

Stu sah sie unverwandt an.

»*SIE* wird diese Nacht jedenfalls nicht mehr hier eintreffen.«

»Gut!« nickte Eleva. »Das hast du gut gemacht.«

»Bevor du gehst, noch eines: Wir beide Eleva, wir haben große Ähnlichkeit miteinander. Ist dir das schon einmal aufgefallen?«

»Eine … eine deiner Tanten … war, glaube ich, … eine Smagninborgtöchtir.«

»Tatsächlich? Nun, Beringör hatte nicht viel Zeit, mich über unsere Sippenverhältnisse zu unterrichten. Ich war … sehr lange … in den Ebenen, weißt du?«

»Ja … nein. Ich muß jetzt gehen.«

Eleva erhob sich und beeilte sich, zur Tür zu kommen.

»Ich hatte keine besonders schöne Zeit dort«, rief Stu ihr nach und kniff die Augen zusammen. Sie wußte nicht recht, wohin mit ihren Gedanken.

Draußen lehnte sich Eleva gegen die Tür. Sie mußte noch eine Weile durchhalten. Sie empfand die Situation als schier unerträglich, aber sie mußte, sie mußte einfach durchhalten. Die Hand zur Faust geballt, schlug sie leise und kontrolliert gegen die Holzbretter.

»Eleva!« erklang Tikas leise Stimme.

Die Angesprochene fuhr zusammen.

»Warum erschrickst du denn? Ich bin es doch nur.«

»Willst du mir einen Gefallen tun?« Eleva wartete keine Antwort ab. »Geh zu Aviva und bitte sie, eine Weile bei Stu zu bleiben und mit ihr die ersten Formen des Jaltozirkels zu wiederholen.«

»Gern!« Tika lief zu Avivas und Editas Hütte hinüber.

Eleva blickte ihr nach und erinnerte sich des Körpers, den sie vor nicht allzulanger Zeit im Arm gehalten und berührt hatte. Doch sie war eingeschlafen. Und nun war die Erinnerung nur ein sehr unvollkommener Ersatz für das, was sie ersehnt hatte.

Tika kam aus der Hütte und auf Eleva zu. »Aviva wird gleich kommen. Sie läßt dir sagen, du solltest eine Stunde ruhen und dir keine Sorgen machen. Aviva meint, sie habe bis zur vierten Ausbildungsstufe tapfer mitgehalten, und sie dankt dir für das Vertrauen, das du in sie setzt.«

Eleva lächelte.

»Das ist nett! Aber warum schläfst du noch nicht? Wenn ihr in ein paar Stunden aufbrecht, werdet ihr ein gutes Stück zu laufen haben.«

»Ich habe auf dich gewartet!«

»Was? Du hast die halbe Nacht hier verbracht?«

»Ja.«

»Wo ist Mira?«

Tika lachte. »Sie ist bei Edita.«

»Weiß Fiu, sie kommt viel herum!«

»Ja.«

»Wird Edita sich noch eine Weile um sie kümmern?«

»Ja, das wird sie!«

Eleva sagte nichts und sah zu Boden.

»Es ist seltsam, daß die Nacht in M'alennian nie Einkehr hält, nicht wahr?« sagte Tika.

»Die Nacht? Oh, ja! Die Nacht.«

»Ich vermisse die Sterne hier in M'alennian. Ich erinnere mich an den Abend, den wir gemeinsam an der heißen Quelle verbrachten.«

Eleva bemerkte mit Verwunderung, als sie Tika anblickte, daß sich die längst vergangene Szene in ihren dunkelblauen Augen zu spiegeln schien.

»Ein schöner Abend«, log Eleva, sich ihrer quälenden Sehnsucht erinnernd.

»Möchtest du ausruhen, Eleva?«

»Das wäre wunderbar.«

Tika begleitete sie wortlos zu einer kleinen Hütte.

»Leg dich nur hin! Ich werde dich rechtzeitig wecken.«

»Nein, schlafen will ich nicht, nur ein wenig Ruhe.«

»Ich werde dir Ruhe geben, Eleva!« flüsterte Tika und umfing sie mit ihren Armen. »Ich werde dir Ruhe geben.«

Eleva ließ es geschehen. Weder wollte noch konnte sie sich dagegen wehren. Stumm fühlte sie Tikas Lippen auf ihrem Mund und nahm sie in sich auf.

»Berühre mich!« sagte Tika leise. Eleva schloß die Augen, als ihre Hände über diesen Körper glitten, dessen Beschaffenheit auch in dieser Nacht von Samt zu sein schien.

Doch dieses Mal sank sie nicht in den Schlaf. Die Berührungen Tikas weckten ihre Sehnsucht, und tiefer spürte sie, und weiter tastete sie sich vor, bis dieser Körper aus Samt offen vor ihr lag, bis die Geliebte auf jede ihrer Regungen eine Antwort wußte.

Unterdessen befand sich Mehetma auf dem Wehrgang der Feste und sah in die Ebene hinab, wo die Flammen über den Dächern Kareb Soltos nach und nach verloschen und das zarte Licht einer Morgenröte im Osten den beginnenden, neuen Tag verhieß. Es kam Mehetma irgendwann so vor, als könnte sie spüren, daß das Gefühl der Bedrohung, die sich wie ein dunkler Schleier schon seit Wochen über der Garnlandebene ausgebreitet hatte, nachließ. Sie atmete auf. Und mit ihr taten es zur gleichen Zeit die vielen Nephtarelitinnen in der Stadt, die spürten, daß ihre Seelen und Körper in dem Moment frei wurden, da der Altar der Schattengeherin, ihre Zeichen und Insignien durch die Hitze des Feuers vergingen.

Mehetmas Blicke wanderten zum Hafen, wo vor vielen Stunden zahlreiche schnelle Segelboote mit Kurs auf Rosof Fäärwll ausgelaufen waren. Das war nun alles, was sie hatte tun können. Mehetma wußte, daß die Schattengeherin in diesem Moment irgendwo dort auf der Insel war. Die Bewohnerinnen Fäärwlls und auch die Frauen, die Herrat dorthin begleitet hatten, mußten in Sicherheit gebracht werden. Mehetma fragte sich bangen Herzens, ob sie noch lebten.

Sie hüllte sich fröstelnd in ihren Umhang. Im kleinen Saal der Ahrgte warteten schon die oberen Priesterinnen der Fiu und Tarbas. Dieses Wesen mußte endgültig vernichtet werden. Und sie wußte noch nicht, wie diese Aufgabe zu bewältigen sein könnte. Langsam stieg sie die Treppe des Wehrganges hinab in den Hof.

Daher sah sie nicht mehr, wie um die Klippen herum nun eine langgestreckte Ovrehjelber in das Delta steuerte. An Bord befanden sich vierzig sehr erschöpfte Ruderinnen aus Fellöw, die Nebenprovinzvorsitzende Digrin Semper und einige Bewohnerinnen Rosof Fäärwlls. Ihnen folgte kurz darauf ein stolzes, kleines Schiff. Es war die *Perle der Satschistei.*

Das Steuer fest mit der einen Hand haltend, eine Flasche Soltofeuer in der anderen schwenkend, grölte Kapitänin zur

Midlandsee Sebl Sebelsn lauthals etwas, das wie ein geringfügig verfälschtes Loblied auf Fäärwll klang.

Dies freilich hätte Mehetma von ihrem Aussichtsposten nicht hören können.

Auch Ulana hatte sich in Draích'laír dem Trunk ergeben. Nachdem sie die Tote – wie geplant – in der Nacht in einen der stillgelegten Stollen der Mine gebracht hatte, war sie kurzerhand in das Vorratshaus eingedrungen und hatte zwei Flaschen Soltofeuer nebst einem Stück Pökelfleisch an sich genommen, um sich damit zurückzuziehen, bis endlich, wenige Stunden später im Morgengrauen der Aufbruch Richtung Rosof Fäärwll stattfinden sollte. Es schien ihr nicht ratsam, in der Dunkelheit unterwegs zu sein.

Ulana hatte sich in diesen letzten Stunden entschieden zu ihrem Nachteil verändert. Der strähnige Zopf, ja, auch ihr Gesicht und die ohnehin schon mitgenommene Kleidung, alles war beschmiert mit Dreck, Erde und Kohlenstaub aus der Mine.

Als sie endlich mit schmerzendem Kopf erwachte, stürzte sie, wie in der Nacht zuvor, zur Feuerstelle, um die Zeichen des Schutzes zu erneuern.

»Du bekommst mich nicht. Oh nein! Mich bekommst du nicht!« Mit diesen Worten riß Ulana sich die Knöpfe ihrer Kleidung auf. Sie faßte mit beiden Händen in die Asche. Aus dem Eimer goß sie Wasser hinzu und bemühte sich, das Zittern ihrer Hände unter Kontrolle zu bringen.

»Niemals! Niemals!« stieß sie rauh hervor und entblößte sich vollends. Kaum nahm sie den Geruch ihres Schweißes wahr, noch die feuchte Kälte des Morgens, als sie begann, mit der nassen Asche die Schutzsymbole auf ihren Körper zu zeichnen. Immer wieder griff sie nach der Flasche und trank gierig, sich verschluckend, wie um der rasenden Angst entgegenzuwirken, die sich ihrer bemächtigt hatte.

Draußen am anderen Ende des Platzes sahen zwei Wachfrauen verwundert zum Eingang der Mine hinüber und schüttelten den Kopf.

»Da ist sie ja! Ich wußte es doch, Ulana hat den Verstand verloren! Ja, jetzt wird es doch nichts mit der Heimkehr!«

Sie nickten freundlich.

»Guten Morgen!« sagte die Treufrau im Vorübergehen.

»Ehre sei deiner Göttin, Treufrau!«

»Ja«, knurrte Herrat verhalten. »Ehre sei mir!«

Betrunken durch den übermäßigen Genuß von Soltofeuer, halb entkleidet, über und über mit Asche beschmiert, bekam Ulana kaum mit, daß die Tür der Hütte irgendwann geöffnet wurde und Schritte sich ihrem in einer Ecke der Stube zusammengesunkenen Körper näherten. Nach einer Weile jedoch hob Ulana den Kopf und lächelte schwach, als sie Herrat mit ausdruckslosem Gesicht im Raum stehen sah.

Sie wunderte sich nicht einmal darüber, sie empfand keine Furcht mehr. Sie hoffte, daß dieses alptraumhafte Dasein bald ein jähes und hoffentlich knappes Ende fand. Die Augen stumpf in eine Ecke des Raumes gerichtet, nichts mehr denken, nichts mehr fühlen wollend, zog sie beide Beine bis zur Brust an und umklammerte die Knie mit den Armen.

An dieser Stelle verloschen ihre Gedanken. Ulana war in diesem Augenblick nichts mehr als ein kleiner Punkt, gefangen innerhalb hoher, schwarzer Mauern.

»Sie lebt!« flüsterte Janjat, die zwischen den Zweigen hindurch Herrat Herratsn beobachtete, die vor der Ansiedlung in vielen Schritten Entfernung am Rand der Wiese stand und das Dickicht mit Blicken durchbohrte.

»Oh, bei Fiu! Sie kann uns sehen!«

»Unmöglich! Sie hält das Nephtarauge nicht in der Hand und kann gewiß nicht durch diese grüne Mauer blicken.«

»Und ich sage, wir haben es falsch angefangen. Wir hätten zuerst nach Draích'laír reiten sollen!«

»Ob die Treufrau nun doch in M'alennian eindringen will?«

»Sie steht da wie eine Salzsäule. Sie scheint auf etwas zu warten!«

Janjat wandte sich ab und setzte sich auf den Boden.

»Außerhalb M'alennians ist es schon zu hell, als daß wir uns verbergen könnten. Was sollen wir jetzt tun?«

»Vielleicht sollte ich einfach zu ihr hinübergehen und sie zur Rechenschaft ziehen«, grollte Fina.

»Mach das, wenn du Wert darauf legst, schon heute an Nephtars Tischen zu sitzen«, warf Sina ein und lugte erneut durch die Blätter. »Weiß Fiu, sie sieht aus, als sei sie tot und erstarrt.«

»Vielleicht *ist* sie tot!« bemerkte Janjat besorgt.

»Pah!« Fina strich über ihren Schwertgriff. »Tot oder nicht! Solange sie noch steht, kenne ich meine Aufgabe.«

»Hör endlich mit dem dummen Geschwätz auf und laß uns gemeinsam überlegen, wie wir die Bewohnerinnen aus dem Dorf bringen können!« zischte Sina erbost. »Und zwar ohne, daß wir alle dabei in die Wandlung gehen.«

Janjat bog vorsichtig einen der Zweige hinunter und spähte durch das Randgebüsch.

»Da! Jetzt ist sie fort!«

»Die Frauen aus Gwaníoch'naír werden wohl inzwischen wohlbehalten in M'alennians Hain eingetroffen sein.«

»Das ist zu hoffen!«

»Die Umhänge«, fiel Vega plötzlich ein.

»Was für Umhänge?«

»Für Editas heimliche Besuche in Draích'laír hielt ich stets Kleidung am Waldrand bereit, irgendwelche alten Fetzen, in die sie sich hüllen konnte, um unerkannt durch das Dorf zu gehen.«

»Richtig.« Sina sah sich bereits um. »Aber wo?«

»Folgt mir!« Vega sprang auf. »Es ist unsere einzige Möglichkeit, unerkannt nach Draích'laír zu kommen!«

Von den großen Schmuckleuchtern im Kaminzimmer der Feste Kareb Solto tropfte helles Wachs.

Hier, in diesem kleinen Beratungsraum, hatte Mehetma sich mit den Priesterinnen der Tarbas und der Fiu am prasselnden Feuer zusammengefunden.

Und da saßen sie bereits seit geraumer Zeit, hatten Mehetmas Berichten geduldig und ernsthaft gelauscht, genickt oder die Köpfe bedenklich geschüttelt. Nun waren die Fakten geschildert und die Gefahr beschrieben, und Mehetma nahm einen Schluck Wasser zu sich.

Die Tarbaspriesterin – eine große, schlanke Frau mit hagerem Gesicht, kühner Nase und schmalem Mund – blickte streng auf die Wandbehänge. »Warum haben wir nicht eher davon erfahren?«

Mehetma verschluckte sich. »Wovon eher erfahren? Von dem verstärkten Wirken der Nephtarelitinnen? Wie du weißt, sind alle Frauen frei zu glauben, zu denken und anzubeten, was oder wen sie wollen. Sie sind keine Rechenschaft schuldig. Keine hat das Recht, ihnen zu verbieten, sich zu Glaubensgemeinschaften zusammenzufinden, solange nicht eindeutig erwiesen ist, daß ihre Rituale für andere Frauen eine Gefahr darstellen, und genau das wurden wir erst jetzt gewahr. Du hättest ihnen also nicht verwehren können, sich im Dehrentempel zu treffen.«

Die Tarbaspriesterin machte eine abfällige Handbewegung. »Im Keller des Dehrentempels haben sie sich also getroffen. Es ist nur recht, daß dieser abscheuliche Ort für immer aus den Mauern der Stadt getilgt ist. Die Dehren! Ha, sie ist keine ernstzunehmende Göttin, und ihre Priesterin ist nichts als eine verwirrte Emporgekommene gewesen. Kein Wunder, daß ausgerechnet in ihrem Tempel die Nephtarelitinnen einen Unterschlupf fanden. Tarbas steht letztlich über allem. Erscheint sie nicht jeden Tag aufs neue, um uns davon zu überzeugen? Überstrahlt sie mit ihrem Glanz nicht alles, was …«

Mehetma seufzte. »Wenn wir einen Fehler begangen

haben, so war es jener, nicht zu sehen und zu hören, was in den letzten Monaten hier vorging.«

»Mir ist zumindest nichts zu Ohren gekommen!« bemerkte die Tarbaspriesterin. Sie mochte das Wort *Fehler* nicht. Besonders nicht, wenn es sich auf sie bezog.

Die Priesterin der Fiu – eine dunkelblau gewandete Frau von schlichtem, freundlichen Aussehen – nickte.

»Das ist wahr. Wir bevorzugen ein Leben in der Meditation und inneren Einkehr. Obwohl wir in dieser großen Stadt leben, ja, obwohl der Fiutempel in unmittelbarer Nachbarschaft zum Dehrentempel lag, habe auch ich wohl Augen und Ohren verschlossen.«

Die Tarbaspriesterin tat, als hätte sie den letzten Worten gerade nicht gelauscht, und wandte sich an Mehetma.

»Was gedenkst du zu unternehmen?«

»Nun, ich habe bereits einiges unternommen. Der Tempel der Dehren – und somit auch der Altar der Schattengeherin – ist zerstört. Schiffe sind unterwegs nach Fäärwll, um die Frauen, die sich noch dort befinden, in Sicherheit zu bringen. Es geht nun um die Frage, wie dieses Wesen, das sich auf der Insel befindet, endgültig zu vernichten ist.«

Die Tarbaspriesterin neigte nachdenklich den Kopf und faltete die Hände vor der Nase. »Sie ist eine Herbeigerufene. Sie benötigt den Kontakt zu dem Ort, an dem ihre Anrufung erfolgt ist. Hat sie die Bindung dazu verloren, verliert sie auch die Macht über alle, die mit ihrem Mal gezeichnet sind, ausgenommen jene, die unmittelbar an der Anrufung beteiligt waren. Das wären in diesem Fall die Priesterin, die in ihrem Namen sprach und die Person, die mittels großer magischer Präsenz in der Lage war, die Tore zu öffnen. Es könnte sich hierbei um ein und dieselbe Person handeln, jedoch auch um zwei verschiedene.« Bei diesen Worten sah die Priesterin forschend über ihre Augengläser hinweg, doch Mehetma zuckte nur die Achseln und schwieg, woraufhin die Geweihte der Tarbas fortfuhr: »Falls sich diese Person oder diese Person*en* auf der Insel Fäärwll befinden, wird die Herbeigerufene nicht zögern, sie zu ihrem Zwecke einzusetzen. Sie wird sich ihrer Körper bemächtigen, damit sie einen neuen Altar errichten kann, von dem aus dann die Kontaktaufnahme in andere Körper wieder möglich wird. Ist ihr dies gelungen, wird nicht einmal mehr Dana, die Göttin des Meeres, sie aufhalten können.«

»Nun gut, aber wie ist es zu verhindern?«

»In diesem Falle gibt es nur einen Weg. Die Priesterin und die, die die Tore öffnete, müssen getötet und in Danas Armen bestattet werden, auf daß ihre Körper niemals wieder als Gefäß für die namenlose Kreatur dienen können. Die Herbeigerufene ist bereits so stark, daß keine von uns sie mittels Magie vernichten könnte, es sei denn, es befindet sich unter den Frauen Fäärwlls eine Erzmagierin. Davon ist gewiß nicht auszugehen. Daher empfehle ich dir, ein weiteres Schiff mit Kurs nach Fäärwll zu senden. Bediene dich der stärksten und furchtlosesten Frauen des Garnlandes. Sie müssen den Aufenthaltsort der einen oder beiden Personen ausfindig machen, die unmittelbar an der Anrufung beteiligt waren, und sie der Wandlung übergeben.«

Die Fiupriesterin nickte bedächtig.

»Bei den Göttinnen!« flüsterte Mehetma.

»Es ist der einzige Weg!« bekundete unerbittlich die Tarbaspriesterin.

»Aber das ist ja entsetzlich«, warf Mehetma ein. »Gibt es bestimmt keine weiteren Maßnahmen, diese Unglücklichen zu retten?«

»Wenn du willst, daß der Bann für immer gebrochen wird, nicht.«

Mehetma erhob sich und ging zum Kamin hinüber. Nur das Rascheln ihres Gewandes und das Knacken des Holzes in den Flammen waren zu hören.

»Mehetma!« begann schließlich nach einer Weile die Priesterin der Fiu mit leiser, eindringlicher Stimme. »Wenn die, die am Entstehen der Herbeigerufenen unmittelbar beteiligt waren, überleben, werden wir niemals wirklich sicher sein, daß das, was nun geschieht, nicht von neuem beginnt. Es muß eine Person von größter magischer Präsenz an der Anrufung beteiligt gewesen sein. Sie hat einmal die Tore geöffnet. Woher willst du wissen, daß sie es später nicht ein zweites Mal versuchen wird?«

Die Tarbaspriesterin kniff die Augen zusammen.

»Du mußt sie finden, Mehetma. Du mußt. Und sie muß getötet werden, denn selbst, wenn es gelingen sollte, die Herbeigerufene aus dieser Welt zu verbannen: Die, die die Tore öffnete, wird eine lebenslange Gefahr für den gesamten Kontinent bedeuten.«

Mehetma versank in der Betrachtung des Feuers.

»Was aber, wenn sie, die die Tore öffnete, gar nicht um ihre Kraft wußte? Wenn sie keine wirkliche Schuld trägt, außer der, daß sie nicht wußte, was sie tat?«

Die Tarbaspriesterin erhob sich.

»Weiß Tarbas, ich will nicht in deiner Haut stecken, Mehetma. Du hast mich um meinen Rat gebeten. Ich habe ihn dir gegeben. Mehr ist nicht zu sagen. Entscheiden müssen jetzt andere Frauen. Deine Stimme wird ein großes Gewicht dabei haben.«

Sie ging zur Tür.

»Ehre sei deiner Göttin, Mehetma! Möge das Licht der Tarbas deine Gedanken erleuchten, dich leiten und trösten. Ich werde ein Opfer für dich bringen. Ehre sei deiner Göttin, Priesterin der Fiu!«

Mit diesen Worten verließ sie den Raum.

Die Fiupriesterin seufzte tief.

»Sie hat recht, Mehetma! Aber ich glaube, ich weiß, warum es dir so schwerfällt, eine Entscheidung zu treffen.«

Mehetma wandte sich erstaunt um. Doch die Fiupriesterin machte eine beschwichtigende Handbewegung.

»Hab keine Angst! Ich werde schweigen. Du weißt, um wen es sich handelt. Du weißt, wer die Tore öffnete?«

»Nun … ich …«

»Es waren zwei, nicht wahr? Aber dir geht es nur um die eine. Ist es nicht so?«

Mehetma senkte den Kopf.

»Ja, so ist es!«

»Ist es die, die die Tore öffnete?«

Mehetma nickte betreten.

»Ja! Ich kenne sie beide, aber die, von der die Priesterin der Tarbas zu Recht annahm, sie sei von großer magischer Präsenz, ist nicht wirklich schuldig. Sie ist … sie war … die Tochter einer Frau, die ich kannte. Und sie war … sie ist nicht wirklich schlecht, sie wußte nicht, … ich bin mir sicher, sie wußte nicht, was sie anrichtete. Sie ahnte nicht, daß sie sich schuldig machte.«

»Keine von uns vermag je, in die sich stets wandelnden Tiefen einer Seele zu blicken. Nur für Augenblicke können wir erkennen und wahrhaftig sehen, doch wir sind und bleiben dem Wandel unterworfen, bis an das Ende unserer Existenz. Mal sind wir hell und licht wie die volle Fiu, die am Firmament wandelt und das Leuchten der Sterne gegen ihren Glanz verblassen läßt, ein anderes Mal steigen wir hinab in unergründlich tiefe Abgründe, die drohen, uns zu verschlingen. Dunkelheit umgibt uns, das Weitergehen fällt uns schwer, und wir glauben, in diesem inneren und blinden Kampf ersticken zu müssen. Doch wie die Fiu ihr Erscheinungsbild verändert, so verändern auch wir uns, und bald gelangen wir wieder an die Oberfläche. Wir entkommen den Abgründen, und jede unserer Wanderungen führt uns letztlich weiter. Die Landschaft, die wir durchschreiten, ist vielfältig, sie ist unser wahres Ich und daher auch ein wahres Universum an Widersprüchen. Also frage ich: was bedeutet Schuld? Sie ist der Findling auf dem Weg, den es zu überwinden gilt, sie ist die unheilvolle Umarmung, die uns für immer zu umschlingen und festzuhalten droht. Sie ist vielleicht die eigene Schuld, die wir nie vergessen können, oder die Schuld der anderen, die uns am Fortkommen hindert. Doch immer ist und bleibt sie ein Teil unserer Lebenslandschaft.

Gleichviel. Steige also in deine inneren Bilder hinab und fühle, was du siehst, berühre es und ertaste seine Form. Prüfe dich! Lerne daraus und vergib dir selbst. Doch dann wende dich wieder deinem Weg zu. Wohlgemerkt: nicht leichtfertig übersehen sollst du die Hindernisse, nicht einfach hinwegsteigen, aber auch nicht über Gebühr verharren und dich aufhalten lassen, denn dein Weg wartet auf dich. Er will beschritten werden. Es ist *dein* Weg. Keine andere wird ihn für dich gehen. Du bist allein, von dem Moment an, da du in diese Welt trittst, aber sei gewiß, daß das Licht der Wandlung in dir lebt, es wird dich auf der Wanderung durch dein Leben leiten. Es leuchtet in deiner Seele, und in ihren Tiefen wirst du niemals wirklich einsam sein, wenn du an die Wandlung und an den Zusammenhang aller Existenz glaubst, den zu erfassen die große Aufgabe deines Lebens ist.«

»Worte. Nur Worte. Bei den Göttinnen, ich weiß nicht, was ich tun soll.«

Die Priesterin schwieg.

»Du hast ja recht!« fuhr Mehetma nach einer Weile mit belegter Stimme fort. »Aber ich kann keinen Trost finden. Ich bin allein. Ja. Und ich habe Angst. Angst, einen Fehler zu begehen, und überhaupt ist alles so schrecklich schwer. Es ist die Verantwortung, die ich trage, und ich will nicht, daß noch mehr Frauen der Schattengeherin zum Opfer fallen, auch jene nicht, die an ihrem Erscheinen die Schuld tragen.«

Die Priesterin schwieg in einem fort, nickte dann zustimmend und nahm Mehetmas Hand. Nach einer Weile ergriff sie wieder das Wort.

»Du willst meinen Rat?«

»Ja.«

»Nun, dann laß sie festnehmen und auf die Feste bringen. Ich schicke nach einer Magierin aus den Stollen der Bewahrung im Fjödirmassiv. Ich werde sie bitten, herzukommen und einen schützenden Bann über die Unglückseligen zu legen. Dieses Vorgehen birgt ein großes Risiko, denn für eine gewisse Zeit wird ihre Seele ungeschützt sein, aber ich glaube, dies ist vielleicht ein Weg, den du beschreiten kannst.«

»Ja, du hast recht.«

»Sag mir, Tochter«, fuhr die Fiupriesterin fort, »was verbindet dich wirklich mit der, die das Tor öffnete?«

»Oh nein! Das kann ich dir nicht sagen, nicht dir und keiner anderen.« Mehetma stand auf und rang die Hände. Die Fiupriesterin sah sie besorgt an.

»Als du vorhin davon sprachst, daß die, die das Tor öffnete, keine wirkliche Schuld trägt, meintest du in Wahrheit auch dich selbst, nicht wahr? Du fühlst dich schuldig, mitschuldig an dem, was geschah.«

Mehetmas Kopf schmerzte. Sie rieb sich über die heiße Stirn.

»Laß mich allein, Fiupriesterin! Ich danke dir für deine Worte, aber ich muß jetzt zur Ruhe kommen. Ich habe lange nicht mehr geschlafen.«

Die Priesterin der Fiu erhob sich.

»Mögen die Träume dir Trost bringen, Tochter!«

Mehetma sah noch zur Tür, nachdem diese sich bereits lange geschlossen hatte.

Sie waren fort. Edita, Beringör, Aviva, Tika und Mira hatten lange vor dem Morgengrauen die Ansiedlung im Wald verlassen. Eleva war jetzt mit Stu allein. Die Minenbeauftragte von Fäärwll schlief, worüber Eleva sehr froh war. Nun hieß es warten.

Sie wagte nicht, mentale Energie einzusetzen, um festzustellen, wo sich im Augenblick die Schattengeherin befand. Unruhig strich Eleva zwischen den Hütten und Unterständen umher. Unruhig waren auch ihr Geist und die Bilder, die sich vor ihrem inneren Auge formten. An der ausgebrannten Feuerstelle nahm sie schließlich Platz. Sie hatte Stu jetzt alles erklärt und beigebracht, was in der Kürze der Zeit notwendig und zu erreichen irgend möglich war.

Stu von Stelens Kraft war so außergewöhnlich, wie es seit Jahrhunderten in Flaffl bei keiner Frau mehr beobachtet worden war. Unkontrolliert und willkürlich eingesetzt, bedeutete sie Gefahr für Stu selbst und alle anderen. Eleva hatte mehrmals in der Nacht gemeint, diese Kraft nicht händeln zu können. Dabei war es dringend notwendig, daß die Stelentöchtir lernte, sich und ihre Energie zu konzentrieren, zu disziplinieren. Sie hätte bereits in jungen Jahren an den Umgang mit den Mächten der Magie herangeführt werden müssen. In jener Zeit jedoch wuchs sie weit fort von den Frauen auf, die sie gewiß richtig hätten einschätzen und ihr helfen können.

Eleva gedachte einmal mehr ihrer eigenen unrühmlichen Rolle in Stus Geschichte. Nur aus der Ferne hatte sie die Entwicklung ihrer Tochter verfolgt. Lange hatte sie darüber nachgedacht, wie es wäre, zu ihr zu gehen und zu sagen, daß sie, Eleva von Smagninborg, ihre Zeugmutter sei, aber diesen Gedanken schließlich aus Angst verworfen. Ja, sie hatte Angst vor Stu gehabt. Und eigentlich wollte sie vergessen, was jedoch nie gelang, denn nicht ihre Tochter saß wie ein schmerzhafter Splitter in ihrer Seele, es war vielmehr das Gefühl der eigenen Unfähigkeit, der Schuld, wie ein permanenter, drückender Schmerz, der schließlich als unumgänglicher Teil des eigenen Daseins wahrgenommen wurde, von dem letztlich in stillen Stunden nur noch zu hoffen blieb, daß er sich nicht verschlimmern möge.

Viele Jahre waren ins Land gezogen, bevor Eleva glaubte, sich selbst vergeben zu haben. Und nun begann alles von vorn.

»Woran denkst du, Tante?«

Die Angesprochene sprang erschrocken auf, war jedoch erleichtert, als sie sah, wer da aus dem Dickicht auf sie zutrat.

»Ibak!« Sie umarmte die Nichte. »Du lebst!«

»Ja. Dank Bredelgund und Agnes Honiglieb.«

»Was ist geschehen? Ich war bereits in größter Sorge um dich.«

Ibak setzte sich an die Feuerstelle, ließ den Blick über das verlassene Lager wandern und bedachte Eleva mit einem Seitenblick.

»Ich habe Erstaunliches erlebt. Aber die Zeit ist zu knapp, es dir ausführlich zu berichten. Und auch du brauchst mir nicht viel zu erklären. Agnes und Bredelgund Honiglieb, die offensichtlich immer erfahren, was in diesem Wald vorgeht, setzten mich über alles in Kenntnis. Ich bringe dir schlechte Nachrichten: Sie ist hier, die Schattengeherin. Ich habe mich übertölpeln lassen und sie über die Grenzen M'alennians geführt.«

»Du?«

Ibak nickte stumm, verdrossen und hilflos, während Eleva die Arme hinter dem Rücken verschränkte und begann, auf und ab zu gehen.

»Ich weiß, daß sie hier ist. Keine hätte ihr Erscheinen in M'alennian verhindern können. Nicht du, das Schicksal führte sie her. Wärest du nicht gewesen, hätte sie eine andere Möglichkeit gefunden, hier einzudringen. Sag mir, hast du den Frauen Fellöws die Nachrichten übergeben? Wann sind sie aufgebrochen?«

»Nun …« Ibak nahm einen Stock zur Hand und zeichnete Muster in die Asche.

Eleva packte sie bei den Schultern.

»Wann?«

Ibak warf den Stock fort und sah Eleva geradewegs ins Gesicht.

»Überhaupt nicht! Die Stadt war wie ausgestorben, als ich dort ankam. Ich hoffe, die Frauen sind noch am Leben. Ich weiß nicht, was dort vorgefallen ist. Es gab nicht die geringsten Anhaltspunkte. Von der Ovrehjelber fehlte jede Spur. Wir sind allein, und wir können nicht damit rechnen, daß wir Beistand erhalten. Die letzten Brieftauben, die unsere Hilferufe vielleicht noch auf das Festland hätten tragen können, ließ ich unbedachterweise frei, bevor ich feststellen mußte, daß die Frauen aus Fellöw fort waren.«

Eleva ließ die Nichte, der sie fassungslos zugehört hatte, los und sank auf einen Stein.

»Die Nachricht an die Schwesternschaft in den Stollen … ich hatte so sehr darauf gehofft, sie würden mir irgendwie Hilfe leisten können.«

»Besteht die Möglichkeit, die Bewahrerinnen in Gedanken zu rufen?«

»Vollkommen ausgeschlossen. Ich kann es mir nicht erlauben, auch nur einen Funken meiner Energien für den fraglichen Erfolg einer solchen Anrufung einzusetzen. Was, wenn sie mißlingt? Dann kann nichts mehr die Herbeigerufene aufhalten. Ich benötige meine ganze Kraft für Stu und mich.«

Ibak dachte an das Versprechen, das sie Sekja gegeben hatte.

»Da ich mit meinem Wort für das Wohl der Frauen aus Fellöw eingetreten bin, werde ich mich zur Verantwortung ziehen lassen müssen, wenn ihnen etwas zugestoßen ist.«

»Vielleicht sind sie längst wieder in Fellöw«, murmelte Eleva zweifelnd.

»Ich hoffe es.«

»Und jetzt …« Eleva erhob sich, » …mußt du gehen. Reite in den Schutz von M'alennians Hain. Alle anderen sind schon dort.«

»Glaubst du wirklich, daß sie im Hain sicher sind?«

»Erst einmal ja.«

»Wird die Schattengeherin nicht unbeirrt ihre Schritte gerade an jenen Ort lenken wollen?«

Eleva schüttelte den Kopf.

»Vorerst nicht. Sie sucht Stu. Und deshalb bleibe ich mit ihr hier. Ich gebe zu: die Wahrscheinlichkeit ist nicht sehr groß, aber vielleicht gelingt es uns, die Schattengeherin dahin zu schicken, wo sie hergekommen ist.«

Ibak sah Eleva nachdenklich an.

»Darf ich deine Aufopferungsbereitschaft als einen Anflug später Reue und Mutterliebe deuten?«

»Sei still, Ibak!« fuhr Eleva sie zornig an.

Aber Ibak lächelte nur.

»Du hast es ihr nicht gesagt?«

»Es gibt nichts zu sagen, nicht nach so vielen Jahren. Worte sind hier unbrauchbar! Und sie werden auch in Zukunft unbrauchbar sein. Sie wird es niemals erfahren.«

»Wie du meinst, Eleva. Es ist deine Entscheidung. Ich kann nur hoffen, daß mir mit Mira ein ähnliches Schicksal erspart bleiben wird.«

»Es geht nicht nur darum, Stu das Leben zu retten, Ibak. Du weißt nicht, wie mächtig eine herbeigerufene Schattengeherin werden kann.«

»Du irrst dich. Ich weiß es. Das, was ich erlebt habe, vermochte mich durchaus zu überzeugen.«

»Also wirst du einsehen, wie wichtig es in unser aller Interesse ist, zumindest den Versuch zu unternehmen, sie zu vernichten.«

»Gewiß!«

»Wir sind uns also einig. Mach dich auf den Weg! Mögen die Göttinnen dich schützen!« Eleva berührte Ibak kurz an der Schulter und lenkte dann ihre Schritte zu der Hütte, in der Stu untergebracht war. Auf halbem Wege drehte sie sich um. Ibak blieb, wo sie war.

»Worauf wartest du noch?«

»Mit deiner sturen Eitelkeit wirst du uns alle noch um Kopf und Kragen bringen«, murmelte Ibak.

»Was? Was sagst du da?« Eleva machte kehrt. »In welchem Tonfall erlaubst du dir eigentlich, mit mir zu sprechen? Was, bei Nephtars Abgründen, ist in dich gefahren?«

»Das will ich dir gerne sagen. Du hast offensichtlich jede Frau, die dir hier helfen könnte, in M'alennians Hain geschickt. Sententia, Edita, Aviva, Beringör, Janjat, Fina und Sina. Sie alle wären gerne bereit gewesen, dir hier hilfreich zur Seite zu stehen. Du aber hast sie glauben lassen, sie seien im Hain besser aufgehoben als hier. Was willst du mit diesem einsamen Kampf beweisen? Willst du an Stu etwas gutmachen?«

Eleva nahm neben Ibak Platz.

»Eine Schattengeherin ist nicht mit den einfachen Mitteln einer körperlichen Auseinandersetzung zu bezwingen. Was wirfst du mir also vor? Daß ich Aviva, die verletzt und erschöpft ist und vor Müdigkeit nicht mehr stehen kann, oder Beringör, die nur über leidlich gute magische Kenntnisse verfügt, schonen will?«

Ibak begann, an ihren eigenen Worten zu zweifeln und starrte in die Asche.

Eleva sprang unruhig auf und fuhr fort. »Vergiß nicht, Stu ist diejenige, die mir hilft. Welche der auf Fäärwll anwesenden Frauen könnte aufgrund ihrer Fähigkeiten sonst noch in der Lage dazu sein, ohne dabei den sicheren Tod zu finden? Hätte ich Beringör, Aviva, Edita oder eine der anderen verpflichten sollen, hierzubleiben in dem sicheren Wissen, daß sie nichts würden ausrichten können? Nein! Meine Entscheidungen haben durchaus ihre Berechtigung. Aber du … du unterstellst mir blinde Gefühlsduselei und Hochmut. Ich will dir etwas sagen, Ibak. Es geht mir nicht darum, Stu zu retten, sie auf den Pfad der Tugend zurückzuführen und mir anschließend von allen dafür Anerkennung zuteil werden zu lassen. Ich mag sie noch nicht einmal besonders. Sie ist eine vollkommen Unbekannte für mich. Denkst du wirklich, ich glaube an diese irrwitzigen Geschichten von Sippenzusammenhalt und unverbrüchlicher Schwesternliebe? Der glückliche Sippenverband?« Eleva lachte bitter, bevor sie fortfuhr: »Fabeln, Märchen! Sie erfüllen ihren Sinn allein durch die Zweckmäßigkeit, die ihnen zugrunde liegt, und selbst die steht meistenteils in Zweifel.«

Ibak hatte die Ansprache geduldig über sich ergehen lassen, jetzt aber stand sie auf und legte einen Arm um die Schultern der Tante.

»Du weißt, daß das nicht stimmt, Eleva. Stu bedeutet dir etwas. Vielleicht weißt du nicht was oder wieviel, aber du kannst es dir nicht so einfach machen, wie du mich glauben lassen willst. Du sorgtest dich vor nicht allzu langer Zeit so sehr um sie, daß du mich batest, sie nach Flaffl zu bringen, falls dir etwas zustößt. Du willst ihr einen Prozeß ersparen, weil du selbst dich schuldig fühlst, weil du glaubst, daß eigentlich du es sein solltest, die sich zu rechtfertigen hat für die … Versäumnisse, derer du dich anklagst.«

Eleva blickte der Nichte starr ins Gesicht, bevor sie schließlich die Augen senkte.

»Glaubst du«, fragte Ibak leise, »der einzige Weg, dir selbst zu verzeihen, bestünde darin, dich in diesem Kampf aufzuopfern?«

Eleva umgriff Ibaks Hand. »In deinen Worten liegt einige Wahrheit, und in meinen manch Zwiespältiges und Verworrenes. Aber das ändert im großen und ganzen nichts an dieser Situation. Wir sind allein. Wenn Stu und ich der Schattengeherin begegnen, werden weder Beringör noch Aviva noch andere helfen können. Und du auch nicht. Geh jetzt also! Mit Fius Hilfe werden wir uns alle bald wiedersehen.«

Aber Ibak schüttelte den Kopf.

»Nein. Nein, Eleva. Belege mein Schwert, ich weiß, daß du es kannst, und ich werde bei dir bleiben.«

»Aber Ibak! So sei doch vernünftig. Dein Schwert ist bereits magisch belegt. Es darüber hinaus mit weiteren Formen zu besprechen, würde mich zuviel Energie kosten und dir gefährlich werden.«

»Ich habe keine Angst vor meiner eigenen Waffe.«

»Das Flafflruhmestum ist dir offensichtlich doch nicht ganz abhanden gekommen. Deinem Mut gebührt Anerkennung, aber wie dem auch sei. Es geht nicht.«

»Mit Flafflruhmestum hat das alles recht wenig zu schaffen. Geht es Stu besser?«

»Ja, aber …«

»Kann sie es tun?«

Eleva zögerte, als sie in das entschlossene Gesicht ihrer Nichte schaute.

»Sie … ja … sie könnte es, aber woher weißt du, daß sie …«

Ibak legte die Hand auf die Schulter ihrer Tante.

»Wir dürfen jetzt keine Zeit mehr verlieren. Bring mich zu ihr.«

Eleva nickte langsam.

»Ich hoffe, du weißt, worauf du dich einläßt.«

»Der Tod ist nichts, wovor es sich zu fürchten lohnt«, erklärte Ibak sanft, jedoch entschlossen – weniger aus alter Flafftradition als in Erinnerung an ihre unlängst gesammelten Erfahrungen –, und sie folgte Eleva in die kleine Hütte.

Stu erwachte beim Geräusch der eintretenden Schritte sofort und setzte sich auf.

»Stu?« Ibak nickte kurz.

Stu legte flüchtig die rechte Hand zur Brust. »Ibak von Smagninborg, und abermals überraschend und unerwartet!«

»Es freut mich, dich bei entschieden besserer Gesundheit wiederzusehen, als dies vor einigen Tagen noch zu erwarten gewesen wäre«, versetzte Ibak mit distanzierter, eisiger Höflichkeit.

»Ist das wahr? Ich vermag deinen Worte kaum Glauben zu schenken. Nun, auch du hast dich erholt. In dem Traum, in dem du mir erschienst, bereitetest du dich auf ein Festmahl an Nephtars Tischen vor«, gab Stu steif zurück.

»So?« Ibaks Augen verengten sich. »Dein Traum war nicht ganz vollständig, denn ich gedenke, noch ein wenig zu verweilen. Ich hinterlasse ungern unerledigte Aufgaben.«

Eleva, die etwas abseits stand, seufzte leise.

Das Bild von zwei einander umschleichenden Wölfinnen mit aufgestelltem Nackenfell und entblößtem Fang begann sich in ihrem Kopf festzusetzen.

Stu musterte den Gast von Kopf bis Fuß. »Du bist gewiß nicht umsonst sorgenvoll an mein Lager geeilt. Verrate mir also den Grund!«

»Du hast recht. Wir haben keine Zeit, uns gegenseitig höflich zu bedauern, nicht wahr? Ich komme, weil ich dich bitten will, mein Schwert zu belegen.«

Stu warf einen irritierten Blick zu Eleva hinüber.

Diese seufzte abermals tief, begab sich in den inneren Kreis der frostigen Unterhaltung und nahm dicht bei Stu Platz. »Ich werde dir helfen, Stu. Du mußt mir nur ein wenig deiner mentalen Kraft übertragen. Dies ist eine Fähigkeit, die du bereits besitzt. Um die Formen sorge dich nicht. Dies ist allein meine Aufgabe.«

Stu verzog die Mundwinkel.

»Was soll das für einen Sinn haben? Mit Waffen läßt sich die namenlose Kreatur nicht vernichten!«

»Für gewöhnlich nicht, aber mit der Magie des Jaltozirkels belegte Waffen können uns zumindest schützen«, erklärte Eleva geduldig.

»Welche Formen liegen bereits auf dem Schwert?« wollte Stu wissen.

»Die ersten vier des Jaltozirkels. Smagninborg hat die Waffe damit belegt«, gab Ibak zur Antwort.

Eleva lächelte. »Ja, das weiß ich noch. Es geschah zu deinem Geburtstag vor fünf Jahren. Wir waren alle sehr stolz auf dich.«

Ibak zog ihr Schwert aus der Halterung. Das Nhimm am Heft pochte im Rhythmus ihres Herzschlages.

»Wir wollen noch viele Geburtstage miteinander feiern, Eleva. Deshalb bitte ich dich nun: Belege mit Stus Hilfe dieses Schwert mit den Formen der fünften und sechsten magischen Prüfung, wie sie einer Kämpferin von diesem Status zustehen!«

»Der sechsten Stufe? Unmöglich! Du hast erst die vierte Prüfung abgelegt. Mit den Formen der fünften magst du noch zurechtkommen, wenn ich jedoch die der sechsten hinzufüge, bringe ich dich damit in Lebensgefahr.«

»Aber ich bin sicher, daß ich die Waffe zu kontrollieren weiß. Ich bitte dich, Eleva, dein Gefühl für Verantwortung in allen Ehren, aber laß mich selbst über mein Schicksal entscheiden!«

»Das darf und kann ich nicht. Du weißt das.«

»Unser aller Leben hängt davon ab.«

Eleva wandte den Kopf. Nun hatte sie bereits viele Fehler begangen. Sollte dies der nächste sein? Doch Ibak hatte recht. Ein Schwert, belegt mit Formen der sechsten Stufe des Jaltozirkels, war eine mächtige Waffe. Sie war durchaus in der Lage, einen gewissen Schutz zu bieten.

»Gut. Wir tun es.«

Ibak atmete erleichtert auf.

Sie sprach selbst den Lösespruch, der es Eleva und Stu möglich machte, die Waffe ungefährdet zu berühren, und ging ohne ein weiteres Wort hinaus in das Zwielicht M'alennians.

Zu diesem Zeitpunkt waren Vega, Janjat, Fina und Sina längst auf dem Weg zu M'alennians Hain. Mit ihnen waren über fünfzig Frauen aus Draích'laír. Auf den stämmigen Grubenpferden saßen kleine Mädchen und alte Frauen, für die der Fußweg zu anstrengend geworden wäre.

Sie verspürten alle eine große Erleichterung, als es schließlich gelungen war, die Bewohnerinnen der Ansiedlung in den Hain zu bringen. Doch Herrats unheimliche Präsenz konnten sie nicht vergessen, so daß sie immerfort darüber reden mußten, wie die Treufrau unbeweglich am Waldrand gestanden hatte, als ob sie darauf gelauert hätte, endlich Einlaß zu finden in das tiefe Dickicht M'alennians.

»Sie war so unheimlich!« sagte Sina jetzt schon zum wiederholten Male.

»Hast du ihre Augen gesehen?«

»Ja, ich sagte es doch schon, ihre Augen. Sie bestanden eigentlich aus nichts mehr!«

»Aus *dem* Nichts«, murmelte Janjat und drehte sich vorsichtshalber noch einmal um.

»Und warum hat sie den Aufbruch ihrer eigenen Frauen einfach so hingenommen?« grübelte Sina laut. »Ich meine, sie muß doch bemerkt haben, daß sie Draích'laír verließen.«

»Und sie hat auch überhaupt nicht versucht, uns aufzuhalten.«

»Nein. Sie hat einfach nur dagestanden und ins Leere gestarrt.«

»Mit diesen Augen …« erklärte Fina dumpf, »… kann sie gewiß nichts mehr sehen.«

»Hoffentlich sieht sie auch uns nicht!«

»Sie hat gewartet, auf irgend etwas hat sie gewartet!«

»Ich bitte die Fiu, daß sie noch eintausend Jahre warten muß, bevor was auch immer von ihr Besitz ergreift.«

»Es ist die Schattengeherin.«

»Wir haben mehr Glück gehabt, als wir verdient hätten«, flüsterte Janjat, die müde war.

»Warum bist du der Meinung, wir hätten das Glück nicht verdient?« wollte Fina wissen, die mittlerweile auch ihre Meinung über Eleva ein wenig geändert hatte.

»Wir hätten erst den Weg nach Draích'laír einschlagen sollen.«

»Hätten, hätten, hätten! Was regst du dich auf? Es ist alles gut gegangen, und wir verdienen außerdem jedes Glück dieser Welt«, sagte Fina entschlossen und nahm eines der Mädchen auf den Arm, welches beständig vor ihr herstolperte. »Hat dir deine Mutter nicht beigebracht, einen Fuß vor den anderen zu setzen, damit es vorwärts geht?« brummte sie.

»Ich bin müde!« weinte das Mädchen und rieb sich die Augen.

»Nun, nun! Wir werden noch einen Platz auf dem Pferd für dich finden!« Fina hob sie zu einer alten Frau in den Sattel.

»Halt dich gut fest! In Flaffl bekommen die Mädchen, die eine Woche lang nicht vom Pferd fallen, eine Stange Zuckerzeug. Sieh her!« Fina zog eine Karamelstange aus dem Lederwams. »Ich will dir etwas davon geben, wenn du bis M'alennians Hain oben bleibst.« Das Mädchen nickte schluchzend.

Sina und Janjat waren unter sich geblieben.

»Ich frage mich, wie es Ibak geht. Ich mache mir schreckliche Gedanken um sie, und auch um Eleva und … um Stu«, flüsterte Janjat.

»Du machst dir *schreckliche* Gedanken, oder du machst dir *schrecklich viele* Gedanken?«

»Sowohl als auch. Furchtbare Bilder gehen mir durch den Kopf. Viele furchtbare Bilder.«

Sina ergriff ihre Hand. »Es wird alles gut werden.«

»Hoffentlich erreichen wir bald den Hain.«

»Gebe Fiu, daß die Schattengeherin uns nicht begegnet!«

Fina, die die letzten Sätze gehört hatte, gesellte sich wieder zu ihnen.

»Sind die Jammerchöre, die von euch zu hören sind, wirksam gegen Angst, Hunger und Durst, oder verfolgt ihr sonst eine besondere Absicht damit? Die Frauen Fäärwlls sollten euch als Vorbild dienen. Von ihnen kommt nicht das geringste Wort der Klage. Ihr dagegen habt schon seit Stunden nichts anderes zu tun, als bedenklich die Köpfe zu schütteln, eure Stirn in betretene Falten zu legen und ab und zu verzweifelte Mienen aufzusetzen.«

Janjat senkte den Kopf. »Du hast recht, Fina. Dieses eine Mal hast du recht.«

»Nehmt euch zusammen! Wir werden es dieser Herrat und von mir aus auch irgendeinem schattenhaften Wesen schon zeigen!« Fina blickte sich grimmig um und stellte eine gewisse Verlangsamung beim hinteren Teil der Gruppe fest. »Die Pferde schlafen fast im Gehen ein. Ich kümmere mich darum. Schließlich wollen wir hier nicht übernachten. Leider.« Sie trabte an.

Sina schwieg eine Weile. Dann drückte sie Janjats Hand, doch die fuhr plötzlich erschrocken zusammen.

»Was war das für ein Geräusch?«

»Ich habe nichts gehört«, stellte Sina fest und teilte die Zweige des Dickichts. »Vielleicht nur ein paar Koboldinnen.«

»Nein, nein. Ich habe das Gefühl, beobachtet zu werden.«

»Irgend etwas nicht so, wie es sein sollte?« erkundigte sich die wieder heranreitende Fina mit wichtiger Bereitschaftsmiene.

»Hör zu«, schlug Sina vor, »ich denke, wir sollten uns aufteilen. Eine von uns bleibt beim hinteren Teil der Gruppe. Eine reitet in der Mitte, und eine voran.«

»Einverstanden!« sagte Fina. »Laßt mich voranreiten.«

»Wie du meinst! Janjat?«

»Ich bleibe hinten!«

»In Ordnung.«

Janjat blieb am Wegrand stehen und ließ die Frauen an sich vorbeiziehen. Auch Vega befand sich unter ihnen, und Janjat dachte plötzlich wieder mit Furcht an die Prophezeiung des kleinen Mädchens.

Hulda Klödenich ließ sich an diesem Morgen ermattet in ihren großen Sessel fallen. Es war eine anstrengende Nacht gewesen, eine, die ihre auf Gemütlichkeit bedachte Seele mit Entsetzen gefüllt hatte. Nun, die Gefahr schien zunächst gebannt, und was den Einsatz auf Fäärwll betraf, mußte abgewartet werden. Frau Klödenich hielt nichts davon, sorgenvoll in eine Zukunft zu blicken, über deren genauen Verlauf sich nicht die geringste Aussage machen ließ. Nur der Gedanke an die Brandstiftung des Dehrentempels, vielmehr an das, was sie im Keller beobachtet hatte, ließ im nachhinein ihre Nackenhaare einen aufrechten Stand finden. Einen Schluck heißen Tee nehmend, versuchte sie, die Erinnerung daran zu verdrängen.

Erfolgreich!

Und sie wandte sich einem anderen Thema zu.

Dieses war nun angenehmerer Natur. Es handelte sich um den Besuch einer wunderbaren Frau, der in wenigen Stunden in ihrem Heim stattfinden sollte.

Karla von Köck*, eine weit über die Grenzen Nordwestmidlands hinaus bekannte Persönlichkeit allerhöchsten Ranges

---

* Mehr zu Karla von Köck siehe »Die Midlandprophezeiung«.

– sie setzte Theaterstücke und Singspiele so atemberaubend abstrakt und anspruchsvoll in Szene, daß keine sich der Faszination entziehen konnte, aber auch nur die wenigsten der Handlung zu folgen vermochten –, diese Frau also würde nun Hulda Klödenich im Laufe des Tages die Ehre geben. Die Gewährsfrau hatte zwar noch nie eines ihrer Werke auf der Bühne erleben dürfen, doch war sie fest davon überzeugt, daß sie großartig waren. Das Urteilen überließ Hulda in diesem Falle lieber anderen. Denn eigentlich hielt sie nichts vom Theater. Aber von Karla hielt sie recht viel, seit diese ihr einmal auf der Feste begegnet war. Der Schatten von Bedeutsamkeit, der Karla von Köck stets umgab, hatte bei Frau Klödenich einen unvergeßlichen Eindruck hinterlassen.

Hulda legte die Beine hoch, schmiegte sich behaglich an die Kopflehne und erging sich in pikanten Gedankenspielen, als der Türklopfer dröhnend gegen die Eingangstür schlug.

»Mist!« Hulda schlug die Webdecke zurück und stieß sich die Zehen am Fußhocker. Humpelnd stapfte sie zur Tür.

»Morn, Morn!« verkündete Sebl Sebelsn ein wenig unkontrolliert. »Ich bin Kbitänn … nn Sebl Sebelsn unich habe ewassu meldn … n.«

»Bei allen … ich weiß, wer du bist!« verkündete Hulda ungehalten. »Du bist die verlotterte Schwester dieser verfluchten Piratin Jette.« An ihrem Hals schwoll eine dicke Ader. Sie diente als Zornpegel. »Und wenn du etwas zu melden hast, dann geh, verflucht, zu dieser verfluchten Stunde an diesem dreimal verfluchten Morgen zur Wachstation!« Sie wollte die Tür zuschlagen, hatte jedoch nicht mit der erstaunlich schnellen Reaktionsfähigkeit der Kapitänin gerechnet, die einen Fuß aus Stein zu haben schien, der sich nicht aus dem Türspalt drängen ließ.

Eine andere Person schob sich in diesem Moment an Sebl vorbei.

»Wir bitten vielmals um Verzeihung, Hulda, aber die Amtsstube ist geschlossen, und wir wissen nicht wohin. Zur Feste hinauf ist es zu weit. Auch denke ich, daß wir dringend mit dir reden müssen.«

Hulda beendete ihre Versuche, Sebls Fuß zu zerstampfen, und sah verwundert auf. »Digrin! Digrin Semper! Was … ja, wo kommst du … wie … in Fius Namen … Du bist ja ganz durchnäßt.«

»Meinerehde!« lallte Sebl und nutzte den erloschenen Widerstand der Gewährsfrau aus, um unverzüglich ihr Haus zu betreten.

»Wer sind diese ganzen Frauen? Sind sie Bewohnerinnen Rosof Fäärwlls?«

»Nicht alle. Ein Teil von uns kommt aus Flaffl!« berichtigte die Kapitänin der Ovrehjelber, die Digrins Hand fest in der ihren hielt.

»Gibbs hiernichssu trinknn?« randalierte Sebl aus dem Inneren des Hauses.

Frau Klödenich warf einen gehetzten Blick Richtung Stube zurück.

»Ich schlage vor, ihr kommt jetzt alle erst einmal herein.«

»Danke, Hulda.«

Hulda nickte und wartete, bis die letzte der Frauen mit zwei Töchtern an der Hand die Schwelle ihres Hauses übertreten hatte. Sie blickte hilflos auf ein Ölbild dicht neben der Eingangstür, welches Karla von Köck huldvoll lächelnd im Kreise von Bewunderinnen zeigte, und zuckte die Achseln. Dann jedoch sputete sie sich, um in die Stube zu gelangen, denn sie vernahm das Geräusch einer zu Boden fallenden Flasche.

Sebl verfügte zwar über den Spürsinn einer Wölfin, besaß jedoch leider nicht deren geschmeidiges Geschick.

Die Schattengeherin, die Namenlose, die Antlitzlose war nun nicht mehr weit entfernt. Was auf dem Weg von den Ausdünstungen ihres böses Hauches berührt worden war, starb ohne

Hoffnung auf Wiederkehr. Es war für immer verloren. Es galten keine Beschränkungen ihrer Macht mehr. Zu weit hatte sie sich in den Wald vorgetastet. Zuviel seiner Erde hatte sie schon verbrannt. Keine bannende Grenze besaß für sie oder für Teile ihrer selbst mehr Gültigkeit.

Während ein Teil der Schattengeherin aus dem Körper, den sie in Besitz genommen hatte, nun eine junge Frau beobachtete, die sich voller Furcht umsah, hatte die Essenz der Schattengeherin inzwischen das Lager auf der Lichtung fast erreicht. Einen Moment verharrte sie und sog die Luft M'alennians in ihre körperlose Gestalt ein. Sie war durchtränkt von der Angst allen Lebens, das sich dort zusammengefunden hatte. Erst wenn sie sich mit der, die das Tor geöffnet hatte, vereinigt haben würde, könnte sie in das Herz des Waldes vordringen. Um das Wesen des Ausgleichs zu vernichten, war sie gekommen, war sie gerufen worden, und sie würde nicht zögern, diese Tat zu vollbringen. Labsal war für sie die Furcht, und frische Kraft würde sie durchdringen. Dort, wo jetzt noch das Herz M'alennians lag, sollte später ihre neue Stätte der Anrufung errichtet werden. Sie würde göttliche Höhen erreichen. Die Angst und der Glaube an ihre Existenz würden die Basis ihres Daseins bilden. Mit dem leeren, blanken Feuer ihrer Augen sollte die Welt geblendet werden, so lange, bis nichts mehr blieb als nur ein Schatten ihrer selbst.

Ibak hockte auf einem Baumstamm an der alten Feuerstelle und blickte stumm auf ihre schmutzigen, gefalteten Hände.

Sie versuchte, zur Ruhe zu kommen, nicht nachdenken zu müssen, doch die Bilder fuhren wild in ihrem Kopf umher. Sie jagten einander, rissen ab, formierten sich neu. Tika, Mira und Niemit bildeten dabei einen nicht unwesentlichen Bestandteil ihrer Gedanken. Und Andronja. Immer wieder Andronja.

Ibak zog den letzten Fetzen Papier noch einmal hervor,

jenen, auf dem sie versucht hatte, Andronja ein Gedicht zu schreiben. Die Zeilen sollten sie jetzt trösten und ihr Mut machen für den Kampf, der vor ihr lag, und dessen Ende nicht vorhersehbar sein konnte. Sie war noch nicht einmal sonderlich erstaunt, als sie feststellen mußte, daß kein einziges Wort mehr dort stand, es war ein reinliches, unbeschriebenes Blättchen Papier, und es mußte offenbar sogar mit einem heißen Eisen geglättet worden sein. Ibak wendete es mit resignierter Mattheit wieder und wieder in ihren Händen, bevor sie es auf einem Stein ausbreitete und nach Feder und Tinte kramte.

Dies war jetzt die letzte Gelegenheit, einen Brief zu hinterlassen, der vielleicht durch ein gütiges Geschick irgendwann einmal zu Andronja finden würde, falls sie, Ibak ... nun, falls sie ... in die Wandlung gehen sollte.

Sie tauchte die Feder ins das Fäßchen. »Liebe Andronja ...« schrieb sie. Dort, wo sie das Papier berührt hatte, zeichneten sich die Abdrücke ihrer schmutzigen Finger ab. Sie unterbrach und lauschte statt dessen dem Schmerz in ihrer Seele. Ihre Sehnsucht nach der, die sie liebte, war so groß – und die Hoffnung nur gering. Es tat weh, sich ihr Bild vor Augen zu rufen, und doch mußte sie es tun.

»Ibak?«

Eleva berührte sie leicht an der Schulter.

»Was machst du da? Pack das Schreibzeug fort. Jetzt ist keine Zeit mehr, um Briefe zu verfassen. Hier, ich bringe dir dein Schwert.«

Ibak atmete tief durch und verstaute ihre Utensilien.

»Danke. Ich danke dir, Tante.« Sie betrachtete das Nhimm am Heft der Waffe. Es schlug ruhig und regelmäßig. Dies war noch Elevas Herzschlag. Sie würde das Schwert erst auf sich einstimmen müssen. Behutsam fuhr sie mit der Hand über den roten Rubin, der in dem silbernen Auge saß.

»Du erinnerst dich an die Formen der Einstimmung?«

»Die einfachen?«

»Ja.«

»Ich will es versuchen.«

Ibak schloß die Augen und umfaßte das Heft. Sie rezitierte stumm, nur die Lippen bewegend, und fühlte, wie die Schwingungen ihres Körpers sich in der Klinge fortsetzten. Als sie die Augen wieder öffnete, pulsierte das Nhimm heftiger, schneller. Dies war nun ihr eigener Herzschlag.

Eleva sah die Nichte eindringlich an.

»Der Takt ist zu schnell. Du mußt versuchen, die Frequenz langsamer zu halten, sonst gleicht sich dein Herzschlag dem Schwert an – und nicht umgekehrt. Es besteht die Gefahr, daß es außer Kontrolle gerät und dich fortreißt.«

»Das weiß ich, Eleva.« Ibak versuchte sich zu konzentrieren.

»Wenn es nicht geht, Nichte, mußt du den Lösungsspruch rezitieren, bevor es zu spät ist.«

Schweißtropfen traten Ibak ins Gesicht. Die Waffe war von mächtiger Kraft.

Eleva trat zurück und behielt die Nichte, deren feuchte Stirn das Nhimm berührte, besorgt im Auge. Doch endlich verlangsamte sich der Rhythmus im Nhimm, und Ibak atmete schließlich erleichtert auf.

»Bei Fiu, es ist stark!«

»In Flaffl tragen momentan nur drei Frauen ein Schwert von solch magischer Präsenz. Kaum eine der Kämpferinnen, wie weit sie in ihrer Ausbildung auch gediehen sein mag, möchte sich mit solch einer Waffe belasten. Es liegen die Formen der fünften und sechsten Stufe des Jaltozirkels auf dieser Klinge.«

Ibak tastete über die Schneide. Sie war von eisiger Beschaffenheit und brannte dennoch wie die Glut des Feuers. Ibak erhob sich, ließ das Schwert die Luft durchtrennen, erhob es, vollführte einige Probeschläge und -hiebe und verstaute es in der Halterung.

»Daß wir uns richtig verstehen: Du wirst mit dieser Waffe nur kämpfen und auf keinen Fall versuchen, ihre gesamte Magie freizusetzen!«

»Selbst wenn ich es wollte, könnte ich es nicht, denn ich kenne die Formen noch nicht.«

»Gut, gut! Aber du bist dir sicher, dieses Schwert als Schutz benutzen zu können?«

Ibak zögerte.

»Es ist schwer. Das gebe ich zu. Ich hatte es mir leichter vorgestellt. Es ist, als wollte ich die Fiu am Himmel festhalten.«

»Nun ja, ich will nicht hoffen, daß es derart aussichtslos ist. Aber wenn du feststellen solltest, daß dieses Schwert außer Kontrolle gerät, so sprich früh genug den Lösungsspruch. Wenn du zu lange zögerst, wird es nicht mehr darauf reagieren.«

Ibak nickte. Ihr Schwertgurt war von doppelter Schwere. Die magische Präsenz der Waffe veränderte sie, erfüllte sie mit Kraft und Entschlossenheit. Damit hatte sie gerechnet. Es war nun um so wichtiger, sich von diesen Gefühlen nicht mitreißen zu lassen und Bedacht, Vorsicht und Konzentration nicht zu verlieren.

»Wie fühlst du dich?« fragte dann auch Eleva, die erfahren wollte, ob die mentale Kraft, die sich von der Waffe nun allmählich auf Ibak übertragen mochte, Gefahr bedeutete oder nicht.

»Ich spüre die Veränderung, aber ich kann sie ausgleichen.«

»Gebe Fiu, daß dies so bleibt!« seufzte Eleva. »Komm, du solltest dich jetzt auch bei Stu bedanken, denn ihre Kraft liegt in diesem Schwert. Ich habe sie nur in die richtigen Formen gebracht.«

Eleva schlug den Weg zur Hütte ein. »Ich hoffe nur, sie hat nicht zuviel an mentaler Energie dabei eingebüßt.« Schulterzuckend öffnete sie die Tür. »Sie scheint ein Kelch zu sein, der niemals versiegt.«

»Was versiegt niemals?« wollte Stu wissen. Sie stand aufrecht, wenn auch Halt an einem Stuhl suchend im Raum.

»Deine mentalen Energien«, gab Eleva zurück. »Hoffentlich.«

»Bist du also zufrieden mit deinem Schwert, Ibak von Smaginborg?«

»Ich bin gekommen, um dir zu danken! Ja, ich bin sehr zufrieden!«

»Wie erfreulich!« Stu ließ die Lehne los, in der Absicht, den Raum zu durchqueren. Sie hatte mit viel Mühe gerade ein paar Schritte getan, da blieb sie dicht vor Ibak stehen und sah ihr schweigend geradewegs ins Gesicht. Eleva fragte sich, was sie wohl damit bezweckte, doch sie stand nur da, und Ibak starrte zurück. Schließlich wandte sie sich wortlos ab und ging zum Lager zurück, wo sie sich auf die Felle und Decken sinken ließ.

»Es dauert nun nicht mehr lange!«

»Nein«, sagte Eleva. »Sie wird bald hier sein.«

Janjat blieb ein paar Schritte zurück. Sie hatte zwar kein verdächtiges Geräusch vernommen, aber etwas um sie herum schien Präsenz auszustrahlen. Mit der Armbrust in der Hand versuchte sie auszumachen, was nun genau für dieses seltsame Erleben verantwortlich war.

Aber in ihrer näheren Umgebung war nichts Auffälliges zu sehen oder zu hören. Der Zwang jedoch, dem Ungewöhnlichen nachzuforschen, steigerte sich, und Janjat verließ den Weg, durchkämmte das dichte Unterholz und bemerkte kaum, daß die Frauen sich immer weiter von ihr entfernten, bis sie schließlich allein war. M'alennian war totenstill, und Janjat mußte plötzlich an Vega denken.

»Verflucht! Bei Nephtars Abgründen!« Sie blieb keuchend stehen, dann wurde ihr bewußt, was vorging. Sie hatte sich in eine Falle locken lassen. Entschlossen spannte sie die Waffe, als Treufrau Herratsn aus dem Dickicht trat.

Sie bot keinen schönen Anblick.

»Führe mich zu M'alennians Hain!« befahl sie.

Janjat handelte entschlossen, doch die Treufrau lachte nur und zog den Bolzen aus der Brust.

Janjat zögerte keine Sekunde, sie drehte um und rannte los.

Aber Herrat war so schnell, leise und beharrlich wie Schatten, als sie die Verfolgung aufnahm.

Schweigend standen die drei Frauen an der Feuerstelle, um die Eleva einen Kreis gezogen hatte. Sie hielt die Augen geschlossen, und Ibak bemühte sich, die Impulse ihres Schwertes zu kontrollieren.

»Sie ist hier«, sagte Eleva endlich leise.

Ibak zog die Waffe hervor und sah sich um. »Wie mag sie erscheinen?«

»Bei den Göttinnen!« stieß Stu in diesem Moment hervor und krümmte sich vor Schmerzen. »Eleva, hilf mir!« schrie sie.

»Sie kann dir nicht wirklich etwas antun. Du bist geschützt. Denk daran!« rief Eleva, hob die Arme und konzentrierte ihre Gedanken.

»Wo ist sie? Was tut sie jetzt?« Ibak drehte sich, das Schwert bereit haltend, um ihre eigene Achse.

»Der Schmerz, er läßt nach!« Stu entspannte sich.

»Sie ist hier. Das war noch nicht alles.«

Ein Windstoß fuhr durch die Bäume, und Schwärze zeichnete sich zu ihren Füßen ab. Der Boden verbrannte, ohne daß dabei ein Laut zu hören war.

»Ibak, hilf mir!« erklang eine wohlbekannte Stimme.

»Janjat!« Ibak wollte zu ihr an den Rand der Lichtung stürzen, doch Eleva hielt sie zurück.

»Es ist nicht Janjat! Nur eine Illusion, ein Trugbild!«

»Ibak!« schrie Janjat und krümmte sich auf dem Boden.

»Laß mich los!« entfuhr es Ibak. Sie stieß Eleva beiseite und eilte zu der, die sie gerufen hatte.

Das Wesen wandelte. Ibak wich entsetzt zurück, als sich statt der Kusine nun ein kleines verkohltes Etwas erhob. Ibak holte aus und stieß das Schwert in den formlosen Körper, der erneut wandelte.

»Du hast mich getötet!« klagte Janjat fassungslos. Sie preßte beide Hände auf den Leib, helles Blut tropfte aus der Wunde. »Du hast mich getötet!« schrie Janjat.

»Komm sofort zurück, Ibak!« befahl Eleva, die ihre Nichte in dem schützenden Kreis wissen wollte, den sie gezogen hatte.

»Du bist nicht Janjat!« grollte Ibak und stieß ein zweites Mal zu, die Illusion verschwand, ein häßliches Kreischen ausstoßend, und Ibak kehrte zu Eleva und Stu zurück.

Erneut senkte sich Stille über die Lichtung. Nichts geschah. Lediglich ein leises Kratzen erklang mit einem Mal, als ob etwas in großer Hast über den Boden schleifen würde.

»Es befindet sich in unmittelbarer Nähe«, sagte Stu leise.

»Es kann innerhalb dieses Kreises keine wesenhafte, keine körperliche Gestalt annehmen«, erklärte Eleva und lauschte dem Geräusch, das sich in diesem Moment veränderte.

Vor dem Kreis verbrannte nun die Erde unter sonderbaren Spuren, die ein leise lachender Schatten hinterließ.

»Du darfst den Kreis jetzt nicht mehr verlassen! Auf keinen Fall!« flüsterte Eleva in angespannter Aufmerksamkeit. »Gib mir jetzt deine Hand, Stu, und geh genauso vor, wie ich es dir beigebracht habe. Denkt daran: ihr dürft weder Angst noch Haß empfinden.«

Doch in diesem Moment wich das Dämmerlicht M'alennians, und eine dichte Dunkelheit senkte sich herab.

Stu fand sich in den Hochebenen Flaffls wieder. Sie war allein.

Dunkle, grüne Tristesse lag weit um sie her. Kein Baum, kein Strauch erhob sich in der unendlich erscheinenden Weite und die Kälte ließ sie erzittern.

Sie war ein noch sehr junges Mädchen, hielt nur ein kleines Messer in der Hand und sah verwundert an ihrer schmutzigen Kleidung herunter. Wo sollte sie die verirrten Tiere finden? Sie durfte nicht eher zurückkommen, bis daß sie das Vieh zusammengetrieben hatte. Stu stolperte weiter über die Steine, das dichte Bodengestrüpp und die Flechten, immer weiter vorwärts, um der Kälte und dem eisigen Wind zu entrinnen, vor dem es doch eigentlich nie ein wirkliches Entkommen gab. Sie fiel, stand auf, fiel wieder und fühlte sich von der bis zum Horizont reichenden eintönigen Landschaft verzehrt und verwundet, als der Nebel hinter den Hügeln hervortrat, sich schnell und schwadenhaft seinen Weg suchte und sie schließlich umhüllte. Stu kauerte sich auf den Boden und fing die Nässe mit ihren Händen auf. Jeder feine Tropfen dieses Niederschlages enthielt eine Perle aus Eis, die schmerzhaft auf ihrer Haut schmolz. Sie stellte sich vor, daß ihre Mutter Beringör von Stelen erschien und sie mit nach Sweerkööp nahm. Und weiter stellte sie sich vor, daß ihre Großmutter sterben würde. Und sie lachte.

Aber dann erinnerte sie sich daran, daß dies nur Wünsche waren, die niemals erfüllt würden. Ihre Mutter würde nicht kommen. Sie würde sie nicht mit sich nehmen. Sie würde sie nicht nach Hause bringen, und sie würde sie nie mit ihren Armen umschließen und ihr Trost spenden. Stu war allein.

»Ich habe keine Angst«, sagte das kleine Mädchen und begann zu weinen.

Stu kratzte an den hellgrünen Flechten eines Steines und stellte fest, daß sich der wattigen Stille um sie herum ein neues Geräusch hinzugesellt hatte. Durch den dichten Nebel konnte sie die Umrisse eines Zeltes erkennen. Das Geräusch war das der knisternden Kohlen einer Feuerstelle. Stu stand langsam auf. Woher kam dieses Zelt? Es war vorhin noch nicht dort gewesen. Sie verstaute das kleine Messer und trat befangen auf das Lager zu.

Eleva wunderte sich, daß sie in Flaffl war. Sie sollte – dieses Gefühl befiel sie außerordentlich heftig – eigentlich ganz woanders sein. Sie konnte sich jedoch nicht erinnern, wo sie hätte sein sollen, sie wußte nicht genau, warum sie sich derart verwirrt fühlte und schaute in den Spiegel. Wie wunderbar jung sie war, so voller Kraft. Sie zeichnete die Linien ihres Gesichtes nach und wollte sich an den Ritt erinnern, den sie heute zurückgelegt hatte. Doch seltsamerweise waren die Gedanken daran weit fort, als habe sich dieses Ereignis vor langer, langer Zeit zugetragen. Sie schüttelte verwirrt den Kopf und warf einen Blick aus dem Eingang des Zeltes hinaus. Es war gut, das Lager frühzeitig aufgeschlagen zu haben. Dann wandte sie sich wieder der Feuerstelle zu.

Dort nahm sie Platz und lauschte den warmen Geräuschen. Etwas Schweres legte sich auf ihre Seele. Es mochte an der Weite des Landes liegen, an der anhaltenden Kälte dieses Sommers oder an der Einsamkeit. Sie war allein.

»Ich habe keine Angst«, sagte Eleva und schluckte etwas Bitteres hinunter, das in ihrem Magen lag wie ein Stein, bis sie plötzlich leichte Schritte vernahm, die sich dem Zelt näherten.

Stu betrat das Zelt. An der Feuerstelle saß eine Frau, die sie aufmerksam ansah.

»Da bist du ja! Ich habe auf dich gewartet. Schon lange.«

Das Mädchen schwieg.

»Komm her zu mir! Du solltest etwas heißen Tee trinken und die Nacht hier verbringen.«

Stu verharrte. Sie war so müde, und die Frau schien freundlich zu sein. Es war warm im Zelt. Sie würde vor dem Niederschlag geschützt sein.

»Komm nur näher!« Die, die am Feuer saß, breitete die Arme aus. Stu wünschte sich, daß sie ihre Mutter wäre. Sie träumte den Traum aller Kinder, jenen Traum, der die Grenzen zwischen Wunsch und Wirklichkeit für Momente zu beseitigen vermag. Sie träumte und wünschte sich, daß dies die Arme wären, die sie schützen sollten, vor der Kälte ihres Daseins, vor der Angst in den Tagen und Nächten, es sollten die Arme sein, die sie nach Hause tragen würden.

Die, die am Feuer saß, streckte ihre Hand aus.

»Worauf wartest du, mein Kind?«

Stu trat ein paar Schritte näher. Doch da war etwas im Gesicht dieser Frau, das sie nicht mochte. Sie hatte seltsame Augen. Sie schienen von unheimlicher Art zu sein. Die Iris fehlte in ihnen. Sie bestanden nur aus der Pupille, die von einem Lidrand zum anderen glänzte wie schwarzer Marmor.

Eleva betrachtete sorgenvoll dieses kleine Mädchen. Es schien zart und von durchsichtiger Blässe, wie es da im Eingang des Zeltes stand und sich kaum vorwärts traute. Eleva bat sie, doch näherzukommen. Das Mädchen war völlig durchweicht. Es fror und zitterte. Doch plötzlich war es Eleva, als schiebe sich ein seltsamer Gedanke vor ihr inneres Auge. Sie sah, gleich einem Trugbild, die Gestalt einer Kämpferin Flaffls vor sich, die eindringlich auf sie einredete. Die junge Frau trug eine Narbe im Gesicht, die der ihrer Nichte Ibak sehr ähnlich sah. Aber Ibak war doch noch ein Mädchen. Eleva wußte nicht, was das zu bedeuten hatte, und schob die sonderbare Erscheinung auf den anstrengenden Tagesritt.

Das Mädchen war ein paar Schritte nähergekommen und musterte Eleva stumm. Ihre eigene Tochter mochte in diesem Alter sein. Eleva empfand Mitleid und etwas wie dumpfe Schuld.

»Wie ist dein Name?«

»Ich habe keinen Namen«, sagte das Kind sehr leise.

Eleva fand das sonderbar. Es lag etwas in den Augen dieses Kindes, das sie nicht mochte. Sie leuchteten bizarr, und in den immer größer werdenden Pupillen lagen glitzernde Schatten von Eis und Leere. Aber vielleicht hatte dieses Mädchen auch nur Fieber. Und nun erschien aufs neue dieses sonderbare Trugbild vor ihr. Die Frau mit der Narbe redete nun nicht mehr, sondern schrie auf sie ein. Sie schien Eleva auf etwas Wichtiges hinweisen zu wollen, oder bat verzweifelt, ihr etwas zu geben. Eleva rieb sich über die Stirn. Ein merkwürdiger Tag. Alles wirkte wie im Traum, und doch war sie wach, hellwach.

Das kleine Mädchen lächelte freundlich und nahm eine große Steingutschale auf.

Stu trank gierig einige Schlucke dieser heißen und süßen Flüssigkeit.

»Wie heißt du?« wollte sie von der sonderbaren Frau wissen.

»Ich habe keinen Namen!« gab die Unbekannte am Feuer zur Anwort und wandte sich ab.

Stu wunderte sich, denn alle Frauen, die sie kannte, trugen einen Namen. Sie waren durch ihre Namen voneinander zu unterscheiden. Die Namen waren mit ihrer Identität verbunden.

»Kennst du mich?« fragte Stu und wärmte ihre Hände an der Schale.

»Aber ja«, sagte die Frau am Feuer, und ein sonderbarer Ausdruck, den Stu nicht einschätzen konnte, lag in ihrem Blick. Es war, dort etwas verborgen, das in jedem Augenblick hervortreten könnte. Daher sagte Stu, die etwas Unheimliches in sich aufsteigen fühlte: »Ich habe keine Angst.«

Die Unbekannte lächelte schnell und wissend. »Aber selbstverständlich hast du Angst, Stu. Du spürst die Angst an jedem Tag, in jeder Nacht. Sie nagt an deiner Seele wie eine Ratte am Kadaver. Deshalb sind wir schließlich hier, nicht wahr?«

Stu verstand diese Worte nicht. Sie schüttelte den Kopf.

»Ist das ein Traum? Bist du ein Traum?«

»Ja und nein«, lächelte die Frau am Feuer. »Im Augenblick jedenfalls steht mir kein anderer Weg offen als dieser. Aber ich bin sicher, du wirst mir folgen, nicht wahr?« Sie streckte die Hand aus.

Stu war sich nicht sicher, ob sie sie ergreifen wollte.

Eleva verspürte das dringende Bedürfnis, Worte auszusprechen, von denen sie nicht einmal wußte, was sie zu bedeuten hatten. Sie standen mit dem Trugbild in Verbindung, das in diesem Moment hinter einer Mauer aus Kristall in der hinteren Ecke ihres Zeltes mit einem Schwert in der Hand gegen etwas kämpfte, das Eleva nicht erkennen konnte. Das kleine Mädchen trank immer noch. Eleva fühlte, wie sich gegen ihren Willen ihre Lippen bewegten, Worte sprachen und Sätze formulierten, und sie bemerkte mit fassungslosem Entsetzen, wie dieses Kind sich wandelte, wie seine Augen zu blinden Höhlen wurden, hinter denen sich ein kaltes, finsteres Feuer von unbestimmter Farbe sammelte. Doch in diesem Moment fiel die gläserne Wand, sie zerbrach in unzählige Scherben, und das Trugbild trat hervor, die Frau, die das Schwert hielt und die stolpernde Eleva so heftig beiseite stieß, daß sie den Kessel aus seiner Kette riß und das kochende Wasser sich über Teile ihres Körpers ergoß.

Stu empfand Sehnsucht nach dieser Hand, die sich ihr so einladend entgegenstreckte. Die Frau war nett, doch das Mädchen blieb darauf bedacht, Abstand zu ihr zu halten. Aus irgendeinem Grunde schien es notwendig zu sein, ohne daß sie wußte, warum.

»Warum kommst du nicht einfach näher? Komm nur und schlaf. Schlaf in meinen Armen. Ich werde in deinen Träumen erscheinen. Dann treten wir gemeinsam eine lange Reise an. Ich werde dich von hier fortbringen.«

Stu stellte die Schale ab und wollte zu ihr kriechen, weil sie doch nur wollte, daß alles gut wurde, aber sie kam nicht vom Fleck. Ärgerlich versuchte sie, sich zu befreien, doch es gelang ihr nicht.

Plötzlich wich sie zurück, denn hinter der Frau trat jetzt eine andere hervor, die ihr aufs Haar glich, doch älter war, nicht so körperlich, und die eher einem Geist ähnelte als einem Wesen aus Fleisch und Blut. Und sie rief: »Lauf, Stu! Lauf!«

In diesem Augenblick fuhr die Unbekannte am Feuer herum. Aus ihren Augen waren leere, abgrundtiefe Höhlen geworden. Sie streckte die Arme nach Stu aus und schrie mit ohnmächtiger Wut, als das Mädchen sich ihrer Berührung entzog, während das geisterhafte Bild der Frau, die soviel Ähnlichkeit mit ihr hatte, seltsame Worte hervorbrachte.

Da war noch etwas anderes, ein Schwert schien es zu sein, das sich im selben Moment auf die Person am Feuer herabsenkte, doch Stu nahm sich keine Zeit mehr herauszufinden, was genau vorging. Sie warf ihr Messer nach der Frau mit den leeren Augen und verschwand auf allen vieren unter dem Zeltsaum hindurch in die neblige, öde Weite der Hochebene, während hinter ihr ein furchtbares Wüten und Schreien anhub, der Boden unter ihren Füßen vor Angst zu erzittern schien, und erst, nachdem sie ein ganzes Stück gerannt war, sah sie sich um. Das Zelt war fort. Die, vor der sie sich gefürchtet hatte, war nur noch ein kreischender Schwaden. Und die andere, die so große Ähnlichkeit mit ihr besaß, wurde immer körperlicher, genau wie die dritte Frau, die das Schwert hielt. Stu lief weiter.

Sie lief, rannte, stolperte und fiel, und schmeckte schließlich auf ihren Lippen den zur Asche gewandelten Boden des Waldes.

In sehr weiter Ferne verlor sich das Schreien.

Nach wie vor lag Dunkelheit über M'alennians Hain, doch ein ungewöhnliches Rauschen ging durch die Blätter des Waldes.

Keuchend beugte sich Ibak zu Stu hinunter.

»Steh auf, Stu! Es war eine Illusion. Es war ein Traum, ihr Traum, in den sie uns hineingezogen hat. Sie ist fort.«

Sie befanden sich noch in dem Kreis, den Eleva gezogen hatte, der jedoch offensichtlich an Wirksamkeit zu wünschen übrigließ.

»Ich träumte, daß Eleva mich töten wollte!« stöhnte Stu und stützte sich auf Ibaks Arm.

»Und Eleva träumte, daß du sie töten wolltest! Doch es war die Schattengeherin, die diese Täuschung verursacht hat. Hättest du ihre Hand genommen, statt der Elevas, dann wärst du verloren gewesen.«

»Wo ist Eleva?«

»Ich weiß es nicht.«

»Wir müssen sie suchen.«

»Wir werden sie in M'alennian nicht finden, Stu«, sagte Ibak und schloß die Augen.

»Wie meinst du das? Was willst du damit sagen?«

»Daß wir ihr nicht an den Ort folgen können, an den sie sich begeben hat.«

»Sprich! Ist sie in die Wandlung gegangen?«

»Ich weiß es nicht! Sie bediente sich deiner mentalen Kraft. Sie hielt in ihrem Traum immer noch deine Hand, auch als die Täuschung schon aufgehoben war, sie ließ dich erst los, als sie sicher sein konnte, daß du entkommen konntest. Sie wollte das namenlose Wesen für immer vernichten und wurde mit ihm fortgezogen. Eleva schloß das Tor, aber …« Ibak senkte den Kopf, »… von der falschen Seite. Sie verschwand. Ich weiß nicht, wo sie ist, ob sie lebt, ob sie zurückkehren kann.«

Ibak hob ihr Schwert auf.

»Bei den Göttinnen!« flüsterte Stu und fiel in sich zusammen. »Es liegt ein Fluch auf mir. Es muß ein Fluch sein.«

Ibak nahm neben ihr Platz und zögerte kurz, doch dann legte sie ihren Arm um Stus Schultern. Die Zurückweisung, die sie erwartet hatte, blieb aus, und schließlich saßen sie, die Köpfe gegeneinander gelehnt, auf dem verbrannten Boden und schwiegen eine lange Zeit, während die Schemen der Angst, die die Schattengeherin über M'alennian ausgebreitet hatte, sich aufhoben, in Fetzen am Himmel aufrissen, um dem sanften Dämmer des Waldes wieder seinen Platz einzuräumen.

»Ach«, sagte Bredelgund Honiglieb mit einem gemischten Ausdruck von Strenge und Besorgnis. Die beiden Schwestern befanden sich auf dem Heimweg von M'alennians Hain, wo auch sie schließlich Zuflucht gesucht hatten. »Es ist nicht schön, daß sie ihre Körper hier überall so unbeseelt herumliegen lassen. Es wirkt unordentlich.«

»Wir müssen etwas dagegen unternehmen. Wir sollten Schilder aufstellen.«

»Aber schau nur: diese hier ist nicht ganz tot. Nur bewußtlos. Die Seele wandert jedoch schon.«

Agnes hob behutsam Janjats Körper in die Höhe, während Bredelgund sich über die Treufrau beugte und meinte: »Nun, bei dieser hier kommt jede Hilfe zu spät. Aber wir werden sie mitnehmen und bestatten, wie es sich bei den Menschenwesen gehört.«

»Meinst du?«

»Gewiß!«

»Kennen wir eigentlich diese junge Frau?« forschte Agnes, Janjat eingehend betrachtend.

»Ich kann sie so schlecht auseinanderhalten. Sie ähneln einander wie ein Ei dem anderen, aber könnte es nicht die sein, die mir so sehr ans Herz gewachsen war, daß ich sie am liebsten behalten hätte?« erkundigte sich Bredelgund.

»Nein! Aber ich glaube bestimmt, daß sie miteinander verwandt sind.«

Agnes strich mit der Spitze ihres kleinen Fingers behutsam Staub und Schmutz aus Janjats Gesicht.

»Wie dem auch sei. Wir sollten versuchen, die Seele einzufangen und wieder fest in ihrem Körper zu verankern. Vielleicht gelingt es. Wir können diesen Frauen vielleicht eine Freude damit machen.«

»Meinst du wirklich, sie hängen so sehr aneinander?«

»Sicher!«

»Agnes«, sagte Bredelgund, »was habe ich doch für eine Angst gehabt, und wie bin ich froh, daß kein neuer Sturm uns fortgeweht hat. Bedenke, wir hätten unser Haus verloren – und all unsere Bienenstöcke!«

»Den Kräutergarten!«

»Und ich hatte die Wäsche noch nicht abgenommen!«

»In unserem Alter bringt ein Umzug nichts Gutes mehr!«

»Nein! Wer weiß, in welchen Welten wir hätten leben müssen?«

»Und all die Menschentöchter, die mit uns in M'alennians Hain warteten, sie wären gestorben!«

»Mhmm!«

Bevor sie um die Biegung verschwanden, machte Bredelgund wohl einen Scherz, denn Agnes lachte, und wer genau zugehört hätte, würde noch die letzten Worte vernommen haben.

»Das wird eine schöne Überraschung für sie werden ...«

Eleva sah nichts mehr. Sie wußte, daß sie nicht in Nephtars Armen lag. Diese Sicherheit und das Wissen, daß die weltliche Existenz der Schattengeherin vernichtet war, blieben jedoch die einzigen Erkenntnisse, die sie als erwiesen annehmen konnte.

Sie hatte Stus Hand losgelassen und mit ihrer eigenen mentalen Energie das Wesen zerstört. Sie war dieser Kreatur jedoch zu weit gefolgt, so daß sie schließlich zu hören meinte, wie sich hinter ihr mächtige Portale schlossen. Blind hatte sie noch versucht, den Weg hinaus zu finden, den Weg hinaus aus etwas, das ihr Fassungsvermögen überstieg, das sie nicht mit ihren Augen erkennen konnte. Sie fühlte brennenden Schmerz auf ihrer Stirn und nahm an, daß die Schattengeherin sie geblendet hatte, doch als sie ihre Augen betasten wollte, stellte sie fest, daß dort nichts war, daß keine Hände mehr ihrem Befehl gehorchten, daß es nichts mehr gab, was sie an sich berühren konnte, obwohl das Gespür für ihren Schmerz und den Körper noch vorhanden war, der doch vor dem Portal zurückgeblieben war.

Es gab keine Mauern, die sie hätte berühren können, um sich Aufschluß über ihre Lage zu verschaffen, es gab keinen einzigen hellen Strahl, der sie hätte trösten können, es gab nur das Nichts.

Sie war nur noch ein Gedanke.

Eleva war gefangen in einem lichtlosen Kerker, der von unüberwindbarer Ewigkeit sein mochte.

Die Kapitänin der kleinen Flotte aus Kareb Solto, die eine umsichtige Mehetma nach Fäärwll gesandt hatte, war von Bord ihres eigenen Schiffes gegangen, um sich zu einem kleineren Segler rudern zu lassen, und kletterte nun das Fallreep hinauf.

»Ehre sei deiner Göttin!« rief die Besatzung.

Die Kapitänin nickte.

»Schön! Ehre sei auch der euren!«

Sie nahm die Steuerfrau beiseite. »Ich habe mit dir zu reden.«

»Ay!« Die Steuerfrau drehte sich auf dem Absatz um.

Die Kapitänin verzog den Mund und führte die Steuerfrau zum Niedergang. Sie schob sie die Treppen hinunter und geradewegs in ihre Kajüte, wo sie sich auf einer Schiffskiste niedersetzte. Sie legte den Wachshut ab und räusperte sich.

»Hör mir jetzt gut zu«, begann sie. »Ich fahre, wie du weißt, seit zwanzig Jahren zur See. Ich kenne mich in diesen Gewässern besser aus als im Hafenviertel Kareb Soltos. Ich trinke nicht übermäßig. Ich nehme weder berauschende Pilze noch Gräser noch sonstiges Grünzeug zu mir. Und da ich dich als erfahrene Steuerfrau schätze, frage ich dich nun: Wo, in Danas Namen, ist diese verfluchte Insel geblieben? Wo ist Fäärwll, und was ist das für ein winziges, bewaldetes Eiland, das da vor uns im Meer liegt?«

Sie zog ein Schnupftuch hervor und schnaubte hinein.

Die Steuerfrau setzte eine ratlose Mine auf.

»Nun, ich muß zugeben, auch ich finde es höchst sonderbar.«

»Sonderbar? Es ist geradezu … unheimlich! Für gewöhnlich verschwinden Inseln nicht einfach.«

Plötzlich jedoch beendete ein lauter Ruf von oben die Unterhaltung. Die beiden Beratenden sprangen auf und eilten an Deck, wo in diesem Augenblick eine sehr durchnäßte Frau an der Bordwand hochgezogen wurde. Sie trug die Kleidung der Stadtwache Kareb Soltos.

M'alennian, der Wald des Friedens und des Ausgleichs, schenkte den Geflohenen eine Erkenntnis. Sie alle erspürten den Moment, in dem die Gefahr vorüber war, den Moment, in dem die Existenz der Schattengeherin vom Antlitz der Welt getilgt worden war.

Keine der Bewohnerinnen Fäärwlls, die in M'alennians Hain Schutz gefunden hatten, wollte wieder zurück in ihr Dorf. Als die Dunkelheit über dem Dickicht dem Zwielicht gewichen war, hatten sie beschlossen, alle gemeinsam in das Lager im Wald zu ziehen. Nun waren sie bereits seit einigen Stunden unterwegs.

Sina führte ihre jüngere Schwester an der Hand. Fina, blaß und erschöpft, murmelte etwas vor sich hin, das keine verstand. Selbst Börgerby war für ihre Verhältnisse äußerst wortkarg. Die vielen langen, bangen Stunden im Birkenwald, die seltsamen Kreaturen, die sich dort eingefunden hatten, die sonderbare Dunkelheit, die sich für ewig erscheinende Stunden über den Wald gelegt hatte, und die übergroße Müdigkeit trugen ihren Anteil daran.

In Sina nagte eine große Sorge, die sich bisweilen in unerträgliche Angst steigerte. Sie würde Janjat suchen, sobald die Frauen und Fina im Lager angekommen waren. Sina wußte, woher auch immer, daß Stu überlebt hatte. Doch sobald sie an Janjat dachte, war es, als würde ihr Bild blasser, und nur ein feiner, seidener, bis zum Zerreißen gespannter Faden reichte noch bis zu ihr.

Sie mochte mit Börgerby über diese Empfindungen nicht sprechen. Mit Fina war es ohnehin nicht möglich. Ihre Seele hatte die Anspannung nicht ertragen. Sie mußte an die Hand genommen und geführt werden wie ein kleines Kind.

Tika trug die schlafende Mira auf dem Arm. Die Schreiberin Raktscha hatte dem Kind während der letzten Stunden unermüdlich aus den Epen Nasetschtehns vorgesungen. Tika wußte nicht recht, ob es ihrer eigenen Beruhigung dienen sollte oder der Besänftigung des schreienden Kindes. Beringör ging schweigend Seite an Seite mit Aviva. Edita hingegen sprach lange mit der ehemaligen Stollenmeisterin von Gwaníoch'naír und Sententia, bis sie schließlich eines der Pferde nahm und den Rest der Gruppe verließ, um sich Aufschluß über den Zustand der Insel und der Ansiedlungen zu verschaffen.

So zogen sie durch den Wald, erschöpft, hungrig und durstig, einer großen Gefahr entronnen, von ihren Erlebnissen beschmutzt und verwundet. Keine von ihnen wußte, daß von Fäärwll nichts geblieben war, außer M'alennian, diesem sonderbaren Wald, der sich nun allein inmitten des Ozeans befand.

Sie durchquerten ein Bachbett, und Börgerby murmelte:

»Da ist es. Wir sind angekommen.« Sie erkannte die Hüttendächer zwischen dem Laub der Bäume.

An der Feuerstelle lagen Ibak von Smagninborg und Stu von Stelen immer noch in dem von Eleva gezogenen Kreis. Sie schliefen und hielten einander eng umschlungen.

Ein feiner Nieselregen hatte vor der ehemaligen Küste Fäärwlls eingesetzt. Ulana, die von den Frauen der Besatzung in einige Decken gewickelt und von einem Wachstuch bedeckt an Bord des Segelschiffes über die Weiten des Ozeans schaute, fühlte Erleichterung beim Anblick des kleinen bewaldeten Eilandes in sich aufsteigen.

»Farewell Fäärwll!« murmelte sie leise vor sich hin.

Auch die anderen Frauen waren inzwischen aus Danas Fluten geborgen worden. Da sie alle exzellente Schwimmerinnen waren, gab es keine Verluste zu beklagen, wie die Kapitänin der Flotte bald feststellte.

Sie ging zu Ulana, um ihr diese erfreuliche Mitteilung höchstpersönlich zu überbringen. »Sie sind alle naß, aber wohlauf!«

Ulana nickte.

»Du willst mir also erzählen«, sagte die Kapitänin, »daß dieses kleine Stück Wald, das dort aus dem Ozean aufragt, alles ist, was von der Insel Fäärwll übriggeblieben ist.«

Ulana nickte, den Blick nicht vom Horizont wendend.

»Es wird nicht leicht sein, das zu erklären.«

»Es ist gar nicht zu erklären«, gab Ulana leise zurück.

»Dachte ich mir. Was ist mit Treufrau Herratsn und den Bewohnerinnen der Insel? Wo stecken sie?«

»Herrat ist tot«, sagte Ulana in der sicheren Gewißheit, daß die Treufrau für immer fort sein würde. »Was mit den anderen geschehen ist, weiß ich nicht. Ich hoffe, sie konnten sich in dem Wald in Sicherheit bringen.«

»Wir werden sehen. Wir wollen hier vor Anker gehen und die Pinassen klarmachen, um hinüberzurudern.«

»Dieser Wald ist nicht geheuer. An deiner Stelle würde ich zweimal überlegen, ob ich ihn betrete.«

»Ich denke immer nur einmal, aber dafür gründlich.« Die Kapitänin drehte sich um und teilte ihre Befehle aus. Unter Zuhilfenahme eines Hornes wurden die anderen Schiffe ebenfalls benachrichtigt, und bald senkten sich rasselnd die Ankerketten an der Bordwand hinab auf den tiefen Grund des Meeres.

Alles war dumpf in Ibak, dumpf und weit fort.

Der Klang der Worte, die um sie herum gesprochen wurden, drang erst eine Weile später an ihr Ohr, aufnehmen konnte sie sie kaum.

Es gab nichts, das sie wirklich beachtete, weder Janjats

Rückkehr noch Editas Nachricht, daß M'alennian aller Wahrscheinlichkeit nach das einzige sei, was von Fäärwll noch existiere. Ab und zu sah sie zum Feuer hinüber, wo Stu von Stelen auf dem Boden saß und die Knie mit den Armen umfaßte. Manchmal trafen sich ihre Blicke, aber außer Leere stand dort nichts zu lesen. Nicht Janjats Anwesenheit, nachdem die Schwestern Honiglieb sie im Lager wohlbehalten abgeliefert hatten, nicht die Bemühungen Avivas und Beringörs, mehr über das Zusammentreffen mit der Schattengeherin auf der Lichtung zu erfahren, vermochten Ibak zu erreichen. Nur die dringliche Frage nach Elevas Verbleib hatte einen seltsam leeren Blick hervorgerufen, der jedoch mit keiner Antwort hatte ergänzt werden können.

Ibak würde sich später einmal nicht mehr daran erinnern können, daß Tika ihr mit vehementer Verzweiflung vorwarf, die Schuld an Elevas Tod zu tragen. Es interessierte sie nicht, was in Tika vorgehen mochte, was nun weiter geschah, ob sie selbst leben oder in die Wandlung gehen würde. Der Trost, den M'alennian ihr einst zu geben vermocht hatte, war fort, ausgelöscht, sie selbst jedoch war in sich gefangen, gelähmt und abseits aller wirklichen menschlichen Anteilnahme. Sie war ein achtlos beiseite gekehrtes Häufchen Dreck.

An diesem Abend kam nun keine Besucherin mehr zu ihnen. Sie waren allein in Editas Hütte. Ein Feuer brannte, aber das hatte Ibak erst bemerkt, als die Frau das Haus schon längst wieder verlassen hatte. Sie nahm weder das Brot noch den Krug Wasser zur Kenntnis, der neben ihr stand.

Die Seele wund, jeder Hoffnung, jeden Trostes, jeder Liebe ledig, war sie erstarrt, während vor der Tür hier und da erstes zaghaftes Lachen zu hören war, ein Feuer prasselte, Frauen beisammen saßen, die etwas Schreckliches überstanden hatten und jedes Recht besaßen, die Erleichterung zuzulassen, die sie empfanden. Nicht einmal mehr ein einziger Gedanke konnte sich aus Ibaks innerem Kerker stehlen. Sie dachte nichts und entrückte dem Leben nach und nach, sehr langsam, und ohne die

Empfindung einer Hoffnung zu erwarten, ohne einen Ausweg zu sehen, ohne die tröstliche Hand zu erfühlen, die sie damals in M'alennians Hain gehalten hatte.

Sie war allein, und sie hatte Angst.

Ibak erschrak, als sie nach vielen Stunden eine Berührung wahrnahm. Doch auch Janjats Worte konnten sie nicht befreien, sie waren wie Blätter, die ein Windstoß davontrug. Schließlich ging Janjat wieder hinaus, und die nächste Stunde brach an.

Edita kam eine Weile später herein und flößte ihnen beiden einen übelriechenden Trank ein. Sie unternahm keinen Versuch, mit Stu oder Ibak zu sprechen.

Endlos dehnte sich die Zeit, schien schwerer zu sein als Blei, ohne daß sich Ibak dies bewußt gemacht hätte. Nach einer weiteren Ewigkeit erschrak sie erneut, denn Stu kroch zu ihr und setzte sich dicht neben sie.

»Das Wesen, das sich von der Angst ernährte, ist fort.«

Diese Worte schlichen nur allmählich an Ibak heran. Sie mußte lange nachdenken. Das war schwer. Es war, als würde sich sehr, sehr stockend etwas unendlich Träges in Bewegung setzen.

»Ja«, sagte sie schließlich mit großer Kraftanstrengung, »aber sie hat unsere Seelen verwundet.«

Stu tastete nach ihrer Hand.

Sie nahmen Zuflucht zu dem Schweigen, das in ihnen lag.

Es verging viel, viel Zeit.

Doch irgendwann begann es. Einzelne, kleine Gedankenfetzen brachen nach und nach in Ibak auf, um über die hohen Mauern zu entkommen, sie bewegten sich, sprangen in ihrem Kopf umher, begannen zu laufen, einer zog den anderen nach sich, und Ibak fühlte, wie sie selbst sich schließlich an den Steinen emporzog, die ihr inneres Gefängnis bildeten. Sie erinnerte sich an den Himmel und reckte in Gedanken den Hals nach den Wolken, spürte die Schwingungen der Luft und bekam wieder eine Ahnung davon, was Freiheit bedeutete. Freiheit war Loslösung von Ängsten und bedeutete, sich zu erheben und ein Teil des Himmels zu sein, ein Teil des Windes und der Wolken. Ibak sah sich irgendwo auf den Hochebenen Flaffls stehen. Dort lebte die Freiheit, und diese Phantasie löste eine solche Sehnsucht in ihr aus, daß sie merkte, wie sie zu weinen begann.

Keine Ketten hielten sie mehr, als sie im Geiste zu den schroffen Höhen des Jaltofjödirgebirges vordrang, wo Raben vor dem Fels kreisten, Tarbas über den alten Schnee ihren hellen Schein verbreitete, so daß das Funkeln und Glitzern der eisigen Kristalle schien wie ein Meer von Juwelen. Sie reiste in die Niederungen am Fuße des Gebirges und lag dort unter einem Fjödirbeerenbusch am Ufer eines Sees, sie atmete die würzige Luft tief ein, und nichts gab es mehr, nur sie selbst in dieser Schöpfung, sie war frei von Makeln, frei von den Fehlern, die sie begangen hatte, und frei von der Schuld, die sie trug. Es war nicht wichtig, daß die anderen ihr verziehen, es war wichtig, daß sie sich selbst verzieh.

Eine Göttin hatte sie einst mit dem Licht ihres Atems gestreift. Das schien lange zurück zu liegen, und es hatte soviel Schmerz bereitet, denn dies war der Moment gewesen, in dem Ibak sich wahrhaftig selbst betrachtet hatte, es war der Moment gewesen, in dem sie begonnen hatte, sich zu verabscheuen, Angst zu fühlen vor sich selbst, ihrem Leben, ihrem Handeln, vor anderen Frauen und vor der Einstellung, die sie zu ihr, Ibak, haben mochten.

Sie sah sich vor Gericht gestellt und verurteilt, ohne daß je eine andere Seele sich bemüht hätte, sie wirklich zu verstehen.

War dies denn überhaupt möglich?

Ibak wußte keine Antwort, doch sie erinnerte sich, wie sie damals nichts sehnlicher gewünscht hatte, als einen Frieden wiederzuerlangen, der in Wirklichkeit nichts anderes gewesen war als ein Nicht-sehen-wollen, Nicht-hören-wollen. Sie hatte die Widersprüchlichkeiten in sich selbst so sehr verabscheut.

Und jetzt wurden ihr Bilder eines anderen Friedens geschenkt, eines Friedens mitten im Zweifel, inmitten der Widersprüche, eines Friedens, den zu erreichen sie mit Freude erfüllte. Ein Frieden war dies, in dem es alle und eine Antwort gab, in dem Erkenntnis ein Versuch, ein unvollkommenes Verlangen blieb, die aber dennoch Einsichten gewährte.

Erneut erklomm sie in Gedanken die Berge, sah über die Gipfel dahinterliegender Bergmassive, die sich bis zum Horizont erstreckten. Ein weiter Weg. Ein ständiges Auf und Ab, ein Klettern, Straucheln, Rutschen, und dazu kam die Angst, mit der die steile Strecke sie erfüllte. Es war später Sommer, und die Göttinnen entzündeten ein nächtliches Feuer am Himmel. Ibak schaute auf die andere Seite über das glatte Meer, und tiefer Frieden ließ sie wieder Luft holen.

Sie war allein, und sie war vollkommen frei.

»Ibak«, hörte sie irgendwann Stus flüsternde Stimme. Die tröstlichen Bilder verschwanden wie helle Sommerwolken am Himmel vor einem Sturm.

»Ibak!« wiederholte Stu eindringlich.

Ibak öffnete die Augen. Draußen war inzwischen die Nacht hereingebrochen. Keine Stimmen waren mehr zu hören, nur ab und zu das leise Geräusch von Schritten, die über die Lichtung eilten.

»Ja?«

»Ich weiß, wie wir Eleva helfen können.«

»Eleva ist in die Wandlung gegangen«, murmelte Ibak kaum hörbar.

»Nein. Du mußt mich nach Flaffl begleiten. Danach magst du mich meinetwegen nach Kareb Solto schaffen. Doch vorher bringst du mich sicher nach Sweerkööp. Allein könnte es mir nie gelingen, unbehelligt durch das Land zu reisen.«

»Gewiß, ich bringe dich nach Flaffl«, sagte Ibak leise.

»Du mußt es irgendwie bewerkstelligen, daß ich in die Stollen der Bewahrung vorgelassen werde. Eleva existiert in einem Zustand, in dem sich früher einmal die Herbeigerufene befand. Sie ist nur noch ein klein wenig mehr als ein Gedanke. Doch wenn ich die rief, die sich von der Angst ernährte, dann soll es mir wohl gelingen, auch für Eleva die Tore zu öffnen, so daß sie wieder Gestalt annehmen kann. Jedoch benötige ich hierfür die Hilfe der Bewahrerinnen.«

Ibak sah sie eindringlich an. »Du meinst wirklich, das wäre möglich? Es klingt eher unwahrscheinlich.«

»Aber es war ebenso unwahrscheinlich, daß eine Schattengeherin erschien und Gestalt annehmen konnte. Und doch ist es geschehen. Dies ist eine Welt, in der die Grenzen durchlässig sind. Sieh dir M'alennian an, sieh dir an, welche Wesen hier leben. Denk an die Geschichte dieses Kontinents, an die Worraks*, die ihn vor hunderten von Jahren mit ihrem Krieg vernichten wollten. Denk an all die Wunder, an die Magie, die uns und ein jedes Wesen und Ding umgibt, das hier entsteht, lebt und vergeht.«

Ibak nickte langsam.

»Versuchen wir es. Ja, versuchen wir es!«

Stu lehnte sich zurück.

»Immer wieder sah ich mich in den letzten Stunden in Flaffl. Einmal befand ich mich auf den Ebenen, dann wieder kletterte ich über einen Bergkamm und sah in den Tiefen die großen Herden der Chalaks über die Weiten galoppieren.«

Ibak erkannte ihre eigenen Phantasien in dieser Schilderung und nickte. »Hast du den großen Fels gesehen, vor dem die Raben kreisten?«

Stu verzog den Mund zu einem kaum wahrnehmbaren Lächeln, während sie leise murmelte: »Ich sah ihn, und die Vögel schrien, daß es in meinen Ohren hallte. Ibak! Ich wünschte, ich könnte noch einmal dorthin zurückkehren, bevor ich nach Kareb Solto gebracht werde. Kannst du das verstehen? Es ist mein größter Wunsch. Ich begreife es selbst nicht.«

»Flaffl wirst du wiedersehen, Kareb Solto nicht«, gab Ibak schlicht zurück.

»Was soll das heißen?«

---

* Nachzulesen in »Die Midlandprophezeiung«.

»Ich selbst werde für dich bürgen, wenn du in Flaffl bleiben möchtest. Ich werde dich so lange begleiten und beschützen, bis du dich im Land wieder frei bewegen kannst.«

Stu war einen Moment recht schweigsam, doch dann beugte sie sich vor. »Warum tust du das, Ibak von Smagninborg?«

»Weil mich eine Frau darum bat, und ich den Eid Flaffls ablegte, diesen Wunsch zu erfüllen.«

Stu wirkte aufgebracht. »Nein, nein! Das will ich nicht! Warum sollte ich für das, was ich getan habe, nicht zur Verantwortung gezogen werden? Es wäre feige, sich davonzustehlen. Sag mir sofort, wer dahintersteckt. War es meine Mutter?«

Ibak zögerte kurz, bevor sie antwortete.

»Beringör hat nichts damit zu tun!«

»Natürlich nicht. Wer war es dann?«

»Du weißt, daß ich dir darauf keine Antwort geben darf.«

Stu verfiel erneut in Schweigen.

Ibak schloß wieder die Augen. Sie hoffte, in Gedanken noch einmal die trostreiche Reise anzutreten, die ihr einen kleinen Moment des Friedens geschenkt hatte, doch draußen vor der Hütte waren jetzt Stimmen und das Klappern von Kesseln zu vernehmen, und ein maulendes Mädchen wurde zum Brennholzsammeln geschickt. In M'alennian fing ein Tag an, ein Tag, der auf der Schwelle zwischen Morgendämmerung und Abendrot verharren würde. So wie in all den Jahrtausenden zuvor.

»Andronja«, flüsterte Ibak, als ihr einfiel, daß einem Treffen mit ihr nun nichts mehr im Wege stand, und Stu wandte den Kopf.

»Wer ist sie?«

»Sie ist die, die ich liebe«, bekannte Ibak und lächelte kaum merklich.

»Und sie? Liebt sie dich auch?«

»Ich werde es herausfinden müssen. Ich weiß jetzt, daß ich es kann.«

»Du wirst zu ihr gehen?«

»Ja.«

Ibak beschloß, ihr Versprechen zu halten und alles zu unternehmen, damit Eleva zurückkehren konnte. Verpflichtungen mußten erfüllt, Angelegenheiten, die Ibaks Töchter betrafen, geregelt werden, doch dann würde sie eine wirkliche Reise antreten. Oder war es nicht vielmehr eine Suche, von der sie nicht wußte, ob an ihrem Ende womöglich mehr Fragen standen als je zuvor?

Aber als Ibak es noch einmal überdachte, schien es doch eigentlich nur eine einzige Frage zu sein, die nämlich, auf die es alle und eine Antwort geben mußte.

Mehetma lag vor den steinernen Stufen, zu Füßen des Altarbeckens der Fiu, mit der Stirn auf dem kalten Boden. Sie bat die Göttin um die Rettung der noch auf Fäärwll vermißten Frauen, und auch bat sie für sich selbst. Eine weitere Person sank neben ihr zu Boden.

Doch Mehetma öffnete ihre Augen erst, als sie merkte, daß es Hulda war, die schwer atmend mit der Stirn das geweihte dritte Auge der Fiu berührte.

»Es wird gut ausgehen. Die Ankunft der Ovrehjelber aus Rosof Fäärwll ist ein gutes Vorzeichen«, murmelte Hulda leise.

»Ich bitte Fiu darum«, gab Mehetma flüsternd zurück.

»Sie wird dir keine Bitte abschlagen können«, versuchte Hulda, matt zu schmeicheln.

Doch da begann Mehetma zu weinen, und Hulda nahm sie bestürzt in ihre Arme.

»Aber was denn, was denn? Es gibt doch keine schlechten Neuigkeiten, oder?«

Mehetma schüttelte schluchzend den Kopf.

»Nun, dann verstehe ich nicht, wie du alles verloren geben kannst. Wir müssen erst auf Nachricht warten, bis …«

»Nein, das ist es nicht!«

»Oh Mehetma! Wenn es gut ausgeht, kannst du stolz auf dich sein! Ich wünschte, du würdest an die Stelle von Lanice Lofort treten.«

»Niemals!«

»Die Ereignisse haben dich zu sehr mitgenommen. Ich kann gut verstehen, daß …«

»Nein, Hulda! Entschuldige. Es ist eine ganz andere Geschichte. Du weißt nichts davon. Du kannst es nicht verstehen«, sagte Mehetma und sprang auf.

»Was für eine Geschichte?« fragte Hulda.

Doch Mehetma eilte schon zum Ausgang des Tempels. »Nicht jetzt. Ich werde sie dir ein anderes Mal erzählen.«

»Ich bitte darum«, brummte Hulda, die sich nichts aus Geheimnissen machte, und erst recht nichts daraus, geduldig warten zu müssen.

Kapitel 12

Fjödirtaag, viele Wochen später

In einem beinahe fertigen Gemälde kann jeder letzte Pinselstrich derjenige sein, der die gesamte Harmonie des Bildes stört. Doch ist es ebensogut möglich, daß unvollendet bleibt, was nicht durch einen abschließenden Punkt, einen Schatten, einen Ausgleich akzentuiert wird.

Dies waren die Gedanken der Schmiedin, als sie über die große Tafel sah, die so üppig und festlich gedeckt im Innenhof ihres Hauses auf die Gäste wartete. Fehlte nun noch etwas, oder konnte sie mit sich zufrieden sein?

An den Hofwänden hingen Fackeln in eisernen Haltern, Öllampen flackerten. Von dem kalten Wind, der nun schon im Gebirge wehte, war in diesem überdachten Innenhof kaum etwas zu spüren.

Smagninborg, Ibaks Ziehmutter, war der Meinung, etwas Verbindendes, etwas Gutes sollte nun am Schluß der Ereignisse stehen, jedoch war sie müde, und im Grunde genommen war ihr nicht nach Feiern zumute, obwohl doch eigentlich jeder Grund dazu bestand. Sie hatte sich alle erdenkliche Mühe gegeben, ein Chalakkalb war geschlachtet und jede einzelne Faser des Tieres verwendet worden, um etwas Schmackhaftes oder Nützliches daraus zu fabrizieren. Das Fell lag nun über dem kunstvoll geschnitzten, breiten Holzstuhl, der vor Kopf der Tafel stand. Dies war der Ehrenplatz, und Smagninborg fragte sich, ob Eleva wohl eine Fingerschale für sich allein benötigen würde.

Sie ging um den Tisch herum, rückte bald hier, bald dort etwas zurecht, betrachtete die feine Schmiedearbeit an Avivas Silbermessern, die etwas groß geratenen und teilweise verbogenen Zinken der Gabeln, die noch aus dem alten Bestand der Sippe stammten. An einigen bog sie die Zinken wieder zurecht, die durch Generationen von jungen Töchtern immer wieder mehr oder weniger phantasievoll zweckentfremdet worden waren. Schließlich setzte sie sich auf einen der Stühle und stützte die Ellbogen auf. Dies sollte ein Freudenfest werden. Die Plätze würden keinesfalls für alle ausreichen, die sie erwartete.

Smagninborg sah an sich herunter, fuhr mit einer Hand über ihre saubere Lederhose, zupfte die Ärmel ihres Leinenhemdes unter dem Wams zurecht. Eine gewisse Art der dumpfen, matten Unruhe keimte nun schon den ganzen Tag in ihr.

Aus dem Haus hörte sie Niemits Stimme. Sie zankte mit der Großmutter, die aus nach wie vor anhaltender Wut über Ibaks respektloses Verhalten nun schon seit Stunden damit drohte, lieber den gesamten Abend in ihrer Kammer Pfeile zu schnitzen, als sich mit der ungeratenen Enkelin, die sich immer noch nicht formvollendet bei ihr entschuldigt hatte, an einen Tisch zu setzen.

Smagninborg seufzte und schüttelte den Kopf, als sie daran dachte. Schließlich hörte sie, wie Niemit eine vergnügte Melodie anstimmte und den Takt dazu offensichtlich auf einem ihrer Bronzeschilde schlug. Die Kinderstimme überschlug sich fast, als Smagninborg für einen Moment die Augen schloß, um sich zu sammeln, was ihr nicht gelang. Schließlich rief sie etwas Ähnliches wie »Ruhe« zu Niemits Kammer hinauf, woraufhin das Singen in murriges Beschweren über ungerechte und verdrießliche Großmütter überging. Smagninborg erhob sich ausgesprochen mißgestimmt. Sie konnte sich nicht daran erinnern, je so unausgeglichen gewesen zu sein wie in den letzten Wochen. Und doch sollte nun an diesem Abend alles gut werden. Alle sollten sich freuen, essen, trinken, guter Dinge sein.

Smagninborg hörte nicht, wie sich das Tor zum Innenhof leise öffnete und Schritte langsam näherkamen. Erst als sie eine Hand auf ihrer Schulter spürte, drehte sie sich um und erkannte Eleva.

Smagninborg umarmte sie zärtlich.

»Willkommen zu Hause! Du warst schon oft lange fort, doch diesmal erschien es mir, als trennte uns eine Ewigkeit.«

»Ja, Schwester. Eine Ewigkeit war es auch.«

»Du kommst ohne Begleitung? Wo sind die anderen?«

»Ich bin vorausgeritten. Ich wollte eine Weile mit dir allein sein, bevor der Trubel des Festes uns beide wieder in verschiedene Richtungen treibt.«

Eleva sah über die Tafel.

»Bei Fiu, wann haben die Smagninborgtöchtir zuletzt ein solches Fest ausgerichtet?«

»Ich richte es dir und all jenen Frauen aus, die wohlbehalten zurückkommen.«

Eleva nickte.

»Dafür danke ich dir, doch ich muß dir gestehen, an diesem Abend ist mir nicht nach feiern zumute.«

»Es geht mir ebenso.«

»Doch dessen ungeachtet muß ich wohl gleich auf diesem Stuhl hier Platz nehmen«, sagte Eleva lächelnd und strich über das Fell.

»Ja, so sollte es sein.«

Eleva ging langsam an der Tafel vorüber.

Smagninborg zögerte kurz, doch dann holte sie Luft und fragte: »Wirst du mir je berichten, was du erlebt hast, als du ... so weit fort warst?«

»Nein!« Eleva ging weiter, ohne Smagninborg dabei anzusehen. »Weder dir noch sonst einer Frau. Es ist in all seiner Dichte nicht zu beschreiben.«

»Wann wirst du uns verlassen, um in die Stollen zu gehen?«

»In wenigen Wochen. Doch bis dahin möchte ich gerne im Haus der Sippe bleiben.«

»Selbstverständlich!«

»Hältst du für verwerflich, was ich tue?«

Smagninborg, die wußte, worauf die Schwester hinauswollte, schüttelte den Kopf.

»Nein, Eleva, gewiß nicht! Du hast es mir in deinem Brief aus Sweerkööp bereits sehr deutlich beschrieben. Ich kann dich gut verstehen.«

»Ja, ja, begründen kann ich es vor aller Welt, aber ich mache mir Vorwürfe, daß ich es so weit habe kommen lassen. Es hätte an mir gelegen, Tika diesen Schmerz zu ersparen und auch – nicht zuletzt – mir selbst.«

»Und doch weißt du im Grunde deines Herzens, daß dies der richtige Weg ist.«

»Nicht immer, Smagninborg, nicht immer.«

Eleva tippte nachdenklich mit dem Finger in eine der Wasserschalen, zog kleine Kreise und sah schließlich auf. »Wann ist sie fortgegangen?«

»Sie ging, als wir die Nachricht erhielten, daß du aus den Schleiern der Welten wohlbehalten zurückgekehrt bist.«

»So.«

»Ja, und sie war sehr tapfer. Sie weiß, daß dieses Haus ihr jederzeit offensteht. Die Smagninborgtöchtir fühlen sich ihr und dem Kind eng verbunden. Sie kann jederzeit mit dem Rückhalt der Sippe rechnen.«

Eleva betrachtete eine qualmende Fackel, die ihren Rauch im gesamten Hof verteilte. »Tapfer«, wiederholte sie leise. »Ja, das ist es, worauf wir immer viel Wert legen. Sag mir, Smagninborg, was haben wir zu feiern? Was gibt es schon zu besingen und zu bejubeln? Meine Existenz erscheint mir so schwer und hoffnungslos. Ich lebe im fortwährenden Zweifel mit meiner Entscheidung. Ich bin traurig.«

»Hab keine Angst, Eleva. So wie Fiu wandelt, wie Tarbas Tag und Nacht werden läßt, so wirst auch du wieder bessere Zeiten erleben.«

»Es gibt Ereignisse in unserem Leben, die uns abseits dieses Taktes treiben, ohne daß wir daran etwas ändern können. Es sind Zeiten, in denen sich schwer an Hoffnung und Trost glauben läßt.«

»Du denkst bei diesen Worten auch an Ibak, nicht wahr?«

»Das ist richtig. Ja. Sie hat dir geschrieben?«

»Ich erhielt vor wenigen Tagen ihren Brief. Er kam zugleich mit deinem Schreiben hier an.«

»Was hältst du von ihren Reiseplänen?«

»Ich betrachte sie mit gemischten Gefühlen. Auf der einen Seite kann ich sie verstehen, andererseits halte ich diesen Plan für eine Flucht.«

»Gib ihr ein, zwei Jahre Zeit. Ibak braucht sie, um sich zu finden. Auch denke ich, daß sie nicht fliehen will, sondern auf etwas anderes zugeht.«

»Du hast sie immer schon in Schutz genommen. Es war ganz egal, was sie tat. Du hast eine Närrin an ihr gefressen und sie behandelt wie eine Tochter. Eine verzogene Tochter«, stellte Smagninborg nicht ohne Verbitterung fest.

»Laß uns diesen alten Streit endlich vergessen. Ibak ist schon lange erwachsen.«

»Du hättest selbst eine Tochter haben sollen, Eleva. Dann wäre uns manch unschönes Gespräch erspart geblieben!«

»Dazu ist es nun zu spät!«

Smagninborg setzte sich neben ihre Schwester.

»Es tut mir leid, Eleva, ich wollte dich nicht verletzen.«

Eleva nickte.

»Ich weiß, ich weiß.«

»Die Stelentöchtir sind doch hoffentlich auch auf dem Weg hierher?«

»Ja, wir brachen alle gemeinsam auf, und ich trennte mich erst an der Brücke des Ferwöngwasserfalls von ihnen. Es wird also nicht mehr lange dauern, bis sie hier eintreffen.

»Was wird nun aus den armen Frauen, die auf Fäärwll gelebt und gearbeitet haben?« erkundigte sich Smagninborg.

»Ich glaube, es besteht kein Grund zur Sorge. Mehetma, Edita und auch Beringör werden ihre Angelegenheiten und Rechte am Tisch der Ahrgte zu verhandeln und zu wahren wissen. Darüber hinaus befindet sich unter den ehemaligen Dorfbewohnerinnen eine höchst beredte Person namens Sententia. Ich erhielt gestern abend noch einen Brief von Edita. Die Verhandlungen beginnen in wenigen Wochen. Beringör wird morgen früh schon nach Nordwestmidland aufbrechen müssen, damit sie rechtzeitig am Beratungstisch erscheint.«

»Aber eines mußt du mir noch sagen. Wer hat die arme Goldschmiedin umgebracht?«

»Eine von Herrats Gefolgsfrauen. Aber sie ist fort. Keine Frau weiß, wo sie ist. Es wird vermutet, daß sie beim Untergang Fäärwlls umgekommen ist.«

»Und Nordwestmidlands Schatzkammer geplündert von Lanice Lofort!« Smagninborg schüttelte verstimmt den Kopf. »Glaubst du, daß die hohen Zölle für die Waren aus Flaffl in Zukunft beibehalten werden?«

»Wer weiß? Ich hoffe nicht. Doch es hängt gewiß auch davon ab, welche Frau in einigen Wochen zur Repräsentantin Nordwestmidlands gewählt wird. Wenn du mich fragst, ich glaube, keine bessere Frau als Mehetma könnte Nordwestmidland am Tisch der Ahrgte repräsentieren. Und auch der Rat muß sich neu zusammensetzen. Viele Frauen wünschen sich, daß Mehetma auch dieses Amt übertragen wird.«

»Gewiß, gewiß, ich hörte von ihr.« Smagninborg wechselte das Thema. »Nun, Beringör wird ihre ungeratenen Töchter mit an meinen Tisch bringen. Ich hoffe, sie wissen sich zu benehmen, denn sonst werde ich ihnen Respekt beibringen. Sie werden den Frieden dieses Hauses nicht verletzen.«

Eleva lächelte schweigend angesichts der aufkommenden Angriffslaune ihrer Schwester.

Smagninborg erhob sich und wanderte unruhig um die Tafel herum, während sie sich ein wenig ereiferte, weil es ihr guttat.

»Immerhin tragen die Stelentöchtir die Schuld daran, daß ihr alle in großer Gefahr geschwebt habt. Ich möchte ihnen raten, sich die Auszeichnung bewußt zu machen, an diesen Tisch geladen zu sein. Und überhaupt, wie kam Ibak dazu, für diese Stu zu bürgen? Das möchte ich zu gerne wissen. Sie kann sich nun hier in unserem Land frei bewegen, als sei nie etwas geschehen, als habe sie keinen Funken Schuld. Wenn es nach mir gegangen wäre, dann würde diese Frau heute abend nicht die Gastfreundschaft genießen, die ich jetzt verpflichtet bin, ihr zu gewähren. Und warum? Weil du, Eleva, mich ausdrücklich darum gebeten hast, sie einzuladen. Glaubst du nicht, daß du mir dafür noch eine Erklärung schuldig bist?«

In diesem Moment jedoch waren hinter der Pforte zum Hof Lachen und Schritte zu hören. Die Tür wurde aufgestoßen, und Eleva fand gerade noch Zeit, Smagninborg ein Stück zu sich hinunterzuziehen und zu sagen: »Viele Fragen im Leben bleiben unbeantwortet. Darf ich dich an deine eigenen Worte erinnern, die du nicht müde wurdest, mir, deiner jüngeren Schwester, immer wieder zu entgegnen? Die Klugen suchen nach Antworten, die Klügeren nach dem wahren Grund der Frage.«

Smagninborg winkte unwillig ab und wandte sich den Ankommenden zu.

Sie musterte erstaunt eine kleine Frau, die eine viel zu große Wollkappe trug. Sie war gemeinsam mit Fina von Stelen eingetreten. Etwas später wurde sie ihr als Raktscha vorgestellt. Smagninborg begrüßte Ibak ebenso befangen, wie die Tochter es erwartet hatte. Die Frau an Ibaks Seite wurde ihr als Stu von Stelen bekanntgemacht. Sie besaß eine erstaunliche Ähnlichkeit mit Eleva, wenn sie auch größer und kräftiger war. Smagninborg begrüßte sie höflich, offiziell und ohne jeden Hauch von Zuneigung. Wesentlich herzlicher gestaltete sich der Empfang von Aviva und den Nachbarinnen aus der Stadt, die gekommen waren, um an dem Fest teilzunehmen. Mit Beringör aus Sweerkööp jedoch würde sie an diesem Abend noch ein langes Gespräch führen. Zu später Stunde traf auch Ibaks Zeugmutter Swalfa ein. Sie erkannte Stu wieder, die einst eine Ausbildung bei ihr begonnen hatte, und unterhielt sich ausgiebig mit ihr.

Irgendwann kam auch Ibaks Großmutter in den Hof hinunter. Sie strafte Ibak mit eisiger Nichtachtung. Der Hof füllte sich zusehends. Bald wichen einige in das Wohnhaus aus, da es ausgesprochen eng an der Tafel wurde, bald saßen einige mit Brot oder dem guten Chalakkäse auf den Strohballen, einem ausgedienten Amboß oder in der Tür zum Stallgebäude. Irgendwann stolperte eine Frau und fiel in die Tür zum Hühnerstall, woraufhin das aufgeregte Federvieh über den ganzen Hof flatterte und eingefangen werden mußte. Pferde stampften in ihren Boxen oder streckten neugierig ihre Hälse vor. Smagninborg hielt später als Oberhaupt ihrer Sippe eine kleine Ansprache. Schließlich wurde die Tafel mit vereinten Kräften ein Stück beiseite geschoben, um den Tanz beginnen zu lassen. Dumpfe Trommeln schlugen bald einen schnellen Rhythmus, in den eine Fiedel, Flöten und Satsupaka einstimmten. Janjats Hündin Jördis, die vor Wiedersehensfreude schier umkam, ließ es sich nicht nehmen, an den Tanzenden bellend und wedelnd emporzuspringen. Sie hinterließ an einigen Frauen ungeliebte Gastgeschenke.

Keine hatte sich so sehr über Ibaks Ankunft gefreut wie Niemit. Doch irgendwann fing sie aus den Gesprächen zwischen ihrer Großmutter Smagninborg und Janjat etwas auf, das sie äußerst besorgt stimmte. Sie suchte aus dem lauten Stimmengewirr an der Tafel Ibaks Stimme heraus und orientierte sich an ihr.

Ibak, die Niemit bemerkte, unterbrach sofort ihre Unterhaltung mit Eleva, legte den Arm um die Schultern des Kindes und fragte: »Niemit, möchtest du hier neben mir sitzen? Hast du schon etwas gegessen?«

»Stimmt es?« fragte Niemit.

Eleva stellte umgehend den Feinkrug ab und griff nach Ibaks Hand.

»Was?« fragte Ibak, um Zeit zu gewinnen.

»Daß du fortgehst?«

Ibak warf Eleva einen hilflosen Blick zu. In diesem Augenblick endete die Musik, und Niemit, die das lange Zögern verunsicherte, rief laut und deutlich, so daß einige Frauen am Tisch den Kopf hoben, ihr Essen oder Reden unterbrachen: »Ich will von dir wissen, ob es stimmt, daß du fortgehst?«

»Ja«, sagte Ibak. »Es stimmt. Aber ich werde zurückkommen.«

Die Musik setzte wieder ein. Niemit entwand sich dem

Arm und rannte, gegen die Tanzenden und Zechenden schiebend, fort. Ibak stieß den Stuhl zurück und wollte ihr folgen.

Doch Eleva hielt sie zurück. »Warte. Du würdest es nur noch schlimmer machen. Sie kann es nicht begreifen, und das will sie im Augenblick auch gar nicht. Sie ist voller Schmerz.«

»Ich bin es ebenfalls!« stieß Ibak erregt hervor. »Ich kann nicht fortgehen. Ich werde hierbleiben. Ich kann es nicht tun! Ich kann sie nicht allein lassen. Es liegt mir soviel an Niemit.«

»Setz dich hin«, sagte Eleva beschwörend. »Setz dich hin!«

Ibak nahm zögernd Platz. Das allgemeine Interesse galt nun wieder der Unterhaltung, dem Essen und Trinken. Eleva wartete einen Moment, dann nahm sie einen Schluck Fein und sah Ibak an, die bedrückt auf den Tisch starrte.

»Wenn du jetzt nicht tust, was du dir vorgenommen hast, wirst du es niemals tun. Niemit wird dir verzeihen. Die Bindung zwischen euch ist noch nicht groß. Niemit hat Smagninborg. Sie liebt ihre Großmutter, und Smagninborg liebt sie. Es wäre jedoch entsetzlich, wenn du früher oder später Niemit für etwas verantwortlich machen würdest, was du dir selbst versagt hast.«

»Niemals!«

»Doch Ibak, doch! Ich will dir einen guten Rat geben. Geh! Geh jetzt! Steh auf und pack das nötigste. Dein Pferd ist im Außenstall. Ich verspreche dir, daß ich Niemit in ihrem Kummer nicht allein lassen werde. Vertrau mir. Ich sehe deinen Weg klar und deutlich vor mir.«

»Aber ich muß mich erst vorbereiten, ich muß mich von allen verabschieden und ...«

»Mußt du das?«

»Ich verstehe nicht. Meinst du, ich würde mich hier einfach fortstehlen können?«

Eleva lächelte und fuhr nun leiser fort, da die Musikerinnen berieten, welches Lied als nächstes folgen sollte.

»Nein, nicht fortstehlen sollst du dich. Geh einfach hinaus und stelle dir vor, es wäre nur ein kurzer Moment, in dem du abwesend bist. Es ist nur ein kurzer Moment, weißt du? Du wirst zu uns zurückkehren, und in unserer Erinnerung wird die Zeit, in der du fort warst, nur noch einen kleinen Raum in Anspruch nehmen. Mach es dir nicht so schwer. Du hast jedes Recht, so zu handeln.«

»Ich glaube nicht, daß die meisten Frauen hier am Tisch deine Meinung teilen.«

»Das glaube ich auch nicht«, bekannte Eleva gelassen, während sie sich umsah und wartete.

»Ich will nicht sofort zu ihr«, sagte Ibak nach einer Weile und starrte weiterhin auf die Tischplatte.

Eleva wußte, daß die Nichte mit dieser Äußerung Andronja meinte. Sie hob die Schultern. »Es steht dir frei. Deine Reisepläne gehen nur dich selbst etwas an.«

»Keine Briefe mehr. Sie haben mir kein Glück gebracht. Ich will sie ansehen, wenn ich es ihr sage.«

»Das kann ich gut verstehen!«

»Weißt du«, erklärte Ibak weiter, »ich brauche zunächst ein wenig Ruhe. Ich weiß jetzt, wer die Göttin einst war, die mich mit dem Licht ihres Atems streifte, ich weiß, wo ich sie finden kann ...« Ibak griff nach dem Feinkelch, nahm einen Schluck und fuhr anschließend fort: »Sie wohnt in mir.«

Eleva ergriff die Hand ihrer Nichte.

»Höre stets auf das, was sie dir zu sagen hat.«

»Das werde ich.«

»Bevor du aufbrichst, möchte ich dich noch darüber in Kenntnis setzen, und du wirst es für dich behalten, daß die Bewahrerinnen auf der Suche nach einer Frau sind, die in ihren Diensten stehen soll, einer Art ... nun, einer Art geheimen Beauftragten Flaffls.«

Ibak schwieg in ihren Feinkelch.

»Du wirst genügend Zeit haben«, fuhr Eleva fort, »über dieses Angebot nachzudenken. Es ist keine Schande abzulehnen, die Anforderungen, die gestellt werden, sind hoch, die Aufträge möglicherweise gefährlich, du müßtest weitere Prüfungen ablegen, und doch sind sich alle einig, daß du diejenige bist, die in Frage kommt. Denk in Ruhe darüber nach, hör in aller Stille auf den Rat deiner inneren Stimme.«

»Und die Sippe? Niemit? Andronja? Wenn sie mich überhaupt will …«

»Ach Ibak, du wirst von ganz allein herausfinden, ob dies dein Weg ist. Nimm dir Zeit.«

»Wirst du allen versichern, daß ich gesund und wohlbehalten zurückkehre, wirst du ihnen einen Gruß sagen?«

»Das werde ich«, nickte Eleva, als Ibak sich zögerlich erhob.

»Leb wohl«, flüsterte Ibak leise und drückte ihre Hand.

Eleva nickte und griff nach ihrem Feinkelch.

Dann wandte sie sich Stu von Stelen zu, die neben Ibak gesessen hatte und aussah, als hätte sie das Gespräch verfolgen oder Gedanken lesen können. Sie sah Eleva mißtrauisch an.

»Ein schöner Abend, nicht wahr?« sagte Eleva und nahm einen weiteren Schluck. »So mild für diese Jahreszeit. Nun ja, wir befinden uns auch in einem Innenhof – und nicht in den Bergen.«

Stu sagte nichts.

Eleva waren Stus Blicke unbehaglich, und sie wandte sich Aviva zu, die einer unhöflich gähnenden Börgerby den symbolischen Sinngehalt der Gravuren auf Smagninborgs Tischmessern erklärte. Bald jedoch war Börgerby aller Pflichten enthoben und kehrte der Unterhaltung mit Aviva getrost den Rücken, da Eleva eine interessiertere Zuhörerin war.

Sie unterhielt sich schließlich eine Weile mit ihr über das Angeln, über ihr Haus am See und allerlei andere Dinge. Dann aber fand Eleva, daß es Zeit war, um nach Niemit zu sehen. Sie erhob sich und stieß fast mit Smagninborg zusammen, die einen großen Kessel in der Hand trug und an ihr vorübereilte, während sie beiläufig fragte: »Wo sind Ibak und Stu?«

Ein Lächeln huschte über Elevas Gesicht, als sie den leeren Stuhl neben Ibaks Platz erblickte. »Ich denke, sie sind kurz hinausgegangen.«

Smagninborg eilte weiter, während Eleva langsam über den Hof ging, die Treppe emporstieg und Niemit schließlich auf dem Balkon über der Gasse fand.

Fiu strahlte hell und voll vom nächtlichen Himmel. Die Schindeln der Häuser und das Pflaster der engen Straßen lagen in silbrig glänzendes Licht getaucht. Eleva nahm auf der Brüstung Platz, dort, wo vor einigen Wochen noch Ibak gesessen hatte.

»Wer ist da?« fragte Niemit.

»Ich bin es, Eleva.«

Eine Weile sah sie in den Himmel hinauf. Bitterkeit, Schmerz und das Gefühl großer Unfähigkeit breitete sich in ihr aus.

»Wird sie zurückkommen?« fragte Niemit.

Eleva umarmte das Kind und lauschte dem Hufgeklapper, das sich langsam entfernte.

»Ja«, sagte Eleva leise, »sie kommt zurück. Sie kommen beide zurück.«

»Wer ist bei ihr?«

»Stu von Stelen. Aber ich glaube, sie werden früher oder später getrennte Wege nehmen.«

»Warum tut Ibak das? Warum verläßt sie mich?«

»Sie sucht ihre Freiheit.«

»Und wenn sie hier ist, kann sie nicht frei sein?«

»Nein! Im Augenblick nicht.«

Niemit ließ traurig den Kopf hängen.

»Was ist an Freiheit denn so wichtig?«

»Sie bewirkt, daß deine Gedanken fliegen können, wie Vögel am Himmel, daß dein Geist und deine Träume sich erheben dürfen, und all deine Kräfte ungemindert darauf hinwirken können, schließlich einen Ort zu finden, an dem du zu Hause sein kannst. Dies ist ein Ort des Friedens, und nichts wird ihn je zerstören können, denn dieser Platz liegt zugleich in dir, tief in deinem Inneren«, erklärte Eleva und fragte sich in demselben Augenblick besorgt, ob sie Niemit mit ihrer Erklärung nicht überforderte.

»Aber ich habe diesen Ort gefunden. Er ist hier, er liegt gleich neben Großmutter Smagninborgs Esse«, stellte Niemit fest, ein wenig empört und verwundert darüber, daß Ibak ihn offenbar noch nicht erspürt hatte.

»Ach Niemit! Eines Tages wird dir dieser Ort vielleicht zu eng, so eng wie diese Stadt. Dann wirst du fortgehen und eine neue Esse suchen, einen neuen Platz am Feuer, einen Ort, an dem dir neue Geschichten erzählt werden, wo du neue Träume träumen kannst.«

»Aber ich will keine neuen Geschichten. Ich jedenfalls gehe vorerst nirgendwohin. Und Großmutter Smagninborg wird doch auch hierbleiben, oder?« erkundigte sich Niemit mit leichter Verärgerung in der Stimme.

»Selbstverständlich!«

Niemit schwieg eine Weile, bevor sie weitersprach. »Janjat hat gesagt, ich bekomme einen jungen Hund.«

»Tatsächlich? Und Smagninborg erlaubt es? Erstaunlich!«

Eleva ergriff die Hand Niemits und wandte sich der Treppe zu.

»Ja!« erklärte Niemit eifrig, während sie die ersten Stufen nahm. »Jördis wird immer dicker, und sie hat so viele Flöhe, daß sie keine mehr zählen kann, und dann werde ich im nächsten Sommer zu Tante Aviva an den See reisen und angeln lernen.«

»Ja, so ist das«, sagte Eleva und nahm etwas Tröstliches, Friedvolles an dieser Regelmäßigkeit wahr, während sie das Kind betrachtete, das die Stufen mitgezählt hatte und die letzten drei in die Stube auf einmal nahm.

Die letzten Strahlen der Fiu wanderten über die niedrige, steinerne Brüstung des Balkons. Das Morgenrot war nicht mehr fern.

Midlands kleines Nachschlagewerk

Ahrgte	legendäre Himmelsdrachin und Beschützerin der Welt
Achtfrau	Gildenmeisterin
Ahrgte, Tisch der	Ratstafel der zwölf Botschafterinnen
Ahrgtefelsen	s. Kareb Solto, Feste von
Bewahrerinnen, die zehn	die zehn Erzmagierinnen Flaffls, Eingeweihte des Jaltozirkels
Chalak	Herdentier des nördlichen Kontinentes
Dana	Göttin der Ozeane
Dehren	ab und zu ganz nützliche Rachegöttin
Disponoble/ Disponobli (Pl.)	vergleichbar mit Rektorinnen
Draích'laír	Ansiedlung auf der Insel Fäärwll
Effak	belebendes Getränk aus gemahlenen Effaknüssen, sehr beliebt
Fäärwll	Insel in der Midlandsee, bekannt geworden durch Nergoritvorkommen
Falbelextra	Eingetragener Markenname für ein Falbelkrautgetränk, hergestellt nach dem Reinheitsgebot der *Freundinnenschaft für traditionelle Rauschwaren*
Falbelkraut	teilweise pharmazeutisch eingesetzte Rauschpflanze von nicht immer einzuschätzender Wirkung
Fein	Wein
Fellöw	Küstenansiedlung im Süden Flaffls
Fiu	Göttin des Mondes und große Wandlerin durch alle Phasen eines Lebens
Fiugeweihte	Geweihte der Fiu, arbeitet und meditiert in der Gemeinschaft des Tempels, verbreitet u.a. die Lehren und Gedanken von der Wandlung als Grundprinzip der Schöpfung

Fjödirbeeren	Köstlichkeit aus Flaffl
Fjödirtaag	befestigte Stadt im Grenzgebirge zwischen Midland und Flaffl
Flaffl	Bezeichnung für den Nordteil des Kontinentes
Fortpflanzung	grundsätzlich werden gleichermaßen Eizellen als auch Samenzellen produziert, die entweder die Zieh- oder Zeugmutterschaft einer jeden Frau ermöglichen
Garnlandebene	weites, teils sumpfiges Tiefland im Westen Nordwestmidlands, das durch die Ringwallberge umgeben ist
Gewährsfrau	ist verantwortlich für den Schutz eines Landes vor Gefahr, wird vom Rat eines Landes gewählt und ist ihm Rechenschaft schuldig. Ihr unterstehen Treufrau (s. Treufrau) und Stadtwache
Gwaníoch'naír	Ansiedlung auf der Insel Fäärwll
Hauswahrerin	sehr gut bezahlter und angesehener Beruf, organisiert das Zusammenleben größerer Frauengemeinschaften, koordiniert u.a. die Arbeiten eines Hauswesens
Heilige Stollen, auch Stollen der Bewahrung	Wohn- und Arbeitsstätte der zehn Bewahrerinnen
Idl	sagenumwobenes Land, dessen trauriges Schicksal in dem Buch *Die Midlandprophezeiung* beschrieben wird
Ines	breitester Strom in Nordwestmidland, fließt durch das Inesdelta in die Midlandsee
Jaltoferwöng	Felsenstadt im Jaltojfjödirgebirge
Jaltofjödirgebirge	Grenzgebirge zwischen Flaffl und Nordwestmidland
Kareb Solto	größte Stadt Nordwestmidlands, Handelszentrum am Inesdelta in der Garnlandebene
Kareb Solto, Feste von	östlich der Stadt Kareb Solto aufragender spitzer Fels, auf dem die Burg ist, unter der sich einst der Drachinnenhort der Ahrgte befand

Königinnenraus	Kartenspiel Nordwestmidlands schlechthin. In Scharen sitzen die Frauen zusammen und freuen sich, wenn sie mit drei Töchtern, einem Turm und vier Magierinnen auf der Hand die blaue Königin vom Thron schubsen. Einige können sogar davon leben!
Kürbiskäfernektar, satschistenischer	macht absolut schläfrig
M'alennian, der Wald	M'alennian Wald, der nach alter Überlieferung während eines Streits zwischen der Göttin der Nacht Nephtar und der Göttin des Tages Tarbas entstand, das Herz des magischen Waldes bildet M'alennians Hain
M'alennians Hain	s. M'alennian
Markttinge	Mischform aus Herbergsbetrieb und Gewerbe aller Art für Reisende auf einer Handelsstraße
Midland	Bezeichnung für den Mittelteil des Kontinentes
Midlandammer	hübscher Singvogel, etwa amselgroß
Midlandmeer/ Midlandsee	Gewässer, die westlich von Nordwestmidland liegen, einstmals Tummelplatz für Piratinnen
Midsommer	längster Tag in Nordwestmidland
Midwinter	kürzester Tag in Nordwestmidland
Möllm	Bezeichnung für den Südteil des Kontinentes
Muspeln	typische und sehr ansteckende Kleintöchterkrankheit mit Fieber, juckendem Hautausschlag und Halsschmerzen, kann bei nicht richtiger Behandlung durch eine Heilerin durchaus gefährlich werden
Nasetschtehn	Name eines Landes in Möllm
Nephtar	freundliche Göttin des Todes und der Nacht, beherbergt die Reisenden zwischen den Welten an den Tischen der Freude, bis sie durch Fiu gewandelt wieder in das Leben zurückkehren, Bewacherin und Bannerin der Zwischenweltwesen

Nephtarauge	Artefakt von böser magischer Kraft, trägt den Namen der guten Nacht- und Todesgöttin also nur zu Unrecht
Nephtarelitinnen	umstrittener Geheimbund, von dessen Angehörigen angenommen wird, sie würden böse Magie zur Verfolgung ihrer Ziele einsetzen
Nergorit	im geschliffenem Zustand Edelstein von klarem, glänzendem Aussehen, dem magische Wirkung nachgesagt wird, äußerst wertvoll
Nhimm	Auge aus Rubin am Heft einer magischen Flaffl-waffe
Nordhubholm, Königinnenreich von	Land im mittleren Teil des Kontinentes
Nordwestmidland	Land im mittleren Teil des Kontinentes
Ostmidland	Land im mittleren Teil des Kontinentes
Ovrehjelber	Mischform zwischen Segel- und Ruderboot, vor allem sind es die Kraft der Arme und ein wenig Flafflmagie im Drachinnenkopf am Bug, die sie so schnell machen
Pasteke	Schiffstyp
Pentake	Schiffstyp
Perm	Land im Südteil des Kontinentes
Rosof Fäärwll	Küstenansiedlung auf der Insel Fäärwll
Satschistei	Land im Südteil des Kontinentes
Satsupaka	vergleichbar mit einer Drehleier
Säugtochter	Säugling
Schattengeherin/ Herbeigerufene	Mischform aus materieller und nichtmaterieller Lebensform von schrecklicher, zerstörerischer Kraft, die sich hauptsächlich von der Angst derjenigen ernährt, die sie herbeigerufen haben
Schwadentapperin	harmloses Weggespenstchen, verwirrt Reisende mit schlecht erzählten Witzen und schauerlich falsch gesungenen Liedern

Schwerm	Land im Südteil des Kontinentes
Seemaid	geschäftstüchtige Wesen der Ozeane, von denen es heißt, sie handeln vor allem mit gestohlenen Waren
Soltodukaten	Währungseinheit in weiten Teilen des Kontinentes, ein Soltodukat = einhundert Soltoheller
Soltofeuer	scharfer Schnaps
Srief	eine nördliche Provinz Nordwestmidlands
Stadtwache	Schutzfrauen. Auch in dieser Welt gibt es bösartige Schurkinnen, die wirklich vor kaum etwas zurückschrecken und den Einsatz beherzter Frauen schlicht notwendig machen.
Stechnymphen	Alptraummücken von gewaltigen Ausmaßen, der Juckreiz kann eine Frau zum Wahnsinn treiben
Südschmolske, Vereinigte Königinnenreiche von	Land im Südteil des Kontinentes
Sweerkööp	Stadt in den Bergen des südlichen Jaltofjödirgebirges
Tantan, Vereinigtes	Land im Südteil des Kontinentes
Tarbakasch	Kosewort für die Göttin Tarbas (»Kleine Sonne«)
Tarbas	Göttin der Sonne
Tarbaswächterin	Glühwürmchen
Tinge	s. Markttinge
Tjöttgenprött	Trockenfisch
Treufrau, das Amt der	In der Vergangenheit oblag ihr im Gefecht gegen die Worraks die Organisation aller Frauen, die zum Kampf entschlossen waren (vgl. *Die Midlandprophezeiung*); in den modernen Zeiten Midlands oder Flaffls ist das Amt der Treufrau bei der Stadtwache mit der Stellung einer Kommissarin zu vergleichen, ihr untersteht u.a. auch die Stadtwache
Worrak	Ungeheuer aus den nordwestlichen Eiswüsten mit weißer, schleimiger Oberfläche, kleinen gelben Augen und mehreren Zahnreihen (vgl. *Die Midlandprophezeiung*)

Wunnewohl	Land im Südteil des Kontinentes
Zeremonienkappe	ziemlich häßliches Hütchen der Fiugeweihten, es geht das Gerücht, daß viele Frauen ihrer Berufung zur Fiugeweihten wegen dieser Kappe *nicht* folgen
Zeugmutter	s. Fortpflanzung
Ziehmutter	s. Fortpflanzung
Zunda	riesiges Land, das sich zwischen dem Mittel- und Südteil des Kontinentes befindet
Zunderstein	zwei kleine Steinbröckchen, die Funken sprühen, wenn sie gegeneinander gerieben werden
Zwischenwelten	auch »Andersdimensionen«, »Widerwelten« u.ä. Die festen Grenzen unseres Verständnisses von Raum und Zeit finden in Midland keine Geltung, sie sind dort leichter zu durchdringen.
Zwischenweltkreaturen/Zwischenweltwesen	bewohnen die Zwischenwelten, einige sind sehr komisch, einige nur langweilig, andere wieder gefährlich oder bösartig, kurz: eigentlich sind sie genau wie wir, nur vielleicht ein bißchen pelziger oder langzahniger, einige sind aber auch nur stecknadelkopfgroß, bestehen aus Luft und tragen Zylinder

ÜBER DIE AUTORIN

Foto: Brigitte Brinkmann

Claudia Rath, geboren 1964, studierte Sozialarbeit und arbeitete einige Jahre in diesem Beruf. Später studierte sie Philosophie, Psychologie und Soziologie, entdeckte ihre Liebe zum Schreiben neu und widmet sich nunmehr seit zwei Jahren ausschließlich ihrer Tätigkeit als freie Autorin. Sie lebt mit ihrer Gefährtin, vier Katzen und zwei Hunden am Rande des Ruhrgebietes.

Im Milena Verlag erschien bereits Claudia Raths erster Roman, »Die Midlandprophezeiung«, und auch Teil III der wunderbaren Midland-Saga wird in Kürze erscheinen …

Reihe Lesbenliteratur

Claudia Rath

Die Midlandprophezeiung

Roman

Kultverdächtig! (Emma)

Das Buch zum Land.
Das Land zur Phantasie.
Die Phantasie zu den Frauen.
(Mirjam Müntefering)

... eine vergnügliche, neue Fantasy Welt ... (Pride)

Claudia Rath:
Die Midlandprophezeiung
Roman
Br., 494 Seiten
ÖS 291,-
DM 39,80
sfr 37,-

A-1080 Wien Lange Gasse 51/10
Tel. (0043 1) 402 59 90
Fax (0043 1) 408 88 58
eMail: frauenverlag@milena-verlag.at

Milena Verlag

Reihe Lesbenliteratur

Maria-Mercè Marçal

Auf den Spuren der Renée Vivien

Roman

Literarische Spurensuche in Paris: Roman über die Lyrikerin Renée Vivien, in dem sich Tatsachen und Fiktion unter Einbeziehung von Versen und Textfragmenten eindrucksvoll miteinander verweben.

Maria-Mercè Marçal
Auf den Spuren der Renée Vivien
Übersetzung aus dem Katalanischen
von Theres Moser
Br., 397 Seiten
öS 268,-
DM 39,-
sfr 38,-

A-1080 Wien Lange Gasse 51/10
Tel. (0043 1) 402 59 90
Fax (0043 1) 408 88 58
eMail: frauenverlag@milena-verlag.at

Milena VERLAG

Reihe Lesbenliteratur

Helga Pankratz

Amore ?

Erzählungen

Helga Pankratz
Amore ?
Erzählungen
Br., 164 Seiten
Ös 212.-
DM 32.-
sfr 31.-

Helga Pankratz` Geschichten aus der österreichischen Lesbenszene haben heftige Diskussionen ausgelöst.
Diese Erzählungen sind keineswegs harmlose Liebesgeschichten, wie es anfänglich scheinen mag. Sie sprechen Tabus an, wie Pädophilie, Gewalt, sexueller Mißbrauch, Transsexualität. Sie fordern LeserInnen heraus, indem sie irritieren, Lesegewohnheiten in Frage stellen, Grenzen überschreiten.
(Rosa-lila)

... acht wunderschöne Miniaturen, Impressionen lesbischen Lebens, literarisch hochwertig dargebracht.
http:/hamburg.gay-web.de)

A-1080 Wien Lange Gasse 51/10
Tel. (0043 1) 402 59 90
Fax (0043 1) 408 88 58
eMail: frauenverlag@milena-verlag.at

Milena VERLAG